In Erinnerung an den
unglaublichen Thomas Gräfenhain

und in immerwährendem Dank
an Dr. Larissa Schieweg
für das unschlagbare Lektorat

Johannes Hucke

Dragoner wider das Morgenlicht

Roman

LINDEMANNS

Vom Abendrot zum Morgenlicht
Ward mancher Kopf zum Greise.
Wer glaubt's? und meiner ward es nicht
Auf dieser ganzen Reise!

FRANZ WILHELM MÜLLER-SCHUBERT

I'm a loser baby so why don't you kill me?

BEK DAVID CAMPBELL

Heimat

Seit jeher zeichnen sich die Mitglieder unserer Familie durch eine bestürzende Hässlichkeit aus. Wie es scheint, gelang es über die Jahrhunderte hinweg niemandem, sich mit einem auch nur halbwegs ansehnlichen Exemplar der menschlichen Gattung zu verpaaren; dennoch – vielleicht aus einem abgründigen Trotz heraus – vermehrten wir uns stets mit einem Ungestüm, das die Zeitgenossen schaudern machte: O Himmel, nicht noch mehr von dieser Sorte! Aber wir wurden immer mehr, und wir dehnten uns aus über die Länder, wobei wir, die Ortstreue muss noch heute wundernehmen, im Wesentlichen nur über drei Gegenden herfielen, die in ihrer Kümmerlichkeit unserer Veranlagung durchaus entsprachen.

Hier wurden die Hauptlinien sesshaft.

Es fällt auf, dass selbst den Dorfnamen etwas Unangenehmes, Finsteres, geradezu Widernatürliches anhaftet: Stammland unserer Sippe, so wird angenommen, ist das nebelfeuchte, sommerlose Gebiet um das Dörfchen Milben, abgewandt allen Handelswegen zwischen dem nördlichen Hessen und dem südlichen Siegerland gelegen. Vermutlich aufgrund politischer Allianzen geriet ein Zweig der Familie ins thüringische Rauhen, einem noch heute keltisch geprägten, belanglosen Nest zwischen Wiese und Waldrand; von dort aus, so vermuten die meisten, erfolgte Mitte des 17. Jahrhunderts eine teilweise Auswanderung ins westpfälzische Greufz bei Hornbach, kein Mensch weiß, warum. Das Kloster war damals schon verfallen, die Wirtschaft lag darnieder, es herrschte Mangel an allem, nur nicht an Ungeschick und Tumbheit, zumindest seit wir dort aufgekreuzt sind.

Eine Szene verdeutlicht besser als langwierige Ausführungen, was es im Kern mit uns auf sich hat. Ein Großonkel mütterlicherseits mit dem abstoßenden, widernatürlichen Vornamen Diez, so wird berichtet, es muss um 1920 herum gewesen sein, stand auf einer Mistfuhre, wohl um die Fracht zu beschweren, damit sie nicht heruntergleite. Einige sind der Meinung, er habe gesungen, jedenfalls scheint es ihm darum zu tun gewesen zu sein, die unten gehenden Geschwister aufzuheitern. Er wackelte, wie es heißt, mit seinem würfelförmigen, kampferprobten Hintern in einem Takt, der nur ihm selbst verständlich war, breitete seine kurzen Ärmchen aus und klatschte in die Hände – in jenem Schaukel-Rhythmus, den nur wir als ausgewogen empfinden und welcher deshalb den meisten unserer Tänze eine Art Halt gibt.

Dies alles war weiter nicht ungewöhnlich. Einprägsam wurde das Ereignis durch den kurz darauf folgenden Aufprall. Die beiden Ochsen gingen stur voran, wie es ihrer Art entspricht, unbekümmert von diesem Hansel auf dem Wagen. Niemand, Onkel Diez nicht, die ihn begleitenden Mägde und Knechte nicht, auch nicht die Ochsen, denen wohl am wenigsten ein Vorwurf gemacht werden kann, bedachten die geringe Höhe des Eisenbahnviaduktchens, das wohl an die vierzig Jahre schon an dieser Stelle einen Durchgang freiließ. Bemerkenswert ist ferner, dass der Großonkel, den es vom Wagen mit Wucht herunterwischte, als er mit zerschmetterten Gliedern auf der Erde lag, zu lachen nicht aufhören konnte, was seine Rettung beträchtlich erschwerte und ihm nur zusätzliche Schmerzen bereitete. Aber so sind wir: Bis zur Selbstgefährdung uneinsichtig, planlos und hirnschwach, dabei von einem Humor, den unverwüstlich zu nennen weit untertrieben erschiene.

Besonders die Frauen der Sippe haben naturgemäß unter ihrem plumpen Erscheinungsbild zu leiden, sobald sie das gesicherte Geviert der Heimat verlassen. Die charakteristische Nase, seltsam breit in der Mitte, dabei am unteren Ende spitz zulaufend; ein von häufigem Stolpern unterbrochener, schwerfälliger Watschelgang, der jedweder Anmut entbehrt; jene affenhaft eingebogenen Arme, deren permanentes unfreiwilliges Ausschwingen Angriffslust signalisiert, gaben den körperlich privilegierten Nachbarn schon immer Anlass zu Scherzen, bösen Vergleichen und herabsetzenden Zoten. Als hätte der Herr in seinem Unwillen nicht schon genug Häme über uns ausgegossen, sorgte er endlich für ausgeprägt bäuerische Familiennamen: Wir heißen Kumpff, wir heißen Gorxheimer-Strippler, und wir heißen Kottmüller, wobei gesagt werden muss, dass die Mehrzahl derer, die gezwungen waren und sind, mit uns in Kontakt zu treten, das „O“ langgezogen aussprachen und -sprechen, so dass die Annahme bei Fremden naheliegt, unser Amt sei das beständige Umrühren von Fäkalien.

Dabei sind wir doch immer Bauern gewesen, Schweinehirten und Schlachter; zu höherem Handwerk hat es leider nie gereicht (eines ausgenommen). Man schaue sich nur unsere Hütten an! Keine Bequemlichkeit, kein Komfort, kein Sinn für Ästhetik und Bildung sind darin zu finden. Die Dinger sind grau, schief und es zieht, winters wie sommers; die Kamine rauchen mehr nach innen als nach oben; es gelingt nicht einmal, die Höfe vor den Türen einigermaßen rein zu erhalten, wodurch bei Regenwetter der Matsch knöchelhoch in die Stuben kommt, bei Trockenheit der Staub.

Dass wir nicht längst ausgestorben sind, liegt einzig und allein am Wollschwein. Mit ihm leben wir in einer Art Symbiose, soweit die Erinnerung reicht. Ob das Wollschwein die Sache ähnlich sieht, entzieht sich unserer Kenntnis. Offen gestanden hat vermutlich keiner von uns je darüber nachgedacht, wozu auch? Hauptsache, es ist da. Es beginnt direkt vor unserer Haustür, und es endet erst viele Morgen weiter droben, am Talrand, wo man die letzten Exemplare unter schlecht tragenden Apfelbäumen erkennen könnte, mit geübten Augen freilich, wenn diese nicht erdverkrustet wären. Reinlich sind wir nämlich nicht, aber widerstandsfähig, zählebig und wetterfest. Verschiedene behaupten, unser Schutzpanzer aus getrocknetem Dreck habe uns seit jeher vorm Schlimmsten bewahrt. Außerdem werden wir nie besonders alt.

„Fünfzig langt“, hieß es immer – bevölkerungspolitisch eine vernünftige Ansicht. Erdreistete sich einer, partout älter werden zu wollen, fiel er sowieso irgendwann in die Drugg.

Ja, wir nähren uns vom Wollschwein. Vor allem verarbeiten wir es zu Mett. Denn Mett, frisches, morgenrotes Mett, speisten wir zu allen Zeiten, mit Zwiebeln oder ohne, wenn's sein muss, gebraten, seit es Salz gibt und Pfeffer mit Pfeffer und Salz, seltener mit Paprika oder Muskat. Da ist schlechterdings keine Mahlzeit, die ohne Mett vollständig wäre, vielmehr, es bleibt das Zentrum unseres Trachtens und unserer Lust. „Was gibt's denn heute?“ – „Es gibt Mett!“ Dies ist der schönste Dialog, der sich denken lässt. Noch unsere knarzenden Bettstellen würden wir mit Mett einschmieren, wenn es nicht so lecker wäre, so dass wir's beständig herausschmausen müssten, wir würden auf Mett uns betten und mit Mett uns zudecken, wenn wir's nicht im Schlafe aufzuessen strebten und dann irgendwann in der Nacht frierend erwachen müssten.

Ach Mett, mein liebes Mett, für dich tun wir alles! Auf Graubrot lieben wir dich, in halbe Brötchen hineingequetscht noch mehr, mit hutzeligen Kartoffeln oder Nudeln vermengt, doch am liebsten mit noch mehr Mett: auf der Hand, vom Fleischwolf weg in den Mund gehoben, wo noch das Mett von eben mampft. Unsere ältesten Götterdarstellungen, so geht die Überlieferung, waren von Mettkünstlern aus Mett gefertigt und wurden während des Gottesdienstes oder wie man eine solche Feier damals nennen mochte, krass weggefuttert. Drum dürften sich auch keine dieser Götzenbilder erhalten haben, zum Unmut der Archäologen. (Einen Archäologen freilich haben wir nie hervorgebracht, und einen solchen für uns zu interessieren, vermochten wir ebenso wenig.)

Wir machen das so: Da unsere Intelligenz, weder die praktische und die theoretische schon gar nicht, zur Organisation von Schlachttagen jemals zureichte, packen wir uns einen Vorschlaghammer, einen Dreißigpfünder, wie ihn schon die Vorfahren in den ältesten Tagen benutzt haben, schleichen uns, so gut es geht, an ein Schwein heran – am liebsten von schräg hinten links – und zertrümmern ihm mit einem Schlag den Schädel. Im Laufe der Generationen haben wir dabei ein solches Geschick entwickelt, dass nur selten ein Hieb danebengeht und uns etwa selber das Fußgelenk zersplittert, andererseits, auch das geschieht. Ob diese ausgepichte Methodik auf Tierfreundlichkeit zurückzuführen ist, auf die Vermeidung von Schmerz und Panik beim Schlachten, wer kann es wissen? Immerhin ist es möglich, da wir selbst ja in manchen Phasen als Spiel-Opfer für die Geschickteren, die Schöneren, die Hochgewachsenen taugten, so an Hinrichtungstagen, gemeinsam mit Katzen und Hunden, als Vorgruppe sozusagen, bevor das eigentliche Schauspiel losging.

Als Hauptattraktion sind nur die wenigsten von uns geendet; zum Stehlen waren wir zu blöd, zum Morden zu fantasie- oder leidenschaftslos, Not- oder Unzucht wären uns schon aufgrund unserer hampeligen Veranlagung nicht möglich gewesen. Aber es erfuhren doch manche von uns, was es heißt, den Launen und Böswilligkeiten der vom Schicksal wohlfeiler ausgestatteten Zeitgenossen ausgesetzt zu sein. Gutgläubig, wie wir allezeit waren, latschten wir munter neben den Folterknechten her und kamen niemals auf den Gedanken, dass wir selbst Teil des „grandiosen Spektakels" sein könnten, das uns versprochen worden war. Und so humpelten wir denn über heiße Kohlen, wabbelten an hohen Galgen, krümmten uns überrascht, wenn der Spieß eindrang, kullerten in Teilen über die Bühne, nachdem die Henker ihre Ämter versehen hatten. Und so standen die anderen von uns, die mitgekommen waren, stumm und starr zwischen der ergötzten Menge und staunten und begriffen nicht. Aber vielleicht nahmen sie sich damals vor, wenn es ans Umbringen ging, dass es wenigstens rasch vonstattengehen sollte.

Was die Wollschweine anbetrifft, so ist anzunehmen, dass durch den generationenlangen Kontakt mit uns auch bei ihnen die natürliche Aufmerksamkeit und Hellhörigkeit nachließ, Abstumpfungsprozesse in Gang gesetzt wurden, jedenfalls bemerkt nur selten eines der Tiere etwas von der hinter ihm sich versammelnden zerstörerischen Energie. Zockelt aber doch einmal im fraglichen Augenblick eines dieser so kuscheligen wie nahrhaften Viecher ein paar Schritt weiter, geschieht dies vermutlich ohne alle Absicht. Denn selbst wenn sie, belästigt vom jappenden Laut des verhinderten Schlachters, sich einmal umdrehen, bringen sie das haltlose Schlingern des aus dem Gleichgewicht Geratenen keineswegs mit sich selbst in Verbindung, sondern tunken sogleich, verträumt und zufrieden, ihre Schnauzen zurück ins allzeit aufgeweichte Erdreich. Manche – wenige – nehmen an, besagte Wollschweine hätten sich allgemach eine gewisse Gleichgültigkeit gegenüber den Belangen des Lebens zugelegt; womöglich wäre es nicht einmal vermessen, von einer höheren Souveränität zu sprechen, als ob diese Geschöpfe bereits ein Stadium (das höchste!) erreicht hätten, welches zwar als Ziel des philosophierenden Menschen ausgegeben, kaum aber je von einem solchen im Ansatz erlangt wird: entspannt sterben können.

Man soll ja, so heißt es, nicht am Anfang anfangen; dies zeuge von mangelnder technischer Fertigkeit im Umgang mit dem Erzählgut. Aus diesem Grunde habe ich folgende Anekdote – obgleich es mir schwerfiel – mit einiger Gewitztheit bis jetzt zurückgehalten. In den dreißiger Jahren des 20. Jahrhunderts kam eine Gruppe von Experten in unser Milbener Land um zu forschen. Wofür sie Experten waren und woran sie forschten, erfuhren wir zunächst nicht, doch taten wir alles, um den Fremden behilflich zu sein. Übertriebene Gastfreundschaft ist unsere Sache nicht, doch helfen wir immer spontan, zumindest bis zu dem Punkt, da wir bemerken, dass man uns wieder einmal ausgenutzt hat oder an unser Mett will.

Jene Gelehrten, die sich um einen Obergelehrten scharten, schickten sich an, uns zu vermessen, zu wiegen, unsere Kopfformen zu bestimmen, ja, es schien, dass sie eine rechte Freude an uns hatten. Auf dem Hauptplatz ließen sie uns geradeaus laufen (was uns noch nie leichtgefallen ist, nicht zuletzt des Kornbrands wegen), auf- und abhüpfen oder (was uns das größte Vergnügen bereitete) im Entengang einherwatscheln. Zweie übertrieben es, versuchten sich am Stechschritt und fielen in die Drugg. Schließlich nahmen die Wissenschaftler einige von uns mit, sechs Frauen und ebenso viele Männer, die sie auf dem Platz gewissenhaft aussuchten. Der bereits erwähnte Onkel Diez, so berichtet seine Enkelin, sei erbost gewesen über seine Nichtberücksichtigung, so dass er dem Lastwagen laut fluchend und bettelnd hinterhergelaufen sei. Erst an der Landstraße nach Hadamar sei ihm die Puste ausgegangen.

Verbittert habe er umkehren müssen.

Was zu uns drang von den Ergebnissen der immerhin einen Sommer lang währenden Untersuchung, war nicht viel, doch schmeichelte uns der exotische Beiklang. Da wir so ganz und gar nichts mit den herrlichen Gestalten der uns umwohnenden Nachkömmlinge der Chatten, diesen hochgewachsenen, hochgestirnten, zu tun hatten, vermutete man eine Herkunft weit aus dem Osten, womöglich aus der unteren Mongolei, unter Umständen aber auch aus der Sarmatischen Ebene. Privatim entschieden wir uns für dieses unbekannte Flachland. Unsere Köpfe sind gewöhnlich trogförmig, aber nicht rund, unsere Augen aber rund und nicht mandelförmig – da schien dieses sagenhafte Sarmatien irgendwie passender. Wir waren also eingewandert, wann und warum wusste niemand, zumindest sagte es uns keiner, wir selber müssen es vergessen haben. Auch die beiden Überlebenden, die von fremden Soldaten befreit worden waren, konnten keine weiteren Informationen liefern, die uns Aufschluss gegeben hätten. Über den Verbleib ihrer Verwandten, die mit ihnen gemeinsam eingesammelt worden waren, wussten sie nichts zu sagen.

Es gab auch keine Gräber.

An dieser Stelle erscheint es angezeigt, einige Worte über unsere Geisteshaltung zu verlieren, wobei dieser Begriff sicherlich zu hochgegriffen ist. In keiner Weise mit unserem äußeren Erscheinungsbild im Einklang, pflegten wir seit jeher eine Verehrung des Heldischen, Kühnen, Auserlesenen. Die vertrackte Möglichkeit, all unsere Sagen und Gesänge auf uns selbst zu beziehen, verdankt sich allein dem Umstand, dass wir schlechterdings mit keinem Helden je zusammentrafen. Wie es scheint, wurde die Überlieferung in einer Zwischenphase seltsam abstrakt, so dass überhaupt keiner mehr etwas damit anfangen konnte. Dann aber, man nimmt an, in etwa zu der Zeit, da andernorts die Antike ihre Renaissance feierte, begannen wir, die herrlichen Epen von stürmender Eroberung und sieghafter Wehr auf uns selber umzumünzen.

Die haarsträubenden Widersprüche fielen uns nicht auf. Im Gegenteil, wir gewöhnten uns gerne daran, wenn einer der Älteren sich selbst an die Stelle eines lichten Heroen der Vorzeit setzte und fabelhafte Siege über Eroberer von ferne, Burgvögte mit der Untugend der Gier, Waldschrate, Menschenfresser, Greifen, Höllenengel und ganze Heere gehörnter, flammenzungiger Mischwesen zum Besten gab. Auch unseren Frauen gelang es, die vorzeitlichen Darstellungen von Grazie und Hochgesinntheit nach und nach umzuschreiben auf die ihnen eigentümliche Gedrungenheit und Boshaftigkeit.

Was Fragen der Religion anbetrifft, gilt als gesichert, dass die Christianisierung auch vor uns nicht Halt machte. Ein Jünger des Bonifatius höchst selbst, so eine apokryphe Tradition, habe auf der Milbener Höhe ein Wollschwein bekehrt, zum Zeichen nicht nur seiner allgöttlichsten Befähigung, sondern vor allem wohl aus Unmut über unsere Verstocktheit und unser Unverständnis. „Hie die swîn mêre seyen geseligten stands denne mohn unt wif", wird sein verzweiflungsvoller Seufzer in einer Erbauungsschrift des Ludger von Cusel wiedergegeben. Allein, wir konnten doch nichts dazu: Kein schnöder Unwille, keine der Finsternis zugewandte Gegenfrömmigkeit kann uns nachgesagt werden – wir verstanden einfach nicht, worum es ging. Sicher saßen wir im Kreise und staunten über die hehren Geschichten der Bibel, die auf Goldgrund erschimmernden Legenden der Heiligen; was damit im Kern aber gemeint war, entzog sich uns leider von Anfang an unserer Auffassungsgabe. Das ist bestimmt sehr schade.

Sämtliche Wellen abendländischer Glaubensbrunst gingen über uns hinweg, ohne sichtbare Spuren zu hinterlassen. Ein Steinschuppen, oben in der Speckwiese von Vetter Eppel, wo es in den Wald ohne Weg weitergeht, also nicht weitergeht, soll einst ein Kapellchen gewesen sein, Zeugnis institutionalisierten Bekehrungseifers. Dass dort Gottesdienste stattfanden, ist immerhin möglich. Den letzten Versuch übrigens unternahm ein friedensbewegter Erweckungsprediger aus Kassel in den 1980er-Jahren. Zwar verzagte auch dieser bald, doch sangen wir noch lange nach seinem Abzug ein innig frommes Liedchen, das er uns gelehrt hatte: „Ins Wasser fiel ein Schwein." Das begriffen wir nämlich. In seiner schmierigen, stallwarmen Melodik erregte es unser Mitgefühl; eingedenk der Herzensängste des unbescholtenen Tieres entquollen unseren Augen Tränen des Missverständnisses.

Unsere Schulbücher waren alt, meist aus der stimmungsvollen Epoche vor dem Ersten Weltkrieg. Sie enthielten vor allem grimmige Anekdoten wie diejenige vom Spartaner, der geäußert hatte, als man ihm sagte, die Pfeile der Perser wären so zahlreich, dass sie die Sonne verdunkelten: „Umso besser, da können wir im Schatten kämpfen." Mit solchen Mären wuchsen wir auf; derlei trugen wir im Sinn, wenn wir von Zeit zu Zeit zum Kriegsdienst herangezogen wurden. Das geschah nicht sehr oft, denn es schien, unser morastiger, dabei überaus karger Landstrich gehöre zu gar keiner Herrschaft, entweder, weil die Herrschaft keinen Wert darauf legte, uns zu besitzen, oder aber, weil wir so abgelegen und unkontrollierbar hausten. Es wechselten die politischen Verhältnisse ja nicht so häufig. Erst mit Hilfe neuer Erfassungsmöglichkeiten fünf Jahre vor der Reichseinigung 1871 gelang es, uns zu katalogisieren und dementsprechend verfügbar zu halten. Sogleich spezialisierten wir uns auf Kanonenfutter und fielen ohne Mucks und Maunz in diversen Schlachten als Erste.

Wie wir die Musterungen überstanden, ist mir ein Rätsel.

Einmal, nur ein einziges Mal in der Geschichte wird, ein Kriegsheld aus unserem Stamm erwähnt, wobei sogleich nachgeschickt werden muss, dass es eines gewaltigen erzählerischen Aufwands bedurfte, um eine Umwidmung vom Hasenfuß zum strahlenden Heros zu bewerkstelligen. Es war zur Zeit der Hildesheimer Stiftsfehde, als ein gewisser „Ulff, der Ambtmann von Gehnene" (der Ort wird sonst nirgendwo erwähnt) es zum Anführer eines bewaffneten Haufens brachte. Der Umstand, dass man sich zwischenzeitlich, sprich etwa zu Anfang des 16. Jahrhunderts, für uns interessierte, sprich einmal die Braunschweig-Wolfenbütteler, dann die Calenbergischen, schließlich die fürstbischöflich Hildesheimischen, dann wieder die Sachsen-Lauenburger, bald darauf die Hessen-Kasselaner und immer so fort, verdankte sich wohl allein der nahezu vollständigen Entvölkerung umliegender Gebiete. Mit irgendwem musste man ja seine Fehden austragen, und da boten wir uns stolz und gerne an.

Endlich dazu ausersehen, einmal realiter ins hehre Fach der Kriegs- und Siegeskunst aufzusteigen, verfügte sich jener Ulff mitsamt seinen dreißig oder fünfzig Mannen, worunter mit Sicherheit mehrere der Unsrigen sich befanden, in Richtung der Calenberger Schanze. Allerdings – hier liegt die Hauptschwierigkeit der subjektiven Heldengeschichtsschreibung – ist jener Ulff niemals dort angekommen. Bis heute gilt er als verschollen, mitsamt seinem Haufen. Allerdings (sollte dies nicht zu denken geben?), vom Effekt her darf dieser in der Heeresgeschichte eher seltene Vorfall als äußerst erfolgreich gewertet werden. Wie das? Ein Eintrag im Protokoll der Gegenseite, verfertigt von einem Hellebardenträger der Calenberg'schen, von dem nur das Kürzel A. U. überliefert ist, gibt Auskunft, was währenddessen geschah.

„Nachdem also drei Täg wir im Drecke gelegen, ohn Maßen und mit ingrimm'ger Langeweyl uff den Feindt erwarttend, wart die Mannschaft allgemach unneruhig und begunt am Endt gar sich selberst zu zerzanken." Als schließlich das zahlenmäßig unterlegene Heer der Wolfenbütteler heranrückte, konnte es die gefährliche Stelle unbeeinträchtigt passieren, so, als hätte der verschollene Ulff die Schanze tatsächlich im Sturmangriff genommen. In der Schule lernten wir zum Vergleich die Historie vom römischen Kriegsherrn, der sämtliche Kriege, an denen er beteiligt war, gewann, indem er sämtliche Schlachten mit Geschick zu vermeiden verstand.

Eine Randnotiz besagt, dass wir fortan für einige ereignislose Jahrzehnte unter die Herrschaft zunächst Heinrichs des Mittleren von Lüneburg, sodann der Grafen von Schaumburg, Diepholz und Hoya, nachfolgend der Ritter von Saldern kamen. Den Zehnt aber lieferten wir, unabhängig von machtpolitischen Konstellationen, ja sogar unabhängig von der Existenz des Konventes selbst, im Kloster Marienau ab. Dies erscheint umso bemerkenswerter, als der Karmeliterorden an diesem Ort nur recht kurzzeitig eine Filiation unterhielt: Schon im 17. Jahrhundert war nicht mehr viel von den klösterlichen Anlagen übrig.

Ob uns das auffiel?

Denn einmal dergestalt eingeordnet, legten wir Getreide, Mett, Kornbrand und Obstweinfässer alljährlich zweimal vor der Fruchtschranne ab, zuletzt Mariä Lichtmess sowie am Michaelistage 1976, einem ungewohnt heißen Jahr mit selten gutem Ertrag. Vielleicht spricht dies für diese uns innewohnende Treue und Freiheitsliebe, dass wir den (meist ohne Nachdruck) vorgetragenen Forderungen anderer Lehnsherrn mit Trotz widersprachen. Was mit all den landwirtschaftlichen Gütern geschah, lässt sich nur vermuten; es heißt aber, in den umliegenden Dörfern habe es über die Zeiten weg immer brausende Festgelage gegeben, sobald wir unsere Pflicht wie immer pünktlich und präzise erfüllt hatten.

Vielleicht sollte allmählich darüber aufgeklärt werden, was es mit besagter Drugg auf sich hatte. Da man uns – aus gutem Grund – inmitten der Dörfer nicht dulden wollte (schon gar nicht in den umfriedeten Städten), wohnten wir traditionell auf Aussiedlerhöfen, meist etwa eine Fußstunde von der nächsten Ansiedlung entfernt. Sobald wir einen neuen Hof gründeten, gingen wir zunächst daran, eine Drugg auszuschachten. Über die Ursprünge dieser familieneigenen Sitte ist nichts bekannt; die Maße hingegen können exakt wiedergegeben werden, sie stimmen bis heute: 7,45 auf 14,91 Meter – und so tief wie möglich. Vor allem die Tiefe war entscheidend, denn sobald eine Drugg voll war, musste der Hof aufgegeben werden, das war so vorgeschrieben. Die Drugg diente zu allem: Was man nicht brauchte, warf man hinein, darum roch sie nicht gut. Des Abends, auch wenn es nieselte, und es nieselte meistens, versammelte man sich um die Drugg und starrte hinab – eine etwas düstere, jedoch nicht unphilosophische Freizeitgestaltung. Dann und wann sagte wohl einer was, mitunter waren es Erinnerungen an manche, die im Lauf der Jahre dort hinuntergestürzt waren. Denn das kam häufig vor. Sogar sehr häufig. Man machte kein Aufhebens davon.

Weg ist weg und fünfzig langt – fertig.

So kamen denn auch meine Eltern ums Leben, als ich ein kleiner Junge war. Mein Vater war zuerst dran. Er schleppte, wie man sagt, eine Mistgabel voll Heu zum Stall hinüber ... und verschätzte sich. Sein letzter Ausruf soll: „Hopp!" gewesen sein. Dies galt dem Viehzeug, den Kühen speziell, die bei uns nur gemolken, nicht gegessen werden. Und tatsächlich gelang es dem Vater, die Ladung des kostbaren Heus flugs oben am Rande der Drugg zu deponieren, bevor er in die Tiefe jagte. Ein feiner Mann. Meine Mutter folgte ihm wenige Monate später. Bei ihr war es ein Blech Zwetschgenkuchen, das ihr die Sicht versperrte. Auch sie vermochte es – allerdings ohne „Hopp", denn sie fütterte ja keine Kühe – das riesenhafte Blech abzuwerfen, bevor sie in die Grube fuhr. Ob wir den Zwetschgenkuchen, pietätlos wie wir sind, hinterher noch aufgegessen haben, ist fraglich; er muss in keinem guten Zustand gewesen sein, und bei Zwetschgenkuchen halten wir auf Ästhetik.

Was mich und meine Jugend anbetrifft – später mehr davon, wenn ich's nicht vergesse. Für den Augenblick nur so viel: Es gab ja genügend Tanten und Onkel, bei denen ich arbeiten und mir meinen Unterhalt verdienen konnte. Diese Fügung hatte durchaus ihr Gutes; mein glänzender, mich zu Höherem befähigender Bildungsstand (ungeachtet meiner ortsbekannten Trägheit und jener verderblichen Neigungen) ist einzig und allein darauf zurückzuführen, dass Onkel Grundt fast sämtliche Jahrgänge der „Verdener Allgemeinen und Speziellen Monatspostille für Bauern und Ackerbürger" von 1876 bis 1921 auf dem Speicher aufbewahrte. Warum las ich darin? Übler noch, warum arbeitete ich sämtliche Nummern von vorne bis hinten mehrfach durch und verschaffte mir auf diese Weise ganz nebenbei jenen luziden Stil, diese schmiegsame Ausdrucksweise, den Welt und Zeiten umspannenden Wort- und Wissensschatz, wofür ich namentlich dem unschätzbaren, hochgesinnten Sonntagskolumnisten Ernst Dietrich Haßfurther auf ewig Dank zolle? Nun, hierzu muss gesagt werden, dass unsere Frauen und Männer voneinander geschiedenen höheren Wesenheiten opferten – und zwar ihr Leben.

Ich reifte ja zum Manne, es ging nicht anders.

Was die weiblichen Mitglieder der Familie angeht, kann fast ohne Einschränkung festgestellt werden, dass sie mit niemals nachlassender Lust den Gott Ärger anbeteten. Alles, was sie taten, dachten und fühlten, war darauf abgestimmt, lückenlos und ohne Fehl auf Ärger hinzuwirken, aus Ärger zu zehren, den Ärger, wo immer möglich, zu mehren und anzufeuern. Sie schimpften mit sich selber, sie raunzten ihre Männer an, sie meckerten mit den Kindern; selbst vor Tieren, Sachen, dem Wetter, Göttern, ja auch dem Gott des Ärgers selbst schreckten sie in ihrem Furor nicht zurück. Und eben jene Gottheit erhörte sie und zeichnete sie aus vor allen Frauen und belohnte sie mit unaufhörlichen Anlässen, ihre Alltagsgottesdienste in Strenge auszuüben. So wandelte sich der Umgangston wohl schon in den frühesten Zeiten zu außergewöhnlicher Grobheit; ihr Plaudern war ein Blaffen, ihr Schachern ein Fauchen, ihr Streit aber ein Kreischen und Toben, dass die ohnehin mangelhafte Artikulation in sich zusammenschnurrte und nur noch Grunz- und Zischlaute, hasserfülltes Gurgeln, Knurren, Heulen, Jaulen und Bellen übrigließ.

Man gewöhnt sich auch daran.

Die Männer der Familie nun waren von sanftmütiger Ödigkeit. Frühe zermürbt vom jedwede Zärtlichkeit verätzenden Ärger ihrer rauhen Frauen, stierten sie indifferent vor sich hin, als gäbe es ringsumher nichts als Drugg an Drugg, preisgegeben dem stummen Hochamt der Langeweile. Ach, es konnte ja kein Zweifel bestehen: Kam ein Knabe auf die Welt, schon blickte er müde und unbeteiligt und so trübsinnig vor sich hin, dass man ihn am liebsten umstandslos in die Drugg befördert hätte. „Schaut doch nur!“, riefen da die Weiber, „ganz der Vater! Genau so ein graues Gesicht! So ein Fadian, so ein Faulpelz, so ein Ödkopp!“

Und sie hatten ja recht. Selbst zum Schreien waren wir Bübchen zu unverständig; hätte man uns nicht – so lieblos wie möglich – pausenlos gefüttert, sozusagen zwangsernährt, wir wären klaglos wieder ins dunstige Reich der Vorgeburt zurückgeschwunden. Diese triste Indifferenz, diese die Mütter und Gattinnen allzeit provozierende Mattigkeit verloren wir zeitlebens nie. Das mochte wohl der Grund gewesen sein, der mich zur Lektüre trieb: die erstickende Tristesse, der ich, koste es, was es wolle (und sei es um den Preis der Seligkeit), zu entgehen strebte.

Leblang saßen diese Männer irgendwo herum und sturten ins Leere – was nun freilich ein völlig unerträglicher Zustand gewesen wäre, hätte es den Kornbrand nicht gegeben. Oh, der Kornbrand! Neben dem Mett war dies die einzige Lustbarkeit in unserem Familienleben. Zusammen ergab das ein Höchstmaß an Wohlgeschmack: Korn mit Mett und Mett mit Korn; was sollte man mehr vom Leben verlangen? Unvermischt tranken die Männer ihren Kornbrand, am Morgen zwei Tassen, mittags vier und ab dem Nachmittag so viel hineinging. Die Frauen nahmen morgens eine halbe Tasse davon, vermengt mit Zichorienkaffee, mittags zwei Gläschen pur, des abends heiß gemacht mit Zucker und Wasser, je nach Jahreszeit und Bedarf. Ergänzt wurde dies Gebräu lediglich von Wein aus unreifen Äpfeln und Quitten, gekennzeichnet durch eine bittere Säure, die auch im Haushalt dienlich war, wenn es galt, Scheunentore abzubeizen, die verkästen Küchen zu reinigen oder Diebe im Gesicht zu verätzen. Auf den Gedanken, reines Wasser zu trinken, verfielen wir nie.

Bier brauen war uns zu kompliziert, kaufen konnten wir keines.

Da man wohl dunkel empfand, ein solches Leben wie wir es führten, sei selbst den Kindern kaum zuzumuten, gewährte man schon dem Säugling täglich zwei „Männerlein." Die Bezeichnung für dieses Mischgetränk, bestehend aus einem Drittel lauwarmer Milch, einem Drittel heißen Obstweins und einem Drittel Kornbrand, sagt nun recht viel über unsere Art, den Humor auszuüben. Denn über den Ausdruck „Männerlein" mussten wir allezeit herzlich lachen. „Männerlein" war der Jokus, der die Jahrhunderte durchhallte, immer frisch und stets von Neuem belacht und zu jeder Tageszeit und Gelegenheit gebräuchlich, vor allem bei diesen über Stunden sich hinziehenden Familienfeiern, die selbstverständlich jeder Feierlichkeit und vor allem Fröhlichkeit entbehrten und stets von mürrischem Schweigen beherrscht waren. Da traf es sich gut, wenn bisweilen jemand witzelte: „Ich glaub, ich mach mir mal ein Männerlein", was dann freilich unterblieb, da dieser urtümliche Cocktail doch für die Kleinen reserviert bleiben musste.

So gewöhnten sie sich bald ein.

Wie ich gelegentlich meiner Selbstbildung aus der „Verdener Allgemeinen“ erfuhr, lebten im Frankreich des 19. Jahrhunderts zwei spottlustige Brüder, die befanden, in der Provinz sei noch der Regen eine Zerstreuung. Ob sie wussten, wie richtig sie lagen? Das Vorgefühl, mit dem wir allmorgendlich erwachten, war die schiere Angst. Nicht vor Feinden, Pest und Hungersnot, damit hatten wir längst zu leben und vor allem zu sterben gelernt. Nein, es war der Horror vor dem leeren Himmel: „Die blaue Sau, die auf den Steinbaracken liegt.“ Dies eine dichterische Zeile, die mir in einem Sammelband – ich meine, er handelte von Menschen – in Erinnerung verblieben ist; als Beschreibung dieses ekelerregenden Phänomens erscheint mir die Metapher vollkommen zutreffend. Schräg aus den Holzluken blickten wir nach oben, erleichtert, wenn wir das zartfeuchte Gewimmel auf unseren Fratzen wahrnahmen, dieses erlösende Hauptsache-Irgendwas; entsetzt, enttäuscht, ohne Glauben, wenn da nichts spürbar wurde, kein neckisches Kribbeln, keine kühlende Freundlichkeit. Nichts Trüberes als der Blick eines Clan-Mitglieds ins freie Himmelsblau nach oben rechts.

Nieselregen hatte uns geboren, Nieselregen würde uns dereinst auslaugen, bis wir verschwänden, das war nun mal so. Ohne seine stille, gewährende Mütterlichkeit spürten wir nichts, hofften wir nichts, waren wir nichts. Einige – wenige – Witterungskatastrophen waren in den Annalen verzeichnet, die von Trockenperioden berichteten, welche sich bis zu drei, gar vier Tagen hinziehen konnten, etwa im Jahre 1927. Gewöhnt an alle Peinigungen des Erdenlebens, neigten wir selten zum Suizid. Damals aber schon: zu Dutzenden sprangen wir in die Druggs, um die ergrimmten Gottheiten des Nieselregens, des Ärgers, der Dösigkeit zu besänftigen. Es funktionierte: Seit 1976, dem schon einmal erwähnten Jahr überreicher Ernte, nieselt es bei uns beständig, und wir sind guter Dinge, dass dem so bleiben wird. Es quatscht so lustig unter den Füßen, wenn wir über den Acker latschen; es platscht aus unseren Haaren, wenn wir uns in der Diele hündisch schütteln; es rauscht in die Schüsseln, wenn wir vorm Schlafengehen unsere Wämse auswringen. Dann aber, wenn wir uns niederlegen, lauschen wir darauf: das Einschlafgeräusch. Süßes Picken über der

Dachschräge, inniges Zunicken der Himmelsgüte, zärtliches, turtelndes Tätscheln. O Nieselregen, lass dich umarmen mit weit ausgreifenden, segnend-gesegneten Händen!

Es gibt eine Zeit im Jahr, Anfang Oktober, da verdichtet sich das Nieseln zu Nebel. Manchmal hält er bis Mitte April, undurchschaubar, weich und weiß wie das Innere eines Brötchens, das wir so gerne herauspopeln und fortschnicken, zu den Schweinen hin, um deren Mett in die Öffnung zu quetschen. Einige Reisende, die sich zu ihrem Elend in unsere Gegend verloren, haben sich schon nach wenigen Stunden in die Stirnen geschossen vor Kummer, vor Weltschmerz und Elend, das nur noch nach seiner Beendigung lechzt. Man muss dran gewöhnt sein – und was ist so schlimm an einer Art Hefegebäck, das einen umgibt und nicht mehr loslassen will?

Ist nicht auch dies ein Schlaraffenland, nur ohne Licht?

Freilich, es gibt Szenen, die würden Außenstehende für Erfindungen aus der Vorhölle halten ... Wenn wir etwa, mit schon nach wenigen Metern klitschnassen Haaren, durch die halbdunklen, schlammigen Höfe waten, die Hände schlafwandlerisch vorausgestreckt, um das Scheunentor zu finden, dann und wann aufgeschreckt, wenn es einen in die Drugg niederreißt, schließlich das Stalllicht anknipsend, dessen öliger Schein keine Kuh, kein Wollschwein aus seinem Dämmer weckt, sondern ertrinkend und abgewandt, so, als wolle es das bisschen Helligkeit für sich behalten, von der Decke herab pienzt.

Dann kraschpeln wir zwischen altholzgrauen und rostroten Geräten herum, stolpern über staubstarre Karren, reißen uns die Ärmel auf an vorkragenden Eisensimsen, fassen endlich die Leitern, die unhandlichen, eschenhölzernen, vom Ururgroßvater gefertigten, schweren, unsäglich schweren, doch niemals wackeligen, da in sich fest verbackenen, heben sie an und hoch, hieven sie aus der Verankerung, ächzen, fauchen, fluchen, bringen sie in Anschlag, bleiben hängen, stoßen Windlichter, Sauerkrautkübel, Rumtöpfe ins Stroh, wo sie zerschellen, finden endlich das Tor, tasten hinaus, in den Hof, auf die Dorfstraße, fassen um, stöhnen, humpeln, orientieren uns ... und tappen weiter, mitunter durch hingeknurrte Rufe uns verständigend, damit wir einander die Augen nicht ausstechen mit den Leiterenden, streben hinauf, die triefende Wiese hinan und zielen mit den Leitern nach den Obstbäumen, die wir nicht sehen, seitlich ausschwingend oder in die feuchte Weiße stechend, bis auf einmal ein Stocken, Verhaken, Anprallen die Suche vorerst beendet.

Geübt in der Technik, den unsichtbaren Zweigen auszuweichen, die Leiter durchs Geäst hindurchzumogeln, gleiten wir trotzdem immer wieder aus auf dem Nieselgras, verlieren für Augenblicke den Kontakt zum Baum, der nur wenige Meter neben uns aufkümmert im Nebelteig, erklimmen die Sprossen, die festgefügten, doch glitschigen, um, die belaubten Äste bisweilen als Schemen erahnend im Allerleigrau, die wenigen Früchte zu erfühlen. Knittrig ist uns die Haut an den Fingerkuppen geworden, knittrig strecken sich die Zwetschgen uns entgegen, wurmig aufplatzend, wenn wir nach ihnen greifen, ihren Seim über unsere Handrücken ausfurzend aus ihren schrumpeligen Hinterteilen – und dennoch ... und dennoch ahnen wir bereits den mit nichts zu vergleichenden Duft, wenn in Bälde der Zwetschgenkuchen durchs Haus dünstet wie eine Geistererscheinung, die dem Nieselnebel entgegenwirkt, ihn bannend in seine Grenzen weist: Vor dem Fenster, da bleibst du, hier regiere ich, ganz allein ich, der Zwetschgenkuchenduft, auch der Apfelkuchenduft.

O einziger Zivilisationsakt, der uns je eingeleuchtet hat!

Auf den Rückwegen kommt es immer wieder zu Kollisionen, denn wir sind überanstrengt und enerviert, wollen uns durchfummeln, der Heimat zu, zwischen den Obstbäumen, den anderen Leiterträgern, den Zäunen und Schobern und Stallungen hindurch, ohne aufgehalten zu werden, bitte, heißhungrig, beißwild – und dann verhakt sich irgendeine Fremdleiter in der eigenen. Wir stoßen Drohlaute aus, keifen und zwitschern schrill wie Außerirdische, versuchen die Leiter aus der gegenerischen Gerätschaft, deren Besitzer unsichtbar im Diesigen lauert, zu befreien, um sie als Stoß- und Schlagwaffe zu verwenden. „Hoi!“ rufen wir dann und: „Hupp!“ und: „Oi weh!“, denn gleichgültig, welch schaudervolle Verletzungen man selbst dem Feinde beibringt, irgendwann erwischt es einen ja auch, dann kracht es unvermittelt auf die Schulter, dass der Knochen birst oder auf den Schädel, dass man umsinkt und liegen bleibt.

Wie viele von uns auf diese Weise zu Tode gekommen sind, wer kann es wissen? Doch geschieht es auch, dass den Sieger am Nachmittag die Gedanken häkeln, dass er sich beteiligt an der Suche, zusammen mit der Mutter, dem Vater, den Geschwistern des Verwundeten. Nicht immer winkt diesen verbissenen Suchkommandos der Erfolg, nein, es geraten auch manche beim Rettungsversuch abhanden, so dass im Frühjahr die Gefallenen des Zwetschgenkampfs unweit ihrer verhinderten Retter im jungen Gras gefunden werden; dennoch, es zeigt sich auch hierin, dass wir im Ganzen eine Familie sind, ebenso rasch zu Unbedachtsamkeiten zu verleiten wie zum abrupten Verzeihen geneigt.

Das ist doch schön.

Den wenigen Reisenden, die Zeugen der schnoddrigen Rituale wurden, welche der Transport der Herbstgefallenen in die Drugg des Heimathofes vorschreibt, kam unsere Verfahrensweise in der Tat meist unangemessen vor, kalt, nicht recht bei der Sache. Letzteres hat andere Gründe, die sogleich beleuchtet werden sollen. – Es ziemt sich, dass auf der einen Seite ein enger Verwandter des Abgeschiedenen sich den linken Fuß unter die Achsel klemmt und zwar die Fußspitze nach unten, gestützt von beiden Händen. Derweilen, wenn möglich, der Verursacher den rechten sich unter die Achsel stopft. Auf diese Weise schleift man, was übrig ist, auf dem Bauch, so ist's ansehnlicher, zwischen sämtlichen Dorfbewohnern, die Spalier bilden, immerhin, hindurch. Dass dies niemals ein wirklich hübsches Bild ergeben kann, nach bald einem halben Jahr Flachliegen auf der Streuobstwiese, lässt sich leicht imaginieren. Nicht viele, doch einige Raubtiere leben bei uns in den Wäldern, zu schmächtig, um sich an unsere Wollschweine zu wagen, doch immerhin in der Lage, sich an Aas zu mästen. Das merkwürdige Klima in unseren Breiten, wo Nordseeeinfluss ahnungshalber sich bemerkbar macht, bringt es mit sich, dass zahlreiche Winter schneefrei fortdauern, kurz, was von den Toten bleibt, ist meist von sämiger, dehnbarer Konsistenz, bisweilen ansatzweise mumifiziert, niemals aber ein astreines weißschimmerndes Skelett.

Ein kennzeichnendes Phänomen gilt es näher in den Blick zu fassen, das eben nur gestreift werden konnte. Sollten wir jemals eine echte Schwäche besessen haben, so wäre unsere schier unvergleichliche, durch nichts zu zügelnde, geradezu strukturprägende Unkonzentriertheit zu nennen, welche uns selbst – vermutlich bedingt durch permanente Anwesenheit – kaum je aufgefallen wäre. Hätte uns jemand zur Rede gestellt, derart: „Jetzt gebt doch einmal acht!“ oder: „Passt doch auf, ihr schadet euch ja selbst!“ oder: „Schau doch, was du wieder angestellt hast, kannst du denn nicht achthaben?“, wir wären verständnislos unter uns starrend weitergetrielt. Oder wir hätten dem Wohlmeinenden vorsichtshalber eine gelatscht, da man nie wissen kann, ob's einer übel meint, sich am Ende lustig machen will, wie das ja immer einmal vorkommt.

Freilich, es gab da einige spektakuläre Fälle, in deren Zentrum wahre Heroen der Verträumtheit standen, deren Leistung so überragend war, dass ein Bewusstwerden ihrer Großtat unvermeidlich wurde, mehr noch, dass ein Vermuten nahelag, diese Zeugnisse einer akrobatischen Schusseligkeit seien in sich nichts anderes als eine höhere Form der Konzentration, der Versenkung, der Welterkenntnis. Ich denke da an meine Großtante Gundel, die bekannt war für ihre Eiweißpasteten – außen Eiweiß, innen Eiweiß, jedoch aufs raffinierteste mit Mett verkleppert –, ansonsten unauffällig, es sei denn, man zieht ihre in unseren Breiten geradezu exotische, in Abständen hervorbrechende Freundlichkeit als verstörendes Sondermerkmal in Betracht.

Einmal, es mussten an die zweihundertsiebzig Gäste zum Jahrestreffen der Wettkämpfer verköstigt werden (und zwar mit Eiweißpasteten zu einer Art Vorspeise), schreckte sie mitten in der Arbeit auf, denn ein Paket mit sauer eingelegten Gurken musste aufgegeben werden: Ihre Nichte, die sich ins Westpfälzische verehelicht hatte und jetzt Gorxheimer-Strippler hieß, warum auch immer, wurde dreißig. Gundel behielt das Montier-Eisen in der

Hand, schnürte aus der Küche, über den Hof, in geübtem Bogen um die Drugg herum ... und wanderte zum Tal hinaus, das Landsträßchen hinauf, über den Apfelhügel und in die blendende Ebene hinein.

Als sie in der Hauptpost im immerhin gut vierzehn Kilometer entfernten Brakel eintraf, das Küchengerät noch immer in Händen, den Kasack brav umgebunden, das Kopftuch züchtig geknotet, erregte sie doppelt Aufsehen: Man kannte uns ja, wusste um diese Eigenart der Tapsigkeit und Vergesslichkeit und schloss unmittelbar richtig, dass einmal wieder ein Gedankengang den vorherigen, noch nicht abgeschlossenen, abgelöst haben mochte. Bedauerlich war dabei nicht allein, dass Gundel das Gurkenpaket, wie sie erschauernd feststellte, zu Hause auf dem Küchentisch stehengelassen hatte, sondern vor allem der Zustand der Pasteten, als sie tief in der Nacht zurückkehrte: eingesunken waren diese wie die Entengrütze auf unserem Dorfteich, wenn, was vorkam, ein Wollschwein dort hineingeraten war und unterging. („Ins Wasser fiel ein Schwein!")

Ein anderer Vorfall hatte sich lange vor meiner Geburt im Dorfe Maden zugetragen. Mitnichten war der Flecken das Ziel der Halbtagesfahrt von Urgroßonkel Kolm gewesen. Kolm hatte geschlachtet, rechtschaffen nach althergebrachter Art, war an das nichtsahnend äsende Wollschwein herangepirscht und hatte – wumms! – den wohlgesetzten Schlachthieb gelandet. Dann muss ihm etwas eingefallen sein, er verließ das Schwein und trottete los, den blutigen Vorschlaghammer frohgemut geschultert. Er schirrte an und zockelte in den Nieselregen hinaus, ein Wetter zum Mettbrotessen.

Zu Maden fand an jenem Tage der Jahrmarkt der Viehhändler statt, ein buntes Durcheinander mit Buden und Lärm. Bis man den vermeintlichen blutrünstigen Mörder und Amokläufer polizeilich festgesetzt hatte, war die Katastrophe schon vollkommen: Marktmädchen schrien, Pferde wurden scheu, Händler flohen in alle Richtungen, Zäune wurden eingerissen, eine Scheune fing Feuer, ein Schmied wurde versehentlich in die Esse gestoßen, der Huldigungszug der Ehrenjungfern explodierte, und Onkel Kolm stand inmitten, wusste nicht wie und lächelte, lächelte sein stets irritiertes, irritierendes Onkel-Kolm-Lächeln.

Erst im Strafvollzug fiel ihm wieder ein, dass er ein totes Wollschwein auf der Hauswiese liegen hatte. Seinen Erklärungen schenkte man keinen Glauben, seine jammervollen Bitten wurden abgewiesen. Man unterstellte ihm zu simulieren; Kolm wusste mit diesem Ausdruck nichts anzufangen. Als sich nach Tagen immer noch keine grässlich entstellte Leiche finden lassen wollte, entschied der Ortsgendarm, den Gemeingefährlichen zu jener Stätte zu begleiten – freilich in einer Prozession von etlichen Gemeindedienern und Soldaten –, die der Gewaltmensch als Schlachtort angab. Bedauerlicherweise konnte sich Kolm nicht mehr exakt erinnern, wo das Tier sein Ende gefunden hatte – nicht unverständlich eingedenk all der Aufregungen, die ihm widerfahren waren, sowie der mehrere Morgen ummessenden Hauswiese. Kurzum, das Schwein war weg (vielleicht hatte es einer verräumt), und Kolm wanderte zurück in seine Zelle. Zwei Fluchtversuche wurden vereitelt. Ein halbes Jahr später fiel er unter die Generalamnestie, die ein frisch gekrönter Potentat erlassen hatte, um sich beim Volk beliebt zu machen.

Es war dies ja nicht zum ersten Male, dass einer von uns in den Fokus der Exekutive geraten wäre. In Abständen, mal kürzer, mal länger, kamen wir unter Verdacht: des Diebstahls, der Unzucht, der Insubordination, der Hexerei ... Zumal letzteres Phänomen brachte uns mehr denn anderthalb Jahrhunderte lang in vielerlei Hinsicht Scherereien – und Schlimmeres ein. Unsere Art, nach eigenen, gleichwohl Generationen lang überlieferten Regularien den Alltag zu gestalten, überhaupt, die irreversible, bewusst oder unbewusst getroffene Entscheidung, unter uns zu bleiben, erregte von Zeit zu Zeit den Argwohn verschiedenster Obrigkeiten.

Wir haben bereits angedeutet, dass in Phasen gesteigerter Rührigkeit des Triumvirats aus Justiz, Polizei und einer wildgewordenen Kirche einzelne von uns aufgrund ihrer Gutgläubigkeit zum Gaudium des Publikums auf den Hochgerüsten der Mordlust ihr Leben aushauchten; die Fremdheit unserer Erscheinung und Sitten, der knorzige Wuchs, das blöde Starren, die trübe Insistenz und mokante Belanglosigkeit mochten ihr Teil dazu beigetragen haben.

Es gab aber auch redliche Investigationen.

Unter die anerkanntesten Berufsgruppen, das muss an dieser Stelle ausgeführt werden, zählten bei uns seit jeher neben den Schlachtern und Schweinehirten die Schreiner, namentlich wenn sie Tischler waren. Es wurde schon gesagt, dass wir allezeit und mit Recht als miserable Hausbauer galten; dafür erreichte kaum ein auswärtiger Holzkünstler je die optische Wucht und handwerkliche Vollkommenheit eines Tisches, wie er uns täglich gewohnheitsmäßig zur Verfügung stand. Freilich nur alle zweihundert Jahre, wie es hieß, kam so ein Meister zur Welt, der es verstand, die auf geheimen Speichern gelagerten Hölzer der Vorzeit „zu lesen", die ihnen innewohnende Struktur zu dekodieren, auszulegen, schlicht: zu ... deuten. Dies Wort bezeichnet eine der Namenserklärungen jenes gewaltigen Haushaltsgegenstands, um den es uns im Folgenden zu tun ist. Unser „Deutetisch" – schon als Begriff – setzte im Umkreis immer wieder Mutmaßungen in Gang, nach dem Dreißigjährigen Krieg, als in immer kürzerer Periode ein Rat der Kirchenpolizei den Ahnen die Aufwartung machte, in besonderem Maße.

Wehe uns!

Was, so fragte man sich, mochte da wohl „gedeutet" werden? Der Verlauf der Gestirne? Unerklärliche Geschehnisse in Vergangenheit und Zukunft? Diente jener Tisch gar dem Götzendienst, der Beschwörung unchristlicher Wesenheiten, deren Existenz weder im nördlichen Hessen noch im südlichen Siegerland je geleugnet wurde? Zur Verschärfung hatte ein Kommentar des damaligen Eigentümers, eines gewissen Murrhart, beigetragen. Eigentlich als Witz gemeint, legte der Scherzbold dem gestrengen Kirchenmann nahe, das schwarze Instrument habe den Vorvorigen wohl als Opfertafel gedient; die Ausbuchtungen, um das Blut aufzufangen, seien ja noch deutlich zu erkennen.

Wie humorlos die christliche Kirche (im Gegensatz zu ihrem Stifter, der, nach den Apokryphen, ja doch gerne und herzlich gelacht haben soll) sich entwickelt hatte, erfuhr der unglückselige Murrhart binnen weniger Stunden nach seiner Flapsigkeit auf der Streckbank. In Ängsten und Schmerzen erfand er alles irgend Denkbare, was mit okkulten Riten, Blutschande, obszönen Praktiken und jeder Art von Hintertriebenheit zusammenhängen mochte, Hauptsache, es war gegen die Allerheiligsten Instanzen gerichtet. Noch an selbigem Abend, Murrhart war Gott sei's gedankt verschieden, erschienen die Eiferer erneut auf unserem Hof, sekundiert von zehn Reisigen, die in jene Hütte eindrangen, wo der besagte Tisch seit unvordenklichen Zeiten im Halbdunkel kauerte. Dass es trotz dieses Aufgebots nicht möglich war, das Corpus Delicti fortzuschaffen, ergrimmte den Beauftragten umso mehr und veranlasste ihn, die Milbener Weiler zur Plünderung freizugeben.

Zauberei? Was denn sonst!

Ohne langweilen zu wollen, muss nun wohl eine knappe Beschreibung des Deutetisches gegeben werden. Ich selbst habe zu Lebzeiten kaum mehr als fünf davon gesehen, vier auf den Höfen meiner Heimat und einen ... aber davon später, wenn ich's nicht vergesse. Wie erwähnt, so ein Trumm wurde gefertigt aus Generationen zuvor geschlagenem Holz, Eiche zumeist, aber nicht nur. Der kürzeste der fünf mag an die elf, der längste über zwanzig Meter gemessen haben. In jedem Fall war so ein Deutetisch schwarz: schwarz geräuchert, schwarz gebeizt, schwarz vom Gebrauch, schwarz vom Dreck, denn, wie angedeutet, unsere Hausfrauen waren die reinlichsten nicht. Das Kernkennzeichen aber blieben jene Mulden, an jedem der vorgesehenen Plätze eine kleinere, an den Kopfenden zwei größere, in der Mitte aber eine sehr geräumige oder, bei den mächtigsten Exemplaren, derer zwei, in praktischer Weise geometrisch einander zugeordnet.

Es versteht sich, dass die Tischplatte, um solche Ausbuchtungen aufzunehmen, ausgesprochen stabil und massiv sein musste. Schätzungen zufolge wiegt der Deutetisch im Hause meiner Kusine Trude weit über viertausend Kilogramm. Er ist einer der kleineren. Die Tischbeine sind gedrechselt. Sie haben einen Durchmesser von gut einem halben Meter, was dem Gesamtobjekt etwas

Renaissancehaft-Klobiges, Zyklopisches, jedenfalls recht Unelegantes verleiht. Weder Ober- noch Unterseite sind sonderlich geschmirgelt, geschliffen oder poliert, nein, es gehört zu den Charakteristika eines Deutetischs, dass er uneben ist. Allzu zarte Gläser, die man darauf applizieren würde, fielen bei der geringsten Bewegung einfach um. Bis zum heutigen Tag bevorzugen wir Tongefäße, auch zinnerne Becher, ungeachtet der die Gesundheit beeinträchtigenden Wirkungen, die ist uns wurst.

Wie es einem unserer wahrhaft magischen Tischler je gelingen konnte, so ein vorweltlich-titanisches Teil herzustellen, sprengt die Vorstellungskraft; allein die Tatsache, dass Bauhölzer von solchen Ausmaßen und derartigem Gewicht in unseren wackeligen Schobern gelagert werden konnten, muss für immer wundernehmen. Die Bäume indes, von denen diese Bretter stammen, müssen Urzeitriesen gewesen sein, gewachsen in einer Welt vor unserer Welt, mittlerweile wohl unter unserer Welt, denn das Alte sinkt hinab und das Werdende steigt herauf, so ist es auch in der Zoologie, der Baukunst, der Geometrie ...

Was wollte ich berichten? – Nun, richtig, zur Klärung des merkwürdig lautenden Begriffes: Deute – das ist nicht nur der Name eines Örtchens nahe Kassel, Deute bezeichnet auch ein Gericht, eine – man mag dergleichen schon erwartet haben – ebenfalls vorzeitliche Speise, die aus fettem Speck, fetter süßer Sahne, fettem Schmand und gebutterten Zwiebeln zu einem melasseartigen Seim eingekocht wird. Bedeutet – wie erwähnt – das Mett für uns tägliche Sehnsucht, Lust sowie prompte Erfüllung derselben, so entzieht sich all jenes, was die Deute in uns erregt, jedweder Beschreibung. Wie bei allem, was dem Heiligen sich nähert, treten übergriffige Adjektive gern beiseite. Wir reden nicht über die Deute, wir sagen auch nicht Deute, wir machen: „Hng!" und ziehen dabei die Augenbrauen hoch, die Lippen auseinander, die Nasen kraus, schon weiß man, was gemeint ist.

Nur bei hohen Festen wird sie aufgetragen, bei sehr hohen. Hergeschleppt von zwei dickarmigen Frauen, schwebt der Kessel auf den Deutetisch zu. Die Feiergemeinde versinkt in wohligem Schauder. Aller Augen verfolgen den Weg der Speise. Da und dort sind Laute der Lust zu vernehmen, inbrünstig, doch voller Demut. Mit Schwung – aber nicht zu viel Schwung, denn nicht selten ward bei solch einem Unterfangen ein Sippenmitglied verbrüht – wird der brodelnde Speckbrei unter lustigem Brabb-brabb-brabb in die Mulde gekippt. Sogleich schnellen von allen Seiten aufgespießte Kohlrabi- und Brotstücke, Mettballen, was auch immer in Richtung des dampfenden Teiches vor, tauchen ein, verhaken und befreien sich, werden emporgehoben ... und so rasch wie möglich über die mies gehobelte Tischplatte zurückgezogen.

Wie sich leicht denken lässt, führen Übereifer und Ungeschick dazu, dass sich alsbald eine stets breiter werdende Schmierspur von der Mulde zu dem jeweiligen Esser hinzieht. Nun, es ist wahr: Am glaubhaftesten scheint jene Etymologie zu sein, die besagt, von daher beziehe diese Köstlichkeit ihren Namen, da doch von der nährenden Mitte für jedermann nachvollziehbare Speisebahnen auf die zur Sättigung versammelten Personen hin-deuten ... zumal einige doch tatsächlich hölzerne Löffel zu Hilfe nehmen, womit sie möglichst viel von der Pampe in ihre privaten Fressmulden hinüberschaufeln.

Es ist dies ein Ächzen und Schlabbern, Gurgeln und Schlotzen, wenn so ein Festtag gehalten wird – einfach zu herrlich! Mehrmals müssen die Köchinnen anrücken und nachgießen. Brabb, brabb, brabb. Ein Fondue der rüdesten Sorte. Sehr viel Kornbrand wird dabei gesoffen, noch mehr bittersaurer Quittenwein. Es gibt Streit, es gibt Versöhnungsszenen, Kämpfe um alte Vorrechte, wiederum Verzeihen und Vergebung zwischen Alten und Jungen. Da findet der eine beim Stochern einen guten Knorpel oder einen Backenzahn, der ihm zu Beginn des Mahles hineingefallen war, dort entdeckt ein anderer seine – vielleicht seine – Armbanduhr. Manche, wenn sie satt sind, fangen an, mit dem Fettbrei herumzuspielen, malen Gesichter auf die Tischplatte, strecken ihre Zungen in die Rillen, zutzeln, mümmeln, hieven mit der bloßen Hand die erkaltende Deute aus dem Tisch und schieben ihre Münder in den Brambes hinein.

Doch dann, so unerschütterlich und ehrenfest, wie sie dieses Labsal aufgetragen haben, nahen die Hausfrauen mit grauen

Lappen und wischen durch die Mulden. Fertig. Festakt beendet. Manch einer vertritt die Auffassung, diese Reinigungspraxis korrespondiere mit unserer angeborenen Trägheit, da solchermaßen der unbequeme Abwasch jedermann erspart bleibe, es sind ja keine Teller da. Rundheraus gesprochen, es wird etwas dran sein, zumal auch die Holzlöffel, so sie denn Verwendung finden, schlankweg an Hemd und Hosenbein abgerubbelt werden (oder einfach nur im Mund) und leblang ohne Kontakt zu sterilen Spülbecken bleiben.

Wir haben gesagt, dass solche Deute-Feste nur an hohen, an sehr hohen Feiertagen ausgetragen wurden. Nun, welcher Art waren diese? Feierten wir Ostern? An sich schon. Doch verpassten wir manchmal schlicht das Datum, da wir zu dieser Zeit auf den Feldern mit dem Pflügen beschäftigt waren und, wie angedeutet, nie ganz kapiert hatten, ob so ein Ostern eher ein Gegenstand, ein Musikstück oder doch ein wundertätiger Mensch aus dem Morgenland war. Begingen wir Weihnachten? Ein bisschen. Die Sache mit den Christbäumen hat uns stets missfallen, wir wussten auch nicht, was das soll, Bäume wachsen ja im Wald.

Wie sah es mit Geburtstagen aus? Vernachlässigbar; zwar bemühten sich einige, einigermaßen Buch zu führen, Geburten- und Sterberegister anzulegen, das war auch verlangt seit Einführung der Preußischen Reichskanzleiordnung von 1866. Aber, gewohnt an vormalige, laxere Verfahrensweisen, verlor sich denn doch das eine oder andere Faktum. „Wann war das noch, dass dem Henrich sein Bruder auf die Welt kommen ist?", mochte etwa der Dorfälteste den Lehrer fragen. Der antwortete gewöhnlich mit „Oh!", genauer: „Ou", was wie ein Schmerzenslaut klang, denn auch er hatte es vergessen, und dieses Vergessen war ihm peinlich, zumal Henrichs Bruder mittlerweile das Zeitliche gesegnet hatte, im für unsere Belange gesegneten Alter von möglicherweise vierundvierzig Jahren. Verlässliche Daten fehlten.

So kam es denn auch – dies ein Einschub – zu sehr unvollständigen Epitaphien an der Mauer beim Schuppen an der Speckwiese. Die Toten landeten sowieso in der Drugg, doch immerhin, den lieben Brauch, ihrer ein wenig zu gedenken, pflog man, so gut es ging, durch Einpassen besinnlicher Spruchweisen. „Dem Henrich sein Bruder“ (sein Name war uns leider entfallen; er hatte einen, das ist sicher, aber welchen?) konnte da ebenso gut zu lesen stehen wie „Der Henrich selber“, um eine Unterscheidung herbeizuführen. „Lies von uns“ beruhte weder auf einem Schreibfehler noch kam es einer Aufforderung gleich (was sollte es von uns auch zu lesen geben?), sondern wollte nur sicherstellen, dass nicht die Lies aus dem Unterdorf gemeint war, die lebte ja noch, und wie, sondern – eben unsere.

Besonders anrührend kam mir stets ein Wort in goldenen Lettern vor: „Gewesen.“ Das sagte doch alles! Womöglich eine Anspielung auf jenes erhabene Friedhofsgedicht des Detlev Freiherrn von Liliencron, ward hierin aufs Schönste vereinigt, was Sepulkralkultur und Totengedenken nur immer fordern mochten. Dass man auf solchermaßen geschickte Weise kaschiert hatte, wie rasch der Familie auch in diesem Falle der Name des (oder der?) Dahingeschiedenen aus dem Gedächtnis geraten war, blieb zu Recht ohne Belang. Ein vorletztes Beispiel: „Die dem andern sein Mettbrot geklaut hat.“ Diese Aufschrift war schon arg im Verwelken begriffen, als ich ein sehr kleiner Junge war, doch ward auf diese Weise noch immer die Erinnerung an ein einprägsames, die Beteiligten erschütterndes Ereignis wachgehalten, gleichsam als Mahnung an die Heutigen – zwischen wem und wem, das spielte nach Jahrhunderten keine Rolle mehr.

Den größten Eindruck machte auf den Knaben ein unmissverständliches „Ich nicht.“ Sprach hieraus nicht die unbedingte Diesseitigkeit unseres Stammes, ein Vorausgriff quasi auf hedonistisch-atheistische Strömungen des 20. Jahrhunderts, von dessen Verlauf wir, beiseite gesprochen, kaum Notiz nahmen? Stellen wir nicht, so betrachtet, die Avantgarde einer Entwicklung, welche das Empfinden des subjektiven Vorhandenseins, einer zwar diffusen, gleichwohl permanent unabhängigen Lustmöglichkeit anstelle der proklamierten Transzendenz setzte ... und dies zu Zeiten, da andere schon für die Sünde, dies gedacht zu haben, zu Tausenden aufs Rad und ins Feuer kamen?

Nun aber zu unserem Hauptfest, eigentlich – zu unserem einzigen. Kommen wir auf unser Jahrestreffen zu sprechen, so wollen wir im Sinne einer erzählerischen Volte zugleich einige der Persönlichkeiten vorstellen, die in meinen frühen Jahren von Bedeutung waren, schlimmer noch, die an meiner Entsendung in die kalte Fremde Anteil hatten. Das Familienfest, meist nur „S" genannt („'s ist wieder so weit", „'s wird bald so weit sein", „'s ist jetzt auch schon wieder zwei Wochen her ..."), war stets mit Wettkämpfen verbunden, die auf – einigermaßen – friedliche Weise einerseits angestaute Konfliktenergien kanalisieren sollten, andererseits die Frage der Clan-Hierarchie klären halfen. Dass es zumeist im Anschluss oder noch währenddessen zu heftigen Keilereien kam, lag wohl in der Natur der Sache; die Kanalisierung funktionierte eben nicht recht, so wie überhaupt keine Kanalisation bei uns funktionierte, wozu auch, wir hatten ja die Drugg – dabei fällt mir ein: Elektrizität lehnen wir auch ab, bis heute, Talglampen tun's auch –, kurz, der Gedanke des Wettspiels blieb uns eigentlich fremd, wir fügten uns dem, wurden deswegen gereizt und zerbläuten drum eher unabsichtlich und im Vorhinein exkulpiert dem Mitbruder die Visage.

„S", das Hauptereignis des Jahres, stets in etwa eine Woche vor der Sommersonnenwende zelebriert, bei uns, in der Heimat des Nordens natürlich, versammelte auch die Sippenmitglieder aus dem thüringischen Rauhen wie aus dem westpfälzischen Greufz. Nun darf man sich diese Zusammentreffen nicht vorstellen wie bunte Familienfeten im Süden, wo man sich jauchzend um die Hälse fällt; wozu dergleichen gut sein soll, ging uns niemals auf. Es kamen die Verwandten, nach wochenlangem Anmarsch, in Ochsenkarren kamen sie, auf schlauchlosen Fahrrädern und zu Fuß, selten einmal in jenen offenen, eingedellten Lastkraftwagen oder auf Traktoren in Himmelblau. Sie kamen über den Hügel – und dann waren sie da. Was sollte man machen? Was sollte man jetzt sagen? Die Begrüßungsgespräche lauteten etwa, frei übersetzt, folgendermaßen:

„Un?"

„Ou."

„Un sonst?“
„Nix.“
„Nix.“
„Hm.“
„Hm.“
„Gibt's Mett?“
„Jou.“
„Ou.“
Vielleicht wurde bereits gemutmaßt, dass die Wiedergabe wörtlicher Rede nur in angepasster, gewissermaßen aufs Handelsübliche zugeschneiderte Weise erfolgen kann; unseren grunzenden, wabernden, gutturalen, näselnden, knurrenden, dunkel muffelnden Dorfdialekt kann man schlechterdings in Buchstaben nicht wiedergeben, selbst die Lautschrift widersetzt sich. Um eine Vorstellung des Klanggefüges zu erhalten, begebe man sich zur Brunftzeit des Rotwilds in einen Wald und amalgamiere die vernommenen Laute im Geist mit dem schaumigen Gebrodel eines Fabrikkanals, wenn die Schleusen geöffnet werden; dem Anlassergehechel älterer Zweitakter-Motoren; dem, nun ja, Darmwind bei beleibten Personen nach dem Genuss von größeren Wirsingmengen – und zwar ohne Kümmel.

Da uns selber stets auffiel, wie wenig diese erhaltene Frühform einer Sprache zu Differenzierung und Nuancierung geeignet ist, lieben wir, wie angedeutet, seit alters die Stummheit. Selbst die gemeinhin zu Balz und Fortpflanzung dringend notwendige Kommunikation beschränken wir nach Möglichkeit auf Gesten, um nicht völlig aus dem Tritt zu kommen oder gar, abgeschreckt durch die Unzärtlichkeit der Lautgebung, sozusagen im letzten Augenblick die mühselige Feldarbeit der ehelichen Vereinigung vorzuziehen. Dass wir uns trotzdem in heutzutage geradezu spektakulärer Weise vermehren, führen Experten wie der listige Großcousin Utz auf „hohe Trefferquoten“ zurück.

Man hatte sich also meist rasch ausgetauscht, auf den neusten Stand gebracht, der doch in groben Zügen immer der alte war.
„In die Drugg?“
„Der Henner, die Lies, der Murrhart ...“

Dazu genügte ein Mittagessen. Gewisse Höflichkeitsmaßregeln mussten beachtet werden: wie man das Mett lobte etwa. Zum Kaffee wurde noch einmal Mett gereicht, zum Abendbrot ebenfalls. Niemand war recht bei der Sache. Denn alle Spannkraft, soweit verfügbar, galt dem kommenden Vormittag, dem wahren und heiligen Grund der Zusammenkunft, dem Wettstreit. Manch einer der Redseligen mochte vergangene Triumphe und Missgeschicke beiläufig erwähnen – die rechte Stimmung kam dennoch niemals auf am ersten Tage.

Vor allem die jüngeren Kämpen, auf denen die Hoffnung des jeweiligen Gebietsteils ruhte, blickten feind- und trübselig vor sich hin, der Schmach gewahr, die immer drohte, selbst bei bester Vorbereitung, properster Körperspannung, ausgefeiltester Technik. Zu viel des Kornbrands wirkte sich ungünstig auf die Leistungen aus, zu wenig auf die geistig-seelische Ausgeglichenheit. Übrigens ist es nicht richtig, die Jüngeren und Jüngsten gar zu sehr hervorzuheben; sie waren mitnichten immer favorisiert. Es ging gar die Rede von einem „Calle-Calle Kumpff", der zu Beginn des 20. Jahrhunderts, das uns ansonsten ja nichts anging, noch in seinem fünfundfünfzigsten Jahr sämtliche Gegner weggerumst hatte … bis, ja bis er von seinen entgeisterten, zermürbten Kontrahenten im Schlafe durch den Mettwender gedreht wurde. Ein offensichtlich unter Druck gesetzter Mediziner aus Hannoversch-Münden, der zufällig vor der Verbringung des Leichnams in die Drugg im Weiler aufgetaucht war, diagnostizierte „Selbstmord aus Liebeskummer."

Dergleichen hat es bei uns freilich niemals gegeben.

Früher, viel früher hatten, so will es die Überlieferung, elf Disziplinen existiert, vom Kartoffeltauchen übers Stirnschieben bis zum gefahrvollen, verlustreichen Ba!Ba!Ballern. Kam es bei erstgenanntem Durchgang fast immer zu Streitigkeiten über die tatsächliche Tiefe der in den Ackerboden mit bloßer Faust gerammten Knolle, erregte das Stirnschieben, wobei es darum ging, den Gegner ohne Einsatz von Armen, Beinen und Rumpf aus einem Feld in ein anderes hinüberzudrücken, grundsätzlich die Rauf-, gar Kampfeslust. Beim Ba!Ba!Ballern schlug man sich gegenseitig im Wechsel – leichtere – Holzbretter auf die Ba!Ba!Backen, bis einer umfiel oder anderswie nachgab.

Es wurde allerdings gemogelt, was das Zeug hielt; den Rekord in puncto Hinterhältigkeit reservierte sich einer der Unsrigen, jener schon mehrmals erwähnte Nebenheld unserer Saga, Onkel Diez nämlich, der es verstand, knapp vor dem Einsatz seiner Schlagtafel mit Geschick abgeflachte Schottersteine unters Holz zu applizieren. Als er schließlich enttarnt wurde, begegnete man ihm keineswegs mit Verachtung, sondern lobte allgemein seinen Einfallsreichtum, sowieso das staunenswerte Tempo, womit er den Trick Mal um Mal durchzuführen verstand.

Onkel Diez eben.

Die Königsdisziplin aber war und blieb das Rumsen, in alten Tagen auch „Dull" genannt, was zweifelsohne als eine Verballhornung von „Duell" aufzufassen ist. So großer Beliebtheit erfreute sich diese Sportart, dass sie nach und nach sämtliche anderweitige Darbietungen verdrängte. Schon die Kleinsten übten sich darin, träumten sie doch alle davon, Mädchen wie Buben, einmal, nur ein einziges Mal den Titel eines „Rumsers vom Jahre" davonzutragen. Selbstverständlich war es ihnen noch untersagt, die scharfkantigen, elf Kilo schweren Wettkampfplatten sich vor-, besser: rückzubinden. Sie nahmen Wolldecken dafür, mit Stroh ausgepolsterte Mützen, zusammengerollte Schals, vertäute Stofftiere und dergleichen. Trotzdem kam es regelmäßig zu Verletzungen.

Die Großen verfuhren so: Sie banden sich die steinernen Schutzschilder vors Steißbein, nahmen Aufstellung, Rücken an Rücken, schritten je elf Schritt in entgegengesetzter Richtung aus ... und rannten – rückwärts – auf das Kommando: „Strom!" aufeinander zu, bis die Kollision erfolgte. Sie erfolgte meist. Mitunter verfehlten die Kombattanten einander und jagten ins Leere, bis Geschwindigkeit und Irritation des Gleichgewichtssinnes sie zum Umpurzeln brachten. Gelang aber das Aufeinandertreffen, so war vom harten Klacken kaum je etwas zu vernehmen, denn der Ekstase-Schrei des Auditoriums, ein vergleichsloser Temperamentsausbruch, der an Stierkampfarenen oder Saturnalien denken ließ, übertönte alles, selbst die gräulichsten Schmerzenslaute. Traf man nur halbwegs, eckig, im Ganzen unschön aufeinander, musste die Prozedur unter gesteigertem Hallo wiederholt werden. (Falls es interessiert – ich glaube nicht –, der Signalruf „Strom!" leitet sich, wie behauptet wird, vom altslawischen „Struga" her, irgendein Flüsschen, das in die Spree mündet, keine Ahnung, wo das sein soll.)

Womöglich ist es als Folge dieser über Generationen ausgeführten Kraftübung anzusehen, dass sich unsere Hinterteile zu der bereits angesprochenen Würfelförmigkeit verformten, eine gewissermaßen privatevolutionäre Maßnahme, die neben einem peripheren Schutz optimale Hebel- und Schubwirkung garantierte. Nicht immer siegten die Männer. Aufgrund einer primär naturveranlagten Schwellung ihrer Hinterseite gelang es einzelnen Teilnehmerinnen immer wieder einmal, die männliche Konkurrenz aus der Bahn zu rammen.

Zuletzt geschah es im Jahre 2004, dass eine westpfälzische Runkelbäuerin namens Ilse Strippler-Kortrack trotz hartnäckigen Widerstands schließlich unangefochten als Siegerin vom Platz humpelte. Warum sie in den Folgejahren nicht mehr antrat, gilt als Rätsel; entweder hatte sie für allezeit genug an ihrem fabelhaften Erfolg, oder aber sie war wegen Geburten, Feldarbeit oder Sabotage nicht mehr zu unseren bombastischen „S" erschienen. Verschiedene halten es für wahrscheinlich, dass sie den Termin Jahr für Jahr verschwitzte, bis sie schließlich zu gebrechlich für das Spektakel geworden war.

Das Jahr, in dem unsere Geschichte nun endlich bald beginnt, sah keineswegs mich als Triumphator. Ich hatte gar nicht mitgemacht; gar zu sehr plagte mich noch die Erinnerung ans Vorjahr, als ich bereits im Vorlauf infolge zeitigen Hinstolperns ausgeschieden war. Vetter Trudbert hatte das nicht bemerkt – zumindest behauptet er das – und jagte mir den Schutzstein an die Schläfe. Ich kam wieder zu mir, als längst alle abgereist waren. Nein, im End-Dull befanden sich Grolle aus Rauhen und unser guter, heimischer Dorst. Letzterer wog bei Weitem schwerer, hatte die Kontrahenten in sämtlichen Durchgängen durch schiere physische

Präsenz bezwungen; Grolle allerdings zeichnete sich durch eine feine, höchstvariable Technik aus. Es war so spannend, dass vielen der Speichel aus den Mundwinkeln rann. Der Zibbel, unser Ältester, der vor mir stand, ruckelte nervös auf und ab.

In Abständen ließ er einen fahren, aber vor Aufregung.

Dann wandte er sich um zu mir: „Auoh-kumu, gowaio-abo nabobb!“ In ungefährer Übersetzung: „Wenn Unserer zu schnell auf den anderen zukommt, kann es sein, dass er, wenn er nicht aufpasst, dass er also den Kopf nicht zu tief nimmt, am Ende sogar verliert, ja, man hat fast den Eindruck, der andere hätte Augen im Arsch.“

Dorst verlor. Und das kam so: Munter und allzu siegesgewiss mit dem Hinterteil ausschwenkend, tänzelte er auf den Thüringer zu. Grolle aber, des Vorteils seiner Beweglichkeit gewahr, ging im letzten Augenblick in die Hocke und nutzte geschickt den Schwung des Gegners aus. Irgendwelche komplizierten Hebelkräfte, die keiner kapiert, sorgten dafür, dass unser guter Dorst auf einmal emporgehoben wurde – und als er wieder herunterkam, stand da kein Grolle mehr bereit, um sich zerquetschen zu lassen, nein, Dorst plumpste auf seine Schutzplatte und wand sich. Sofort stürmten die Thüringer Verwandten aufs Feld und bejubelten den Ihren. Ich jubelte mit, ein bisschen wenigstens, denn der Kunstgriff des Siegers erregte meine vollkommenste Anerkennung. Dem Zibbel gefiel das gar nicht. Missmutig wandte er sich abermals um.

Erbost knurrte er mich an: „Owattu-krombeloh maga gudde gurwa kanna-bruddene gumpe, sofful gadamurre sump. Kuffene, urbam-kotzar, bruddene owattu-torasten krotax!“ In etwa: „Warts nur ab.“

Was er damit meinte, erfuhr ich am Abend desselbigen Tages, als ich, nach dem Deute-Festschmaus, vom Kornbrand in ausgelassene Stimmung versetzt, in den Versammlungsraum gerufen wurde. Zunächst ignorierte ich die Aufforderung, die mir einer meiner Brüder, ich komme gerade nicht auf seinen Namen, überbrachte, die Bruderschaft war meines Wissens auch niemals völlig geklärt worden. Zu keiner Phase hatte es nach einem Deute-Fest samt Siegerehrung noch eine Versammlung gegeben. Es gab überhaupt niemals Versammlungen, so gut wie nie, wozu auch? Was sollte denn besprochen werden? Es gab ja nichts. Doch. Diesmal schon. Zu meinem Entsetzen saßen die Ältesten sämtlicher Sippen und Unter-Sippen im Hufeisen, eine Sitzaufteilung, von der niemand etwas Gutes erhoffen darf. Von Vetter Dorst, der sich immerhin wieder leidlich auf den Beinen halten konnte, wurde ich in die Mitte geschoben.

Da stand ich. Glotzte. Und wartete. Und glotzte immer noch.

Konnte es sein, dass die Ältesten schlichtweg vergessen hatten, warum sie mich rufen ließen? Vielleicht. Jedenfalls, es war der Zibbel, der Allerälteste, der schließlich das Wort ergriff. Er sprach seltsam ernst und – was ich noch nie bei ihm, ja überhaupt noch bei keinem von uns erlebt hatte – widernatürlich konzentriert. Die anderen nickten während seiner Ansprache immer wieder, warfen wohl das eine oder andere aufmunternde „Umpf!" oder „Strom!" ein, verhielten sich aber sonst manierlich, zugewandt, mit einem Wort: künstlich.

Das hieß Gefahr.

Mit Nachdruck, wie von einer Gloriole aus strahlender Bedeutsamkeit umhüllt, setzte mir der Zibbel auseinander, die Krise, die große Krise, von der ich nichts wisse, noch nicht, welche gleichwohl spätestens seit der Jahrtausendwende die Ältesten in brennende Sorge setze, diese Krise also, die bald sich ins Ungeheuerliche auswachse, erfordere nunmehr nie dagewesene Maßnahmen. Es sei wohl so, dass zum ersten Mal seit Karls des Großen bestialischen Raubzügen gegen die Sachsen die Gebiete der Unsrigen allumfassend bedroht seien – nicht von feindlichen Heeren, das nicht, dagegen habe man sich alle Zeit zu wehren gewusst durch Unauffindbarkeit, nein, übler: sozioökonomische Entwicklungen von bislang unvorstellbaren Ausmaßen zerstörten ganz von selbst, ohne Einwirkung physischer Gewalt, unsere Schutzräume. Kurzum, wir seien am Ende: wirtschaftlich, seelisch, kulturell sowieso.

Ich bekam Tränen in die Augen, wollte etwas einwenden, durfte aber nicht. Die Schweinezucht, so edel und vernünftig sie sei, könne und werde uns auf Dauer nicht mehr ernähren können;

wir bedürften dringend, bald, eigentlich heute schon einer tiefgreifenden Wandlung. Ob es überhaupt noch möglich sei, uns und unsere Lebensweise zu retten, wer könne es wissen? Doch versuchen wolle man es immerhin. Die Augen der Ältesten, die gar nicht so alt waren, starrten auf mich, ohne Wärme, so weit ging es nicht, doch nicht so teilnahmslos wie sonst. Man habe also Rat gehalten und sei zu der Überzeugung gelangt, dass ich, Ulf Kottmüller, ungefähr fünfunddreißig Jahre alt, der Begabteste, Gelehrteste in der Großsippe seit Menschengedenken, vielleicht, wer weiß, weil ich die unsägliche Mühsal des Lesens auf mich genommen und sämtliche Jahrgänge der „Verdener Allgemeinen" durchstudiert hatte, dazu ausersehen sei, in die fremde Welt zu ziehen, um eine wohlerzogene, gutaussehende, trotzdem warmherzige Frau heimzuführen. Um mit ihr sehr, sehr viele Kinder zu zeugen, das war das Ziel. Gutaussehend, so führte der Älteste aus, bedeute eben nicht watschelfüßig, schweinsäugig und geiernasig, wie das bei uns der Brauch sei, sondern zart, schlank, im Ganzen schön im Sinne der neuzeitlichen Auffassung.

Mich schauderte.

Es sei nun einmal so, dass wir, zu keiner Zeit besonders helle, durch Inzucht und Sodomie geistig immer weiter herabgekommen seien. Man bedürfe, so der Zibbel, einer Blutauffrischung, eines Neuentwurfs. Bei diesem Wort seufzten denn manche, einige wischten sich die Wangen.

In Panik geraten, äugte ich wild umher ... und brachte doch nur die zwei Wörtlein heraus, die alle Propheten, Auserwählten, Volkshelden aller Zeiten immer von sich geben, wenn es ernst wird: „Warum ich?" („Oisnugge hosseme guldulehni krops-bidirski, omai, omai wudu neene, oh munke buludorma nienieso, labu, labu, labumur?")

Nichts half, kein Sträuben, kein Hochloben anderer, jüngerer Genossen. Man blieb fest, verteidigte den Ratschluss, er sei so wohlerwogen wie nie einer in unserer ganzen zugegebenermaßen unübersichtlichen Geschichte ..., und geleitete mich zum Hüttchen, wo drei oder vier Brüder und ein paar Schwestern auf mich warteten. Zum Abschied gab es Mett. Ich mampfte bis tief in die

Nacht, und die Tränen rannen mir in die Speise. Mein einziger Trost sollte Gina-Lisa sein, ein junges Wollschwein, das mir zur Begleitung mitgegeben wurde – zunächst als Gesellschaft, sodann, im nächsten Winter, zur Speise.

Der bescheuerte, ekelerregende, in unseren Breiten nimmer vernommene Name verdankte sich einem Ausflug von Onkel Otze nach Kassel, wo er vor Jahren die einzige Fernsehsendung seines Lebens (aus Versehen) angeschaut hatte. Mehrmals, so versicherte er glaubhaft, habe er sich übergeben müssen angesichts der Unschierigkeit und widerwärtigen Hässlichkeit der öffentlich zur Schau gestellten, vom Schicksal schwer geschlagenen, offensichtlich todkranken Mädchen in jener Fernseh-Schau. Den Namen aber hatte er sich gemerkt, denn er klang so fremd, so ... so anders, insgesamt neuzeitlich und irgendwie hoffnungsvoll.

Für ein junges Schwein mochte er immerhin taugen.

Da ich nicht schlafen konnte, schlich ich mich in den Stall zu Gina-Lisa, umarmte sie heftig, spürte ihre Wärme – und heulte weiter: „Was soll ich denn da draußen, da war ich doch noch nie?"

Ich hatte den Eindruck, dass sie meine Sorge teilte. Wie sollte etwas möglich sein, was man noch nie getan hatte? Warum verlangten sie das ausgerechnet von mir? Mit solcherlei Fragen verbrachte ich die bis dahin traurigste Nacht meines Lebens. Entwurzelung! Dieser Begriff, der in der Verdener Zeitung seit den 1910er-Jahren immer wieder genannt wurde, namentlich von dem unvergessenen Ernst Dietrich Haßfurther in seinen moralischen Betrachtungen, durchzuckte mich bis in die Tiefen meiner Empfindung. Wohlan, morgen früh, wenn ich meine Instruktionen erhalten sollte, würde ich mich zu wehren wissen.

Die würden Augen machen.

Hinfahrt

Seit anderthalb Tagen bin ich unterwegs. Nichts ist mehr, wie ich es gewöhnt war alle Jahre, bis auf den Stuhlgang. Und nicht einmal das: Denn wie alleine kaure ich hier auf diesem fremden Ackerland! Kein Onkel, kein Vetter an meiner Seite, der mir aufmunternd zunickte. Kein Ackerhund, dessen täppischer Gier, meinen Hintern zu beriechen, ich mich erwehren müsste! Unerwartet empfinde ich Sehnsucht nach dieser lieben Gesellschaft, über deren Wert ich mir zu keiner Stunde bewusst war. Ach! War das nicht immer eine Freude, wenn einer der Älteren das Zeichen gab, mitten in der Feldarbeit? Wenn wir Hacke und Spaten an die Bäume lehnten, uns in einer Reihe am Steinacker sammelten, mit den schaufelgroßen Händen Löcher in die Krume gruben, um uns gemeinsam niederzuhocken? Der Tradition gemäß, habe ich auch heute versucht, nur für mich, so zu verfahren, aber statt einer seelischen Erhebung stellte sich – Beklemmung ein.

Hin und her äuge ich im ausgebleichten Rund. Die Aussicht zwar scheint mir recht anheimelnd: eine bucklige Wiese mit Obstbäumen, ein Bächlein unter kahlem Weidengezweig, droben ein Wäldchen, graues Gestrüpp, in Niesel und Nebel eingepfercht. Also alles wie bei uns. Ein Pfad, nicht weiter erwähnenswert; wer sollte den entlangkommen? Es brotzelt und pumpelt unter mir gewaltig. Den Bund vorjähriger Blätter, glatt und saugkräftig, habe ich nicht vergessen, er liegt in Griffweite. Doch nichts fühlt sich an, wie es müsste; was soll ich bloß in diesem Tälchen, von dem ich nicht einmal den Namen kenne, in fremde Erde scheißen? Außerdem habe ich mich schon zweimal verlaufen. Gina-Lisa scheint mit alledem weniger Schwierigkeiten zu haben.

Das Wollschweinchen düst munter über die traufsatte Erde, die Schnauze wie ein Pflug schräg nach unten gerichtet, sie schnappt nach den Schnecken. Ab und zu tut sie Sätze wie vor Glück. Wirft sich selber um. Wälzt sich im Matsch. Quiekt und röhrt. Ich seufze. Meine Augen verschwimmen.

Nur der Zibbel und zwei ältliche Kusinen hatten sich am Milbener Weilerende eingefunden, als ich gestern Morgen loszog. Einen hölzernen Handwagen hatte man mit einhundertsiebenundsechzig Gläsern Mett bestückt, allesamt durch rote Rex-Gummis luftdicht verschlossen, dazu sechzigeinhalb Flaschen Kornbrand. Es klirrte, als ich um die Drugg herumbog, einen letzten Blick in die wimmelnde Tiefe sendend. An der Leine, einem Metzgerstrick, hatte ich Gina-Lisa laufen. Gleichmütig trottete sie mit, ohne Widerstand. Offenbar hatte sie Vertrauen zu mir gefasst seit der Nacht, da ich mich bei ihr ausgeheult hatte. Vielleicht empfand sie eine mütterliche Verantwortung; im Gegensatz zu den wenigen Hunden, die ich kenne, deren Wesen von zielloser Hektik und selbstsüchtiger Bedürftigkeit geprägt ist, schien dieses Wollschwein keine andere Absicht zu hegen als: mich begleiten. Die Einweckgläser, wenn ich sie zum Herbst hin leergeschmaust haben würde, sind dazu da, einmal Gina-Lisa aufzunehmen. Sie ist mein Wintervorrat, denn, wie Otze meinte, „da in der Stadt da" herrsche Mangel an echten Schweinen. Man wird sehen. Im Handwagen liegt der Vorschlaghammer.

Am letzten Haus des Weilers drückte mir der Zibbel die Hand. Das hatte er noch nie getan. Mir war's unangenehm.

„Omwadde-kunau, goredde niesammer, krumbe karok!"

So also, es ging ihm gar nicht um mich und mein Wohlergehen. Sondern nur um mein Amt! Meinen Auftrag, dessen allerhöchste Dringlichkeit und Bedeutung er mir noch einmal einschärfte. Auf alle Fälle sollte ich Kunde geben, sobald ich in F. angekommen sei, am besten über die Verwandten, von denen er mir am frühen Morgen so ausführlich berichtet hatte, bis ich vor Müdigkeit ein Glas Kornbrand umwarf. Zuerst müsse ich sie ausfindig machen, diese vor so langer Zeit der Heimat Entratenen, dass deren Namen heut keiner mehr zu nennen wisse. Das wäre die Hauptschwierigkeit. Aber: In dem PACK, den er mir aushändigte, sei ganz bestimmt alles aufgezeichnet, was nötig wäre.

Es waren mehrere Bogen Papier, eng zusammengefaltet und von einem bunten Band zu einem Quader verschnürt. Ich versprach alles brav, Hauptsache der Zibbel ließ endlich meine Hand los; solch innige Berührungen waren doch sonst nicht Sitte bei uns. Noch einmal hielt er mich zurück und schilderte mir zum wiederholten Male, wie ich mich orientieren könne: Jeden Mittag Glockenschlag Zwölf solle ich nach der Sonne Ausschau halten und meinen weiteren Weg genau nach ihr ausrichten; in spätestens einer Woche würde ich die Strahlende vermutlich sehen können, so stehe zu hoffen. Bis dahin müsse ich mich eben durchfragen oder den Wegweisern folgen. Rechts an Kassel vorbei solle ich ziehen, auf der alten Handelsstraße, die schon der Urahn gewählt hatte, als er gen Süden aufgebrochen war. Ich nickte fleißig, der Zibbel ließ mich los, ich steckte den PACK unter die Jacke und ging.

Missmutig zoppelte ich an Gina-Lisas Strick. Ich tat ihr weh, verwirrt sah sie zu mir auf. Das war gemein, sie konnte ja nichts dafür; in etwa einer Stunde wollte ich mich entschuldigen, nahm ich mir vor. Ich war noch zu aufgebracht, um zu bemerken, dass mein Zorn nur einem galt: mir selbst. Was hatte ich nicht die halbe Nacht durch mir selber zugeredet, nein, niemals würde es denen gelingen, mich hier fortzubringen, nie! Mit Überzeugungskraft und Redekunst würde ich den Ältesten dargelegt haben, wie sehr sie sich irrten. Dass es andere, bessere Wege gäbe, unsere Sippe vor dem Verderben zu retten. Persönlich würde ich dafür einstehen.

Ich, Ulf Kottmüller!

Doch was geschah? Ich knirschte mein Frühstück herunter und hörte meiner Schwester Hulla zu, die mir umständlich beschrieb, wie ich mit den Weckgläsern zu verfahren hätte: Reinigung, Desinfizierung und derlei mehr. Und dass die Gläser abgezählt seien. Und wenn ich wiederkehrte, in zwei oder drei oder aber in vier Jahren, dann würden die wiederum alle abgezählt werden, das sei mal klar. Nur eine einzige Schwierigkeit sah die Hulla: Die bestand darin, dass es mir nicht wie nebenbei gelingen werde, Gina-Lisa in die Gläser hineinzubekommen. Bestimmt, so vermutete sie, gäbe es sogar in F. Metzger, die ihr Handwerk verstünden und die einen Fleischwolf hätten. Ich müsse mich eben erkundigen, ich sei ja nicht auf den Mund gefallen und überhaupt, die Verwandten würden sicherlich, sobald ich deren Verbleib ...

Diese Verwandten!

Von all dem Gefasel wurde mir so schwach, dass ich mit einem Mal nur noch einen Wunsch hegte: den Abschied hinter mich zu bringen. Ob eine solche Reaktion von den Meinen beabsichtigt war? Ich glaube nicht; dazu gebricht es uns im Allgemeinen an Witz und Planungssinn. Die ganze Zeit über, während dieser und jener noch rasch im Haus vorbeikam, dies und jenes mir zugesteckt wurde und allerlei Ratschläge und Maßregeln und Vorsichtshinweise auf mich einregneten, steigerte sich dieses Verlangen: endlich weggehen; ein Verstoßener, der nur noch ein Begehren kannte: verstoßen zu sein.

Auf der Höhe, nachdem ich dem Komitee entkommen war, droben am Grat, wo es bald in die Ebene hinübergeht, plante ich innezuhalten: noch einmal zurückzublicken in mein liebes, feuchtes Heimattal! Und meinen Tränen freien Lauf zu lassen. Das war meine Absicht. Leider verpasste ich den Augenblick; ich war noch von diesen zornigen Gedanken umschwirrt und haderte halblaut meckernd mit meinem Schicksal, so dass ich schon längst über mein Ziel hinausgestapft war. Als ich dies bemerkte, begann ich so laut zu fluchen, dass sich Gina-Lisa nach mir umwandte.

Statt ihr zu danken für ihr Mitgefühl, herrschte ich sie an: „Schärre-dey!“ (In etwa: „Geh einfach weiter, lass mich in Ruhe, es geht dich nichts an!“)

Wie in Trance zerrte ich den Karren hinter mir her, ruckweise Richtung Rotzenbusch. Es schepperte bedenklich. Dann und wann stülpte das Schwein seinen Rüssel in die Erde, schien aber nichts Schmackhaftes zu finden. Mich wunderte das nicht; hier war das Ende der bekannten Welt erreicht – was sollte da noch gedeihen? Einmal, im Sommer vor zwei Jahren, hatte ich mit Onkel Otze im Rotzenbusch reichlich Holz gemacht, stundenlang. Gedankenlos waren wir nach Hause getapert, hatten aber leider vergessen, es aufzuladen.

Da war es noch, sauber geschichtet! Als ich den Stapel liegen sah, stark bemoost, mit feuchtem Spinnweb überzogen, brach ich ins Knie und schluchzte. Wäre Otze jetzt aufgetaucht, ich hätte mich an seine Brust geworfen und ihn umarmt. Wahrscheinlich wäre das mein Ende gewesen, Otze verabscheut Zärtlichkeiten noch mehr als ich. Gina-Lisa verhedderte sich mit der Leine und brachte den Holzstoß zum Umkippen. Diesmal schimpfte ich nicht mit ihr; augenblicklich war ich ihr dankbar, dass sie die noch immer sichtbare Erinnerung an Otzes und mein Gemeinschaftswerk vernichtet hatte. Und zum zweiten Mal nach jener Abschiedsnacht zog ich sie an mich, küsste sie zwischen ihre miefenden Ohren, tätschelte ihr den Hals und band sie los, im Vertrauen auf ihre Anhänglichkeit.

Wie sollte ich Recht behalten! Und allzu Recht ...

Hinterm Rotzenbusch begann ein vermaledeiter Waldweg, teils von Fürstenknechten mit Katzenkopfpflaster befestigt, teils morastig aufgeweicht, immer aber aufwärts führend, ohne Rastplatz und ebene Stellen. Von hier aus zweigte ein Pfad ab in den Wald ohne Weg, endete also vorher, was nicht schlimm war, da dort nie einer von uns gewesen war. Beständig drohte mein Mettwagen umzukippen; mitunter glaubte ich, die Gläser würden dem Druck nicht standhalten und zerplatzen. Ob der köstliche Bribbel wohl unter dem Geruckel litt? Ob der Wohlgeschmack etwa nachließ? Ob das Mett gar zu gären begänne?

Wütend häufte ich Laub über die Fracht und schrie das Mett in den Gläsern an: „Omwadde ... Hör auf! Du darfst nicht gären! Kapierst du das nicht?“

Die Blätter waren gut. Schon klingelte die Ladung leiser. Nach mehr denn einer Stunde hatte ich den Aufstieg gemeistert. Röchelnd sah ich mich um, einen Spuckeplacken ins Laub entsendend. Dabei fiel mir auf, dass mein Zorn sich gemildert hatte; durchgeweicht bis ins Schuhwerk, erkannte ich, dass dies eine Leistung war, auf die ich mir etwas einbilden durfte, ich ganz allein! Bedauerlicherweise ging es dann bergab noch schlechter. Der Handwagen drohte mir zu entgleiten, zu Tale zu jagen, ohne mich und Gina-Lisa, die mehrmals erschrocken aufquiekend dem überladenen Gefährt ausweichen musste.

Überdem wurde es dämmerig.

Ich befand mich auf einer Bergwaldkuppe, die an einer gerodeten Stelle etwas Aussicht freiließ. Aber der Dunst mischte sich mit dem zähen Nebelgewebe, und dieses versank in den Abendschatten. Sollte ich umkehren? Einen Moment lang beflügelte mich der Gedanke. Doch wie würde ich da empfangen werden! Ich malte mir aus, wie der Zibbel, die Hulla, der Otze schelten müssten. Bestimmt käme der Vorschlag auf, mich vorsichtshalber in die Drugg zu werfen, bevor ich noch weiter verkäme. Und fort zog ich den Karren, in die Dunkelheit.

Als nur noch müder Schein auf den Waldweg fiel, der sich in die Schwärze hineinschlängelte, probierte ich es zweimal, ob ich nicht unter den Wagen passte, um dort, zumindest nach oben gegen Kälte und Nässe geschützt, die Nacht zuzubringen. Im Gegensatz zu den Frauen der Familie besitzen wir Männer keinen Rundbauch; für den Handwagen aber war es zu viel. Auch gelang es mir nicht, als ich mit meiner anderen Seite anfing: Der Kopf blieb stecken, und ich fiepte vor Schmerz, als ich ihn mit Gewalt wieder herauszog. Da stutzte ich – wo blieb Gina-Lisa? Ich hatte sie ja losgemacht, um mich der Arbeit des Ziehens besser widmen zu können. Ohne zu klagen lief sie mir hinterher oder wetzte in die Äcker, wenn welche da waren. Nun aber, im letzten Zwielicht, war nichts mehr von ihr zu erkennen.

„Schwein! Gina-Lisa! Schwein!“, schrie ich außer mir, stürzte den Weg zurück, raste wieder zum Wagen und ein gutes Stück voraus.

Kein Schwein.

Als ich grübelnd und schier verzagend an den Ausgangsort zurückkehrte, wo ein Vorderrad des hölzernen Ungetüms zu allem Unglück in einem Matschloch steckengeblieben war, erkannte ich wenige Schritte entfernt bei den Fichten ein Waldarbeiterhüttchen, unter dessen Vordach mein Schweinchen sich behaglich ausgestreckt hatte. Ich näherte mich dem Häuschen von allen Seiten, vorsichtig, da ich befürchtete, es könne jemand sich darin verborgen halten. Doch das Wollschwein schien ruhig zu dösen, ein gutes Zeichen. Ich verließ mich auf ihr Gespür, kletterte über Gina-Lisa hinweg und rüttelte sanft an der Tür: verschlossen, von innen verriegelt. Ich sann hin und her. Dann tastete ich zum Wagen zurück, erfühlte unter den Gläsern den Hammer, zog ihn hervor – ein Mettglas sackte dabei seitwärts in den Morast – und kehrte zum Hüttchen zurück. Verunsichert blickte die Sau zu mir auf.

„Noch nicht“, beruhigte ich sie, stellte den Hammer ab und rummste mit meinem Hintern so ungestüm gegen die Türe, dass zwar unmittelbar ein Loch entstand, die Pforte jedoch mitnichten aufspringen wollte. Unter beruhigendem Brabbeln schob ich Gina-Lisa, die ängstlich schnaufte, ein Stück zur Seite und trat mit meinen mächtigen Stiefeln gegen die Tür, so oft und rasch hintereinander ich vermochte. Dabei fluchte ich, wie mich die Väter gelehrt hatten: „Omwadde-kunau, karok-kumpf, krotz raude!“

Endlich, mit dem letzten Tritt, den meine Kraft zuließ, jagte das Ding aus den Angeln, es kam aber ebenso ungestüm wieder zu mir zurück.

Als ich erwachte, lag mein Schwein neben mir.

Ich war in der Hütte. Draußen troff es nach Vorfrühlingsart. Ein paar Graumeisen waren so dreist, gegen die Morgendüsternis anzuschrillen. Zwar stank alles schrecklich nach Muff, nach Wollschwein und nach mir, doch schirmte das Dach den Regen vollständig ab. Ob mich das Tier während meiner Ohnmacht wohl nach drinnen bugsiert hatte? Dies wäre eine Erzählung wert! Womöglich war ich aber auch im Halbschlaf, einem Instinkt folgend, ins Häuschen gekrochen, wer weiß das schon? Noch einmal schlummerte ich ein.

Aber der Hunger weckte mich jählings. Ich krabbelte zum Wagen und fischte mit der Rechten das abgestürzte Mettglas aus dem Schlick; die Linke hielt ich gegen die Stirne gepresst, dort, wo mir die Tür an den Kopf geschlagen war. Während ich das Mett mampfte, gierig, in wüsten Happen, mit Zeige- und Mittelfinger, schickte ich verstohlene Blicke zu Gina-Lisa hinüber, die sich nicht beeindrucken ließ, sondern ungerührt unterm Laub nach ihrer Speise schnoperte. Ich zog meine angebrochene Kornbrandflasche aus der Manteltasche hervor und nahm fünf kräftigende Schlucke.

Als ich aufbrach, war mein Furor erloschen. Es hatte sich die Absicht, sobald als möglich zurückzukehren, restlos verloren. Stattdessen stapfte ich los, getrieben von einer Art Neugierde, was sich hinter dieser Kuppe wohl befinden möchte, vielmehr noch: wie es sich anfühlen müsste, wenn ich, schon in wenigen Tagen, aus dem Nieselland hinausträte in jene legendenreichen Bezirke, die Tag und Nacht unter dem Einfluss der südlichen Sonne liegen! Dergestalt ermutigt, zog ich meinen Wagen ein Sträßchen entlang, das mich nicht quälte mit unablässigem Auf und Ab, sondern geradeaus am Rand einer Fichtenschonung entlangführte. Dort bog ein Pfad, holprig und schroff, zwischen den Bäumen ein.

Zwar spürte ich noch die Schmerzen an der Stirn, auch machten sich vom Vortag Muskelschmerzen bemerkbar, doch wandte ich diesmal mehr Scharfsinn auf, um mich meiner Aufgabe zu widmen; gestern noch hatte ich trotzig verschmäht, meine Arbeitshandschuhe überzustreifen – jetzt verschafften sie mir Erleichterung. Auch wechselte ich mit Geschick immer wieder die Methode, den Handwagen voranzubringen, lupfte mal mit links, drückte mal mit rechts, dann mit beiden Händen nach hinten ausgreifend; an manchen Stellen gelang es sogar, das Monstrum zu schieben. So geriet ich auf die Anhöhe über dem Tälchen, wo ich jetzt noch sitze und mit Kraft in die selbstgegrabene Grube hineinscheiße.

Zum ersten Mal seit meiner Abreise aus Milben sehe ich einen Menschen. Das trifft sich gut, denn durch das kurvenreiche Hin und Her im Walde ist mir nicht die mindeste Orientierung geblieben. Ja, es steht zu fürchten, dass ich in ein paar Tagen, diesmal ohne Absicht, wieder in der Heimat eintreffen werde zu einem wenig triumphalem Empfang. Da ist eine dürre Dame, die am Ackerrand etwas Zerbrechliches, vielleicht einen Kinderwagen, vor sich herschiebend auf mich zukommt. Sie scheint unnatürlich hochgewachsen, mit sehr langen Armen, vielleicht, so denke ich bei mir, dass sie das Wägelchen, allzu weit von ihrem Spitzkopf entfernt, besser erreichen kann. Vor Aufregung vergesse ich meine doch heikle Lage.

Den groben Dialekt dämpfend, so gut es mir möglich ist, rufe ich sie an: „Guten Weg, liebe Frau! Darf ich Sie fragen, bitte, wo Süden ist?"

Ein paar Trippelschrittchen, da hält sie inne. Einen hochgeschlossenen, vor Zeiten blau gewesenen Regenmantel trägt sie, ein durchsichtiges Plastikhäubchen und unförmige Schnürstiefel. Mehrmals pumpt sie sich auf die Zehenspitzen und lässt sich wieder heruntersacken, dabei schaut sie schräg über mich hinweg. Gegenläufig zu der Bewegung, die sie mit den Füßen ausführt, reckt sie ihr spitziges Gesicht nach oben, immer dann, wenn sie an Höhe verliert und mit den Fußballen auf dem Boden wieder ankommt, ein Ausgleichsbestreben, vermute ich ... so wie jede Bewegung auf Erden zugleich seine Gegenbewegung veranlassen muss – ein ewiges Gesetz, veranschaulicht von Ernst Dietrich Haßfurther in einer Sonntagsbeilage vom März 1922.

Da sie nichts sagt, nutze ich die Gelegenheit, um mir das Wägelchen genauer anzusehen. Es hat zwei größere Räder vorne, voller Laubreste, zwei kleinere hinten, stark verschlammt, einen geräumigen Korb in der Mitte und zwei Griffe, an denen die Frau befestigt ist. Da fällt mir ein, dass meine geduckte Defäkationshaltung nicht dazu angetan sein dürfte, eine Plauderei zu beginnen.

„Wenn Sie vielleicht ein Stückchen weitergehen möchten?", schlage ich vor, „dann könnte ich mich so weit in Ordnung bringen, dass Sie nicht in Verlegenheit kommen?"

Doch diese Haderkatze fährt fort in ihrem unsinnigen Auf und Nieder, ohne auf meinen Vorschlag einzugehen.

Als ich mit Nachdruck mein Anliegen wiederholen will, verharrt sie plötzlich, blickt mich scharf an und äußert sich wie folgt: „Zingg —!"

Gleich darauf sturt sie wieder vor sich auf den Weg und beginnt von neuem, ihr Wägelchen vor sich herzuschieben und hinterdrein zu tappen. Irgendetwas klappert, bei ihr selbst oder in dem metallenen Körbchen. Erleichtert nutze ich die Gelegenheit, mich in einen zivilisationswürdigen Zustand zu versetzen, raffe die Cordhose hoch und eile ihr über den Acker nach. In wenigen Metern muss sie ohnehin anhalten, da der Mettwagen ihr die Passage versperrt. Anzunehmen, dass der Laut, den die Frau aus sich herausgeschnalzt hat, eine Vorstellung sein soll; so nenne denn auch ich meinen Vor- und Zunamen, verzichte allerdings darauf, ihr die Hand zu reichen, aus Rücksicht, und stampfe, während sie auf dem befestigten Weg voranmarschiert, im weichen Acker neben ihr her, bis wir mein Gefährt erreichen. Währenddessen versuche ich eine lockere Konversation nach dem Muster der Geschichten aus der Verdener Zeitung, wie sie vor allem in den Sonntagsbeiträgen zu lesen stehen, jenen sinnreichen Alltagsbetrachtungen und selbsterlebten Abenteuerschilderungen meines über alles geschätzten Haßfurther.

„Nun, was treibt uns denn hinaus bei diesem Wetter, meine Beste? Ein bisschen Bewegung sich verschaffen, ja? Das ist gesund, kein Zweifel! Mein Kompliment, man darf sich nicht unterkriegen lassen, nein, nein. Das hält den Körper in Schwung und den Geist gleich mit, nicht wahr? Darf ich fragen, ob Sie aus der Gegend stammen? Wohnen Sie hier herum?"

„Am Rhein."

Sie hat mir Antwort gegeben!

Gewandt greife ich das Thema auf. „Am Rhein, so, am Rhein, ja? Muss ganz hervorragend sein, dort drüben. Eine hervorragende Landschaft, sagt man, vor allem der Fluss. Und die Felsen erst! Ich habe davon gelesen, mehr als reichlich. Ritterburgen, räuberische Brüder, Nixen, ertrinkende Schiffer. Alles voll davon. Ist es weit?"

Hierauf bekomme ich leider keine Antwort mehr. Die Dame ist beim Handwagen angelangt. Mit ihrem Rollwägelchen stößt sie rhythmisch dagegen. Dabei sieht sie mich an, unschlüssig, wie es scheint, vielleicht ein wenig indigniert.

„Einen Augenblick, bitte. Ich mache den Weg frei", biete ich jovial an, begeistert, mich endlich jemandem mitteilen zu können. Sonst ist das gar nicht unsere Art; es scheint, die Reise zeigt ihre ersten Früchte: mit der Erweiterung des Gesichtskreises gehe eine zivilisierende Wirkung einher, meint Haßfurther.

„So, bitte sehr, Sie können gleich passieren. Darf ich vorstellen? Was da so munter durch die Krume flitzt, das ist mein Wollschwein: Gina-Lisa. Sie begleitet mich. Wurde mir zur Begleitung mitgegeben. Ich hab noch ein Wollschwein dabei, sozusagen. Das ist aber schon geschlachtet und gewürzt. Es befindet sich in den Weckgläsern da auf dem Karren. Möchten Sie kosten?"

Abrupt bleibt die Frau stehen. Es könnte sein, dass sie nickt.

„Manche finden das ungemütlich, ein Picknick draußen im Regen, habe ich gelesen. Aber wir sind ja nicht aus Zucker."

Ich bemühe mich, über die Redewendung zu lachen; man soll es aber nicht übertreiben. Erstaunt über meine eigene Beredsamkeit – und sogar in einem dialektarmen Deutsch, wie ich finde –, klaube ich mit einiger Behändigkeit ein Glas aus dem Wagen heraus, ziehe lässig am Gummi, greife nach meinem Taschenmesser und reiche ihr einen Probierklops, nicht ohne eine Verbeugung anzudeuten. Wenn mich Otze so sehen könnte! Wie kultiviert man doch wird, sobald man mit Menschen von jenseits der Heimat in Kontakt kommt ... Misstrauisch beugt sich ihr schmales, durch Längsfalten wie zusätzlich in die Länge gezogenes Gesicht über die Speise.

Sie nickt, beschnüffelt den Mettbatzen von allen Seiten, nickt abermals. „Zingg ––!"

Umständlich kramt sie in ihren Manteltaschen herum. Endlich findet sich ein Kästchen, das sich als blecherne Brotdose entpuppt. Sie fingert einen Kanten offensichtlich schon sehr trockenen Brotes heraus und streicht von meinem Mett darauf. In langsamen, folgerichtigen Bewegungen nimmt sie sich nun auch dieses Dingelchen vor, das fortwährend unter Radau in seinem Käfig herumgerollt ist, während sie voranschob. Nicht zu glauben! Es handelt sich um eine Thermoskanne, aus der bitter riechender Tee in ein Becherchen strullert. Es dampft ein bisschen.

„Sie können auch Kornbrand haben. Passt besser."

Frau Zingg lässt sich nicht stören. Sie kaut mühsam, sie schmatzt eifrig, sie spült's mit diesem Tee hinunter. Dann aber, ganz unerwartet, greift sie doch noch nach der Kornbrandflasche, die ich ihr unverwandt hinhalte, und gießt eine bescheidene Menge zum Tee dazu. Sie trinkt vorsichtig, sie stößt sachte auf. Befriedigt blicke ich sie an. Mit einer Geste gibt sie mir zu verstehen, dass ich auch etwas von ihrem Getränk abhaben könne.

Ich grinse freundlich: „Oh, danke, nein, nicht doch, ich bin ... ich habe ... im Allgemeinen ... also Tee ... wissen Sie?"

Und zum Zeichen, dass es mir an nichts fehle, setzte ich meine Kornbrandflasche wieder an und nehme vier große Schlucke. Vergnügt stoße auch ich auf, aber lauter als sie. Es ist doch etwas ganz anderes, in Gesellschaft sein Mahl einzunehmen. Eine Weile stieren wir parallel in das Weiß-nicht-was dieser Landschaft, die bei aller Fremdheit meinem Heimattal so sehr ähnelt wie nur denkbar. Meine Gedanken wollen sich eben erneut in wehmütigen Rekapitulationen verlieren, da höre ich das bekannte Dong-Dong-Dong: Frau Zinggs Wägelchen attackiert wieder meinen Handwagen.

„Ja, ja, schon gut", erwidere ich ungewollt barsch, eile mich aber umso mehr, damit die Dame sich auch weiterhin von meinen guten Absichten überzeugen kann. Ich ziehe voraus, sie hinterdrein. Da meine Last um ein Vielfaches schwerer fortzubringen ist als die ihre, sind wir in etwa gleich schnell. Zwischendurch kommt Gina-Lisa, um die Neue zu begutachten. Nach einer Weile schwenkt das Schweinchen mit dem Hinterteil aus – unter Wollschweinen ein Signal der Akzeptanz, wie ich oftmals beobachten durfte – und trollt sich zurück zum Acker.

Manchmal, wenn ich umgreifen muss, beuge ich mich zu Frau Zingg zurück, blicke sie ermutigend an und lächle so treuherzig, wie ich es vermag. Oder aber, wenn ich nicht allzu sehr keuchen muss, äußere ich dieses oder jenes, was mir gerade in den Sinn kommt. Mitunter macht sie den Eindruck, als ob sie lausche.

„Geht doch ganz gut voran, nicht wahr? Wer hätte das gedacht!"

Oder: „Haben Sie nicht den Eindruck, dass wir hier schon dreimal vorbeigekommen sind?"

Oder: „Es will heute gar nicht heller werden, stimmt's? Andererseits, es wird ja sowieso nie heller. Haben Sie von der Sonne gehört?"

„Sie sind wahrhaft eine tapfere Person. Hätte nicht gedacht, dass Sie so eisern durchhalten."

„Haben Sie die Gabelweihe gesehen? Sie flog nach Osten. Deutet auf Regen. Heißt es."

Mehrere Pausen muss ich an diesem Nachmittag einlegen. Allmählich fangen die Hände wieder an zu schmerzen. Der Mantel und die Cordhose sind so vollgesogen, dass ich gut und gern doppelt so viel wiege wie zu Beginn der Reise. Einmal, ich ziehe gerade wieder an, höre ich, wie Frau Zingg etwas äußert.

„Habense ..."

Sofort halte ich inne. Ich vermute eine Frageabsicht.

„Ja?"

Es hat den Anschein, Frau Zingg will mir dringend etwas mitteilen. Oder etwas fragen. Vor Aufregung pumpt sie sich wieder auf ihre Zehenspitzen. Aber es kommt nichts mehr. Sie deutet in eine Richtung. Aber da ist nichts. Sie gibt auf. Dann steht uns der nächste Anstieg bevor. Ich vergesse meine Gesellschaft und fluche drauflos, im Tonfall der Heimat. Je dunkler es wird, desto sehnlicher denke ich an die Waldarbeiterhütte vom Tag zuvor, ja, ich hätte nichts dagegen, wenn wir just an dieser Stelle wieder aus dem Walde träten. Und tatsächlich, der Weg, schon wieder in diesem Dämmerzustand, perlmuttern wie ein erloschener Drache, biegt erneut in eine Lichtung ein, die der vom Abend zuvor in vielem gleicht. Unwillkürlich wende ich mich zu Gina-Lisa um, doch diesmal liegt sie nicht unter einem Vordach, sondern steht vor mir und starrt mich an, nicht minder irritiert als ich.

Wer hätte damit rechnen können: Heute ist es an Frau Zingg, das rettende Obdach zu finden.

Sie pumpt, sie äugt, sie bimmelt.

„Zingg —!"

Und zwar immerzu in eine verheißungsvolle Richtung, wo eine Auffahrt, womöglich eine Allee aus früheren Tagen, zwischen würdigen Eiben sich emporzieht. Nun, auch dieser Anstieg will erst einmal gemeistert sein. Es klatscht und quatscht unter den Rädern, unter Fauchen hebe ich den Karren wieder und wieder an, wenn er feststeckt, und bewege mich voran auf diesem Nebenweg. Ist es möglich, dass Frau Zingg prophetische Gabe besitzt? Närrisch genug kommt sie mir inzwischen vor.

Denn was gewahre ich durch den unermüdlich niedersinkenden Schmierfilm des Abendregens? Einen alten Friedhof mitsamt seiner kleinen Kapelle! Vielleicht ein Privatgrabmahl oder aber die Ruhestätte der Bewohnerschaft einer aufgegebenen Siedelei. Was sich im Halbdunkel erkennen lässt, deutet darauf hin, dass ab und an menschliche Wesen herkommen, um den Ruheort zu pflegen. Immer, wenn ich an einem solch würdigen Platz mich aufhalte, was noch nicht oft geschehen ist, überfällt mich ein Empfinden, das an schlechtes Gewissen grenzt: Sind wir Milbener am Ende doch etwas roh, dass wir unsere Toten ohne jede Zeremonie in die Drugg hinunterschmeißen? Weisen nicht die knappen Hinweistafeln an der Mauer sogar darauf hin, dass wir etwas vermissen?

Meine Selbstbespiegelung wird unterbrochen durch die Tat: Wir müssen versuchen, in die Grabkapelle einzudringen. Frau Zingg wird nämlich kalt, das ist am Klappern zu erkennen. Der Sakralbau dürfte nicht mehr als doppelt so hoch sein wie meine Begleiterin, die wiederum mich um Haupteslänge überragt. Ein Eierbandmuster läuft unter dem Dach um das Gebäude herum, wie ich dies schon oft auf Stichen in der „Verdener" gesehen habe.

Ein Türmchen aber fehlt.

Verschlossen? Verschlossen. Der Hammer? Der Hammer. Gestenreich fordere ich meine Begleiterin dazu auf, doch ein wenig beiseitezutreten. Durch eifriges Pumpen scheint sie mir signalisieren zu wollen, dass sie Anlass habe zu fürchten, was ich zu unternehmen im Begriffe sei. Wie ein Kind hält sie sich die Ohren zu. Diesmal genügt ein Schlag. Das Türchen springt auf, gewitzt hechte ich zur Seite, man lernt dazu. Beim Sprung jedoch springt der Hammer mit und mir gegen das Knie. Auch darauf werde ich achten, wenn ich wieder einmal einbreche; man sollte dieses Handwerk nicht geringschätzen.

Da Frau Zingg keine Anstalten macht, das Gotteshäuslein zu betreten, wage ich mich vor und humple die drei Stufen zum Eingang hinauf. Verbraucht und muffig riecht es, aber längst nicht so übel wie bei uns zu Hause. Ich registriere: zwei Kirchenbänke vor einem mickrigen Altar ohne Vase. Ein Kreuz an der Rückwand. Zur Seite eine Madonna mit Kind, schätzungsweise hölzern, eine bäurische Arbeit. Zwei halbrunde Fenster besitzt der Raum, durch die noch mehr Schwärze einsickert. Als ich mich umblicke, steht Frau Zingg dicht hinter mir und pumpt. Ich weiß nicht, ob sie etwas haben will, lächle linkisch und verziehe mich schließlich nach draußen, um nach dem Wollschwein zu rufen. Es steht aber direkt vor der Tür und weiß nicht, ob es hineindarf.

Die Tiere und der liebe Gott, das ist so eine Sache.

Ich entscheide mich für einen Rundgang über den Kirchhof. Ungefragt schließt sich mein Schweinchen an. Die Namen auf den Grabsteinen lassen sich nicht entziffern, es ist zu dunkel. Nur einmal lese ich: „Kraatz." Rostig sind die schmiedeeisernen Gitter, aber immerhin: Die Mühe, die man hier aufgewandt hat, deutet auf einen gewissen Respekt, wenn nicht gar auf Liebe hin, die man den Verstorbenen entgegenbringt. Auf unnennbare Weise fühle ich mich angerührt: Was für Ideen die Menschen doch haben! Ein Grab, ein schmales, kleines, hat es dem Wollschwein besonders angetan. Es legt sich darauf, als hätte es sein Nachtlager gefunden.

„Gina-Lisa, das ist zu kalt. Du zitterst ja. Komm doch mit rein", rede ich auf das Schwein ein.

Wie dumm: Hätte ich doch Decken eingesteckt! Am besten wäre es wohl auch, ich könnte meine Kleider trocknen; daheim kann man sie immerhin ab und zu einmal wechseln. Gewaltsam hieve ich Gina-Lisa auf ihre Beinchen und nötige sie, mir zu folgen, indem ich sie anschiebe. Als wir das Kirchlein betreten, zeigt sich uns ein verstörendes Bild: Auf der rechten Bank kniet Frau Zingg, die Finger im Gebet verkrallt. Der Spitzkopf hängt schlaff nach vorn, ihr Leib scheint zu beben vor Inbrunst und Kälte. Wir verharren in der Tür, um die Frau nicht zu unterbrechen. So werde ich Zeuge ihres Gemurmels und Gekreischs, das sich immer und immer zu wiederholen scheint, durcheinandergerät, von Neuem beginnt ... ich lausche: „Herr, himmlischer Vater, wollest uns beschirmen auch diese Nacht, dass der Böse uns nicht wehrlos finde;

dass uns nicht fröstle vor Scham, wie wir deiner vergaßen; dass wir alle unter dein Obdach kommen, die Verstorbenen sintemalen; dass auch die Feuerwehreinfahrt immer freibleibe; dass wir genug Diclofenac haben für die Schmerzenspein und für den Kummer; dass die Kometen schöne Bögen um uns her beschreiben; dass wir nicht immerfort attackiert werden von den Sekunden; dass die Regel eingehalten wird, Herr himmlischer Vater, wollest uns nicht zürnen (Kalbskotelett!); dass die Summe unserer Jahre teilbar bleibe durch acht; dass der Böse uns nicht erhasche auf den Feldern, dass er nicht ausfresse die Höhlen unserer Augen, unsere Hüftknochen nicht abnage auf den Feldern (Kalbskotelett!), Herr, himmlischer, hilf uns jetzund in dieser Not, da die Drähte ragen aus den Köpfen wie Drähte, die Kleiderbügel aus den Wämsern all überall, die Toten aus dem Boden, aus den Booten im Schilf wie Tote; dass wir unser Diclofenac pünktlich einnehmen alle Zeit, unser Amt versehen in Bescheidenheit, unsere Salben auftragen in Heilsamkeit, unser Anteil einholen in Billigkeit (Kalbskotelett!). Und bitte, hilf auch meinem lieben Papi, der schon so lange tot ist. Oh, und segne die Gnädigen, die da gemeuchelt werden in Ehrsamkeit (Kalbskotelett!), gnadenvoll sei gewesen zu den Deinen, die dich ewig erwarten in Schüchternheit und Verzweiflung, Herr! Und vergib uns, dass wir deiner vergaßen in Schlechtigkeit, behüt uns du vor dem Bösen auf den Feldern und auf den Wegen und segne, segne (Kalbskotelett!) (Kalbskotelett!) (Kalbskotelett!) ...“

Frau Zinggs Stimme wirkt erstaunlich fest, die Wörter strömen aus ihrem Innern, ich weiß nicht, was mit ihr ist, doch wird mir von alledem so flau, dass ich mich vorsichtig rückwärts ins Freie taste. Auf die Stufen lasse ich mich nieder, ratlos. Diese plötzliche Mitteilsamkeit dieser Dame! Nicht zu fassen. Scheinbar nur diesem Herrn gegenüber – aber was soll's! Gina-Lina kuschelt sich neben mich, eine in diesem Moment mir willkommene Geste. Behutsam nehme ich sie in den Arm. Sie rüsselt sachte. Das Gebrabbel hat mich in eine derart weiche Stimmung versetzt, was macht man da? Mit einem Kornbrand ist es nicht getan. Vielleicht, wenn ich heimkomme nach Jahren, werde ich Missionar und für Frau Zinggs Herrn werben: in Nimmermüdigkeit. Oder doch nicht? Stunden könnte ich so vor mich hin sinnen. Als das Schwein niest („Hoppla!"), einen gewaltigen Rotzfetzen gegen mein Bein, raffe ich mich auf. Ohne jede Hoffnung betrete ich zum dritten Mal die Kapelle.

Ich lausche ---.

Sie hat aufgehört. Es ist still – bis auf ein Surren. Das kommt nicht von Frau Zingg, das kommt ... von der Heizung. Sie hat die Heizung hochgedreht. Die Heizung! Ein niederes, an der Wand langgezogenes, schmutzig-cremefarbenes Gerät mit Lamellen, das tadellos zu funktionieren scheint. Der Duft der Wärme weitet mir die Nasenlöcher. In den aufklappbaren Kirchenbänken hat sie Sitzkissen gefunden. Eine Reihe von fünf quadratischen Kissen wird vor dieser Heizung ausgebreitet – für mich. Eine weitere Reihe liegt auf der rechten Bank, und darauf: Frau Zingg. Den Regenmantel hat sie ausgezogen und als Decke über sich gebreitet. Ihr Mund steht halb offen, die Augen sind geschlossen. Ich bewundere ihre Umsicht, entnehme dem offenstehenden Bänkchen alle übrigen Kissen und bereite ein Lager auch für Gina-Lisa, gleich neben mir. Daran hat die Alte nicht gedacht.

Es beschäftigt mich ein Gedanke, den außerhalb des Milbener Landes Lebenden erklärlich zu machen kaum wohl möglich sein dürfte. Ich war noch niemals trocken, ja, mich verlangte auch nie danach. Wie hätte ich wissen können, dass man sich danach sehnen kann? Gewiss, auch wir reiben uns, wenn wir vom Feld kommen, aneinander oder an der Scheunenwand oder wir putzen uns mit Lappen ab, aber die sind schon vollgesogen; bevor wir ins Bett gehen, steigen wir selbstverständlich in dafür vorgesehene Schlafhüllen, jedoch, die haben den Tag über in der Waschküche gelegen und riechen muffig, und es war nie ein Wohlgefühl, dort hineinzuschlüpfen. Bestenfalls im Katastrophensommer 1976 mag es wohl einige Stunden gegeben haben, da unser Tal nicht klamm, nicht dampfend vor feuchtem Moder gewesen wäre. Aber da hatten wir andere Sorgen ... Nun aber, da ich Frau Zingg dort ausgebreitet liegen sehe, ein Inbild der Trockenheit, da hege ich eine plötzliche Sehnsucht, einmal auch trocken zu sein.

Mit einer Dankbarkeit sondermaßen strecke ich mich vor dem Ofen aus. Tatsächlich, der Steinboden reflektiert die kostbare Wärme, welche zuerst meine Nase komplett auftaut, dann meine Ohren, sich schließlich ans Werk macht, den übrigen Körper Teil für Teil zu erlösen. Verwundert bemerke ich, wie glücklich meine Füße werden, wie neckisch meine Finger bitzeln, wie sich nach und nach ein Zustand der wohligsten Entspannung ausbreitet, verbunden mit einem Frieden, der mir die Tränen kommen lässt. O ich erlebe das Wunder der Trockenheit – und das in einer Friedhofskapelle! Mildtätig wandern meine Augen zu Gina-Lisa hinüber, die tropfnass und speckig auf den Fliesen liegt, dort, wo bestimmt keine Wärme hinfindet. Flüsterzischend ermahne ich sie, sich doch wenigstens neben mich auf die Kissen zu betten.Aber sie will nicht.

Nach einer Weile wird mir so hitzig, dass ich den qualmenden Mantel ausziehe, endlich auch Hose und Hemd. Auch der PACK, inzwischen reichlich vollgesogen, soll jetzt und so gut es geht ein wenig austropfen. Was wird das für ein Vergnügen sein, morgen früh in trockene, raschelnde Sachen zu schlüpfen! Ja, das dürfte zu den ersten Revolutionen gehören, die ich zu Hause proklamieren werde: die Einführung einer gescheiten Heizung. Überall, am besten auch auf der Straße! Am Ortzenbuckel! Auf der Weide! Ganz neu sind mir diese Dinger ja nicht; von ihrem vor aller Zeit gegründeten Tiefsinn aber bin ich seit heute erst völlig überzeugt und entschlossen, zum Propheten der Trockenheit zu werden.

Mit Gier saufe ich acht Schlucke Kornbrand, malme ein Glas Mett hinunter und saufe abermals vier Schlucke. Es wird eine Nacht ohnegleichen – auch wenn sich unablässig jemand räuspert unter uns. Auch wenn die Träume seltsam sind und verworren. Nur ein Bild davon bleibt mir am Morgen: wie ich ein Feld bestelle, ich allein, auf dem nicht Korn wächst oder die Kartoffel, sondern abertausende von diesen Mobilfunkgeräten, die ich von den Handwerkern kenne, welche ab und an bei uns in Milben aufkreuzen und reparieren, was wir selber nicht fertigkriegen. Ich nehme den Traum als Warnung, es mit meinen Modernisierungsanstrengungen nicht zu übertreiben, wenn die Heimkunft einmal ansteht und ich der aufgeklärte Fürst der Zukunft bin.

Mein erster Gedanke am Morgen: Ich bin trocken! Ein Zustand, den ich fürwahr noch niemals erlebt habe: aufwachen, ohne dass einem eisiges Kondenswasser in die Augäpfel rinnt; ohne aus den klammen in die noch klammeren Kleider zu rutschen ... Verwundert reibe ich mit meinen Händen die Arme hinunter – und es kommt kein Wasser heraus. O Segnungen des Fortschritts, Gottesgabe der tätigen Vernunft! Wie sinnreich ist doch alles eingerichtet: Wir müssen uns nur aus dem Fundus unserer eigenen Vortrefflichkeit bedienen! Vergnügt wie nie, schlängle ich mich in meine vor Wärme knisternden Kleider. Ich rieche an mir. Ich tanze mit mir im Kreis herum. Der PACK fällt mir ein und ich hebe ihn hoch: Er wiegt nicht einmal mehr halb so viel wie tags zuvor. Mein Schwein, das ich mitten in der Nacht so nah wie möglich an den Heizapparat geschoben habe, blinzelt mit einem Augenlid.

„Du bist wach. Das weiß ich."

Frau Zingg liegt nicht mehr stille, sie sitzt in ihrer Bank; offenbar ist sie noch einmal eingenickt. Ob sie schon ihr Morgengebet gesprochen hat? Eine sonderbare Hoffnung steigt in mir empor ... Wie wäre es, wenn es auf einmal aufgehört hätte zu regnen? Wenn ... wie herrlich müsste das sein, nicht auf ewig diese hunderte Quadratkilometer messende Mittelgebirgspfütze zu durchkriechen, sondern frei und unbekümmert ———. Das Jammerbild des Handwagens vor der Tür vertreibt alle frohen Wünsche. Das Laub, welches ich über die Mettgläser gehäuft habe, ist zu einem Konglomerat verfilzt, emsige Rinnsale eisblau funkelnden Regenwassers rauschen an den Seiten herab in unerschöpflichen Katarakten. Missmutig pflücke ich mir ein Glas und stelle es drinnen auf den Ofen. Gina-Lisa wackelt mit einem Ohr und rüsselt freudig. Wart's nur ab, denke ich nicht ohne Hohn, sobald du draußen bist, vergeht's auch dir.

Als ich den Kornbrand öffne und den Schnippsgummi aufreiße, höre ich neben mir etwas hauchen: „Auch!"

„Guten Morgen, Frau Zingg!“, töne ich überfreundlich in die Akustik. „Haben Sie auch so fabelhaft geruht? Ich für meinen Teil ... also ich muss mich bedanken. Ohne Ihre Umsicht, Ihre pfiffige Sorgsamkeit, wahrhaftig, diese Nacht wäre anders verlaufen.“

Ob sie mir zuhört? Die Dame ist beschäftigt: Sie gießt sich von ihrem widerlichen Gebräu ins Becherchen. Es plitscht, ein Pipifädchen wie bei einem Zweijährigen. Wie seltsam, ihr Tee dampft immer noch ein bisschen. Und in der Brotdose liegt immer noch der Kanten, den sie wenig dankbar mit Mett bestreicht und sogleich zu mümmeln beginnt.

„Am liebsten“, führe ich unsere Unterredung fort, „würde ich hierbleiben. Es regnet. Es regnet ja immer. Aber im Kontrast zu dieser Wohligkeit, die wir beide hier genießen, die mir neu ist, das gebe ich gerne zu, kommt mir die Wanderlust abhanden. Wie geht es Ihnen dabei? Was meinen Sie dazu? Welche Argumente haben Sie ins Feld ...“

Nicht mal ein: „Zingg —!“ ist aus ihr herauszubekommen. Nun gut, nicke ich mir selber zu. „Wer nicht will, der hat schon“, geht mir eine der kruden Weisheiten von Vetter Eppel durch den Sinn. Still und versonnen futtre ich zu Ende, kratze das Glas aus, nehme fünf Schlucke. Und dann noch einmal einen sehr großen. Es scheint, mein Konversationsversuch lief abermals ins Leere; abwesend schraubt die schwanke Dame ihre Thermoskanne wieder zu, packt die Brotdose ein und macht sich daran, in der Kapelle Ordnung zu schaffen. Als sie das letzte Kissen verstaut hat, dreht sie die Heizung ab, knöpft ihren Mantel zu und zieht das Häubchen auf.

„Zingg —!“

„Ja, ich weiß schon: Zingg! Und noch einmal Zingg! Aus Ihnen wird man nicht schlau.“

Ob sie den kritischen Unterton in meiner Rede vernommen hat, vermag ich nicht zu beurteilen. Ohne sich auch nur einmal nach mir umzudrehen, begibt sie sich zur Kirchentür, öffnet und verharrt im Ausgang. Ihrer Art gemäß, pumpt sie sich ein paar

Mal in die Höhe und lässt sich ebenso oft nach unten sacken. Dann tritt sie hinaus ins Feuchte.

„Komm, Gina-Lisa", bemerke ich bitter. „Unsere Wohltäterin hat entschieden. Wir gehen."

Erstaunlicherweise hält die Wärme unterm Mantel fast den gesamten Vormittag über an. Wir kommen voran. Die Wege sind zwar aufgeweicht und tief, aber das hält uns nicht auf. Mal schiebt meine Nachtgenossin voran, mal übernehme ich die Tête. Endlich, es mag schon hoher Mittag sein, kommen wir an eine Straße: kein selten befahrenes Landsträßchen wie bei uns, sondern ein spritzendes, zischendes, von Lastkraftwagen aller Art bevölkertes geiferndes Ungetüm ohne Anfang und Ende. Minutenlang starre ich auf das bewegliche Gebilde, und ein abgründiger Ekel steigt in mir auf: Wie kann man so leben? In solchen brüllenden Gefährten? Ihrer Willkür ausgesetzt, Tag für Tag? Welche Monumente des Abscheus erwarten mich noch auf meiner Reise? Wird meine Seele stark genug sein, das zu ertragen?

Mit unseren Siebensachen auf die andere Seite hinüberzuhasten, wäre verwegen. Es bleibt uns nichts übrig, als den Begleitweg an der Straße entlang zu nehmen. Immerhin rollen die Räder ohne Widerstand über den blanken Asphalt, ein Empfinden, das auf unseren buckligen Waldwegen niemals aufkommen will. Sorgsam nehme ich das Wollschwein an die Leine, ziehe den Wagen fort und fort, und es nimmt kein Ende. Als schließlich doch noch der Frost mit der Nässe durch meine Kleider dringt, werde ich unmutig und fange Streit an.

„Gestern Abend waren Sie so redselig – und jetzt? Keine Silbe bringe ich aus Ihnen ..." Ein Lastwagen mit Anhänger unterbricht meine Suada. „Also ich finde das unerzogen. Aber auch ich kann schweigen, o ja, das habe ich gelernt, ganz gewiss. Was Sie da treiben, grenzt an Unverschämtheit, sind Sie sich dessen überhaupt bewusst?"

In dieser Art schimpfe ich noch eine ganze Weile fort, ohne die geringste Reaktion zu erhalten. Ab und zu beziehe ich Gina-Lisa mit ein.

„Siehst du? Die sagt nichts. Nichts! Wir sind ihr nicht gut genug. Da kann man eben nichts ausrichten."

Um plötzlich, lauthals, das Wort wieder an die verstockte Alte zu richten: „Wo gehen wir eigentlich hin, hm? Wohin wohl, Schreckgespenst?"

„Zum Rhein."

Tatsächlich, sie antwortet. Aber ich bin noch nicht versöhnt, durchaus nicht. Das Spritzwasser der vorbeigrölenden Heizöl- und Betonlaster verdirbt mir ohnedies den Tag; zu stark ist der Kontrast zu den heiligen Empfindungen der Nacht.

„Aha, zum Rhein! Bravo! Will ich da überhaupt hin? Ich glaube, ich will nicht zum Rhein. Was soll ich da? Ich bin unterwegs in die Stadt F., wissen Sie das nicht? F. liegt nicht am Rhein, das weiß ich nur zu gut! Verstehen Sie mich?"

Ein mehrere hundert Meter langer Lastkraftwagenverband überdröhnt ihre Antwort.

„Frau Zingg, ich habe Sie nicht verstanden. Wären Sie bitte so freundlich und würden ausnahmsweise, wenn Sie die Güte hätten ..."

„Rheinschiene."

„Rheinschiene? Aha: Rheinschiene. Hilft mir das weiter? Überhaupt nicht hilft mir das weiter. F. liegt an einem ganz anderen Fluss, das ist nämlich so eingerichtet, und das werden Sie nicht ändern."

Leider habe ich für den Moment vergessen, an welchem Fluss dieses F. erbaut wurde. Aber der Rhein ist es nicht, da bin ich mir sicher.

„Rheinschiene."

„Ja, ja, Rheinschiene. Fabelhaft. Großartig."

Eine weitere, für Minuten nicht abreißende Folge von Reisebussen und Personenkraftwagen und Trucks verhindert die Fortsetzung des Disputs. Wir laufen durch einen Wasserfall. Bockig bleibe ich stehen. Der Abstand zu Frau Zingg vergrößert sich. In der Ferne entschwindet sie in den Wassermassen, die von der Straße herüberwehen. Gina-Lisa zieht an der Leine, zum ersten Mal. Da wird mir so kläglich zumute, dass ich, verbissen am Handkarren zerrend, das Tempo verdopple, um nur ja wieder in die Nähe meiner Reisegefährtin zu gelangen.

„Frau Zingg! So warten Sie doch! Frau Zingg! Ich wollte doch gar nicht Schreckgespenst sagen, wirklich nicht!“

Es dauert viel länger als erwartet, bis ich sie einhole und wiederfinde: auf einem Bänkchen sitzend an einer überdachten Bushaltestelle. Keuchend lasse ich mich neben ihr nieder, versuche, Gina-Lisa auf meinen Schoß zu hieven, aber es gelingt nicht. Ungerührt klappt Frau Zingg ihre Brotdose auf, zieht den Kanten hervor und gießt sich von diesem ekelerregenden Teesud ein. Ein ärmliches Dampf-Fädchen in Fragezeichenform dreht sich über dem Becher. Nun gut, das kann ich auch, denke ich bei mir und trinke so viel Kornbrand, dass ich mich verschlucke.

„Daran – kch-hch! – daran – kch-hchhch! – sind nur Sie Schuld!“

Derweilen ich mir ausmale, mit welchen geschliffenen Bosheiten ich diese fleischgewordene Unnatur beleidigen könnte, hält neben uns ein Bus. Die Türen puffen auf, der Fahrer äugt zu uns herunter. Wir äugen hinauf. Fragend blickt er uns an. Fragend schauen wir zurück. Da tippt er sich an die Schläfe und fährt geschwind weiter, während wir reglos sitzen bleiben. Wir schweigen geradeaus. Wasser fällt, fließt und spritzt. Regen, Regen. Es dauert nicht lange, da bekommen wir abermals Gesellschaft: Ein spilleriges Kerlchen in einem Parka mit Malereien am Hals und Klammern im Gesicht drängt sich unter unser Haltestellendach. Ich starre ihn an. Gina-Lisa starrt ihn an. Frau Zingg aber nicht. Kurz schaut auch der Junge zu uns herüber. Fingert eine Zigarette aus seiner Tasche und raucht. Auf den zweiten Blick trifft ihn das Staunen der Erkenntnis.

„Oah: ’n Schwein!“

Gewöhnt an schroffes Benehmen, erwidere ich nichts.

Als er keine Entgegnung mehr erwartet, frage ich grob: „Was dagegen?“

Das Kerlchen zuckt die Schultern und raucht weiter. Mancherlei geht mir im Kopf herum, was ich nun sagen könnte. Doch die Mühe, den Gedanken zu ordnen und zu Worten zu formen, überfordert mich minutenlang. Endlich, nicht zuletzt um Frau Zingg meine Unabhängigkeit zu beweisen, gebe ich dem Jüngling doch noch eine Gelegenheit, sich zu rehabilitieren.

„Bus verpasst?“ Von Onkel Henrich, der schon zweimal in der Stadt K. war, weiß ich nämlich, dass Stadtbewohner das so machen: einfach zwei Worte aneinanderreihen, und fertig ist die Frage.

Wieder dieses Schulterzucken: „Nö.“

„Nicht.“

Die nächste Pause dauert so lange, dass ich befürchten muss, unser Besucher werde demnächst aufbrechen, ohne noch einmal das Wort an uns zu richten. Nur um nicht wieder allein sein zu müssen mit dem Tee saufenden Ungeheuer, werde ich persönlicher und deute auf die Operationsnarben in seinem Gesicht. Die Augen mitleidsvoll zusammenkneifend, frage ich: „Schlimm?“

„Nö.“

Auch das war offenkundig nicht die richtige Methode.

Da wendet sich der Knabe auf einmal, während er die Zigarettenasche an seiner Hose abstreift, an uns: „Und ihr, wo wollt ihr hin?“

„Zum Rhein.“

Frau Zingg, offenbar gewöhnt an Gespräche mit jungen Leuten, popelt an ihrem Täschchen herum.

„Echt?“

Es folgt das erwartungsgemäße Verstummen meiner Reisegefährtin.

Dafür gebe ich mir jetzt Mühe: „Ehrlich gesagt: Wir wissen es noch nicht. Letzte Nacht haben wir in einer Grabkapelle verbracht.“

„Respekt.“

Der Junge saugt an seiner Zigarette und lächelt vor sich hin; eine irritierende Erfahrung.

„Also, wenn’s euch nix ausmacht ... Aber bei dem Wetter hält hier keine Sau. Ich nehm euch mit, wenn ihr wollt. Vielleicht einen Kilometer, da ist ein Haus. Das könnt ihr schaffen.“

„Ein Haus, ja?“, frage ich, um das Gespräch nicht abreißen zu lassen.

„Die Leute sind verreist, glaub ich. Der Kühlschrank war so voll, den hab ich alleine nicht geschafft. Müsste für uns reichen.“

Es fehlt mir das Verständnis, wovon dieser Knabe spricht, doch die Tatsache einer Einladung verlangt nach höflicher Erwiderung.

„Wir kommen mit. Nicht wahr, Frau Zingg? Wir kommen doch mit? Ja?“

Mit einem schauderhaften Lachen fährt sie empor: „Zingg ––! Zingg ––!“

Der weiße Flachbau befindet sich in einer Entfernung von etwa einhundert Metern zu einem Örtchen mit Kirchturm. Natürlich habe ich das Dorf noch nie gesehen, dennoch kommt es mir bekannt vor. Ob irgendwann einmal eine Weisung erging, vielleicht vom Kasseler Landgrafen, dass alle Ansiedlungen nach einem bestimmten Muster zu erfolgen hätten? Sobald ich wieder zu Hause bin, muss ich das in der „Verdener“ nachschlagen; in einer Ausgabe aus den Neunzigern befindet sich ein instruktiver Artikel, der sich mit dem Thema der Dorfgründungen befasst. Wenn ich mich richtig erinnere, wurde einst schwer bestraft, wer versuchte, die Häuser anders zu bauen oder auf die Kirche zu verzichten.

Es kommt mir merkwürdig vor, dass wir den Zugang zu dem viel längeren als hohen Wohngebäude über die an der Rückseite gelegene Terrasse nehmen, zumal Gina-Lisa zunächst nicht dazu zu bewegen ist, die Stufen emporzuklimmen. Ich bin nicht sehr vertraut mit den Sitten der Hiesigen. Das Kerlchen, das sich inzwischen als „Möhre“ vorgestellt hat, schiebt den Handwagen dicht an die Hausmauer heran.

„Es macht nichts, wenn er nass wird“, werfe ich ein. „Er ist es schon.“

„Doch nicht deswegen.“

Endlich, als auch Frau Zingg durch die Verandatür eingetreten ist, spitznasig ins Zimmer sich vorschiebend, macht sich auch das Schweinchen auf und quält sich die Treppe hoch. Seine Wampe schleift über die in den Zement eingelassenen Kieselsteine.

„Schnell rein!", wird Möhre auf einmal ungeduldig.

Vom Fichtenwald tuckert ein Traktor heran. Beherzt zieht mich der Junge nach drinnen, dabei hatte ich nur in Erfahrung bringen wollen, welche Marke man hierorts bevorzugt; bei Treckern kenne ich mich nämlich einigermaßen aus, zumindest bei den älteren Baureihen der Firmen Fendt, Lanz und Hanomag. – Im Wohnzimmer bedecken aufgerissene Flips-Tüten, Zigarettenpackungen, Dosen aller Art, leere und halbleere Flaschen Mobiliar und Teppich; zwei weiße Sofas und ein großer Sessel sind aber noch gut erkennbar. Gestaute Hitze schlägt uns entgegen.

Mehr zu sich selber bemerkt Möhre: „Vergessen die Heizung abzudrehen."

„Das macht gar nichts", beruhige ich ihn. „Wärme ist meine neue Lieblingsempfindung: trockene Wärme."

Frau Zingg scheint sich nicht wohl zu fühlen in diesem nach meinem Geschmack doch recht gastlichen Hause. Sie steht im Eck, pumpt, äugt und hechelt durch ihre Spitznase.

„Nur die Ruhe, Frau Zingg", rede ich ihr zu, „ziehen Sie den Regenmantel aus und machen Sie sich's bequem. So gut werden wir's vielleicht lange nicht mehr haben."

„Ey, komm mal", lockt mich Möhre in ein Räumchen neben der Küche. „Muss ich gestern übersehen haben."

Er deutet hinter eine halb offenstehende Klappentür. Auf mehreren Regalbrettern stehen, säuberlich geordnet, die verschiedensten Nahrungsmittel. Unten die Dosen, ich lese: Ravioli, Ragout fin, Pichelsteiner Eintopf, Texas Feuerzauber und dergleichen mehr; darüber die Flaschen (Ratzeputz Heideschnaps, Zinn 40, Eierlikör, Schokolikör, Himbeergeist, Niersteiner Gutes Domtal ...); darüber Nudeln, Reis, eingeschweißte Brötchen; ganz oben Marmelade, Honig, Kaffee, Tee. Ohne unsere Handlungen zu koordinieren, räumen Möhre und ich alles aus, was wir für nahrhaft halten. Unter den Dosen erregt etwas Eckiges meine Aufmerksamkeit: ein Foto klebt darauf, das eine Speise zeigt, die mich an Mett erinnert.

„Was ist das?"

Möhre, die Arme voll eingeschweißter Nusszöpfe, Hefekränze und Nutella, wirft einen Blick darauf.

„Corned Beef."
„Schmeckt das gut?"
„Geht so. Salzig."
Ich muss ihm recht geben. Ganz und gar einverstanden bin ich nicht mit Geschmack und Konsistenz, auch nicht nach der vierten Dose. Für heute aber habe ich beschlossen, dass ich sparen muss: Wenn ich Frau Zingg noch länger durchfüttere, hält mein Mett-Vorrat kaum bis F. So erlebe ich unverhofft eine Einführung in die Nahrungsmittelkultur der Nicht-Milbener. Leider muss ich sagen – es überzeugt mich nichts. Vielleicht liegt's auch an der Unterlage, vermute ich und hieve das mürbe Pökelfleisch aus der Dose mal auf klebrige Urkorn-Schnitten, mal auf kalte Kartoffelplätzchen, schließlich auf Toastbrot, das mir hier zum ersten Mal begegnet. Am meisten sagt mir die Kombination mit dem Altdeutschen Butterkuchen zu. Doch es hilft nichts, in summa finde ich unsere eigene einheitliche Ernährungsweise den Gepflogenheiten der Flachbaubewohner weit überlegen.

Zwischendurch serviert unser Gönner einem jeden einen Teller voll Texas Feuerzauber, sehr heiß, dann Fränkische Hochzeitssuppe, schließlich Teigwaren mit dunkelroter Creme, von ihm selbst als ein Mirakel tituliert. Das halte ich für übertrieben. Für heute lässt Frau Zingg ihren Tee in der Thermoskanne und schluckt reichlich vom lauwarmen Oppenheimer Krötenbrunnen, auch Wormser Liebfrauenmilch und Kröver Nacktarsch. Ihre Spitznase wird bordeauxrot, was den Gesamteindruck aber nur unwesentlich verbessert. Zweimal muss Möhre auf die Terrasse brechen, dann schläft er ein, knapp vor der Couch. Das gewaltige spiegelnde Ding inmitten des Zimmers hat er mir als einen Fernseher erklärt. Stolz berichte ich von Onkel Otze, der auch schon einmal mit einer solchen Apparatur konfrontiert wurde und dabei doch den Namen Gina-Lisa aufgeschnappt hatte. Allerdings muss ich um Einweisung bitten, wie man richtigerweise damit verfährt.

„Man setzt sich davor und glotzt halt. Wo kommst du denn her?"

Dies präzise zu erläutern, spare ich mir für einen späteren Zeitpunkt auf. Als Frau Zingg einnickt, in einem Lehnstuhl, diesmal ohne zu beten, setze ich mich breitbeinig aufs Sofa, den Körper vorgeneigt, konzentriere mich und glotze nach Möhres Anweisung. Das Ding spiegelt den ganzen Raum: mich, Möhre, Frau Zingg. Die aufgerissenen Bounty- und Ültje-Packungen im Hintergrund kann man gut erkennen, auch die Anrichte mit den Kerzen und den Engeln darauf. Irgendwie erinnert mich der Kasten an unsere Drugg, aber mit dem Unterschied, dass man nicht reinfallen kann. Und er stinkt nicht. Gina-Lisa fühlt sich auch sehr wohl; was wir nicht selber geschafft haben, habe ich ihr auf den Fußboden gekippt. Vor allem diese Kessel-Chips in den Geschmacksrichtungen Speck, Ungarisch und Western scheinen ihr Vergnügen zu bereiten; sie kaut offenen Mauls mit geschlossenen Augen.

Das ist ein gutes Zeichen.

Derweil probiere ich die Flaschen durch, die Möhre aus der Kammer geholt hat. Aufgrund mangelnder Vergleichsmöglichkeiten bleibt mein Urteil ungewiss, ich kenne ja nur unseren Kornbrand und den Obstwein, den sauren. Vollkommen überzeugt mich auch hiervon nichts, weder dieser Bitterschnaps aus Italien noch das liebliche Kirschwasser der Marke Ortenauliesel noch der Malteser Aquavit noch dieser Marillenlikör – da gefällt mir aber das Etikett – schon gar nicht das scharf ätzende Zeug aus der grünen Plastikflasche mit dem kahlköpfigen, dickarmigen Grinsekopp drauf; noch weniger so ein widernatürliches Gebräu, wo man eine Birne unter Glas eingesperrt hat und die dann da drin bleiben muss, was für ein Unsinn. Aber man muss eben alles einmal ausprobiert haben, wenn man mitreden will, sagt der Zibbel. Einen Schnaps, der einen Mexikanerhut aufhat, mache ich noch leer.

Dann schlafe ich ein, im Sitzen.

Warum es Möhre am Morgen so eilig hat, will sich mir nicht erschließen. Es ist doch sonderbar: Erst lädt er uns ein nach gutem Brauch und heißt uns willkommen, dann wirft er uns wieder hinaus mit Schimpf und Schande – dabei haben wir nichts getan! Es kann ihm gar nicht schnell genug gehen.

Er hetzt uns: „Jetzt macht doch mal, ihr Spackos, die kommen gleich die Treppe hoch!“

Für den Augenblick vergesse ich zu fragen, wen er meint. Im Umdrehen fällt mein Blick auf diesen kolossalen Haufen, vermutlich von Gina-Lisa, direkt unter dem Fernseh-Glasschrank, auf den ich beim Trinken draufgeglotzt habe. – Es nieselt an diesem Morgen, die Frische tut uns allen wohl. Nicht einmal meinen Morgenkornbrand darf ich einnehmen, um gegen den grässlichen Geschmack im Mund anzugehen. Zuerst scheucht uns Möhre einen Feldweg hoch, hinter eine Böschung. Schon will ich ihn zur Rede stellen, warum er sich so aufspielt, da hat sich schon seine Laune wieder aufgehellt; ganz gesund, schießt es mir durch den Sinn, kann dieser Junge auch nicht sein. Da passt er zu Frau Zingg. Man hat davon gelesen: Leute mit starken Stimmungsschwankungen neigen zu Sodomie und Sparzwang. Ob wohl die meisten Leute außerhalb des Milbener Landes derartige Störungen aufweisen?

Man wird sehen.

Wir atmen heftig von der Anstrengung, derweil aus der Ferne, vom Flachbau her, Entsetzenslaute zu vernehmen sind. Mein Angebot, lieber noch mal nach dem Rechten zu sehen, bevor etwas passiert, schlägt Möhre aus. Nachlässig finde ich das; es könnte ja sein, dass Menschen in Not sind, und da darf man niemals zögern. Es sei denn, es herrscht Nebel, denn dann findet man keinen.

Cum grano salis, wie mein Lieblingsschriftsteller Ernst Dietrich Haßfurther in der Sonntagsbeilage der „Verdener" seine Lehrsätze gern und oft einleitet, erweist sich dieser Möhre dennoch als ein wertvoller Mensch. Obwohl er, es ist schon wieder Nachmittag, Frau Zingg zu einem unverdienten Triumph verhilft: Wir tapern an einer auf beiden Seiten steil aufgemauerten Bahntrasse entlang, kilometerweit, und es trieft mit Macht, da kommen wir wiederum auf unsere Reiseziele zu sprechen, die ja mitnichten dieselben sind! Frau Zingg, fast gesprächig an diesem Tage, vielleicht eine Folge des Weingebrauchs am Vorabend, schrillt immer wieder ihre „Rheinschiene" dazwischen, während ich mir über Strategien Gedanken mache, schnellstmöglich nach F. zu gelangen.

Ich fasse mir an den Kopf, schneide Fratzen, versuche Möhre auf meine Seite zu ziehen, in der Art: „Ist eben eine alte Flunder, die schafft's nicht mehr, aber wir zwei, gelt, wir kommen halt überall durch."

Aber Möhre wägt das Haupt, und seine Klammern klimpern leise: „Vielleicht hat sie recht. Luftlinie ist das bestimmt nicht die kürzeste Variante. Aber praktisch wäre das schon für dich, so kannst du's nicht verpassen. Du musst nur rechtzeitig aussteigen. Aber erst mal bräuchtest du ein Schiff."

Missmutig blicke ich zu Boden. Bekomme aber noch mit, wie Frau Zingg so ein Grinsen aufsetzt, ein bisschen wie der Hotte, als er Rumser des Jahres geworden ist, ich könnte ihr glatt in die Fresse hauen. Für die folgenden Kilometer, bis zur Brücke über den Eisenbahnschacht, schweige ich bleiern. Erst als Möhre, da sind wir schon wieder am Rand eines dieser nach immer gleichem Muster angelegten Dörfer angelangt, einen Zugang zu einem Hobbykeller ausmacht, kann ich ihm seinen Fehler verzeihen. Wir dürfen nur flüstern, als wir, durchgeweicht und gereizt vom Warten, gegen 22 Uhr dort niedersteigen.

Schon wieder spielt sich Möhre auf: „Na, was sagt ihr?"

Es sei damit zu rechnen, setzt er uns klugscheißerisch auseinander, dass im Haus noch Leute leben, darum nicht singen, nicht lachen, nicht lärmen. Ich zucke mit den Schultern und schiebe mich, den Arsch voran, in eine eichenhölzerne Eckbank, um an den Drehknopf für meine geliebte Zentralheizung heranzukommen. Leider erweist sich ausgerechnet Gina-Lisa als die Dümmste von uns; indem wir alle brav sitzen bleiben und bedächtig vor uns hinnicken, muss sie den Flur erkunden und wirft dabei eine Riesenflasche Asbach Uralt um, worin sich kein Asbach Uralt befindet, aber einhundert Millionen Kupfermünzen, die auf allen möglichen Wegen das Untergeschoss durchkullern.

Wir vereisen. Lauern. Sind auf das Schlimmste gefasst. Ducken uns in die Fransenkissen, löschen die altrosa umhäkelte Lampe, ich versuche sogar, Gina-Lisa den Mund zuzuhalten, denn sie bruddelt und schnuddelt in einem fort. Und da kommt es schon, das

Befürchtete: das Schlurfen, das Tappen: die Haustreppe hinunter. Immer deutlicher sind die Schritte zu vernehmen, vorsichtig tappende Rentnerschritte. Ratlos äuge ich zu Möhre hinüber. Der macht eine Geste: Wenn uns einer blöd kommt, murksen wir ihn ab, basta.

Da hören wir's auch schon: „Ey, je-jey, je-jey ..."

Einen intelligenteren Dialekt als wir haben die Hiesigen also auch nicht. Wie ich durch den Türspalt einen Moment lang erkennen kann, handelt es sich um ein Männchen, das von weiter oben Fragen gestellt bekommt und Anweisungen entgegennimmt.

„Die Asbach-Flasch: umgefalle."

„Des gibt's doch net!"

„Ei-fach umgefalle!"

„Wie: ei-fach umgefalle?"

„Kei Ahnung."

Unter solchen Reden vertreiben sich die beiden die Zeit, während ich mir vor lauter Furcht, entdeckt zu werden, die Ohren zuhalte. Möhre lauscht angestrengt, legt den Zeigefinger auf die Lippen. Auf einmal nickt er und deutet nach oben. Ächzer für Ächzer vernehme ich, wie der betagte Hausherr die Kellertreppenstufen wieder nach oben knirscht. Doch Gina-Lisa fühlt sich bemüßigt, zur Kellertür zu watscheln und ein Geräusch auszustoßen.

Noch einmal hält der Hauseigentümer inne.

„Was haste denn?", tönt es von oben. „Was haste denn immer?"

„Da hat was Quiek gemacht."

„Du quiekst ooch."

Tatsächlich, der Typ verschwindet! Ich werde euphorisch; nur mit Mühe kann mich Möhre davon abhalten, zwei Gläser Wollschweinmett zur Feier von draußen zu holen. Die Speisenauswahl hier unten sagt mir nämlich noch viel weniger zu als am Abend vorher: Fischli, Erdnüsse auf zweierlei Art, staubige Waffelröllchen, ein Glas Gewürzgurken. Davon sollen drei Weitgewanderte satt werden? Vorsichtshalber gießt sich Frau Zingg ein Becherchen von ihrem übelriechenden Tee ein. Ich zeige Möhre, dass sich immer noch so ein Dampffädchen über der Teeoberfläche ringelt, aber er schaut kaum hin. Mit der Ausbeute an Essbarem scheint er ebenso wenig zufrieden zu sein wie ich. Und siehe da, seine Beharrlichkeit zahlt sich aus: in einem Hängeschränkchen, halb verdeckt von einem Lappen mit Jagdmotiven, findet sich eine Großpackung Mini-Salamis. Die Würzung behagt mir nicht, aber eine Art Mett ward immerhin darin verarbeitet. Und das nährt. Für mich verblüffend fällt das Getränkeangebot aus: bis auf zwei, drei Flaschen ist es mit dem vom Vorabend nahezu identisch. Möhre, der sich an einem viereckigen Gefäß zu schaffen macht, Jägermeister steht drauf, ein schöner Name, nennt es „das übliche Spießergesöff". Mir behagt ein Klarer, der aus dem Kloster Ettal stammt; von Ferne erinnert er an unseren Kornbrand. Dann finden wir noch etwas Selbstgebranntes, einen Obstler, aber der schmeckt nach Fisch. Mit Akribie probiere ich alles durch. Ich sollte mir vielleicht Notizen machen, um nichts zu vergessen. Werde ich übertreiben, wenn ich mit der Familie um die Drugg sitze und von meinen Abenteuern erzähle? Bestimmt werde ich übertreiben – aber dazu brauche ich auch Material!

Sowohl Frau Zingg als auch unser Anführer halten sich beim Saufen zurück. Nach gerade einmal einem Eierlikör klappt sich die Alte auf dem Eckbänkchen erst auseinander, dann wieder zusammen: ein Bein hier, eins da, dann einwärts und umdrehen und Beine wieder ran. Sekunden später setzt ihr kehliges Schnarchen ein. Möhre scheint sich zu langweilen – den Gesichtsausdruck kenne ich gut. Da erzähle ich ihm von unseren Jahreswettspielen. Mehr und mehr hebe ich meine eigenen Leistungen hervor; jetzt ist die Gelegenheit, und keiner kann mich korrigieren oder der Lüge überführen. Ich weiß aber nicht, ob Möhre mir zuhört.

Scheinbar doch: Er blickt jetzt noch trübseliger vor sich hin.

Der folgende Morgen bringt Regen und Wind. Wir sind nicht überrascht. Sich den äußeren Bedingungen anzupassen, gehört seit jeher zu den Grundbefähigungen meiner Familie, vor allem, wenn sie sich niemals ändern. Man muss angemessen reagieren, sich den Gegebenheiten anschmiegen – so spart man Energie. Wenn man sich etwa beim Gehen schräg seitlich nach vorne dreht, kann man den Rücken als Segel benutzen. Auf die Dauer fühlt sich das nicht bequem an, doch hält man sich wahrhaftig alsbald für einen Fünfmaster, der Fahrt aufnimmt. Oder beim Umgraben: Du musst Teil deines Werkzeugs sein, der erweiterte Spaten, schon kostet das Hineinfahren ins Erdreich und das Hinausheben von nahezu zwanzig Kilogramm vollgesogener Muttererde fast keine Kraft mehr.

Sagt der Zibbel.

Möhre ist sauer, weil das Rauchen nicht klappt bei dieser Nässe. Frau Zingg zählt die Zaunpfähle an einer Weide mit ihrem Zeigefinger; sie sieht dabei aus wie ein Mädchen. Es ist längst Mittag durch, als wir bei einer Ansammlung von Scheunen anhalten. Ein beträchtliches Wegstück von der nächsten Menschenansiedlung entfernt, dienen die hölzernen Schuppen der Aufnahme von Landwirtschaftsgütern. Und von uns. O ja, damit kenne ich mich aus: Wie oft habe ich nicht, dem Schnarchen meiner Gote zu entfliehen, ganze Nächte in unserer Hausscheune zugebracht ... Selige Stunden, das: Mett in Greifweite, Kornbrand zur Hand! Nur die Überdecke hatte ich meistens vergessen. Heute sind wir so entkräftet, dass sich keiner mehr erheben wird, bevor es anfängt zu tagen.

Der Aufenthalt kostet mich insgesamt fünf Gläser Mett und anderthalb Flaschen Kornbrand. Durchaus, ich bin ein braver Gastgeber, doch ich stelle fest: diese Selbstverständlichkeit, mit der Frau Zingg meine Spenden ohne Unterlass entgegennimmt, beginnt mich zu verdrießen. An die nimmer versiegende Brotdose und das unauslöschliche Rauchfähnchen über dem Tee habe ich mich immerhin gewöhnt; aber auch einmal selbst etwas beizutragen zum Wohl der Reisegemeinschaft, das käme ihr nicht in den Sinn. Eine Schande.

Außer in besagten Scheunen übernachten wir noch zweimal in Wohnhäusern mit verreisten Eigentümern, einmal in einem verwaisten Eisenbahnerstellwerk und einmal in einem auf einer Nebenstrecke stehen gebliebenen Zug, umgeben von einem Vorgarten und blinkend renoviert. Leider ist die Heizung ausgefallen. So bohren wir uns Kilometer um Kilometer nach Südwesten voran. Ob dies jene unnennbaren Tage sind, von denen Ernst Dietrich

Haßfurther schwärmt? Anzunehmen! Mitunter beschleicht mich der Verdacht, ein vor Zeiten ausgeheckten Schicksal erfülle sich an uns – ein Gedanke, der ans Denken gewöhnten Menschen wenig originell erscheinen mag, mir persönlich aber zum ersten Mal während dieser Fußreise begegnet. Ich erwähne das, weil dieser Frühmorgen, von dem hier die Rede sein soll, über mein künftiges Geschick entscheiden wird.

Die Gefährten schlafen noch rechtschaffen, als ich die Waggontür aufstoße, den vom Tag zuvor noch feuchten Mantel überstreife und ins glitschige tropfnasse Gras hinunterspringe. Aber etwas ist anders. Meisen sind da, eine Amsel lässt sich hören, außerdem etwas Undefinierbares – vielleicht ein Pirol? Das weiß ich aber nicht, wie der sich anhört, ich kenne nur die Beschreibung von der Naturkundeseite meiner Verdener Allgemeinen: „Pijööh-pijööh, göck-göck-göck. Pijööh-pijööh ..."

Ja, so ungefähr.

Tiefer dringe ich in die Fichtenschonung ein, um Wasser zu lassen. Ach, es ist köstlich: Es spritzelt und spratzelt so munter vor sich hin und um mich her, dass mir ganz jokos zumute wird. Blinzelnd verfolge ich die blendend hellen Tröpfchen, wie sie vom Waldboden abprallen und umhersausen, übermütigen Elfen gleich. Absinkend vermischen sie sich mit einem birnenfarbenen Dunst, von dem man nicht sagen kann, ob er dem zarten Gewölk hoch droben oder dem Erdreich entströmte.

Da erst fällt mir auf, was ich erlebe, seit ich den Eisenbahnwagen verließ. Noch besser: nicht erlebe. Weil er nicht mehr da ist: der Regen! Ist nicht mehr da. O ihr Himmel, es hat aufgehört zu regnen! Die Atemluft plustert sich vor Nässe, das ist wahr; doch es träufelt, prasselt, nieselt nur noch von den Bäumen; aus dem Himmel fällt rein gar nichts mehr auf mich herab, kein Regentropfen will mich mehr benetzen. Aus den Zweigen rieselt es silberhell, eine Tanzweise – immerzu, immerzu! – doch das ist ein anderes Geräusch.

Ich lausche.

Auf dem Waldboden, gesprenkelt von nässegesättigten, leichenbleichen Vorjahrsblättern, kriecht mein Blick über nasse schwarze

Äste in verkrümmten Farn, durchklettert Sträucher mit Dornen, drängt sich zwischen arrogant aufragenden, stark harzenden, fuchsfellfarbigen Nadelholzstämmen hindurch und schwebt hin über ein Tal, dessen Ende sich nicht absehen lässt: weil es nach allen Seiten überläuft von einem wabernden, süßduftenden Brei aus Gelbgold, gespeist von einer halb aufgelösten, in der Tiefe des Kessels treibenden ... Sonne. Da will auch mein Antlitz teilnehmen an diesem Strömen und Rinnen, Zerlaufen, Verfließen: pulsierende Tränen schießen mir aus den Augen, ein Pilger vor dem Gnadenbild stoße ich Laute der Überwältigung aus, morgenfromme, idiotische Rufe, meine Arme breiten sich aus und flattern, in ungelenken Sprüngen jage ich in den beweglichen Lichtbausch hinein, versuche mit den zur Kuhle geformten Händen von dieser zähflüssigen, schwerelosen Creme so viel wie möglich einzufangen und mir in den Mund zu schaufeln.

Ich schmecke Dinge, die ich erst viel später kennenlernen werde: Ich schmecke Wein, dessen Trauben auf Schiefer gewachsen sind; ich schmecke Ananas, überreif und mit Jamaikarum getränkt; Weizenfelder voller Juli; rinnende Milch voller Kräuterwürze auf hellgrünen Almen; Marmorkuchen, warm und schokoladig, direkt aus der Form genascht; Holunderblüten, in Ei gebacken, mit Puderzucker bestreut; unentdeckte Tropenfrüchte mit dicken Hintern und langen Hälsen; Sahne- und Buttercremetorten, auf Hochzeitsfeiern in überheizten Hinterzimmern mit Esslöffeln gemümmelt; Elefantenläuse, mit Savannenhonig zu lauen langen Stangen gepresst; Kobold-Aas, an einem Erntenachmittag aus der Kuhle am Hieronymus-Teich von der Waldfrau geschöpft; wie Striche in den Abend gezeichnete Urzeitfliegen von sagenhafter Spannweite und Knusprigkeit; Hefezöpfe, wangenwarm, eingetütet von flachshaarigen Bäckereifachverkäuferinnen; Ringelblumeninneres auf löslichem Grund; heißes Kerzenwachs, mit der Nase aus der Flamme gesogen ––– ich beginne zu schreien, ich singe, ich werfe mich nieder und werde zurückgefedert vom Trampolin des Waldbodens, versuche Saltos, Pirouetten, Flugrollen, Flic-Flacs, Seitwärtsgrätschen und schlage das Rad wie eine selbstbewegliche, ewige Chinesin.

Da nistet sich ein Kichern in meine Freudetrunkenheit ein. Es klingt eher unsicher als bösartig. Doch es ist ein Kichern. Und es ist ein Beobachtet-Werden: Wer weiß, wie lange schon Möhre und diese Frau Zingg mein übergeschnapptes Treiben verfolgen!

Sie äffen mich nach mit Tönen und Gebärden: „Zingg!“, macht Frau Zingg immer wieder, „Zingg, hihihi!“ Und wedelt seitlich mit ihren zweigdürren Ärmchen, eine geflügelte Schlange: „Hihihi! Zingg! Zingg!“

Nie bin ich ein guter Läufer gewesen, gewiss nicht. Doch augenblicklich fühle ich fremde Kräfte mir zuwachsen, es jagt mich in Sätzen über Brombeer-Hürden, Weidezaun-Gitter, Bachbett-Senken, immer zu Tal, bergab, manchmal liege ich mehr als ich renne, quer auf der sämigen Luft; an Rinden stoße ich an, ich streife Pfähle mit verblichenen roten Rauten, Säulen touchiere ich, die seit Jahrhunderten ungesehen im Dickicht verwittern, Stämme mit Hautfetzen dran, nahezu unsichtbar geworden; durch Äste-Gewirr rudern meine von der Gewaltherrschaft des Gehirns befreiten Arme, es bleibt mir keine Handhabe und keine Wahl: Ich muss mit, immer weiter, die Füße emanzipieren sich, sie hopsen wie Bälle übers Geröll, die Knie springen ganz von selbst in unbekannte Höhen, schießen, jungen Böckchen gleich, hinauf, Kopf und Gesäß vertauschen die Lage, ich segle dahin, rolle einen Abhang hinunter, ohne anzustoßen, ohne Schmerzen gebäre ich diesen Lenzmorgen mit seinem Gesang, seinem sirrenden Silber, dem palastartigen Glast, aus dem ohne Unterlass Tannenhonig rinnt.

Hechelnd liege ich auf der Erde. Ich lausche: Ein hohes Fiepen, ein auf der Grenze des Hörbaren festgeklemmter Orgelpunkt. Verstohlen lege ich ihr die Hand auf den Bauch; die Erde ist warm. Lange lasse ich die Hand da liegen, auf der warmen Erde. Ich blinzle ihr zu. Mir zur Seite wächst etwas Gelbes: Winterlinge. Das weiß ich nämlich genau: eine farbige Radierung habe ich schon einmal gesehen. Dieses Gelb, aus dem Graubraun hervorleuchtend, es macht mich rasend. Wie von irgendwem angeschoben, kugle ich herum und fange an, jede einzelne Blüte abzuküssen: Winterlinge! Bei uns verzichten sie in fast allen Jahren auf ihr Erscheinen. Und wenn sie doch einmal sich aus der Tiefe emporquälen, erwischt sie schon am nächsten Morgen der Frost. Ich muss mich zurückhalten, damit ich die feinen Blättchen nicht verbiege; in der Kulturtechnik des Küssens bin ich nicht sehr bewandert. Tante Hulka habe ich einmal geküsst, sie war zum Verzweifeln rau. Winterlinge. Ein falscher Name – Frühlinglinge sollten sie heißen! Herzmiraufschließlinge! Bösvertreibungslinge!

Endlich lasse ich ab von den empfindlichen Blüten und übe meine neu gewonnene Kunst am lärchennadelweichen Waldboden. Mit einem Mal schnelle ich empor; haben sie mich etwa eingeholt? Werde ich wieder beobachtet, ausgelacht? – Nein, niemand. Trotzdem stehe ich lieber auf, klopfe mich ab wie eine Bäuerin den Sohn nach der Feldarbeit und vor der Schule. Ich besinne mich. Suche nach einer Richtung. Wie auf Rädern gleite ich den Weg entlang, unendlich langsam, der hinter aufgetürmten Findlingen in einen Sonnen-Teich einbiegt.

Ein Schmunzeln überkommt mich, wie ich so versonnen in dieser Sonne herumschlendere. Ist es nicht zum Staunen? Kein Medium könnte mir fremder sein, und doch komme ich darin zurecht, beweise eine Fertigkeit, als hätte mich irgendwann jemand darauf vorbereitet. Ich meine, ich bin eine Qualle in der Drift karibischer Meere; ich meine, eine Rosine in einem frisch aus dem Ofen gezogenen Apfelstrudel; ich bin der Bauchnabel einer Frühgeburt unterm Rotlicht, einzig bestimmt, dort zu sein: in der Wärme. Ohne Kraftaufwand, ohne Bewusstsein bewege ich mich, eine Ahnung im Sinn, einen scheuen Begriff, eine Himmelsrichtung, deren Vorhandensein mir soeben bewiesen wird: Süden.

Möhre findet mich abends auf einem Baumstamm liegen. Der Stamm hat den Tag über Sonne gesogen, und jetzt liege ich auf dem Stamm, träume mit offenen Augen.

„Möhre“, lächle ich ihm zu. „Möhre, sag mal, kommt die morgen wieder?“

„Wer?“

„Die Sonne?“

Der Junge ist so rücksichtsvoll, nicht loszulachen. Wie es scheint, hat er stundenlang nach mir gesucht.

Gähnend setzt er sich neben mich: „Das gefällt dir also, ja? In der Sonne rumlümmeln?“

Langsam nickend strahle ich ihn an.

„Sagen wir mal so: Je weiter du vorankommst, desto höher ist die Chance.“

Da falle ich ihm um den Hals.

Während wir zurückwandern, geht mir nur dieser eine Wunsch im Kopf herum: sobald wie möglich wieder herumlümmeln! Doch die Nacht wird frostig; wir haben kein Quartier gefunden. Gina-Lisa legt sich mir in den Arm. Bestimmt hat sie sich geängstigt, als ich so lange ausgeblieben bin. Dafür ist sie die Einzige, die schlafen kann. Tags darauf beginnt das altgewohnte Nieseln von Neuem. Missmutig ziehen wir den Pfad an einer Autobahn entlang, vorn Möhre, dann Frau Zingg, hinten ich mit meinem Wagen und dem Schwein. Am Nachmittag erreichen wir eine Raststätte, wo Möhre uns je einen Becher klumpiger Gemüsebrühe in die Hand drückt und zum Parkplatz verschwindet.

Immerhin ist sie heiß.

Unter einem Vordach neben einer Reihe von Benzinsäulen müssen wir warten. Gina-Lisa scheint das gar nicht Recht zu sein, immerzu läuft sie hin und her, sucht nach einer Beschäftigung, dabei ist das gefährlich, weil von Zeit zu Zeit Autos heranfahren um zu tanken. Bis auf ein Kind, das fragt, ob man Gina-Lisa streicheln kann, nimmt niemand Notiz von uns. Ich sage ja, aber Gina-Lisa will nicht.

Als Möhre endlich zurückkommt, grinst er verlegen. „Hört mal, ich muss wieder ins Heim, die haben die Polizei alarmiert. War nett mit euch. Ich hab einen Fernfahrer gefragt, ob der euch mitnimmt. Der fährt nachher Richtung Rhein.“

„Zum Rhein! Zum Rhein!“, muss die Zingg natürlich losblöken.

„Aber ...“, werfe ich ein, und weiß nicht, was ich sagen soll.

„Zu Fuß schafft ihr das eh nicht.“

In dieser Weise redet der Junge noch eine Zeit fort. Ich höre nicht hin.

Schließlich bringe ich doch noch etwas heraus: „Und du?"
„Werde gleich abgeholt."
„So."
Die Verladung der Sau und der Zingg gelingt im ersten Versuch. Der Fahrer, ein Luxemburger (ich bestaune ihn, denn ich wusste bis zu diesem Zeitpunkt nicht, dass es so etwas gibt), erweist sich als beinah fürsorglich. Er verzichtet sogar auf Kommentare über meinen Handwagen, obwohl seine Augen abschätzig zucken. Auf einer Pritsche wird das Gefährt nach oben gehievt und anschließend in metallenen Kuhlen arretiert und mit Spanngurten vertäut. Solch reibungslose Handhabung der Technik beeindruckt mich immer wieder; ich schlage vor, auch die Zingg auf diese Weise zu fixieren, damit sie nicht im Laderaum herumeiert. Indem er mit seinem Ellenbogen nach hinten weist, zeigt uns der Luxemburger eine Stelle, die mit einem Gatter abgeteilt ist. Schwarze Reifen und graue Decken liegen dort aufgehäuft.

Dann wird mir der Fernfahrer doch noch unsympathisch: dümmlich und verschwörerisch äugt er zu mir und dann immer so nach Gina-Lisa hinüber, die bereits ihren Schlafplatz in Besitz genommen hat. Dabei mümmelt er mit der Zunge zwischen den Lippen hin und her und produziert Schmatz-Geräusche. Nicht mit mir! Wenn hier einer das Wollschwein futtert, dann bin ich es, ganz allein. Um seine Gier zu dämpfen, biete ich ihm ein Glas Mett an. Er wummert mir kurz auf die Schulter, wohl eine Geste der Anerkennung, lässt die Gabe jedoch unangetastet.

Was für ein Kostverächter.

Als der Laster anfährt, fällt mir ein, dass wir vergessen haben, uns bei Möhre zu bedanken. Nicht einmal verabschiedet haben wir uns. Nun, andererseits, mit dieser Verabschiederei kann man es auch übertreiben; erst vor wenigen Tagen habe ich sehr viel verabschiedet. Das reicht eigentlich fürs Erste. So setze ich mich denn auf einen Reifen nieder, vornübergebeugt, den Kopf auf die Arme gestützt und die Arme auf den Knien um herauszufinden, ob das bequem ist. Frau Zingg scheint die Haltung zu missdeuten.

Mit einer mir unangenehmen, unangebrachten Zärtlichkeit in der Stimme erkundigt sie sich: „Ulf?"

Sie hat sich meinen Vornamen gemerkt – erstaunlich. Dafür scheint sie nicht zu ahnen, dass meine trüben Gedanken durchaus nicht mit Möhres Abschied zu tun haben, sondern mittlerweile vorwiegend der Tatsache geschuldet sind, dass ich nun wieder auf das Gerippe im Regenmantel angewiesen bin. Getreu der Maxime meiner Vorfahren, gebe ich keine Antwort; auf diese Weise provoziere ich die grässlichste Berührung, an die ich mich erinnern kann: ihre spelzige, splissige Hand kratzt über meinen Schädel. Ich kreische auf wie zum letzten Mal beim schiefen Aufprall im Rückwärtslauf-Wettbewerb. Panisch wühle ich eine Flasche Kornbrand hervor und desinfiziere die Stelle.

Noch während ich trinke, schreie ich meinen Bannfluch: „Aus, Mistkrätze!"

Den Rest der Fahrt über verläuft alles wunschgemäß. Allesamt dösen wir ein. Es ist schon Abend, als Scheinwerferlicht und Motorenlärm uns aus dem Schlummer reißen.

„Da, der Rhein. Ihr Spinnerten", meldet der Luxemburger.

Mit ihrem Korbwägelchen drängt sich die Zingg vor Gina-Lisa, meinen Handwagen und mich. Außer den mittlerweile gewohnten spritzenden Autobahngeräuschen nehme ich noch gar nichts wahr, so tief ist meine Müdigkeit. Endlich sind wir dran. Während wir auf der Pritsche langsam nach unten ruckeln, tippelt die Zingg immer weiter auf dem Standstreifen auf die Autobahnbrücke hinaus. Unser Wohltäter hat es eilig; kaum sind wir ausgestiegen, verschließt er die Klappe, tippt sich noch einmal an die Schläfe, steigt ein und lässt den Motor grummeln. Ohne anzuhalten zieht Frau Zingg ihres Weges, immer rechts neben der Autobahn.

„He, du Schrulle, zurück! Das geht nicht!", schreie ich ihr hinterher.

Doch ich kann ihr nicht folgen, ohne den Handwagen zurückzulassen, außerdem habe ich Angst, dass Gina-Lisa überfahren wird. Dicht steuert der Luxemburger seinen Laster an uns vorbei und rumpelt über die Brücke. Das ist alles zu viel für mich: die Autobahn, die stählernen Brückenseile, in unsäglicher Tiefe der Fluss und all dies von einer so blendenden Helligkeit illuminiert, dass ich binnen kurzem ohnmächtig auf den Handwagen sinke. – Lange kann ich noch nicht bewusstlos dagelegen haben. Denn hoch auf der Brücke, schon fast in der Mitte, gewahre ich Frau Zingg, wie sie durch den Verkehr manövriert, da der Standstreifen dort endet.

„Frau Zingg!", rufe ich ins Verkehrsgetöse. „Zurück! Aus! Frau Zingg!"

In diesem Moment bemerke ich, dass auch Gina-Lisa in Not geraten ist. Mit ihrer Leine hat sie sich am Wagenrad verheddert. Ich muss vorsichtig sein, um ihr nicht wehzutun; kläglich hält sie ihr Füßchen empor. – Als ich wieder aufschaue, ist Frau Zingg verschwunden. Besinnungslos, ohne auf Schwein und Mettwagen zu achten, stürze ich zwischen den Lastern und Kleinwagen hindurch. Zorniges Hupen und Bremsenquietschen sind die Folge. Doch ich gebe nicht auf, bis ich an die Stelle, wo ich sie zuletzt gesehen habe, vorgedrungen bin. Kein Unfall ist zu sehen, keine Leiche liegt auf der Fahrbahn, keine Verletzte. Nicht einmal ihr Wägelchen ist noch da.

Am Sperrgitter angekommen, starre ich in die Tiefe, wo der unermesslich breite Rhein wie Lava dahinzieht. Schwindel und Wahnsinn überkommen mich, so dass ich zurückschnelle, gegen einen scharf abbremsenden Transporter prallend.

Wo ist sie hin?

„Frau Zingg!"

Bedingt durch den Stau infolge des Auffahrunfalls, den ich verursache, ist es nicht schwierig, sich auf die andere Seite der vier Spuren hinüberzumogeln, wo mein Schwein auf mich wartet. Ich muss nur klettern, Flüche anhören, einen Fausthieb aus einem Seitenfenster einstecken. Ansonsten nahezu unbehelligt, ziehe ich den Wagen dorthin zurück, wo uns der Luxemburger verlassen hat. Martinshörner nähern sich. Über eine Parkbucht gelange ich auf einen Trampelpfad, der in Serpentinen durch triefenden Mischwald nach unten führt. Das unaufhörliche Sirenengeheul beeinträchtigt meine Abendempfindung. Keine halbe Stunde von der Brücke entfernt, geraten wir auf eine Lichtung, von einem Bächlein durchflossen, mit Fruchtbäumen bepflanzt.

Das Schwein ist vorausgewatschelt, scheut aber vor dem Fließgewässer zurück.

„Angsthase!“, werfe ich Gina-Lisa vor, präzisiere auf „Angstschwein“ und lasse sie aus meiner Handkuhle trinken. Nichts kommt dem gleich, wenn sich ein Wollschwein über frisches Trinkwasser hermacht: So eine Freude erleben die meisten Menschen nicht während der gesamten Zeit ihres Erdenwallens. Zu meiner Erleichterung stelle ich fest, dass sich drei der groben grauen Decken des Fernfahrers im Mettwagen verklemmt haben. Ich werde sie sorgsam hüten. Vorsichtig blicke ich mich um – Wald, Wiese, Blümelein in gelb und weiß, ein paar lilafarbene dazwischen. Auch der Himmel blüht mit milde angestrahlten Wölkchen. Ich beschließe, mir ein Picknick zu bereiten.

Erst als ich mich auf dem nachgiebigen Boden ausstrecke, ein Mettglas aufziehe und neun Schlucke Kornbrand zu mir nehme, fällt mir auf, dass ich jetzt allein bin. Gina-Lisa treibt sich am Bach herum; jetzt hat sie keine Angst mehr davor. Ich bemühe mich mir vorzustellen, wie es Möhre augenblicklich ergeht, aber es gelingt mir nicht. Dass die Zingg vorher untergegangen ist in ihrem Fluss, halte ich für wahrscheinlich. War dies die ganze Zeit über ihr Vorhaben? Schon damals, auf dem Acker?

Was es doch für Leute gibt.

Zwischen dem alten strohig gewordenen Gras sind zarte Halme zu entdecken, hellgrün und empfindlich. Ich bemühe mich, so wenige wie möglich davon zu zerdrücken, als ich die Decken nebeneinander ausbreite. Vorsichtig lehne ich mich zurück und blinzle in den Abend. Abwechselnd spreche ich dem Mett und dem Kornbrand zu. Eine zufriedene Stimmung stellt sich ein; nichts ist zu hören außer ab und zu einem bisschen Geglucker, das aus dem Bach kommt. Die Blumen hier, einige weißgelb gezackt, andere violett, sind mir unbekannt.

„Ja, ja, der Süden“, denke ich bei mir. „Kein Wunder, dass ich mich da nicht auskenne.“

Nach der Mahlzeit lege ich mich auf den Rücken, um die Ellenbogen zu erholen. Das Spektakel am Himmel ist mir fast zu viel; verglichen mit unserem ruhigen Grau-in-Grau herrscht eine unablässige Betriebsamkeit. Ständig huscht etwas hin und her, meistens Schwalben. Doch auch der Hintergrund wechselt permanent die Tönung, von Silbergelb nach Ocker und grünen Inseln. Die Wölkchen fangen an, mir Spaß zu machen, wie sie entstehen und vergehen, auseinanderstreben, sich ineinander schmiegen, als wäre nichts dabei. Manche von den größeren ziehen würdig einher, unbekümmert um diese hellroten spitzen Elemente, die manchmal wie Saurierhörner in sie hineinstoßen.

Am stärksten aber nimmt mich gefangen, was in einem türkisfarbenen Trichter geschieht: das Aufglimmen des Abendsterns. Bislang habe ich nur davon gelesen. Es gibt sogar Musik dazu, heißt es. Es wird mir einsam zumute; insgeheim hoffe ich, dass sich Gina-Lisa wieder zu mir legt. Mehrmals zeige ich ihr die Wolldecke, die ich für sie ausgebreitet habe. Ein jedes Mal folgt sie interessiert meinem Finger und verharrt, bis ich schließlich die Geduld verliere.

„Jetzt leg dich doch da drauf, Schwein! Das gibt's doch nicht!"

Betreten schaut sie zur Seite. Da erhebe ich mich endlich, packe sie und ziehe an ihr, hieve sie schließlich auf die Decke, aber sie strampelt so sehr, dass sich unter ihr die bloße Erde befindet, als sie endlich aufgibt und niedersinkt.

„Dann lass es eben. Selber schuld, wenn dir kalt wird."

Sogleich steht sie wieder auf und trabt zurück zum Bach. Am meisten ärgert mich, dass ich selbst nicht zur Ruhe komme. Das erhoffte Wohlgefühl stellt sich nicht ein, da die Nässe aus dem Boden nach und nach durchdringt. Hin und her drehe ich mich, bis alle Seiten gleichmäßig feucht sind. Den Süden hatte ich mir anders vorgesellt; so feucht, das können wir auch. Gina, in der Wiese, schnarcht sanft, unbekümmert um meine Lage.

Viel zu spät erhebe ich mich und drehe frostschauernd noch eine Runde, auf der Suche nach etwas, worauf ich mich betten könnte. Abendtau sinkt langsam über der Wiese nieder. Es duftet noch immer nach des Tages Sonne. Schön ist das, aber es nützt mir nichts. Welch ein Widersinn: Zuhause herrscht immer dieselbe Nässe und Kälte, und da fror ich niemals so erbärmlich! Kann es sein, dass ich mich in allzu großer Geschwindigkeit akklimatisiert habe? Bin ich bereits ein verweichlichter, verfrorener Sohn des Südens?

Am Rand der Wiese finde ich den Weg wieder, den wir wenig vorher entlanggekommen sind. Tatsächlich, meine Ahnung trügt mich nicht: Bald schon lässt sich eine Bank vor einer Holunderbuschhecke erblicken, daneben ein Papierkorb, vollgestopft mit flachen grauen Schachteln. Vier Stück davon nehme ich mir, eile zurück zum Schlafplatz und breite die Vierecke unter mir aus. Es dauert eine Weile, bis ich die richtige Haltung gefunden. Nun ist es bequem. Doch wo bleibt der Schlaf? Vermaledeit! Hier huschelt etwas in der Wiese, da flattert etwas in entfernten Zweigen, dort plärren Polizeisignale durch die Nacht.

Seltsam, seltsam.

Immer wieder schrecke ich hoch. Beim letzten Mal wird das verursacht von einem Traumbild, das einen bleiweiß dahinkriechenden Fluss zeigt, aus dem sich Stück für Stück ein Wägelchen herausschiebt. Mal ist Frau Zingg hinten dran, mal nicht. Doch immer stehe ich am Ufer und kann nicht vor, nicht zurück. Da bildet sich eine schmale Halbinsel, die sich langsam ins Wasser vorschiebt. Weiter und weiter gerate ich auf diesem Inselchen in den Strom hinein. Und immer wieder taucht Frau Zingg auf, in ihrem hochgeschlossenen Regenmantel, Derweilen die Wasserfläche sich mit blendenden Funken anfüllt.

„Frau Zingg, passen Sie auf: Die Enten sind keine!"

Mehr weiß ich nicht mehr von dem Wachtraum.

Wie erstaunt bin ich am nächsten Morgen, als ich nach kurzem Fußmarsch am Flussufer entlang genau so eine Halbinsel erblicke! Seltsam davon angezogen, schiebe ich den Mettwagen bis zur Wassergrenze. Gina-Lisa schreckt vor den plitschenden Wellen zurück. Aber ich habe jetzt Wichtigeres zu tun als Schweine zu tränken: Ich muss aufs Wasser hinausspähen, bis Frau Zingg wieder auftaucht und sie vor den Enten warnen.

Wie gewohnt, lässt sie sich Zeit. Immerzu unterbrochen vom Toben der Güterzüge, vom Donnern der Lkw, vom Knurren der Frachter, versuche ich herauszufinden, ob sie mir wirklich fehlt.

Ich komme zu keinem Ergebnis. Vielleicht erscheint sie erst, wenn ich weg bin? Zuzutrauen wäre es ihr. Ob sie mich beobachtet? Vom Grunde, aus den Trümmern einer versunkenen Siedlung? Probehalber lasse ich mich auf einen Kantenstein am Ufer nieder, der schon ein wenig von der Morgensonne aufgenommen hat. Wahrhaftig, er ist warm! Gina-Lisa hat ihre Scheu überwunden und stöbert im Uferschlamm herum. Als sie ihre Morgenmahlzeit beendet hat, wende ich mich in einer Ansprache, wie in den Fortsetzungsromanen aus der Verdener, an meine Begleiterin.

„Endlich sind wir am Ziel angekommen, aber nicht an unserem. So müssen wir denn weiterziehen, ragen die Felsen noch so majestätisch über dem Rheinstrom auf, mögen die Burgen in ehrsamer Pracht von Zeiten künden, von Zeiten ..."

Leider weiß ich nicht weiter. Ich bringe den Satz einfach nicht zu Ende. Und jetzt? Ich vermisse Möhres Orientierungsgabe. Seine Entschlusskraft. Ich schätze ab, wie breit der Fluss an dieser Stelle ist, komme aber wiederum zu keinem Ergebnis. Einen Kilometer? Zwei? Oder doch nur die Hälfte? Auf der anderen Seite sieht es genauso aus wie auf dieser Seite. Und wo geht es nach Süden? Ich entschließe mich für stromabwärts. Das ist falsch, aber das erfahre ich erst später.

Und dann ist es doch richtig.

Das Schwein hat Schwierigkeiten mit dem Schotter, es humpelt. Ich halte an, versuche Gina-Lisa hochzunehmen und über die Schulter zu legen, aber sie regt sich furchtbar auf und strampelt. Da fällt mein Blick auf den Handwagen; durch Umschichten könnte zwischen den Mettgläsern eine Lücke geschaffen werden. Das geht schneller als gedacht: die Decken in den Zwischenraum und da drauf mein Wollschwein. Wieder wehrt sich Gina-Lisa nach Kräften, aber sie kommt nicht raus. Das Scheppern und Klirren verstummt, als ich abrupt anziehe. Ob vor Angst oder aus Einsicht oder weil sie gefahren wird und alle Lebewesen so was mögen – Gina-Lisa bleibt liegen.

Nach wenigen Metern schließt sie die Augen.

Wenn ein Zug neben uns entlangrumpelt, blickt sie anfangs noch hoch. Doch bald schon hat sie sich daran gewöhnt. So kommen wir gut voran, überholt nur von wenigen Radfahrern, manch einem Dauerläufer und gar keinen Spaziergängern. Allmählich beginne ich zu begreifen, was Leute wie Frau Zingg mit diesem Rhein bloß haben. Am besten gefällt mir dieses hochgewölbte Dreieck im Fluss, das die Frachtschiffe vor sich herschieben; den Ausdruck Bugwelle lerne ich erst morgen kennen, benutze ihn aber auch dann nur selten.

Nicht lange, da gelangen wir in einen Hafen. Das dazugehörige Städtchen liegt hinter dem Bahndamm; außer ein paar Spitztürmen ist nichts davon zu sehen. Am Ufer schlafen zwei schwarze Kähne in der Sonne. Auf dem Deck des vorderen befindet sich ein Schiffer, der es in der Kunst des Herumlümmelns weit gebracht hat; er verharrt immer an derselben Stelle und lässt sich durch nichts davon abbringen. Näherkommend gewahre ich, dass er gar nicht lümmelt, sondern kniet und streicht: mit Pinsel und Farbe. Dies erregt mein Interesse; wir in Milben streichen eigentlich nie. Nur, wenn es unbedingt sein muss, aber dann mit Pech oder Harz. Farbe haben wir nicht. Vielleicht könnte das eine der Neuerungen sein, die ich mitbringe? Der Schiffer malt einen Pfahl an, der wird nach und nach rot. Ich habe keinen Begriff davon, wie lange ich ihn schon betrachtet habe, als er sich ohne Vorwarnung umwendet und mich anherrscht: „Ey!"

Was soll man auf so etwas entgegnen?

Ich entscheide mich für: „Ui!"

Damit möchte ich ausdrücken, dass ich sein Werk für gelungen und die Farbe, die er ausgewählt hat, für gut passend halte.

Seine Erwiderung lässt alle Bildung vermissen: „Was?"

Dies fasse ich als Gelegenheit auf, mein Ansinnen vorzubringen: „Seid gegrüßt, ehrbarer Schiffersmann! Lasst mich euch fragen: Geht eure Fahrt wohl nach F.? Ich bin auf der Wanderschaft, und es gebricht mir an allen Mitteln. So kann ich euch leider nichts anbieten, was einen Gegenwert darstellen könnte zu der Gefälligkeit, um die ich euch ersuche, es wäre gewissermaßen um Gottes Lohn, uns beide, mich und mein Schwein, es heißt Gina-Lisa, nebst diesem Gefährt, das nicht mein eigen ist, sondern geliehen, aber vollgeladen mit gutem Mett, bis dorthin mitzunehmen, falls dies eure Richtung ist."

„F.?"

Kurz starrt der Kerl uns an. Dann weist er grußlos mit seinem Ellenbogen hinter sich, wo der zweite Frachter festgemacht hat. Meinen Dank formuliere ich entsprechend knapp; ich will den Mann nicht länger stören in seiner faszinierenden Arbeit. Beim zweiten Schiffer verzichte ich auf wohlgesetzte Worte.

Obwohl sich dieser keineswegs mit irgendwelchen Verschönerungsmaßnahmen beschäftigt zeigt, sondern trübe in eine Zeitung stiert und dabei Zigaretten raucht, beschränke ich meine Frage auf ein nachlässiges: „F.?"

Aufblickend mustert er zuerst mich, dann mein Gefährt, dann meine Gefährtin, dann wieder mich.

„Hä?"

„Nach F.?"

Widerstrebend stimmt er zu. Diesmal ist es kein Ellenbogen, sondern ein Daumen, der mir die Richtung anweist. Meine Augen folgen gehorsam und machen einen Landungssteg mit einer mobilen Brücke aus. Dankbar recke ich Daumen und Ellenbogen, wie es wohl die Art der Hiesigen ist und holpere mit meinem Wagen auf den Zugang zu. Als Gina-Lisa bemerkt, dass sich zu beiden Seiten neben ihr nur noch Wasser befindet, beginnt sie zwischen den Gläsern hin und her zu fuhrwerken, was mich in höchste Not versetzt. Erst beruhigend, dann mit Strenge, versuche ich sie zu überzeugen, sich doch bitte ruhig zu verhalten. Um Gleichgewicht bemüht, greife ich schließlich in den Karren hinein und fische das zitternde Tier heraus, dabei bekomme ich Übergewicht und sacke nach hinten um, das Schwein auf mich drauf, doch geistesgegenwärtig kriege ich es zu fassen und verhindere, dass es seitlich abstürzt.

Während ich Gina-Lisa auf den Frachter verlade, befürchte ich, der Kapitän könnte seine Meinung ändern. Doch da höre ich ihn lachen – spöttisch zwar, aber er lacht: „So ein Spinner!"

Schmallippig lächle ich zurück. Spinner ist ein so böser Ausdruck nicht; erfreut kann man darüber aber auch nicht sein. Ich binde das Schwein an einen Eisenpfahl und bringe Hab und Gut an Bord. Wie beglückt bin ich doch, dass all die Berichte von gegenseitiger Hilfe und schönem Menschentum, die ich aus der „Verdener" kenne, nicht erfunden sind! Hochachtungsvoll drücke ich dem Hilfsbereiten die Hand und ziehe eine Flasche Kornbrand aus meiner Bagage. Er öffnet sie ohne zu zögern, riecht, nickt anerkennend und trinkt ein paar Schlucke. Darauf reicht er sie mir zurück. Ich trinke auch. Wir sind Freunde.

„Manne."

„Ulf."

Bis wir ablegen, kaure ich mich neben Gina-Lisa und kraule sie am Hals, um sie ein wenig zu entschädigen für die ausgestandenen Ängste. Mit einem Mal beginnt es unter uns zu rumoren. Es tuckert und rumpelt im Schiffsrumpf, dann schwankt es und vibriert.

In Todesangst taste ich mich nach vorn: „Manne, wir explodieren!"

Die seitlichen Fenster am Führerhaus sind heruntergeklappt.

Manne beugt sich heraus und brüllt: „Ihr müsst nach hinten!"

„Warum?"

„Ihr stinkt."

Da mein Kapitän keinerlei Anzeichen von Panik zeigt, legt sich auch meine Furcht im Augenblick; ich schließe, dass das Brummen und Beben zu so einem Frachtschiff wohl dazugehört und erst dann eine Gefahr darstellt, wenn man in den Maschinenraum hineinfällt. Das mit dem Stinken ist ein kluger Hinweis; tatsächlich habe ich seit meiner Abreise aus dem Milbener Land keinen Gedanken an Körperpflege verschwendet, warum auch? Als ich aber meinen Mantel und meine Cordhose genauer betrachte, verstehe ich den Kapitän: Unter Lehm, Schlamm, Morast, Dung und Schmodder sind die raffinierten Riffelstreifen kaum mehr zu erkennen.

„Wo kann man sich waschen?"

Während wir ablegen und auf die gleißende Wasserfläche hinausschieben, deutet Manne auf eine Luke. Eine Eisenleiter führt nach unten, in den Schiffsrumpf. Dort kommt es mir aber nicht geheuer vor. Auch Gina-Lisa scheint sich Sorgen zu machen; als ich mich von ihr abwende, schon halb im Schacht versunken, blicke ich ihr direkt in den Rüssel. Endlich traue ich mich tiefer in den Bauch des Frachters hinein und stoße auf eine wackelige Kabine mit Wasseranschluss. Zwei Eimer stehen drin, auch eine Flasche, gefüllt mit Seife. Zwei Lappen, ein Handtuch, eine Bürste. Als ich wieder emporsteige, ahnt das Wollschwein, was es geschlagen hat, und beginnt schrecklich zu quieken.

Manne sieht sich nach uns um und schüttelt abermals den Kopf. Ungerührt schrubbe ich mein Schwein, bis seine Speckschicht spiegelt. Mit einem Quietschlaut der tiefsten Missbilligung hüpft Gina-Lisa mir davon und rennt direkt in einen Kohlehaufen, den der Schiffer an einer Metallwand aufgeschaufelt hat. Nicht weniger schroff verfahre ich mit mir selber, wobei mir jetzt erst der beißende Geruch und die verätzende Wirkung des Reinigungsmittels auffallen. Als ich es nicht mehr ertrage, gieße ich den Rest aus dem Eimer über mich. Tapfer rubble ich meinen Leib mit dem zweiten Lappen gründlich ab. An einem Haken entdecke ich einen gelben Regenmantel; bequem ist das nicht, aber man gewöhnt sich an alles. Kurz entschlossen kämme ich das nasse Haar mit den Fingern nach hinten, wickle den nassen Lappen drum, schlüpfe in meine Stiefel und kehre zu Manne zurück.

Der Schiffer scheint hocherfreut, als er mich erblickt; er kann gar nicht mehr aufhören, seine Wohlgelauntheit zum Ausdruck zu bringen. Immer wieder gelingt es mir, die Menschen zu beglücken, das ist unverkennbar – eine Gabe, die mir zu Hause kaum je aufgefallen ist. Noch einmal schaue ich nach Gina-Lisa: Sie ruht sich neben dem Mettwagen aus und trocknet. Sehr gut. So nehme ich am Bug Aufstellung und schaue in den Fluss hinunter und zu den Hügeln hinauf. Wie deucht mich doch alles so fremd und hell! Wohlan, die Luft geht – bis auf den Dieselgestank – frisch und rein, es wechseln Sonne und Schatten. An manchen Stellen zeigen sich weiße Blüten an den Hängen ... und das wird immer mehr, je weiter wir gen Süden vordringen. So mild weht dieser Wind, dass ich vergnügt den Lumpen abwickle und meine scharf riechenden Haare im Freien trocknen lasse.

Oh, wie ist das Leben eines Flussschiffers doch erhaben! Die Ovationen der Landschaft nimmt man mit Würde entgegen; mitunter wuppert ein Kollege an einem vorbei und tutet. Auch schmale Ruderboote flankieren dich in der Nähe der Ortschaften. Diese Städtchen mit ihren eigenwilligen Kirchen, die rotweiße Würfelmuster tragen, beeindrucken mich hier am meisten: gestreifte Häuser, gezackte Mauern – wer könnte sich da sattsehen? Auf dieser Flussreise begegne ich auch dem ersten Regenbogen meines Lebens. Und dem ersten Weinberg; es sind sogar zwei Weinberge gleichzeitig, links und rechts des Stroms und zwischen beiden spannt sich der Regenbogen aus, ein doppelter. Ergriffen wende ich mich zu Manne um, deute nach allen Seiten.

Manne schüttelt den Kopf.

Gelesenes mischt sich ins Gesehene. Ich stehe nicht mehr, gehüllt in einen Regenmantel, am Gestänge eines Kutters, nein, ich erglänze auf der Plattform eines Königsschiffs: eine Brünne aus Goldbronze lodert unter meinem weiten weißen Mantel. Unzählige Nachen begleiten die Fahrt, besetzt mit Hornisten und Paukenspielern. Alle Burgen haben geflaggt, und wenn wir vorübergleiten, hebt Fanfarenspiel an, schrill und von sehr weit oben. Das Volk aber, aufgereiht am Ufer, in Festtagskleidern, ruft: „Hoch!" Man weiß noch nicht, dass ich den Pachtzins zu erhöhen gedenke. Mitunter schwimmen Knaben im Wettstreit so nahe wie möglich an unser Schiff heran. Eine silberne Schale wird mir gereicht. Ich greife hinein und werfe mit gleichfalls silbernen Bällen.

Vor Bacharach ragt ein mit Girlanden geschmückter Steg in die Flut, darauf stehen Chöre, die ein Te Deum darbringen. „Recht so, meine Landeskinder, recht so", winke ich sachte.

Doch allmählich ermüdet mich der Pomp; seufzend wende ich mich an den Kapitän und frage ihn, wo mein Nachtlager gerichtet sei. Manne grunzt und schickt mich mittschiffs, wo vier Ladeluken mit Splitt befüllt sind. Eine weitere nur halb mit Sand beladen; dort steigen wir hinunter. Diesmal legt sich Gina-Lisa gleich zu mir und gemeinsam blinzeln wir in den Himmel. Es fällt kein Tropfen. Als wir wieder zu uns kommen, es tagt bereits, ist das Tal der Blauen Blume schon verlassen. Ich füttere das Wollschwein, nehme an der Reling Aufstellung und lasse den Rheingau an mir vorbeiparadieren. Erschrocken gewahre ich ein Bronzegespenst zwischen Hang und Himmel.

Mein Auge aber ruht auf den Weinfeldern. Diesen Duft kann ich sehen: bläulich ringelt es sich über den Rebenreihen, steigt und sinkt und raubt mir beim Zuschauen das Gleichgewicht; ich rieche den Flieder in den Hausgärten; den in Wein und Wurzeln gesottenen Sonntagsbraten; hartgekochte Eier und Kräuter, auf dem Schneidbrett vorbereitet; den Magerkäse kann ich riechen, in Zwiebeltunke eingebettet; aber auch die Bratkartoffeln und das Brot aus dem Dorfbackofen; endlich die Weine, kühl und würzig wie freie Abende im Frühsommer; aber auch die Festtagskleider, frisch aufgebügelt und besprüht mit Rosenwasser; den Weihrauch, wenn die Messe gelesen wird, auf Latein; die Glocken, die so lange still hingen, wenn die Bronze anschlägt, wenn sie das Tal fluten mit ihrem Rumor.

Wenig später machen wir in einem Hafen fest, der jedweder Zierde entbehrt. Manne muss tanken. Er verbietet Gina-Lisa und mir den Landgang. Doch nichts entgeht mir von diesen eingeübten Tätigkeiten, die unser Kapitän am Kai verrichtet, wenngleich ich nichts davon verstehe, auch kein Wort von dem Gespräch zwischen ihm und dem Hafenmeister. Nun Geduld! Wenn ich alles am ersten Tag schon lerne, was soll ich die übrigen Jahre anfangen? Manne verschwindet in einem Backsteingebäude. Lange bleibt er aus. Als ich schon nicht mehr damit rechne, heute noch loszukommen, nähert sich der Flussschiffer und lässt den Motor anbrummen. Zufrieden nehme ich meinen Platz an der Reling ein und bestaune für ein Viertelstündchen die Ebenmäßigkeit des rheinhessischen Obstbaus.

Als wir die Städte W. und M. passieren, gegürtet in Hafenmetall, mit Asphalt überbacken und von Zement grundiert, beschleicht eine Beklemmung mein Herz, deren Grund mir noch unbekannt ist; mit einem Mal beginnt etwas, ein inneres Aggregat, sämtliche Geschehnisse, die sich an diesen Ufern jemals zugetragen haben, zu registrieren: immer winziger werdend, die Jahrhunderte rückwärts, aber sie bleiben alle vorhanden, Schicksal für Schicksal drängen sie sich an mich heran, an den Fremden, den Unverhärteten: frühe Trauer, jäher Tod, gespenstische Hoffnung, unverhofftes Glück, Versprechen und Strafe; gedankenlose Jugend, bösartige Familien, treusorgende Nachbarn, Ehe und Kinderlosigkeit, Aufstieg ohne Rücksicht und Verzagen in Einsamkeit ...

Schwindelnd lege ich meine Hand über die Augen.

Als ich wieder aufblicke, geben mir die wenigen Bewohner, die ich vom Schiff aus entdecken kann, einen Begriff von der Richtigkeit meiner Ahnungen; ich kann sehen, was sie erlebt haben: geknickt sitzen sie da, starren ins Hafenbecken, beugen sich hinab zu ihren trippelnden Kötern. Sonderbar: So sitzen doch fast alle Männer aus meiner Sippe ab einem gewissen Alter ebenfalls da und glotzen in die Drugg ... und nie, niemals habe ich Mitleid empfunden! Möchte man so leben, geht es mir durch den Sinn? Will man wirklich da sein: unter Solchen? Hat man uns nicht das größte Unrecht zugefügt, indem man uns zum Existieren zwang? Verwirrt von solch widersprüchlichen Empfindungen, der Menschheit altvertraut, mir aber gänzlich neu, begebe ich mich zu meinem Handwagen. Murmelnd wie ein Greis, suche ich Zuflucht bei einem Glas Mett und dem Kornbrand.

Zum ersten Mal wird mir in voller Gültigkeit bewusst, was es mit dem in alten Schriften gelobten Mitgefühl auf sich hat ... Nicht genug zu loben die stete Teilnahmslosigkeit der Unsrigen! Wie klug und lebenstüchtig haben wir uns doch eingerichtet. – Deprimiert und aufgeregt, ziehe ich mich ich meine Luke zurück und versuche herauszufinden, was diesen Gemütswirrwarr in mir bloß ausgelöst hat: Weshalb sollte ich vom unbekannten Unglück unbekannter Leute mit einem Mal so angerührt sein, da ich doch zu keiner Zeit die Neigung verspürt habe, mir über die Angelegenheiten meiner nächsten Familienmitglieder Gedanken zu machen? Sprach nicht der Zibbel von der Reisekrankheit, vor der ich mich hüten solle? Nichts anderes kann er damit gemeint haben. Dies also ist der Grund, weswegen wir über Jahrhunderte möglichst am Orte geblieben sind – um uns vorm Mitleid zu schützen.

Und mich Ahnungslosen haben sie dazu bestimmt, das alles probehalber zu ertragen: was für ein rücksichtsloses Experiment!

Mit Ingrimm leere ich die Flasche und spucke aus.

Doch der Hafen, wo Manfred so lange seinen Kahn betankte, war nur eine zarte Vorausdeutung dessen, was meiner harrt. Während ich mit diesen unbekannten Empfindungen ringe, ziehen übermannshohe Kräne, undefinierbar ausgedehnte, ineinander verschachtelte Eisenplanken, Ansammlungen von Schutt und Schrott, aufragende Riesensilos an mir vorbei ... und all das durchzittert vom fragenden, nagenden Rhythmus der Arbeit. Freilich, ich war gewarnt: durch die Lektüre. Doch der Anblick all dieser Menschen und der von Menschen geschaffenen Ungetüme in ihrer Welt voller Arbeit beraubt mich aller Gewissheiten.

„Willst du sehen, wo die Autos gemacht werden?", beugt sich Manne über den Trichterrand.

„Nein!", entgegne ich empört. „Niemals!"

Ein halblautes: „Depp!" dringt zu mir herunter.

Es lässt sich nicht verhehlen: Mein Heldenmut, gestern noch ungebrochen, ist bereits an sein Ende gelangt. Verzagtheit lähmt meine Entschlusskraft. Noch will ich es mir nicht eingestehen, aber das ist die Angst, die augenlose, der ich hier drunten in diesem Gewummer und Gewackel zum ersten Mal gegenübersitze. Noch einmal schlummre ich ein. Noch einmal tauchen diese in- und übereinandergeschichteten Wein-Auen auf in fragilen Wachträumen, bläuliche Kringel, die sich bald zu Zahlen, bald zu Buchstaben, schließlich in Figuren und Gesichter formen.

„Wir kommen bald nach F., Döskopp", weckt mich der Schiffer.

Taumelnd krieche ich aus meiner Luke, streife stumm die Alltagskleider über, strähle mein Haar nach hinten. Dann tätschle ich Gina-Lisa, unfähig, mich bei Manne zu bedanken. Geblendet hebe ich die Augenlider – und erlebe den nächsten Schock: schrundige Wolkenfäuste ragen hinter Dächern von unvorstellbarer Vielzahl hervor. Der Fluss ist maßlos breit an dieser Stelle, die Ufer könnten Einbildung sein. Zwischen den belebten Baumschatten quellen Dämpfe herauf, Raben jagen hin und her zwischen Wehrtürmen von absurder Höhe, die bedrohlich schwanken.

Der erste Blitz.

Mit dem Donner, dessen Gewalt mich ums Haar von Bord wischt, gerät etwas Grünliches, Giftiges in die Atmosphäre; Aststücke, Blätterfetzen, Zeitungen, Kleidungsstücke und immer wieder Sand streichen durch die Luft. Mit dem zweiten Donner kommt der Regen; nicht wie bei uns als zähe, zeitlose Masse niedersinkend, sondern rasch und schlaghart, in fauchenden Böen, die mir unter den Mantel fahren. Als ich mich umwende, das Gesicht den Wassermassen preisgegeben, den Mund weit geöffnet, erkenne ich Manne, wie er mir Zeichen gibt: Aussteigen!

Jetzt?

Der Fluss bäumt sich auf, als wäre noch etwas unter ihm, das lange gewartet hat, um endlich durchzudringen. Schaukelnd legt der Frachter an. Da dringt, mit Unterbrechungen, eine wunderliche Musik zu mir herüber, ein Stampfen und Sirren. Hin und wieder meine ich, abgerissene Silben zu vernehmen: „Oheh, oheh! – Schah-lala! – Uah, uah!“

Mich schaudert: Wie wird man hier mit einem verfahren, der so schwach ist, so unbeholfen? Kein Wunder, dass sich keiner mehr von uns in den Süden hinuntergewagt hat – und mich wollen sie opfern, mich! Aufgewühlt greife ich nach dem PACK in meinem Mantel, um die verruchten Blätter dem Wasser zu übergeben..

Das Schlimmste erwartend, kneife ich die Augen zusammen. Es wäre jetzt angebracht, einen Fluch zu formulieren; doch keine der Verwünschungen, die ich kenne, scheint auszureichen, es denen heimzuzahlen, die mich ruchlos in die Fremde sandten. Statt der erwarteten Woge, die das Schiff umwirft, folgt – nichts mehr. Ich warte auf den nächsten Donner. Er bleibt aus. Stattdessen nur diese Musik, die langgezogenen Rufe.

Beruhigte Fläche. Geglättete Wellen. Zart auf dem Flusse ringeln sich Spiegelungen, rosa und türkis. Zwischen den zerstückelten Wolken zeigt sich ein fahles Rot am Horizont. Noch immer halte ich den PACK mit den Händen umkrallt. Ich schaue mich nach dem Steuermann um. Eilig kommt er auf mich zu, neben sich Gina-Lisa, die sich vor dem Gewitter ins Steuerhaus geflüchtet hat. Ich nehme sie an die Leine. Für den Dank, den ich ihm schulde, finde ich keine Worte. Er scheint auch gar keinen zu erwarten. Wortlos legt er den Steg hinüber zur Kaimauer und hilft mir mit dem Wagen. Als ich ihm die Hand geben will, ist er schon ins Gespräch mit einem Hafenarbeiter vertieft.

Während mein Wollschwein, wie es sich für einen ersten Landgang an fremder Küste gehört, unternehmungslustig am Pier entlangschnüffelt und an der Leine zerrt, geht mit mir etwas Unbeschreibliches vor. Nur so viel kann ich davon berichten, dass ich mir selbst entschwinde, entrate, in einen anderen Zustand übertrete. Zu einem so eigenartigen Wesen werde ich mir, dass ich mich scheue, noch Ich zu mir zu sagen; so, wie mir alles sonderbar und unbekannt vorkommt, ausgestattet mit einem machtvollen Zauber, gegen den ich nicht ankann, genauso wird mir auch der Ulf Kottmüller geheißene Schweinehirt, ausgesandt in die Großstadt F., zu einem Fremden, den ich nicht einmal grüßen würde.

Fortan sei er von mir geschieden. Ich werde ihn bei seinem Namen nennen, mehr nicht. Wohl mag ich ihm Glück und Segen auf die Fahrt wünschen, doch distanziere ich mich zugleich von allen seinen künftigen Handlungen, seiner Denkungsart, ja, auch und vor allem von seinem Wesen.

Fremde

Mit dem Rücken zum Wasser hat er sich auf den Kantenstein gesetzt. Was hinter ihm stattfindet: das wehende Grün auf dem Pfeiler, der von einer gesprengten Brücke übriggeblieben ist und seither wie ein kleiner Loreleyfelsen im Wasser steht; die Ruderboote, die Ausflugsschiffe, die Spiegelungen in den Wellen, es geht ihn nichts an. Nur selten wagt er den Kopf zu wenden; bei der Gelegenheit kann Kottmüller einen Teil der aus grünen Rauten zusammengesetzten Eisenbahnbrücke ausmachen. Das wäre nicht nötig, er weiß ja, dass sie da ist, denn er hört sie immerzu, vor allem nachts. Anfangs erschrak er, wenn das Fauchen und Zischen anfing, um sich zu dröhnendem, metallischem Hämmern und minutenlang anhaltendem Donnern auszuwachsen. Mittlerweile erduldet er das alles und bleibt einfach sitzen.

Starr blickt er geradeaus, bis es Nacht ist, die dritte, die er in diesem Winkel verbringt. Er hockt geduckt, der Schlote wegen, die in Schwindel erregender Höhe aus einem Kranz grellrot blinkender Glühbirnen Rauch ausstoßen, der wie geschmolzener Schiefer über den Himmel fließt. Besser, man schaut unverwandt in diesen Hof hinein, den er schon vom Schiff aus erspäht hat, als das Unwetter losging: eingekeilt zwischen Heizkraftwerk und Parkanlage, mit Weidenbäumen zum Ufer hin abgepflanzt und von einer Sandsteinmauer weitläufig umgeben. Zwischen Fluss und Mauer erstreckt sich ein unübersichtliches Gelände, bestehend aus Bruchstein und Kieseln, Abraum, Schlacke, Kohleresten, Erdhügeln, Bauschutt, Straßenschotter, Industriemüll. Drähte und Schläuche, seltsam verkrümmte Gegenstände aus Blech, Eisenteile, Aststücke, hin und her wehende Plastikplanen ragen daraus hervor.

Ulf muss gut aufpassen, wenn er, bevor er in der Dunkelheit nichts mehr erkennen kann, über dieses Terrain seine Schritte setzt, um zum Schuppen zu gelangen, der ihm als Schlafplatz dient; dort hat er seinen Handwagen untergebracht. Das garagenartige Hüttchen, aus rissigen Betonwänden und einem Wellblechdach bestehend, vor Zeiten wohl als Zweckraum für Geräte und kleinere Maschinen gedacht, lehnt am rückwärtigen Teil der Mauer, die den Hof zum Fluss hin abschließt. Grobe Hände mögen diese Wand gekalkt haben, wer weiß wann. Heute und wohl seit Langem zeigen sich Blasen an den Wänden, dornige Rankgewächse quellen aus dem Beton herauf.

Ein vom Schober aus einsehbares Eckchen dürfte jahrzehntelang als Lagerplatz für Laub und Grünschnitt gedient haben: In diesem Geviert hat sich Ulfs Wollschwein eingerichtet. Selten nur verlässt es seine Bleibe. Die Drahtschlingen, die scharfkantigen, halb eingesunkenen Blechbehälter und von welken Blättern halb überdeckten Erdlöcher lassen jede Bewegung zu einer Gefahr für Gina-Lisa werden; nahe an der porösen Mauer schiebt sie sich manchmal entlang, um zum Main zu gelangen, aus dem sie trinken kann, anfangs vor den Wellen zurückschreckend, nach und nach aber mutiger, mit den Stummelfüßchen im Uferschlamm, in dem sie dann und wann etwas Speise findet. Nachts aber schlupft das Wollschwein zu Ulf ins Häuschen, lagert sich neben ihn und lässt sich kraulen. Dabei schläft sie schnell ein – im Gegensatz zu ihrem Begleiter, der die Pausen zwischen den Lärmattacken der Güterzüge damit verbringt, auf den nächsten zu warten und die Lautstärke und den Rhythmus der Geräusche aus dem Kraftwerk zu sondieren.

Seit drei Nächten und zwei Tagen versucht Ulf herauszufinden, was dies alles um ihn her wohl zu bedeuten habe. Unter Verwünschungen erhebt sich der Gestrandete von Zeit zu Zeit, klaubt ein Mettglas aus dem Wagen heraus und schleckt es mit den Fingern aus. Manchmal vergisst er sogar den Kornbrand, so sehr, bis zum Überlaufen, hat sich seine Fantasie mit Rachegedanken angefüllt: Die gesamte Reise, so beschwerlich sie ihm auch fiel, enthielt nicht so herbe Schrecken, so viel nagende Furcht wie eine einzige Stunde in diesem Hof, der ihm doch als sein einziges Refugium in dieser Stadt erscheint.

Kaum hatte ihn sein Kapitän von Bord gelassen, war Ulf in eine Starre gefallen. Einige Schritte war er Gina-Lisa gefolgt und dann einfach stehengeblieben. Die Erkenntnis, dass er in dieser Stadt keinen Platz habe, traf ihn mit Wucht. Wo sollte er hin? Den PACK, vom Zibbel als Ratgeber angepriesen, hatte der Abgesandte noch keine Gelegenheit gehabt zu konsultieren. Würde er darin tatsächlich Hinweise finden, die ihn zu einem Wohlmeinenden, vielleicht zu jenen Verwandten, die nur darauf warteten, einem aus der Sippe etwas Liebes zu tun, führen könnten? Noch einmal wandte er sich zu Manne um, doch der schleppte armdicke Rohre und Schläuche über den Frachter; ihn durfte er nicht mehr stören. Verzweiflung stieg in Kottmüller hoch, als er sah, wie zwei Burschen in grellfarbigen Westen auf ihn zeigten und böse kicherten. Galt das ihm oder Gina-Lisa, seiner Gefährtin und seinem Vorrat? Hatte nicht Onkel Diez von der nimmersatten Gefräßigkeit der Stadt gemunkelt? Dass den Städtern nichts heilig sei, kein Besitz, kein Eigentum, keine Sitte und heimtückischer Raub ihren Alltag bestimme?

Und wie war das mit der Menschenfresserei?

In seiner Not fiel dem Verwirrten ein steinerner Zweckbau auf, eine Verladestelle, ein Lager. Ohne sich umzusehen, zog er Wagen samt Wollschwein dorthin, immer befürchtend, jemand könnte ihm folgen, ihn ausfragen, was er hier zu suchen habe, warum er ein Schwein mit sich führe, ob er gemeldet sei ... oder ihn just von hinterrücks anfallen und ihm die Kehle durchbeißen. Das Hafengebäude war zum Kai hin offengelassen; ein morsch in den Angeln hängendes Holztor, wodurch Ulf eingedrungen war, verschloss er sofort und postierte den Mettwagen als Wall davor. In jedem Geräusch vermutete er Feinde, die ihm an sein Schwein wollten – von den übrig gebliebenen Gläsern voll feiner Speise ganz zu schweigen.

Zum Stillhalten genötigt, formte sich ein Gedanke in Kottmüllers Bewusstsein. Während der Schifffahrt, als sie die Städte W. und M. passierten, war er ihm schon einmal eingefallen: Wo er herkam, da starrten die Leute vor sich hin; in dieser Art hatte auch er immer vor sich hingestarrt. Man dachte nicht, man dämmerte. Denn mit dem Denken war die Furcht verbunden. Hatte er in seiner diesigen Heimat jemals Furcht verspürt? Nun eben! Da erinnerte er sich, was er dereinst, kaum noch des Lesens mächtig, aus dem Reichsmärchenbuch, einem der wenigen gebundenen Bücher im Milbener Land, erfahren hatte.

Ein schier aus dem Leim gegangenes, auf mürbem Papier mit gotischen Lettern gedrucktes, von Zigarettenbildchen geziertes Sammelwerk der Gebrüder Grimm war das, angeschafft vielleicht vom alten Knittel, einem verschrobenen Kerl, der schon längst in die Drugg getanzt war, an einem Samstagabend, als Ulf noch von Männerlein genährt wurde. An eines der Bildchen erinnerte er sich genau, ein schauderhaftes. Da wusste er den Titel wieder: „Von einem, der auszog, das Fürchten zu lernen." Es war also etwas daran. Das Bild zeigte einen Baum, von dunstigem Nachtlicht erhellt. Und an den Ästen hingen, mit seltsam langgezogenen Gesichtern – lauter Tote. Hingerichtete, deren Gesichtsfarbe und deren bis auf den Grund erschreckte Züge sich ihm für immer eingeprägt hatten.

Ulf überlegte, ob dies noch immer Sitte sei in den Städten: die öffentliche Strafgerichtsbarkeit, doch er konnte sich nicht klar darüber werden. Ernst Dietrich Haßfurther, jener unübertreffliche, hochgebildete Kolumnist der Verdener Allgemeinen, hatte es einmal beschrieben, in einem historischen Beitrag unter der Rubrik „Lachend ins Wochenend", wo Wissenswertes Woche für Woche versammelt war: das Hochgericht auf dem Markt, dem Rathausplatz oder auch draußen vor den Mauern. Die Menschenmenge, außer Rand und Band, die herbeidrängte, begierig, von Blutstropfen, die herabregnen würden, getroffen zu werden, denn das brachte Glück. Die Priester mit ihren gnadenlosen Mienen. Die Henker mit den Spitzmützen. Und endlich der Delinquent, in Erwartung der Schmerzenspein. Wenn er doch etwas Bares dabeihätte, um den Scharfrichter zu bestechen, damit der nicht so lange an ihm herumhantierte, sondern am besten mit einem Ruck ---.

Bei alledem wurde Ulf so blümerant zumute, dass er hastig hinter sich nach dem Kornbrand griff. Dabei begegnete er Gina-Lisas

Blick. Er hatte sie auf den Wagen bugsiert, auf die Wolldecken – inzwischen einer ihrer liebsten Aufenthalte. Könnte es sein, schoss es ihm durch den Kopf, dass sie eben – dasselbe gedacht hatte? Hilflos bot er ihr Schnaps an, sie roch sogar an der Flasche, aber nur kurz, gab ein unmutiges Geräusch von sich und rollte sich ein. Ob sie manchmal von zu Hause träumte? Von der Schmodderwiese unterhalb von Vetter Eppels Hütte?

Alles würde er dafür geben, jetzt dort zu sein.

Da fesselte eine Hafenmöwe Kottmüllers Aufmerksamkeit. Quäkend war sie an seinem Versteck vorbeigesegelt; war Verrat ihre Absicht? Für Minuten wagte er nicht zu trinken, damit keine Schluckgeräusche nach draußen drängen. Doch es geschah nichts weiter. Die Möwe kehrte auch nicht zurück. Das helle Ticken und dunkle Brummen der Verladekräne, das Kreischen des Metalls, das Tuckern der Schiffsmotoren kam bald näher, bald entfernte es sich. Mit der Zeit ließen die Geräusche nach. Der Lichtschein, der durch das Holztor drang, wurde schwächer. Ulf wartete. Wenn alles vollkommen still sein würde, wollte er sich nach draußen wagen. Aber erst dann.

Es hatte ihn also das Denken gepackt.

Ob man das auch wieder loswerden könnte? Hier fehlte ihm die Erfahrung. Am Ende dehnte es sich aus wie eine Krankheit über sein ganzes Wesen? Es kam ihm vor, das Denken müsste notwendig den Tod herbeilocken, verursacht von der Angst. Bevor ihn aber die Gedanken an Angst und Tod an allem hindern würden, sprang er auf und öffnete das Tor. In Erwartung eines Schreis, eines Scheinwerferkegels oder Axthiebs trat er hinaus in den Abend.

Gina-Lisa schnüffelte und blieb liegen.

Gelbe und weiße Lichtkegel durchdrangen einander über dem verlassenen Hafenplatz, doch sie galten nicht ihm. Kein einziger Arbeiter war mehr zu sehen, keine Maschine bewegte sich. Ulf atmete vorsichtig. Sein Versuch, den Wagen geräuschlos herauszubringen, endete schon nach wenigen Metern in einem Geschepper und Gerassel, wie es während der gesamten Fahrt nicht zu hören gewesen war: Auf dem über hundert Jahre alten, breitgefugten Kopfsteinpflaster aus Basalt hoppelten und schlingerten die Wagenräder, als ob sie gleich abspringen müssten. Ulf hielt inne; was sollte er tun? Hier war er ein Tier nach der Treibjagd, auf dem Marktplatz zum Fuchsprellen ausersehen.

So rasch als möglich musste man Orientierung gewinnen. Dort unten gloste noch der Frachter. Wo der Kanal ins Schwarze mündete, das musste der Main sein. Die Richtung, wo er jenes Plätzchen wusste, das ihm aufgefallen war kurz vorm Sturm, das ihm vielleicht ein Weilchen Schutz bieten könnte, die war ihm noch präsent: flussabwärts. Über den Kanal aber führte in steilem Bogen eine Brücke; dort war auf weniger holprigen Untergrund zu hoffen. Mit Macht zog Kottmüller an – und kniff Augen und Mund zusammen, selbst erschüttert von dem gewaltigen Holterdiepolter, das er hier veranstaltete.

Alle Mettgläser miteinander versuchten gleichzeitig auszubrechen. Zweien gelang es, kurz hintereinander: Sie übersprangen die oberste Strebe des Holzwägelchens und zerplatzten auf dem Stein. Zwei Wehlaute entfuhren Ulf kurz nacheinander. Wäre dies in der Heimat vernommen worden, die hartherzigsten Hausfrauen hätten sich zu Tränen rühren lassen. Nicht Ulfs Klage wegen, sondern weil das Mett hin war. Gina-Lisa erstarrte.

„Bleibt jetzt da drin!“, fuhr Ulf die Gläser an. „Springt nicht heraus! Sonst verpass ich euch eine! Bitte!“

Die Drohung schien zu wirken. Oder die Bitte? Indem er, schon heftig schwitzend, den Wagen zur Brücke hin fortzerrte, wiederholte er das kindliche Stammel-Wort: „Bitte!“ in allen verfügbaren Tonlagen, so, als könnte er mit Hilfe dieser Formel die Wirkkraft seiner Arme vervielfachen. Bald stand er vor einer Fußgängerbrücke. Steil ging es hier bergauf, in gleißendes Peitschenlampenlicht hinein. Ulf schaffte und hievte und zerrte. So stark hatte er nicht einmal als Knabe während der Feldarbeit in jenem Sonnenjahr ’76 geschwitzt, als die Moore des Milbener Landes beinahe ausgetrocknet wären. Besorgt begutachtete er den Holm, dessen Verankerung ihm mit einem Mal höchst schütter vorkam. Noch lange hatte er den Scheitelpunkt nicht erreicht, als er einsehen musste, dass seine Kraft nicht ausreichen würde.

In Not rief er aus: „Schwein, runter!"

Und war es zu glauben? Im Wagen rumpelte es und klackerte es – und ein verstörter Schweinskopf hob sich über die Latten.

„Runter! Raus! Bitte, Schwein! Ich kann nicht mehr!"

Erschreckt durch Ulfs Geheule oder von plötzlicher Einsicht ergriffen, hüpfte das Wollschwein unversehens vom Wagen herunter. Dies jedoch war für Ulf der ärgste Moment, denn in welcher Richtung es abspringen sollte, das wusste das Tier freilich nicht. So gab es bei seinem Hupf dem Mettwagen noch einmal einen Stoß in die falsche Richtung, nämlich bergab zu schießen. Zwei Rufe entfuhren Ulfs Mund: einer des Schreckens, dann des Schmerzes; denn unwillkürlich war sein linker Fuß unter ein Vorderrad vorgeschnellt und hatte die Rückwärtsbewegung abgestoppt.

Hätten die Milbener Schuster je einen Sinn für Ästhetik besessen, Ulfs Fuß wäre zermalmt worden. Doch dieses klobige Lederzeug war stabil wie Stahlkappenstiefel, und obwohl der Schuh seitlich eingedellt wurde, hielt er doch stand, und der Fuß, der als Prellbock herhalten musste, erlitt nur eine Quetschung. Unter Keuchen gelang es dem Geplagten Stück um Stück nach hinten vorzurücken, immer wieder musste er Fuß und Rumpf gegen die Räder stemmen, um den Wagen am Hinabrasen zu hindern. Gina-Lisa, die sich eben noch durch ihr unerwartet kooperatives Verhalten hervorgetan hatte, glotzte währenddessen nur blöde zu ihrem Freund hin, so dass er japsend hervorpresste: „Bei dir merkt man wirklich, wo du herkommst."

Endlich war es Ulf gelungen, sich zur Rückfront des Mettwagens vorzuarbeiten und den Rücken dagegen zu pressen. Im Augenblick empfand er Dankbarkeit gegen Möhre und die Zingg, da sie ihn doch mit Eifer unterstützt hatten, mehrere Dutzend Mettgläser leerzufressen; das Gesamtgewicht bei der Abreise hätte ihn auf dieser Kanalbrücke mit Sicherheit zerquetscht. Als er nach Ablauf einer Viertelstunde die Höhe wieder erklommen hatte, wurde ihm dennoch kaum leichter ums Herz; denn es stand ja die

Abfahrt bevor, und da würde der Wagen wieder alles daransetzen, so rasch wie möglich in die Tiefe zu jagen.

Immerhin, die kleine Pause und die Schlucke aus der Kornbrandflasche taten Ulf wohl. Er entwickelte eine Technik, die Marionettenbewegungen imitierte: den Rücken fest gegen die Vorderseite gelehnt, schwang Ulf die Beine weit aus, setzte die Füße kräftig auf und vermochte es auf diese Weise, den Weg nach unten kräftesparender zu gestalten als den Aufstieg; dabei erfand er eine Methode, das Gefährt zu lenken.

Nachdem das Wollschwein, Ulf und der Handwagen eine Brache voller Gestrüpp überquert hatten, blieben sie vor einer Reihe von Gebäuden stehen, deren Äußeres im Milbener Land keine Entsprechung kannte. Lähmendes Ebenmaß bestimmte die Verteilung der Fenster über die Fronten, alle Häuser ähnelten einander bis auf wenige Details auf den Balkons – Pflanzen oder Sonnenschirme –, ein mattes Grau dominierte. Auch die Laternen, die Autos, die Alleebäumchen, die Mülltonnen, die Vorgärtchen, die Zäune, die Gehsteigmuster passten sich diesem übergeordneten Prinzip militärischer Folgerichtigkeit an, und das ging so länger als einen Kilometer.

Ulf starrte, während er geradeaus schob, immer nach rechts.

Und überlegte, wer denn der Urheber einer solchen Gleichförmigkeit sein könnte und welche Absicht dem zugrunde lag. Er nahm nicht an, dass eine reale Person so etwas zuwege gebracht hatte, sondern ein übergeordnetes Prinzip, ein abstrakter Gedanke, der irgendwie Fuß gefasst und sich materialisiert haben musste. Wie das genau vonstatten ging, würde sich noch herausstellen. – Als sich in einiger Entfernung etwas bewegte, ein früher Arbeitsmensch oder eine Polizeikontrolle, griff Kottmüller nach seinem Schwein und verstaute es in den Wolldecken.

Ohne Umweg hatte der Ortsunkundige den Fluss wiedergefunden. Ein gerader Uferweg, von Steigungen und Steinen frei, gestattete ihm einen kraftsparenden Transport. Die wassergebundene Sanddecke zog sich am kanalartig geradeaus verlaufenden Fluss ins Unabsehbare hin, in präzise bemessenen Abständen von Laternen erhellt. Ulf schauderte ob der saugenden Dunkelheit des

Flusses; schon die Vorstellung, durch Unachtsamkeit samt Wagen und Schwein dort hineinzugeraten, hatte etwas so Erschreckendes, dass er so weit wie möglich entfernt am Wegrand weiterzog.

Da, schon wieder: dieses Denken!

Ulf versuchte sich aufs Geradeausgehen zu konzentrieren. Hinter der Parkanlage, die sich ihm zur Seite ausbreitete, vermehrten sich allmählich die Geräusche fahrender und bremsender Autos. Bald konnte man rote und weiße und gelbe Lichter ausmachen, die auf den Brücken hin- und her huschten. Bisweilen entdeckte Ulf jetzt Schlafende auf Bänken, die vorn oder seitlich über die aus Latten gefügten Sitzflächen hinausragten. Sein Karren war leise genug auf dem feinen Kies; keiner derjenigen, die hier nächtigen mussten, wachte auf. So wurde Kottmüller an seine eigene Müdigkeit erinnert; den Tag und Abend über war sie bei ihm geblieben und hatte abgewartet. Nun aber ergriff sie von ihm Besitz und hinderte ihn an einem zügigen Fortkommen. Viel fehlte nicht, und er hätte sich zu einem der Schläfer auf die Parkbank dazugesetzt.

Aber lag darin nicht die größte Gefahr? Die Geschichten aus dem Clan über die Sittenlosigkeit der Städter erregten seine Fantasie. Kaum wäre er eingeschlafen, würde man sich über ihn hermachen, und wenn er das überstanden hätte, müsste er wohl mitansehen, wie sie erst sein Schwein und dann ihn selber aufäßen, angefangen mit den Füßen … Oder aber er dürfte sich darauf einstellen, binnen kurzem im Stadtgefängnis zu enden, aus dem es bekanntermaßen kein Entkommen gab und wo man von verzweifelten Sadisten umgeben war.

So verbiss sich der Ermattete den Schlummer.

In immer kürzeren Abständen jedoch kroch ihm das Gähnen im Halse empor, und es schüttelte ihn wie ein Husten. Bald bekam Ulf seinen Mund nicht mehr geschlossen, und unablässig fauchte es hinein und hervor. Schlafwandelnd torkelte der nächtliche Gast unter einer mit einem Hahn geschmückten gewölbten Brücke hindurch, nahm palastartige Gebäude wahr, da und dort einen Kirchturm, humpelte unter weiteren Brücken voran … bis er schließlich auf einem Kinderspielplatz auf die Knie sackte. –

Der Entkräftete kam erst wieder zu sich, als er Schmatzlaute vernahm. War es so weit? Wurde er schon aufgefressen? Oder sein Schwein? Doch Gina-Lisa war nicht Opfer finstrer Gestalten geworden, sie hatte einen Trog entdeckt, über dem eine Pumpe angebracht war. Von dort aus liefen offene Holzleitungen hinüber zu einem von grobbehauenen Stämmen umfriedeten Sandkasten.

Ulf erhob sich und taumelte darauf zu.

Ohne sich noch einmal nach seinen Feinden umzublicken, ergriff er den Pumpenschwengel, hängte sich daran, zog auf und nieder und vermochte es alsbald, einen Strahl Brunnenwassers aus dem Hahn hervorzupressen. Wieder und wieder hielt er sein Haupt darunter und jauchzte – aber so leise wie möglich. Dann gab er mit beiden Händen dem Wollschwein zu trinken. Doch ein neuer Schreck unterbrach ihn in seiner liebenswürdigen Tätigkeit: Hatte er am Horizont den ersten Morgenstrahl erblickt? Der helle Tag wäre zweifellos das Ende seiner Bemühungen. Und mit erneuter Kraft packte er das Schwein und warf es mehr als er es bettete auf den Schlafplatz im Handwagen.

Noch wenige hundert Schritte, da endete der bequeme Uferweg. Ratlos stand Kottmüller vor einer zehn Meter hohen Mauer, die sich als Ausläufer einer Straßenbrücke entpuppte. Lange musste er suchen, bis er eine Unterführung fand. Mitsamt seiner Bagage holperte Ulf hindurch, doch blieb er auf der anderen Seite mit einem Ruck stehen: wieder diese gleichförmigen Wohnhäuser von undefinierbarer Bauart, wieder ordneten sich Laternen, Gärtchen, Autos in genau derselben Richtung an. Wie konnte das sein? Hatte ihn dieser verführerisch anstrengungslose Weg im Kreis geführt, immer am schwarzen Fluss entlang, in so weitem Bogen, dass ihm die Krümmung nicht aufgefallen war? Aber wo befand sich dann dieses geschützte Höfchen, das er als seine Zuflucht vom Schiff aus auserkoren hatte?

Ein wenige Meter vor ihm in die Höhe schießender Rundturm fesselte seine Aufmerksamkeit. Kottmüller schloss, dass es sich um ein anderes Wohngebiet handeln musste, welches dem ersten nur ähnelte. Erleichtert fasste er den Holm und rückte mit verdoppelter Geschwindigkeit gegen eine Eisenbahnbrücke vor, die er nahe des ersehnten Fleckchens gesehen zu haben glaubte. Doch auch hier kam er nicht weiter und lief in die Irre. Noch einiger Umwege bedurfte es, die Morgensonne stand längst am Himmel, bis er endlich einen Zugang fand: Auf einem schwarzen Weg neben den Gleisen tauchte er unter surrenden Rohrleitungen durch, rumpelte unter einer Brücke hindurch ... und gewann endlich freies Gelände. Hier, geschützt von breit schattenden Kastanien, war es dämmerig genug; er ließ den Wagen stehen und schaute sich um.

Gleich musste er am Ziel sein.

Beim Erforschen des Parkgeländes machte Ulf am Ufer ein paar Kantensteine aus, die ins Wasser vorragten, just an der Stelle, wo der überwucherte Brückenpfeiler stand. Genauso hatte das tags zuvor ausgesehen – aber wie sollte er dorthin gelangen? Was sich zunächst als Hindernis darstellte, erwies sich später als Kottmüllers Rettung. Angestachelt durch die Furcht, es könnten bald Leute den Park aufsuchen, schob er seine Füße ins Wasser vor, schlurfte über den Flusskies voran, um eine Wand herum, von der die Farbe abgeblättert war – und fand den Hof, nach dem er so lange geforscht hatte.

Den Mettwagen durch den Ufermorast zu ziehen, war noch einmal mit erheblichen Anstrengungen verbunden; auch grauste ihn das Element. Wie aber sollte er das Wollschwein dorthin bringen? Gina-Lisa ahnte sogleich, was ihr bevorstand, und unternahm einen Fluchtversuch. Ulf zischte sie an, jagte über die Wiese hinter ihr her, bekam sie endlich zu fassen und trug das aufgelöste Wesen durch den Fluss. Doch das Schwein wand sich mit Geschick und ruderte nach allen Seiten, so dass es dem Träger schließlich entglitt und seitlings auf die Wasserfläche patschte. Den Ton, den es dabei ausstieß, würde Ulf nimmermehr vergessen. Doch mitnichten schwamm das Tierchen aufs offene Wasser hinaus, nein, es war klug und stieg sogleich an Land, schüttelte sich und watschelte beleidigt, aber stolz der neuen Heimat zu.

All diese Abenteuer gehen Kottmüller durch den Sinn, als er die dritte Nacht am Flussrand jenes von der Stadt vergessenen Abraumgeländes zubringt. Er wendet sich um zu Gina-Lisa, die den Mauerpfad entlanggetrottet kommt. Im Gegensatz zu ihrem Begleiter hat sie inzwischen alle Scheu vorm Fluss abgelegt; Ulf bewundert sie, wie selbstsicher die Kleine ihre Füßchen ins flache Wasser setzt. Da er das Wollschwein so eifrig aus dem Fluss trinken sieht, taucht eine Melodie in seinem Innern auf. Lange hat er nicht daran gedacht – sie entstammt dem Liederkranz, den der enttäuschte Erweckungsprediger in den 80er-Jahren den Milbenern, zumal der Milbener Jugend, mitzusingen aufgenötigt hatte.

Unter all den garstigen Chorälen und scheinfromm abgespulten Hymnen war dies Lied der Gemeinde noch das angenehmste gewesen, wohl einer gewissen Bekanntheit der Thematik wegen. Ulf probiert hin und her, allein auf den Liedtext kann er sich nur noch teilweise besinnen. Schließlich, Gina-Lisa ist längst schlafen gegangen, hat er die alte Melodie mit einem ergänzten Text zusammengezwungen, so dass er sich ein wenig Unterhaltung verschafft, indem er das Liedchen wieder und wieder vor sich hin singt, zuerst mit brummelnder, schließlich mit kratziger und endlich mit beinahe volltönender Stimme:

„Ins Wasser fällt ein Schwein
ganz heimlich, still und leise,
es könnte schlimmer sein,
es fällt ja nicht in Scheiße,
es fällt ja nur in Wasser:
Es ist ein Wasserschwein!
In Rhein und Main
schwimmt es gewiss,
bis es am Ufer is'."

Über die das menschliche Gemüt beruhigende Wirkung der Musik, der menschlichen Stimme zumal und noch mehr des selbsttätigen Singens, ist in Kottmüllers Heimat wenig bekannt. Dennoch, es mag sein, dass just jene Erfahrung einen Prozess der Selbstermutigung in Gang setzt: Ulf dreht sich zum Fluss um, im Tempo des Schattens einer Sonnenuhr. Die unsichere dunkle

Fläche mit ihren Reflexen hat an Grauen verloren; ganz allmählich beginnt er es für statthaft zu halten, dass dieser Main hier vorbeifließt. Die neu erwachte Sympathie für das Plätzchen auf dem Kantenstein mag auch damit zusammenhängen, dass ihm der Schlafplatz im Schuppen nicht geheuer ist, seit dem ersten Tag nicht. So wird er seine Aufenthalte dort draußen nach und nach ausdehnen, wodurch er sich, wenngleich widerstrebend, an die Unruhe der Stadt gewöhnt. Gerne schaut er zu dem zerborstenen Pfeiler hinüber, der ihn an die schönen Felsen im Rhein erinnert.

Endlich kraucht der Übermüdete in seinen Unterstand. Dass es hier übel riecht, der Betonboden an vielen Stellen aufgerissen ist, Gestrüpp hereinwuchert – damit käme man ja zurecht; schlafraubend ist dieses Piepen und Pochen, Klopfen und Picken, Brummen und Muckern, das in unregelmäßigen Abständen durch die rückwärtige Mauer dringt und drinnen noch viel bedrohlicher wirkt als unterm Nachthimmel. Denn hinter dem schütteren Mäuerchen thront das Heizkraftwerk in seiner herrischen Präsenz, seiner unzugänglichen Erhabenheit.

Dagegen vermag ein Schweinehirt nichts.

Gina-Lisa lässt sich heute länger Zeit, bis sie sich zu Ulf kuschelt. Mit den Wolldecken hat er das Lager abgedämmt, so gut er es vermochte; doch verglichen mit dieser Mergelgrube sind selbst die verlausten Milbener Schlafkojen lauteres Wohlgefühl. Indem das Wollschwein wie immer binnen weniger Augenblicke in Schlaf sinkt und durch seine Träume spaziert, wartet Ulf auf die Töne von da drüben. Von Zeit zu Zeit vernimmt er eine Art Pfeifen, dessen Rhythmus ihn an ein Volkslied erinnert: „Jetzt kommen die fröhlichen Tage!“ Und wie sie kommen! In unregelmäßigen Abständen ... immerfort muss er das mitanhören, mitsummen, Textbrocken zuordnen: Jetzt kommen ... Tage ... jetzt Tage ... jetzt kommen die fröhlichen ... jetzt ...

Ulf versucht die Melodie loszuwerden, ohne Erfolg.

Auf dem anderen Ohr markieren die wummernden Triolen der Motoren den Anfang eines neuen Hits im Medley. Was war das, woher nur kennt Ulf dieses Lied? Da sieht er die Szene vor sich, an der Saichensenke, alle mussten mitsingen, genötigt von diesem Prediger. Ein Abendlied? Die Erinnerung ist älter ... Er war ein Kind. Hatte Fieber. Wer aber hat es ihm vorgesungen? Niemand wahrscheinlich. War es ein Wunsch? Der erste Vers fällt ihm ein: Kein schönes Land in dieser Zeit ... Kein schönes? Kein schöner ... kein ... Land ... Zeit ... Linden ... da wir ... uns Land ... uns Linden ... finden ...

Gequält dreht sich Kottmüller um. Dabei weckt er Gina-Lina. Ihr Atem geht wie ein Stöhnen. Fest kann sie noch nicht geschlafen haben. Ob sie krank ist? Hat sie vielleicht Hunger? Während er im Elend der Verbannung immerhin Mettglas um Mettglas ausschlecken darf, hat sein armes Schweinchen wahrscheinlich längst schon alles weggefuttert, was in ihrem Eckchen an Nahrung vorhanden war.

„Gina-Lisa, warte! Ich geh dir was holen! Ich find schon was, bestimmt!"

Beunruhigt folgt ihm das Tier vor die Hütte. In Abständen wird der Hof rötlich erhellt, es sind die Riesenglühbirnen von den Schornsteinen, Ulf kennt das schon. Besänftigend redet er auf das Wollschwein ein und befestigt die Leine an einem Haken in der Wand. Als er durchs Wasser schuffelt, versucht es sich loszureißen.

„Bin gleich wieder zurück. Versprochen!"

Noch eine Weile hört er sie nervös hin und her rasseln, dann ist er im Park verschwunden. Auf der nachtblauen Straße blickt er sich nach allen Seiten um: kaum ein Auto unterwegs, keine Fußgänger. Unter Drähten, die von Haus zu Haus in großer Höhe verlaufen, tapert er über basaltenes Kopfsteinpflaster. Wo soll er nur suchen, in so einer Stadt wächst doch nichts? Nach einem trostlosen Kilometer passiert er einen mit Türmchen verzierten Klinkerbau. Ulf erstarrt: Eine Ritterburg? Hier in der Stadt? Was es nicht alles zu bestaunen gäbe auf der Welt, wenn einem nach Staunen zumute wäre ...

Da und dort hängen orangefarbene Plastikeimer, unten eiförmig, an den Laternenpfählen. Jeden einzelnen untersucht er auf Essbares – ohne Ergebnis. Bedrohlich muten ihn die grell erhellten

Plakate an, auf denen entstellte Frauen mit Pullovern schmusen. Endlich entdeckt er ein schönes Bierwappen an einem Eckhaus. Eine Kneipe! Ulf versucht, in den Hinterhof vorzudringen. Das Tor ist zugesperrt, man kommt nicht drüber. – Auf der anderen Straßenseite macht Ulf zwei Ladengeschäfte aus. Sonderbare Schriftzeichen sind da angebracht. Das größere der beiden Schilder kann er nicht entziffern: Kringel und Schlangenlinien, dazwischen Punkte. In mattroter Schrift weist das andere zahlreiche Üs auf, das ist hübsch, aber einen Sinnzusammenhang vermag er nicht herzustellen. Hat man in der Stadt die Sprache geändert, unbemerkt von der Landbevölkerung? Um sich einen Vorteil zu verschaffen?

Zwischen den Läden befindet sich eine Einfahrt ohne Gitter. Schließlich wagt er sich hinein.

Ulf schnuppert: „Müll".

Vor einem Drahtgeflecht auf der Rückseite der Häuser stehen Tonnen in verschiedenen Größen. Manche sind halb geöffnet; Pappe und Styropor, lieblos gestapelt, halten die Deckel hoch. In einer weiteren Tonne befindet sich Haushaltsmüll, unbrauchbar durcheinandergemischt. Aber in der letzten in der Reihe, einer schmaleren, niedrigeren, entdeckt er Salat: eine beträchtliche Ladung halb verwelkter Salatblätter. Das wäre doch genau nach Gina-Lisas Geschmack! Kein Fenster ist erhellt; kurzentschlossen umfasst Ulf die Griffe der Biotonne und schiebt sie vor sich her, durch die Einfahrt auf die Straße. Asphalt ist ein guter Untergrund: Gewöhnt an weitaus unhandlicheres Gerät und schwierigeres Gelände, kommt der Salatdieb gut voran.

Wie wird sein Schwein sich freuen!

Als er die Kopfsteinpflaster-Durchfahrt erreicht, fängt die Tonne übel an zu rumpeln. Gleichzeitig fahren zwei Autos von hinten dicht und langsam an ihm vorbei. Ulf beeilt sich, dass er in den Parkweg abbiegt. Er atmet heftig – jetzt nur nicht aufgeben, die Beute nicht aufs Spiel setzen ... Nur noch durchs Wasser muss er die Tonne ziehen. Und da sieht er schon sein Schwein: Es hat sich flachgelegt, unterhalb des Hakens. Jetzt springt es auf.

„Ich hab doch gesagt, ich komm wieder! Schau mal, was ich mitgebracht hab – na?“

Kottmüller öffnet den Deckel und kippt die Tonne um. Unverzüglich beginnt das Wollschwein zu spachteln: zuerst den Salat, dann entdeckt es die Rüben, drei Weißkohlköpfe und ein eingeschrumpelter Rotkohl sind auch dabei. – Es ist dies der erste von vielen nächtlichen Spaziergängen, die Ulf über das Stadtviertel, wo er Quartier bezogen hat, weit hinausführen werden. Bald hat er heraus, zu welcher Uhrzeit die wenigsten Leute unterwegs sind. Doch nicht immer findet er so üppig gefüllte Tonnen wie in der ersten Nacht. Irgendetwas Genießbares ist freilich immer dabei, zumindest nach Gina-Lisas Ansicht. Nach Ablauf zweier Wochen hat er eine schöne Kollektion beisammen; ordentlich positioniert, stehen die leergefressenen Behälter nebeneinander an der Hofmauer.

Einmal schafft er es bis zum Hauptbahnhof, ein verstörendes Erlebnis. Riesenhafte graue Wellen, in der Nacht erstarrt, lassen Kottmüller zurücktaumeln, so sehr erschreckt ihn der Anblick. Die Unzahl der Gleise, das unübersichtliche Hin und Her der verschiedenartigsten Züge, ihre krächzenden Geräusche, dazu die hallenden Durchsagen – welches noch so tapfere Herz wäre dem gewachsen? Sofort kehrt Ulf um ... doch schon von Weitem kann er ein gutes Dutzend Personen in orangefarbenen Westen ausmachen, die auf ihn zukommen. Man hat ihn entdeckt. Mutmaßlich handelt es sich um jene öffentlich bestallten Häscher, die Jagd auf Fremde machen, um sie an den Sammelstätten abzuliefern. Ulf hastet in eine Nebenstraße, die ihm bislang noch unbekannt geblieben war. Aber die Menschenjäger geben so schnell nicht auf; geruhsam, ihres Jagderfolgs gewiss, biegen sie in die Gasse ein. In Not erklettert er einen Bauzaun, zappelt mit den Beinen, hievt sich unter Mühen hinüber und kommt auf einem Abstellplatz für Abfallcontainer heraus.

So lernt er Petra Wicki kennen.

Mit übereinander geschlagenen Beinen sitzt sie auf einem weißmetallenen Deckel und beobachtet den Mann, der da wie ein unterkühltes Reptil über den Zaun gekrochen kommt. Dabei verzehrt sie eine sehr lange, sehr dünne Wurst, die sie aus der Plastikverpackung schiebt.

„Vorn rum geht's leichter."

Ulf zuckt zusammen. Jetzt ist ihm der Fluchtweg abgeschnitten. Ängstlich staunend betrachtet er die Kauende. Gehört sie zu den Häschern? Einiges über vierzig dürfte sie sein, doch trägt sie einen Jungmädchenzopf, der seitlich über ihrem Trainingsanzug herunterhängt. Mit der Ferse wippt sie rhythmisch gegen die Containerwand: bong, bong-bong, bong-bong, bong.

Ulf fasst Vertrauen, er deutet hinter sich: „Verzeihen Sie, gnädiges Fräulein, da hinten die Menschenfresser."

„Hast du was geklaut?"

„Ich wollte."

„Was wolltest du denn klauen?"

„Ich brauch Essen. Für mein Schwein."

„Für'n Schwein? Kantine."

„Wer ist Kantine?"

„Die Container hinter der Kantine von der Stadtverwaltung, da ist immer Grünzeug drin, Gemüse und so was. Gut für Schweine. Hier ...", die Frau im Trainingsanzug deutet unter sich, „hier ist auch immer was drin, weiß aber nicht, ob du das verwenden kannst."

„Was?" Ulf horcht nach Stimmen hinterm Bauzaun.

Keine Stimmen.

„Willst du ein Stück?"

Wie einem Hündchen, das sie anlocken will, hält die Frau eine zweite Wurst in die Höhe. Misstrauisch nähert sich Ulf, beschnuppert erst die Hand – die ist fast so knochig wie die von der Zingg –, dann dieses dünne Würstchen, das auf und ab pendelt.

„Jetzt nimm schon."

Zaghaft, als sei es noch lebendig, beißt Kottmüller hinein. Das Ding ist so zäh, dass er es hin und her reißen muss, bis er ein Stück abkriegt. Die Frau kichert und lässt nicht los. Reflexhaft spuckt Ulf sein Beutestück zu Boden, doch dann tut es ihm leid. Er bückt sich und stopft es wieder in den Mund – sehr zum Amüsement der Dünnen auf dem Containerdach.

„Es ist ... gar nicht so schlecht", staunt er und kaut mit Kennermiene. „Ich hatte schon mal so was in der Art, in einem Hobbykeller. Auch aus Mett gemacht. Aber Mett selbst schmeckt besser."

Die Frau scheint interessiert an Ulfs gelehrten Betrachtungen. Lächelnd schüttelt sie den Kopf. Als sie fertig ist mit ihrer Wurst, schwingt sie sich vom Container herunter, öffnet die Klappe und zeigt Ulf den Inhalt. Fast alle Nahrungsmittel, die darin liegen, sind in durchsichtige oder silberne Folien eingepackt. Welch ein Schatz! Und den überlässt sie einfach ihm. Als sie ihn fragt, wo er wohnt und ob er nachts öfter unterwegs ist, weiß er nicht, was er antworten soll, das überfordert ihn alles.

Immerhin versucht er ihr zu antworten, fällt aber in seinen Heimatdialekt: „Omwadde, kala-bezze, kumpf-kamrumpf, allokrustose ..."

„Oje." Die Frau winkt ab. „Okay dann. Mach's gut!"

„Wo krieg ich was ra-ra-raus", haspelt Ulf drauflos, bevor seine Gastgeberin entschwindet. „Ich bin neu, wo krieg ich was raus über das alles ... über die Stadt und ...?"

Zum Abschied gibt sie ihm die Hand und vollführt eine Art Hofknicks.

Seltsamerweise antwortet sie mit ihrem Namen: „Wicki, Petra, vielleicht?" Sie ist sich darüber also auch nicht ganz sicher.

Ulf reagiert korrekt: „Kottmüller, Ulf. Bestimmt."

Petra stopft die angebrochene Packung Peitschenwurst unter ihre Jacke und verschwindet hinter einem Altglascontainer.

Nach seiner Art und Gewohnheit starrt Kottmüller lange Zeit geradeaus. Er glotzt der Frau nicht hinterher, er dämmert nur, um das Erlebte besser verarbeiten zu können. Als er wieder zu sich kommt, befindet er sich immer noch am Container. Was hat er vorgehabt? Gina-Lisa, Richtig! Wie er es von Petra gelernt hat, steckt er alles, was er greifen kann, unter seine Jacke. Leider muss er mancherlei zurücklassen, denn einiges quillt unten wieder heraus, anderes passt gar nicht hinein. Aber er kann dem Schwein etwas mitbringen, eine Abwechslung sogar, denn Salzbrezeln, Basilikum, Dill, Kabanossi, Weberkuchen, Schnittrosen und Zigaretten hat es noch nie gehabt.

Was für eine Nacht.

Oh, gewiss, es vollziehen sich Dinge, die für das Schicksal des Ulf Kottmüller sowie aller anderen von seinem Stamme von Bedeutung sein werden. Während er nämlich sein Wollschwein beim Verzehr der Mitbringsel beobachtet, stellt sich ein Wohlgefühl wie in keiner der Stadtnächte zuvor bei ihm ein. Bis der Morgen grünt, währt es – Gina-Lisa ist längst eingeschlafen –, als ihm endlich wieder zu Sinnen kommt, welches Amt er zu bestellen hat. Schweiß netzt ihm Stirn und Schläfen, als es ihm einfällt. Oh, Schande, er ist ein Faulenzer, ein Säumiger, ein Tunichtgut.

„Frau!"

Um alles in der Welt, soll er nicht eine Frau heimführen? Warum hat er nicht einfach Petra Wicki genommen? Da hätte er's schon hinter sich gebracht! Wer weiß, wie lange das dauert, bis er wieder eine findet, Wurst kauend auf eines Müllcontainers Lade, wie vom Schicksal passgenau dargereicht? Hätte sie denn nicht exakt den Anforderungen des Rates der Ältesten entsprochen? Sieht sie nicht aufs Haar so ganz anders aus als die Einheimischen mit ihren Pranken, ihren Geiernasen, ihrem Watschelgang? Deutet Petras Verhalten nicht hin auf sittliche Überlegenheit, auf einen Kulturfortschritt ohnegleichen? Wann hätte jemals eine Milbenerin freiwillig irgendwem gezeigt, wo es etwas zu essen gibt? Eher hätte sie in den Container hineingeschissen als den Inhalt einem Fremden zu gönnen. Wie viele Monate, Jahre im Elend wären Ulf erspart geblieben, wäre er nicht so verstockt gewesen! Verzweifelt will er nach draußen stürzen, aus dem Hof hinaus, nach ihr suchen, ihren Namen schreien: „Petra! Wicki, Petra, vielleicht!"

Allein, er traut sich nicht – am Ende hört sie ihn noch. Und was soll sie dann von ihm denken? Und vor allem: Was sagt man dann weiter? Dass er sie jetzt leider heiraten muss, um sie zu verschleppen, in ein Land, wo sie vermutlich den Winter nicht übersteht? Wie auch immer – unter dem Eindruck, die beste Gelegenheit seines Lebens außer Acht gelassen zu haben, vergießt der

Tobende tausend Zähren. Zu Gina-Lisas Schrecken nimmt er Anlauf und attackiert rücklings die Hofmauer.

Es geht unentschieden aus.

In dieser Ausweglosigkeit greift Ulf zum Letzten, was ihm geblieben ist, wovon er sich Hilfe und Beistand erhofft: dem PACK Umständlich beginnt er jenes Bündel, das ihm der Zibbel zu eigen gegeben hat, aufzuschnüren und, von schlechtem Gewissen befeuert, darin zu lesen. Am Ende dieser Nacht und in mancher weiteren wird er das so halten. Warum er jetzt erst damit anfängt? Er muss es vergessen haben. Sein Auftrag war ihm entfallen, aus dem Blick geraten. Seine beiden Aufträge sogar! Wie so was nur kommt?

„Diese ewige Unkonzentriertheit", fällt Ulf als Begründung ein.

Und eine weitere Entschuldigung hat er parat: War es nicht Großtante Gundel, die Weitgereiste, die ihm einst zugepischpert hatte: „Aber pass auf: Stadt lenkt ab. Immer ist man da mit was beschäftigt. Und vergisst am Ende das Eigentliche."

Das Eigentliche vergessen ... Genau das ist ihm passiert. Aber nun, der guten Petra vom Containerdeckel sei Dank, hat er wieder aufgeschlossen. Es ist ihm eingefallen, ihm: Kottmüller, Ulf. Mit Stolz denkt er daran, wie galant er sich seiner künftigen Gemahlin vorgestellt hat. Jetzt muss er sie nur noch wiederfinden.

Der PACK

Es sind die allerersten Blätter, die ihm aus dem Konvolut entgegenrutschen, mit Bleistift in deutscher Schrift engzeilig auf mürbes Papier geschrieben: 99 säuberlich durchnummerierte Wirtinnenverse. Peinlich berührt, stößt er auf Signalwörter. Er liest die erste Strophe. Die genügt:

„Frau Wirtin hat auch eine Nichte,
Die ist 'ne hübsche, aber schlichte:
Sie holt sich manchen Wandersbursch
Und küsst ihn ganze Nächte durch,
So lauten die Beri-hi-chte."

Wenn die übrigen Schriftzeugnisse ähnlichen Inhalts sind, zerschlagen sich die Hoffnungen auf Unterweisung, was Kottmüller mit der Stadt F. anfangen könnte. Es scheint, diese miese Lyrik, über deren erotische Konnotationen Ulf nicht im Mindesten erbaut ist, habe eben jener magische Ahnherr und Vorfahr aufgezeichnet, der sich vor wer weiß wie langer Zeit aus dem Nebelnorden abgesetzt hat. Auch die Postkarten – Ulf zählt 46 Stück – zeigen jene dürre, stur gerade Bleistiftschrift; 2,5 Briefe, einer ist mittendurchgerissen, stammen offensichtlich von demselben Verfasser. Ein Glück, dass die blütenumrankten Sonntagsgedichte in der Verdener Allgemeinen in deutschen Schreibschrift-Buchstaben abgedruckt waren, und Ulfs Gote schon dem Kind die Schnörkel erklärt hatte, so fällt die Entzifferung nicht schwer. Dies eine muss Ulf dem Ahn zubilligen: wiewohl von Hand zu Papier gebracht, beweisen die Lettern eine Exaktheit, die dem Zeitungsdruck in wenig nachsteht.

Was die Frage der Datierung anbetrifft, wird der Forscher bald fündig. Nachdem die dritte Schleife des schwarz-weiß-violetten Couleur-Bands, das den PACK zusammenhält, aufgezogen ist, purzeln ihm die Postkarten durcheinander. Die meisten Vorderseiten zeigen die schwarz auf weiß gedruckte Frontansicht des Hauptbahnhofs der Stadt F. Ulf schmunzelt: Den kennt er auch! Dann verliert er sich in der Betrachtung eines rätselhaften Schmuckelements, das mehrfach wiederkehrt: eiserne Räder oder Kreise, eingefügt in das kompliziert gestaltete Dachgerüst, die, ihrem Material zum Trotz, zarte Ziselierungen aufweisen.

Neben dem Gebilde steht das Datum: 1.2.1922.

Hastig begutachtet Kottmüller die Vorderseiten der Postkarten ... und stellt fest, dass der Zeitraum in etwa die Jahre zwischen März 1920 und November 1932 umfasst. Er katalogisiert, indem er die Gegenstände aus dem PACK einander zeitlich zuordnet; außer den Briefen und Postkarten findet er ein Heftchen oder Büchlein, dessen Umschlag von einem lustigen Autofahrer mit Hut geziert ist. „Schöne Grüße ans Getriebe – 333 witzige Auto-Sprüche“ liest er und schüttelt den Kopf. Wozu druckt man so etwas? Die Anthologie aus den fünfziger Jahren, in der Reihe „Gute

Fahrt“ im Albin-Camerata-Verlag erschienen, schließt er, war wohl nur dazu verwendet worden, um einige Schriftstücke aufzunehmen, damit sie nicht geknickt würden.

Behutsam blättert er durch und findet ein Meldeformular der Stadt F. vom 11.8.1921; einige Rechnungen; einen weder den Briefen noch den Postkarten zuzuordnenden Notizzettel mit lateinischen Lettern; zwei Kunststoffhüllen, beide matt geworden und nicht mehr durchsichtig: Die eine beinhaltet ein Mutterkreuz nebst der Bestätigung, dass ein namenloser Sohn fürs Vaterland gefallen sei, die andere mehrere Wanderabzeichen von einer das Auge erfreuenden Farbigkeit. Ulf hat Mühe, die Örtlichkeiten zu entziffern: Rüdesheim, liest er. Kaub. Assmannshausen. Miltenberg. Weibersbrunn. Heidelberg. Heppenheim. Oppenheim. Bad Orb. Bei zweien ist der Lack abgeblättert; Ulfs geographische Kenntnisse reichen nicht aus, um die übrig gebliebenen Buchstaben sinnvoll zu ergänzen.

So sehr nimmt den nächtlichen Leser seine Tätigkeit in Anspruch, dass er, erst als nichts mehr zu trinken in der Flasche ist, bemerkt, wie zügig er den Kornbrand ganz nebenbei geleert hat. Ein unerklärlicher Forschergeist überkommt ihn, ein Wissen-Wollen und Erkenntniseifer, was ihn dazu treibt, sogleich mit dem Studium der Postkarten zu beginnen, obwohl seine übliche Einschlafzeit längst überschritten ist. Einundzwanzig Postkarten sind datiert; Ulf ordnet sie chronologisch und legt sie auf einem neu erbeuteten Campingtischchen ab. Die übrigen hofft er dem Sinnzusammenhang nach später hinzufügen zu können.

Das wird aber nicht möglich sein.

Denn die Schriftzeugnisse aus einem versunkenen Jahrhundert enthalten meist so spröde Angaben, dass von einem regelrechten Inhalt kaum zu sprechen ist. Zuerst fällt die Unterschrift ins Auge, ein Kürzel: CYR. Ulf versucht allerlei Kombinationen, kommt aber auf nichts, was einleuchtend wäre. Am wahrscheinlichsten dünkt ihn eine chemische Formel, die, warum auch immer, der Schreiber als Pseudonym gewählt haben könnte. Erst zwei Nächte später wird sich mit Eindeutigkeit offenbaren, dass „CYR.“ die auf Schreibfaulheit zurückzuführende Abkürzung für Cyriakus ist.

Den vollständigen Namen, Cyriakus Berzel, wird der Nachfahr durch eine Erwähnung auf dem Notizzettel erfahren.

Den Rückschluss auf eine geringe Neigung des Verfassers, subjektiv Überflüssiges auszuschreiben, vermag Kottmüller aufgrund der vielfachen Abkürzungen zu ziehen – üblichen wie evtl. für eventuell und ca. für circa, aber auch ungebräuchlichen wie wdv. für wundervoll oder azn. für anzunehmen –, vor allem aber verursacht durch die vielleicht lieblose, auf alle Fälle aber sparsinnige Adressierung: L. M. A. u. E. Immerhin, auch dieses Rätsel kann bald gelöst werden: Schließt der Leser zunächst auf eine verklausulierte Derbheit, eine widerwärtige Aufforderung, die Distanz oder gar boshaften Widerwillen zum Ausdruck bringt (und das schon in der Anrede!), erfährt er im zweiten der Briefe – sogar mehrmals – die Bezeichnungen Mutter, Altmutter und Erhart, Letzteres vermutlich jener Bruder des Verreisten, der im Mai 1927 in die Drugg gefallen ist. Das „L" dürfte tatsächlich auf „Liebe" hindeuten, eine, der Neigung der Milbener entsprechend, eher konventionell gebrauchte Floskel und keinesfalls ein Attribut, das auf emotionale Verbundenheit schließen ließe.

19.3.1920

L. M. A. u. E., zu Fuß heute beim Abendwerden Vorort der Stadt F. erreicht. Alles macht den Eindruck von Übertriebenheit und Unnötigkeit, vor allem die Blb. Bitte lasst mir von der schwarzen Zugsalbe zukommen, Adresse: Rasthaus zum Riwweler, Sossenheim. Komme esw. (einstweilen) nicht weiter, der Zeh hat sich wieder entzündet, was durch die Marschiererei –

An dieser Stelle verwischt ein Fettfleck die Schrift. Von der Signatur „CYR." sind nur die letzten beiden Buchstaben erhalten. Ulf blickt auf. Er spürt, wie ihm die Augen heiß werden. Wahrhaftig, sein Urgroßonkel oder gar Ururgroßvater ist ja auch sein Bruder! Nicht anders als er selbst einhundert Jahre später, musste der Bedauernswerte einst unerträglich lange Fußmärsche hinter sich bringen. Wer weiß, vielleicht hatte der Alte auch einen Handwagen dabei? Ein Wollschwein? Nie gekannte Regungen der Verbundenheit zu den Seinen erwachen, fern der Heimat, in Ulfs Gemüt. O wenn er doch noch lebte, der gute, gute CYR! Wie wollte ihm der Nachkomme Trostworte ins greise Ohr raunen, ihm die Narben mit gutem Mett bestreichen, den welken Mund mit dem besten Kornbrand netzen! Hingerissen von einer durch gleiche Erfahrung befeuerten Sympathie, nimmt Ulf vier tüchtige Schlucke Kornbrand, greift nach dem nächsten Kärtchen, das ebenfalls den Hauptbahnhof der Stadt F. zeigt, und liest mit gleißenden Augen.

27.3.1920
L. M. A. u. E., Salbe bislang vollk. ohne Wirkung. I. Ggt., die Wunde eitert und p. (pocht?) elendiglich. Wirt meint, abschneiden sei anzuraten; doch wer will mir zusichern, dass danach Heilung mögl.? Aus meinem Fenster sehe ich ein Flüsschen. Euch immer Gutes, CYR.

Ein Wehlaut entringt sich Ulfs Brust. Zagend nimmt er das nächste Kärtchen vor: ohne Hauptbahnhof, überhaupt abbildlos, aber schwerer und mürbe – von Tränen vielleicht?

4.4.1920
L. M. A. u. E., die Stunde rückt näher. Der Wirt hat einen Doktor konsultiert. Gr. gew. namens Guckes, ein rechter Herr. Kommt auf würd. Herrenfahrrad auf Hausbesuch. Morgen soll's vor sich gehen. Ansonsten der Kornbrand fast so treffl. wie bei uns. Das Mett bescheiden, zu mager. Euer tief verzweifelter CYR.

Zu Kottmüllers Ärger findet er keine Postkarte, deren Inhalt sich direkt an die vorige anschlösse. Wieder und wieder durchforstet er den Stapel, es bleibt dabei: Vor dem 16.7.1920 hat der arme Cyriakus entweder nichts mehr in die Heimat geschickt oder aber die Nachricht ist nicht überliefert. Zwei Fragen bewegen den Leser, die eine den Ahn betreffend, die andere ihn selbst. Was ist mit dem vereiterten Zeh geschehen? Und warum schreibt er, Ulf Kottmüller, rein gar nichts nach Hause? Er kommt zu dem Ergebnis, dass er nicht wüsste, an wen, sind ihm doch Vater und Mutter schon verstorben, das Verhältnis zu den Geschwistern, nun ja – und den Zibbel informieren, das mitleidlose Sippenoberhaupt? Nicht öfter als vereinbart, da sei sein Stolz vor! Zweimal jährlich reicht.

In der Dämmerung der Gedanken vermischen sich seine und die seines Vorläufers Geschichten. Unwillkürlich blickt Ulf nach unten, ob sein Zeh noch vorhanden sei, und bewegt denselben auf und ab. Endlich reißt er sich von den angsterregenden Vorstellungen los und wendet sich dem Juni 1920 zu.

L. M. A. u. E., in Bennelbächers Backstube weiterhin alles fidel. Haben noch einen Neuen eingest., ein ganz munt. Kerlchen. Namens Kurtchen. Habt Ihr den Scherz bemerkt? Es ist näml. so, hier in der St., dass man recht gern einmal einen Scherz in die Arbeit flicht. Auch ich versuche mir solch. anzugewöhnen. Nicht ohne Erfolg, w. I. s. Oder besser: lest! Da, noch einer! S. a. i. d. O., CYR.

Verwundert über den Stimmungswandel, unternimmt Ulf mehrere Versuche, sich das Geschehen zusammenzureimen. Dass der eben noch von Amputation und Wundbrand Bedrohte eine Gehilfenstelle in einer Bäckerei gefunden hat, scheint man schließen zu können. Der Nachfahr verzichtet auf weitere Erklärungen und liest einige Postkarten in einem Rutsch durch, die Hoffnung hegend, CYR.s Neigung zu seichten Witzeleien möchte sich allmählich wieder verloren haben. An „S. a. i. d. O." scheitert Kottmüller einstweilen.

11.7.1920
L. M. A. u. E., inzwischen ist es in der Backstube so heiß, dass uns das Mehl klumpig wird durch us. Schweiß, der unabl. hineintropft. Salzknödel, sagen wir dazu und kichern uns eins. Ja, man darf sich nicht unterkriegen lassen, sagt Kurtchen immer. Und dann lachen wir. Und denkt Euch: Für Samstag hat der Meister frei gegeben! Kurtchen sagt, er kennt im Wald eine fam. Schenke. Na mal sehn. Mit den Schweinchen alles i. b. O.? S. a. i. d. O. Euer CYR.

15.7.1920
L. M. A. u. E., habe Euer sgv. Briefchen erhalten. Bin verstimmt. Muss man die Jugend denn immerzu mit Sorgen überhäufen? Lasst mir doch ein bisschen leichten Sinns, schwer genug wird's mir früh genug noch werden, wenn ich mir ein kl. Sprichwort erl. darf. Und da seht Ihr's: Bei der Waldschenke fühlte ich mich gar nicht bhgl.: Mädel dürr, Wein vom Apfel unbekömml. Erst eine Nacht geschissen, dann zweier Tage gar nicht. CYR.

20.8.1920
L. M. A. u. E., endlich aus dem Bennelbächer Haus ausgezogen. Endlich ein Zimmer, das ich mein eigen nenne! Es ist gar hässlich gel. in einem Viertel, das man ganz neu aufgebaut: lauter quaderförmige Häuschen. Mir ist's gleich. Wie steht's um die Zwetschgen? S. a. i. d. O., Euer treuer CYR. (ps. Habt Ihr den Reim bemerkt? Euer – treuer! Spaßig, nicht?)

11.9.1920
L. M. A. u. E., dank Euch von Herzen! So viel Mett! Ich war ganz meschugge (sagt man hier, m. z. Spaße) vor Glück. Muss den Kram aber vor der Verm. verbergen. Komm ich heim, hab ich Furcht, sie hätt mit ihren Säupfoten hineingelangt. Ja, wer was hat, hat auch was zu verlieren. (Ihr lacht doch alle über meine Scherzworte, nicht?) Und noch ein Glück: Denkt Euch: Auf Michaeli hab ich drei Tag frei! Kurtchen schl. eine Fußwanderung vor. Ich selbstv. dabei! Wer hätte das gedacht im Mai, als mir der alte G. den Fuß abreißen wollt ... Was wär ich ohne meine ...

Kottmüller kann sich noch so sehr bemühen, die Karte, mit einer kolorierten Rohrdommel verziert, ist dermaßen vollgekritzelt, dass er die letzten zwei Zeilen nicht mehr zu entziffern vermag. Doch erfasst ihn eine heiße Mitfreude, dass ihm ganz ausgelassen zumute wird: Der Gevatter wurde tatsächlich geheilt! Mitten hinein in seinen Frohsinn muss er gähnen vom Kinn bis zur Stirne. Ja, so ist es recht: der beste Zeitpunkt, sich niederzulegen. Ulf beschließt, noch ein bisschen über diesen Cyriakus und seine Abenteuer nachzuträumen, bevor er einschläft. Vergnügt reißt er sich die Schuhe von den Füßen. Er weiß ja nun Bescheid: Der Zeh ist dran und bleibt auch dran.

Auch das abschließende Kürzel scheint gelöst – „i. O." heißt eindeutig „in Ordnung." Dann muss alles zusammenstimmen und ergibt „Sonst ist alles in der Ordnung." Sehr clever gelöst, in der Tat. Noch im Einschlummern verwundert sich Ulf, dass ihm, der doch so unendlich viel, ja beinahe alles gelesen hat, was es zu lesen gibt im Milbener Land, nie etwas auch nur annähernd so mitreißend vorgekommen ist wie diese Notizen. Niemals zuvor hat er mit einer Figur aus den Fortsetzungsromanen der Verdener so mitgezittert wie mit seinem – Onkel. Ja, der Einfachheit halber sowie aufgrund der prompten gefühlsmäßigen Nähe beschließt er, den Alten Onkel zu nennen.

„Mein lieber Onkel CYR.", hört er sich im Halbschlaf murmeln. „M. l. O. C."

In der folgenden Nacht kommt Kottmüller schneller zum Lesen als erwartet. Kaum ums erste Wasserhäuschen-Eck hinter der großen Ampelkreuzung gebogen, auf der Suche nach Gemüse für Gina-Lisa, stößt er auf eine wie mit Speck polierte glänzende Biomülltonne, brav und bereitwillig auf die Straße gerollt von irgendwem. Kartoffel- und Möhrenschalen lappen seitlich heraus. Famos: ihre Lieblingsspeise!

„Willste 'n Stück?"

Ulf schrickt zusammen. Auf einer Tonne weiter sitzt Petra Wicki. Sie hält ihm ein angebissenes Brötchen hin. Sie trägt immer noch Zopf, scheint aber noch dürrer geworden.

„Vielen Dank, das ist sehr freundlich", entgegnet er verlegen. Merkt sie ihm an, wie gerne er sie neulich geheiratet hätte, um sie in den Norden zu verschleppen?

„Ich hab dich noch zweimal gesehen", nimmt Petra das Gespräch wieder auf. „Du warst aber beschäftig, mit deinen Tonnen."

Ulf probiert ein Lächeln, blickt aber eher verzweifelt drein.

„Hast du was?"

„Ich hab bald kein Mett mehr."

„Iss was anderes, Mett ist nicht gesund."

„Ich hab nie was anderes gegessen. Ich kann gar nichts anderes essen, fürchte ich."

„Dann weiß ich auch nicht. Aber ich weiß, wo 'ne Altkleider-Box ist: Du brauchst mal was Neues."

Petra Wicki deutet auf die Hecke hinter dem Wasserhäuschen. Ulf schaut an sich hinab: Ist das peinlich! Verschämt stehen die beiden voreinander. Dann blicken beide zu Boden. Ulf drängt es, etwas Bedeutungsvolles zu sagen, aber es fällt ihm nichts ein.

Mit dem Daumen weist Petra die Straße hinunter. „Da kommen Leute."

„Warum?"

„Ich dacht nur. Wegen der Tonne."

Aufgeregt umklammert Kottmüller die Plastikgriffe, schiebt so schnell wie möglich das Gemüse über den Bürgersteig und auf dem glatteren Belag die Straße entlang. Als er am Park eintrifft, weiß er wieder, was er sagen wollte. Verflixt! Er hat schon wieder nicht gefragt! Ist es zu fassen? Nicht einmal bedankt hat er sich für ihren Hinweis. Und für die Warnung. Wie aufmerksam sie doch ist – ganz anders als er selbst. Aber er kann sie ja jederzeit wiedertreffen. Er muss nur hinausgehen, wenn es Nacht ist. Und sich eine Tonne suchen, schon ist sie da: seine Petra.

Ganz so täppisch wie beim ersten Mal hat er sich heute aber nicht benommen, stellt sich Ulf selbst ein befriedigendes Zeugnis aus. Es ist ihm sogar gelungen, ein richtiges Thema anzuschneiden: Mett. Nicht gesund ... welch eine Unkenntnis! Was soll man frühstücken? Was zur Nacht einnehmen? Wenn man sich eine Erkältung einfängt, was soll man sich sonst auf die Brust schmieren? Schon nach zwei Tagen löst sich der Schleim, der Atem strömt frei ein und aus. Wenn er ihr wiederbegegnet, muss er sie darüber aufklären. Nein, es hilft nichts, er muss jetzt öfter nach draußen. Wenn möglich auch mal tags.

Doch dann zielen seine Gedanken wieder aufs Wesentliche, auf das Ur-Thema seit Anbeginn der Zeiten: Mett, ich brauche Mett ... gutes Mett, fettes Mett ... Versonnen leert er die Tonne vor dem Wollschwein aus, das begeistert zu fressen beginnt. Es riecht nach Kompost, nach Dung. Da greift Ulf nach dem vorletzten Einweckglas, angelt sich eine Flasche Kornbrand und nimmt mehrere Schlucke. Dabei lässt er die neuesten Erlebnisse Revue passieren. Schließlich setzt er sich zum Lesen nieder.

17.9.1920
L. M. A. u. E., könnt Ihr Euch vorstellen, was ich erl. habe? Ihr könnt es nicht. Den Taunus haben wir durchwandert, Kurtchen und ich, beim herrl. Septembersonnenschein! Azn., daß es niemals so fidele Wanderburschen gegeben hat als wie uns. Das ist ein Leben hier unten i. S., ich kann Euch sagen. Trifft man auf Fremde, stoffelt man nicht tumpf aneinander vorbei wie bei uns: Man singt sich eins, tauscht die Verpfl., raucht ein Pfeifchen. Man wird ganz toll. Leider die Mädel immer noch mager, selbst wenn man aufs Land kommt. S. a. i. d. O., Euer wie immer sehr geistreicher CYR.

Kottmüller stutzt. Liegt hier nicht ein Hinweis vor, dass dem Onkel derselbe Auftrag aufgebürdet wurde? Zum zweiten Mal schreibt der Exilant von „Mädel", in der Beurteilung des äußeren Erscheinungsbildes der Hiesigen offenbar der gleichen Auffassung wie er selbst. Unbedingt weiterlesen – wer weiß, ob man nicht gleich auf die entscheidende Wendung stößt ...

6.11.1920
L. M. A. u. E., hoffe, Ihr habt Euch nicht gar so sehr gesorgt: Man kommt ja zu nichts. Wahrh., die Arbeit ist herbe und wird immer herber, die freien Tage vergehen rasch. Kurtchen und ich sitzen jetzt oft im „Schützen", einem Vorstadtschank mit Gärtchen, wo es um kleines Geld Kohlrouladen u. drl. zu essen gibt. Hie Kornbrand wie Jauche. Bin zu müd für Witze, tut mir leid. Für diesmal müßt Ihr ohne meinen göttl. Humor auskommen, Ihr arglosen Nordmenschen, Ihr! Grüßt mal das Tantchen, Euer CYR.

17.12.1920
L. M. A. u. E., das war einmal was Rechts! Mit K. u. L. einen formidablen Adventsspaziergang untern., nach H., uralt. Städtchen

am Main, bei einem angenehmen und sehr hellroten Nebel. Es gab heißen Wein und laue Suppe, die aber schön fett. Auf dem Nachhauseweg agl. ausgerutscht, es schmerzt der Steiß, aber nur beim Sitzen. Habt Ihr genug Zwetschgen eingemacht? Und könntet Ihr noch evt. e. A. Mett zusenden, um dass ich vor Weihnachten ...

Wieder verliert sich die Schrift in der rechten unteren Ecke der Postkarte: ausgefranzt, gelblich verwittert. Ulf sieht auf. Ein Leseeifer wie in der Nacht zuvor will sich nicht einstellen. Es ist ja auch recht öde: Man kann in den Kärtchen blättern vom Beginn bis zum Ende, immer wiederholt sich der Inhalt: Schilderung von Ausflügen – Klagen über Arbeit – Bitte um Mett. Das sind nicht die Hinweise, die sich der nächtliche Forscher erhofft. Immer wieder schaut er sich die Bildseiten an, ob dort etwas Auffälliges zu entdecken wäre. Doch immer wieder nur dieser Hauptbahnhof, mitunter Sehenswürdigkeiten aus der näheren Umgebung: Aussichtsturm, Ruine, Waldschenke. Der Rest Vögel und Blumen.

Schon will sich Ulf einem der Briefe zuwenden, da fallen zwei Fotografien aus dem Kuvert. Kein Zweifel: der Onkel selbst! Auf der einen ist er vor der Bäckerei positioniert, „Bennelb-" lässt sich entziffern, so, als hätte der Fotograf auf Berzels Neigung zu unnötigen Abkürzungen angespielt. Der spitzköpfige, untersetzte Mann trägt eine Kappe und eine Jacke mit aufgesetzten rechteckigen Taschen. Er steht o-beinig da und grinst. Dieses Grinsen kommt Kottmüller widernatürlich vor; niemand in der gemeinsamen Heimat käme jemals auf die Idee, so zu grinsen; es wird ein Tribut sein ans Großstadtleben, ein Zeichen, dass sich der Alte an die Gepflogenheiten der Umgebung angepasst hat. – Und er, Ulf? Verbirgt sich immer noch vor den Augen der Stadt, huscht heimlich zwischen den Mülltonen umher? Welch eine Schande!

War diese erste Aufnahme schon dazu geeignet, Zweifel und Hader in des Nachkömmlings Brust zu schüren, um wie viel mehr die zweite: Da sitzt das Kerlchen doch mitten in einem schwülen Etablissement, einen Fastnacht-Fez auf dem Spitzkopf ... und auf jedem Oberschenkel eine federgeschmückte Dame, beide in kurzen Kleidchen. Alle drei lachen mit weit aufgerissenen Mündern.

Ulf weiß nicht, was er empfinden soll – Ekel? Missgunst? Moralischen Schauder? Nein. Es ist Fremdheit: Wie kann sich sein Onkel so weit herablassen, dass er die Hiesigen so anbiedernd nachahmt? Hat er am Ende auch Menschenfleisch gegessen? Wurden diese beiden ordinären Frauen gar zu seinen Opfern? Auf der Rückseite trägt das obszöne Bild die Notiz: „Fasching 1924."

Wo bleibt Gina-Lisa? Verwundert öffnet Kottmüller die Hüttentür. Das Schwein steht direkt davor. Kurz äugt es zu ihm empor … und trottet schnaufend nach drinnen. Hat er die Kleine ausgesperrt? So kommt's, wenn man sich mit solchen Sachen beschäftigt, allesamt dazu angetan, einen rechtschaffen Fühlenden aus der Bahn zu werfen. Zwei Maßnahmen sind es, die er sich für den nächsten Tag gut merken will: aufmerksamer werden, unbedingt aufmerksamer werden: auf alles um ihn her. Sowie – neue Kleidung! Seit der Schiffsreise hat er immer dasselbe an. Es juckt, das stimmt. Aber zu Hause juckt es auch.

Ein wenig muss man sich den Gepflogenheiten der Städter angleichen. Doch wird es nützen? Im Vergleich zu seinem alerten Onkel ist Ulf ein Duckmäuser, ein Versager, ein Feigling – o, welch unwillkommene Erkenntnis zu dieser wie zu jeder Stunde! Mehrmals wird er aufwachen in dieser Nacht, das Geboller und Geknurre des Heizkraftwerks stets in den Ohren. Nur einmal kann er sich an das Geträumte erinnern: Er vermeint zu erwachen, wie so oft. Gina-Lisa liegt dicht bei ihm und kaut. Als er genau hinschaut, fehlt sein rechter Fuß.

Bisher ist es Kottmüller meist gelungen, die Tage in seinem Kabuff, miefend nach Kalk und Nässe, zu verdämmern. Die Nachtaktivität strengt ihn gehörig an, sein Körper, an einen anderen Ablauf gewöhnt, findet einzig und allein Erholung in einer Nische, die so recht nach dem Geschmack der Milbener ist: dösen. Jetzt aber duckt er sich im schmalen Schatten an der Fabrikmauer entlang. Tagsüber muss er aufpassen; jemand könnte ihn erspähen, von der Eisenbahnbrücke aus: Immer wieder bremsen die Züge scharf ab, bleiben oben stehen oder ziehen unsäglich langsam darüber hin. Es würde nicht lange dauern, und die Staatsdiener in ihren Uniformen kämen ihn holen, die Peitsche in der Hand oder den Knotenstock.

So muss der Schweinehirt zu seinem eigenen Bedauern Gina-Lisa immer wieder vom Fluss zurückrufen; es ist ja ihre einzige Freude, außer dem Nachtessen, das aus den Tonnen kommt. Ob sie sich einsam fühlt? Zumindest lässt sie sich nichts anmerken. Das Wollschwein bleibt sich immer gleich, ob im Exil, auf Reisen oder daheim. Ein Vorbild? So weit sollte man vielleicht nicht gehen; seit Tagen nämlich drängt sich etwas zwischen die beiden, ein Ereignis, das unweigerlich bevorsteht, bisher gut abgepuffert durch dutzende Mettgläser. Solange wenigstens noch acht, noch fünf, noch drei Portionen im Wagen standen, gelang es Ulf, das Herannahende zu ignorieren; es schien nur eine Möglichkeit unter vielen, und wer weiß, was sich noch alles ereignet ...

Traditionell sind die Kottmüllers keine guten Schlachter; vielleicht zeitigt der Beruf des Hirten entgegengesetzte Regungen und verstärkt diese auf die Dauer. Aber der Mann braucht Mett! Nur aus diesem Grunde hat Gina-Lisa ihn begleitet. Ulfs Blick bleibt am Vorschlaghammer hängen. Noch einen Tag. Noch eine Nacht. Dann wird er's hinter sich bringen müssen. Für die Verarbeitung allerdings ist noch nicht gesorgt; es fehlt am Fleischwolf, den hat der Metzger. An sich keine unlösbare Aufgabe: Ulf nimmt Gina-Lisas beide Hälften, geht zu einem hin und verlangt, dass er sie durchdrehe – fertig.

Doch erst einmal nimmt er die Schiffe ins Visier.

Eine weitere Gefahr nämlich geht von denen aus. In kurzen Abständen schieben sich lange Tanker an seinem Lager vorbei, von denen fast die Hälfte denselben Nachnamen führt: Krieger. Eine mächtige Sippe wird das sein, malt sich Kottmüller aus, und ihr Handwerk ist eindeutig. Er muss durchaus annehmen, dass der ein oder andere der Kapitäne oder Schiffsdiener – der Flüchtling sieht sie manchmal von fern, wie sie die Reling entlang schnüren, Kabel in Händen – das Schwein oder ihn selbst bemerkt haben werden, bei irgendeiner Tätigkeit; beim Herumlungern, beim Dösen. Auch die Kleinboote, die flinken, unvermittelt mit Gedröhn ihre Wellen gegen das Ufer sendend, wenn sie unter der Brücke in einer Steilkurve wenden, sind gewitzte Späher, denen es jederzeit gelingen könnte, das Versteck auffliegen zu lassen.

Mühsam zieht sich Ulf die Stiefel mithilfe seiner Zehen aus, schiebt die nackten Füße in den Uferschlamm. Es ist heiß geworden, mit dem Mittagslicht spiegelt der Fluss den gesamten Wohnhof aus. Ulf stinkt wieder. O Petra Wicki, wie bist du weltgewandt und weise! Schon in der nächsten Nacht wird er sich mit städtischer Kleidung versehen; vielleicht erbeutet er Hose und Hemd, nach südlicher Art gewebt, kühl auf der Haut, nicht so schwer lastend wie Cord und Loden. Als die aufgedunsenen Füße von den Flusswellen benetzt werden, der Strandsand sich zwischen den Zehen durchquetscht, verspürt er zum ersten Male den Drang, in dieses Wasser hineinzusteigen, unterzutauchen, vielleicht ein wenig zu schwimmen.

Aber heute noch nicht.

Ohne rechte Hingabe verrichtet Kottmüller sein Amt in der Nacht. Die Biotonne, willkürlich aus dem mit Wellplastik überdachten Verschlag herausgezogen, ist nicht einmal halbvoll. Vier halbdurchsichtige Tüten – drei weiche, eine harte mit Schuhen drin –, die er aus einem schlecht verriegelten Altkleidercontainer zieht, passen da noch hinein. Der Deckel klafft etwas auf und bewegt sich beim Schieben, als hätte er viel zu erzählen. Bislang kam es selten vor, dass Passanten auf den Dieb und Streuner aufmerksam geworden wären; jetzt sind es gleich drei auf einmal, halbwüchsige Kerle, die miteinander tratschen. Ulf bedient sich der Methode, die er einem Pfandflaschensucher abgeguckt hat: Man verharrt. Man beugt sich in den Abfall hinunter und simuliert einen Suchvorgang. Dabei gibt man Ächzlaute von sich, um Geschäftigkeit vorzutäuschen. Denn so scheint das geregelt: Kramen nach Gegenständen wird toleriert, der Abtransport in einem Sammelbehältnis ist aber nicht gestattet. Die drei kichern, bleiben hinter ihm stehen.

„Schubs ihn rein!“

Aber sie gehen weiter.

Länger als notwendig bleibt Ulf vornübergebeugt im dumpfigen Tonneninneren und schämt sich. Eine Lust kommt ihn an, die Flegel sofort totzuschlagen. Wütend zieht er den Kopf aus der Gammelhöhle und blickt den Feinden hinterher. Hätte er doch seinen Vorschlaghammer dabei! Kottmüllers Gewaltfantasien werden durch praktische Überlegungen eingedämmt; er wäre darauf angewiesen, dass der Geprügelte, wenn er ihn denn erwischte, auch stillhielte, um ordentlich getroffen zu werden. Damit kann man nicht immer rechnen. Auch würden seine Begleiter vermutlich nicht abwarten, bis sie an der Reihe wären. Selbst wenn er sich, wie beim Schwein, von hinten heranschleichen könnte, würden die zwei Übriggebliebenen vielleicht Radau schlagen.

Als er seiner Behausung zuschiebt, stellt sich so etwas wie Vorfreude ein: auf die neuerbeuteten Kleidungsstücke. Was wird Wicki, Petra vielleicht Augen machen! Keine Stunde später sitzt Ulf an seinem Campingtisch; er trägt eine weite Jeans, zwei Turnschuhe, denen er die Vorderkappen abtrennen musste, der Belüftung wegen, aber auch, weil sie ihm zu klein sind, sowie ein den Bauch überlappendes T-Shirt mit der blassroten Aufschrift: „Helmling's".

Zwei Stumpenkerzen hat er angezündet. Den ersten Brief nimmt er sich vor. Oben wurde ein Stück sorgfältig abgetrennt. So fehlen die Anrede und die ersten ein oder zwei Zeilen. Es sind vier Seiten. Am Ende der vierten befindet sich eine Annonce, nein, ein Ausschnitt aus einem offiziellen Adressverzeichnis, ebenfalls mit Sinn fürs Akkurate aufgeklebt. Dem Leser wird eigenartig zumute; das Schicksal des Onkels geht Ulf mittlerweile so nah wie sein eigenes. Er fiebert mit, wünscht dem vor Zeiten Verbannten Glück und Erfolg und windet sich vor Angst, wenn er bedenkt, was ihm alles zustoßen könnte.

„O edler Cyriakus!" Ulf ringt die Hände.

Dann fängt er an zu lesen.

... wie ich annehme, zu Eurer Überraschung, nicht ohne Bedauern mitzuteilen, daß ich nicht nach Hause zurückkehren werde. Nimmermehr! Mögen auch Zorn der Sippe und Verstoßung mir drohen – ich kann nicht heim. Wie Ihr meinen vorangegangenen Briefen entnehmt, ward ich zum Opfer jener Ernsthaftigkeit, mit der ich

Eurer Weisung nachgegangen bin. Insofern, wer will mich zur Verantwortung ziehen? Ich selbst verzeihe mir! Ach wie viele Nächte habe ich mit Hadern und Trauern zugebracht, bis hin zu einem Wüten, das meine Nachbarn mit Besorgnis erfüllte. Es ist nun einmal so: Je eher ich die Härten, die Unbarmherzigkeiten dieser Stadt zu meistern verstand, desto mehr musste ich mich der Art der Hiesigen anverwandeln. Nehmt dieses Bild: Wie ein Tier, das, verjagt aus seinem angestammten Revier, in neuen Gefilden sich anpassen muß um des Überlebens willen, um nicht verschlungen zu werden, nicht gänzlich zu verkommen, hatte auch ich keine Wahl.

Aus Befremden wurde Verständnis; aus Abkehr Neugierde; aus Fluchtgedanken nach und nach männliches Ertragen. Gewiß, da mögt Ihr Recht behalten: Hätte ich meine Hanne nicht zur Seite, die Aufgabe wäre mir gar zu schwer gefallen. Doch was wäre das Ergebnis gewesen? Barhäuptig, als ein Sünder und Versager hätte ich den Heimatboden wieder betreten, zerworfen, für immer beschädigt in meiner Seele, ein Spott der Familie. Und hätte ich auf Gnade hoffen dürfen? Gebietet es nicht unser Brauch, den Schwächling beiseite zu fegen? Wäre nicht Eure erste Regung gewesen: In die Drugg mit ihm? Oh ja, auch hier habe ich Abstand gewonnen, ich darf behaupten: Meine Einwände gegen so manche Unart, Tristheit, Grobheit, die sich über wer weiß wie lange bei uns etabliert hat, sind so groß geworden, daß ich selbst die heilige Sitte der Drugg für überlebt und barbarisch halte.

Entsetzt, von einem grässlichen Impuls getroffen, erhebt sich Kottmüller mit einem Ruck. Welche Blasphemien muss er da lesen? Jetzt versteht er vollkommen, weshalb der PACK zugeschnürt bleiben musste über all die Jahrzehnte. Der Onkel – will er den Verwerflichen überhaupt noch so nennen? – schändete mit diesem Schreiben alle Überlieferungen. Dass er fern der Heimat im Exil verbleiben musste, erscheint jetzt zwingend. Die Drugg zu lästern, eine Ungeheuerlichkeit! Und doch ... Ulf kann es sich selbst gegenüber nicht verhehlen, ein Fünkchen Bewunderung glimmt in ihm auf: Haben nicht die Helden aller Zeiten auch irgendwann mit ihren Alten Streit angefangen? Ist das nicht unausweichlich, wenn man sich ... weiterentwickelt? Mit erhitzten Sinnen liest er den ersten Brief zu Ende und nimmt sogleich den zweiten vor.

Wie schwer dies mir geworden, welches Ausmaß an Verzweiflung und Einsamkeit mir beschieden war, davon schwieg ich stets nach Vermögen. Wie solltet Ihr mich auch trösten? Als aufgrund der ungewöhnlichen Trockenheit im Jahre des Herrn 1926 die Mettlieferungen ausgeblieben waren, wie stand ich da? Mich hungerte in einem Maße, wie dies in keiner Weise von den Alten berichtet ward. So zog ich denn von Metzger zu Metzger, ja, beinahe alle Schlachter und Fleischer der Stadt besuchte ich ... probierte, erbrach mich, probierte wieder ... bis endlich, endlich, gar unweit meiner Behausung der gute Metzgermeister Sobirski meiner Not ein Ende machte. Schon an der Färbung des Metts in der Auslage, die mehr ins Gräuliche als in Rosenfarbene spielte, erahnte ich eine gewisse Geschmacksnähe zu unserer Grundnahrung. Ich kostete ... und behielt es bei mir. Auf meine Frage hin, noch im Kauen, wo der Meister seine Schweine denn beziehe, antwortete er mir, derweilen seine Augen auf meinen von Genuss und Hochgefühl geläuterten Zügen ruhten, sämtliche Schweinchen, die er zu verarbeiten die Freude habe, stammten von einer Hochebene des Odenwaldes und seien als Mangaliza- oder auch Wollschweine bekannt.

Ich hätte den Mann umarmen mögen. Als nun, kaum eine Woche später, meine Hanne mir zum Sonntag ein Gläschen von einem Kornbrand aus einem Gebirge, das die Rhön genannt wird, einschenkte, der in seiner irdenen Würze und wurzeligen Bitterkeit gar sehr an unser Milbener Himmelsgesöff gemahnte, überlief es mich doppelt wohlig: Nicht allein der Geschmack, nein, auch die Vorahnung, von nun an und, wer weiß, für alle Zeit autark, auf Eure Lieferungen nicht mehr angewiesen zu sein, ließen mich jubelnd auffahren. Verlange ich zu viel, wenn ich Euch bitte? Haltet mich nicht für untreu! Erachtet meine Entscheidung nicht als die eines Bequemen, eines Feiglings gar! Es war die Not und nichts als die Not, die mich veranlaßte, hier selbst einen Anker zu werfen, um von den Stürmen der Daseinsangst nicht hinweggefegt zu werden.

In summa (lest dies nicht als Vorwurf, ich bitte Euch, denn konntet Ihr wissen, was Ihr mir antatet?), allein die Vorstellung, es könne sich einer aus unseren Nebellanden in südlicher Fremde behaupten, ohne Schaden zu nehmen, war schon – Gewalt. Gewiß keine, die in Eurer Absicht lag, so nehme ich doch an; eine umso wirkungsvollere allerdings, da ich doch bis zur letzten Faser davon durchdrungen war, Eurem Befehle zu willfahren. Lebt denn wohl, ich lasse von mir hören, sobald ein Gleichgewicht in meinem Gemüt wiederhergestellt ist.

Euer sorgenvoller, wenngleich mit Hoffnungsmut in die Zukunft blickender CYR.

(PS. Falls es Euch dennoch darum zu tun sein sollte, mit dem Verstoßenen in liebevollen Kontakt einzutreten, hier, gleichsam als ein Beweis der Richtigkeit meiner Angaben, mein Eintrag ins Adreßbuch der Stadt F. vom Jahre 1926: (Falls eins von Euch tatsächlich die Mühe nicht scheuen sollte, mich aufzusuchen, und ich dann nicht zu Hause bin, fragt bitte bei der Nachbarin, der Strunzern, nach. Sie klemmt auf ihrer Fensterrolle fest und weiß immer alles.)

Cyriakus B. Berzel, geb. ––.––, Bäckergehilfe, Ackermannstr. 21, Frankfurt am Main, Fernsprechnr. ––.––

15.5.1931

Meine liebe Mutter, Altmutter und sonst niemand.

Noch immer will ich schreiben „und Erhart“, dabei sind es nun fast genau vier Jahre, dass mein Bruder in die Drugg gestolpert ist. Wie doch die Zeit vergeht! Wißt Ihr denn, dass wir einem Heldengeschlechte entstammen? Ihr wißt es nicht. Dinge haben sich zugetragen, die ich Euch in Umfang und Tragweite nur Aug in Aug zu schildern vermöchte ... und wer weiß, wann dies einmal geschehen darf. In früher Jugend – Ihr werdet es nicht an mir bemerkt haben – war mir stets ein Mißverhältnis bemerklich zwischen dem, was uns über uns erzählt wird, und dem, was wir augenblicklich darstellen. All die herrlichen Heroengeschichten von kräftigen Vorfahren, die mit Mannheit und Schläue jedes Kriegsgeschehen zu meistern verstanden, von denen mir der Sinn heiß wurde und der

Wunsch, dem nachzustreben, übermächtig, fanden keinerlei Entsprechung in unserer trüben Gegenwart.

Ein jeder Vergleich mit den Nachbarn, selbst den geringsten, musste nach Maßgabe der alten Mären negativ ausfallen: Wir sind klein und weder stark noch schlank; wir sind verdruckst und einfältig und keinesfalls redegewandt; wir verbergen uns lieber hinter Sumpf und Nebel, als dass wir an umkämpfter Front unvergängliche Siege erföchten. Nach und nach vergaß ich das. Umdumpft von Wesensblässe und Ödigkeit, geriet ich selber öd und blass. Nur ein Flöckchen jener alten Ahnung, Hoffnung gar, womöglich doch ein paar wenige in der Familie zu wissen, auf deren Taten und Persönlichkeit ich so etwas wie ein Selbstbewusstsein gründen dürfte, blieb in meinem Wünschen erhalten ... und es fing hell zu leuchten an, als ich kürzlich auf eine Überlieferung stieß – gestoßen wurde –, dazu angetan, alles umzuwerfen – ins Gute und Beste! –, was ich bislang über mich und uns gelernt.

Wisset Ihr denn, dass einhundert Jahre vor mir schon einmal einer aus dem Milbener Land sich aufgemacht hat in den sagenhaften Süden? Ihr wißt es nicht. Nehme ich meine, zwar schmerzensreiche, doch insgesamt ereignislose Reise zum Maßstab, so schneide ich gar jämmerlich ab; denn jener ehrenwerte Held (jawohl, ich darf und muss ihn so nennen!), geriet auf der Flucht vor einem wildgewordenen Landgrafen in die vormals Freie Reichsstadt F. Er selbst nannte sich: „Der Dragoner". Was immer das heißen mag, vielleicht war er beim Militär. Vergangenen Sonntag haben wir unsere Aufwartung gemacht beim alten Strippler. Der konnte was erzählen!

Kurtchen war dabei, hat auch mitgeschrieben, so gut es ging. Auf alle Fälle werde ich weiter forschen und Euch gelegentlich unterrichten. Meine Quelle ist schon halb versiegt. Mit der Bäckerei geht es wie ehedem. Ich war zuletzt nicht recht bei der Sache, so dass der Meister die mir in Aussicht gestellte Übernahme wieder in Zweifel zieht. Als ich die Hanne vor zwei Jahren geehelicht habe, dachten alle, wir kämen bald auf den grünen Zweig. Aber die Umstände! Nun ja, sobald unser kleiner Friedrich (ich weiß, Ihr lehnt den Namen ab, weil er Euch zu modern ist, aber so sind wir Städter nun mal) aus dem Gröbsten raus ist, will ich mich umsehen, ob es nicht

noch etwas anderes für mich gibt. Der viele Mehlstaub ist mir mittlerweile ganz zuwider. O denkt nicht, ich hätte Euch vergeßen! Manchmal nagt es mir in der Seele, dass Ihr mir grollt. Ihr grollt mir doch noch immer, nicht wahr? Das letzte Schreiben, das ich von Euch erhielt, datiert vom Spätsommer 1928. Anzunehmen, die Ältesten haben schon eine Tafel an der Friedhofsmauer angebracht: „Einer, der nicht mehr da ist." Oder etwas in der Art. Da ich dies niederschreibe, wird mir doch recht weh ums Herz. Seid dennoch gegrüßt von Eurem in weiter Ferne weilenden
CYR.

Erschüttert legt Ulf die Hände über Stirn und Augen. Wann hätte er je so gelitten? Nun, da er zu Ende gelesen hat, zieht eine Einsamkeit durch sein Wesen wie nicht einmal in seiner ersten Nacht auf der Reise. O wie herbe: Endlich findet er einen Gleichgesinnten – und der lebt nicht mehr! Ulf weiß noch nichts von den melancholischen Freuden, die der Umgang mit Verstorbenen zeitigen kann; fassungslos steht er auf. Stürzt nach draußen, die Briefe in der Hand. Vom Fluss her weht ein feuchter Wind, der nach Teer und Reinigungsmittel riecht. Schwer atmet er ein und aus. Was soll das mit diesem „Dragoner?" Und gibt es etwa ein Abkommen, wonach alle hundert Jahre einer aus der Sippe nach Süden wandern muss? Aber warum hat ihm das der Zibbel nicht gesagt? Was bedeutet das: „ein wildgewordener Landgraf"? Wie könnte man mehr erfahren, vor allem, was aus seinem guten Onkel geworden ist?

Es hilft nun nichts: Am nächsten Morgen muss Kottmüller hinaus, muss Erkundigungen einziehen, bei wem auch immer. Noch wichtiger erscheint ihm aber eine Veränderung seiner Einstellung: Diese Schwäche, diese Schludrigkeit, diese Trägheit muss er endlich überwinden – genau wie der Onkel es vorgemacht hat! Mit der Rückseite der rechten Hand schlägt der Aufgebrachte immer wieder auf die Briefe, die er mit der linken vor sich hält. Kornbrand, er braucht Kornbrand! Eilig huscht er wieder in die Hütte zurück, rückt näher an die Kerzen heran. Noch einmal liest er beide Briefe durch und trinkt eine Flasche aus. Jetzt erst fällt ihm auf, dass diese Schreiben völlig frei sind von Abkürzungen. Es hat den Anschein, dass die Schrift ein wenig runder, weniger exakt ausfällt, je älter – reifer? – dieser Mann geworden ist. Kottmüller hat Hunger. Grimmig blickt er zu dem schlafenden Schwein hinüber.

Morgen.

Noch immer ist der nächtliche Leser so aufgewühlt, dass ihm kein Schlummer kommen will. Der Ahn ist tot, die Briefe sind noch da. Und jener eigenartige Zettel, den Ulf, einer Vorahnung wegen, bis zuletzt aufgespart hat. Nicht lange muss er suchen, das Papierchen steckt noch in diesem Witzebuch für Autofahrer. Zweimal ist es zusammengefaltet, Ulf muss zwischen die Seiten pusten, um es aufzublättern. Das hatte ihn schon beim ersten Anblick verwundert: Die Schrift ist nicht deutsch, es handelt sich um lateinische Buchstaben. In jeder Zeile stehen nur wenige Wörter. Ein Gedicht? Nein, Notizen, so, als hätte jemand etwas kurz auf- oder mitgeschrieben. Sein Onkel? Dass lässt sich nicht belegen. Die Buchstaben sehen anders aus: Druck-, nicht Schreibschrift. Die einzige Gemeinsamkeit besteht darin, dass sie ebenfalls mit Bleistift notiert wurden. Über dem Entziffern erlischt eine der Kerzen.

Seinen Namen hielt er geheim
Mit Sicherheit aus der Milbener Sippe
Vielleicht „Rumser des Jahres 1798"
In F. verehelicht, Pf. Mohrbacher, Name der Frau unbekannt
Deutetisch gefunden!
In F. bei der Bürgerwehr registriert
Vermutlich einziges Mitglied beider Gemeinschaften
Erste Generationen: Ende 18. Jahrhundert – ca. 1802 wg. Verfolgung
Zweite Generation: 1806 – ?
Name: Dragoner wider das Morgenlicht

Selten fand sich Kottmüller mit einer Aufgabe derart überfordert. Es kommt ihm vor, als solle er eine übergelaufene Drugg ganz alleine ausmisten bis zum Grund. Nein, da wüsste er wenigstens, was er zu tun hätte – aber hier? Seufzend tritt er abermals vor die Hütte, saugt die Nachtluft ein. Sieht einem Güterzug hinterher, der über die Brücke rattert. Hört eine Lautsprecherdurchsage vom Bahnhof herüberwehen. Seufzt abermals. Dann kehrt er zum dritten Mal zurück an sein Tischchen, entschlossen, so viel wie möglich von der geheimen Botschaft zu ergründen.

Ein paar Schlucke Kornbrand schärfen die Konzentration. Das ist nötig, denn Kombinationsleistungen, wie sie hier gefordert sind, gehören nicht zum Repertoire der Familie. In der „Verdener" standen mitunter Detektivromane in Fortsetzungen zu lesen, unnötiges Zeug, zudem wusste man nie, wie man die Namen der Hauptpersonen, meist Amerikaner, ausspricht, überhaupt: Nach Auffassung der Milbener, aber auch der Rauhener und der Greufzer sowieso könnte man das Englische gern ganz abschaffen. Oder gleich verbieten.

Ulf beugt sich über den Text.

Erste Zeile: Den Namen weiß man nicht. Das erschwert die Sache. Also weiter. – Zweite Zeile: ein Milbener also! Hurra, da gibt es nur drei Namen, weswegen auch die Aufgabe aus Zeile eins zu einem Drittel als gelöst gelten kann. Ob er gar ... ein Kottmüller war? – Drittens: Wie weit die Aufzeichnungen zurückgehen, wer wann beim „S" gewonnen hat, ist Ulf unbekannt. Er könnte dem Zibbel schreiben. Aber nicht jetzt. – Zeile vier: unverheiratet ... Also noch einer, dem es nicht leichtfiel, dem Hauptauftrag, so er ihm denn gegeben wurde, nachzukommen. – Fünf: Pfarrer Mohrbacher. Hier ließe sich vielleicht etwas herausfinden; vielleicht mit Petra Wickis Hilfe? Sie ist bislang der einzige Kontakt, den Ulf in F. zu knüpfen wusste.

Die Nachricht, ein Deutetisch sei „gefunden" worden, bringt den Exil-Milbener zum Träumen. In einer Hungervision sieht er die Speisen vor sich; die Tanten, wie sie den dampfenden Brambes in die Kuhlen gießen; das Stück Knorpelspeck, im Triumph aus der Mitte emporgehoben; die niemals abgewaschenen Löffel ... Er muss sich losreißen: Was nützen ihm solcherlei Fantasien? Als Faktum kann er allein festhalten, dass in F. vermutlich noch immer ein Deutetisch steht; wie sollten den die Hiesigen auch fort bekommen? Es sei denn, im Krieg wäre dem Monstrum der Tischlerkunst Zerstörung widerfahren …

Von einer „Bürgerwehr" weiß Kottmüller nichts. Auch die Erwähnung der „beiden Gemeinschaften" verwirrt ihn nur noch mehr. Es sind vor allem die drei letzten Zeilen, die es ihm angetan haben. Hier will er ansetzen: Was hat die erste Generation verbrochen, um Verfolgung zu leiden? Was wurde aus der zweiten? War der Milbener, der „spät" dann doch noch geheiratet hat, der Anführer? Gingen weitere Kinder aus der Ehe hervor? Was wurde aus dem Friedrich? Aber vor allem: Wer nur waren diese „Dragoner wider das Morgenlicht?" Ein Titel, der Ehrfurcht einflößt und nachhallt im Bewusstsein. O welch unlösbarer Aufgabe hatten sie sich doch verschrieben: Wie sollten, so viel weiß Kottmüller gerade noch vom Militär, wie sollten leichtbewaffnete, berittene Infanteriesoldaten „wider das Morgenlicht" etwas ausrichten können? Oder waren die Pferde am Ende gar geflügelt?

Noch einmal hält er das Zettelchen in den Kerzenschein. Wäre es möglich, dass die Mitschrift von „Kurtchen" stammt, jenem sagenumwobenen Freund des Cyriakus? Hatten die beiden vielleicht einen Nachfahr des Dragoneroffiziers in F. ausfindig gemacht, und notierte der Vertraute einzelne Mitteilungen, während der eine mit dem anderen Milbener sprach? Warum aber alles nur so kurz und unkommentiert? Standen auch Cyriakus und Kurtchen unter Verdacht und wurden von der Staatsmacht verfolgt? Und weiter: Blüht Ulf nun, da er davon Kenntnis erlangt, das gleiche Schicksal? Unter diesen Gedanken ordnet Kottmüller sämtliche Papiere wieder so an, wie er sie vorgefunden hat, verschnürt sie mit dem Couleur-Band und legt den PACK beiseite.

Hätte statt Kottmüller, dem jungen Schweinehirten, der alte Cyriakus noch einmal die Reise nach F. unternehmen dürfen, wäre es ihm in manchen Straßenzügen, ja in ganzen Stadtvierteln so vorgekommen, als sei ein Jahrhundert ausgefallen. Was er einst vorgefunden hatte, in den zwanziger Jahren des zwanzigsten Jahrhunderts, war eine Metropole gewesen, in der ungeheure Energien aufeinandertrafen und eine raue, doch verspielte, vitale, doch selbstkritische Kultur ausprägten; riesige Flächen hatte die Industrie an den Rändern beansprucht, doch noch weiter draußen, aber auch in der Mitte, waren jüngst wohnliche Viertel mit Grünanlagen entstanden, die vom Kunstsinn und der Lebensart der Bewohnerschaft zeugten. Technik und Verkehr wurde Raum geschaffen, doch auch die ältesten Gebäude, Wohnhäuser und Kirchen – keine Paläste, denn die schätzte man hier nicht – standen noch zuhauf herum und zeugten von ihrer alten Welt. Die Dörfer, eingemeindet meist gegen ihren Willen, bewahrten ihre Eigenart; an Feiertagen strömte alles ins Freie, ganz so wie es die Dichter vorgegeben hatten, aus Gastgärten und Cafés hallte bis in die Nacht Gesang und Tanzmusik, und Kunstschaffende wurden als Mitglieder der Gesellschaft akzeptiert.

Dass zwischenzeitlich fast nichts mehr an diese Großstadtkultur erinnerte, man hätte es Cyriakus umständlich erklären müssen. Krieg und Diktatur hatten die Stadt F. bis zur Unkenntlichkeit verfinstert; es schien, als sei nur das Mittelmaß übrig geblieben: die Grauen und Geduckten mit ihren verderblichen Neigungen, denen es genügte, zwischen den lieblos hochgezogenen Zweckbauten eitlem Gewinnstreben nachzugehen. Was von früher zeugte, wurde von Staub und Abgasen bedeckt oder ohne Skrupel weggerissen. Am Main, wo man sich über Jahrhunderte begegnet war: alle, die Geheimräte und die Küchenmädchen, die Müßigen und die Fleißigen, ging niemand mehr spazieren, das Stadtbild blieb verödet, und niemand schien das Gewesene zu vermissen.

Und auf einmal war alles wieder da?

Die Stadthäuser mit ihren Prunkfassaden, die fantasiereichen Villen inmitten von parkähnlichen Gärten, aber auch die Brücken, Museen, Sakralbauten, Schulen und anderen öffentlichen Gebäude blickten so jugendfrisch und unbeeindruckt von der eigenen Geschichte auf Einheimische wie Gäste, als wären sie eben erst gemauert worden. Wie war das nur gekommen? Die wenigsten machten sich darüber Gedanken, und auch Kottmüller musste es mühsam lernen. Freilich, hinter der gewienerten Historie hatte die Hochfinanz mit Macht Prestigebauten emporgeführt, Geschäfte und Büros spiegelten ihren sanitären Glamour und wiedererstandene Lebenskunst, Sinn für erfreuliche Proportionen und Verfeinerung der Gewohnheiten prägten den neuen wie sie den alten Zeitgeist geprägt hatten.

Dass damit die Deklassierung immer weiterer Teile der Einwohnerschaft einherging, entsprach ebenfalls den Bedingungen von einst. Während jener grauen Zwischenjahre aber war die Armut eingedämmt geblieben; nur nahe am Hauptbahnhof sah man sie noch wie ehedem, die Müden, Verworfenen, die aller Hoffnungen Beraubten, die Elenden mit ihrer letzten Lust nach Rausch. Dafür taten sie alles. Den Patriziern aber, den Erben und den Neureichen, schien für längere Zeit der Spaß vergangen, mit ihren Besitztümern zu protzen, ja, sie besaßen ein paar Jahrzehnte lang gar nicht so sehr viel, dass sie es hätten verschwenden können. Es verstand sich von selbst, dass man die Stiftungen pflegte, und Kirche und Staat schienen zu wetteifern, welche Einrichtungen der Wohlfahrt denn nun die wirksamsten seien. Manche raunten gar von Gerechtigkeit, von einem Ausgleich, der einmal allen zugutekommen musste. So durfte es nicht bleiben.

Als Kottmüller in die Stadt reist, sind nur noch Reste jener Gesellschaft, die auf Gegenseitigkeit beruhte, vorhanden. Bis er zu verstehen beginnt, welche Entwicklungen hier sich vollziehen, derweilen in seiner diesigen Heimat wie immer alles gleich bleibt, wird es noch mancher Erfahrung bedürfen; erst als er sein Domizil auch tagsüber verlässt, fängt er an zu begreifen, wovon er mit Schritt für Schritt Teil wird. Die widersprüchlichen Beobachtungen seiner Reise fügen sich allmählich ineinander: Da wäre all diese Angst, die er hinter den Wänden spürt, der Kummer und die Trauer, Wut, Wahnsinn, verlorenes Glück – und auf der andern Seite die Gewalt, die Neigung, dem Gegenüber das Letzte zu nehmen und das Schlimmste anzutun, ungeachtet der Möglichkeit, dass die verordnete Not auf einen zurückschlagen könnte.

Kottmüller beginnt den Zusammenhang zu ahnen. Immer mutiger voran spazierend, immer ausgedehntere Räume der Stadt F. ermessend, verliert er die eingetrichterte Ängstlichkeit. Er registriert dies mit Verwunderung; nach und nach will es ihm scheinen, als hätte man eine Wahl, als ergehe eine Weisung an jeden, mehr noch: ein Gebot, das der Geschichte der Angst auf den Grund zu gehen und selbst zum Werkzeug ihres Endes zu werden. Wäre es möglich, dass sich sein Auftrag, daheim empfangen von wenigen zum Wohle weniger, in einen allgemeinen verkehrt, zum Wohle aller? Könnte nicht auch er, Ulf, der Erwählte sein, der erste Held seit Jahrhunderten?

Stunde um Stunde verschwinden Vorurteile und Befürchtungen, die ihm die Sippe mitgab; wenn unerwartet ein Mensch um die Häuserecke stiebt, ist Kottmüller bald nicht mehr verwundert, dass dieser unbeteiligt an ihm vorübereilt und sich nicht auf ihn stürzt, um ihn zu verspeisen. Verglichen mit allem, was er gewöhnt ist, hat diese Anonymität etwas Freundliches; er beginnt, Gefallen daran zu finden. Und wandelt bald selbst mit betontem Desinteresse an den Leuten vorbei, was ihm, dem üblen Schauspieler, reichlich Aufmerksamkeit zuteil werden lässt.

Ulf schiebt es auf seine Kleidung.

Trotz gewisser Verbesserungen, bewirkt durch Wicki, Petra vielleicht, scheint er noch nicht aufgeschlossen zu haben zur Eleganz der Städter. Doch auch hier bekommt er seine Gelegenheit, da ihm bereits beim ersten Einkaufsgang eine Gondel voller Anzüge in einem Hinterhof entgegenrollt. Unterwegs argwöhnt er manches, denn mit einem Mal ist er so weit über seine bisher gesteckten Tagesziele hinausgewandert, dass er fürchtet, nicht mehr zurückzufinden. Dabei ändert sich das Bild der Stadtlandschaft beträchtlich: statt der dumpfen Kneipen mit Bierschild über der Türe sieht er glitzernde Cafés und Restaurants mit schlanken Kellnern vor der Tür; die Wasserhäuschen, die alles Mögliche im Angebot haben, nahe seinem Refugium überaus zahlreich, treten zurück; dafür gibt es Läden für alles einzeln: Blumen, Zeitschriften, Kuchen, Schokolade, Pralinen, Geschenke, Schmuck, Wein; ja sogar ein Geschäft, in dem nur Schnäpse angeboten werden, erspäht er an einer Straßenecke – und alle sehen aus wie eben erst eröffnet.

Ulf registriert dies ohne besondere Empfindungen. Ganz anders der Anblick all jener, die in die Läden hinein- und hinaus-

oder geschäftig daran vorbeihuschen: Derweilen er bei den Männchen zwei Sorten feststellt, verkniffen-spillerige und aufgeblasen-glatzköpfige mit Malereien am Hals, erblickt er in dieser Sphäre nur eine Art Frauen, die mit einer Gleichgültigkeit ihre Gebrechen zur Schau stellen, dass ihm schwindlig wird. Ihr stacksiger Gang, ihre bestimmten Mustern folgenden Gesten, schließlich ihre Deformationen an Rumpf und Gliedmaßen lassen ihn schwanken zwischen Mitleid und Schauder. Materielle Not kann es nicht sein, die dies bewirkt: Die Auslagen sind ja voller Schinken. So wird es sich um eine Form der Bestrafung handeln, mutmaßt Ulf, ob im Sinne einer Buße selbst auferlegt oder aber verordnet von einem allzu strengen Gericht.

Den Bübchen in ihren schmalen Jäckchen und den Mädchen in ihren Krankenkleidchen folgend, gerät er näher an diese Bürohochhäuser heran, deren Anblick von Mannes Kahn aus ihm unnennbaren Schrecken bereitet hatte. Ulfs Mut und Selbstbewusstsein wächst beträchtlich, als er jetzt wie selbstverständlich unter diesen Zyklopenbauten entlangspaziert, beinahe ohne Angst, dass sie sich just in diesem Augenblick entschließen könnten, über ihm zusammenzukippen. Von Vorteil erweist sich nunmehr, dass er sich – wie lange mag das her sein? – im Wald mit der Sonne angefreundet hat. Denn so lange er auch durch die Gebäudeschatten zieht, plötzlich ist sie da und flutet die Straße bis zum Rand, und alle Fassaden reflektieren und versuchen ihn zu blenden.

Er aber bleibt stehen und schließt nur halb die Augen.

Leider vollführt er die Übung auch in der Mitte eines Ampelübergangs; Ulf meint, er sei längst drüben, da wird er mit einem Mal zum Mittelpunkt der Attacken kreischender Autofahrer und ihrer Hupen. Auch das hat er schon gelernt: Das meiste übersteht man irgendwie, und geht danach am besten einfach weiter. Der Grund zu dieser Überlebensfähigkeit wurde bereits in der Heimat gelegt, wo man dort die Kunst des Ignorierens schon vor Jahrhunderten zur Hochblüte geführt hat, ja selbst bis in solch ätherische Bereiche, wo man auch von sich selber nichts mehr mitbekommt und ein Leben lang Ruhe hat.

Dass man in der Innenstadt einkauft und dafür Geld benötigt, ist dem gebildetsten Milbener seit Cyriakus, dem Auswanderer, freilich bekannt, und ebenso klar vor Augen steht es ihm, dass er als Mittelloser hier nichts zu suchen hat. Wie er an diese Mittel herankommen soll, hat sich ihm noch nicht erschlossen; bis auf die Erwähnung, dass der edle Vorfahr das Bäckerhandwerk betrieb, schweigt sich der PACK darüber aus. Mithin, Ulf nutzt die Gelegenheit zum Studium des Warenverkehrs, hört genau hin, was die Leute fordern und mit welchen Bemerkungen sie das Erhaltene quittieren; er staunt nicht schlecht, als sich manche die ersehnten Güter salopp und ohne jemanden zu fragen selbst aus den Regalen nehmen und erst hinterher ihre Börse zücken. Was aber gilt wann? Man muss das wohl lernen wie man eine Sprache lernt, nur ohne Lehrbuch.

Vor diesem Hintergrund erscheint ihm seine eigene Handlungsweise nicht unbedingt strafwürdig, als er, nachdem er sich tapfer in das Kaufhaus vorgewagt hat, durch Parfüm- und Strumpf- und Schreibwarenabteilung hindurchgeschlendert und durch ein Türchen, über dem ein dahineilender grüner Mensch aufgemalt war, unerwartet in besagtem Hinterhof ans Tageslicht gekommen ist. Hier stehen mehrere Lastwagen, von denen der Längste gerade entladen wird. Ulf registriert, dass nur ein einziger Mensch dafür zuständig ist, diese vielen Wägelchen mit ihren großen Bügeln, an denen die seltsamsten Kleidungsstücke baumeln, aus dem Laderaum herauszufahren und über die schräg gestellte Rampe nach unten zu bugsieren. Es muss dies doch ein bedeutender Zeitgenosse sein, da ihm eine solche Aufgabe ganz allein zuteil ward ...

Mehrmals versucht Kottmüller, den Hinaus- und wieder Hineinflitzenden anzusprechen, doch dieser Künstler des Bekleidungstransports ist einfach viel zu schnell für ihn. So nimmt er die Gelegenheit wahr, als eine Gondel mit dunklen Anzügen ins Freie gefahren wird, den Fahrweg Richtung Ausgang zu verlängern, derweilen beschäftigt sich der Unermüdliche schon mit der nächsten Fuhre. In einem kühlen Durchgang kommen Ulf doch Skrupel, ob das nicht schlichter Diebstahl sei, und der ist sogar zu

Hause verboten: von Mett, von Wollschweinen, von Kornbrand. Sonst wird nichts gestohlen, Kleidung schon gar nicht, da alle das Gleiche tragen und alle ähnlich stinken.

Da ihn aber auch draußen, auf der helllichten Einkaufsstraße, niemand anspricht, was er hier treibe und ob er nicht gefälligst die Nobelanzüge zurückbringen wolle, bestärkt ihn dies in seiner Vermutung, sich keines Verbrechens schuldig gemacht, sondern eine Lücke in den Verordnungen genutzt zu haben: nicht verboten, aber auch nicht empfohlen, also eben möglich und darum auch mit ein wenig Eigeninitiative gut auszuführen. Während des Heimwegs, für den er eine volle Stunde braucht, obwohl er sich nur einmal verläuft, schweifen seine Gedanken weiter und berühren andere Gegenstände, so dass ihm nicht mehr recht bewusst ist, was er da neben sich herschiebt, als unvermittelt Petra Wicki vor ihm steht und aus dem Häuschen ist.

„Was machst du denn da? Spinnst du?"

So sehr ist Ulf durch Petras Erscheinung abgelenkt, dass sich ihm der Sinn ihrer Frage nicht erschließt. Er kämpft mit sich: Sie, die sich nachts in bescheidene Trainingsanzüge hüllt, um ihre Magerkeit zu verbergen, wagt sich in einem Kleid ans Tageslicht, das ihre fleischlosen Arme und Beine vollkommen unbedeckt lässt – nicht anders als bei den Gebrechlichen vor den Einkaufsläden. Außerdem sieht sie viel jünger aus als bei Dunkelheit, und das verschlimmert die Lage; bei aller Sympathie und Tadellosigkeit des Herzens: Ein solches Wesen kann er nimmer heiraten, keiner kann das von ihm verlangen.

„He, sprichst du nicht mehr mit mir?"

„Ich war einkaufen."

„20 Anzüge? Erzähl mir nichts."

„Ich hatte kein Geld bei mir."

Mit hastigen Bewegungen lotst ihn Petra in einen Hauseingang, hilft ihm sogar, die Kleidergondel die Stufen hinaufzuheben. Dabei erklärt sie ihm, dass er unweigerlich eine Strafanzeige erhalte, wenn er seine Beute um diese Zeit nach Hause brächte.

„Hier ist alles voller Kapos, denen es ein Vergnügen schafft, dich zu verpetzen."

Nach Mitternacht, wenn sich die Leute in den Clubs und Bars tummelten und kaum mehr jemand im Viertel unterwegs sei, da dürfe er gerne bei ihr klingeln und seine Anzüge abholen. Sie sieht zu ihm hinüber als erwarte sie etwas.

„Hast du dann wieder etwas Richtiges an?" Peinlich berührt blickt Ulf zur Seite.

„Bitte?"

Halb ärgerlich, halb amüsiert, bittet ihn Petra in ihre Wohnung und fragt ihn aus, wo er eigentlich herkomme, wer er überhaupt sei, ob er vielleicht unter einer psychischen Störung leide und so fort. Von der Wucht und Vielfalt dieser Fragen überfordert, nimmt Ulf die Einladung, sich auf den Küchenstuhl niederzulassen, nicht an, bleibt im Flur stehen und pendelt und bestaunt Einrichtungsgegenstände, deren Zweck ihm unergründlich bleibt. Nach einer Weile, während Petra von einem Freund erzählt, den Ulf aber nicht kennt, bittet er darum, wieder weggehen zu dürfen.

„Du bist ein schwerer Fall", seufzt Petra und öffnet ihm die Tür. „Aber heute Abend erzählst du mir was, ja?"

„Warum?"

Missmutig stampft Kottmüller durch den Park. Wie schnell doch in der Großstadt Beziehungen ihr Gesicht verändern! Eben noch hätte er viel gegeben, um die Gunst dieser Wicki, Petra vielleicht zu erringen; jetzt ist er ihr schon überdrüssig. Außerdem fühlt er den Zorn in sich kochen und schimpft er mit sich selber: Warum nur hat er sich die Herrenanzüge von ihr wegnehmen lassen? Hätte er sich doch zur Wehr gesetzt! Oh, es gibt wohl noch mancherlei, woran er sich anpassen, und anderes, wogegen er sich widersetzen muss, wenn er in dieser Stadt nicht untergehen will. Nur gut, dass ihm zum Vergleich die Erlebnisse des Onkels bekannt geworden sind; auch diesem war es anfangs ja nicht leicht geworden, sich zu behaupten ... und mit welch glänzenden Erfolgen konnte er schließlich aufwarten!

Kottmüllers Stimmung bessert sich durchaus nicht, als er durch das Uferwasser zu seiner Behausung watet. Gina-Lisa begrüßt ihn, wie es ihre Art ist; doch diesmal lässt er sie nicht von der Leine, sondern begibt sich geraden Wegs in seine Hütte. Kein Mett mehr da, nichts. Als er wieder heraustritt, weicht das Wollschwein vor ihm zurück – sollte auch Gina-Lisa während der Reise dazugelernt haben? Diese Furchtsamkeit, dieses geduckte Zurückschrecken vor ihrem Wegbegleiter seit so langen Tagen muss einem Gespür geschuldet sein, das die Wollschweine von Milben zu keiner Stunde je gezeigt hätten – zumindest seit ein paar Jahrhunderten nicht mehr. Der Hirte schwankt zwischen Unmut, durch den Hunger hervorgerufen, und zarteren Regungen, die dem engen Kontakt, den zahlreichen Erlebnissen geschuldet sind, die ihn mit seinem Schwein verbinden.

Durch den Türspalt beobachtet er Gina-Lisa.

Vorsichtig hat sie sich auf ihren Hintern gesetzt wie ein Hund und blickt ihn unverwandt an. Dabei zuckt ihr Rüssel immer wieder zu Boden, so, als wolle sie ihn zu etwas auffordern. Schluckt sie? Kottmüller weiß genau, was sie möchte: dass er sich verhält wie immer. Sich freundlich zu ihr niederbeugt, sie tätschelt, losmacht, irgendwohin schleppt, bettet – Hauptsache, dass er nicht mehr so grimmig vor sich hin stiert und im Geiste schon den Vorschlaghammer aus der Ecke holt. Unschlüssig wandelt er wieder ins Freie und bleibt im Hof stehen. Als ein Güterzug über die Brücke rumpelt, wendet er sich ab und tapert zu seinem Kantenstein hinüber. Dort setzt er sich nieder und wägt ab; ist es nicht eine unerlaubte Liebe zwischen ihm und seinem Schwein? Sollte er tun, was noch keiner getan hat, zu keiner Zeit, niemand?

Ausgerechnet er?

Es ist diese Geste, die es auslöst, die eine Geste. Endlich, nach einer halben Nacht Hungerschmerzen und Schlaflosigkeit und schlechtem Gewissen und Selbstzweifel, ist es über ihn gekommen. Wer wäre er denn, dass er, Kottmüller, ein Nichts, ein Verstoßener, der es zu nichts gebracht hat in der Fremde, sich zum Herrn über Gesetz und Gebot aufschwingen will? Was glaubt er denn, welches Privileg ihn bestimme, mit einer Gepflogenheit zu brechen, die seit Anbeginn gilt, mehr noch, die Grundlage ist für das Überleben, ja für die Existenz seiner Sippe – und damit auch für seine mickerige, vernachlässigbare Existenz?

Wohlüberlegt hängt er den Hammer ab.

Ein Furor überkommt ihn: Was ist denn ein Schwein? Ein Nahrungsmittel. Das Nahrungsmittel schlechthin! Überall werden sie gegessen, doch nirgendwo mit solcher Ausschließlichkeit, solchem Urhunger wie im Milbener Land; und dreht sich nicht alles um den Schweinsgenuss? Das zupackende Mümmeln beim Deute-Fressen, das hingebungsvolle Sich-Eingraben ins Mett, die Vorfreude beim Fest und das Nachglück, wenn man nebeneinander auf dem Acker hockt und sich erinnert, wie gut das war, was man da eben herausscheißt?

Kopfschüttelnd über seine vermaledeite Zaghaftigkeit, Verweichlichung, Memmenhaftigkeit schon nach ein paar Tagen Stadt, fühlt er neue Kräfte in sich emporsteigen und die konsequente Richtigkeit der Tat, jetzt, da er mühelos den Vorschlaghammer mit nur einer Hand nach draußen trägt, das Opfertier mit einem belanglosen Blick fixiert, harte, feste Schritte in die richtige Richtung setzt auf den knirschenden, seiner Mannesschwere nachgebenden Grund, sich in Positur bringt, den Hammer jetzt mit beiden Händen fest umkrallt, so ist es recht, so hält er gut ... und endlich kommt auch sie, die himmlische, die Freude aufs Mett, auf den Anblick der Gläser, wohlgeordnet im Wagen, und gleich ist alles wieder wie es sein soll, gleich ist er wieder ich!

Dann diese Geste.

Eine Bewegung, die das Wollschwein ausführt, mit der er nimmermehr gerechnet hätte. Denn wie sich Ulf hinter ihm aufbaut, den Hammer erhoben wie Gott Tod, im Begriff, ihn so wie er's gelernt hat auf das Schlachtvieh niedersausen zu lassen, da rückt Gina-Lisa ein winziges Stückchen zu ihm hin, stellt sich so, dass er es bestens treffen kann, preisgegeben, einverstanden, vielleicht dankbar für alles, was er zu seinem Wohle unternommen hat, und während sie sich so verschiebt, dass alles ihrem Lauf nehmen kann, genau so vorgesehen vor aller Zeit und ins Grundbuch der Erde eingetragen, da lässt sie, Gina-Lisa, ein wenig bloß, sei es aus Furcht vor dem Aufprall, sei es aus Gottergebenheit, ihr Köpfchen hängen, nicht viel, nur ein wenig, wie sonst, wenn sie abends müde wird und vielleicht noch einen letzten Happen –

Mit einem Laut, vor dem ihm selber graust, einem Klageschrei schleudert der Hirt seinen Hammer über den Hof, dass er ein Loch in die Wand reißt, bricht über dem Wollschwein zusammen, jammert und heult, schlägt sich gegen die Brust, ein wahnsinniger Büßer, umfängt sie mit beiden Armen, drückt sie an sich, so fest er nur kann, schmust mit ihr wie mit einer Verlobten, küsst ihre Stirn, ihren Hals, ihre Schnauze und kriecht vor ihr auf den Knien, ihren Rüssel umfassend und wimmert: „Bitte, bitte, mein Schweinchen, verzeih mir!", gefolgt von Schwüren und Küssen, niemals, zu keiner Stunde werde er ihr nach dem Leben trachten, im Gegenteil, er wird sie schützen bis zu seiner oder ihrer letzten Stunde, und dann nimmt er ihre Vorderhaxen und versucht mit ihr zu tanzen.

Während der gesamten Prozedur verhält sich Gina-Lisa merkwürdig unaufgeregt. Sie nimmt es hin wie jedes andere Naturereignis auch und Ulfs Verhalten kommt ihr einerseits wohl unverständlich vor, andererseits wie ein Spiel, auf jeden Fall und ganz eindeutig: Er ist ihr wieder gut, und Streicheln ist Streicheln. So legt sie sich denn nach einer Weile Abgeküsst-Werdens auf den Rücken, wie sie es manchmal macht, wenn sie sich im Schmodder wälzt, aber diesmal wälzt sich nicht sie, sondern der Mensch, ihr Begleiter, Beschützer und Freund: und zwar über sie hin, hält sie umfangen und bleibt so mit ihr liegen, bebend, und weil die Nerven so überreizt sind und es schon so spät ist und alles wieder in Ordnung, schlafen sie ein.

Als Kottmüller zu sich kommt, liegt Gina-Lisa schnorchelnd neben ihm. Das erhebende Gefühl, etwas Richtiges getan zu haben, eines Helden würdig, weicht binnen kurzem einer einzigen Wunschvorstellung: Essen. Nie zuvor hat er so lange nichts zu sich genommen; er wäre sich nicht einmal zu schade, jenes seltsame Menü zu wiederholen, das er zusammen mit Möhre und der Zingg in sich hineingewürgt hatte. Bilder gehen ihm durch den Sinn, darunter manche der vergangenen Tage: von den Auslagen der Geschäfte,

Obst, Brot, Brezeln, Tortenstücke; Würste und Schinkenplatten; dann Szenen hinter den Glasfensterscheiben der Restaurants, Suppe wird serviert, Kartoffeln, hochaufgeschichtet, dampfende Soße; schließlich die Heinis in ihren Anzügelchen, wie sie an ihm vorbeiquirlen und im Gehen ihre Münder in Tüten mit unbekannt duftenden Dingen schieben.

Ohne das geringste Bewusstsein davon, erhebt sich Kottmüller, strählt seine Haare zurück und tritt vor die Hütte. Es ist noch nicht Morgen, aber am Himmel deutet sich etwas an. Hilde Krieger schiebt sich wummernd gegen den Strom vor. Wo fände er etwas zu beißen: jetzt? Zu den Containern will er nicht gehen, dort säße Wicki, Petra vielleicht und baumelte mit den Füßen: „Warum kommst du nicht, deine Anzüge holen?" – Zum Hauptbahnhof? Das wäre immerhin eine Möglichkeit. Die Scheu vor überdimensionalen Gebäuden verliert sich ja mehr und mehr; vielleicht traut er sich sogar hinein? Doch an einer Kreuzung nimmt er den falschen Weg und treibt ab in eine Grünanlage. Neben jeder Bank sieht er eine Mülltonne stehen. Die meisten sind leer, und wenn etwas darin liegt, sind es Zigarettenpackungen, Heftpflaster, Papiertaschentücher.

So nähert er sich bekümmert einem Spielplatz, schwiemelig erhellt von einer grünen Peitschenlampe. Anlässlich einer Fahrt nach Gudensberg, Onkel Grund hatte ihn mitgenommen, warum auch immer, hatte man Ulf in jüngsten Jahren auch einmal an einem solchen Ort abgeladen – auf Anraten einer Marktfrau. Als der Onkel nach Stunden zurückkam, saß der Kleine immer noch am selben Platz auf der Wippe und verbiss sich die Tränen. Der Einfall, hin und her zu schaukeln, wäre ihm nicht gekommen. Die anderen Kinder hatten Angst vor ihm. – Auf der Rutschbahn hockt einer, ein Typ in einem orangefarbenen Overall, fürchterlich dürr wie eine Stadtfrau. Das Auffälligste an ihm ist sein schwarzer Bart, der auf der Brust spitz zuläuft. Gewohnt an das anonyme Gehabe der Städter, verzichtet Ulf auf einen Gruß, passiert den Sandkasten ... und ist umso erstaunter, dass er von dem Fremden angesprochen wird.

„Was treibt dich her?"

„Guten Morgen!“ Ulf würde gerne seine Kappe ziehen, aber er hat keine auf. „Danke, der Nachfrage, mein Herr, ich suche nach Nahrung.“

„Eine Tätigkeit, die man keinem Lebewesen verdenken kann“, imitiert der Bärtige Ulfs Redeweise.

„Es ist nämlich so“, fasst der Hungrige Vertrauen, „dass ich mein Schwein nicht geschlachtet habe, und jetzt sind die Mettgläser leer, und ich weiß überhaupt nicht, was ich essen soll.“

„Ein Schwein nicht zu schlachten, ist schon mal gut. Salzstange?“ Damit zieht der Mann den Reißverschluss seiner Brusttasche auf und reicht Ulf eine angebrochene Packung herunter.

Beglückt greift dieser hinein, zieht bis auf die zerbrochenen sämtliche Salzstangen heraus und schiebt sie sich auf einmal in den Mund. „Die kenne ich schon“, mampft er weltmännisch, „ausgezeichnete Ware. Man wird aber nicht satt, wenn man nicht alle auf einmal ist.“

„Jetzt habe ich selber keine mehr“, stellt der Mann auf der Rutschbahn fest, unangenehm berührt von Ulfs mangelnden Manieren.

„Das stimmt“, gibt Kottmüller zu. „Sagen Sie, Sie scheinen sich hier besser auszukennen als ich ... Haben Sie eine Ahnung, wo ich Mett bekommen könnte?“

„In einer Metzgerei?“

„Sicher, ja. Aber es verhält sich so: Ich habe kein Geld, und ich esse nur Mett von Wollschweinen.“

Warum der Fremde lachend herausprustet und den Kopf schüttelt, erschließt sich Kottmüller nicht. Allerdings, das Kopfschütteln in Verbindung mit seiner Person, das ist ihm schon öfter vorgekommen.

„Ein erlesener Geschmack, alle Achtung! Frag doch mal da die Straße runter, an der Ecke, das ist noch ein echter Metzger. Schlachtet nicht mehr selbst, aber verarbeitet alles im eigenen Betrieb.“

„Es ist nämlich so ...“ Ulf hat das Gefühl, etwas erklären zu müssen. „Wo wir wohnen, da gibt es nur Wollschweine, daher kenne ich nichts anderes, und es schmeckt mir auch nicht.“

„Dein Schwein hast du nicht geschlachtet, aber andere würdest du essen?"

„Ja klar."

Der Bärtige streckt sich und schickt sich an, die Rutschbahn langsam herunterzusteigen. „Wo kommst du her?"

„Weit aus dem Norden. Da lebt meine Sippe. Aber ich soll hier sein, um eine Frau zu finden, und dann muss alles besser werden, heißt es."

„Deine Sippe? Quam olim Abrahae promisisti et semini eius ...", murmelt der Mann und verabschiedet sich. „Viel Glück. Ich muss nach Hause. Die Kinder sollen in die Schule."

Ulf streckt ihm die Hand hin: „Essen Sie doch auch was? Sie sind so dünn."

„Sei mir nicht böse, ich gebe keinem die Hand. Ich esse auch was, versprochen, zum Frühstück ein Ei, aber keine Schweine, wenn du verstehst."

„Klar, versteh ich", lügt Ulf und verlegt sich aufs Zuwinken.

Als der Fremde den Spielplatz schon verlassen hat, ruft er ihm hinterher: „Danke für die Salzstangen!"

Ermutigt von dieser Erfahrung, macht er sich auf, den Hauptbahnhof zu suchen. Immer sind Lautsprecherdurchsagen zu hören, also muss er doch in der Nähe sein. Doch wiederum wählt er die falsche Richtung und kommt an dem Park nahe seiner Behausung heraus. Da sein Hungergefühl augenblicklich eingedämmt ist, entschließt sich Ulf, noch ein paar Stündchen bei Gina-Lisa auszuruhen. Später will er sich zu dieser Metzgerei mit dem echten Metzger aufmachen. – Das Schwein döst nach wie vor an derselben Stelle, wohl erschöpft von jenen schicksalhaften Ereignissen. Ulf kuschelt sich zu ihr, brummelt noch einmal: „Entschuldigung!", und unter Spekulationen, was unechte Metzger sein könnten, schlummert er ein.

Unternehmungslustig wie lange nicht, macht sich Kottmüller noch an dem selben Vormittag auf, um Olim Abrahams Hinweis zu folgen. Er hat nicht alles verstanden, was der Bartträger vor sich hin brabbelte, aber immerhin den Namen hat er sich gemerkt: Ein klangvoller Name, so wie ihn Leute zu führen belieben, die von weither kommen. – Zuerst muss Ulf sich aufhübschen: Während er in einem Altkleidersack, den er kürzlich mitgehen ließ, herumwühlt, fühlt er ein nie gekanntes Selbstbewusstsein in sich emporsteigen; muss er nicht stolz sein auf sich und seine Handlungsweise, Gina-Lisa großmütig zu verschonen? Vielleicht ist es auch nicht Stolz, was er empfindet, sondern eher Erleichterung. Außerdem fühlt er sich gehoben von der Erkenntnis, wie leicht es ihm fällt, in der Fremde Freundschaften zu schließen: eben noch Petra Wicki, jetzt schon den Olim. So viele neue Kontakte hat er zu Hause über Jahre nicht geknüpft!

Mal abwarten, wie lange der Olim hält.

Unzweifelhaft ist dies ein gebildeter Mensch. Nicht allein seine Fähigkeit, aus dem Stand Unverständliches daherzureden, auch dieser hohe geographische Kenntnisstand zeugt davon. Denn ohne auch nur einmal in die Irre zu laufen, steht Ulf direkt vor der „Spezialitäten-Metzgerei“ von Johann Sobirski. Im Schaufenster betrachtet er ausgiebig sein äußeres Erscheinungsbild und ist's zufrieden: Mit der ersten Jeans seines Lebens, die er zweimal umkrempeln musste, und dem weitgeschnittenen T-Shirt, auf dem in blassroter Schrift „Mein Freund ist Offenbacher“ zu lesen steht, wirkt er schon fast, als sei er in F. aufgewachsen.

Ulf muss nachdenken, wie er seine Worte am besten setzt. Anzunehmen, dass er nur einen Versuch hat; wird seine Bitte abgeschlagen, schrumpft das mühsam angesparte Selbstvertrauen vermutlich im Augenblick in sich zusammen. Die Oberkörper zweier Kunden schweben durch den Laden, die Unterteile werden von der Werbung, die ein Schwein mit Essbesteck im Rücken für sich selbst übernimmt, größtenteils zugedeckt. Die Reklame gibt Ulf zu denken; wäre dergleichen wirklich vorstellbar, dass jemand andere Leute animiert, an einem herumzuschneiden, mit dem Endzweck der vollständigen Einverleibung? Eine Kundin verlässt die Metzgerei, eine weißlich-transparente, knisternde Tüte in der Hand. Es duftet nach etwas Unbekanntem, aber so gut, dass die Hungerkrawalle in seinem Magen umstandslos von Neuem losbrechen.

Seine Worte ein letztes Mal im Geiste wägend, bringt sich Ulf in Positur. Da betritt ein Bauarbeiter das Geschäft, und wieder muss er warten. Endlich hat sich der Laden geleert und verschämt wie nur je ein Bittsteller, quält sich Ulf die drei Stufen hinauf. Im Laden ist niemand zu sehen. Auch kein Metzger. Das gibt dem Neukunden die Gelegenheit, das Angebot zu sondieren: Eine verblüffende Vielfalt von Würsten, teils schon in Scheiben geschnitten, fällt ihm zuerst ins Auge. Daneben die Innereien kennt er gut – nicht unbedingt sein Lieblingsessen, aber alles zusammengekocht und mit Essig gewürzt, wäre auch das jetzt hochwillkommen. Der Fleischdunst steigt ihm in die Nase. Ihm wird so flau, dass er überlegt, ob es für den Moment nicht das Beste wäre, sich was auch immer unter den Arm zu klemmen und damit aus dem Laden zu flitzen. Doch etwas Großes sollte es schon sein, woran er lange hat. Ruhelos wandert sein Auge von Schinken zu Schinken, die an der Decke aufgereiht sind.

Als die Fleischereifachverkäuferin, an ihrer Schürze herumwischend, mit breiten Schritten hinter die Theke zurückkehrt, entfährt Ulf ein Geräusch, wie er weder von sich noch von jemand anderem je eines vernommen hat. Verdrossen schaut sie auf ... und er erblickt das Wundervollste, Segensreichste, was diese Welt für ihn zu bieten hat: diese niedere Stirn; dieser souveräne Verzicht auf eine Frisur – ganz wie bei ihm; diese kokette Boshaftigkeit in der Mimik; und schließlich: diese spitz zulaufende, aufgeblähte, rote, grobporige Geiernase! Als sie ihm dann noch ein rotziges: „Was!?" entgegenknoddert, kann er sein Glück nicht fassen: Er ist wieder zu Hause, im Himmel der Heimat!

In der Aufregung gelingt es ihm natürlich nicht, sein Sprüchlein so vorzubringen, wie es sonst der Fall gewesen wäre.

Mit hochgezogenen Brauen hört ihn die vierschrötige Verkäuferin stammeln: „Ich Mett! Nein, ich, Gnädigste ... mein Begehr, verzeihen Sie mir, ich bin so überwältigt ..."

„Was wolle Sie dann?"

Der Klang ihrer Stimme, so unwirsch und roh, so ohne alles Mitgefühl, einzig und allein dazu geschaffen zu bellen, zu herrschen, zu unterdrücken – Ulf muss sich sammeln. In diesem Augenblick betritt eine ältliche Dame die Metzgerei, und ohne zu zögern, wendet sich seine Fruchtbarkeitsgöttin der Stammkundin zu. Hin und her schwankt Ulf zwischen der Erregung, ausgelöst vom Auftritt der Verkäuferin und einer kaum zu bezähmenden Gier, sich auf der Stelle zu sättigen. Alles, was die Holde mit der Gabel aus den silbern schimmernden Wannen heraushebt, verfolgt er genau: den Leberknödel, drei Scheibchen von einer mattrosa schimmernden Wurst mit grünen Stücken drin, vier Scheibchen von einer rötlichen mit Bärenmuster, zwei Scheiben, nein, doch lieber drei von einer ganz ohne Verzierungen und dann noch ein Kotelett und noch einmal fünf Scheiben von einer Wurst mit kleinen weißen Punkten ...

Der Vorgang des Bezahlens nimmt so viel Zeit in Anspruch, dass Ulf sein Auge noch einmal ausgiebig auf der jungen Frau mit Schürze ruhen lassen kann. Wie mag sie wohl heißen? Ursel? Wo stammt sie wohl her? Am Ende gar aus seiner eigenen Gegend? Vielleicht eine Urenkelin des sagenhaften Cyriakus? Als nach Minuten über Minuten das Mütterchen endlich den Laden verlässt, ist Ulf wieder das alleinige Ziel der Aufmerksamkeit seiner Angebeteten.

„Was jetzt?"

„Mett. Ich möchte Mett. Sie müssen entschuldigen, ich bin es nicht gewohnt, bitte sehr, unter den Augen einer solch erhabenen Schönheit Wünsche vorzubringen ..."

„'naus!"

Hingerissen vom vertrauten Klang ihres Rufs, von der finsteren Würde der Geste des emporgerissenen Arms mit auf die Tür weisendem Zeigefinger, folgt der Kunde prompt dem Befehl. Doch im Eingang muss er noch einmal stehenbleiben und sich umwenden, sehnenden Blickes.

„Wann du jetzt net so-fort machst, dass du fortkommst ...!"

„Ist es wirklich wahr? Hab ich das eben selbst erlebt?", fragt sich Ulf, als er, selig schmunzelnd, am schmausenden Bauarbeiter vorüberstolpert und auf der anderen Straßenseite Aufstellung nimmt. Über Minuten kann er seine Gedanken nicht ordnen; weder vermag er wieder hinein- noch wegzugehen. Da kommt ihm ein Kleintransporter zu Hilfe, der vorm Metzgerladen schräg auf den Bürgersteig holpert. Falls die Auserkorene Missfallen an Ulfs

Penetranz gefunden haben sollte, stur auf der anderen Straßenseite stehenzubleiben, es steht jetzt ein Laster dazwischen. Ein Schauspiel folgt, das ihn sogleich in den Bann zieht: Ein stämmiges, in Weiß gekleidetes Männchen, nicht höher gewachsen als er selbst, öffnet die Flügeltüren an der Wagenrückseite und hebt zwei Tierhälften heraus, klemmt sie sich vermittels einer fabelhaften Technik unter die Arme und schiebt sich seitwärts durch das Hoftor neben der Metzgerei.

Der Vorgang wiederholt sich. Beim dritten Mal hält es Kottmüller nicht länger aus; ohne auf den Verkehr zu achten, überquert er die Straße.

Als der Fleischarbeiter zurückkehrt, spricht Ulf ihn an: „Bitte entschuldigen Sie, ich möchte Sie nicht in Ihrer faszinierenden, überdies mit, wie ich sagen möchte, ausgesprochenem Geschick ausgeübten Tätigkeit stören, aber ..."

„Doch, du störst."

„Sind die schwer?"

„Sind sie."

„Darf ich mal heben?"

„Wozu?"

„Ich könnte Ihnen helfen."

„Dazu bräuchtest du Schutzkleidung."

Mit einem Blick, über dessen Wirkung sich Ulf erst viel später bewusst werden wird, sieht er den Tierhälftenträger liebbittend an und streckt seine Arme vor. Es folgt das übliche Kopfschütteln, dann aber greift der Facharbeiter tatsächlich in ein Seitenfach und zieht einen Kittel und Gummihandschuhe hervor. Wie ein Kind morgens vor der Schule lässt sich Ulf hineinhelfen und kichert leise dabei.

„Du bist aber nicht irgendwo ausgebrochen oder so?", greift sich der andere an die Stirn, doch bevor Ulf antworten kann, hat man ihm schon zwei halbe Tiere aufgeladen. So kalt hat er es noch nie unterm Arm gehabt; ein bisschen glitschig fühlt sich das an, gar nicht wie ein Säugetier.

Ulf bleibt stehen, die Schweinehälften unterm Arm.

„Ganz schön schwer, wie?"

„Nee."
Ungerührt wartet Ulf ab, was er tun soll.
„Dann schlepp sie halt rein."
Damit fasst der Lieferant nochmals zwei Fleischstücke unter, diesmal sind es Keulen, und humpelt voran in den Hof, wo es nach Blut riecht, dann weiter ins Kühlhaus.
Dort steht der Metzger.
Er befestigt eine Schweinshälfte am Haken und hebt seinen Kopf ruckartig: „Neuer Lehrling?"
„Das wäre eine glänzende Idee!", ruft Ulf begeistert. „Danke, ja! Ich möchte jetzt Tierhälftenträger werden."
Der Metzger und der Fahrer wechseln vielsagende Blicke. Ulf, der auf eine Entgegnung wartet, vernimmt ein: „Uff!" und ein: „Oje!", schon verlassen sie Kühlhaus und Hof.
Als er von Neuem zugreifen will, vernimmt er zu seiner Enttäuschung: „Fertig für heute."
Sogleich macht sich Ulf daran, Handschuhe und Kittel wieder auszuziehen, aber der Fahrer unterbricht ihn: „Kannste behalten."
Damit schlägt er die Hecktüren zu, eilt nach vorne und fährt unvermittelt los. Wie so oft dauert es ein Weilchen, bis Ulf registriert, was vorgegangen ist; so bleibt er auf dem Bürgersteig vor der Metzgerei stehen, grübelt, kommt aber zu keinem Ergebnis. Und das ist gut – denn kurz darauf geschieht ein Wunder, ein wahres Wunder, dessen Zeuge Ulf wird, und er ist nicht nur Zeuge, er ist auch das Zielobjekt, an dem das Wunder verübt wird. Ohne etwas zu äußern, öffnet die Fleischereifachverkäuferin die Ladentür, tritt zu ihm hinaus und überreicht ihm ein Tütchen: genau so eins wie der Bauarbeiter es davongetragen hat. Sekunden später ist sie wieder in der Metzgerei verschwunden.
Diesmal bleibt Ulf nicht stehen.
Einem Impuls folgend, uraltem Drang, das Erlegte in Sicherheit zu bringen, zieht es ihn zu einer Bushaltestelle, wo er sich auf das von Taubenkot verkrustete Wartebänkchen niederlässt. Den Duft aus der Tüte kennt er schon: Es ist der gleiche wie vorher beim Bauarbeiter. Vorsichtig schlägt er das Plastik zur Seite und zieht ein Päckchen hervor. Aus dem präzise gefalteten cremefarbenen

Packpapier leuchtet etwas hervor, dessen Goldglanz ihn sprachlos macht. Gleichzeitig vervielfacht sich der Duft, und Unmengen Speichel fließen in Ulfs Mund zusammen.

Sein erstes Fleischkäsebrötchen.

Eben noch entschließt er sich, diesen unermesslich wertvollen Schatz aus lieber Hand für immer unangetastet zu lassen, da beißt er schon mit Vehemenz hinein, die Augen geschlossen, glücksgrunzend und überwältigt von diesem heißen Saft, der ihm über den Gaumen läuft und belebend in den Rachen rinnt, von der überirdischen Weichheit und Wärme und Würze des Fleischkäses, untermalt von diesem Senf, nicht zu viel, nicht zu wenig, sondern mit höchstem Sachverstand portioniert, und er will es nicht begreifen, wie es sein kann, dass etwas zugleich hart und sanft ist wie die Kruste des Brötchens, denn er kennt nur das dumpfe Brot der Heimat, dessen kloßartige Konsistenz niemanden erfreut, nur dazu da, eine Unterlage fürs Mett zu bilden. Nun, das lässt sich nicht vergleichen, die uralt gewohnte Mahlzeit mit der raffinierten Großstadtspeise, doch Ulf muss sich eingestehen, dass ihn zum ersten Mal seit seiner Abreise etwas geschmacklich vollauf überzeugt – dabei stammt es doch aus einer anderen Weltgegend!

Nun verhält es sich ja leider so, dass wir vieles, was uns eben noch einzigartig und kostbar vorkommt, im nächsten Augenblick schon wiederholen wollen, um, wenn möglich, eine noch größere Portion zu bekommen, sei es Liebe oder Fleischkäse oder eben beides zusammen. Schneller als er erwartet, wandelt sich Kottmüllers Stimmung von Dankbarkeit in Gier. Aber was soll die verehrte Verkäuferin von ihm denken, wenn er sogleich wieder vor sie hintritt mit einem schnöden: „Ich will noch eins!“. Statt sitzen zu bleiben und fromm den Nachhall zu genießen, stürmt er davon, ohne Richtung, getrieben von unbewältigtem Genuss. Stieren Blickes biegt er in eine dieser Ausfallstraßen, voller Verkehrslärm und Hektik. Es ist Mittagspause, vor den Bäckereien und Imbissbuden stehen Arbeitsmenschen, schmausend und plaudernd und insgeheim wünschend, es wäre schon Feierabend. Zwei Herren mit exakt gleichen Schlipsen fallen Kottmüller auf, die sich soeben an einem Stehtisch installieren. Der Erste hat eine große weiße Schale neben sich stehen, während der Zweite noch auf ihn zu balanciert.

„Vorsicht, heiß und fettig!"

Eine solche Fingerfertigkeit hätte sich Kottmüller nicht zugetraut. Derweilen hinter ihm alsbald Erstaunenslaute die Luft erfüllen: „Huch!" – „Das gibt's doch nicht!", „Wo hab ich denn ...", hat er die größte Mühe, dass ihm im Gehen nichts über die Finger schwappt. Geduckt trägt er das Diebesgut hinter eine Litfaßsäule. Dort hält er inne. Sogar der Plastiklöffel steckt noch drin! Da steigt ein Triumphgelächter in ihm auf: So einfach geht das also? Wenn er das vorher gewusst hätte! Zwei Straßenzüge weiter lehnt er sich an eine Hauswand und beginnt mit Hingabe zu futtern, kauend mit offenem Mund, der Hitze der Speise wegen, aber auch, um jede Nuance voll auszukosten. Es ist dies seine erste Erbsensuppe überhaupt; mehr noch als diese cremige Masse mit den heißen Kartoffelstücken begeistern ihn die Fleischwurstscheiben. Nach und nach, so hat es den Eindruck, wird er zum Kenner der lokalen Hochküche.

Zurück bei Gina-Lisa, breitet Kottmüller seine Jacke auf dem Boden aus und legt sich zum Mittagsschlaf nieder. Aber heute findet er keine Ruhe; das Erlebte erfüllt ihn mit so vielen Hoffnungen und Plänen zugleich, dass er sich sofort wieder erhebt und zu seinem Kantenstein hinübertrottet. Wolfgang Krieger tuckert vorbei. Zuallererst, das ist mal sicher, wird er sich bei Olim bedanken; ohne diesen, den Findigen, hätten sich alle die glänzenden Aussichten niemals eröffnet. Außerdem wäre dies wohl eine Gelegenheit, eine Handvoll Salzstangen zu ergattern, um die Zeit bis zum Vormittag zu überbrücken. – Pünktlich findet sich Kottmüller ein, doch Olim Abraham bleibt an diesem Morgen aus. Unschlüssig, ob er sich schon vor der Metzgerei postieren oder Gina-Lisa noch ein wenig Gesellschaft leisten soll, klettert Ulf auf die Rutschbahn. In einem Akt von Übermut lässt er los und gleitet in die Tiefe – schon wieder ein neues Erlebnis! Dieses immerhin kann er so oft wiederholen, wie er möchte, also rutscht er ein Stündchen lang mit niemals nachlassendem Eifer.

Der Vormittag sieht den angehenden Tierhälftenträger erneut vor dem Metzgerladen Aufstellung nehmen, doch auch hier stellt sich kein rechter Erfolg ein. Allerlei Kundschaft sieht er die Stufen hoch- und wieder heruntersteigen, aber es fährt kein Transporter vor. Kurz vor Mittag reißt die Verkäuferin die Tür auf und steuert auf Ulf zu: „Sag mal, was machst du hier die ganze Zeit? Was sollen des?"

„Ich warte auf den Transporter", antwortet Ulf schüchtern.

„Der kommt heut net."

„Wann kommt der denn?"

„Montag und Donnerstag."

„Und was ist heut?"

„Ihr liebe Leut! Dienstag."

Ulf möchte sich bedanken: für die Information, für die Erklärungen und für die Mühe, nur seinetwegen den Laden verlassen zu haben, vor allem aber für das göttliche Brötchen gestern ... aber bis er sich entschließt, hat sie die Straße bereits überquert.

Ulf ruft ihr hinterher: „Wie heißt du?"

Erbost winkt sie ab.

Noch einmal nimmt er allen Mut zusammen und schreit doppelt so laut über die Straße: „Wie heißt du, schönes Kind?"

Wütend fährt sie herum, keift: „Hilke!" und zieht die Tür fest hinter sich zu.

Hilke ... Hilke! Vor Freude hüpft Ulf auf und ab. Passt dieser Name nicht wundersam zu dieser Erscheinung? Ist es nicht der bezauberndste Name, der jemals vernommen wurde? Eine Wärme durchströmt ihn, als hätte er fünf Fleischkäsebrötchen gegessen. Hilke! Es muss ein von kosmischen Kräften auserwählter Moment gewesen sein, als die Eltern dieses reinen Geschöpfes just diesen Namen aussuchten – gelobt sollten sie sein in Ewigkeit! Ulf sieht sich im Kreise der Familie sitzen, beim Verlobungsmahl, und es wird Mett geben, das beste Mett auf der Welt, und in der Mitte der Tafel soll zu Hilkes Ehren und zum feierlichen Gedächtnis der Liebesgabe, des ersten sichtbaren Moments ihrer Zuneigung, eine Silberplatte mit drei Dutzend kunstvoll geschichteten Fleischkäsebrötchen stehen.

Kottmüllers zweites Berufsleben beginnt an einem Donnerstag. Ordentlich in Schutzkleidung verschnürt, erwartet er den Kleinlaster. Als das hurtige Männchen schließlich vorfährt, steht Ulf schon bereit und hält seine Hände geöffnet, um die Tierhälften in Empfang zu nehmen.

„Du schon wieder?" Auf dem Antlitz des Lieferanten dominiert Verwirrung; Ärger und Belustigung sind aber auch dabei.

Seufzend wuchtet er dem Freiwilligen die erste Ladung auf. Als Ulf zum dritten Mal ins Kühlhaus steuert, begegnet er Hilke, die ein halbes Dutzend Fleischwurstringe überm Arm trägt.

„Nee. Ich glaub's net."

„Guten Morgen, schönes Kind!" Ulf, die Schweinshälften unterm Arm, strahlt so gewinnbringend, dass die Fleischereifachverkäuferin ein winziges Schmunzeln nicht vermeiden kann.

„Machst du Karriere?"

„Ich werde jetzt Tierhälftenträger."

„So, so."

Zu seiner Überraschung bekommt Ulf nach Beendigung der Tätigkeit vom Fahrer einen Schein in die Hand gedrückt. Er starrt das Geld an und weiß nichts zu erwidern.

Aber dem anderen fällt etwas ein: „Sag mal, kann das sein, du suchst einen Job oder was?"

„Ja, ich möchte Tierhälftenträger werden!", gibt Ulf wahrheitsgemäß kund.

Noch einmal seufzt sein Gönner und schüttelt den Kopf: „Hast du ein Auto?"

Ulf verneint.

„Fahrrad?"

„Noch nicht. Ich weiß nicht, wie man ..."

„Da kommst du morgen um sechs Uhr früh hierher. Ich hol dich ab."

Kaum je zuvor hatte Ulf den Impuls verspürt, jemanden zu umarmen; jetzt kann er sich nur mühsam zügeln. Während er dem Kleinlaster nachschaut, bemerkt er, dass Hilke im Eingang steht.

„Ich werde jetzt Tierhälftenträger!"

„Das hast du schon mal gesagt."

„Diesmal stimmt's. Kriegt man dafür Mett?" Ulf hält den Geldschein in die Höhe.

„Des heißt Hackfleisch. Dann komm halt."

Ulf muss sich beherrschen, als er Hilke betrachtet, wie sie mit Wucht den Schaber in die Mettmasse bohrt und drei Portionen auf das Papier auf der Waage hievt. Stimmt das oder ist es ein Wunschbild, dass sie nach dem Wiegen noch einmal einen Klacks dazugibt? Ulf bezahlt, wiederum ein erstes Mal. Seine Gedanken sind mit Vorahnungen beschäftigt: Wie wird dieses Mett wohl schmecken? Es ist viel röter als daheim, aber es riecht recht ähnlich; es kommt ihm auch weicher vor, aber Hauptsache Mett. Unter solchen Erwägungen verlässt er den Laden, ohne sich von Hilke zu verabschieden. Mett lenkt eben ab. Auf der Straße kann er sich nicht beherrschen, sofort Zeige- und Mittelfinger durch die Packung zu schieben und zu kosten.

„Nicht übel!", jubelt er in den Vormittag.

Ein Mütterchen auf dem Weg in die Metzgerei scheint ihn für einen Handwerker beim zweiten Frühstück zu halten und nickt ihm zu. Den Rest will er sich für den Abend aufheben und endlich wieder sein Leibgericht zu sich nehmen: Kornbrand mit Mett. Doch immer wieder im Verlauf des Tages greift er in die Tüte, so dass zur Hauptmahlzeit nicht mehr viel davon übrig ist. Gina-Lisa scheint bekümmert. Ja, er vernachlässigte sie zuletzt. Aber soll er denn seine gesamte städtische Existenz nur nach ihren Bedürfnissen ausrichten? Immerhin hat er ihr Leben verschont, das soll erst einmal genügen.

Am nächsten Morgen leint Kottmüller das Schwein an der Hofmauer an, tätschelt es beiläufig und schiebt sich an den Bio-Tonnen vorbei, die mittlerweile doppelreihig vor der Mauer stehen. Noch einmal lenkt er seine Schritte zum Spielplatz. Diesmal hat er Glück: Der Hinweisgeber hockt auf der Rutschbahn und raucht.

„Olim!", ruft Ulf schon von Weitem, „Olim Abraham, du bist der Größte!"

Ulf bemerkt nicht, dass der morgendliche Spielplatzstammgast für seine Erzählungen zunächst wenig Interesse aufbringt. Die

Antworten sind einsilbig; eine neue Zigarette bekommt mehr Aufmerksamkeit geschenkt. Schließlich verheddert er sich bei der Beschreibung des goldglänzenden Fleischkäsebrötchens und bleibt stecken.

„Warum sitzt du hier?“ Freimütig blickt Ulf zu Olim hinauf und nickt aufmunternd.

Diese Frage hat der Nachtwandler nicht erwartet. Anfangs widerwillig, dann zunehmend offenherzig berichtet er, vor ein paar Jahren sei er aus Syrien gekommen, Arzt von Beruf, wohne beengt bei einer Frau, die ihn nicht mehr lieben könne, kümmere sich tags, wenn sie arbeitet, um deren Kinder und halte es nachts in der Wohnung nicht aus. Leider sei es ihm untersagt zu arbeiten, auch davon werde man unzufrieden. Außerdem fehle es an Perspektiven und Familie; seine Eltern und Geschwister habe er weiß Gott wie lange nicht gesehen.

Einem Impuls folgend, sagt Ulf das einzig Richtige: „Das tut mir aber leid.“

„Komm mich doch mal besuchen“, schlägt Olim vor. „Nachmittags bin ich meistens alleine.“

Ulf ist angerührt von der Vorstellung: „Ich hab noch nie jemand besucht.“

Bevor er zur Metzgerei aufbricht, erhält er ein Kärtchen mit der Adresse. Ob er da wirklich hingeht? Schon der heutige Dienstantritt fordert die Entwicklung seiner geistigen Biegsamkeit beträchtlich. Aber der Weg durch die Morgenstraßen, in denen tatsächlich Bäume mit pfeifenden Vögeln drin stehen, übt einen unverhofften Reiz auf ihn aus; wie mag es sich anfühlen, auf einem dieser bepflanzten Balkone ein Frühstück einzunehmen? Vielleicht leben diese Leute gar nicht so grundelend wie er bislang angenommen hat? Auch die anderen, die mit den Pappbechern und den Papiertüten, aus den Bäckereien in die Frühsonne hinaustretend, findet er heute nicht mehr ganz so befremdlich.

Die beschwingte Stimmung endet vor der Spezialitäten-Metzgerei Sobirski. Dabei hatte sich Ulf seit gestern Vormittag auf den Moment gefreut.

Aber Heiner schreit ihn aus dem Wagenfenster an: „Um sechs, hab ich gesagt, um sechs!“ Und legt nach, als sich Ulf auf den Beifahrersitz quält. „Das ist kein guter Einstieg, mein Freund. Anschnallen.“

Verschüchtert von diesem Aufbrausen, getraut sich Ulf nicht zuzugeben, dass er gar nicht weiß, wie er mit diesem Gurt verfahren soll ... und außerdem hat er Probleme mit der Uhr. Schon immer! Mit den Augen fährt er die Schlaufen bei seinem Gegenüber nach und imitiert schließlich, wie der andere sich den Gurt umgeschnallt hat; unterm Arm festklemmen muss auch mal reichen.

Um Heiner wieder friedlich zu stimmen, beginnt er zu erklären, dass er an diesem Morgen unbedingt bei diesem Olim vorbeischauen musste: „Ich wollte mich nämlich bedanken, weil ...“

„Nicht nötig, schaff lieber was.“

Ulf lässt das Missverständnis unaufgeklärt.

Da Heiner keine Anstalten macht, heute noch ein Wort mit ihm zu sprechen, verlegt sich Kottmüller aufs Aus-dem-Fenster-Starren. Allmählich gelingt es ihm, in diesem Wimmelbild eine gewisse Ordnung zu erkennen; aus dem hektischen Ineinander vereinzelter Tätigkeiten wird bei längerem Hinsehen tatsächlich eine Abfolge bestimmter Sinneinheiten. So laufen diese Schulkinder gar nicht immer zwischen Haustür und Ampel hin und her, sondern überqueren wahrhaftig die Straße. Oder die Alte mit der Sporthose, die so ein Wägelchen wie die Zingg vor sich herschiebt: Die ruckelt nicht nur auf und ab, immerzu, immerzu, sondern bewegt sich fort, langsam, langsam, um schließlich in der Einfahrt eines Geschäfts mit Gemüseauslage zu versinken.

Nach etlichen Minuten ändert sich das Stadtbild. Die Menschen schwinden zurück hinter die Glasscheiben, jetzt gibt es nur noch Benzinfahrzeuge unterschiedlicher Größen sowie dazugehörige Garagen und Straßen über Straßen. Als es aus der Stadt hinausgeht, geht es doch nicht aus der Stadt hinaus; wieder und wieder nehmen sie eine Fahrstraße, einen Abzweig, einen Kreisverkehr. Zum ersten Mal sieht Ulf Bau- und Gartenmärkte, Tierfutterbedarf für ganze Kontinente, Festhallen voller Schuhe, die so günstig sein müssen, dass man sich wundert, warum überhaupt noch welche drin sind.

„Mir wird schlecht", gibt Kottmüller wahrheitsgemäß Auskunft; das Geruckel ist er nicht gewöhnt.

„Schluck's runter", herrscht ihn Heiner an, offensichtlich immer noch nicht besserer Laune.

Aber dann biegt er schon in eine Zufahrt ein, wo sie von einem Wortlosen in weißer Uniform kontrolliert werden. Heiner fährt durch die Schranke und reicht einem weiteren Uniformierten einen Zettel. Der nimmt ihn entgegen und verzieht sich, ebenso reaktionslos, in eine metallisch in der Morgensonne funkelnde Halle. Diese schweigenden Funktionsabläufe erinnern Ulf an die landwirtschaftliche Arbeit zu Hause, wo auch nie jemand etwas sprechen muss, vom Morgen bis zum Mittag nicht, es sei denn, man hat einem die Leiter in den Bauch gerammt, wird infolgedessen beschimpft, und es kommt zu einer Klopperei.

Hier schimpft nicht mal einer.

Während sie warten, zündet sich Heiner eine Zigarette an. Ein paar Züge lang hält Ulf das aus, dann öffnet er hastig die Tür und kotzt auf den Asphalt.

„Bist du noch ganz sauber oder was?", kreischt ihn sein Vorgesetzter wieder an.

„Jetzt ... nicht mehr", schnippt Ulf einen Brocken von seiner Hose. „Ich hab doch gesagt, mir ist schlecht." Dann kotzt er weiter.

„Wenn das so weitergeht, war dein erster Tag dein letzter."

Ulf zuckt mit den Schultern. So schlimm wäre das nicht; auf diese Art kann ja kein Mensch leben: dermaßen geschockelt. Aber es kommt anders, und dafür ist nichts als sein Fleiß verantwortlich, gepaart mit dieser eingeborenen Sturheit. Denn bis zum späten Nachmittag wird er ungerührt Tierhälften, Keulen, Köpfe, Wannen voller Wurst und noch andere, meist in Plastik verschnürte Lasten tragen, in immer gleichem Tempo, nimmer ermüdend, klaglos in Kühlhäuser hineinschleppen. Selbst als sie bei Hilke eintreffen, bleibt Ulf in seinem Trott und grüßt nicht. Doch genau das gibt den Ausschlag: Es entgeht ihr nicht seine stoische

Haltung, es gefällt ihr seine Wortkargheit, sie beachtet seinen tappenden Gang, so dass, unbemerkt vom neuen Hilfstierhälftenträger Kottmüller, ein Blick ihm nachgesandt wird, nicht zärtlich, das nicht, doch immerhin abwägend, ein Interesse signalisierend: vielleicht wäre das einer ...

Ein anderer Blick ist es, der Ulf den Nachmittag und den Abend über beschäftigen wird. Um Nachschub zu holen, sind sie noch einmal an den Stadtrand hinausgeholpert. Kurz nachdem er sich zum dritten Mal heute erbricht, öffnet sich das Rolltor zu einer der Hallen des ausgelagerten Fleischverarbeitungszentrums; ein Gabelstapler, vollgeladen mit Fleischpaletten, wird herausgefahren, und für Sekunden sieht Ulf ins Innere der Fabrik hinein. Gewohnt ans Schweineschlachten seit seiner Kindheit, ja seit Menschengedenken, scheint es sich hier doch um etwas ganz anderes zu handeln: In Reihen und Reihen hängen die Tiere an Haken kopfunter, die blutigen Rüssel schleifen überm Boden und nicken bei jeder Bewegung. Dazwischen eilen die Weißgekleideten mit ihren Metzgersägen hin und her.

„Das sind ... aber viele", versucht Ulf einen Ekelimpuls zu unterdrücken und gleichzeitig das Gespräch in Gang zu bringen.

„Das? Ist der Vorraum." Immerhin gibt Heiner Antwort.

Kottmüllers Antwort geht im Erbrochenen unter.

An jedem Morgen, ab jetzt tritt er stets überpünktlich seinen Dienst an, nutzt Ulf den Augenblick und späht länger in die Verarbeitungshalle hinein. Er muss sich nun nicht mehr übergeben; es hat sich aber etwas in Gang gesetzt, das bei ihm naturgemäß sehr lange dauert, und bis es zu einem Ergebnis kommt, dauert es noch einmal eine Woche. Den Prozess jedoch registriert er: Etwas ist in Arbeit, lässt sich nicht aufhalten und nie wieder zurückdrängen. Am Ende der Woche eröffnet ihm Heiner, dass er eine zweite Woche „dranhängen" könne – weiterhin zur Probe. Der Ausdruck „dranhängen" beschäftigt Kottmüller ... Dieses Nicken der Rüssel kopfunter, dieses sachte Gebaumel fällt ihm wieder ein ... Als er den Umschlag mit Scheinen überreicht bekommt, ist er so überrascht, dass er wieder einmal versäumt sich zu bedanken.

„Wenn der Chef", Heiner zündet sich eine Zigarette an, „weiter zufrieden ist, müssen wir mal an Papiere denken."

„Oje."

„Was? Hast du keine?"

„Doch, bestimmt."

„Dann fang mal an zu suchen."

Damit ist es Wochenende, und während der Kleinlaster, fünf Tage lang ruckelnder Hauptaufenthaltsort für Tierhälftenträger Kottmüller, sich in die Autoschlange einreiht, kommt ihm zu Bewusstsein, dass er zum ersten Mal Geld in der Tasche hat. Doch seltsam: Auf dem Weg zu Hilke, wo er sich mit Mett eindecken will, bleibt er stehen ... kehrt um und beschließt, den Olim zu besuchen. Er hat ein paar Fragen, und das scheint ihm der geeignete Mann. Ungeniert erkundigt sich Ulf bei Passanten, wie er zu der Adresse gelangt, und erreicht das schwarzverkrustete Klinkerhaus in einem Hinterhof beim Feierabendläuten, das unerbittlich grell vom Kirchturm gegenüber herunterrollt.

Olims freudige Überraschung legt sich schnell: Die Kinder sind schon da, Ulf ist zu spät. Wie schade! Im Treppenhaus reden sie ein wenig hin und her, Ulf steht unten, Olim oben, und ab und zu ruft jemand von drinnen aus der Wohnung: „Wer ist denn da?"

„Dann komm ich morgen früher?"

„Nicht morgen. Montag. Wochenende geht nicht."

„Ich wollte etwas fragen."

„Dem guten Frager ist schon halb geantwortet?"

„Wer ist denn da?"

„Was isst du denn?"

„Bitte?"

„Du hast gesagt, du isst keine Schweine."

„Ach so. Erklär ich dir am Montag."

„Na gut."

Ulf ist ratlos. Grübelnd trielt er durch den Hinterhof zum Ausgang. Dringend hätte er eine Auskunft benötigt – was fängt er jetzt an? Da bemerkt er auf der anderen Straßenseite neben der Kirche einen dieser Einkaufsmärkte, aus denen immer so viele Leute mit vollen Tüten herauskommen. Soll er es wagen? Nun, irgendetwas muss er ja essen, und wenn es den Gepflogenheiten der Städter nun einmal entspricht, sich auf diese Weise zu versorgen, dann fügt er sich eben. Wieder beobachtet er genau, wie sich die Leute verhalten, doch ihm selbst wird es nicht leicht gemacht. Zuerst gelingt es nicht, trotz Anwendung von Gewalt, einen Einkaufswagen von der Kette abzulösen, dann steht er viel zu lange vor einem Regal mit Dosen, so dass er zuerst von der einen, dann von der anderen Seite angeschnauzt wird, außerdem findet er trotz langem Suchen gar nichts, was ihm schmecken könnte. Erst als er, eingereiht in die Warteschlange, nichts in Händen, in die Nähe der Kasse geschoben wird, fallen ihm die Salzstangenpackungen ein. Einer jungen Frau hinter ihm zeigt er sein Barvermögen und fragt sie, wie viele Salzstangen er dafür wohl bekommen könnte.

Selbstverständlich schüttelt auch sie den Kopf, lacht aber ehrlich: „Dafür können Sie den ganzen Laden leerkaufen."

Kottmüller dankt.

Die Packungen stecken alle in grauen Pappschachteln fest, drei sind noch gar nicht angebrochen. Ulf stapelt alle übereinander, beäugt von den Wartenden. Während sie tippt, fragt ihn die Kassiererin, ob er vorhabe eine Party zu veranstalten? Ulf bejaht. Jetzt weiß er auch, wie man das Verspeisen von Salzstangen korrekt bezeichnet. – Seine Party wird auf dem Kantenstein stattfinden. Gina-Lisa puddelt im Wasser, nahe dem kleinen Loreleyfelsen. Es ist angenehm warm an diesem Abend. Nach der vierten Tüte bemächtigt sich Ulfs ein Gefühl der Sättigung. Ein echter Wohlgeschmack ist das nicht, und es braucht anderthalb Flaschen Kornbrand, um diesen Mulm herunter zu spülen, aber sei's drum. Nicht mehr als neun Flaschen sind ihm geblieben! Immerhin, im Supermarkt hat er etwas entdeckt, das so aussah wie Kornbrand. Schon bald würde er Nachschub benötigen. Ob er für Hilke ein Fläschchen vom original Milbener aufheben soll?

Hilke ... Er weiß nicht so recht, wie er's anstellen soll. Sein Repertoire ist ausgeschöpft. Am Montag, als er mit den Tierhälften an ihr vorbeigetastet ist, wusste er noch was, scherzte und schäkerte wie ein geübter Galan. Schon am Donnerstag fiel ihm nichts mehr ein. Ob er so weit gehen könnte, ihr ein Geschenk mitzubringen? Schließlich hat sie ihn ja auch beschenkt: mit dem Fleischkäsebrötchen. Ja, das ist eine formidable Idee! Er wird ihr, wenn er übermorgen mit dem Fleisch kommt, einfach ein Gegengeschenk in die Hand drücken, ohne viel Worte, vielleicht einfach nur: „Da." Wenn sie aber nun keinen Kornbrand mag? Dann wäre ein Eheglück ohnehin kaum vorstellbar; insgeheim aber spürt Ulf längst diese Verbundenheit, und im Geiste sieht er sie und sich auf neu angeschafften Stühlen sitzen, ein jedes eine Flasche Korn in der Hand, und in Frieden den Feierabend begehen.

Es wird ein ruhiges, ein nachdenkliches Wochenende.

In der Tat, das Denken hat ihn wieder einmal gepackt. Es setzt sich jener Prozess, langsam mahlend, fort, der vorm Fleischverarbeitungszentrum begonnen hat. Vom Fluss her weht es ein bisschen und riecht algenhaft, die Stadtglocken läuten den Sonntag ein, da ist ein erstes Resultat zu verzeichnen: Ulf gelingt die gefühlsmäßige Übertragung der individuellen Befindlichkeit seiner Schweine-Freundin auf die namenlos Baumelnden in der Halle. Freilich, Gina-Lisa könnte eine von ihnen sein, und selbst wenn das alles dem Herkommen entspricht, den Traditionen und Sitten: Es ist etwas Unstatthaftes dabei. Das Verhalten der heimischen Wollschweine gibt zwar keinen Hinweis; selbst wenn direkt neben ihnen der Vetter oder die Schwester vom Vorschlaghammer zermalmt werden, gehen sie allenfalls ein wenig zur Seite – echtes Mitgefühl sieht anders aus –, aber Ulf wird den Gedanken nicht los. Es bemächtigt sich etwas Neues seiner Seele ... und er sieht keinen Anlass, sich dagegen zur Wehr zu setzen.

Dass er überhaupt hiersitzt und trockene Salzstangen statt saftigen Metts in sich hineinschiebt, gibt Ulf so zu denken, dass es darüber Mitternacht wird. Onkel Cyriakus schweigt sich über solche Themen aus; vielleicht sind die entsprechenden Briefe nicht erhalten. Beiden aber – und vielleicht allen, die in die Städte ziehen – ist etwas gemeinsam, das Ulf im Gemüt doppelt aufwühlt: einerseits entfremdet er sich nach und nach von den Seinen, andererseits, und das wiegt schwerer, fühlt er, dass sie in vielem vielleicht nicht richtig liegen könnten und einer Belehrung bedürften. Wie aber kann er künftig mit seiner Sippe zusammenleben und dabei solche Gedanken hegen? Niemand hat niemanden zu belehren, so war es doch immer schon! Sobald er sich äußert, dessen ist er sich gewiss, wird man ihn umstandslos in die Drugg stoßen. Ach ja, die Drugg ... ein weiterer Reizpunkt, an den er sich noch nicht heranwagt; aber ein Unwohlsein ist unleugbar vorhanden.

Erfahrungshungriger gestimmt denn je, erlebt Kottmüller am nächsten Morgen auf dem Weg zur Metzgerei eine weitere Wandlung. Es ist diesmal kein Mensch vom Rande der Gesellschaft, keine Verrückte und kein Ausreißer und kein Ausgestoßener, der sie bewirkt, sondern es handelt sich um das Funktionelle selbst, das ihm gebieterisch entgegenrollt, es ist das Saubere, das Pünktliche, zu schierem Dienst Geschaffene, es ist – Hygeia IV. Sie kommt auf ihn zu unweit der Anlage, wo sich Olims Spielplatz befindet: dröhnend, wirbelnd, geradlinig. Dass sie gefahren wird von einem dieser in sklavisches Orange gehüllten Stadtarbeiter, spielt für Kottmüller zunächst keine Rolle; genauso gut könnte sie ferngesteuert ihrer sinnhaften Tätigkeit nachgehen oder, den Robotern gleich, Befehle eines inneren Programms ausführen.

Dies ist nicht das erste Mal, dass eine dieser Kehrmaschinen in seinem Blickfeld auftaucht, doch legte er bislang größten Wert darauf, diesen wie Wesen der Vorzeit fauchenden Ausgeburten des Hygienegeistes, der verordneten organisierten Stadtreinigung nur aus der Ferne zu begegnen. Jetzt aber ist es zu spät, es sei denn, er liefe davon, und da spielt seine Neugier nicht mit, die sich jüngst erst in seinem Gefühlsleben regende, und der Drang wird übermächtig, sich das Gefährt von Nahem zu besehen. Wenige Meter nur liegen zwischen Hygeia IV und Kottmüller, als sie entlang der Gosse schrammt; der Schweinehirt beginnt zu vibrieren, die Augen werden mit winzigen Partikeln beschossen, die Ohren wollen zerbersten, und in der Nase sammelt sich der Stadtstaub von Wochen, so dass er niesen muss, mit großer Lautstärke, jedoch – er hört nichts davon. Welch ein Wunderding, welch eine bezwingende Erscheinung! Hustend und schnaubend folgt er seiner neuen Herrin, gewillt, alles zu erfahren, was sie ihn von sich wissen lässt.

Seine Zukunft ist sie.

Freilich vergisst Kottmüller dabei den Dienstbeginn bei Heiner, selbst Hilke ist ihm heute keinen Gedanken wert. Einem Jünger ähnlich, einem verzückten Pilger, schreitet er die Bahnen nach, die das grausilberne Nutzfahrzeug durch die Straßen zieht. Einmal, es ist Punkt elf, kommt es ums Haar zur Kollision, da sich Ulfs eine Trance bemächtigt, und ihm zu spät auffällt, dass das Objekt seines flammenden Interesses ohne Bremsweg stehengeblieben ist. Der Fahrer, dessen Haar sich über die Jahre farblich seiner Maschine angepasst hat, macht keine Anstalten abzusteigen. Nein, er bleibt sitzen, als sei er mit der Maschine verwachsen, ein und dasselbe, ein technischer Zentaur. Ulf fühlt eine unbezwingbare Eifersucht in sich aufsteigen, die nicht nur dem Augenblick gilt, sondern vor allem der Geschichte, die diese beiden miteinander verbindet, all die Jahre engsten Vertrautseins.

Als aber der Beneidenswerte ein Päckchen aus seiner Tasche zieht und eine Brotdose auswickelt, besänftigt Mitleid Kottmüllers Wut. Ist es nicht ein Jammerbild, wie dieser Gekrümmte da auf seinem Sitz ein armseliges Brötchen verzehrt, immer geradeausstarrend, mechanisch malmend, verdummt und genusslos? Wer weiß, mit welch nichtswürdigem Belag dieses Backwerk versehen wurde! Unglücklich blickt er drein, der eben noch ob seines Privilegs Beneidete, und als er es endlich vollbracht hat, das trockene Backerzeugnis durch den Hals tief in sich hineinzupressen, greift er nach unten, holt eine graue Thermoskanne hervor und schraubt sie auf, langsam und teilnahmslos. Er nimmt einen Schluck, schmatzt nach und schraubt den Deckel wieder drauf.

Fast wie die Zingg!

Nein, diesem im Dienst Verblichenen, der es nur versäumt hat, sein Gehäuse zu verlassen und weiter und weiter seine Runden dreht wie ein Gespenst, muss niemand auf der Welt etwas missgönnen. Dennoch, von der Eifersucht ist etwas zurückgeblieben, und sie wird deutlicher spürbar, als exakt nach Ablauf einer halben Stunde der Motor wieder anspringt und die Kehrmaschine von neuem ihre Route abspult. Sofort beginnen die Bürsten wieder zu kreisen, Gebrüll und Gepiepe heben von Neuem an, der

Sandsturm wird abermals entfacht. Obwohl Kottmüller direkt neben dem Pausierenden stehengeblieben ist und ihn unverwandt angestarrt hat, scheint diesem nichts aufgefallen zu sein. Ebenso wenig reagiert der altgediente Mitarbeiter der städtischen Entsorgungsbetriebe auf die weitere Verfolgung durch diesen untersetzten Kerl mit der Bürstenfrisur, dem verwaschenen T-Shirt und den altmodischen Jeans. So kurven sie denn gemeinsam, wenngleich in gebotenem Abstand, kurz vor Feierabend in den Betriebshof der Stadtreinigung. Selbst in die Halle, wo das Fahrzeug geparkt wird, folgt Kottmüller nach.

„Haust du jetzt endlich ab, du Pisser? Was willst du überhaupt, ich hau dir ja gleich eine auf die Omme!"

Eines derartigen Temperamentsausbruchs hätte der Verfolger den Verfolgten nicht für fähig gehalten. Überrascht von der Heftigkeit und der Lautstärke weicht Ulf zurück bis vors Hallentor.

Doch der Erzürnte lässt nicht von ihm ab, sondern steuert fluchend auf ihn zu: „Du bist einer von diesen Dreckskerlen, ja? Von diesen Perversen, stimmt's? Was läufst du ..."

Weiter kommt er nicht.

Das Nächste, was Ulf von dem Wüterich vernimmt, ist ein ersticktes Stöhnen. Gewärtig, dass er gleich körperlich angegriffen wird, hat sich Kottmüllers Körper der vertrauten Kampftechnik erinnert – der einzigen, die er beherrscht: abdrehen – leicht in die Knie gehen – und mit dem Hintern gegen das Zielobjekt kräftig vorschnellen. Wiewohl lange nicht geprobt, zeigt die im Milbener Land als „Rumsen" bekannte und als Sport betriebene Kampfsporttechnik unerwartete Wirkung: Wie vom Geschoss einer Haubitze getroffen, jagt der Kehrmaschinenfahrer gegen ein Rolltor, sinkt daran nieder und bleibt zitternd liegen.

Wer nun erwartet hätte, dass Flucht der einzige Gedanke des Gewalttäters wider Willen sei, sieht sich getäuscht.

Denn der von seinem Sieg Überraschte läuft aufgeregt durch den Hof und trommelt die zum Feierabend gerüsteten Kollegen des Verletzten zusammen: „Zu Hilfe, zu Hilfe, es ist ein Unglück geschehen!"

Von den Herbeigeeilten bleiben schließlich zwei zurück, ein dunkler Lockenkopf und ein Aschblonder, nach Lösungsmittel riechender, und kümmern sich um den zu Boden Gegangenen.

„Er ist ohnmächtig."

„Meine Güte, wie ist denn das passiert?"

„Gegen das Tor gestoßen", antwortet Ulf wahrheitsgemäß.

Auf der Erde kniend, zückt der Dunkle sein Mobilfunkgerät und wählt eine Notfallnummer, derweilen sich der Blonde dem Unbekannten zuwendet: „Was machst du eigentlich hier auf dem Betriebshof?"

„Ich bin", beginnt Ulf, und dann bemerkt er, wie sich etwas flugs vor seine Absicht drängt und auf einmal ganz andere Worte ausprägt, „ein Freund von ihm."

Es ist seine erste bewusste Lüge, soweit er sich erinnern kann.

„Wusste nicht, dass der Dieter Freunde hat."

„Ich wollte ihn abholen", lügt Ulf weiter und stellt fest, was für ein Vergnügen das bereitet.

„Na ja, egal. Jedenfalls darf keiner den Betriebshof betreten, das hat er dir doch gesagt."

„Nö", spricht Ulf diesmal die Wahrheit und schaut wieder so treuherzig drein, dass die beiden Stadtwerker ihn etwas zutraulicher mustern.

„Wenn der Dieter morgen ausfällt", plaudert Ulf munter weiter und wundert sich über seinen Einfallsreichtum, „soll ich dann für ihn einspringen?"

„So einfach geht das nicht."

„Kannst du überhaupt so was fahren?"

„Klar, kein Problem."

„Das ist eine Hygeia IV. Nicht so leicht in der Handhabe."

„Wenn was nicht funktioniert, geb ich einfach Bescheid."

Noch einige Fragen muss Ulf beantworten, und es fällt ihm immer etwas ein. Um eine Nähe zum Fach herzustellen, gibt er an, ein früherer Kollege vom Dieter zu sein; dabei muss er aufpassen, nicht laut herauszulachen, das wäre in diesem Augenblick sicher nicht angemessen: die Vorstellung jedoch, ein ganz anderes

Leben geführt zu haben, als es ihm nun einmal beschieden war, erheitert ihn ungemein.

„Lass mal deine Nummer da."

„Hab ich nicht."

Verwundert schauen ihn die beiden an. Da rückt Ulf mit dem Vorschlag heraus, einfach bei Dienstbeginn mal reinzuschauen.

Als er keine Antwort erhält, setzt er noch eins drauf: „Wann fangt ihr an?"

„Um sieben. Sei mal 'ne halbe Stunde früher da."

Jetzt strahlt Ulf noch viel mehr als vorher, und es hätte den beiden auffallen müssen, dass er nicht die geringste Anteilnahme am Schicksal seines schwerverletzten Freundes zeigt; aber in diesem Augenblick biegt der Rettungswagen durch die Pforte auf den Hof. Ein Sanitäter fragt Kottmüller aus, was er beobachten konnte. Zum Glück hat er sich bereits warmgelogen, so fällt es ihm nicht schwer, einen „so plötzlichen wie heftigen Anfall" zu erfinden.

„Hat er sich ans Herz gefasst?"

„Ja, ja, genau!", zeigt sich Ulf erstaunt. „Woher wissen Sie das, Sie waren doch gar nicht dabei!"

Der Sanitäter, sachte geschmeichelt, murmelt etwas von Berufserfahrung und wendet sich dem hilflos Daliegenden zu, um ihn gemeinsam mit dem Fahrer auf eine Trage zu hieven. Dieser Moment scheint Ulf gut passend, sich fürs Erste zu retirieren; als er am Pförtnerhäuschen vorbeikommt, legt er, wie er's bei den anderen beobachtet hat, den Finger an die Kappe und wünscht schönen Feierabend. Auf der Straße fällt ihm ein, dass Dieter vielleicht tot ist. Das wäre nun nicht seine Absicht gewesen, andererseits: Der Mann war bestimmt schon über fünfzig, und besonders lebensfroh schien er auch nicht gerade.

Bevor ihm weitere Skrupel kommen, beansprucht schon der nächste Anblick seine Aufmerksamkeit. Das ist ja der Vorteil am Großstadtleben: Mit unliebsamen Dingen muss man sich nicht lange abgeben, schon lockt ein weiteres Abenteuer, und es bleibt kein Raum für Hadern und Grübeln. Zu Hause, wo gar nichts geschieht, hockt man manchmal wochenlang an der Drugg und grummelt, wobei man natürlich recht bald vergessen hat, worin der Anlass des Grummelns ursprünglich bestand. – Keine hundert Meter entfernt, entdeckt Ulf eines dieser Büdchen, über dem Trinkhalle steht, das die Hiesigen aber Wasserhäuschen nennen. Hier wurden keine Stehtische aufgestellt, aber es gibt ein weißlackiertes umlaufendes Brett, auf dem sich die Wurstesser und die Biertrinker abstützen.

In der Absicht, die ein oder andere Erbsensuppe mitgehen zu lassen, schlendert Ulf einher. Sein schlecht gespieltes Desinteresse zieht schon die ersten Blicke auf sich, da fällt ihm ein, dass er ja über Unmengen Geldes verfügt, und er zieht die Konsequenz, sich einfach ein paar Suppen zu kaufen – am besten mit Fleischwurstscheiben drin. Zu seinem Unmut verkündet die Inhaberin, es sei nur noch eine Linsensuppe vorhanden.

„Nix Erbse."

Ulf überlegt, erwirbt vorsichtshalber elf Packungen Salzstangen zusätzlich und lehnt sich ebenso selbstbewusst wie seine Nebensteher auf das mit ausgehärteten Senfspritzern verzierte Brett. Diese zweite Suppe schmeckt weniger großartig als seine erste, mehr nach Blech, aber die Wärme am Gaumen tut wohl, und die Kartoffelstücke sind weich.

Da dreht sich ein Rotwangiger mit Blumenkohlnase zu ihm um: „Warum hast du kei Bier?"

Auf Ulfs Entgegnung, im Allgemeinen bevorzuge er den Kornbrand, bekommt er erläutert, der sei nichts gegen den Durst. Es ist ja nicht so, dass er niemals zuvor in die Gelegenheit gekommen wäre, etwas Bier zu sich zu nehmen; aber die Milbener sind das Getränk eben nicht gewohnt, außerdem haben sie nie mitbekommen, dass man es gekühlt konsumiert. Folglich erlebt Ulf seine erste Flasche kalten Bieres als geschmackliche Sensation, vergleichbar gar mit dem Fleischkäsebrötchen aus Hilkes Hand. Wie das herb in den Mund hineinrauscht, den Brand des Tages binnen kurzem restlos vertreibt und miteins alle Sinne belebt, dies lässt ihn mit tiefer Dankbarkeit zu dem Rotgesicht aufblicken.

„Willst du auch noch eins?"

„Da hör isch misch nischt nein sage", versucht sich der andere in Hochdeutsch.

Fünf Biere und drei Schnäpse bleibt Ulf der Wasserhäuschengesellschaft treu. Nach und nach stellen sich ihm alle vor, doch er kann sich nur Kohle-Fritz und Bumbeschwengel-Minna merken. Am Ende ist er mit allen Gästen verschwistert, was nicht zuletzt darauf zurückzuführen ist, dass er sämtliche Runden übernimmt. Ach wie herrlich, sich so in den Abend zu gluckern! Als ein Schauer kommt, ducken sich alle unters Dächelchen. Eifrig fordert man ihn auf, den Herren und der Dame am besten täglich seine Aufwartung zu machen, er sei hochwillkommen. So oft wie heute Abend wurde dem Schweinehirten noch nie auf die Schultern geklopft, eine daheim unbekannte, rätselhafte Sitte, an die man sich nur schwer gewöhnen kann.

Unterwegs zu Gina-Lisa fühlt Ulf in seiner Hosentasche nach; dort ist immer noch Bargeld vorhanden. Unglaublich, was man sich mit einer einzigen Woche Arbeit alles leisten kann! Vergnügt greift er sich eine hübsch gefüllte Bio-Tonne, passiert den Park und begrüßt sein Schwein mit Tätscheln und Koseworten. Bestimmt langweilt sie sich manchmal ohne ihn; wenn er irgendwann umzieht, bekommt sie einen eigenen Garten ... und vielleicht kauft er ihr ein zweites Wollschwein zur Unterhaltung.

Dann gibt es vielleicht Ferkel!

Bevor sich Ulf niederlegt, widmet er sich noch ein Weilchen dem Denken, das er wie ein neues Hobby mit ebenso viel Begeisterung wie Ungeschick pflegt. Wie war das noch: Was hat er nicht schon alles gelernt auf seiner Reise? Er lernte schlafen, wo er nicht wohnt; dann fand er den Süden, Licht und Wärme im waldigen Tal; es kam das Mitgefühl über ihn, als er auf dem Schiff an den Städten vorüberfuhr; er lernte diese Fremden beobachten und imitieren; dann hatte er die Idee, die Kulturtechnik des Stehlens selbst zu erproben; dies wiederum war verbunden mit der Entdeckung der verfeinerten Speisegenüsse ... und schon ließ seine Fixierung auf Mett nach, was wieder beeinflusst war von der Übelkeit, die Ulf auf dem Vorplatz des Fleischverarbeitungszentrums gepackt hatte; schließlich, nachdem er sich im Zweikampf bewährt, verfiel er spontan aufs Lügen, worin er nach wenigen Sätzen eine Meisterschaft zeigte, die ihn heute mit einem gewissen Stolz versieht.

All dies, so ist er sich sicher, hatte Onkel Cyriakus seinerseits ebenfalls erlebt, hätte es aber weitläufig beschrieben und, versetzt mit etlichen Prisen seines linkischen Humors, in die Heimat gesandt. Hierzu sieht sich Ulf durchaus nicht in der Lage, wiewohl ihm der Gedanke zu schaffen macht, der Zibbel und die Hulla könnten ihn für tot, verschollen oder, was wahrscheinlicher ist, für zu faul halten. Die Erinnerung an den Alten und die Schwester lässt Ulf unwillkürlich zum Kornbrand greifen, wahrhaft ein Trunk von Format, den zuvor am Wasserhäuschen genossenen Spirituosen bei Weitem überlegen. – Nun, was wartet als Nächstes auf ihn? Ulf fühlt es voraus, dass dieser Olim noch ausschlaggebend sein wird für seine weitere Entwicklung. Ein schlauer Geselle, der! Im Gefühl der Vorfreude, hier in der Stadt F., der gefürchtetsten bei allen Verwandten seit jeher, doch noch sein Glück zu machen, leert er die Flasche und bettet sich zu seinem warmen Schwein.

Nach einer Nacht ohne Kühle und Wind begibt sich Kottmüller so schnell er es vermag zum Betriebshof der Stadtreinigung. Unablässig wägt er ab, welche Variante die zu vermutende wäre: Man schickt ihn weg – der Fahrer ist in der Nacht verstorben, und er wird verhaftet – man gibt Ulf eine Chance und stellt ihn ein. Zu so früher Stunde hat er noch nie geschwitzt; an den Schläfen und im Nacken ist es unangenehm feucht, als er am Pförtnerhäuschen, den Finger an die Kappe gelegt, durch die Schranke schlüpft. Zwanzig nach sechs. Zu seinem Erstaunen kommt der Dunkelhaarige, der sich als Anastasios vorstellt, über den Hof geeilt und reicht ihm sogar die Hand.

„Dein Kumpel liegt noch im Koma, wirst du ja schon mitgekriegt haben."

„Schlimme Sache."

„Und so kurz vor der Pensionierung!"

„Übel. Armer Dieter."

„Der Chef ist auf ’ner Tagung, da können wir vielleicht was ausprobieren.“

In freudiger Erregung folgt Ulf Anastasios zur Halle, an eben jenem Rolltor vorbei, gegen das gestern Abend dieser andere drangestoßen ist. Sie passieren Grüppchen von orangegewandeten Männern, größere und kleinere Kehrmaschinen unterschiedlichen Typs und von verschiedener Färbung, und immerzu erklärt der Erfahrene, worum es sich bei dem jeweiligen Modell handelt. Ulf erfährt, dass es höchst unterschiedliche Ausfertigungen mit verschiedener Spezialisierung gibt, für Parkplätze, Stadtzentren oder einfach für Straßen. Für die Straßenreinigung wurde Hygeia IV gebaut, ein älteres Semester, das eigentlich keiner gerne fährt, weil es viel lauter ist als die neueren.

„Das macht mir nix.“ Ulf wischt alle Bedenken beiseite und erkennt klopfenden Herzens schon von Weitem seine Maschine.

„Wo bist du gefahren?“

„Kassel.“ Ulf übt sich weiterhin in der Kunst des Lügens. Es ist die einzige Stadt, die ihm einfällt.

„Die werden ähnliche Modelle haben.“

„Sehr ähnlich.“

Mit einem Hang zur Überpräzision erläutert Anastasios die zu reinigenden Flächenbreiten, den Dieselantrieb, die Kubikmeter, das Auswechseln des Behälters, die mangelhafte Umweltfreundlichkeit, aber: Trotz ihres Alters kombiniere Hygeia immerhin Kehren und Reinigen, und das sei doch ein bedeutender Vorteil. Ulf nickt kennerisch. Zu seiner Erleichterung zeigt ihm der Experte auch noch das Navigationsgerät, ebenfalls ein betagtes Muster, der Kollege habe es natürlich nicht mehr in Betrieb gehabt, aber es funktioniere noch und führe Ulf sicher durch die Straßen. Für jeden Tag sei eine andere Route gespeichert, die für heute habe er schon eingestellt. „Um elf ist Pause, dreißig Minuten. Um halb vier bist du wieder hier.“

Zur Sicherheit will ihm Anastasios seine Mobilfunknummer geben, aber da fällt ihm ein, dass der Neue über diese Technik nicht verfügt.

„Musst du dir aber anschaffen, wenn du länger bleibst.“

„Klar."

„Deine Papiere gibst du beim Pförtner ab."

„Klar."

Welche Papiere denn immer?

Schon der Augenblick, in dem er sich auf den unförmig breiten, an einer Seite aufgeschlitzten, schwach gepolsterten Sitz niederlässt, bereitet Kottmüller ein Wohlgefühl, wie er es lange nicht gekannt hat. Als der Motor unter ihm zu vibrieren beginnt, die Luft mit Dieselgeruch sich erfüllt und das sonore Dröhnen anhebt, kann er nur mit Mühe ein Schluchzen der Glückseligkeit unterdrücken. Ohne sich bei Anastasios für die Belehrung zu bedanken, fährt er an und schnürt aus der Maschinenhalle. Einer der Arbeiter, den er beinahe touchiert, schreit etwas hinter ihm her, aber das kann die prächtige Laune nicht trüben. Auch der kleine Bordcomputer arbeitet mit, dass es eine Lust ist. Hinter dem Pförtnerhäuschen – diesmal vergisst Ulf die Fingergeste – beginnt schon die Straße.

Sein neues Revier.

Eine metallische Stimme meldet sich prompt: „Rechts fahren."

Rechts fahren! Solche Anweisungen liebt der Milbener. Rechts fahren – was gibt es weiter zu sagen? Nichts gibt es weiter zu sagen. Noch nie gab es irgendwas weiter zu sagen! Alles lässt sich zerlegen in minimale Einheiten, in knappe Anweisungen, dann wird alles leicht, und wer etwas anderes behauptet, ist vom Teufel besessen.

„An der Kreuzung geradeaus!"

Das ist der längste Satz, den das Gerät von sich gibt. Außer: „Links fahren!" und: „Pause einlegen!" sind nur noch zwei Befehle von Zeit zu Zeit zu vernehmen: „Betrieb aufnehmen!" sowie: „Betrieb einstellen!" Damit kann man leben. Wie gut fühlt sich Kottmüller vorbereitet auf diese der äußersten Nüchternheit verpflichtete Tätigkeit durch die Kindes- und Jugendjahre, da einer, der: „An der Kreuzung geradeaus!" gesagt hätte, unzweifelhaft für geschwätzig gehalten worden wäre. „Geradeaus!" genügt vollkommen. – „Wie ein alter Hase", fällt Ulf ein, als er sich geschmeidig dem Bordstein nähert, wo die Besen zum Einsatz kommen. Dabei wird ihm seine Euphorie zweimal fast zum Verhängnis, da die Gosse an manchen Stellen niedriger liegt als an anderen, und die Maschine verzögert auf Lenkbewegungen reagiert. Doch mit Glück und Vertrauen auf Hygeia IV meistert Ulf sämtliche Fährnisse, die im Lauf des Vormittags auftreten, weicht Automobilen aus und schwenkt in Parkbuchten mit zunehmender Sicherheit ein, nimmt nichts davon wahr, wie die Stunden verstreichen, so dass er beim ersten: „Betrieb einstellen!“ erschrickt und am liebsten sogleich weiterfahren würde.

Stattdessen ahmt er den außer Betrieb gesetzten Kollegen nach, holt aus einer Jackentasche die Salzstangen, aus der anderen den Kornbrand und macht Mittag. Von der Flasche schafft er nur die Hälfte, erleichtert sich in eine Grünanlage und sitzt rechtzeitig wieder parat, um auf den Befehl hin pünktlich seinen Dienst wieder aufzunehmen. Solange Hygeia IV nicht läuft, bemerkt Ulf ein starkes Nachbeben seines Leibes – durchaus kein unangenehmes Gefühl. Im Gegenteil, man würde es vermissen, wenn es plötzlich nicht mehr da wäre. Umso schöner, als das Geratter wieder einsetzt, und die beiden, Mensch und Maschine, verschmolzen in eins, ihrer nützlichen Tätigkeit nachgehen. Als er an einem Wasserhäuschen vorbeibürstet, fällt Kottmüller ein, dass er für diesen Hochgenuss des Fahrens auch noch haufenweise Geld bekommt. Die Zukunft, so scheint es, wird aus einer Aufeinanderfolge freudiger Ereignisse bestehen.

Wer hätte das vor wenigen Tagen erwartet?

Wie beschützt von den höheren Mächten der Volksgesundheit, geleitet von der Stimme aus dem Navigator, von Ulf auf den Namen Ilse getauft, weitgehend unbehelligt von Fahrzeugen und Passanten, biegt Hygeia IV zur festgesetzten Stunde in den Betriebshof ein. Neben Anastasios, der auf ihn zukommt, geht ein beleibter Hochgewachsener mit mächtig aus der Warnweste vorschwingenden Armen: der Vorgesetzte. Mit heftigem Händeschütteln dankt er dem Neuling für seinen Einsatz und die hervorragende Vertretungsleistung.

„Es gibt doch noch echte Freunde! Du gehst ihn doch bestimmt nachher besuchen? Dann herzliche Grüße von uns allen!“

„Klar."

„Das mit den Papieren habt ihr erledigt?"

„Klar."

Immer diese Papiere! Ulfs Vorhaben, sich heute noch bei Hilke in Erinnerung zu bringen, lässt sich nicht verwirklichen; er muss sofort zu Olim. Und diesmal kommt er zur rechten Zeit.

Im Treppenhaus ruft er nach oben: „Olim, ich hab drei Fragen: wegen Essen, Papieren und dieser Menschenfresserei!"

„Dem Manne kann geholfen werden. Komm herauf!"

Ulf muss die Schuhe ausziehen, dann betritt er eine penibel aufgeräumte Wohnung mit exakt gleich hoch gehängten gerahmten Filzstiftbildern an den Flurwänden; Küche und Kinderzimmer sind verschlossen, die Tür zu einem Fernsehraum mit Balkon steht einen Spalt breit offen. Voller Wissensdurst lässt sich der Gast erklären, welche Funktion welches Zimmer habe, wird aber schon bald in eine Art Bibliothek genötigt, Olims Kammer. Lückenlos sind die Wände mit Regalen zugestellt, und auch in den Regalen ist kein Platz mehr frei: Bücher, Zeitschriften, Kataloge und CDs stehen so dicht nebeneinander, dass Ulf keinerlei Einzelheiten wahrzunehmen in der Lage ist, ja zunächst scheint es ihm, es handle sich um eine magisch zusammenhängende, nicht zu trennende Masse aus Bildung und Verstand, die in Jahrhunderten nicht zu durchdringen wäre.

„Du bist aber reich."

„Wegen der Bücher? Die waren Abfall, alle. Die CDs auch."

Während er bald dieses, bald jenes Exemplar hervorzieht und Ulf hinhält, erzählt Olim von seinem Missverständnis. Auf der Englischen Schule in Damaskus habe er neben Französisch auch ein wenig Deutsch belegt und sei derart eingenommen gewesen von all den Dichtern und Komponisten, dass er sich schon in jungen Jahren schwor, dieses Land einmal in Ruhe anzusehen. Als er dann – wider Willen – tatsächlich dorthin gelangt sei, habe er freilich angenommen, die Deutschen seien unablässig damit beschäftigt zu lesen, zu schreiben, Musik zu spielen und zu komponieren, ins Museum zu gehen und unaufhörlich Bilder zu malen. Stattdessen fand er auf manchen Plätzen seltsame Glaskästen, in denen Bücher „zum Mitnehmen“ standen. Auch vor Hauseingängen waren Pappschachteln aufgestellt, ebenfalls „zum Mitnehmen“, darinnen wiederum Bücher, aber auch Zeitschriften und CDs mit klassischer Musik.

Eine Zeitlang habe er sich ein Zubrot durch Umzugsdienste verdient, und fast immer sei ihm angeboten worden, doch bitte diese vielen Bücher „mitzunehmen“, kostenlos selbstverständlich, man hielt das offenbar für Ballast, so dass in ihm der Glaube gereift sei, man habe hierzulande eine neue, höhere Kulturphase erlangt und Gedrucktes sowie Eingespieltes nicht mehr nötig. Der Eindruck habe sich bestätigt, als er, um in seiner Branche wieder Fuß zu fassen, in Kliniken und Arztpraxen unbezahlte Praktika absolviert habe und nur selten jemanden kennenlernte, der sich als lesender Mediziner zu erkennen gegeben hätte.

Der letzte Leser: ein Syrer mit prekärem Aufenthaltsstatus.

Fasziniert hört Kottmüller zu und versteht nichts. Olim lächelt, lässt ihn allein und macht sich in der Küche zu schaffen; so bleibt Zeit, sich immer wieder im Kreis zu drehen und nach einem Ankerpunkt zwischen den Buchrücken zu suchen. Doch es sind vor allem die Zeitungen, in einem Eck hoch übereinandergestapelt, die es ihm angetan haben.

„Hast du die Verdener?“, fragt er den Gastgeber, der ein Tablett hereinbalanciert, mit Kennermiene.

„Bitte?“

„Die Verdener Allgemeine? Vor allem die Kolumnen des Ernst Dietrich Haßfurther sind vorzüglich geschrieben.“

„Zwar weiß ich viel, doch möcht ich alles wissen. Nee, keine Ahnung.“

Olim bietet Ulf ein Sitzkissen an, doch der Schweinehirt kommt nicht damit zurecht und sinkt mal hier, mal da zur Seite. Nach mehreren Versuchen gibt er auf, kniet sich auf den Boden und berichtet zu Olims Amüsement von seinen eigenen Lektüreerfahrungen, was ihm nicht schwerfällt, da fast einzig und allein die Verdener dafür in Frage kam. Der Schwarztee, der ihm angeboten wird, sagt ihm keineswegs zu; Ulf hat Mühe, den einzigen Schluck, den er davon nimmt, bei sich zu behalten.

„Warum trinkst du das?“

„Aus Gewohnheit. Was wolltest du fragen?“

Ulf beißt in einen der verschiedenfarbigen Kekse, die in einer Schale liegen und verzieht das Gesicht – er hält ihn für ungenießbar. Grauenvolle Süße, vermischt mit ekligen Gewürzen und überdies von einer schmierigen, pappigen Konsistenz, nein, so etwas Widerwärtiges hat er noch nicht probiert.

„Du scheinst ja einen erlesenen Geschmack zu haben“, gibt sich Olim belustigt. „Türkischer Honig ist nicht dein Fall?“

„Doch! Nein!“ Ulf kämpft mit den Kokoskrümeln, um sich nicht zu verschlucken.

Und dann beginnt er zusammenzutragen, was ihn so sehr beschäftigt und weshalb er unbedingt heute noch Olim aufsuchen musste. Die erste Frage, ein Anlass ist bereits gegeben, sei die Nahrungsaufnahme: Ulf erläutert so knapp wie möglich die Speisegewohnheiten der Milbener, unterbrochen von Olims ungläubigem Gekicher und Ausrufen des Schreckens, und schildert chronologisch, was ihm in dieser Stadt kulinarisch bislang widerfahren ist – vom Fleischkäsebrötchen über die Erbsensuppe bis hin zu den Salzstangen.

„Und jetzt wollte ich dich eigentlich fragen, was du zu dir nimmst – aber das kann man ja auch nicht essen.“

Fassungslos steht Olim auf, greift in eines der Regale und zieht einen schweren Band mit leicht vergilbtem Schutzumschlag heraus.

„Weißt du, an wen du mich erinnerst?“

Ulf liest: Wolfram von Eschenbach, Parzival.

„Und an wen von den drei?“

„Nimm’s mit, ich leih’s dir aus. So einem wie dir bin ich noch nie begegnet, du reiner Tor.“

Ulf weiß nicht, ob er sich beleidigt geben sollte. Aber sein Gastfreund sagt das alles mit so viel Wärme, dass an einer guten Absicht nicht zu zweifeln ist. Auf die Frage hin, warum er denn seine Ernährung umstellen wolle, erzählt Ulf, peinlich berührt, von dem Anblick, den ihm das ausgelagerte Fleischereifachverarbeitungszentrum geboten habe. Olim seufzt, nickt verständnisvoll und zählt geduldig auf, wovon er sich selber ernährt: Brot und Gemüse; Brot mit Käse; Obst und Nüsse und Gebäck und immer wieder Brot: mit Öl, mit Gewürzen, mit Salz, mit grünen, roten, gelben Pasten – und mit Brot. Schließlich rät er ihm zu, alles auszuprobieren, um etwas für sich persönlich Passendes zu finden.

„Dazu brauche ich aber Geld, und ich habe fast gar keins mehr", gibt Ulf zu bedenken und zeigt, was von seinem Lohn als Tierhälftenträger übriggeblieben ist. „Das wäre nämlich Frage Nummer zwei."

Zu Olims immer neuem Erstaunen schildert Kottmüller die Umgangsweise der Seinen mit amtlichen Dokumenten: man verliert sie und beantragt sie nie wieder neu. Hier aber, in dieser Stadt, scheint man wohl nicht darum herumzukommen, sei das nicht eine Schande ... und ob Olim ihm vielleicht dabei behilflich sein könne, einen Pass zu bekommen, einen Ausweis oder wie das hier genannt wird, irgendetwas, das ihn in die Lage versetzt, nie wieder damit behelligt zu werden und sofort sehr viel Geld zu verdienen.

Der Gastgeber schlägt sich auf die Knie und ist hingerissen von diesem Vorschlag: „Das ist etwas Neues, das gefällt mir. Überschrift: Asylant unterstützt Deutschen bei Ämtergängen!"

Kichernd verspricht er dem neugewonnenen Freund, ihn zur Meldebehörde zu begleiten – so oft, bis der große Sieg errungen sei. Seine Erfahrungen auf diesem Gebiet seien monströs, ja, es gäbe wahrscheinlich keine bürokratische Spitzfindigkeit, die nicht schon an ihm erprobt worden wäre. Voller Dank schüttelt ihm Ulf beide Hände und wirft dabei sein Teeglas um.

„Was täte ich ohne dich!", jubelt er und versucht, die Flüssigkeit in den Teppich zu pressen. „Jetzt traue ich mich auch die letzte Frage zu stellen."

„Bitte."

„Tun sie's noch?"

„Bitte?"

„Essen die Leute in der Stadt immer noch – andere Leute?"

Diesmal benötigt Ulf längere Erklärungen, um den Sprachlosen über die Vorstellungen in seiner Sippe zu unterrichten; man sei sich durchaus im Klaren, dass es überall zwangsläufig zu Kannibalismus kommen müsse, wo größere Menschenzusammenballungen unvermeidlich wären, also auf Volksfesten oder in den Städten, jedoch, seit er in F. lebe, habe er noch keinen solchen Vorfall beobachten können, ja nicht einmal auf Schädel oder auf andere Menschenknochen sei er gestoßen, weder im Gebüsch in Grünanlagen, wo er seine Notdurft zu verrichten pflege, noch gar in diesen blechernen Müllbehältern, die überall aufgestellt sind, sich doch gut dafür eigneten und von ihm, Kottmüller, anfangs auch so angesehen wurden.

„Nein", schlägt sich Olim die Hände vors Gesicht, „da gibt es heute andere Methoden, glaub mir."

Der lesende Mediziner umreißt diverse Entwicklungen der westlichen Gesellschaften und betont, dass trotz aller Rückschläge zumindest öffentliche Hinrichtungen und Kannibalismus einstweilen nicht mehr wirklich populär wären; andere Errungenschaften wie die Abschaffung von Folter und der Sklaverei allerdings, dem Himmel sei's geklagt, würden zurzeit auf den Hinterhöfen der Zivilisation wieder rückgängig gemacht. Mitunter bemüht sich Ulf, weltkluge Kommentare einzustreuen, um ein wenig mehr Kopfhöhe herzustellen, und so verplaudern sie noch ein Stündchen, bis sich Olim zum Abholen der Kinder vorbereiten muss. Ulf ist schon auf der unteren Stiege, als der Treusorgende flink das Treppenhaus heruntergetrappelt kommt und ihm das Buch hinterherträgt.

„Da, lesen!"

Außerdem versorgt er ihn mit einem halben Fladenbrot.

Bevor er sich aber dieser Gabe widmen kann, muss Ulf Schweinefutter organisieren. Es ist noch taghell, insgesamt viel zu früh für ein solches Unterfangen, doch spürt er die Stunden auf Hygeia IV in den Gliedern und möchte vermeiden, nachts noch einmal losziehen zu müssen. Und schon geschieht es – Ulf wird erwischt, zum ersten Mal.

„Hier, hast du'n Hammer, oder was?", schreit es aus einem Fenster im zweiten Stock einer Mietskaserne, als er mit seiner Tonne schon ums Haar den Hofausgang erreicht hätte.

Ein breiter Kopf mit Brille ragt aus der Hauswand hervor und entsendet Schimpfausdrücke. Doch statt für diesmal die Beute Beute sein zu lassen, gehorcht Ulf einem falschen Reflex und beginnt zu rennen, den prall gefüllten Plastikbehälter mit Macht vor sich her drückend. Dabei geht ihm durch den Sinn, wo er das sprachliche Anhängsel: „Oder was?" schon einmal gehört hat und ob es für ihn sinnvoll sein könnte, sich das auch anzugewöhnen.

Nahe dem Ampelübergang vernimmt er zu seinem Erschrecken schrille Rufe dicht hinter sich: „Festhalte, der hat was geklaut!"

Tatsächlich, Ulf wird verfolgt.

Unten, an den kreischenden Kopf drangeschraubt, befindet sich ein gebauschtes, geblümtes Hauskleid, nicht unähnlich jenen Gewirken, die manche Frauen in seiner Heimat an Festtagen tragen und mit dem nach Abenteuer klingenden Namen Kasack versehen sind. Jetzt heißt es rasch reagieren, bevor die Passanten mitbekommen, was vor sich geht und ihn vielleicht festhalten wollen. Einen Verzweiflungslaut ausstoßend, reißt Kottmüller die Tonne um, so dass der Deckel aufspringt und der miefende Inhalt sich über den Bürgersteig verteilt. Dies verschafft ihm einen kleinen Vorsprung, den er nutzt, um sich hinter einem Wasserhäuschen zu postieren. Pochenden Herzens tastet er sich in die rückwärtig angebrachte Bedürfnisanstalt, hastet hinein und stellt sich an ein Becken. Da erst bemerkt er, dass er das Buch verloren hat. Was wird Olim von ihm halten, Olim: sein bester Freund!

Ohne Rücksicht auf Entdeckung springt er wieder nach draußen: niemand zu sehen. Zurück auf der Straße, erspäht er von Weitem tatsächlich seine Verfolgerin ... und in ihren Händen ... Olims Buch! Zorn bemächtigt sich seiner, und es fehlt nicht viel, dass er die Ruchlose umstößt. So belässt er es bei einem Wegschubsen, entreißt ihr seinen Parzival und hetzt wieder zum Kiosk zurück. Aus dem Augenwinkel erkennt er, dass die Geblümte, die ein Wutgeheul anstimmt, auf dem Boden kniet und von zwei Frauen mit Einkaufstaschen aufgeholfen bekommt. Diesmal flüchtet er nicht die öffentliche Toilette, sondern hält erst an, als er sich im Hausflur eines Gummiwarenladens in Sicherheit gebracht hat.

„Was ich nicht alles für dich tue!“, begrüßt er Gina-Lisa eine halbe Stunde später, abgehetzt und verschwitzt, doch auch sehr mit sich zufrieden, wie gut er diese Gefahrensituation gemeistert hat ... und ganz nebenbei eine wohlangefüllte Ersatztonne aufzutreiben wusste.

Dass zu dieser Selbstzufriedenheit kaum Anlass besteht, wird Kottmüller erst am nächsten Abend bewusst werden. Doch erst einmal fühlt er sich geborgen auf seinem Kantenstein, wo er Olims Brot zu mümmeln beginnt – es schmeckt fad –, begleitet von echtem Kornbrand. Auf seinen Knien liegt das Buch. Ausgiebig betrachtet er die verblasste Zeichnung auf dem Einband. Die Hälfte eines Pferdes ist darauf zu erkennen, jemand, der das Pferd streichelt, darüber eine Fahne mit einer Art Geweih drauf, daneben ein Ritter, der auch ein Geweih aufhat und einen Schutzschild in der Hand trägt, worauf ebenfalls ein Geweih gemalt ist. Sehr viel ist dem Maler damals nicht eingefallen. Auf den ersten Seiten sind sehr viele Namen verzeichnet – ganz anders als in der Verdener, wo es gleich richtig losgeht mit Texten und Wörtern und dergleichen. Eine Seite weiter sind noch mehr Namen tabellarisch aufgelistet, die Artus- und Gralsfamilie, aber die kennt er nicht. Ah, endlich, jetzt geht es los: Erstes Buch.

Kottmüller liest: „Wenn Zweifel nah bei Herzen wohnt, das muß der Seele sauer werden. Schande und Schmuck sind beieinander, wo eines Mannes unverzagter Mut konfus gemustert gehen will wie Elsternfarben.“

Ulf liest die zwei Sätze noch einmal. Und dann noch viele Male. Etwas daran gefällt ihm: Sie klingen gut; vielleicht aber auch, weil man so gar nicht weiß, wovon sie handeln. Am besten einfach weiterlesen, ermuntert er sich. Als Ulf in der Mitte der Seite angekommen ist, muss er laut auflachen: „Wer rupft mich da, wo mir kein Haar gewachsen ist, innen an meiner Hand“?

Ist das nicht prachtvoll? Das hört sich wirklich lustig an, jetzt ahnt er präzise, warum ihm Olim dieses Werk mitgegeben hat. So liest er immer weiter, ohne auch nur einmal einen Sinn darin zu entdecken, aber das muss man ja auch nicht immer. Schließlich geht es um Könige und Burgen, da kennt sich Ulf schon besser aus. Der Held ist ein Gahmuret – wie ärgerlich! Ulf hat mit einem Parzival gerechnet, der stand ja außen draufgeschrieben. Ein Wolfram wäre auch gegangen, aber so ist das alles Mogelei. Missmutig müht er sich durch die Hälfte des ersten Kapitels, da wird viel gekämpft, aber auch geküsst, alles in allem nicht besonders interessant. Noch einmal hält er inne, denn ein Name fällt ihm auf: Lachfilirost. Hm: Da wollte wohl jemand witzig sein. Ulf findet das schlecht ausgedacht und lacht absichtlich nicht darüber. Als der Kornbrand leer ist, klappt er das Buch zu und geht schlafen.

Gina-Lisa an der Stirne kraulend, überlegt er, was er Olim sagen soll. Das Beste wird sein, er gibt vor, diese Schwarte komplett durchgelesen zu haben; es steht ja nirgendwo eine Anweisung, dass man das unbedingt bis zum Ende tun muss, vor allem, wenn weder ein Wolfram noch ein Parzival darin vorkommen, von einem Eschenbach ganz zu schweigen. Aber insgesamt recht gut geschrieben ist das Buch, das muss man zugeben. Vielleicht wäre es das Klügste, Kottmüller finge selber mit dem Schreiben an, dann könnte er ganz allein bestimmen, was darin vorkommt und könnte allenfalls mit sich selber schimpfen, wenn es uninteressant oder unverständlich wäre.

Der nächste Tag mit Hygeia IV verläuft wie der vorherige. Zwar führt ihn Ilse durch ein anderes Stadtgebiet, doch darauf kann er sowieso nicht achten; es erfordert schon jede Menge Konzentration, nicht umzufallen, Autos auszuweichen und in die Parklücken präzise einzuscheren. Die Mittagspause verbringt er im Halbschatten einer Pseudoakazie direkt vor einem Zeitschriftenladen. Kurz ist er versucht hineinzugehen und dort nachzufragen, ob die „Verdener Allgemeine“ vorrätig sei, aber er muss leider sparen. Nach Dienstschluss will er Anastasios anhauen, wann er die ersten Geldscheine bekommt, aber Anastasios ist noch nicht zurück, und Ulf hat seinerseits etwas Wichtiges vor. So stellt er Hygeia IV auf ihrem Stammplatz ab, grüßt den Pförtner nach Arbeiterart und macht sich auf zur Metzgerei Sobirski.

„Wo warst du gestern, du Depp? De Heiner hat e Wut uff dich.“ Eine echte Hilke-Begrüßung, Ulf ist hingerissen.

Er strahlt sie an: „Ich wollte dir eine Flasche Kornbrand mitbringen, als Geschenk. Hab ich aber vergessen."

„Was?"

Doch dann kommen immer wieder Leute ins Geschäft und stören das Gespräch. Zwischen zwei Kundinnen zischt sie ihm zu, er solle um sieben wiederkommen, dann habe sie Feierabend, aber die ganze Zeit im Laden rumstehen, das ginge nicht. Ulf ist es recht. Fidel wie nur je ein Kavalier im besten Mannesalter, schlendert er durch die Straßen und kommt zum Main. Das ist wirklich praktisch eingerichtet in dieser Stadt, findet er, dass man immer irgendwann an diesem Fluss herauskommt und sofort wieder weiß, wo man sich befindet. Stolz auf seinen Einfall, streunt Ulf am Ufer entlang bis zu seiner Unterkunft. Gina-Lisa schaut verwundert auf, sie hat geschlafen. Aber er hat keine Zeit für sie, er zieht einen Kornbrand aus dem Wagen.

Jetzt sind es nur noch drei.

Hilke zeigt wenig Begeisterung.

Sie starrt die Flasche an: „Warum schenkst du mir das?"

„Sag bloß, du trinkst keinen Schnaps?" Ulf wird bange zumute.

„Selte."

„Dann probier mal."

„Hier auf der Gass?"

Ermutigend nickt er ihr zu, Hilke zuckt mit den Schultern, schraubt auf und nimmt ein Schlückchen. Und sofort noch eins.

„Und?"

„Net schlecht. Hätt ich gar net gedacht."

Lange nicht hat sich Ulf so wohlgefühlt: Er darf mit seiner Angebeteten durch die Stadt spazieren, hat sogar ein Geschenk mitgebracht, das sie liebevoll in der Hand trägt, und es behagt ihr auch noch. Was kann es Schöneres geben? Wortlos tappen sie nebeneinander her, entspannt hängen die Köpfe nach unten, und so betrachtet Ulf Hilkes hellbraune Latschen und Hilke Ulfs dunkelbraune Treter. Natürlich kommen sie irgendwann zum Main und setzen sich da auf eine Bank. Hilke schuffelt mit den Füßen, ohne Unterlass. Ulf fällt ein, dass er jetzt etwas sagen könnte, aber was nur? Auf dem Fluss fährt Thorsten Krieger nach rechts. Ein paar Möwen fliegen nach links. Leute mit Kinderwagen bewegen sich in beide Richtungen.

Da bemerkt Ulf, dass Hilke lächelt.

„Ich finde das großartig."

„Was?"

„Dass ich nix sagen muss."

„Dann lass es."

Zwischendurch sagt Hilke aber doch noch was: „Mein Kopp juckt. Ich glaub, es gibt Reesche."

Später unterhalten sie sich dann richtig, und das kommt so: Als der ungefähr fünfzigste Kinderwagen an ihnen vorübergeschoben wird, nimmt Hilke den Hinweis auf und stellt das Schuffeln ein.

„Willst du auch welche?"

„Was?" Ulf sieht sie an.

„Ja, Kinner."

„Warum?"

Es folgt eine längere Pause.

Da Ulf weiter nichts dazu einfällt, fragt er mechanisch: „Und du?"

„Mal sehn. Später vielleicht"

Diese Aussicht gefällt ihm. Jetzt noch nicht – das ist schon mal gut, da muss man jetzt noch nichts machen. Und was „später" dann alles passiert, damit beschäftigt sich ein weiser Mann zu gegebener Zeit.

„Bringst du mich heim?"

„Klar."

Auf dem Weg reden sie schon wieder. Hilke will wissen, wo Ulf eigentlich herstamme, und er erzählt es ihr. Sie zeigt Verständnis, sogar eine Art Interesse. Ulf fragt sie, ob es sein könnte, dass ihre Eltern oder Großeltern oder Urgroßeltern auch da herkommen, aber das weiß sie nicht. Sie sei in F. aufgewachsen und immer schon da gewesen, ihre Mutter wohne in einem anderen Stadtteil, ihr Vater sei schon lange weg. Ulf fühlt sich ausreichend informiert. Als sie vor einem Betonbau mit vielen Balkonen anlangen, sagt Hilke, dass sie dort wohnt. Ulf bekommt eine Idee, deutet nach oben, auf die Markisen und erklärt, dass die Arbeitswesten bei der Stadtreinigung die gleiche Farbe hätten. Dann grüßt er so, wie er den Pförtner immer grüßt und geht ab. Hilke sieht ihm nach. Ja, das könnte was werden. So einer macht keine Probleme.

„Was hast du eigentlich die ganze Zeit gemacht?“, ruft sie ihm hinterher.

Ulf muss kurz überlegen. Dann kommt er drauf: „Party.“

„So siehst du aus.“

„Mit Salzstangen!“

Hilke sagt noch etwas, aber das versteht er schon nicht mehr, weil ein Auto vorbeifährt, und er ist auch schon zu weit weg. Etwa die Hälfte des Heimwegs legt er beschwingt zurück, zufrieden mit sich und seinem ersten Rendezvous. Doch dann verdüstert sich seine Stimmung; eine Beklemmung bemächtigt sich seiner, wie er dies seit dem Vorabend der Abreise von zu Hause nicht mehr erleben musste. Hat er denn etwas Falsches gesagt? Vielleicht zu viel? Oder zu wenig? Ach was, Hilke schien doch insgesamt zufrieden zu sein. Als er den Park erreicht, wird ihm mulmig zumute, etwas Einengendes legt sich um seine Kehle – wird er krank? Aber dann sieht er es, vielmehr, er sieht es nicht mehr: die fein säuberlich aufgereihte Batterie der Bio-Tonnen: weg!

Einer Ohnmacht nahe, stolpert er quer über den Hof Richtung Mauer. Seine Ahnung bestätigt sich: der Haken ist leer, sein Wollschwein ist nicht mehr da. Klagelaute ausstoßend, torkelt er weiter zur Hütte: ausgeräumt, nichts ist mehr drin zu finden. Der Mettwagen, die Kornbrandflaschen, seine Jacke, sogar der PACK: gestohlen! Mit den Armen rudernd, eilt er zum Ufer. Auch hier: keine Spur, nichts. Halb von Sinnen, stellt sich Kottmüller auf seinen Kantenstein und stimmt einen Trauergesang an, wie man ihn in seiner Heimat nicht einmal dann zu hören bekäme, wenn eine komplette Kleinfamilie auf einmal in die Drugg hinunterschösse:

„Omwadde, omwadde, karumo karoi! Ussukader kamister schrunk greuß mumunà! Wurotrumbo omwadde horsuwurkel kranuh! Nurukroster krawibber kronkurte knorkoi!“

Von heißer Wut getrieben, flieht er von dieser Stätte, die ihm so lange Herberge gewesen ist, um niemals wiederzukehren. Durch die Dunkelheit hetzend, wägt er hin und her, wer ihm das angetan haben könnte. Es knirschen seine Gedanken: Wicki, Petra vielleicht? Wollte sie sich rächen? Weil er die Anzüge nicht abgeholt hat? Oder ist der Fahrer von Hygeia IV wieder zu sich gekommen und hat ihn verraten? Je näher Ulf der Stätte seiner Hoffnung, Olims Spielplatz, kommt, desto deutlicher steht ihm vor Augen: Es muss die Geblümte gewesen sein, die ihn beim Tonnenklau erwischt hat und die dann auch noch ... das Buch! Das Buch wurde ebenfalls mitgenommen! Wie soll er das Olim erklären?

Und wie soll er selbst das alles je verkraften?

Für den Freund ist es noch zu früh. Die Rutschbahn steht leer im diffusen Laternenlicht. Noch vier Stunden, vielleicht fünf, bis der hier auftaucht, wenn überhaupt ... Eine Weile umwandert Ulf den Sandkasten, voller Ingrimm Fluchworte auszischend, wie nur der Norden sie kennt. Mehrmals ist er kurz davor, das Wohnhaus der Geblümten aufzusuchen und alle Bewohner im Schlaf zu erdrosseln. Aber da sind Zweifel, die immer stärker werden und noch vor dem Morgen ein Ergebnis zuwege bringen, eine Version, die bei klarem Verstand die plausibelste darstellt: Der Staat ist schuld. Man muss ihn beobachtet haben, womöglich schon lange – und die Bio-Tonnen wurden ihm zum Verhängnis.

Ihm und Gina-Lisa.

„Mein Schwein!", ruft er wieder und wieder in die Nacht, bis hinter dem Ahornbaum ein Fenster aufgerissen wird und eine krächzende Stimme Ruhe erheischt.

„Willst du'n paar uff die Fresse oder was?"

Geschwächt von seinen Leiden, fällt Ulf kein geeigneter Kraftausdruck ein um zurückzumotzen. Keuchend vor Trauer, erklettert er die Rutsche, kauert sich an die höchste Stelle, unbequem wie nur je ein Büßer, legt die Arme auf die Knie und darauf den Kopf – und wimmert. Müdigkeit, Durst, aber auch Kälte setzen ihm so zu, dass er seine Wartestellung bald verlassen muss. Brummend durchstöbert er die Grünanlage, schaut in alle blechernen

Müllbehälter hinein, von denen er vor kurzem noch dachte, es seien Ablageboxen für abgenagte Menschenknochen. In einem findet er einen Supermarktprospekt, den er im Gehen auseinandernimmt. Als er an der Parkbank ankommt, befindet er sich schon im Besitz von acht Doppelseiten Papier, die er, nachdem er sich ausgestreckt hat, vorsichtig über sich drapiert. Das hat er bei anderen schon gesehen, und es muss einen Sinn haben.

Den hat es. Aber nur ein bisschen.

Selbst das beste T-Shirt ist für so eine Frühsommernacht zu wenig; Hätte er doch bloß einen seiner Anzüge dabei! Aber Unsinn, auch diese wären Opfer des Überfalls durch die Staatsgewalt geworden ... Jetzt sind sie immerhin bei Petra in Gewahrsam. Ob er sie je auslösen wird? – Bis endlich das Vogelgeschrei zunimmt und der Himmel sich aufhellt, muss sich Ulf in immer kürzeren Abständen hin und herdrehen auf dem harten Holz, wobei die Zeitungsseiten ein jedes Mal herunterrutschen. Zum Ende bleibt er liegen wie ein Embyro, zwei Papierbogen zwischen sich und der Rücklehne festgeklemmt, eine über den Schultern und eine überm Bauch. Da fällt ihm ein Wort ein, das er vor vielen Jahren in der Verdener im Zusammenhang mit den Züricher Anarchistenprozessen gelesen und das sich ihm seines gefährliches Klanges wegen eingeprägt hatte.

„Staatsterror", flüstert er immer wieder vor sich hin, „Staatsterror ..."

Was haben diese Häscher davon, einem alles zu nehmen, wenn man sowieso fast nichts besitzt? Wie kommt es dazu? Hätte man nicht zuvor mit ihm reden können? Ist das nicht immer noch Menschenfresserei, zumindest eine Abart davon? Unter solch finsteren Überlegungen schläft Kottmüller tatsächlich ein, und das tut ihm wohl, wenn es auch kaum ein Stündchen dauert, bis er auf liebevolle Weise geweckt wird.

„Was machst du hier?"

Olim hat ihn gefunden. Er sitzt neben ihm auf der Bank, wie ein Vater über den schlummernden Erstgeborenen gebeugt.

„Staatsterror", ist das erste Wort, das Ulf hervorbringt. „Staatsterror!"

Nachdem er dem Freund unter Schluchzen und Verwünschungen vermittelt hat, was ihm Schlimmes zugestoßen ist, bestätigt dieser Ulfs Vermutungen: Es sei ganz eindeutig, einmal musste er auffliegen. In dieser Stadt wie in allen Städten fielen die Lager der Obdachlosen irgendwann auf, und die Verfahrensweise sei dann selten rücksichtsvoll.

„Es ist so", formuliert Olim mit Bedacht, „dass man sich im Umgang mit den Wehrlosen immer noch traditioneller Methoden bedient; man könnte auch sagen, sobald es um die Schwächsten geht, fällt die Obrigkeit in Verhaltensmuster zurück, die aus den Zeiten der Diktatkur stammen. Das hättest du schon mal gelernt."

Damit entledigt er sich seiner Jacke und hilft dem Bebenden hinein. Gewohnt an Unbilden, wie Ulf sie soeben erlebt hat, bleibt der Arzt besonnen; er werde, so setzt er seinem Schützling auseinander, noch an diesem Vormittag auf dem Ordnungsamt vorsprechen. Falls es Ulf möglich sei, solle er seinen Dienst tun wie immer und dabei auf die Zähne beißen. Am Nachmittag möchte er sich doch bitte bei ihm einfinden, erst dann sei eine weitere Planung möglich. Dankbar wie ein verarzteter Hund lehnt sich Ulf fest an Olims Seite. Doch damit der Wohltaten nicht genug: Der Syrer nimmt ihn am Arm und nötigt ihn, zu einem Bäckereistand mitzukommen – der erste, der morgens im Viertel geöffnet habe. Ohne Augen für die Umgebung, tappt der Bestohlene mit und registriert zu spät, dass er in diesen Hauptbahnhof hineingebracht wird, dieses Schreckensgebäude, dem er bislang nicht näherzutreten wagte.

Jedoch, wie er so dasteht an diesem Tischchen, in Gesellschaft eines Wohlmeinenden und in ein unsäglich matschiges, klebriges Gebäck hineinbeißt, das hungerstillend den Schlund hinunterrutscht, nimmt er die Hallen allmählich anders wahr. Als dann die richtige Methode gefunden ist, diesen auf Anhieb wie Gift schmeckenden Kaffee zu sich zu nehmen, nämlich mit sehr viel Milch und noch mehr Zucker, da erschließt sich dem Mann aus der Provinz nach und nach der Reiz des Großstadtbahnhofs.

Wagemutiger besieht er sich die Lichtmasten und ihren grellen Schein, die morgendlichen Pendler, von Minute zu Minute mehr, schließlich die von hallenden Ansagen angekündigten Züge, die mit ungeheurer Präzision den Bahnsteig finden, für den sie vorgesehen sind und wo so viele Leute aussteigen und ohne sich umzusehen, beseelt von einem gewissen Ziel, sogleich loslaufen.

Abwechselnd Wut und finstre Entschlossenheit erlauben es Kottmüller, diesen Arbeitstag durchzustehen. Eine pochende Sorge gilt dem Schicksal Gina-Lisas; grauenvolle Möglichkeiten tun sich auf, und seine Fantasie erspart ihm keine. Olim, der Treueste der Treuen, hat ihm zum Abschied einen Schein zugesteckt; als die festgelegte Route Hygeia IV kurz vor der Mittagspause an eben jenem Wasserhäuschen vorüberführt, wo er vor Kurzem noch die Gäste ausgehalten hat, fasst er sich ein Herz und steigt ab. Um diese Zeit sind nur zweie aus der Gesellschaft namens Rübe und Ohr schon – oder noch – vor Ort, doch es gefällt Ulf über die Maßen, mit welcher Freude man ihn willkommen heißt. Und die Zuneigung beschränkt sich nicht auf Ulfs Freigiebigkeit, im Gegenteil: Als er erzählt, was ihm widerfahren ist, hebt zunächst ein gemeinschaftliches Gezeter an, dass die Kiosk-Besitzerin um Mäßigung bitten muss, dann aber überbieten sich die beiden darin, Ulf für das Erlittene zu entschädigen.

Auf diese Weise findet Kottmüller zum Dornkaat.

Geatzt von Rindswürsten mit Wasserweck, geletzt von Bier und reichlich Klarem, setzt er fast pünktlich seine Dienstfahrt fort. Er winkt eifrig, als Hygeia IV um die Ecke biegt, von einem Empfinden beseelt, das ihn augenblicklich darauf hoffen lässt, es werde sich alles noch zum Guten wenden, und in Bälde schon werde er sein Schwein in die Arme schließen. Im Betriebshof bemüht er sich, von niemandem angesprochen zu werden. Nur nichts reden müssen, nur nicht aufgehalten werden! Als aber der Aschblonde, kurz bevor Ulf das Pförtnerhäuschen passiert, schräg über den Hof auf ihn zukommt und gestikuliert, gibt er ihm per Zeichensprache zu verstehen, dass er es leider ungeheuer eilig hat, aber morgen gewiss für ein Gespräch zur Verfügung stehe.

Olim zieht die Luft durch die Zähne, als Ulf neben dem Sitzkissen Platz nimmt und ihn schwitzend vor Angst ausfragt, was er habe erreichen können. Nun, schon wieder gießt er sich von diesem Tee ein, insgesamt sei es just so verlaufen wie immer, wenn man als Unterprivilegierter eine Behörde aufsucht: lange warten, abgewiesen werden, noch länger warten, woanders hingeschickt werden, extrem lange warten, schließlich ...

„Und mein Schwein?"

Mitfühlend schüttelt Olim den Kopf. Ulfs Habe sei in einem Container verstaut worden, jedoch erst nach einer langwierigen Prozedur in einer vorgeschriebenen Frist auszulösen. Immerhin, damit überreicht er ihm den PACK, sei es gelungen, „das Schriftliche" ausgehändigt zu bekommen, sogar sein Buch, den Parzival.

„Und mein Schwein?"

Dies eben bedaure er am meisten, denn niemand, weder die vier diensthabenden Beamten, mit denen er es nacheinander zu tun bekommen habe, noch der Chef des Räumkommandos noch die zuständige Abteilung des Polizeipräsidiums hätten mit der Frage nach einem Wollschwein etwas anfangen können.

„Dann ist es vielleicht weggelaufen ..."

„Anzunehmen."

„Und hat sich in Sicherheit gebracht!"

„Das wollen wir hoffen."

Mehr sei leider nicht in Erfahrung zu bringen gewesen, denn eigentlich, immer wieder eigentlich, sei man ja gar nicht befugt, ihm, einem überdies selbsterklärten Freund, Auskunft zu erteilen; erst eine Mitarbeiterin aus der Verwaltung habe ein wenig Mitgefühl gezeigt, als er, nicht mehr weiterwissend, schließlich spontan übertrieb, Ulf habe vor Schreck einen Herzanfall erlitten und sei derzeit nicht ansprechbar.

„So was mach ich auch manchmal", schnieft Ulf. „Lügen."

Das wäre aber ums Haar schiefgegangen, da zwei Anzeigeverfahren gegen unbekannt, also gegen Kottmüller, Ulf, liefen: Einmal wegen Entwendung öffentlichen Eigentums, zum andern, den Wortlaut habe Olim vergessen, aber es habe mit dem unbefugten Betreten und Kampieren auf einem stadteigenen Grundstück zu tun gehabt, und man habe ihn, den Olim, nötigen wollen, sich als Mittel der Strafverfolgung zur Verfügung zu stellen und den Aufenthaltsort des Freundes zu verraten, andernfalls drohe ihm selbst ein Bußgeld.

„Sind die immer so?“, fragt Ulf mit erstickter Stimme, da immerfort Bilder von Gina-Lisa in ihm auftauchen: mal geschlachtet am Spieß; mal alleine in einem Kellerraum; am Fluss entlang gejagt von Leuten mit Messern; auf einer Balustrade in hunderten Metern Höhe balancierend, einsam ...

„Wenn sie glauben, dass du zu ihnen gehörst, behandeln sie dich anständig. Aber dann darfst du nichts wollen, nicht mal dein Recht.“

Dennoch, so Olim weiter, gebe es keine Alternative zum Weg über die Ämter, das sei ausgesprochen unangenehm, andernfalls jedoch bleibe er quasi rechtlos und habe nicht einmal Anspruch auf einen Lohn für die Arbeit bei der Stadtreinigung, die bislang ohnedies illegal sei. Am Donnerstagnachmittag, gleich nach Dienstschluss, werden sie mit der Prozedur beginnen; er werde ihm dabei helfen, so gut es ihm möglich sei. Es bleibe eben keine andere Wahl als die übliche Ausrede, der Ausweis und alle übrigen Dokumente seien verloren gegangen, als er auf Trebe war. Kontakt zu Verwandten bestehe nicht mehr.

Ulfs Einspruch, all dieser Aufwand lohne sich womöglich gar nicht, da er gar nicht beabsichtige, ohne sein Wollschwein weiterzuleben, wird von Olim gekontert: Man könne ja nicht wissen, wo es sich derzeit aufhalte und wann eine Wiederbegegnung möglich sei, und es wäre doch die größte Unverantwortlichkeit, ja eine ausgemachte Schufterei, wenn Gina-Lisa sich durchschlüge und dann feststellen müsste, dass sich Ulf davon gemacht habe.

So redet er noch eine Weile weiter.

„Stimmt“, muss Ulf unter Tränen zugeben.

Bevor es Zeit wird, die Kinder abzuholen, hat der Gastgeber noch einiges vor. Zuerst nimmt er Ulf mit in die Küche und brät eine Pfanne voll Rührei – abermals eine Entdeckung, da man es, wie er Olim umständlich mitteilt, im Milbener Land so gut wie gar nicht mit der Hühnerhaltung halte; es sei das Temperament dieser Tiere, womit die Seinen nicht zurechtkämen, also lieber auf Eier verzichteten als sich diesem unablässigen Hin und Her und Gegockel und Gegacker auszusetzen. Der Duft der gebräunten Butter, die belebende Farbe der Eier, am meisten aber die mettähnliche Konsistenz nach dem Stocken und die heilsame Hitze dieser Speise lenken Ulf für einige Momente von seinem Kummer ab. Jetzt versteht er auch, wozu diese runden Weißbrote da sind, die es bei Olim immer gibt: Kurz im Ofen aufgewärmt, scheinen sie die beste Unterlage für Rührei zu sein.

Jetzt nur noch mit Salz und Schnittlauch bestreuen.

Doch damit immer noch nicht genug. Bislang ist es Kottmüller nicht zu Bewusstsein gestiegen, dass er fortan in dieser Stadt keine Bleibe habe. Während sie die Treppe hinuntersteigen, entschuldigt sich Olim in einem fort, dass er den Kameraden nicht bei sich wohnen lassen könne, aber vielleicht sei er ja einverstanden, vorübergehend in eine leerstehende Schreinerei einzuziehen – die Besitzverhältnisse seien ihm nicht bekannt. Da sich Ulf nichts darunter vorstellen kann, antwortet er auch nicht. Im Hinterhof stellt sich heraus, dass sich hinter dem Hinterhof noch ein weiterer Hinterhof befindet, offensichtlich seit Jahren vernachlässigt: zwei langgezogene Schuppen vor einer Klinkerwand, davor der Schutt von Jahrzehnten schwerer Werktätigkeit, vor allem Holz in allen Formen – Latten, Kisten, Bretter, teilweise reparierte Möbelstücke, ein zerstörter Handwagen, Räder ... und überall Späne.

Der Eindruck setzt sich im Innern fort, nachdem Olim die verkantete Werkstatttür wieder in die Schiene gehievt und aufgezogen hat. Nicht viel ist zu sehen vom ehedem mit Geschmack verlegten schwarz-weißen Mosaikfliesenboden; außer gewaltigen Zuschneidemaschinen und Sägen, Bretter- und Kanisterhaufen stehen dicht gedrängt zahllose Eimer aller Größen, angefüllt mit Hölzern und Hölzchen, Schrauben und Drähten, Klammern, Nägel, aber auch Fläschchen mit Tinkturen, so dass aus dem Wirrwarr der gewesene Ordnungssinn eines guten Handwerkers immer noch durchschimmert.

„Wo du hier schlafen sollst, weiß ich natürlich nicht", gibt Olim zu.

Ulf bemerkt, dass der Fürsorgliche unruhig wird und gibt ihm unter Händeschütteln zu verstehen, dass er unaussprechlich dankbar sei und auf alle Fälle Mittel und Wege finde, sich hier einzurichten. Vor allem sei er erleichtert, etwas zu schaffen zu haben, um nicht fortwährend über sein Schwein nachgrübeln zu müssen. Sie verabreden sich auf den Abend; Olim will es sich nicht nehmen lassen, noch einmal in der Schreinerei nach dem Rechten zu sehen. Hurtig durchmisst er den zweiten Hinterhof und schickt sich an, pünktlich seinen Familiendienst zu versehen. – Unverzüglich beginnt Kottmüller, das Terrain zu erkunden; mehr als vier Meter hoch ist dieser Werkraum, Fenster mit großdimensionierten Sprossen befinden sich in der Vordertür und an der Rückseite, dort von Efeuranken überhangen.

Dahinter ein bläuliches Dämmerlicht.

Stück für Stück erarbeitet er sich einen Durchgang, indem er Eimer übereinanderstellt, Holzstapel umschichtet, Geräte zur Seite schiebt. Endlich steht er vor der rückwärtigen Tür, in der noch der Schlüssel steckt – wer weiß, wie lange schon ... Schwer muss es dem alten Schreiner gefallen sein, diesen Ort zu verlassen, erwägt Kottmüller und empfindet so etwas wie Wärme für den unbekannten Vorgänger. Mit Kraft und Mühe bekommt er die Eisentür geöffnet ... und tritt in einen weiteren, deutlich schmaleren, aber von nirgendwoher einsehbaren Hinterhof hinaus. Augenblicklich überkommt ihn ein beruhigendes Gefühl: Hier ist er richtig, hier wird er fürs Erste bleiben. Aus der Wand ragt ein Wasserhahn mit einem kurzen Schlauch – eine Waschgelegenheit.

Nicht nur die Werkstatt, sämtliche Mauern ringsherum sind von Efeu berankt. Selbst vor einem Tischchen und zwei Klappstühlen hat die Kletterpflanze nicht Halt gemacht; hier wird der Meister mit seinem Gesellen Mittagspause gehalten haben, stellt sich Ulf vor und lauscht. Weit entfernt sind die Stadtgeräusche zu vernehmen, sonst nichts. Das alles würde Gina-Lisa sehr behagen. Genau hier soll sie wohnen, wenn sie wieder da ist! Genug Material, um ihr einen schönen Koben zu bauen, wäre auf alle Fälle vorhanden. Ulf fällt der Zibbel ein. Er wird ihm erst Bericht erstatten, wenn alles wieder in Ordnung gekommen ist; vor allem den Mettwagen muss er zurückerhalten; nicht auszudenken, was bei der Heimkehr für ein Spektakel losbräche, wenn er diese Kostbarkeit nicht mit sich führte.

Schwester Hulla würde ihn ausweiden.

Bis zum Dunkelwerden räumt er so manchen Flecken frei. Mit Geschick ordnet er die vielen Eimer an den seitlichen Wänden übereinander an, so dass nicht nur Platz geschaffen wird, sondern auch eine gewisse Dämmfunktion erzielt wird. Von Zeit zu Zeit wirbelt der Durchzug Unmengen Staub auf; ob er sich Hygeia IV einmal ausleihen soll, um das Gröbste wegzubürsten? Aber Olim weiß eine viel bessere Lösung. Als er, später als erhofft, doch noch in der Schreinerei erscheint, hat er nicht nur an Kerzen und Streichhölzer, Decken und Kissen, Weißbrot und Käse, sondern auch an einen Staubsauger gedacht.

„Unser alter. Kannst du behalten."

Zuerst fällt Olims Blick auf die linke hintere Nische, wo es Ulf doch tatsächlich gelungen ist, einen Holzverschlag zu zimmern, ähnlich der Schlafkaut in historischen Bauernhäusern – und so sieht es bei ihm zu Hause ja auch aus. Sogleich nimmt er die Wolldecken und das grobe Bettzeug entgegen, legt es aus und sich selbst probehalber hinein. Den PACK aber, sein Wertvollstes, bettet er unter das Kissen, so wie es Brauch ist. Sein dunkelgrau bestäubtes Gesicht schaut unter der Kolter hervor. Es ist der erste Moment an diesem Tag, dass beide schmunzeln müssen.

„Wenn der Dreck nicht wäre", nickt Olim befriedigt. „Man möchte sich glatt daneben legen."

„Morgen saug ich!", lässt Ulf erste Zukunftshoffnungen keimen.

Bevor sich der Olim verabschiedet, fällt ihm etwas Wichtiges ein. Er nötigt Ulf, ihm noch einmal mit nach vorn ins Haupthaus zu folgen. Dort steigen sie eine Kellertreppe hinab. Zu einer der durch Drahtgeflecht abgeteilten Kammern stößt er die Holzlattentür auf: Ein Regal steht dort, voll mit Einmachgläsern, aber auch ein Sammelsurium von Flaschen jeder Art reiht sich bis hinauf zur Decke, darunter auch eine Doornkaat-Flasche; die charakteristische Form erkennt Ulf auf Anhieb. Olim bietet ihm an, sich jederzeit zu bedienen nach Herzenslust; ob das eingemachte Obst noch genießbar sei, wisse er nicht, es stamme von der Vormieterin.

Als er wieder allein ist, fühlt Ulf einen Wunsch in sich emporwachsen: Er will Olim unbedingt etwas schenken! Nur was?

Der Mann trinkt ja nicht mal Kornbrand.

Kottmüller geht spät zu Bett. Es ist unbedingt nötig, die Sitzgelegenheit im Höfchen herzurichten, so dass er dort in aller Ruhe ein Schlückchen aus der grünen Vierkantflasche zu sich nehmen kann. Dazu schmaust er Käse und Brot und eine Zwiebel und stellt fest, dass er dabei ist, Ersatz für seine bisherigen Speisevorlieben zu finden. Darüber wird es halb zwei. Vorm Einschlafen versucht er sich vorzustellen, wie gut es Gina-Lisa hat: dass sie sich in ein Gartengelände geflüchtet habe, wo es an Kohl und Schnecken keinen Mangel hat und ein gemütlicher Geräteschuppen ihr als Nachtquartier dient.

„Du in deinem Schuppen, ich in meiner Schreinerei", gähnt Ulf. „Bis wir uns wiederhaben."

Am nächsten Morgen wird Kottmüllers neuerdings entwickelte Gabe, sich erfindungsreich durchzulügen, von Anfang an gefordert. Er ist noch nicht zu Hygeia IV vorgedrungen, da hat ihn der Aschblonde in Gesellschaft des Vorgesetzten schon gestellt. Wer weiß, ob man ihn nicht umstandslos des Betriebshofs verwiesen hätte, wenn nicht Anastasios hinzugetreten wäre und vermittelt hätte. Es war aufgefallen, dass Kottmüller zwar mit Umsicht den Vertretungsdienst versah, jedoch bislang vollkommen darauf verzichtet hatte, sich in irgendeiner Form auszuweisen.

„Du kannst doch hier net einfach schaffe ohne dei Babbiere abzugebbe!", erregt sich der Chef.

„Stimmt."

Kottmüller strahlt ihn an: Es gefällt ihm der herbe Ton, auch dieser Dialekt wird ihm zusehends sympathischer. Und dann beginnt er eine fantastische Kombination aus dreister Lüge und Anleihen an die nähere Wirklichkeit aufzutischen, dass am Ende alle drei nicht nur zufrieden scheinen, der Aschblonde brummelt sogar eine Art Entschuldigung, er habe weder von dem schweren Raubüberfall noch von dem Wohnungsbrand etwas gewusst, und es sei Ulf umso höher anzurechnen, wie rührend er sich um den Kameraden bemühe, trotz der Schicksalsschläge, die ihn heimgesucht hätten. Hier hakt Kottmüller wieder ein und versichert die Kollegen, es gehe schon ein wenig aufwärts mit dem guten Dieter, zumindest der gesundheitliche Zustand sei so weit stabil; wann man aber mit einer Rückkehr rechnen könne, darüber habe man ihn leider noch nicht unterrichtet.

Bei alledem kommt ihm zupass, dass am Nachmittag tatsächlich ein Besuch auf dem Einwohnermeldeamt ansteht. Es wird der erste sein von einer langen Reihe verstörender Aufenthalte in Behördenhäusern. Ohne Olim, dessen ist sich Kottmüller gewiss, wäre nicht ein einziger Versuch von Erfolg gekrönt. Schon aus der Ferne argwöhnt er, dass es zu einer Zusammenrottung, vielleicht einem Aufstand gekommen sein muss, da vor der Treppe, die zu einer Front von verschlossenen Glastüren hinaufführt, mehrere Dutzend Leute meist fremdländischer Herkunft beieinanderstehen und aufgeregt durcheinanderreden.

„Nein, das ist der Warteschlange letzter Teil", erklärt Olim und stellt sich leise seufzend hinten an. „Ad te clamamus, exsules filii Evae ..."

Um die Zeit zu verkürzen, berichtet der Erfahrene von seinen Erlebnissen kurz nach dem Eintreffen in der Stadt, gefolgt von monate- und jahrelang sich wiederholenden Vorladungen, Einbestellungen, Fristterminen ... und alle diese Vokabeln spricht er aus mit einer Betonung, die sagen will, dass es sich je und je um verübte und erlittene Gewaltakte gehandelt habe. Nur sehr langsam begreift Ulf, was ihm da erzählt wird, jedoch umso besser, als nach einer halben Stunde ein Platzregen niedergeht und die Menge nirgendwo einen Unterschlupf findet. Wenige ergreifen die Flucht zu einer Straßenbahnhaltestelle, im leidvollen Wissen, sich nach dem Schauer wieder hinten anstellen zu müssen.

„Früher", blickt Olim zurück, im Stil eines gewieften Experten, „früher war hier ein Vordach. Das haben sie abgeschraubt, weil sich Angestellte beschwert hatten, dass bei schlechtem Wetter der Eingang versperrt war. Schau, da sind sie ..."

Grinsend weist er auf mehrere Fenster, hinter denen ballonartig Gesichter auf- und abtauchen und auf den Platz hinunterstieren. Ulf, dem Regen naturgemäß nichts ausmacht, wartet stoisch und versucht die Spielregeln zu begreifen. Schließlich dringen sie zu einem Automaten vor. Olim legt den Daumen auf einen hellblauen Bildschirm, und ein Coupon flitzt ihnen aus einem Metallschlitz entgegen.

„Darf ich auch?", fragt Ulf hingerissen.

„Beim nächsten Mal. Du wirst noch sehr oft die Gelegenheit erhalten, fürchte ich."

Abermals eine halbe Stunde später sind sie in einen Gang vorgedrungen, an dessen Ende einige betagte Personen auf Stühlen Platz genommen haben. Alle anderen stehen, einige scheinbar schon seit Stunden, denn sie kleben mit dem Rücken an der Wand fest und sehen erschöpft und sehr niedergeschlagen aus.

„Nicht an die Wände lehnen!", lautet jedes Mal der Befehl, wenn eine feste Angestellte den Gang entlangklackert oder ein anderer Mitarbeiter, dösend und grau, an den Wartenden vorüberschlurft.

Ulfs Begeisterung ist einer umfassenden Verwirrung gewichen. Längst hat das Olim bemerkt, doch überkommt ihn stets zähe Müdigkeit, wenn er in Amtsgebäuden verweilt, und er verstummt nachdrücklich.

Endlich, in einem Aufwallen übermenschlicher Kraftanstrengung, wendet er sich an den ruhelos Umheräugenden: „Was hast du?"

„Was ...", Ulf weiß nicht, wie er alle seine Fragen in eine einzige zusammendrängen soll. „Was haben die gemacht?"

„Bitte?"

Wispernd, damit die Nebenstehenden sich nicht erregen, teilt er dem Fachmann die durch Beobachtung gestützte Vermutung mit, es handle sich hier unzweifelhaft um Verbrecher – andernfalls würde man sie ja wohl willkommen heißen und nicht so unbequem herumstehen lassen, und es sei ihm doch ein wenig bange, da er, obzwar selbst nicht unbescholten, einen solchen Umgang nicht gewöhnt sei. Unter Mühen ringt sich Olim ein Lächeln ab und versichert Kottmüller, einerseits habe er sehr gut aufgepasst, denn ja, in der Tat, man behandle diese Hilfesuchenden in etwa wie potentielle Kinderschänder, andererseits nun gar nicht, da es den Menschen hier schlicht um eine Dienstleistung gehe, die ihnen zustehe und wozu der Staat verpflichtet sei.

„Ist das dann Staatsterror?"

„Pscht!"

Olim hält Ulf die Hand vor den Mund. Einige Umstehende aber haben die Frage verstanden, schmunzeln und nicken in Zeitlupe. Da sein Begleiter so wenig spricht, verlegt sich Kottmüller einmal mehr aufs Beobachten. Weit hinten rücken einige Gestalten vor, wenn andere aufgerufen werden; Erleichterung scheint auch dann niemand zu verspüren, die gebückte Haltung bleibt allen eigen. Doch wie viel unterschiedliche Wartepositionen dabei eingenommen werden! Zur Übung probiert Ulf manche aus: Arme verschränken und Augen zu – mit den Fingern an den Fingern herumpopeln und auf die Tafel mit den Zahlen starren – mit offenem Mund sich rückwärts dehnen und dabei ein Bein anwinkeln ...

„Nicht an die Wände lehnen!"

Ob es an Olims Stimmung liegt oder an der kräftezehrenden Wartezeit, nach und nach weicht die verwunderte Neugierde der Unruhe, diese schließlich der Ungeduld und endlich, nachdem Ulf registriert hat, dass vor seiner Nummer noch immer gut vierzig andere drankommen, bemächtigt sich seiner der Zorn. Wie pfiffig sind doch die Seinen, gelehrig und lebensklug, dass sie seit jeher den Kontakt mit den Behörden auf ein Mindestmaß reduzieren! Ulf weiß von vielen, die niemals registriert wurden, deren Mütter den ungemilderten Schmerz der Niederkunft in der Baude vom alten Friedchen den Anmeldeformalitäten im zuständigen Rathaus zu Hofgeismar vorgezogen hatten. Zehn Nummern vor der Erlösung hat sich seine Wut in Tötungsfantasien gesteigert: Sobald sie das Büro betreten haben werden, wird er seinen kampferprobten Hintern ausfahren und den zuständigen Beamten mitsamt seinem Bürostuhl durch die Wand rammen, dessen ist er sich gewiss.

„Nicht an die Wände lehnen!“, wird er ihm nachrufen, höhnisch und voll teuflischer Freude.

Als aber endlich der Moment gekommen ist, da der entkräftete Olim und Ulf, der Giftzwerg, durch die Tür eingelassen werden, entwaffnet ihn der unerwartete Anblick vollends: Es ist ein Saal, eine Halle mit zwanzig oder dreißig Schaltern hinter Glas; unter der angewiesenen, pink blinkenden Nummer hockt kein boshafter Dämon, ganz allein darauf erpicht, den Antragssteller zu quälen, sondern eine schläfrige Dame, begierig nach Pause. Dennoch, ganz ohne Qualen geht auch diese Prozedur nicht vonstatten, zumal Kottmüller jetzt erst bewusst wird, welche Vielzahl von Verwaltungsakten noch nötig sein wird, bis er das Notwendige beisammen hat.

Anerkennend stellt er fest, dass auch Olim in der Kunst der Falschaussage bewandert ist; von Zeit zu Zeit unterbricht er Kottmüller und gibt eine Version der Geschichte zum Besten, die der Sachbearbeiterin offenbar besser gefällt, sodass sie fleißig Daten eintippt und endlich, nach einer mehrminütigen Aufklärung über die weitere Verfahrensweise, mehrere Schriftstücke an Ulf aushändigt. Eins davon ist die Bestätigung der Personalausweisneubeantragung, aber den Antragsteller macht das glücklich: Endlich kann er beim Pförtner etwas einreichen, untermauert von der In-Aussichtstellung irgendeiner Frist.

„Vielleicht“, erwehrt sich Olim auf der Treppe der Umarmungsversuche Ulfs, „möchtest du das Passbild alleine machen? Ich kann nicht mehr.“

Ulf verspricht alles.

Nach dem Regen ist es schwül geworden. Alle, die aus dem Amtsgebäude nach draußen treten, selbst wenn sie viele hundert Kilometer weiter südlich aufgewachsen sind, halten einen Augenblick inne, wischen sich sogleich Schläfen und Nacken ab und versuchen, irgendwie Luft zu bekommen. Solange man noch im Schatten des Behördenhauses weilt, hat man nicht unbedingt den

Eindruck, dadurch im Vorteil zu sein; das ändert sich in dem Moment, da man an die Sonne kommt, die sich wie der Rachen eines Riesenreptils prompt über jeden Neuankömmling stülpt. – Auf dem Nachhauseweg lenkt Olim das Gespräch auf ein Thema, das Ulf unangenehm ist.

„Wie gefällt dir der Parzival?"

„Wer? Ach ja. Ein gutes Buch."

Aber damit kommt Ulf nicht durch.

„Du hast es doch noch nicht durchgelesen?"

„Doch, hab ich."

„Ach? Begeistert bist du nicht."

„Nein."

„Und warum?"

„Es ist Betrug."

Empört schildert Kottmüller, wie er sich darauf gefreut habe, über diesen Parzival etwas zu erfahren, nicht zuletzt aufgrund von Olims Andeutung, er, Ulf, habe etwas mit dem gemeinsam, aber der komme überhaupt nicht vor, und so etwas sei doch allemal nicht redlich!

Olim lacht rückwärts: „Du hast nicht mal bis Kapitel drei gelesen."

Ohne Ulf Vorhaltungen zu machen, überreicht ihm Olim das Buch noch einmal, kaum dass sie, verklebt und durstig, zu Hause angekommen sind. Außerdem gibt er ihm eine „Fibel zur Orientierung" in der Stadt F. und wie immer ein Stück Fladenbrot mit, diesmal in Gesellschaft einer sehr roten Paprika. Bevor sich Ulf in seine Schreiner-Wohnung zurückzieht, nimmt er den Hauskeller noch einmal in Augenschein. Er entscheidet sich für eine Flasche Kellergeister, einen Birnenbrand ohne Herkunftsbezeichnung, und ein Glas eingemachte Früchte, die ausgebleichten Relikten aus einem verbotenen Laborversuch ähneln. Vermutlich Stachelbeeren.

Aber erst mal eine Runde schlafen.

Als er zu sich kommt, ist es längst dunkel. Ulf drapiert seine Mitbringsel auf dem Tischchen im Hinterhof; hier riecht es zwar immer ein bisschen feucht, aber der Efeu sorgt für eine Art Kühle.

Bald findet er heraus, wie man einigermaßen bequem im Kerzenschein lesen kann, und dabei trotzdem eine Hand frei hat, um abwechselnd in das Einweckglas und zur Brandflasche zu greifen. In die Paprika beißt er nur einmal hinein; der Geschmack wäre an sich noch erträglich, aber diese vielen Brösel im Mund erregen Brechreiz. Das Ding muss schlecht geworden sein. Ulf wirft den Rest über die Mauer, das ist praktisch.

Noch mancherlei wird dem angebissenen Gemüse nachfolgen.

Allmählich begreift er, warum Olim ihm den Parzival immer wieder aufdrängt: Wie der Knabe im Wald aufwächst und von seiner Mutter überbehütet wird, das gefällt ihm alles. Bald aber schweift er ab; all die sonderbaren Namen sowie die undurchsichtige Handlung vermögen ihn nach einem solchen Tag nicht weiter zu fesseln. Zuerst denkt er an Gina-Lisa, dann an Hilke, dann wieder an Gina-Lisa. Zu Hause legt man sich ins Bett, ohne zu grübeln und sich zu sorgen. Man schläft. In der Stadt ist das anders. Er sehnt sich, endlich wieder auf Hygeia IV zu hocken und seiner geregelten Tätigkeit nachzugehen.

Damit wäre es beinahe vorbei, als er tags darauf dem Vorgesetzten voller Begeisterung das Amtsschreiben vorlegt.

„Was soll das denn sein? Damit können wir dich hier nicht weiterarbeiten lassen, ausgeschlossen."

Doch wieder findet Kottmüller das richtige Mischungsverhältnis zwischen glaubhaften Ankündigungen und Übertreibung; er verbürge sich dafür, dass alles Erforderliche binnen weniger Tage vorliege. Außerdem gehe es Dieter wieder schlechter: „Gott sei's geklagt!" Eine Wendung, die er von seiner abendlichen Lektüre in Erinnerung hat. Nach und nach ermattet von dieser Weitschweifigkeit, gibt der Chef schließlich nach und kündigt sogar an, in der Verwaltung prüfen zu lassen, ob man ausnahmsweise eine Barauszahlung als Vorschuss vornehmen könne. Ulf will ihm in ausgesucht schönen Worten seinen Dank aussprechen, aber der Mann hat es eilig. Zufrieden mit sich und seinem Redetalent, schwingt sich der Siegreiche auf Hygeia IV wie Gahmuret auf sein Streitross und zuckelt unter Getöse in jene Richtung davon, die Ilse ihm vorgibt.

„Arbeiten und nicht verzweifeln", den Spruch hat er eingerahmt in Olims Bibliothek gesehen, aber nicht sogleich verstanden. Erst heute erschließt sich Kottmüller die Weisheit dieser der Not abgerungenen Maxime; es kommt ihm vor, als könne ihm die Welt um ihn herum weniger anhaben, sobald er den Hebel bewegt und das Lenkrad betätigt und sonst nichts. Dass für eine so gleichförmige Tätigkeit sein ererbtes Naturell von Vorteil ist, erschließt sich ihm erneut; für heute erscheint es ihm unvorstellbar, wie jemand sich jemals beklagen könnte, unter Langeweile und Überdruss zu leiden, der eine solche Arbeit verrichten darf. – Wie eine Bestätigung seines Dienstfleißes muss es ihm folglich vorkommen, als Anastasios zum Feierabend auf ihn zukommt und ihm einen Auszahlungsbeleg überreicht: Eine für seine Verhältnisse beträchtliche Summe.

Das erste Wochenende ohne Gina-Lisa. Zwei Nächte lang hat Kottmüller schon in der Stadt herumgesucht, freilich ohne das geringste Anzeichen zu entdecken. Dafür kommt es zu einer anderen Begegnung, er sucht bereits nach dem Rückweg, reichlich deprimiert und orientierungslos. In ein fremdes Viertel ist er vorgedrungen, wo schrill sirrende Bahnen ihm zu Häupten hin und wieder sausen, alles voller Brücken und darunter jede Menge Leute, die Schlafsäcke und Decken, Plastiktüten und Klappstühle ausgebreitet haben. Einmal sieht er sogar ein Sofa, auf dem gleich zweie liegen und ausruhen. Nie und nimmer würde sein Schwein hier überleben können; es muss in eine andere Richtung gelaufen sein.

Immerhin findet Kottmüller zur ersten dieser Brücken zurück, von dort aus ahnt er den Weg zur Schreinerei. Mit wulstigen Schrauben aneinander befestigte Eisenträger wölben sich droben zu einer mächtigen Halle, über die mehrere Bahngleise führen. In kurzen Abständen wummern die Züge drüber hin. Doch in den Pausen, vermischt mit dem verebbenden oder von Neuem beginnenden Lärm, vernimmt er etwas anderes: es klingt hell, fast gläsern, Tonperlenketten schwirren auf und versinken wieder,

Kottmüller steht gebannt. Schließlich gelingt es ihm, den Quell der wundersam hallenden Töne auszumachen: schräg gegenüber, unterhalb der S-Bahn-Haltestelle, spielt eine junge Frau Querflöte. Als er nähertritt, stellt er fest, dass kein Kasten oder Hut oder dergleichen vor ihr steht und schließt daraus, dass sie nur für sich, ohne Lohn zu erbitten und ohne ein Gegenüber ihre wahrhaft freie Kunst darbietet.

Wie immer reichlich distanzlos, bleibt er direkt vor ihr stehen. Aber er glotzt sie nicht an, sondern schließt die Augen und rekapituliert, was er bislang alles über Musik gelesen hat. Viel ist es nicht; doch fällt ihm die Beschreibung eines Orgelkonzerts aus der Verdener ein, worin der Autor die „phänomenale Akustik" lobte. So in der Art muss das gewesen sein; der Nachhall verstrickt jede neue Klangwelle, die von der Musikerin leichthin hinaufgeflötet wird, vorübergehend mit der nächsten. Das wirbelt, jagt und huscht durcheinander, dass dem Lauscher schier schwindlig wird. Wer weiß, wie lange er so stehengeblieben wäre, hätte ihn nicht ihre Stimme in seiner hingegebenen Hörfreude unterbrochen.

„Willst du was?"

„Ich habe es schon, sonderbare Dame. Sie spielen wundervoll."

Als die Flötenspielerin nichts erwidert, sondern ihn nicht weniger bestaunt als er sie, die eine Art Taucheranzug mit vielen Reißverschlüssen trägt, bringt er ohne zu zögern seinen Fachbegriff an. „Phänomenale Akustik, nicht?"

„Deswegen bin ich hier."

Zur Ulfs Enttäuschung schraubt sie das Instrument auseinander und beginnt es zu reinigen.

„Wann kann ich weiterhören?"

„Morgen vielleicht? Nächste Woche?"

Da kommt Ulf eine Idee: Er könnte sie nach ihrem richtigen Namen fragen! – Michaela. Eigentlich habe sie vorgehabt, lässt sie ihn an ihren Planungen teilhaben, noch irgendwo ein Glas Wein zu trinken.

„Ich hab Wein", bricht es aus dem Kehrmaschinenfahrer heraus. „Ganz viel!"

Eine Weile betrachtet sie ihn von der Seite und kommt schließlich zu dem Ergebnis, dass von diesem Kauz keine Gefahr ausgehen sollte, wobei ihre Entscheidung nicht unwesentlich davon abhängt, dass in dieser Gegend zu dieser Stunde ohnehin kein Wein mehr zu bekommen wäre. Sie fragt ihn, ob er weit entfernt wohnt; aber nein, entgegnet er, nur über die Brücke rüber und dann links. Sonderbar lächelnd verschließt Michaela den Flötenkoffer und nimmt ihn am Henkel.

„Komm."

Eine schwer bestimmbare Verhaltensunsicherheit hemmt Ulfs Redefluss zunächst; wie nächtliche Stadtmenschen miteinander umzugehen pflegen, erschließt sich ihm erst allmählich. Stumm nebeneinanderher spazierend, passieren sie eine Verkehrsinsel, auf der ein bestimmt sehr alter Turm steht, von einer Mauer geschützt und mit einem spitzen Hut. Er fragt sie, wie das Gebäude genannt wird und sie sagt es ihm. Auf dem Weg über die Brücke wird jedes Gespräch durch dicht neben ihnen entlang und unter ihnen durch polternde Güterzüge unterbrochen. Es scheint Michaela zu interessieren, was es mit diesem Typ auf sich hat, sie meint sogar, dass er ein „Geheimnis" mit sich herumträgt, so seltsam kommt er ihr vor. Bruchstückhaft erzählt er ihr von seinem Auftrag, hat aber nicht den Eindruck, dass sie ihm Glauben schenkt.

Egal, es gibt ja genug andere Themen.

„Kennst du Petra Wicki vielleicht?"

„Wen?"

„Ich dachte. Weil die nachts auch immer draußen ist."

„Ich bin nicht nachts immer draußen. Nur wenn ich Lust hab. Willst du?"

Stehenbleibend hält sie ihm eine blaugelbe Packung hin.

„Ich weiß, was das ist, das sind Zigaretten. Der Olim hat auch immer welche."

„Der Olim. Ah ja."

Um die Flamme gegen den Nachtwind zu schützen, stellt sich Michaela hinter ein Wasserhäuschen. Noch einmal fragt sie Ulf, und er sagt schließlich ja. Einmal zieht er an der Filterlosen und spuckt sie zu Boden.

„So schlimm hätte ich mir das nicht vorgestellt", gibt er zu.

„Zu dir würden auch eher Zigarren passen, Hirschsprung oder Handelsgold. Sag mal, bist du in Behandlung?"

„Nein, ich komme aus Milben. Nicht direkt aus Milben, mehr aus dem Milbener Land. Wir nähren uns vom Wollschwein. Aber nicht von Gina-Lisa."

„Puh –."

Auch diese Reaktion kommt ihm bekannt vor.

Zwischendurch, da sind sie bereits in die Straße eingebogen, die zu Kottmüllers neuem Domizil führt, bekommt seine Begleiterin einen Anruf. Eifrig lacht sie ins Mobilfunkgerät und redet in ungeheurem Tempo. „Mit einem harmlosen Irren", meint er herauszuhören; sie könnte auch etwas anderes gesagt haben, jedoch, anschließend macht er sich zum ersten Mal Gedanken, welche Wirkung er bei manchen Leuten in F. erzielt. Mal Olim fragen. Nun aber, nachdem sie das Gespräch beendet hat, bemüht er sich, den Gastfreund zu geben, sagt „meine Teure" und „bitte nach Ihnen." Erst als er sie bittet, mit in den Keller hinabzusteigen, zögert sie.

„Was ist da unten?", fragt sie skeptisch.

„Der Wein."

„Ich komm da nicht mit."

„Dann hol ich ihn nach oben, das macht mir gar nichts aus."

Zum ersten Mal seit Gina-Lisas Verschwinden verspürt Ulf so etwas wie gute Laune. Deswegen eilt er sich auch sehr, greift schnell nach einem spanischen Rotwein, den man hinter goldenen Drahtrauten eingesperrt hat, einer Dose Mais und eingemachten Erdbeeren. Michaela ist einige Schritte vom Kellereingang zurückgewichen. Sie raucht schon wieder. Mit dem Wein ist sie einverstanden. Durch den Flur von Olims Hinterhaus geleitet Ulf seinen Gast in Hinterhof Nummer zwei und präsentiert seine Scheune.

„In echt? Hier wohnst du?"

„Seit kurzem. Vorher habe ich einen Park gehabt."

„Klar."

Bevor sie die Werkstatt betritt, löscht Michaela ihre Zigarette an der Hauswand, wirft sie aber nicht weg. Zögerlich stapft sie durch die Schreinerei. Erst als sie in Ulfs Privathöfchen herauskommt, fasst sie wieder Vertrauen und lässt sich umstandslos auf einen Klappstuhl nieder. Ulf stellt vor ihr ab, was er im Keller gefunden hat.

„Da."

„Hast du keine Gläser?"

„Das. Die anderen wurden gestohlen." Er zeigt auf das Einweckglas.

„Weingläser mein ich."

„Wozu?"

Da Kottmüller auch keinen Öffner besitzt, drückt Michaela den Korken mühsam durch den Flaschenhals und lässt sich darauf ein, zusammen aus einer Flasche zu trinken. Aber das ist gar nicht nötig, Ulf hat noch vom Birnenbrand, und der reicht ihm, und so stoßen sie mit den Flaschen an. Dann will sie wieder wissen, wie es so ist, wo er herkommt, er erzählt ihr von der Kornbrandproduktion und von der Herstellung und Verwendung von Männerlein, vergisst auch nicht die Anekdote einzustreuen, wie es Onkel Diez vom Wagen heruntergewischt hat; aus unerfindlichen Gründen muss sie lachen, zwischendurch raucht sie wieder, dann baut sie sogar ihre Flöte zusammen und spielt ein bisschen, aber nicht lange.

„Warum hörst du auf? Die Akustik?" Ulf hätte gerne noch gelauscht.

„Nicht deswegen. Um die Zeit stört das die Leute. Will nicht, dass du 'ne Anzeige kriegst."

Ulf schüttet sich eine Portion Mais auf die Hand, meint, das wäre egal, und futtert aus der Kuhle. Michaela tut es ihm nach und grunzt.

„Wie Gina-Lisa!", entfährt es dem Gastgeber.

Und dann erzählt er von der Reise. Von der Ankunft. Und von seinen Begegnungen. Vor allem aber von seinem Schwein, und wie schön er es ihm machen will, wenn er es wieder hat. Bevor sie aufbricht, versichert ihm Michaela, sie werde sich umhören und ihm gerne helfen, dass er es wiederbekommt, falls möglich. Erst nachdem sie gegangen ist, fällt ihm ein, dass er sie durchaus ebenfalls hätte fragen können, irgendetwas, wo sie herkommt zum Beispiel oder was sie so treibt, wenn sie nicht gerade unter Brücken Flöte spielt.

Das nächste Mal, vielleicht.

Der Samstagmorgen beginnt mit einem Rückfall. Noch im Halbschlaf fühlt Kottmüller den Entzug: So eine lange Reihe von Tagen ohne Mett hat er noch nie erlebt. Nachlässig wäscht er sich am Gartenschlauch, strählt seine Borsten feucht nach hinten und verlässt die Hinterhöfe. Unterwegs, so hat er sich das angewöhnt, späht er in die Hausgänge hinein, ob sich nicht der Rüssel eines gefangenen Schweines ihm entgegenstrecke. – Zu seinem Ärger ist es voll in der Metzgerei. Meister Sobirski hilft an der Verkaufstheke aus, Hilke nimmt keine Notiz von ihm. Vorm Schaufenster wartet er ab und zählt die Wurstkringel in der Auslage. Endlich hat er keine Geduld mehr und betritt den Laden. Andeutungsweise nickt Hilke ihm zu. War das ein Lächeln oder ist sie beleidigt? Aber worüber? Schwer zu sagen.

„Ich hätte gerne Mett.“ Ulf legt einen Schein auf die Theke, neben das dafür vorgesehene Tellerchen.

„Des heißt Hackfleisch.“

Ohne ihn anzublicken, wendet sich Hilke um und schaufelt aus einer silbernen Wanne in eine Tüte hinein. Dafür äugt der Metzgermeister zwischen Ulf und Hilke hin und her, so, als ob er etwas ahne.

„Wo warst du schon widder?“, zischt sie ihn an, als sie das Geld gegen den Mettbeutel tauscht.

„Ich habe eine Frau kennengelernt, die ...“

„Ach?“

Zu Ulfs Erstaunen dreht sich die Fleischereifachverkäuferin augenblicklich von ihm weg und bedient einen anderen Kunden. Er wollte ihr von den Flötenkünsten Michaelas und von ihrem Taucheranzug erzählen, aber schon wieder drängen Menschen herein, und es gelingt ihm nicht, auch nur einen Blick von ihr zu ergattern. Gedankenverloren setzt er sich an die Haltestelle und mampft das Mett. Es befriedigt seine Lust, sein Mettspiegel steigt zügig an, auch der Hunger verschwindet, aber etwas ist anders als sonst. Bis zum Mittag sind es noch ein paar Stündchen hin, so trottet er die Straßen auf und ab; betrachtet ein Toilettenhäuschen in einer Grünanlage, das man zu einem Café umgewandelt hat; kauft sich Salzstangen und ein Päckchen Handelsgold, setzt sich an den Main, hat aber keine Streichhölzer dabei; und dann ist er ganz pünktlich zurück, als Sobirski den Rollladen herunterlässt. Hilke tritt aus dem Seiteneingang und stapft mit festen, bösen Schritten an ihm vorbei.

„Gehen wir spazieren?“, ruft er ihr hinterher.

„Verschwind!“

Es gibt so manches im Leben der Städter, das sich Kottmüller noch nicht erschließen mag. Eindeutig, sie will nichts von ihm wissen – aber warum? Olim fragen. Noch einmal blickt er ihr nach. Hat sie es nur eilig oder ist sie wütend? Für wütend spricht, dass sie am Ende der Straße eine Tafel mit einem Gesicht, wahrscheinlich ein Werbeplakat, umtritt. Er ist hin- und hergerissen; einerseits möchte er ihr hinterhereilen, andererseits hat es ihm einen Stich versetzt, dass sie ihn wortlos stehenlässt. Mangelnde Freundlichkeit ist das eine, damit kommt er prima zurecht – aber Missachtung, nein, das hält er für übertrieben.

Er hat sich ja nichts zuschulden kommen lassen.

Nach Gina-Lisa, rekapituliert er, ist dies der schwerste Verlust, seit Ulf in F. angekommen ist. Ob Hilke vielleicht auch einmal wiederkommt, wie sein Schwein? Zum Glück gibt es genug zu tun an diesem Wochenende: Die Schreinerei befindet sich noch längst nicht in dem Zustand, wie sie ihm als Wohnung tauglich sein sollte; am Montag nämlich möchte er Olim einladen und ihm alles zeigen. Mitten in der Arbeit, Ulf saugt die rechte hintere Ecke aus, bekommt er Besuch. Er hat die Frau noch nie gesehen, deswegen vergisst er zu grüßen. Sie aber ist sehr aufmerksam zu ihm, stellt sich als Johanna vor und überreicht ihm einen Obstkorb mit Trauben und Äpfeln.

„Wollte mal sehen, wer da bei uns eingezogen ist.“

Nicht ohne Scharfsinn kombiniert Ulf, um wen es sich handelt: „Sind Sie die Frau vom Olim?"

„Von wem? Wenn du den Staubsauger ausschaltest, können wir uns unterhalten!"

Ulf gehorcht.

„Sie sind aber nett. Ich hätte Sie mir ganz anders vorgestellt."

„Wie denn? Gemein?"

„Warum haben Sie ihn denn nicht mehr lieb?"

Einen Moment lang zögert Johanna, ob sie die alte Schreinerei umgehend verlassen soll; so kauzig hätte sie sich den neuen Mieter doch nicht vorgestellt, trotz Vorwarnung. Immerhin ist er ehrlich, von Grund auf, sozusagen.

„Man hat sich nicht für immer lieb, weißt du", versucht sie einen pädagogischen Zugang.

„Ich schon. Ich werde Gina-Lisa immer lieben."

„Gina-Lisa?"

„Mein Wollschwein."

„Ach ja, ich hab davon gehört."

„Wenn sie wiederkommt, wohnt sie hinten im Efeu."

„Da wird es ihr sicher gefallen."

So reden sie noch eine Weile, bis ihn Johanna wieder seiner Hausarbeit überlässt. Aber er arbeitet nicht sofort weiter; Ulf befindet sich in einem Zwiespalt: Auf der einen Seite möchte er zu Olim halten, und deswegen mag er Johanna nicht; auf der anderen findet er sie sympathisch, am liebsten wäre er sofort mit ihr spazieren gegangen. Schließlich setzt er auch diesen Fall auf die Liste mit Themen, die er mit Olim besprechen muss. Bis Montag ist ihm der Plan, den Freund einzuladen, aber entfallen. Auch die Salzstangen, die er ihm nach der Arbeit als Geschenk mitbringen wollte, hat er nicht dabei.

So sitzt Kottmüller denn wie gewohnt ein Plauderstündchen lang in der Kammerbibliothek. Gleich zu Anfang gibt er den Parzival zurück. Diesmal ist er teilweise aufrichtig: Manches daran gefalle ihm wirklich, es sei auch recht gut gedichtet, aber insgesamt interessiere ihn überhaupt nicht, was darin vorkomme, also gar nichts. Dass er kaum ein Viertel gelesen hat, verschweigt er:

Eine Verfahrensweise, die er bei Büchern noch öfter in Anwendung bringen wird. Bei Musik ist das einfacher; man lässt sie dudeln und saugt dabei Staub oder futtert etwas.

Olim nimmt das Buch lächelnd entgegen: „Magst du was anderes?"

„Wenn du mir noch mal was gibst?"

Mit geübten Griffen zieht der belesene Mediziner fünf unterschiedlich dicke Bücher aus dem Regal: Eichendorffs Taugenichts, Kropotkins Gegenseitige Hilfe, ein zart geblümtes Bändchen mit dem Titel Trost der Welt, eine Geschichte der Stadt F. sowie Aus meiner Kindheit und Jugendzeit von Albert Schweitzer. Dann zögert er, dreht sich noch einmal um und holt aus der obersten Reihe Vom Faustkeil zur Fabrik.

„Wenn dir gar nichts davon gefällt, dann solltest du vielleicht beim Zeitunglesen bleiben."

„Danke, mach ich."

In jedes der Bücher wirft Ulf einen Blick. Beim Trost der Welt merkt er auf: „Gedichte! Die kenn ich schon. In der Verdener haben immer welche gestanden. Sonntags. Ich habe auch schon eins gemacht, für ein Lied, aber nur den Text. Ein Schweine-Gedicht."

„Hätte ich mir denken können. Magst du etwas essen?"

„Nein, ich hatte schon Trauben. Die Äpfel nicht, die hab ich über die Mauer geschmissen. Äpfel mochte ich noch nie. Aber genau das wollte ich dich fragen: Deine Johanna war mich besuchen."

„Ja, ich weiß. Es ist aber gar nicht meine Johanna."

„Genau. Sie war aber nicht so schlimm, und deswegen wollte ich fragen, ob es dir recht wäre, wenn ich euch beide ins Herz schließe, also dich und sie, alle zwei."

Olim schüttelt den Kopf, lächelt und räuspert sich: „Natürlich. Dann wären wir ja wieder vereint."

Der Reihe nach bringt Ulf seine Fragen vor. Allzu gerne möchte er wissen, warum Hilke, die doch extra mit ihm spazieren gegangen ist, jetzt nichts mehr mit ihm zu tun haben möchte. Ausführlich muss er die Szene ihrer letzten Begegnung schildern, und Olim kommt zu dem Schluss, dass sie eifersüchtig sei. Ulf fragt um Rat, wie man sich in einer solchen Situation am besten verhalte und erfährt, dass eine Entschuldigung, verbunden mit einer Erklärung, angebracht sei. Auf jeden Fall solle er die Gekränkte aufsuchen und nach Möglichkeit wieder friedlich stimmen. Wenn er sie gernhabe, sei dies wohl die einzige Möglichkeit, wieder einen Kontakt zu ihr aufzubauen.

Ulf verspricht, einen Versuch zu starten.

Dann berichtet er von der Nacht auf Samstag, als er die Flötenspielerin Michaela mit nach Hause genommen hat, und Olim versteht nun noch viel besser, warum Hilke abweisend reagiert hat: Es sei doch wahrscheinlich, dass ihr einiges an ihm liegt, sonst wäre ihr auch gleichgültig, was er mit seiner Zeit anfängt, wenn sie nicht bei ihm ist. Der Gedanke leuchtet Kottmüller ein. So gut er kann, beschreibt er dem Freund die Wirkung von Michaelas Musik; wie das geklungen habe unter der Brücke; wie schön der Nachhall die Tongirlanden miteinander verwirbelte ...

„Wart mal."

Olim scheint etwas eingefallen zu sein. Er erhebt sich von seinem Sitzkissen. Diesmal geht er nicht zu einem Buchregal, sondern lupft mit dem Zeigefinger eine der vielen hundert CDs hervor und legt sie in ein Gerät ein, das aussieht wie ein liegender Dackel mit Lautsprechern.

„Das Stück heißt Peter und der Wolf."

„Spannend."

„Sehr spannend. Es gibt da einen Vogel, und vielleicht hört der sich ungefähr so an wie das, was dir unter der Brücke vorgespielt wurde."

Olim überspringt die Vorstellung der handelnden Personen und beginnt mit der Szene, da Peter am Morgen die Gartentür öffnet und auf die große grüne Wiese hinaustritt. Doch bis zum Vogel kommen sie erst einmal nicht; was mit Ulf vorgeht, als die Streicher einsetzen, hat sein Gastgeber noch bei keinem Musikhörer erlebt: Mit einem Angstlaut drückt sich Kottmüller nach hinten weg und krampft die Hände in den Teppichboden. Aber Olim ist klug genug, die Darbietung nicht sofort abzubrechen; den Finger auf dem Pause-Knopf, beobachtet er, was mit seinem Gast vorgeht. Den Mund aufgerissen, mit den schreckgeweiteten Augen im Zimmer umhersuchend, preisgegeben diesen niemals vernommenen Klängen, entspannt sich der Ergriffene nur langsam. Um für den Anfang nicht zu übertreiben, unterbricht Olim die Vorführung schließlich doch.

Kottmüller keucht: „Was ist das?"

„Prokofiev. Sag mal, kennst du keine Musik?"

„Nicht so welche."

„Dann hast du etwas verpasst. Achtung, gleich kommt der Vogel."

„Ja, ja, so ungefähr!", ruft Ulf in das Gezwitscher der Flöte hinein. „Nur nicht so schrill."

Einige der Fragen, die er sich für diesen Nachmittag aufgehoben hat, vergisst Ulf fürs Erste, da ihm Olim immer neue Flötenstücke vorspielt. Am nächsten kommt Michaelas Musik Debussys Syrinx, doch auch nur an ein paar Stellen. Allmählich lässt das Erschrecken nach, jedoch sobald die Musik einsetzt, verliert Ulf die Kontrolle über sich, weiß nicht mehr, wo er sich befindet und vermag kaum zu atmen.

„Du wärst ein fantastischer Forschungsgegenstand." Olim grient.

Vorläufig gedenke er seine Beobachtungen aber für sich zu behalten. Diesmal geht die Stunde noch schneller herum als sonst; Kottmüller ist es überhaupt nicht recht, als Olim aufbricht. Zum Trost leiht er ihm außer den Büchern auch noch den kleinen CD-Spieler aus, nebst einem Karton mit CDs.

„Jetzt hast du richtig was zu tun."

Sie verabschieden sich auf den nächsten Tag.

„Und geh diesmal früher ins Bett."

Die Arme voller Gaben, schwankt Kottmüller zu seiner Behausung. Stolz, dass ihm nichts heruntergefallen ist, leert er alles auf den Mosaikboden, wobei mehrere CDs aus ihren Hüllen springen und herumrollen. Der Drang, seine Wohnung aufzuräumen und ansprechend zu gestalten, wächst auf sonderbare Weise, da er diese wertvollen Bestandteile aus Olims Bildungsschatz bei sich zu Gast weiß. Schon in der ersten Nacht, als er mit Anteilnahme immer wieder die ersten drei Seiten des Taugenichts durchliest und zwischendurch die ungeheuerlichsten Musikwerke auflegt, die er jemals gehört hat, Dowland und Schreker, Beatles und Thelonious Monk, erfährt er die Unvereinbarkeit eines den Künsten geweihten Lebens mit dem Alltag des Werktätigen. Ohne Schlaf und Frühstück, schwindlig und mit schrecklichem Geschmack im Mund, hastet er durch den Morgen.

Seine Verspätung bleibt unbemerkt.

Im Halbschlaf folgt er Ilses Anweisungen, nickt sekundenweise ein und greift jedes Mal im letzten Augenblick zu, bevor er Hygeia IV gegen den Bordstein lenkt oder ein anderes Fahrzeug touchiert. Noch vor der Mittagspause wird der Hunger übermächtig; zum Glück führt ihn der Weg schon bald an seinem Lieblingswasserhäuschen vorbei.

„Ich bin so müd, ich kann mich kaum mehr oben halten!", schreit er Kumpel Ohr entgegen, der ihm die Kombination von Rindswurst mit heißem Kaffee schmackhaft zu machen weiß.

„Des werkt."

Die Mittagspause schläft Kottmüller durch, die Arme aufs Lenkrad und den Kopf auf die Arme gebettet.

„Olim, ich kann nicht mehr", gesteht er am Nachmittag seinem Gönner. „Deine Bücher ... deine Musik ... das ist gemeingefährlich!"

„Ich weiß."

Außerdem, so berichtet er gähnend, tauche bei jedem zweiten Wort eine Frage in ihm auf, und er könne doch nicht fortwährend bei ihm oben anklopfen. Auch verspüre er die Neigung, etwas Anleitung zu erhalten und Übersicht zu gewinnen, denn die vielen verschiedenen Worte und Töne verwirrten ihn derart, dass er eine Schädigung seiner Nerven fürchte. Beinahe die Balance verlierend ob seiner Müdigkeit, hört Ulf trotzdem nicht auf zu reden, bis Olim im Treppenhaus aus dem Blickfeld gerät.

„Weißt du was?", ruft ihm dieser noch nach. „Ich habe den Eindruck, du bist derzeit der einzige Mensch auf der Welt, der noch angemessen auf Kunst reagiert!"

Was auch immer der Olim damit gemeint haben könnte, es klang nach einem Kompliment.

Im Gefühl, viele Geschenke innerhalb sehr kurzer Zeit erhalten zu haben, wofür auch immer, rollt sich Kottmüller in seiner Kaut zusammen wie ein Wollschwein in seinem Koben und dämmert in nervöse, gestaltenreiche Träume hinüber.

Doch der Geschenke sind für heute nicht genug.

Zuerst hält er das Klopfen an der Werkstattfensterscheibe für Vogelpicken. Dann erspäht er eine gespenstische Silhouette, die an der Fensterfront emporkriecht: eine Riesenschlange! In der Tat, durch die Lektüre der Verdener weiß er, dass solch grässliche Viecher im Süden existieren, doch hatte er ihr Verbreitungsgebiet noch weiter weg, in fernen Dschungeln vermutet. Als die Hoffnung, es möchte sich bitte um ein Traumbild handeln, erloschen ist, greift Kottmüller nach einer Schreinersäge, rostig, doch für einen Drachenkampf immer noch scharf genug und schleicht dem Objekt des Grauens entgegen. Je näher er ihm kommt, desto häufiger wechselt es Höhe und Breite; das macht natürlich das betagte Glas, so viel Verstand bringt er gerade noch zusammen. Doch da klöpfelt es schon wieder. So fest er kann, umkrallt er den Holzgriff der Stichsäge und reißt die Tür auf.

Dass er nicht sofort zugestochen hat, darf Kottmüller späterhin als einen der Glücksmomente seines Erdenlebens verbuchen. Ein weiterer Punkt, den er für sich und seinen Schutzengel anführen kann, ist der Umstand, dass jenes außergewöhnlich dünne Mädchen, das ihn besuchen kommt, im Augenblick, da er so schwungvoll öffnet, noch immer auf ihr Smartphone starrt, so dass sie die Säge in seiner Hand nicht wahrnimmt. Trotzdem erschrickt sie, entschuldigt sich aber sogleich, indem sie zehnmal ihre Haare, die ihr elfmal wieder ins Gesicht fallen, zur Seite streift. Sie wäre Laila, Johannas Tochter, und sie habe gehört, der neue Mieter sei so interessiert an allem Wissenswerten, und da habe sie sich überlegt, ob er vielleicht ihr altes Handy haben wolle.

„Laila", formt Kottmüller den ungewohnten Klang ihres Namens nach.

„Genau. Kann ich kurz rein? Dann zeig ich Ihnen, wie's funktioniert. Muss gleich in Geige."

Noch vermag der aus dem Schlaf Gerissene alle diese Sinneseindrücke nicht einanderzuordnen, folglich sagt er nichts, sondern öffnet die Tür wie automatisch und tritt zur Seite. Dieses Mädchen, Laila, dürfte gut einen Kopf größer sein als er, aber nur ein Zehntel wiegen, schätzt er.

„Wo können wir uns mal hinsetzen?"

Verlegen schaut sich Johannas Tochter um, findet aber keinen Stuhl, wie sie das aus allen anderen Wohnungen kennt. Endlich kommt Ulf zu sich und schlägt vor, einen kaum nachlassenden Schauder überwindend, als er so nahe vor sich diese besenstildünnen Beine sieht, doch „auf meiner Terrasse" Platz zu nehmen. Ein bisschen Aufschneiderei ist doch immer recht wirkungsvoll, vor allem, wenn man sich selber unsicher fühlt. Wahrhaftig, dass die Frauen in der Stadt und außerdem die meisten Männer andere Körperformen bevorzugen als dies in seiner Heimat der Fall ist, das hat er längst verstanden; auch die Gründe dafür müssen andere sein als Mangelernährung oder Krankheit, wie er die längste Zeit annahm; doch unter allen Begegnungen seit seiner Abreise ist dies die fremdartigste, und wäre Laila nicht so nachsichtig und geduldig, das Gespräch hätte ein rasches Ende genommen.

So sitzt sie denn eine Weile neben ihm, vornübergebeugt und verhüllt von ihren Haaren, die Bleistiftbeinchen übereinandergeschlagen, und erklärt Ulf, wie einfach er mit diesem Kästchen Auskunft erhalten könne, ja, über alles. Immer wieder zeigt sie mit ihren oben gefärbten Streichholzfingern auf Zahlen und Tasten und lässt es ihn schließlich selber versuchen.

„Was möchten Sie nachschauen?"

„Weiß nicht."

„Mein Stiefvater hat gesagt, Sie hören so gerne Musik. Welche denn, zum Beispiel?"

Das Erste, was Kottmüller einfällt, ist Peter und der Wolf. Anscheinend kennt auch Laila das Werk, denn sie lächelt wissend. Viele Versuche benötigt der Schweinehirt, bis seine wulstigen Fingerkuppen, eher zufällig, die richtigen Buchstaben finden. Doch siehe da, mit einem Mal erscheint in blauer Schrift der Titel und daneben der Komponist. Ulf ist fassungslos. Hilfesuchend starrt er Laila an.

„Gut, gell?", freut sie sich über den gelungenen Einfall. „Und wenn Sie jetzt wissen wollen, wie man den ausspricht, dann machen Sie das so ..."

In einer fließenden Bewegung, so, als müsse sie nur einmal auf die Scheibe drücken und fertig, schreibt sie den Namen und zeigt Ulf ein Lautsprechersymbol. Kurz darauf hört er eine Stimme „Prokofiev" krächzen. Auch das ist eigentlich zum Fürchten, aber er verbirgt es geschickt; vor jungen Mädchen sollte man sich nicht blamieren, das weiß man sogar in Milben.

Nachdem sie mehrere Dutzend Mal ihre Haare aus dem Gesicht gestrichen und höchst munter über die Vorteile der Smartphone-Nutzung doziert hat, ist Ulf sich sicher, den Code erkannt, jedoch noch nicht entziffert zu haben. Laila wiederholt exakt fünf Gesten, meist in unterschiedlicher Reihenfolge: Mund und Nase kraus ziehen und so gucken, als sei das Gegenüber hirnverbrannt; die Hände im Neunzig-Grad-Winkel nach oben stellen, den Mund offen lassen und den Gesprächspartner wie einen Vollidioten fixieren; den Kopf nach hinten drehen, die Brauen noch höher ziehen, die Augen aufreißen und: „O mein Gott!" rufen; mit beiden Zeige- und Mittelfingern Gänsefüßchen in die Luft malen; Hände parallel seitlich in Tanzgesten bewegen, aber nicht tanzen.

Wer dies festgelegt hat, und warum alle Mädchen das auf dieselbe Weise ausführen müssen, erschließt sich Kottmüller noch nicht, aber wer weiß, womöglich hilft ihm das neue Gerätchen dabei. Alle möglichen Fragen drängen sich ihm auf, aber schon hat sich Laila erhoben, ihm viel Spaß gewünscht und schlüpft, nicht ohne mit Geste fünf zu winken, durch die Werkstatt hinaus Richtung Hinterhaus eins.

Ulf starrt vor sich hin.

Er ist unruhig. Irgendwas fehlt. Aber was? Da, im letzten Augenblick fällt es ihm ein, er springt auf und bewegt sich, so schnell es die Maschinen und Kisten und Bretter, die er noch nicht wegschaffen konnte, erlauben, durch seinen Wohnbereich und erwischt Laila noch eben, bevor sie im Durchgang verschwindet.

„Danke!", ruft er durch die hohle Hand.

Per Geste Nummer drei oder vier gibt sie ihm zu verstehen, dass alles in Ordnung ist.

Bei der Zubereitung seines Abendbrots, einer Schüssel Zwiebelsalat mit Knoblauch und Brot, seiner Eigenvariation, angeregt von Olim, lässt Ulf einen Klassik-Sampler laufen, der ihn auf einen Schlag mit der Rhapsodie in Blue, der Petersburger Schlittenfahrt, Boccherinis Menuett und einer Einspielung von Bachs Jesu, meine Freude auf der Orgel des Bamberger Doms bekannt macht. Während er futtert, versucht er gleichzeitig Kropotkins Schilderungen einer sibirischen Expedition zu lesen, einer Live-Darbietung des Fauré-Requiems mit Annalena Matjorkina zu lauschen sowie auf Lailas Handy nachzuschauen, wer Kropotkin, Fauré und die Matjorkina gewesen sind oder ob sie vielleicht noch leben.

Es bemächtigt sich seiner schließlich eine gewisse Mattigkeit, so dass er sich entschließt, eine Handelsgold-Zigarre im Höfchen auszuprobieren. Dazu lässt er keine Musik spielen, trinkt aber ein Fläschchen Holundergeist und liest in der Sammlung deutscher Lyrik Verschiedenes: Fleming, Lenau, Däubler, Heym.

Alles nicht sehr erheiternd.

Ob durch die Einwirkung der Billigzigarre oder durch allzu viel disparate Bildung bewirkt, gegen elf wird ihm schwummerig zumute; doch anstatt, wie mit Olim und sich selber abgemacht, rechtzeitig zu Bett zu gehen, begibt sich Kottmüller auf einen Gina-Lisa-Such-Spaziergang. Die ersten zwei Kilometer weiß er weder, wo er entlangkommt, noch, was er gerade denkt. Sein armes nordhessisch-südniedersächsisches Hirn ist in einen derartigen Dauererregungszustand versetzt, dass ihm nicht auffällt, wie lange schon jemand neben ihm einherwandelt.

„Sag mal, kennst du mich nicht mehr?"

„Nein?" Unwillkürlich ahmt Ulf Lailas Geste eins nach.

Da erst registriert er Wicki, Petra vielleicht neben sich. Sie hat wieder ihren Trainingsanzug an und sieht verunsichert aus. Statt wie üblich mit einer unpassenden Antwort aufzuwarten, fällt Kottmüller das Richtige ein, er entschuldigt sich. Er habe, so fasst er seinen Selbstversuch zusammen, die vorherige Nacht sowie den heutigen Abend mit Kunst zugebracht und fühle sich dementsprechend überfordert. Außerdem habe es Zwiebelsalat gegeben, also eigentlich Mett, aber unter Weglassung des Metts, was dem Geschmack nicht zuträglich war, aber seinem neuerdings entdeckten Gewissen.

„Sag mal“, leitet Petra zum zweiten Mal ihre Frage ein, „warum holst du deine Anzüge nicht ab?“

Ulf sieht keine andere Möglichkeit als zu lügen: „Vergessen! Komplett vergessen! Kropotkin – Taugenichts – Schneewalzer – Weltunglück geistert durch den Nachmittag – alles durcheinander! Da kommt man auf die nächstgelegenen Dinge nicht.“

„Du magst mich nicht, stimmt's?“

„Aber gewiss!“

„Du findest mich komisch, kannst nichts mit mir anfangen.“

„Überhaupt nicht! Auf jeden Fall! Ich bin jetzt wütend auf mich.“

„Warum denn das auf einmal?“ Petra Wicki bleibt stehen.

„Weil du traurig bist, und ich bin schuld.“

„Du bist vielleicht ein Typ ...“ Mit dem Ärmel wischt sie sich Tränen aus dem Gesicht und schüttelt den Kopf. „Es ist immer dasselbe“, haucht sie. „Erst finden mich alle nett, und dann will keiner mehr was mit mir zu tun haben.“

„Passiert mir auch manchmal“, bedient sich Ulf eines Zutrauen erweckenden Plaudertons, den er Passantinnen in der Innenstadt abgelauscht hat. Da sie nicht antwortet, denkt er weiter und kommt auf etwas Schlaues: „Wollen wir das so machen: Ich höre für heute Abend auf, mein Schwein zu suchen, hole die Anzüge bei dir ab und zeige dir mein neues Haus.“

„Du hast ein Haus?“ Für den Moment überlagert die Verwunderung die Schwermut.

„Und was für eins! Und einen Keller hab ich, da können wir uns was aussuchen.“

„Was ist mit dem Schwein?“

„Erzähle ich unterwegs.“

Noch immer vermeidet Ulf, „Du“ zu sagen; es ist ihm zu kompliziert zu entscheiden, wann er jemanden siezen, wann duzen soll. Bei Olim ist das etwas anderes; „Herr Abraham“ klänge allzu blöd, und von Hilke kennt er nicht einmal den Nachnamen. O Himmel – Hilke! Wenn sie erfährt, dass er schon wieder eine Frau mit nach Hause bringt ... Das Beste wird sein, er lügt sie an. Jetzt aber nicht schon wieder an etwas anderes denken ... Es ist nämlich notwendig, das Gespräch am Laufen zu halten, das wird Wicki Petra vielleicht gefallen und in eine fröhlichere Stimmung versetzen. Also erzählt er, wie ihm Gina-Lisa abhandengekommen ist, von Olim und den Papieren, schließlich von Hilke und Michaela und seinem Dilemma.

„Kennst du die Michaela?“

„Woher denn?“

„Die spielt Flöte. Unter der Brücke.“

„Ach die. Die kennen alle.“

Zwischendurch kommt Ulf in nie dagewesener Feinfühligkeit auf die Idee, Petra zu fragen, weshalb niemand etwas mit ihr anfangen könne. Aber sie will nicht darüber reden.

„Also gut, Petra“, probiert er es immerhin mit dem Vornamen, und sucht nach einem Kompliment, wird aber unterbrochen.

„Ich heiß nicht so.“

Was meint sie bloß? Wie dem auch sei, jetzt gilt es zu verhindern, dass sie wieder in ihre Trübsal zurücksinkt. Ulf lenkt ab und will wissen, was sie tagsüber treibe, da sehe sie ganz anders aus; sie sagt es ihm auch, aber er hört nicht zu, weil er daran denken muss, wie schön das wird, wenn er ihr nachher die Schreinerei zeigt. – Der Transport der Anzüge geht bis auf das Rädergerassel recht unproblematisch vonstatten, und sein Gast zeigt sich tatsächlich beeindruckt.

„Das darfst du alles benutzen?“

„Klar. Du bist übrigens nicht die Erste, die mich hier besucht. Eine Frau und ein Mädchen waren schon da. Und der Olim natürlich.“

Während sie in den Keller hinuntergehen, im Gegensatz zu Michaela scheint Petra keinerlei Befürchtungen zu hegen, versucht

Ulf so eindringlich wie möglich zu beschreiben, was für ein freigiebiger, rundum gebildeter, dabei praktisch geschickter, vielsprachiger, weiser, milder, einfühlsamer und stets unermüdlich für andere einstehender Mensch der Olim ist.

„Da hast du aber Glück, so jemand zu kennen", meint Petra.

„Ja", stimmt Ulf zu. „Ist aber mein Verdienst."

„Wieso denn das?"

„Ich hab ihn zuerst angesprochen, auf der Rutsche."

Petra entscheidet sich für Gewürzgurken mit viel Dill und eine Flasche Erben Spätlese. Aber als sie die Modegondel in die Werkstatt gefahren haben, hat sie plötzlich keinen Hunger mehr, sondern will Ulf hübsch anziehen. Von den Anzügen passt nur ein einziger, extrabreit geschnitten, aber die Hosenbeine müssen sie trotzdem hochkrempeln. In zwei kleineren Anzügen stecken Hemden drin, die sind zwar zu eng, aber mit geöffneten Knöpfen geht es.

„Weißt du was? Ich schneid dir die Haare."

Ulf springt von ihr weg: „Das machst du nicht!"

Aus dem Norden sind ihm gräuliche Prozeduren erinnerlich, woran die Tanten freilich ihren Spaß hatten, denn es war enorm schmerzhaft, wie einem mit der Eisenraspel die Haare ausgerissen wurden; die Schreie der Knaben waren ihr Labsal. Ja, dann kamen sie zusammen und lachten wahrhaft Tränen, während der kleine Ulf und seine Kameraden greinten. Selbst als Petra verspricht und beschwört, nicht einen Moment werde er Qualen auszustehen haben, wehrt er sich noch, und als er endlich aufgibt, scheitert es daran, dass in seinem neu eingerichteten Haushalt keine Schere aufzutreiben ist.

„Rasiermesser?"

„Hab ich nicht", wendet er die reinste Form der Notlüge an.

Und dann nehmen sie doch noch einen Imbiss. Petra bleibt bis kurz vor vier. Beim nächsten Besuch, verspricht sie, bringt sie eine Schere mit. Und einen Kamm.

„Keinen Kamm!" Ulf denkt an das fürchterliche Ziepen, Abschluss eines jeden Haarschneide-Martyriums. „Ich mach das immer mit den Fingern, guck, so."

„Ja. Fantastisch."

Petra scheint von der Methode keineswegs überzeugt. Sie verabschiedet sich mit einem Kuss auf Ulfs Wange.

Danach kann er noch viel weniger einschlafen. Diese Nacht wird noch schlechter als die letzte. Immerzu schwappen die Gedanken hin und her, Töne und Worte, Klang und Gemurmel. Dann diese Frauengesichter: Hilke und Petra, Michaela, Johanna, schließlich Lailas lange Haare; ist er denn auf einmal ein Schwerenöter geworden? – Während der Dienstzeit weicht die Erschöpfung nicht eine Minute. Kottmüller nickt so oft ein auf Hygeia IV, dass es unweigerlich zum Unfall kommt: Das Gerät schert nach links aus, Ulf döst weiter, ein Auto kann nicht ausweichen und touchiert die Kehrmaschine.

Der Stoß wird abgepuffert durch Ulfs linkes Bein.

Erst will die Fahrerin losfluchen, dann aber bemerkt sie, dass der Mann in der orangenen Schutzweste vor Schmerzen keucht. Sogleich möchte sie einen Rettungswagen rufen, doch Kottmüller lehnt ab, danke, es gehe schon wieder, es sei ja nichts passiert; die Kehrmaschine habe seit Kurzem ein Lenkproblem, das müsse sogleich behoben werden, er sei dazu in der Lage, aber nicht hier, die Werkstatt sei gar nicht weit, gleich um die Ecke. Konsterniert von dem Geschwätz, gibt die Hilfsbereite auf und sieht sich in ihrem Vorurteil bestätigt, dass bei der Stadt doch ziemlich viele hohle Nüsse beschäftigt sind.

Bis halb vier schleppt sich Kottmüller durch und humpelt nach Hause. Weder bei Hilke noch bei Olim schaut er vorbei, stellt keine Musik an, liest auch nichts, sondern verkriecht sich stöhnend in seine Schlafkaut. Doch schon wieder gelingt es ihm nicht einzuschlafen – die Schmerzen im Knie und am Unterschenkel sind zu heftig. Mitten in seiner Pein beginnt er zu lächeln: Olim hat doch gesagt, er sei Arzt! O wie gut er es doch mit ihm meint! Ein Heiliger ist er, ein Wohltäter der Menschheit, vor allem ihres so geplagten Einzelbestandteils Ulf.

„Olim, mein Bein ist tot!", schreit er in immer kürzeren Abständen immer lauter in den Hinterhof eins hinaus.

Als sein Zutrauen in Zweifel umschlägt, ob man ihn draußen überhaupt hören könne, vernimmt er die ersehnte Stimme.

„Ich bin doch schon unten, brauchst nicht zu schreien."

Jetzt ist Kottmüller in Sicherheit. Nur eine riskante Situation gilt es noch zu bemeistern: Als Olim sein Bein befühlt, sticht ihn der Schmerz einen Moment lang so grässlich, dass seine Faust gegen Olims Kinn ausfährt.

Den Luftzug verspürt der Helfer durchaus.

„Soll ich dich besser fixieren?"

„Oje, Olim, das tut mir so leid, Hilfe, es war nur ..."

„Ein Reflex, ja. Jetzt halt still."

Mit der Diagnose, es handle sich um eine Quetschung, eventuell komme eine Verstauchung hinzu, verlässt ihn der Syrer, nur um wenige Minuten später wiederzukehren, eine Plastiktüte in der Hand.

„Schau mal, mein deutscher Arztkoffer! Accipere quam facere praestat iniuriam ..."

„Stimmt. Was heißt das?"

„Lieber Unrecht leiden als Unrecht tun. Achtung, Verband: Bitte nicht zuschlagen."

Mit größtmöglicher Vorsicht legt ihm Olim einen mit Salbe verschmierten Mullverband an. Die Kühle auf der Haut tut augenblicklich wohl – so eine Versorgung hat der Lädierte noch nie erlebt. Wer daheim Schmerzen hat, ist selber schuld und hält das aus, bis es irgendwann nachlässt, wovon die Laune zunächst noch übler wird als gewöhnlich.

Zusätzlich zur Behandlung gibt es ein Päckchen Schmerztabletten nebst Gebrauchsanleitung und dem Extra-Hinweis: „Nicht mit Korn runterspülen."

„Bestimmt nicht."

Das war nur halb gelogen. Ulf nimmt Zwetschgenwasser.

Zum ersten Mal, seit er sich erinnern kann, erlebt Kottmüller die Freuden einer Genesung. Dreimal bekommt er Krankenbesuch, erst Johanna, dann Laila und spät am Abend sogar noch einmal Olim. Die Familie hat ihn adoptiert; nur die Jüngste traut sich nicht in die Schreinerei. Ein jedes Mal bringt man ihm etwas mit: leider Äpfel, zum Glück auch Schokoriegel, schließlich Fladenbrot mit einer scharfen Paste. Als er sich das meiste einverleibt hat, beginnt er mit geschlossenen Augen zu lächeln und fühlt sich so froh, dass er wiederum nicht in den Schlaf findet. Stattdessen durchwühlt er den Kasten mit den CDs; auf der einen befindet sich ein Gemälde, das ihn besonders anspricht: fast alles schwarz, doch sehr gut zu erkennen eine gelblich angestrahlte Kniende, die sich über einen weißbeleuchteten Liegenden beugt. Den Titel „Top 10 saddest songs by Henry Purcell" kann er nicht übersetzen.

Dafür erlebt er den Wahrheitsgehalt umso stärker.

Schlimmer noch als beim ersten Hören eines Streichereinsatzes in Olims Bücherkammer, durchfährt ihn der Schreck, als die dunklen Gamben und eine von Jammer schier zu Boden gerissene Stimme Kottmüllers Werkstatt in einen Grabtempel verwandeln. Mit beiden Händen hält er sich an den Sperrholzwänden der Schlafkaut fest, um nicht nach unten fortgerissen zu werden. Augenblicklich schießen ihm solche Tränenmengen aus den Augen, dass er aufgibt, sie abzuwischen. Aber das nächste Stück wird noch schrecklicher; Ulf beginnt zu wimmern und zu japsen, bald voller Furcht vor dem nächsten Akkord, bald sehnsüchtig danach verlangend. Dabei betrachtet er, wie vor dem Fenster ein Efeuzweig hin und her schwankt und der Himmel dahinter sich gleichmäßig abdunkelt.

Als die Lieder zu Ende sind, bleibt er regungslos liegen. Was Kottmüller empfindet, könnte er nicht beschreiben, allenfalls, dass er diese eine Stunde, so vernichtend sie war, niemals missen möchte. Lange hallen in seinem Inneren die schwer sich schleppenden Tonfolgen, die gesungenen Silben nach: „When I am laid in earth ..." Endlich, ohne recht bei sich zu sein, erhebt er sich, stellt die Zwetschgenwasserflasche neben sein Bett, quält sich zum Klo und begibt sich zurück zu seinem Lager, um alles noch einmal von vorne zu hören. Jedoch, diesmal gegen seinen Willen, schon beim zweiten Lied, „Music for a while", legt sich Schlummer über ihn, und er schläft durch bis zum Morgen.

Zum zweiten Mal kommt Kottmüller zu spät, jetzt wird es entdeckt. Zorntobend schwingt der Vorgesetzte auf Ulf zu, da registriert auch er, dass etwas nicht in Ordnung ist.

„Ich hatte ..." Ulf muss die Qual nicht simulieren. „Ich hatte einen Unfall gestern. Ein Auto ist mir gegen mein Bein gefahren. Da –."

„Was?" Schneller hat einer noch selten seine Meinung ins Gegenteil gewandelt. Besorgt vorgeneigt, um ihm ins Gesicht zu sehen, erkundigt sich der Chef: „Was ist denn passiert? Warst du beim Arzt? Und dann kommst du zur Arbeit? Bist du verrückt?"

Erst als Kottmüller ihm schildert, „ein befreundeter Mediziner" habe sich seiner angenommen, schwindet des Vorgesetzten Sorge um das Wohl des Arbeitnehmers und der gelinde Druck, die Firma am Laufen zu halten, bildet sich von Neuem: „Und du kannst wirklich fahren?"

„Selbstverständlich."

Seit er den Parzival gelesen hat, zumindest den Anfang, integriert Kottmüller ein entsagungsvolles Heldentum, so oft sich die Gelegenheit bietet, gerne in seinen Alltag. So kann er nicht umhin, schmerzumflort das Haupt zu senken, als er mit ausgesuchter Würde am Pförtnerhäuschen vorübersteuert, all der bewundernden Blicke eingedenk, die ihm bestimmt von rückwärts folgen. Nach und nach, nicht zuletzt verursacht durch die penetrante Vibration der Kehrmaschine, beginnt der Nerv im Bein sich erneut zu regen; hierdurch gelingt Ulf eine merkwürdige Entdeckung: Da er nämlich gelegentlich einer Pause vor einem vom Vorbeiwummern bekannten Wasserhäuschen das Rindswurstmahl ein- und eine der Schmerztabletten zu sich genommen hat, vermisst er dieses Ziehen im Bein, sobald es schwindet. Dass sich durch Pein eine Steigerung des Lebensgefühls erzielen lässt, erfährt er zum ersten Male; die Übertragung von der körperlichen auf die seelische Sphäre ist komplizierter, aber auch das geht, wie er bereits erfahren durfte.

Das kommende Wochenende sieht Ulf Kottmüller fortwährend beschäftigt. Nachdem er sich seine samstägliche Abfuhr bei Hilke abgeholt hat („Hau endlich ab hier!"), widmet er sich einem konzentrierten Programm aus Aufräumen, Lesen, Handwerken, Speisen, wobei die verschiedensten Kombinationsmöglichkeiten erprobt werden. So fügt es sich prächtig, wenn er zum Zwiebel-Knoblauchsalat mit Salzstangen eine Bach-Motette auflegt (Tschaikowsky passt da weniger) oder beim Putzen von den Beach Boys unterstützt wird. Basteln und Ordnung schaffen geht auch, aber nicht Lesen und Aufräumen, das bekommt er nicht hin.

Als am Sonntagvormittag, vom Pfarrturm dringen die Glocken bis in seine Werkstatt, ein erstes Ziel erreicht ist, da die Schreinerei nunmehr ganz seinen Vorstellungen von einem behaglichen Heim entspricht, fällt sein Blick auf jenes Wägelchen im vorderen Hof, das vielleicht einmal zu Dekorationszwecken dort aufgestellt wurde. Wie, so denkt er voraus, wenn er statt den Mettwagen auszulösen und damit eine Umsetzung des Strafbefehls riskiert, dieses Gefährt instand setzte? So wäre ihm eine Heimkehr immer möglich ... selbst wenn er derzeit keinerlei Gründe dafür anführen könnte.

Und Einweckgläser kann man immer kaufen.

Nun verhält es sich ja so, dass die Milbener in ihrer Handwerkskunst nicht so sehr weit fortgeschritten sind. Was auch immer Ulf in der Werkstatt zusammenzimmert, ist nicht wirklich gut gemacht, meist ein wenig vage, improvisiert und geisterhaft, es klemmt oder klappert; aber die Regale, der Esstisch, ja sogar ein offener Zierschrank bleiben immerhin eine Weile stehen und fallen auch nicht um, wenn er beim Saugen dagegenrempelt. Es ist Laila, die gelegentlich der Ersteinladung der gesamten Familie den Begriff „Vintage-Style“ einführen wird. Ulf nimmt das als Lob. Bei diesem Anlass ist dann auch Mariechen zugegen, Johannas Jüngste, die sich am längsten sträubte, den Werkstatt-Mieter kennenzulernen.

Wie sie aber, just an besagtem Sonntag, am Nachmittag im Hof den Fremden mit der Wiederherstellung des Leiterwagens beschäftigt sieht, überkommt sie ein warmes Gefühl. Vor allem die Art und Weise, wie der kleine Mann immer hin und her pendelt zwischen den Einzelteilen und offensichtlich keine Erinnerung mehr daran hegt, welches Stück zu welchem gehört und wie die Endgestalt vielleicht aussehen könnte, bewirkt bei dem kleinen Mädchen die Produktion von Mitleid. Endlich fasst es sich ein Herz, greift nach der Blockflöte und begibt sich hinunter in den vorderen Hinterhof.

Das ist auch gut gegen die Sonntagslangeweile.

„Hallo."

„Hallo."

Ulf blickt nur kurz auf. Er ist eben dabei, ein Hauptproblem zu lösen, zumindest befindet er sich im Vorfeld der Lösung, nämlich wie das abgeschmirgelte linke Vorderrad wieder auf die Achse passen könnte ohne zu eiern, da jetzt ein halber Zentimeter fehlt. Probehalber hat er einen Haufen Wolle von drinnen geholt, die er in Schmieröl tränkt und sorgfältig um das betagte Holz wickelt.

„Ich spiel dir was vor, ja?"

„Ja."

Ansatzlos beginnt Mariechen mit der Aufführung des Volkslieds: „Der Frühling kommt wieder." Bis auf die Achtelnoten kommt sie einigermaßen durch, aber auch Achtelnoten kann man wie Viertelnoten spielen, wenn es eben nicht schneller geht; auf diese Weise bekommt das Stück ganz neue Nuancen, selbst für Kenner. So viel versteht Kottmüller inzwischen von Musik, dass sich diese Darbietung nicht vergleichen kann mit der chaotischen Virtuosität Michaelas oder den harmonischen Vexierbildern im Werke Debussys; zugleich aber hat er gelernt, dass man das nicht ausspricht.

Er reagiert ebenso ehrlich wie wertschätzend, so dass Mariechen ihre letzte Unsicherheit umgehend verliert: „Das kann ich nicht", gibt Ulf zu. „Könntest du mir das beibringen?"

Ab diesem Augenblick beginnt sich eine Freundschaft zu entwickeln, die der zum Stiefvater in nichts nachstehen wird. Hierzu trägt bei, dass Mariechen der einzige Mensch ist, der sich für Kottmüllers Schwein interessiert; jede Geschichte möchte sie hören, am liebsten die von der Reise, und zwar alle immer wieder, so dass sich der Erzähler nach und nach gezwungen sieht, in die Erlebnisschilderungen mehr und mehr Erfindung einzubauen: der Anfang der Poesie. Am Ende kann Gina-Lisa sogar sprechen, aber nur manchmal, wenn sie will.

Von einem Einfall beschleunigt, holt das Kind eine ausgemusterte bleiche Mollenhauer-Flöte aus ihrem Musikschränkchen und überreicht sie dem öligen Handwerker.

„Das ist jetzt deine. Wasch dir aber vorher die Hände, sonst machst du sie hässlich."

Ulf gehorcht, wenngleich kein echter Reinlichkeitsfortschritt zu erkennen ist, klemmt das Dingelchen zwischen seine Finger und tutet so unschierig hinein, dass Mariechen fröhlich herausprustet: „Du spielst ja noch viel schlechter wie ich!"

Daran wird sich zwar auch auf die Dauer wenig ändern, dennoch, der Schüler des Kindes zeigt eine gewisse Begabung, und es ist ihm eine Freude, zu all jenen städtischen Beschäftigungen, die ihm die Zeit vertreiben, eine weitere gefunden zu haben. Nach ein paar Tagen, als ein verzweifelter Unsichtbarer aus einem Fenster schreit, Ulf möchte doch bitte seine Übungsstunden nach drinnen verlegen, probt er nicht mehr im hinteren Hinterhof, sondern nur noch auf der Toilette in der Werkstatt hinter verschlossener Tür. Auch hierbei lassen sich unterschiedliche Verrichtungen miteinander in Einklang bringen. Sein Lieblingslied: „Es führt über den Main eine Brücke von Stein, wer darüber will gehn, muss im Kreise sich drehn ..." kann er wieder und wieder spielen und gerät dabei in eine Art milder Trance.

Fa lala, lala, la, la.

Zu Beginn der Woche lassen die Schmerzen unter Olims Krankenpflege nach, was nicht nur dem Schlaf und dem Arbeitsablauf zuträglich ist, sondern auch insgesamt neue Kräfte in Kottmüller freisetzt. Bedingt durch den Kontakt zu den anderen Familienmitgliedern sind die Gespräche mit Olim nicht nur auf den Nachmittag beschränkt, jedoch legen beide Wert darauf, diese Tradition beizubehalten. Nach und nach gelingt es besser, den Hör- und Lesehunger auszutarieren, so dass sich der Schlafmangel dauerhaft verringert. Auch vollbringt es der Autodidakt, in Blöcken zu lesen, in der Lektüre nicht wie ein Spatz hin und herzuspringen und sich meist mit einem Drittel des Buches zu bescheiden.

Zu Olims Erstaunen liest sich Ulf, nachdem er den Taugenichts vorgeblich zu Ende gebracht hat, in Kropotkins Gegenseitiger Hilfe fest. Besonders gut gefällt ihm, dass nicht nur innerhalb der Arten, etwa von Schwein zu Schwein oder Mensch zu Mensch, Solidarität walten kann und soll, sondern auch übergreifend. Tatsächlich entwickelt er nicht nur Kapitel für Kapitel ein präziseres Verständnis; der Haupteffekt besteht darin, dass Kottmüller aufgrund des Gelernten seine Umgebung besser zu verstehen und gewisse – egoistische – Handlungsweisen in Frage zu stellen lernt; allmählich bekommt er eine Ahnung davon, in welchem ökonomischen Nährmedium er sich bewegt und welche Regeln da gelten.

Drei Wochen vergehen. Die nächtlichen Wanderungen werden seltener, aber stets aufmerksamer, bewusster, was nicht zuletzt daran liegt, dass drei locker geschriebene Bände zur Geschichte der Stadt F. Kottmüllers Lieblingslektüre in dieser Phase darstellen. Es sind die einzigen Bücher, die er komplett durchliest. Orte, deren Bedeutung für die Vergangenheit er beschrieben findet, versucht er wiederzuentdecken; dies gelingt ihm häufig nicht, was weniger auf die schlechte Beleuchtung, sondern eher darauf zurückzuführen ist, dass Krieg und Gewerbefleiß, als stünden sie diesbezüglich in Konkurrenz, sich darin überboten, so viel wie möglich von der Stadt durcheinanderzuwerfen: in manchen Vierteln; in anderen aber wieder nicht, und in wieder anderen erstand das, was verschwunden war, auf zauberische Weise von neuem.

Tagsüber, die Verrichtungen auf und mit Hygeia IV sind längst Routine, macht er sich ein Spiel daraus, bestimmte Bauepochen voneinander zu unterscheiden, nicht immer richtig, aber nach und nach mit höherem Erfolg, seiner eigenen Auffassung gemäß. Nicht alle Passanten, die der Wissbegierige anspricht, wissen auf die Frage: „Entschuldigen Sie bitte, ist das noch Gründerzeit oder schon Jugendstil?“ korrekt Antwort zu geben. Viele, so hat es den Anschein, reden sich darauf heraus, die Kehrmaschine töne so laut, dass sie die Frage nicht verstanden hätten. Noch mehr Leute antworten gar nicht; warum sollten sie sich von jemandem ansprechen lassen, der eine orangene Plastikweste trägt? Ulf registriert Kontinuitäten sozialer Abgrenzung, die er – zumindest steht das so in den Büchern – Anlass hatte für überwunden zu halten.

„Fünfziger – Siebziger – Zwanziger – Historismus – Historismus – Postmoderne", so übt sich Kottmüller in die Baugeschichte ein, in ausführlichen Reflexionsgesprächen von seinem Mentor unterstützt.

Dabei lautet die Grundfrage: „Was war wann, und warum ist es noch – oder nicht mehr – da?"

Samstags, so will es seine Beharrlichkeit, steht Ulf auf die Minute um 13 Uhr vor der Metzgerei Sobirski, nicht um Mett zu kaufen, sondern um Hilke zu signalisieren, dass er keineswegs mit dem Gedanken befasst sei, sie aufzugeben.

„Du sollst abhaun!", kreischt sie dann durch die Scheibe.

Doch jede Woche leiser, hat er den Eindruck.

Wie so oft in dieser Zeit, fühlt sich Kottmüller als Nutznießer bestimmter Anpassungsleistungen, die seine Vorfahren – aus Gründen! – einst vollbrachten und sowohl durch ihr Sozialverhalten (sofern man davon sprechen kann) als auch genetisch weitertrugen. Aus der Literatur weiß er seit Neuestem, dass es früher allgemein üblich war und vielleicht da und dort noch Sitte ist, heiße Sehnsucht zu empfinden, wenn ein geliebtes Wesen – sei es ein Schwein – gerade nicht greifbar ist. Nun verhielt es sich aber so, dass im Nebelnorden ohnehin wenig greifbar war, über Jahrhunderte hin und eine Gewohnheit einsetzte, da man das, was man gern haben wollte, ohnehin nicht erhielt ... oder eben später, wenn man es nicht mehr brauchte, etwa das erschlagene Wollschwein, dessen Kadaver im Frühjahr, wenn die Nebeldünste sich verzogen, nicht mehr so recht genießbar war.

Sehnsucht ... O nein, das ist es nicht, was ihn zu Hilke treibt; eher ein unbestimmtes Gefühl, dass etwas daraus werden muss: aus ihr und ihm. Zu hehren Vokabeln wie Vorherbestimmung und Schicksal würde ein Kottmüller niemals greifen. Er hat aber auch keine andere Bezeichnung dafür zur Hand. – Am deutlichsten steht es vor ihm, als er eines Abends, da ihn die Wanderlust ankommt, und er hinauszieht in die Wiesen rings um F., den Himmel wahrnimmt, hinter einem Wasserhäuschen, der wild gesprenkelt ist in Lila und Hellrot, aber trotzdem friedlich wirkt, und während er drei Doornkaat und nicht weniger Biere leert, verfolgt er den langsamen Zug der Wolkenbilder, wobei die kleinsten, sich ins Unsichtbare hinein bewegenden Flöckchen ihn am meisten anziehen.

Da ahnt er: Die Hilke und der Ulf, die werden ein Paar.

Von entscheidendem Vorteil wird sein, das spürt er in allen Begegnungen, dass sie die wüsten Impulse, das begierige Nacheinander-Greifen, nicht in sich tragen, eben das, was einen geruhsamen Alltag verunmöglicht, üble Neigungen und Untugenden ausbrütet – Zornmütigkeit, Eifersucht, Gier, Gewaltsamkeit, Hinterhältigkeit, Missgunst, Verzagtheit – , woran die meisten Ehen nun einmal zugrunde gehen ... was nun wieder nicht bedeutet, dass sie es nicht schon lange wären, selbst wenn sie halten. Es ist eben etwas anderes, so denkt sich der Kehrmaschinenfahrer, ob ein junger Mensch durch die Weltgegenden schweift wie ein Taugenichts und sich nach einem unerreichbaren Gegenüber wundsehnt oder wenn er mit demselben Gegenstand seiner Hingabe in der Küche hockt.

Doch selbst wenn die Leidenschaften nicht bald erkalten, versauen sie einem doch alles; keine reine Gemütsregung, das ahnt er dunkel in sich selbst, ist überlebensfähig. So gesehen, erschiene es doch allemal besser, in einem abgedunkelten Zwischenreich mit gedimmter Sensibilität sich zu bewegen, wo nicht alles erstorben ist, aber eben nicht übergrell auflebt, um sich der Gefahr auszusetzen. Kottmüller beginnt seine angeborenen Fähigkeiten und noch mehr die Unfähigkeiten zu schätzen; da er nicht besitzt, wonach doch alle zu streben scheinen, ist er wohl auserkoren, wahrhaft und auf Dauer zu genießen, was sich die anderen durch ihr Begehren selbst zerstören.

Im Geist gehoben, wirft er noch eine Runde und steigt dadurch auch bei diesem Wasserhäuschenvolk zu einem der Granden auf. Dies ist ihm auch leicht möglich, da nach unsäglichen Mühen, vor allem durch Olims Einsatz und Fleiß, endlich nahezu sämtliche Anforderungen der Bürokratie erfüllt sind und bald sogar ein Bankkonto eröffnet werden kann, wo mit nie erlebter Regelmäßigkeit Bezüge eingehen. Diese sind – nach seinem Maßstab – so gewaltig, dass er sich jede Freigiebigkeit leisten kann. Für sich selbst benötigt er nach wie vor fast nichts. Nur auf die Zwiebeln möchte er nicht verzichten; an dieser mit dem Lauch versippten Gattung hangelt er sich kulinarisch entlang und entdeckt immer mehr Gerichte, die es ihm ermöglichen, auf Schweinemett zu verzichten.

Bis auf gelegentliche Anfälle.

Neben seinem bald zur Perfektion gebrachten Zwiebelsalat mit Knoblauch finden anderweitige Gerichte in seinen Speisenplan Eingang; dass es die derben, kräftigen Geschmacksnoten sind, die ihm behagen, entspricht freilich der Wesensart seiner Familie. So findet er bald heraus, wie sich verschiedene, stark riechende Käsesorten hervorragend machen, wenn man sie mit Zwiebeln, Essig und Öl, vielleicht noch einem Schuss Schnaps oder herbem Wein versetzt, unterstützt von Pfeffer und Kümmel und etwas Paprikapulver und dazu dunkle Brote, die eine ganz andere Kraft besitzen als Olims fade Fladen, zur Unterlage erkiest. Nach und nach schneidet Kottmüller auch Radieschen, Kräuter, Essiggurken oder gar Tomaten in die Schüssel und stellt fest, dass er immer noch viel zu viel Geld übrig hat.

Nach warmen Speisen verlangt ihn nur selten.

In diese Zeit fällt auch ein Ereignis, das Kottmüller dazu verhilft, seine Selbstwahrnehmung in den Fokus zu rücken. Während einer Musikstunde bei Olim, da nach und nach nicht immer nur sein Meister ihm, sondern auch er seinem Meister ausgewählte Werke vorstellt, entscheidet sich der Gastgeber für das Mozart'sche Requiem, das Ulf bis dato noch unbekannt geblieben ist. Erwartungsgemäß, Olim ist drauf vorbereitet, bemächtigt sich die Musik vom ersten Einsatz an des hilflos preisgegebenen Hirten. Ulf schlägt die Hände vors Gesicht, jammert und stöhnt und kann doch nicht genug bekommen.

Der blanke Wahn ist ihm ins Gesicht geschrieben, so dass der Freund bereits erwägt, die Vorführung zu unterbrechen, da lacht es auf einmal aus Kottmüller heraus: „Aber … die singen ja deinen Namen!"

„Bitte?"

Ulf lässt sich das Booklet geben und die Textstelle zeigen, die soeben vom Chor des Hessischen Rundfunks dargeboten wurde.

„Quam olim abrahae promisisti et semini eius, wie es einst Abraham verheißen ward und seinem Geschlechte."

Gemeinsam recherchieren sie ihre erste Begegnung, als „Olim" in ironischer Absicht aus dem lateinischen Text zitiert hatte, wie es seine Angewohnheit ist, seit sich ihm die Wunder dieser allzu lebendigen Sprache im Selbststudium, eingekastelt in einen unwohnlichen Container im Sauerland, erschlossen.

„Hab mich immer gewundert, wie du mich nennst. Aber schließlich hat es mir gefallen, darum habe ich dich nicht korrigiert. Belassen wir es dabei."

Entsetzt über seine Dummheit, will Ulf sofort den richtigen Namen des Freundes wissen, der sagt ihn ihm auch, aber die Übereinkunft gilt weiter, dass Olim der Spitzname bleiben soll: ein unvergleichlicher, einzigartiger Ausdruck der Sympathie, hervorgebracht durch ein Zusammenspiel gleich mehrerer Zeugnisse der Hochkultur, stattgehabt auf einem Spielplatz in einem Problemviertel.

Als dies geklärt ist, erbittet Ulf die CD, um sie in seiner Bude ein Wochenende lang anzuhören, was selbstverständlich auch geschieht, unterbrochen nur durch Zwiebelsalat, wenige Spaziergänge und eigenes Flötenspiel anlässlich der unvermeidlichen Toilettengänge. Spät abends im Hof, eine Handelsgold schmauchend und einer Flasche Himbeerwasser zusprechend, grübelt Kottmüller darüber nach, weshalb ausgerechnet zu ihm, dem mit keiner Sensitivität Befähigten, mit keinem Feingefühl Begüterten, abstammend von seelischen Grottenolmen, zu nichts als zu niederem Dienst bestimmt, vor allem Trauermusik spricht, gleichgültig aus welcher Epoche, Hauptsache elegisch, niederschmetternd und vor allem, ihrem ursprünglichen Zweck entgegen, unendlich traurig.

Derweilen scheint er selbst bezüglich Gina-Lisa in die nächste Trauerphase überzugleiten – durchaus nicht mit seinem Einverständnis. Unbedingt möchte er vermeiden, dass der Verlustschmerz zurückschwindet in kultivierte Erinnerung. Wieder und wieder versucht sich Kottmüller zu vergegenwärtigen, welche Fellstruktur ihr eigen war, wie und wo die Flecken angeordnet und von welcher Farbe sie waren. Dass sein Schwein geschlachtet und gegessen sein könnte, hält er inzwischen für möglich, ja, in manchem Augenblick versucht er dem mannhaft ins Auge zu sehen. Spätestens dann sind die Tränen wieder da, und es ist offensichtlich, dass der Prozess, den Professionelle einer ungenannten Sparte mit einer ihre eigene Prägung verratenden Vokabel „Trauerarbeit" genannt haben, noch lange währen wird.

Nur selten fällt ihm Dieter ein, den er ins Koma gerumst hat: ein nicht nur nach Grundsätzen der urbanen Zivilgesellschaft ungehöriges Benehmen, sondern sogar in und um Milben durchaus strafwürdig. Warum auch immer, Kottmüller hat kein schlechtes Gewissen – vielleicht kommt das noch, sinniert er bisweilen und vergleicht sich mit einigem Recht mit jenem Helden aus dem mittelalterlichen Epos, dem es in einem Akt unbedachter Gewaltausübung gelang, den edlen, überlegenen roten Ritter Ither per Wurf eines Klumpspießes durch das Visier auszuschalten, um von der feinen Rüstung nebst Waffen fortan zu profitieren.

Je seltener er nachts Wollschwein-Suchen geht, desto häufiger bekommt er Besuch. Während Petra Wicki, die nicht so heißt, meistens am frühen Sonntagabend zu ihm kommt, aber rechtzeitig wieder geht, um Ulfs Arbeitstag nicht zu gefährden, taucht die Flötistin auf, wann immer sie will. Auch gegen vier Uhr morgens klopft sie an die Werkstatttür und plaudert ein Stündchen oder zwei. Auf das Ersuchen des Gastgebers, doch einmal ein Flöten-Duett zu wagen, geht sie nicht ein. So fasst er sich eines Samstags spät ein Herz und stöbert Michaela unter ihrer Lieblingsbrücke auf. So weit entfernt wie möglich, nimmt er Aufstellung und pustet während ihrer Spielpausen in seine C-Flöte hinein. Ihm selbst gefällt das Wechselspiel. Doch als er sich nach einer Weile aufmacht, um nach ihr zu sehen, ist sie nach Hause gegangen.

Es kann nicht alles glücken.

Mehr Erfolg ist ihm mit seiner ersten großen Einladung beschieden. Voraus geht eine Fahrt mit Kollege Anastasios zum Wertstoffhof; schon diese Bezeichnung hat einen vielversprechenden Klang, und Kottmüller wird nicht enttäuscht. Gelegentlich einer Mittagspause, die sie an einem Wasserhäuschen verbringen, berichtet Ulf von seiner Schreinerei, wie viel Mühe er bereits in die Renovierung, vielmehr noch die Umgestaltung gesteckt habe, dass ihm allerdings so allerlei fehle und seine finanziellen Mittel es nicht erlauben, in den regulär dafür vorgesehen Möbelhäusern einzukaufen.

„Und Sofas klauen ist schwer."

„Musst du auch nicht", beruhigt ihn der erfahrene Stadtwerker und geleitet den Kameraden nach Dienstschluss zum Abladeort für aus dem Gebrauch gezogene Güter.

Weshalb alle diese Kostbarkeiten ausgesondert werden, erschließt sich dem unter bescheidenen Verhältnissen Aufgewachsenen jedoch nicht. Schon an der Eingangsschranke, wo die Leute die jeweiligen Container zugewiesen bekommen, bestaunt er eine komplette Inneneinrichtung samt Küche und Bad, wohlsortiert und mit Spanngurten vertäut auf einem großdimensionierten Anhänger.

Bevor Anastasios reagieren kann, ist Kottmülller schon zum Wagenfenster gestürmt und fragt: „Gestatten Sie, dass ich mich vorstelle: Kottmüller, Ulf. Wollen Sie das wegwerfen?"

Die Fahrerin bejaht unsicher.

„Kann ich das haben?"

„Alles?"

„Wenn Sie es erlauben?"

Es entstehen kleinere Unstimmigkeiten, da sowohl die nachrückenden Wegwerfer als auch die städtischen Bediensteten zur Eile auffordern, aber als der Kleinfamilie klar wird, dass sie bei Ulf ihre ungeliebte Habe komplett ohne Gebühr abladen kann, ist die Entscheidung gefallen.

„Das ging aber schnell", ruft ihm Anastasios hinterher. „Ui!"

Ulf bleibt nur Zeit zu winken und in den Kombi der Familie einzusteigen. Während der Fahrt fragt er mehrmals nach, weshalb um alles in der Welt derart wunderschöne Dinge vernichtet werden sollten, erhält aber keine Antwort, die ihm eingängig wäre. Die Fahrerin und ihre beiden Söhne machen auch keinerlei Anstalten, auf Ulfs interessante Schilderungen seiner Umbaumaßnahmen einzugehen und scheinen erleichtert, als das Ziel erreicht ist. Gemeinsam laden sie aus, und bevor sich der Beschenkte ordentlich bedanken kann, steht er schon allein mit seiner nagelneuen Couchgarnitur in Taubenblau, zwei Marmortischen, fünf Polsterstühlen, Teppich, Wohnzimmerschrank, Küchenzeile, Herd, Waschmaschine, Bademobiliar, Wanduhr, mehreren Kleinmöbeln und Kisten mit Besteck und Geschirr auf dem Bürgersteig. Die erwartungsgemäßen Kommentare der Nachbarschaft, hier aber bald mal wieder Ordnung zu schaffen, ignoriert er und begutachtet seinen neuen Hausstand ausgiebig.

So reich war von seinen Vorfahren nicht einer.

Ulf klatscht in die Hände und verräumt die Ware in den vorderen Hinterhof. Euphorisiert trägt er ohne Unterlass über Stunden die guten Dinge hinein, schiebt hin und her und hebt und stemmt und wirft sogar einige besonders widerwärtige Relikte aus der Zeit der Schreinerei in den Abfall. Dabei lässt er beständig eine Schubert-Messe laufen, vor allem einer harmonischen Rückung wegen, die er nicht oft genug anhören kann; dann verharrt er mitten in der Tragebewegung, lässt sich seelisch davon zugrunde richten und wieder aufbauen am nachfolgenden Chorjubel. Beobachtet wird er dabei abwechselnd und gemeinsam von drei weiblichen Augenpaaren, wobei es Mariechen ist, die darauf pocht, den Begeisterten in seiner Verrichtung nicht zu stören, auch nicht durch sinnloses Anbieten von Hilfe.

„Der Mann ist nicht zurechnungsfähig", bemerkt Laila.

„Wie alle Künstler", kommentiert Johanna.

Dann kommt der Moment: Kottmüller lädt ein. Er bittet zum Abendessen und schreibt das sogar auf, zum ersten Mal nicht nur in seinem eignenen Leben, sondern seit seine Familie existiert, also zurückgerechnet bis in die frühesten Tage ... es sei denn, die im Abstand von jeweils hundert Jahren Ausgewanderten sind auf dieselbe Idee gekommen. Einladungen, bei denen folglich die Eingeladenen nichts bezahlen müssten, gelten in Ulfs Norden als Narretei. Einzige Ausnahme: die rituelle Sportveranstaltung „S", die ja notwendig mit einem Familientreffen verbunden ist, denn wer sollte da sonst teilnehmen?

Ulf schreibt:

Liebe Familie Olim,

vor lauter Dank, dass Ihr mir so viel geholfen und sogar ein neues Zuhause verschafft habt, lade ich Euch zur Einweihung ein (tut mir Leid: zweimal „ein" klingt nicht besonders gut, aber es fiel mir leider nichts anderes ein. Da, schon wieder!) in mein Domizil.

Bitte kommt doch alle drei
zu mir in die Schreinerei!
(Das war ein Reim, habt Ihr's bemerkt?)

Und zwar am Samstag um 19 Uhr. Bitte nicht vorher, weil ich nicht weiß, ob ich genug Schüsseln habe. Es gibt nämlich Salat. Und Brot.

In vorfreudiger Erwartung,
Euer Kottmüller, Ulf

Der Anblick, der sich den geladenen Gästen darbietet, löst unmittelbar große Heiterkeit aus. Vor allem Olim weiß nicht recht, wohin er blicken soll, denn einer derartigen Einrichtungsfantasie ist er noch niemals zuvor begegnet. Wieder einmal, Laila formuliert es treffend, indem sie die Wohnung mit einer Indoor-Minigolf-Anlage vergleicht, die sie in den letzten Ferien aufgesucht hat. Derweilen an den Wänden noch immer Eimer und Kisten vom Vorbesitzer gestapelt stehen, allerdings mittlerweile so perfekt aufgeschichtet, dass man an eine bewusste Installation oder auch an eine Fototapete denken könnte, befinden sich an den

Fensterfronten – teilweise – leichte, zart wehende Vorhänge mit Blumenmuster, vor allem Lilien. Derselbe Stoff hat Verwendung gefunden für den Baldachin eines Himmelbettgestells, Zeichen vollendeter Behaglichkeit über der derben Schlafkaut. In einem vorderen Eck hat Ulf die wuchtige Sitzgruppe der ihren Hausrat abstoßenden Familie aufgestellt, auf dem Couchtisch liegt tatsächlich eine Spitzendecke, wobei der Eindruck einer Spießerhölle durch selbstgebaute Regallandschaften ringsumher sowie da und dort erhaltene Kreissägen gemildert wird.

Schräg in der Mitte des kirchenschiffhohen Raumes, dessen Decke noch mit Schnüren, funktionsunfähigen Lampen und Seilwinden bestückt ist, steht ein zyklopischer Tisch: die ehemalige Zuschneide-Anlage, für bis zu 14 Personen vollkommen ausreichend; der Stil der an den Längsseiten aufgereihten Stühle indes wäre am ehesten mit Gelsenkirchener Barock beschrieben. – Doch alle diese Eindrücke verblassen angesichts des trefflichen Buffets, das der Premieren-Gastgeber gerichtet hat: In großen Abständen am Tisch verteilt, schimmern an vier Plätzen unterschiedlichste Teller mit stark kontrastierenden Gläsern und Bestecken, in der Mitte aber, fein justiert, sieben verschieden große Schüsseln mit Zwiebel-Knoblauchsalat in den Geschmacksrichtungen Tomate, Radieschen, Handkäse, Kräuter, Camembert, Gurke und Zwiebel-Knoblauch. Auf selbstgeschnitzten Brettern warten sieben Brote – weiß, dunkelbraun, grau – auf einen beherzten Anschnitt.

Sogar an Butter hat er gedacht. Und an grauen Quark, eine Hausmischung.

Im Hintergrund läuft Vivaldi.

Auf der Anrichte wurden Kornbrand, andere Spirituosen, Säfte aus dem Keller und sehr sonderbare Weine postiert. Laila, von den zur Disziplin ermunternden Blicken ihrer Mutter nervlich angegriffen, setzt sich so weit vorne wie möglich auf den nicht mehr ganz fleckenfreien cremefarbenen Polsterstuhl und gibt vor, noch keinen Hunger zu verspüren; doch auch Johannas gute Laune hat sich angesichts der Speisen, die sie zumindest teilweise aus reiner Höflichkeit zu sich nehmen wird, ein wenig eingetrübt, und Olim kämpft sowieso mit seinem Zwang zu penibler Reinlichkeit bei

Tische. Nur Mariechen fasst die Sache vollkommen richtig auf und begreift die Einladung als ein Spiel: von sämtlichen Salaten tut sie sich einige Gramm auf, probiert auch alle und schneidet Fratzen, allerdings nur heimlich, um Laila zum Lachen zu bringen, was gegen deren Willen schließlich auch geschieht.

Zum Schrecken ihrer Eltern äußert die Jüngste:

„Also Ulf, das ist jetzt gar nicht mein Fall. Aber das Weißbrot schmeckt."

Kottmüller freut sich an dieser Ehrlichkeit, außerdem ist er beschäftigt, so schnell wie möglich so viel wie möglich in sich hineinzuschaufeln, wie er das gelernt hat, und darum immer noch so praktiziert. Die Gefahr, dass man ihm hier wie zu Hause etwas wegessen könnte, ist allerdings nicht gegeben. Zwischendurch verlässt Laila die Tafel, um ihr Smartphone zu konsultieren und von ihrem „Spezialwasser" zu holen, sie trinke nämlich grundsätzlich keinen Saft. Als sie über eine dreiviertel Stunde später wiederkehrt, hat sich ihre Stimmung gebessert; sie kostet eine Scheibe Brot. Schließlich rafft sich Olim zu einem Kompliment auf: Ulf sei es hoch anzurechnen, dass er Rücksicht auf seine Empfindlichkeit gegenüber gewissen Fleischspeisen genommen habe. Zudem, seine Küche zeuge von einer radikalen Ursprünglichkeit, wie man sie heutzutage nur noch selten antreffe.

Der Belobigte registriert Johannas sanften Tritt unterm Tisch gegen Olims Bein und interpretiert dies als Zeichen ihres Einverständnisses. Nachdem die vier Jahreszeiten nochmals heruntergenudelt sind, verabschieden sich Johanna und ihre Töchter, nicht ohne eine Gegeneinladung auszusprechen und vor allem Ulfs Geschmack in punkto origineller Inneneinrichtung nochmals hervorzuheben. Olim hat sich inzwischen mit der Kombination eines Zwiebelbrotes mit Butter und Tomatensalat angefreundet, wobei er die Tomaten mittlerweile alle herausgefischt hat und nur noch die obligate Zwiebel-Knoblauch-Verbindung übrig blieb.

Als Ulf zum wiederholten Male ansetzen will, um sich für alle die vielen Wohltaten zu bedanken und Olim als seinen persönlichen Retter und Inspirator hervorzuheben, wird er von diesem unterbrochen und muss Überraschendes vernehmen.

„Hör bitte auf. Es ist doch gar nicht so. In Wahrheit verhält es sich andersherum.“

Seit Ulf nämlich in die alte Schreinerei gezogen sei, habe nach und nach eine Veränderung in der Familie stattgefunden, vor allem zwischen Johanna und ihm; seit Jahren seien sie nicht so aufmerksam und rücksichtsvoll miteinander umgegangen, und wenn der Freund auch bezweifle, dass ihm in diesem Zusammenhang eine Wirksamkeit zugesprochen werden könne, so herrsche dennoch kein Zweifel daran. Olim benutzt einen medizinisch-psychotherapeutischen Fachausdruck dafür, Triangulation, den Ulf demnächst nachzuschlagen gedenkt. Vom Wahrheitsgehalt der Ausführungen seines Gastfreundes ist er allerdings erst überzeugt, als er ihm in die Augen sieht und feststellen muss, dass sie feucht geworden sind.

Nachdem er genanntes Phänomen von langwierigen Fachartikeln erklärt bekommen hat, gibt er schließlich vor sich selber zu, dass etwas daran sein könne.

Ulf begreift: Er ist ein Haustier.

Es folgen friedliche Wochen. Dem von innen her anwachsenden Druck, sich endlich der von zu Hause gestellten Aufgabe zu widmen oder sich wenigstens postalisch dort zu melden, leistet er Widerstand, vor allem durch Lektüre. Kottmüller erkennt die Vorteile der Lyrik; ist es nicht ungemein praktisch, innerhalb weniger Minuten – und dann hat man das Ding ja schon dreimal gelesen – mit einem Werk fertig zu sein? Um wie viel mehr Genuss bereiten ihm Heines Liebesgedichte als Schmöker, so wie der Graf von Monte Christo, worin ihn die Kerkergespräche zwar durchaus interessieren und die Gesamtsituation keineswegs kalt lässt, aber ein Missverhältnis tut sich auf, da acht Zeilen Heine ja nicht weniger Gehalt aufweisen als 300 Seiten von Herrn Dumas. Oder ist das ungerecht?

Ulf liebt das langwierige Scheitern nun einmal nicht.

Am besten gefallen ihm Zyklen. In der Sammlung Trost der Welt, worin er vor allem Gina-Lisas wegen am häufigsten liest, aber auch im festlich eingebundenen Neuen Deutschen Blütenreigen von 1898 sowie in Anthologien namens Die Silberfracht oder Museum der modernen Poesie findet er immer wieder zusammenhängende Gebilde mit mehreren Gedichten, die meist ein einziges verständliches Thema von verschiedenen Gesichtspunkten her beleuchten. Das Schönste daran sind für ihn die Titel: Aus meinem Gartenhaus, Aus meinem Eckfenster, Aus meiner Jugendzeit, Aus meinem Leben, Aus meiner Mühle – wobei es sich bei Letzterem um Geschichten handelt, die er ab und zu auch liest, wobei die kurzen ihm die liebsten sind. Aus meinem, aus meiner, aus meinen ... das hat doch Klang!

Kottmüller entschließt sich, so etwas auch einmal zu versuchen. Der Erfolg des Schweinegedichts aus der Zeit seiner Ankunft in F., vor allem bei sich selber, wird ihn beflügeln. Unterstützt von Laila, gelingt es ihm, sich per Smartphone in die Geheimnisse der Verskunst einzuarbeiten und stellt schließlich fest: So schwer ist das gar nicht. Er wird den Zyklus, wenn der hoffentlich bald fertig ist, schön abschreiben und dem Olim widmen. Jetzt braucht er nur noch Text. Der Einfall kommt ihm eines Vormittags, als er aus einem Plattenladen, an dem er vorüberdonnert, stark rhythmisierte Geräusche hört ... und für den Augenblick nicht weiß, ob der akustische Haupteindruck von Hygeia IV oder von einem soeben aufgelegten Song herstammt. Ulf stellt die Maschine ab und geht nachfragen, was für eine Art von Liedgesang das sei. Bereitwillig unterrichtet man ihn, das sei Bluesmusik, und der Sänger heiße John Lee Hooker.

Das ist die erste CD, die Ulf sich kauft.

Dergestalt angeregt, entsteht während der Weiterfahrt ein lyrisches Werk von zweimal vier Zeilen, Kottmüllers Lieblingsumfang; im schließlich vollendeten, aus sieben Gedichten bestehenden Gebinde, wird er es als Nummer drei einrücken. Während der zwei Wochen, in denen er daran schreibt, meist während der Arbeitszeit, durchgeruckelt von Hygeia IV, herrscht zu Hause die abermalige Lektüre des Taugenichts vor, Kästners Lyrische Hausapotheke, aber auch ein Aufsatz von Max Weber, den ihm der Olim dringend anempfohlen hat, eine DDR-Ausgabe einer Kurzfassung der kommunistischen Lehre sowie ein Almanach mit Aufsätzen über die Zeit als psychologisches Phänomen. Aus seiner Überforderung macht Ulf das Beste: Er reicht sie weiter, ähnlich einem Einrichtungsgegenstand, den alle bewundern, aber niemand aufstellen will. Verschiedenes davon spiegelt sich in den Versen wider, die nach Ulfs privater Meinung das Beste darstellen, was die Lyrik seit Langem hervorgebracht hat. Allerdings enden seine Kenntnisse im Jahr 1958.

Aus meiner Kehrmaschine

I

Es hungert die entzweite Zeit
Nach Kehrmaschinen, wundervollen
Dreifach verschmolzenen Symbolen
Aus Technik, Mensch und Reinlichkeit.

Wo nicht das Ende Glück verheißt,
Gelingt der Anfang schon mal gar nicht:
Was sich nicht fegen lässt, das war nicht,
Wie jedes Kehrfahrzeug beweist.

II

Wir gleiten in den Kehrmaschinen
Dahin als wärn es Limousinen,
Wir tragen Plastik-Pelerinen
Wie Königscapes aus Hermelinen.

Ihr starrt uns nach, orangenen Zaren,
Indem ihr stille steht in Scharen,
Bewundernd, dass wir klüger waren:
Auf Müll statt Mode abzufahren.

III

Bluesmusiker, heißt's, verfügen
Über Rhythmus und Gefühl;
In den Puls der Erde schmiegen
Sie sich ein mit ihrem Spiel.

Kehrmaschinenfahrer spüren,
Was sonst kaum ein andrer spürt:
Wie die Welt bis tief in ihren
Mittelpunkt vibriert.

IV
Kehr ich friedlich meine Straßen,
Acht ich selten, was ich kehr,
Doch die Schöpfung legt sich quer,
Will sich wohl bekehren lassen:

Flasche Fanta, Dose Cola,
Pausenbrot, löchriger Topf,
Ab und an ein Menschenkopf,
Schimmelig wie Gorgonzola.

V
Wenn wir früh gleich frommen Tieren
Ziehen die Allee entlang,
Motiviert der Vogelsang
Kräftig mit zu tirilieren.

Doch wo manches Fenster aufgeht
Für die Vöglein, schließt es sich,
Wenn der Kehrmaschine, sprich:
Mein Chanson zum Haus heraufweht.

VI
Kehrend kommt mir in den Sinn,
Wozu dieses Kehren denn nütze sei?
Und was es bedeute, täglich aufs neu –
Wozu, woher, wohin?

Im Geprassel und Gebrumm
Im ewigen Kreisen der Bürste spricht's:
Kehr wieder! Kehr weiter! Kehr dich an nichts!
Kehr um, kehr um, kehr um ...

VII
Der Mensch erscheint vielleicht der Biene
Als aufrecht schwebende Insel.
Die Straße hält die Kehrmaschine
Für einen Maler mit Pinsel.

Selbst Schlachtvieh (als wär's noch lebendig),
Hüpft manchmal hoch – ein Akt der Wehmut.
Zurück zu Dir: Fühlst Du inwendig
Die Lücke, die trotzdem wehtut?

Olim ist hingerissen. Laut rufend eilt er durch das Treppenhaus hinauf zu Johanna, gleich nachdem er die Papierrolle, hübsch verknäult mit einem altrosa Schleifchen, von Ulf im Hof überreicht bekommen und sofort durchgelesen hat.

„Das kann nicht – der Ulf!"

Gewiss spielt Entdeckerfreude eine Rolle. Vielleicht auch ein wenig der Umstand, dass der Erschaffer dieser Strophen – sein Gewächs ist. Eitelkeit geht Olim eigentlich ab; jedoch, nach einer Serie von verlorenen Jahren, die längst kein Ende absehen lassen, endlich einmal selbst etwas mitbewirkt zu haben, lässt einen lange nicht erlebten Enthusiasmus in ihm keimen. Wenn das wahr wäre! Am Ende hätten die Idealisten doch recht, und man bräuchte ein unbeschriebenes Blatt, ein unbescholtenes, nacktes Menschlein, wie frisch vom Mutterleibe kommend, nur mit geeignetem Material anzufüttern, und schon entpuppte sich der Genius.

Johanna zeigt sich weniger begeistert.

Mehr aus Höflichkeit erwähnt sie „die vielen verschiedenen Wörter", die Ulf inzwischen gelernt habe. Nur mit Mühe verbirgt Olim seinen Missmut, ist sein Schützling doch kein Mowgli, kein Kaspar Hauser, der, mühsam stammelnd, irgendwo aufgefunden wurde, sondern einer, der durchaus etwas mitbrachte: sich und seine eigenartige, auf die Produktion von Eigenartigkeiten angelegte Vorbildung. Ohne Ulf um Erlaubnis zu bitten, kopiert Olim die Gedichte und schickt sie an einen Mitgefangenen von einst, der an der Universität ein bisschen Karriere gemacht hat. Dieser, Enis, gleichfalls syrischer Abstammung, wird seit einiger Zeit von den Resten der heimischen Intelligenzija verehrt, nachdem er in drastischer Weise in einem Memoirenband beschrieben hatte, was ihm so alles zugestoßen war – und zwar auf Deutsch. Sich eine fremde Sprache derart vollkommen anzueignen, begeisterte die dezent Anspruchsvollen noch mehr als der kaum verdauliche Inhalt. Aber auch der übte seinen Reiz aus, da man nach Jahrzehnten Mangel im eigenen Land die Grausamkeit allmählich zu vermissen schien.

Enis weiß nicht recht, was er mit Kottmüllers Texten anfangen soll; zum einen ist Lyrik nicht sein Gebiet, zum andern zweifelt er an der Qualität. So leitet er die Kehrmaschinen-Verse an einen Redakteur weiter, der sich grundsätzlich zur Beurteilung von Kunsterzeugnissen zuständig fühlt und seine Kompetenzen selbstverständlich auch für Gedichte als ausreichend empfindet. Als dessen Briefnotiz bei Olim eingeht, steigert sich das Hochgefühl der vergangenen Tage noch einmal beträchtlich; kaum kann er es erwarten, bis Ulf von der Arbeit nach Hause zurückkehrt. Dieser versteht zwar nicht im Detail, was der Freund für sein bislang recht schmales Werk unternommen hat, entnimmt den Schilderungen aber, dass „eine einmalige Chance“ damit verbunden sei.

Schon morgen ist Termin.

Noch spät am Abend versucht Olim den unverhofften Newcomer auf die Unterredung vorzubereiten ... und stellt dabei fest, dass er bei aller Belesenheit selbst nicht weiß, wie man sich in einem solchen Fall benimmt. Was man sagen muss. Wie man beeindruckt. Während Ulf als perfekter Gastgeber für jeden eine Packung Salzstangen aus einem mit Ornamentglas versehenen Vorratsschränkchen holt, überbietet sich sein Gast in Schilderungen der Prämien, Auszeichnungen, Staatspreise und Stiftungsgelder, die hierzulande für Textproduzenten stets bereitgehalten werden. Am Rande lässt er einfließen, dass er sich, warum denn nicht, eine zweite Karriere als Agent gut vorstellen könne, wenn ihm sein ureigenes Arbeitsfeld schon verwehrt bleibe.

Verwirrt vernimmt Kottmüller des Freundes Anweisungen, sich doch bitte passabel zu kleiden, mit Seifenschaum zu waschen und überhaupt, so gut es ihm denn möglich sei, auf Benimm zu achten. Das ist das Fremdeste, was er von Olim je gehört hat, und es scheint, dass der Engagierte selbst nicht vollkommen überzeugt ist. So fällt denn der Seufzer am nächsten Tag eher amüsiert als verärgert aus: Ulf kommt direkt vom Betriebshof zum edelgrauen Zeitungsverlagsgebäude, das, nach neuester Fasson proportioniert, von bordeauxroten Klinkerriemchen akzentuiert, hinter Landschaftspark und Parkplatz sich erhebt. Hochwasserjeans und in der Farbe unbestimmtes Rüschenhemd, dazu eine Kappe, wie der Junglyriker sie auf einem Baudelaire-Foto gesehen hat, jedenfalls ungefähr – den optischen Eindruck verstärkt der olfaktorische, denn zum morgendlich üppig aufgetragenen Deodorant gesellen sich die üblichen Müllgerüche eines Arbeitstages auf Hygeia IV. Schon im blendend hellen Eingangsbereich, einem überdachten Atrium mit Chrom-Brunnen und dezenter Kunst an hohen, rohen Betonwänden, fallen die beiden auf. Sehr dünne Frauen hinter Stehtischen zeigen auf das Duo und scheinen vergnügt; eine noch viel dünnere Frau in viel Schwarz mit noch schwärzeren kurzen Haaren, die sich als Philomena vorstellt – ein Name, der Ulf Vertrauen einflößt – nimmt sie in Empfang und geleitet sie schnellen Schrittes die Treppe hinauf und durch mehrere Gänge, wo die Bürotüren offenstehen. Ab und zu sagt sie etwas zu Olim, dem es keine Mühe bereitet, ihrem Tempo zu folgen; Kottmüller versteht kein Wort, er muss seine volle Konzentration auf das Gehen richten, damit er nicht zurückbleibt oder ins Stolpern gerät.

Schließlich hält Philomena vor einer schwarzgefassten Glastür an und heißt die Gäste warten. Verschwörerisch zeigt Olim den Gang hinunter, wo da und dort Körperteile in den Blick ragen: tippende Hände, nickende Köpfe, ab und an ein Fuß oder ein männliches Hinterteil.

„Alles Herrenmenschen hier", flüstert er.

„Du meinst", entgegnet Ulf außer Atem, „das sind Nazis?" Ein Artikel von Erich Kästner aus der Vossischen Zeitung, den er vor Kurzem gelesen hat, geht ihm bei dem Wort durch den Sinn.

Mit einer Geste bittet Olim um gedämpfte Lautstärke.

„Wohl kaum. Faschisten vielleicht ..."

„Bitte –."

Philomena hält den beiden die Tür auf. Ulf will sich bei ihr bedanken und verabschieden, aber da ist sie schon davongeschossen. Während er in das klimatisierte Chefbüro eintritt, überlegt sich Ulf, ob die Geschwindigkeit der Fortbewegung zu Fuß mit dem geringen Luftwiderstand zu tun habe, den Philomena aufgrund ihrer minimalen Oberflächenausdehnung ... aber weiter kommt er in seinen Überlegungen nicht, denn ein trocken von den Sichtbetonwänden widerhallendes: „Augenblick!" lenkt seine volle Aufmerksamkeit auf eine Schreibtischlandschaft im hinteren Teil des Raumes. Dort sitzt ein ebenfalls in Schwarz gekleideter, ordentlich rasierter dürrer Mann, der eine ins Auge fallende Brille trägt. Ulf rätselt, um welches Material es sich handeln könnte, vermutlich Ebenholz.

Bei Olim spürt er eine anwachsende Nervosität, aber als er ihm traulich zusprechen will, entdeckt er dessen Zeigefinger auf den Lippen. Also bleibt er lieber still und verschafft sich einen Eindruck dieses Geschäftszimmers, das sich mit keiner Räumlichkeit vergleichen lässt, in der er je gewesen ist. Am auffälligsten: die Leere. Vom Boden bis zur Decke, unterbrochen nur von schmalen Leistchen, reichen die Fenster, die hinter dem Mann, der: „Augenblick!" gerufen hat, eine Kurve beschreiben. Dieser, die langen Beine leger übereinandergelegt, tippt auf die Schreibtischplatte ein; eine Tastatur ist nicht zu erkennen. Auf seinen Schreibtischen, die ums Eck miteinander verbunden sind, liegt fast nichts. Ein niederer Aktenschrank aus Silber steht an der Seite, darüber ein grau-schwarzes Acrylgemälde mit auffälliger Struktur.

Endlich, Ulf hat schon zweimal an Olims Ärmel gezoppelt, beendet der Chefredakteur seine Tätigkeit. Im Augenblick, da er sich auf dem Bürostuhl umwendet, ändert sich seine Mimik, mehr noch, jede Bewegung seines Körpers scheint etwas wiederzugeben, das er gelernt hat und jetzt anwenden möchte. Mit geradezu widernatürlicher Geschmeidigkeit, einer Art Lächeln, das nicht mehr weichen will, im schmalen Antlitz, fließt er auf seine Gäste zu, gibt mit sonorer Stimme zu verstehen, er heiße Steve Klein und sei heute Nachmittag sehr beschäftigt, was man doch bitte entschuldigen möchte.

Kottmüller interessiert am meisten, dass der gewiss doch finanziell bestens Ausgestattete Hosen anhat, die deutlich über dem strumpflosen Knöchel enden. Von der Sitte, vor allem bedeutende Gespräche mit einem Warming-up-Joke zu beginnen, hat er ebenfalls vor Kurzem gehört, weshalb Ulf erst auf seine, dann auf Steve Kleins Hosenbeine zeigt und fröhlich: „Wie meine!" ausruft. Während er Olim die Hand gibt, murmelt der Redakteur so etwas wie: „Das ist dann doch wohl etwas anderes ..." Dabei weist er auf einen runden Glastisch mit einem Briefbeschwerer darauf, der einen Raben vorstellen soll.

Die Stühle aber sind aus Kunststoff.

„So, da haben wir also ein neues Genie", kommt Klein sogleich auf den Grund des Besuches zu sprechen.

Es geht also auch ohne Witz.

Dabei legt er alle Fingerspitzen, über die er verfügt, zusammen und fixiert Ulf in Permanenz. Dieser fühlt sich tatsächlich geschmeichelt; Genie, das klingt doch immer gut, oder? Er selber wäre nicht auf den Gedanken verfallen. Olim aber hat die Ironie herausgehört und beginnt, die Umstände zu schildern, unter denen sein Schützling innerhalb unvorstellbar kurzer Zeit ...

„Sie müssen entschuldigen", unterbricht ihn Klein und lässt seine Fingerkuppen in einem bestimmten Rhythmus aufeinander tanzen. „Wir veröffentlichen selbstverständlich keine Lyrik. Wir sind ja, wie Sie bemerkt haben werden, eine Tageszeitung und außerdem ..."

Ulf registiert, wie Olim neben ihm zusammenschnurrt, ist sich über den Grund dafür allerdings nicht ganz im Klaren. Den niemals und von keinem zu unterbrechenden Ausführungen des smarten Gegenübers entnimmt er Wortgebilde wie „nicht unbedingt unbegabt" oder „leider hoffnungslos rückwärtsgewandt", „privatistisch" und „maligner Solipsismus", wobei er sich vornimmt, Letzteres auf Lailas Handy umgehend nachzuschlagen. Zu seiner Schande wird Olim bewusst, dass er den dichtenden Freund mit verfehlten Erwartungen hierhergebracht hat; dem Redakteur geht es keineswegs darum, etwas für Kottmüller zu tun, ihm gar einen Weg zu ebenen, einem Hochveranlagten zum Durchbruch zu verhelfen; er lässt sich schlicht dazu herab, Ratschläge zu erteilen.

Das ist alles.

„An Ihrer Stelle würde ich ..." – „Wie war noch der Name? Ah, richtig, ich sage einfach Kotti, okay?" – „Das sollten Sie sich für Ihr Pseudonym überlegen, besser mit „y", ich schenk Ihnen den Namen ..." „Es gibt ja auch Literaturzeitschriften ..." – „Vielleicht besuchen Sie mal einen Kurs in der Volkshochschule ..." – „Wenn ich Sie wäre, dann würde ich beim Schreiben von Lyrik darauf achten ..."

Das ist der Moment, auf den Ulf gewartet hat.

Tapfer prescht er vor: „Aber ich schreibe doch gar keine Lyrik."

„Bitte?"

„Das war's doch schon. Ich wollte nur einmal ausprobieren, wie das so ist mit dem Gedichteschreiben. Ich habe nicht vor, noch mehr zu machen."

Konsterniert wendet sich Olim zu ihm um. Auch Steve Klein weiß zunächst keine Entgegnung.

Dann aber wendet er das zeitlos beliebte Mittel des Humors auf anderer Leute Kosten an und beendet so schnell wie möglich die Unterredung: „Na großartig, Kotty! Wären doch bloß mehr Leute so einsichtsfähig wie Sie, mein Bester, es bliebe uns einiges erspart." Und dann leiser: „Aber jetzt raus hier!" Somit drückt er einen Knopf und spricht in die Richtung genau dieses Knopfes sein Codewort: „Philomena?"

Es dauert eine Weile, bis sich Olim gefangen hat. Auf dem breiten Bürgersteig vor dem Verlagsgebäude bleiben sie schweigend stehen. Da vernimmt Ulf seltsame Geräusche neben sich – weint Olim? Doch weit gefehlt, der verhinderte Literaturagent hält sich an Kottmüllers Schulter fest und erleidet eine konvulsivische Attacke: „Kotty! Er hat Kotty gesagt! Hast du gehört? Kotty! Ah –!"

Sofort platzt ein durch nichts einzudämmendes Gelächter auch aus Ulf heraus, die beiden müssen einander stützen, um nicht umzusinken, so ungeheuerlich werden sie von Lachattacken gebeutelt. Immer wieder versucht Olim, Entschuldigungen einzustreuen, das alles habe er doch nicht gewollt, aber über ein paar Silben kommt er nie hinaus, bevor der nächste Schauer zuerst ihn selbst, und dann auch gleich und immer wieder den Freund ergreift und unbarmherzig schüttelt. – Verwundert schauen die dünnen Frauen aus dem Empfangsbereich auf das sonderbare Paar da draußen. Der Humor hat die Seite gewechselt; lachen können sie diesmal nicht.

Aber die Köpfe schwenken.

In traulichem Gespräch machen sich die beiden auf den Rückweg. Wenn Olim sein gewohntes Tempo beibehält, muss sich Ulf immer anstrengen; abwechselnd trippelt er hinterher, hält ein Weilchen mit, dann muss er Leute vorlassen und fällt wieder zurück. Passend zu dieser kindlichen Verhaltensweise ist seine neue Angewohnheit, Bemerkungen mit einem: „Weißt du wa-has?" einzuleiten, sehr zum Unmut Olims, der nicht nur in Hygienefragen, sondern auch auf dem Gebiet der verbalen Kommunikation auf Anstand und Sitte hält.

„Olim, weißt du wa-has?"

„Sag es einfach."

Ulf ist das Gehetze leid; wie er das bei Eichendorff gelesen hat, hängt er sich bei Freund Olim einfach ein.

„Olim, was war das jetzt?"

„Das Haus? Die Zeitung?"

„Alles."

„Das war die Macht. Es geht noch schlimmer. Aber sie sieht überall ähnlich aus." Olim wäre nicht Olim, wenn ihm nicht das passende Zitat einfiele: „Macht betritt man durch hohe Türen. Sie hat einen aufgeräumten Schreibtisch, und sie gibt keine Antwort."

„Immerhin hat er mit uns gesprochen."

„Wenn du das ein Gespräch nennst?" In Olims Stimme schwingt eine Bitterkeit mit, ein aufgestauter Zorn, den Ulf bislang nur einmal bemerkt hat: als sie nach Stunden aus der Schattenwelt des Einwohnermeldeamts in die Hitze hinaustraten. „Ehrlich gesagt, hatte ich mir das anders vorgestellt. Wenn Enis deine Texte an diesen Fatzke weiterleitet, kann der sich doch wenigstens benehmen."

„Hat er das nicht?"

„Er hat uns ablaufen lassen. Und sich außerdem über uns lustig gemacht; vor allem über dich."

„Habe ich nicht bemerkt."

„O reiner Tor."

„Warum hast du gesagt, das sind Faschisten vielleicht?"

„Deswegen (noch ein Zitat, aus dem Gedächtnis): Faschismus fängt an, wo ein Mensch über einen anderen herrschen will. Ingeborg Bachmann. Die kennst du ja."

„Nur ein Gedicht. Das auf der vorletzten Seite. Die große Fracht des Sommers ist verladen. Das Sonnenschiff im Hafen ..."

Olim lässt ihn nicht weiterrezitieren. Es folgt nämlich eine stringente, ausführliche Erläuterung des Wortstamms *fascis* und seiner Bedeutungen, schließlich der historischen Entwicklungen und der gebräuchlichsten Varianten im zwanzigsten Jahrhundert. Ulf gelingt es zu Teilen, den Ausführungen zu folgen, da er immer wieder Passanten, Straßenlaternen und Fahrrädern ausweichen muss.

An einer Ampel holt er seinen Privatdozenten wieder ein: „Und das wäre anders, wenn die Produktionsmittel verstaatlicht wären?"

Olim lacht trocken: „Ganz bestimmt. Ich weiß es nicht. Niemand weiß es. Die Experimente sind in der Praxis leider auch in den Faschismus gekippt."

Wieder werden sie getrennt, diesmal durch einen Schwung geschwinder Herren mit weißen Hemden und wehenden Schlipsen. Ulf bleibt nichts übrig, als dem Universalgelehrten hinterherzutrippeln.

„Olim, weißt du wa-has?"

„Du brauchst nicht immer: ‚Weißt du wa-has?' zu sagen, ich höre dir zu."

„Ich weiß. Weißt du wa-has? Da in dem Büro drin, das war genau so ungemütlich wie bei uns zu Hause. Nur in sauber."

Nicht lange, da muss sich Olim verabschieden, um Mariechen vom Flötenunterricht abzuholen. Da dreht er sich noch einmal um und fragt, ob Ulf der Kleinen nicht eine Freude bereiten möchte: er könne ihn gerne begleiten.

„Ein andermal auf jeden Fall", freut sich Ulf über die Einladung.

Heute aber habe er noch „einen wichtigen Termin".

Bevor sie sich trennen, hält Olim den Kehrmaschinen-Lyriker am Arm fest: „Und du willst wirklich keine Gedichte mehr schreiben?"

„Nein. Ich gedenke mich mit dem Phänomen der Liebe zu befassen."

„Praktisch oder analytisch?"

„Das weiß ich noch nicht. Bislang ist mir das Thema noch zu fern, um da eine Entscheidung zu treffen. Außerdem lese ich wieder Zeitung."

„Das eine tun, das andere nicht lassen."

„Welche liest man denn heute?"

Olim muss nicht lange nachdenken: „Lern Englisch und kauf dir den Guardian."

„Hm. Gibt's die Verdener noch?"

„Bestimmt haben die da auch eine Zeitung, aber wahrscheinlich nicht mehr deine von damals."

„Dann schau ich mal, was es am Wasserhäuschen so gibt."

Die Bemerkung, es stehe ein Termin an, entsprach nicht ganz den Tatsachen. Richtig wäre die Mitteilung gewesen, Ulf habe etwas vor, wolle etwas ausprobieren, von dessen Wirkung er bislang nur gelesen hat, über dessen Realitätsgehalt er sich allerdings im Unklaren ist. In einem Sammelband mit Übersetzungen asiatischer Dichter von Bethge und Klabund ist er auf Verse gestoßen, die ihn prompt angesprochen haben. „Und ewig wird der Herbst den goldnen Kürbis wälzen ..." Ja, das ist ganz nach seinem Geschmack, da hat jemand den Kern getroffen: unter einem gewälzten Kürbis kann man sich etwas vorstellen.

Neben Li-Tai-Pe ist es vor allem der indische Autor und Universalgelehrte Rabindranath Tagore, dessen Texte ihm gefallen. „O ungestümes Rufen deiner Flöten!“ – auch so ein Satz, der herrlich in die Ohren geht. In Lailas Handy liest Kottmüller alles, was er über die Lebensgeschichte dieses Tagore in Erfahrung bringen kann; dass der Dichter auch in Deutschland, gar in der Stadt F. geweilt hat, ergreift ihn tief und lässt ihn darauf hoffen, dass etwas von jenen heiligen Energien noch immer im Umkreis sich erhalten haben möge.

Es geht ihm um Parapsychologie.

Dass man an anderen Weltorten das Diktat der Vernunft so schlankweg ignoriert und bestenfalls als mittelprächtigen Witz darstellt, hat für den Schweinehirten etwas Befreiendes. So lange man nicht selbsternannten Meistern blöde hinterhertigert, könnte doch immerhin ein gewisser Nutzen aus den grenzüberschreitenden Übungen gewisser Mystiker gezogen werden; in dem Zusammenhang begeistert er sich für Trance-Techniken wie den Derwisch-Tanz, aber auch für die seit vielen Jahrtausenden ausgeübte Schlangenbeschwörung. Wenn das möglich ist, über einem dem Menschlichen nicht fassbaren Wege in die Seele eines Tieres – und sei es eines so urfremden wie der Schlange – gewaltlos einzudringen, dann ... ja dann ...

An dieser Stelle wagt er noch nicht weiterzudenken. Aber immer wieder kehrt er zu dem Gedanken zurück. Nicht einmal Olim traut er sich damit zu behelligen; nur eine fällt ihm ein, die vielleicht etwas damit anfangen, ja besser noch, ihm behilflich sein könnte: Michaela. Leider hat sie ihn schon über eine Woche lang nicht besucht. Ulf hat vergessen, wo sie wohnt, hat auch keine Idee, was sie tagsüber mit ihrer Zeit anfängt ... also bleibt ihm nichts übrig, als seine nächtlichen Erkundungen wieder aufzunehmen. – Als er das erste Mal seit Längerem wieder nach elf Uhr abends die Schreinerei verlässt, bemerkt er an sich etwas vor Monaten um diese Stunde noch Unbekanntes: eine zähe Müdigkeit will ihn zurück in seine Behausung und direkt zu seiner Schlafkaut dirigieren. So sehr hat er sich also schon in die Abläufe der städtischen Funktionsmenschen eingepasst! Der Begriff Entfremdung fällt ihm ein.

Geht das denn so schnell?

Heute Nacht lässt er sich nicht entmutigen. Was soll es denn? Dreht er eben wieder einmal im Halbschlaf seine Runden! Ilse und Hygeia IV werden das schon richten. Mit frischem Mut stapft Kottmüller über eben jene Brücke, die er beim ersten gemeinsamen Abend mit Michaela in die andere Richtung überquert hatte. Doch dort, wo er sie vermutet, findet er sie nicht. Auch an zwei anderen Michaela-Orten lässt sie sich nicht hören noch blicken. Einem Umweg, der Enttäuschung geschuldet, ist es zu danken, dass er schließlich doch noch diese schwebenden Töne vernimmt, die wie Johannisbeeren in der Dunkelheit hängen, gebündelt, doch einzeln wahrnehmbar.

Artig wartet Ulf hinter einem Eisenträger. In einer längeren Spielpause bringt er sein Anliegen vor.

„Als Schweinebeschwörerin habe ich noch nie gearbeitet", amüsiert sich die Flötistin.

Etwas reizt sie an der Aufgabe, das ist offensichtlich. Eine Freundin, die sich in solchen Dingen besser auskennt, so verspricht sie, werde sie morgen befragen und Ulf baldmöglichst Bescheid geben. Ein wenig unmutig, weil er länger warten muss als erhofft, macht sich der Hirt auf den Heimweg. Doch schon in der Nacht darauf, Michaela klopft gegen drei an die Scheibe, bekommt er präzise Vorschriften: Man müsse möglichst alle Orte, an denen die Vermisste in der Stadt sich aufgehalten habe, nacheinander aufsuchen und dabei eine bestimmte Melodie spielen. Außerdem bedürfe es einer Trommel.

Die sei Ulfs Sache.

„Wir sind vom Osthafen zum Westhaben gelaufen", rekonstruiert er. „Sonst waren wir immer daheim."

„Dann machen wir das."

Sie vereinbaren die Nacht zum Sonntag.

Nun wirkt Michaelas Vorschlag auf Kottmüller, der mit ganz anderen Seltsamkeiten aufgewachsen ist, vielleicht weniger obskur als auf Leute, denen man früh ein aufgeklärtes, rationales

Weltbild schmackhaft gemacht hat; Hoffnungen hegt er jedoch kaum, als er die Werkstattecken nach irgendetwas durchsucht, was man als Trommel verwenden könnte. Endlich findet er ein blankgeschmirgeltes Schild aus Pressspan, das an einer Latte befestigt ist. Wenn man mit einem mächtigen Holzlöffel, eine wunderbare Arbeit des in der Geschichte versunkenen Schreiners, kräftig dagegenschlägt, ergibt das ein klackendes Geräusch, das weithin hörbar sein dürfte. Wie er so dasitzt und probt und sich vorstellt, dass sie nächste Nacht gemeinsam am Main entlang musizieren, kommt ihm noch eine andere Idee: Könnte er die Tafel nicht auch für seine morgendliche Aufwartung bei Hilke benutzen?

Die Schwierigkeit besteht ja darin, dass sie ihn immer nur von außen sieht und ganz und gar nicht wissen kann, was er ihr zu gestehen beabsichtigt. Wenn es ihm nun gelänge, eine knappe Botschaft, die sie mit einem Blick verstehen muss, ihr vor die Nase zu halten? In einem der Stapeleimer befinden sich noch mehrere Farbdosen der Marke Krautol. Kottmüller wählt Kaminrot. In großen Druckbuchstaben malt er: „Es war ein Missverständnis!" und macht sich auf den Weg zur Metzgerei. Schon unterwegs sorgt er damit für gegensätzliche Gemütsreaktionen. Während ihm zwei junge Mütter an einem Brezelstand heiter-ermutigend zunicken, fixiert ihn ein hurtiges Männchen, angetan mit Streifenhemd und Krawatte, dem er den Weg verstellt, missmutig-kopfschüttelnd: „Das glaub ich allerdings auch."

Nachdem die Ein-Mann-Demonstration vor Sobirskis Metzgerei ans Ziel gekommen ist, dauert es nicht lange, bis Hilke die Botschaft vorm Fenster entdeckt. Einen Moment lang fällt ihr gar nichts dazu ein. Dann lässt sie ihn warten.

Es ist schließlich der Metzgermeister selbst, der, als er einer Aufschnitt-Käuferin die Tür aufhält, Kottmüller zuflüstert: „Die kann jetzt net, komm doch um aans."

Ulf vertreibt sich die Zeit mit einer Rindswurst und der Lektüre einer einheimischen Zeitung, ausgestreckt auf einer Parkbank im Schatten eines Ahornbaums. Er befindet, es stehen einfach zu viele verschiedene Dinge drin. Wer soll da klarkommen? Im Vollgefühl der Überlegenheit seiner traditionellen Verdener gegenüber neumodischen Printmedien, stopft er das viele Papier in den grauen Blechmülleimer neben der Bank. – Über das Liebesthema hat er noch immer nicht genug in Erfahrung gebracht; es besteht ein schroffes Missverhältnis zwischen den in sämtlichen Romanen geschilderten Vorgängen und dem, was sich im Zusammenhang mit Hilke bisher gestaltet.

Vielleicht weiß sie selbst einen Rat.

Im Gegensatz zu Ulfs Erwartungen, lobt sie ihn nicht für die Idee, den unliebsamen Vorfall vermittels einer Schrifttafel aufzuklären.

Von Weitem plärrt sie ihm entgegen: „Warum kannst du mich net endlich in Ruh lasse?"

Ulf fühlt sich außerstande, klug und angemessen zu reagieren. Das ist manchmal das Beste.

Denn statt weitschweifiger Erklärungen, die Hilkes Sache nicht sind, bringt er nur heraus: „Es tut mir leid, ich hab mich undeutlich ausgedrückt."

„Was?"

„Ich wollte dir nur erzählen, dass ich einer Flötenspielerin unter einer Brücke zugehört habe."

„Das war alles?"

Ulf nickt.

Mit einer Umarmung und dem gleichzeitigen Kuss hätte er noch weniger gerechnet als mit dem zunächst so unerfreulichen Empfang. Während sie zum Main hinunterspazieren, erzählt Ulf von seiner neuen Wohnung und lädt Hilke für den Sonntag ein. Prompt nimmt sie an und berichtet nun ihrerseits von den vergangenen Wochen, als sie eine solche Wut auf ihn verspürt habe, dass manche Menschen in ihrem Umkreis sich beschwert hätten, sie wäre noch schlimmer als sonst.

„Am meisten hab ich's an meiner Mutter ausgelassen."

Damit ist zunächst einmal alles gesagt. Schweigend, doch voller Zukunftsgedanken, tappen sie nebeneinander her, nicht anders als vor wenigen Wochen. Dabei betrachtet Hilke Ulfs dunkelbraune Treter und Ulf Hilkes hellbraune Latschen. Auf der

Bank nimmt er den Gesprächsfaden wieder auf und versucht Hilke nahezubringen, wie wenig er noch immer über die üblichen Gepflogenheiten weiß, wie man sich als Liebender bloß verhalte, was man zu tun und was zu unterlassen habe. Dies liege aber nicht an seinem Unwillen, sondern schlicht an einer anderen Orientierung in der Lebensführung seiner Herkunftsfamilie.

Er sei aber durchaus bereit, sich in die Thematik einzuarbeiten; mehrere Romane und Erzählungen habe er bereits studiert und teilweise gelesen, die eindeutig von Liebe handelten, außerdem etwas Fachliteratur von Olim, aber da sei er noch nicht ganz durch. Jedenfalls, es gehe ja wohl um diese Mondspaziergänge und um diese Blumenschenkerei, oft wohl auch um Gedichte, und ob sie mal seine Kehrmaschinenlyrik lesen wolle.

Hilke schuffelt mit den Schlappen im Staub und lächelt: „Romantik find ich scheiße. Gedichte sind beknackt."

Blumen seien ab und zu in Ordnung, aber alles im rechten Maß.

Da sie nicht: „Blumen", sondern: „Blumme" sagt, wäre auch diese Klippe der Gefühlsduselei umschifft.

Noch ein Weilchen bleiben sie zufrieden nebeneinandersitzen, schuffeln mit den Schuhen und betrachten die Schiffe, die Möwen und die Kinderwagenschieber. Als sie wieder aufstehen, ist das Wesentliche vereinbart; diesen Sonntag kommt Hilke zum Ulf zum Kaffee. Und nächstens gehen sie ihre Mutter besuchen. Im Weitergehen wendet sich Kottmüller noch einmal um; er empfindet Dankbarkeit dieser Bank gegenüber, auf der sie nun schon zweimal beisammengesessen sind. Überhaupt, so kommt es ihm in den Sinn, seien die Menschen den Dingen gegenüber oft undankbar.

Das behält er aber für sich.

Kaum zwölf Stunden später wird er erneut diesem auserwählten unter allen städtischen Sitzmöbeln begegnen, dann aber in anderer Begleitung und eigentümlich beschäftigt.

„Tekk – tokk, tokk – tekk, tekk ..."

Zunächst hatte es so ausgesehen, als ob ihn Michaela unverrichteter Dinge wieder nach Hause schicke. Sie habe Trommel gesagt und nicht Demonstrationsschild; er sei doch wirklich zu nichts zu gebrauchen, nichts könne man ihn heißen, hätte sie doch lieber selber ... In diesem Stadium ihrer Schimpfkanonade fiel ihr Blick auf Kottmüllers Antlitz, wie er hingegeben schräg vorgeneigt ihr lauschte, ihre Worte befriedigt in sich einzusaugen schien, und da wurde ihr wieder bewusst, dass er ja verrückt war. Als sie ihm dann den Rhythmus erklärte und das trockene: „Tekk – tokk, tokk – tekk, tekk!“ durch die Nacht hallte, nicht silbern wie ein Tamburin, nicht militärisch wie eine Pauke, sondern knallhart, nüchtern, roh, musste sie ihn sogar ein bisschen loben für sein musikalisches Gespür: Genau das sei die richtige Klangfarbe für den suggestiven Flötenzauber, den sie zu veranstalten gedenke.

Ulf konnte etwas besser folgen als beim Erstgespräch.

Der Moment der Wiederbegegnung mit der Hafenmole, wo er einst angelandet war, unvorstellbar lange her an einem Gewittertag im Frühling, verwirrte Kottmüller. Ganz und gar tauchte er in diese Erinnerungen, als er sich samt Schwein in den Schuppen zurückgezogen, wie er sich ein Herz gefasst und mit dem schweren Mettwagen die Brücke überquert hatte, so dass ihn Michaela mehrmals ermahnen musste, sich doch gefälligst zu konzentrieren, sie seien ja nicht zum Vergnügen hier, und ob er tatsächlich an Gina-Lisas Rückkehr Interesse hege und so fort; da scheuchte er die süßen und traurigen Empfindungen fort und hieb auf das Brett ein, als wollte er es zerschmettern.

„Leiser.“

Doch erst, als sie die besagte Ufer-Bank passieren, ist er in der Gegenwart angekommen. Jetzt, nahe dem einstigen Zentrum der Stadt, werden sie noch mehr zum Schauobjekt der Nachtflaneure, sollen sie noch häufiger Antwort geben als auf den fast zwei Kilometern, die schon hinter ihnen liegen: ob dies eine Performance sei und wo man Eintrittskarten kaufen könne; ob sie Prospekte dabei oder eine Internetadresse hätten; ob ein politischer oder ästhetisch-unabhängiger Zweck verfolgt werde; ob man Kurse besuchen könne, etwa in der Volkshochschule oder an der Uni; ob dies eine Anspielung sei auf die Totentänze, welche bekanntlich genau an dieser Stelle noch bis ins wievielte Jahrhundert ...

Sechs, sieben Schritte hinter Ulf tanzt Michaela, wie stets in ihren reißverschlussreichen Taucheranzug gewandet, nach strikter Anweisung, abgestimmt auf die Flötenmelodie, vor und zurück, rechts, links und vor. Das fünfzehntaktige Musikstück klingt überaus eigenartig, mal nach weltlicher Motette, mal nach Kirchenlied; derweilen sie das Fahrtor passieren, nahe bei einer Brücke, an deren luftigen Anblick Ulf sich gut erinnern kann, argwöhnt eine stark duftende Dame, eingehakt bei ihrem Kavalier, es möchte sich um eben jene Tonfolge handeln, die über ein halbes Jahrtausend lang von eben jenem Turm erklang, wenn das Marktschiff aus M. sichtbar wurde.

Michaela hätte gerne geantwortet. Aber sie darf sich selbst nicht unterbrechen noch durch andere unterbrechen lassen, das hat Kühlwalda vorgeschrieben. Bis zum Druckwasserwerk hält sich bei Kottmüller der Eindruck, an einem zwar kurzweiligen, jedoch mit seinem inbrünstigen Anliegen durch nichts verbundenen Theaterstück mitzuwirken, für die dann und wann von buntem Schimmer erhellte Passantinnen und ihre Galane nicht ohne Reiz, auch für ihn selber, dem das Taktschlagen immer mehr abverlangt, aber auch Kräfte verleiht und eine unerwartet gelungene Abendunterhaltung ist; wie man durch das Spektakel allerdings seine liebe Freundin, das Wollschwein, zur Rückkehr bewegen, geschweige denn überhaupt erreichen könnte, das bleibt fraglich.

Da sie sich unter den voluminösen Heizungsrohren entlangbewegen, die Ulf sogleich wiedererkennt, bemächtigt sich seiner eine Schläfrigkeit wie damals, als er noch nicht einmal wusste, wo er sich betten sollte in dieser abweisenden Stadt. Doch der Trommeltakt versetzt ihn in einen Zustand höheren Bewusstseins; obgleich nah am Einnicken, nimmt er die Gebilde um ihn her, die pflanzlichen wie die menschengemachten, in eindrucksvoller Weise wahr; nur auf dem Schiff, so kommt es ihm vor, hat sich sein Bewusstsein in einem derartigen Schaukelgang befunden. Über sich gewahrt er die Zyklopentürme des Heizkraftwerks und begrüßt sie wie Verwandte, die man nicht so sehr vermisst hat. Die Flusswellen spülen silbrig um den kleinen Loreleyfelsen.

Dann kommt der Park.

„Ist es hier, dass ihr euch zuletzt gesehen habt?"

Kottmüller registriert, dass die Prozession zu Ende ist.

„Da: hinter der Mauer."

Aber an der Stelle, wo die Stadt F. ihm einen Unterschlupf gewährt hat für kurze Zeit, kann er nichts wiedererkennen: Baumaschinen stehen herrisch gegen den Nachthimmel ab, sie haben Geröllgebirge aufgehäuft, und in wenigen Stunden werden sie weiterrattern, gesteuert von irgendwoher, bis das anonyme Werk vollendet ist. Drunten wandert der Fluss. Er sieht sie noch vor sich, die zarte Gina-Lisa, wie sie in den Wellchen puddelt, immer fresslustig, immer aufgelegt zu Abenteuern. Er gedenkt der Nächte, da er sie an der Leine führte, sie: das Einzige, was ihn noch verband mit zu Hause ... und es plagt ihn das Gewissen, dass er sie alleine ließ, viel zu oft, weil er glaubte, es sei angeraten, sich da draußen umzutun, als sei das so wichtig. Er schämt sich.

Über dem wird es Tag.

Ein seltsamer Tag: Ohne Wind fangen die Wipfel an zu vibrieren; ohne Morgenlicht beginnt es zu leuchten unter der Wiese, über die er so oft gegangen ist mit seinem Schwein; ohne die vielen gewohnten Anzeichen des Tages, vor allem dem Lärm, dem in immer kürzeren Abständen vernehmlichen Wummern von der Eisenbahnbrücke, dem verschworenen Ineinander der Stadtgeräusche, so erlebt er den Einbruch des Mittags in die Mitternacht: Erhöht auf einem Blätterhaufen hinter ihm steht Michaela und bläst ihr Lied, immer dieselben, unauslöschlichen, hypnotisierenden Töne, sie reagiert nicht auf ihn, als er ihr zuwinkt, denn da ist auf einmal sehr viel Wind, da trappelt etwas am Firmament, da blinkt die Wiese in Moosgrün, Olivgrün, Smaragdgrün, Maigrün – und da hoppelt ihm etwas entgegen, Ulf fängt an laut zu schreien, in seiner Heimatsprache: „Omwadde-ankurgel-gurumbeguruh!" und springt über die Wiese, nicht eingedenk der Erschöpfung, des Alters, der nächtlichen Stunde, und es grunzt ihm etwas entgegen und in die Quere und rollt sich zu seinen Füßen, quiekt und strampelt –––.

Sie ist wieder da.

Verwundert betrachtet Michaela die beiden, wie sie auf dem Rasen herumrollen, einander beschnüffeln und betasten und eine unbändige Wiedersehensfreude zeigen. Ihre Flöte hat sie vom Munde genommen, sie hält sie in Händen und schaut sie an: plötzlich fremd geworden, ein Zauberstab, ohne auch nur einen einzigen Zauberspruch zu wissen. Ist ihr unheimlich vor sich selber oder vor den Mächten, die sie, ohne daran zu glauben, offenkundig beschworen hat? Ulfs Einladung schlägt sie für heute Abend aus; gar zu gerne hätte er sie am Augenblick teilhaben lassen, da er Gina-Lisa ihr neues Heim zeigt.

Denn auch ihm selber ist höchst sonderbar zumute. Spätestens als die Wiese zu flackern und ihm das Zeitempfinden zu schwinden begann, war er sich nicht mehr sicher, woher denn, falls sie wahrhaftig auftauche, seine Schweinefreundin nun komme; tatsächlich aus irgendeinem Gärtchen, wo sie die Zeit überdauerte? Oder ob es ... ob es sich bei alledem nicht eher um eine Totenbeschwörung handle als um ein szenisches Nachstellen der Rattenfänger-Sage? – Olim will von alledem nichts wissen, als ihm Ulf tags darauf aufgeregt davon erzählt. Auch zu Gina-Lisa, die zärtlich an den Retter ihres Retters heranschnopert, hält er einstweilen Abstand; seine Erklärung, dies sei der Tradition, in der er aufgewachsen ist, geschuldet, klingt etwas belanglos.

Sonst ist er auch nicht so orthodox.

Schon am Vormittag, als ihn Mariechen zum Fenster rief und begeistert hinunterzeigte: „Da schmust dein Freund mit einem Schwein“, kam ihn etwas an, wofür er keine Worte hatte, aber sehr wohl seine erprobte Zwischenreichssensibilität; einen entfernten Onkel, Allal, eine Art Derwisch, hatte er nur ein einziges Mal gesehen, was aber ausreichte, um seine Kindheit mit Ängsten von dem Unnennbaren anzufüllen. – Für Kottmüller spielt das Unerklärliche am Wiederzusammenfinden mit seinem Schwein bald keine Rolle mehr; es triumphiert die Freude des Moments, als er dem emsig umherhuschenden Wesen Hinterhof eins, die geräumige Schreinerei und schließlich ihr neues Zuhause zeigt: den Efeu-Hof mit seiner feuchten Gemütlichkeit. Mit Lust, beäugt von seiner heimgekehrten gefundenen Reisegefährtin, löst er vor der rückwärtigen Mauer einige Pflastersteine aus dem Boden, hält den Wasserschlauch in die Lücke und verschafft ihr so eine komfortable Suhle.

Als Mariechen mit ihrer Schwester zu Besuch kommt, möchte sie am liebsten ihre Förmchen und Eimerchen von früher holen und dem neuen Haustier Sandkuchen backen. Laila geht es eher wie ihrem Stiefvater; sie braucht ein paar Wochen, um sich daran zu gewöhnen, dass man Schweine wie Hunde liebhaben kann. – Hilke ist sowieso überfordert: Anfangs glaubt sie Ulf nicht, dass er tatsächlich in dieser Werkstatt wohnt, schlimmer: sich dort auch noch glücklich fühlt! Mit dem Schwein fremdelt sie vom ersten Augenblick an, aber auch umgekehrt. Bestimmt ist es kein guter Einfall von Ulf zuzugeben, dass er vergessen hat, Kaffee und Kuchen zu kaufen, weil er die Schweinesuhle bauen musste.

So züchtet man die Eifersucht.

„Man kann doch ein Schwein nicht Gina-Lisa nennen!"

„Aber es ist doch ein Wollschwein!"

Hilke möchte lieber am großen Esstisch sitzen als im Efeu-Hof, der stinke nämlich, vor allem nach Schwein. Aber auch im Wohnungsinnern fühlt sie sich nicht wohl; es sei staubig und zugig und außerdem gar keine richtige Wohnung. Ulfs Zwiebelsalat mag sie nicht probieren. Und dann beginnt sie ihn wieder auszufragen, mit wem er sich trifft; was er beruflich weiterhin plane; ob er Geschwister habe und so fort. Geduldig gibt Ulf Antwort: Sehr gerne möchte er für immer Kehrmaschinenfahrer bleiben; wie das mit seinen Geschwistern aussehe, könne er augenblicklich nicht sagen, es gebe derzeit wenig Kontakt, außerdem falle halt immer mal eins in die Drugg; und außer Olim und Petra Wicki, die manchmal zu ihm komme, sowie den Bekanntschaften von verschiedenen Wasserhäuschen, mit denen er gerne mal ein paar Doornkaat trinke, gebe es fast nur noch die Flötistin, Michaela eben, die sei vielleicht eine Magierin, aber sie komme nur selten vorbei, meistens morgens gegen drei.

Welche Verfehlung er sich nun abermals zuschulden kommen ließ, Ulf kann es nicht begreifen; kopfschüttelnd, zugleich abwinkend verlässt Hilke die Schreinerei. Irgendetwas schimpft sie noch, aber das ist nicht zu verstehen, denn sie hält sich ein Taschentuch vor den Mund. Besorgt, aber auch ärgerlich, geht Ulf hinaus zu Gina-Lisa. Es könnte doch so schön sein! Jetzt hat er doch alles: Arbeit – Wohnung – nette Freunde – und eine feste Freundin. Sogar sein Schwein ist wieder da. Also alles, wie es sich gehört. Nur diese Hilke will einfach nicht richtig funktionieren. Es muss mit seinen immer noch mangelhaften Kenntnissen auf dem Gebiet der Liebe zusammenhängen; Ulf beschließt, sich weiterhin fortzubilden und dann noch einmal mit seinem Schild in der Hand zur Metzgerei laufen.

Schon am Montagnachmittag wird ihm Hilfe zuteil. Auf dem Heimweg trifft er Wicki Petra vielleicht, die wieder so ein Kleidchen anhat, in dem sie sein Mitleid erregt. Ob sie sich mit der Liebe auskenne, will er wissen. Ihre Antwort: „Das tut keiner!" klingt aber so, als wisse sie doch ganz gut Bescheid. In wenigen Worten versucht er die Problemlage zu schildern, wie sie sich seit mehreren Wochen darstellt. Warum Hilke einfach nicht mit ihm zufrieden sei, könne er sich durchaus nicht erklären. – Wie eine professionelle Eheberaterin nickt Petra wieder und wieder; ob sie wohl vergleichbare Erfahrungen gemacht hat? Sie verspricht, noch an demselben Abend etwas zu unternehmen.

Zu Ulfs Enttäuschung handelt es sich nicht um einen Zaubertrick wie bei Michaela, sondern, im Gegenteil, um eine Ratgeber-Zeitschrift. Ihr selbst, so Petra Wicki, habe manches darin weitergeholfen – nicht so sehr und nicht auf Dauer, aber doch immerhin so viel, dass sie sich mittlerweile „selbst gut annehmen" könne; die Fehler nicht immer nur bei sich selber suche; ihr inneres Kind frei herumspringen lasse ... und dergleichen Tollheiten mehr. Ulf weiß zuerst nicht, ob sie das alles nur sagt, um ihn aufzuheitern, darum versucht er ab und zu ein bisschen zu lachen, aber das fällt ihm an diesem Abend nicht leicht.

Kaum kann er es erwarten, bis sich die Freundin verabschiedet. Mit Lampe, Zeitschrift, Handelsgold setzt er sich in den Hof; zu seiner Freude kommt Gina-Lisa aus ihrer Suhle sofort zu ihm gelaufen und kuschelt sich zu seinen Füßen. Wie früher! O welch ein Wohlbehagen ... Alle Hilkes dieser Welt könnten dergleichen niemals aufwiegen. – Unter den Artikeln, die allesamt seltsame Überschriften tragen – „In fünf Schritten zum Liebesglück", „Die sieben schlimmsten Fehler am Anfang deiner Liebe", „Was für ein Beziehungstyp bist du?" – sucht er sich denjenigen aus, dessen Thema ihm am wenigsten geläufig ist.

Man will ja schließlich etwas Neues lernen.

Kennzeichnungspflicht für Gute-Zeit-Menschen?

EINE GLOSSE VON DR. PSYCH.
JAROMIR KORTSCHEIDT

Dem Phänomen begegnete ich erstmals in der neunten Klasse. Freund Udo war verlassen worden. Furchtbar, zum ersten Mal! Von Bettina. Nie zuvor war das in unseren Kreisen vorgekommen. Was vor allem daran lag, dass die Mädchen ihre Amouren mit Älteren austrugen, und wir selber leer ausgingen. Udo war also der erste, der reüssierte – und verlor. Ich las noch einmal nach, wie man sich in solchen Not-Fällen zu verhalten habe: In meinem Lieblingsbuch „Der Angeber" bildeten die Freunde eine Art Atemkreis um den zu Tode verwundeten und umarmten ihn unter kameradschaftlichem Getätschel. Ich wollte Udo gar nicht umarmen. Viel lieber hätte ich Bettina umarmt.

Nun gut, wenn es so Brauch war? Ich ermannte mich. Unter der Schulhofzypresse erkannte ich den Suizidanten. Ich trat auf ihn zu und gewahrte, dass er japste vor Kichern. Thomy saß neben ihm, der war sitzengeblieben und kannte sich aus. Behauptete er jedenfalls. Sie witzelten: über „Bett-Tina." Udo sagte etwas sehr Derbes. Ich wollte das ignorieren. Erneuerte meinen Beileidsaugenaufschlag und würgte etwas hervor, in der Art: „Du musst todunglücklich sein." Da hörte ich es zum ersten Male: „Wieso? War doch 'ne gute Zeit."

Diese gute Zeit ist lang vergangen, und es folgten wer-weiß-wieviele gute Zeiten nach. Vor allem für Udo. Und Bettina. Und all die anderen, die sich das Austausch-Modell flink zu Eigen mach-

ten. Seinerzeit war es knapp die Hälfte der Bevölkerung, die sich entschloss, das altmodische Liebesideal für immer ans Kino zu delegieren. Mittlerweile – ziehen wir die aktuellen Selbstmordstatistiken hinzu – dürften noch etwa 11 % der Frauen und 27 % der Männer übrig sein. Eine Minderheit, gewiss: verspottet als zurückgeblieben und rückwärtsgewandt. Der schlimme Ausdruck Charaktermensch fällt hie und da. Fromm hatte es prophezeit: „Die Kunst des Liebens" lasen damals alle. Vermutlich, um desto entschlossener die Ökonomisierung ihrer Gefühlswelt durchzuziehen. An sich wäre so ein Wandel in Gesinnung und Praxis ja nicht zu verurteilen; das Problem verursacht die Minderheit. Und die ist bedroht, wie immer.

Auf der Ebene einer humanen Gesellschaftspolitik müssen Lösungen gefunden werden, wie man diese emotionalen Versager, denen es nicht gelingen will, gute Zeiten an gute Zeiten zu reihen, vor der Übermacht der fröhlichen Jongleure schützt. Alles und alle werden geschützt: vor Verfolgung, Verhöhnung, Vernichtung. Blinde, Lahme, Flüchtlinge, Bayern, Amphibien zur Paarungszeit, Singvögel, Wildbienen, seltene Korbblütler; ja sogar die sprossende Fetthenne genießt Bestandsschutz. Aber die Nachfahren Eichendorffs, Heldinnen und Helden aller Liebesromane, sie sind der Bedrohung durch die Empfindungsmanager ausgeliefert. Eine Schande? Eine Schande.

Als bekennender Verzichtleister auf die Wohltaten der seriellen Monogamie möchte ich einen Vorschlag zur Güte einbringen. Kennzeichnungspflicht klingt so herb, da denkt man gleich an Tätowierung. Aber wäre es nicht wünschbar, dass in der Gesellschaft der Verpackungsverordnungen ein Signal, bescheiden, doch eindeutig, eingeführt würde, womit sich die Gute-Zeit-Spaßhaber untereinander besser erkennten – und zugleich die anderen warnten? Es könnte hübsch sein; vielleicht sollte man einen Designer beauftragen. So was wie ein winziger Rubin auf der Nasenspitze. Ein blinkendes Hütchen. Das wäre doch süß! Oder eine Null zwischen den Augen. Denn, verdammt noch eins, spätestens wenn die gute Zeit der Familiengründung heranrückt, wechseln sie ja das Lager, diese luftigen Artisten im Liebeszirkus. Dann halten sie plötzlich Ausschau nach den Übriggebliebenen ohne Abzeichen. Die werden dann interessant, diese Netten. Also schnell das Steinchen abgeschraubt, das Hütchen abgesetzt, die Null ausradiert. Und los geht's mit Treue und Romantik! Viel Spaß.

Eigentlich gefällt Kottmüller der Artikel: gut geschrieben, hat Witz und sogar eine Aussage. Er wäre auch dafür, so eine Pflicht sofort einzuführen. Er sieht nur eine Schwierigkeit: Der Inhalt hat rein gar nichts mit Ulf und seiner Art von Liebeserleben zu tun. Mit Hilke aber auch nicht. Eindeutig ist das für Großstadtleute mit Großstadtgefühlen geschrieben; scheinbar haben die es auch nicht immer leicht. Andererseits kann er sich nicht um alle kümmern. Dieses Buch da, Die Kunst des Liebens, hat ihm der Olim auch schon empfohlen, aber nur halbherzig, denn auf diesem Gebiete, so gab er zu, sei auch er kein Experte. Und genützt habe es noch keinem. – Fürs Erste bleibt Ulf nichts übrig als sich auf andere Themen zu werfen; bei Gelegenheit, etwa wenn ihm die Hilke wieder wohlgesonnen ist, kann er es ja von Neuem probieren. Sehr inspirierend war das alles aber nicht: ein Unverständnis wird ihn begleiten, weshalb in aller Welt die Menschen seit Generationen so viel Gedankenkraft auf die Liebe verwenden, wo es doch eine Menge anderer Bereiche gibt, die ersprießlicher sind, Keramik zum Beispiel oder Gartenbau.

Aber Kottmüller hat keinen Garten.

Kottmüller hat eine Aufgabe.

War es beim alten Cyriakus nicht ebenso? Hat er sich nicht auch so lange wie möglich herumgedrückt? Was ist es nur, das einen davon abbringen will, sich unverzüglich dem zu widmen, wofür man da ist? Der Teufel? Das Leben? Oder nur zähe Mattigkeit, Mangel an Kräften, Überforderung durch gar zu hehre Ziele? Wie ging noch die Geschichte von der verlorenen Perle?

Ulf muss zu Kräften kommen, bevor er etwas anderes unternimmt, das liegt auf der Hand. So breitet er denn, statt in die Kuhle neben der Kaut zu greifen, seine Tagesdecke, einen Jutesack, einst für Holzscheite gedacht, über seine Bettstatt und macht sich auf in den Abend. Gar zu lange hat er die Kumpane am Lieblingswasserhäuschen nicht besucht! Die Befürchtung, man könne es ihm verargt haben, dass er sich über Wochen nicht sehen ließ, stellt sich schnell als unbegründet heraus; fast alle sind versammelt unter dem Vordach, Minna und der Kohle-Fritz, Rübe und Ohr, und alle sind durstig, denn der Abend ist schwül und wird immer schwüler, und Ulf hat genügend Bares dabei.

Mitten im Zinn 40 kommen sie auf die Lieder der Jugend und stimmen allerlei an, gern mit Refrain: Ohoh, heh, holalala ... Ulf, dem diese Weisen gar nicht zusagen, wird schließlich gebeten, auch etwas aus seiner Heimat beizutragen, er lässt sich auch nicht lumpen, aber da geraten sich die Minna und Rübe in die Haare, ob der Ulf nun aus Finnland oder Afrika herstamme, und hätte nicht ein Gewitter beizeiten die muntere Runde zerstreut, wer weiß, wann Kottmüller, bei der Heimkehr just mit dem richtigen Quantum Heiterkeit versehen, je den Augenblick ergriffen hätte, den PACK endlich wieder hervorzuziehen. Zwischen die Kerze und einen neuentdeckten Kornbrand der Marke Weizenstolz postiert er das Dokument auf das Tischchen im hinteren Hinterhof zum wiederholten Studium. Erst nimmt er drei Schlucke, dann noch einmal fünf. Dann betrachtet er den Efeu. Dann tätschelt er das Schwein. Hm. Obwohl Doppelkorn draufsteht, ist er gar nicht teurer – wie das wohl kommt? Da sind auch noch andere, die er probieren muss: Altstädter, Nordhäuser ...

„He, nicht ablenken lassen!“, rüffelt er sich lautstark und fordert sich zu mehr Selbstdisziplin auf.

Und wird sogleich durch eine Entdeckung belohnt, eine solche allerdings, die ihm die Schamröte ins Gesicht treibt. Kann es denn sein? Hat er den Namen Sobirski beim ersten Mal wirklich überlesen? Warum aber ist es ihm niemals aufgefallen, so oft er in der Metzgerei einkaufte, vor dem Geschäft auf Hilke wartete, Tierhälften hineintrug? Ob es im Lauf der hundert Jahre wohl mehrere Geschäfte dieses Namens in F. gab? Möglich wäre es; dem aber muss er unbedingt nachgehen: ob der Meister Familienerinnerungen an den Mettkunden von ehedem aufbewahrt? Am Ende leben gar seine Großeltern noch, die vielleicht selbst als Kinder

... Bei dem Gedanken, jemanden zu sprechen, der Cyriakus Berzel noch persönlich gekannt hat, wird ihm ganz närrisch zumute.

Froh, zugleich einen Vorwand zu haben, die Nähe seiner liebsten Hilke zu suchen, stöbert er eifrig in den Briefen mit den vielen Abkürzungen. Dabei bildet sich Seite um Seite eine neue Strategie in seinem Geiste heraus: Mit keiner Silbe wird er sich bei den Seinen entschuldigen, dass er so lange säumig war, woher denn! Er wird Betriebsamkeit simulieren; waren die vergangenen Wochen denn nicht tatsächlich durch Nachforschungen geprägt ... wenn auch – auf den ersten Blick – in anderen Bereichen? Und großartig: Einen Treffer kann er ja schon präsentieren, ist es ihm doch gelungen, die favorisierte Metzgerei des Urahnen ausfindig zu machen. Das Mett hat er ebenfalls schon gekostet, wenngleich ihm da keine Graufärbung aufgefallen ist.

Gehoben und gekräftigt durch alle diese Erkenntnisse, beginnt er sogleich, das Konvolut auf Namen hin zu durchforsten. Manches wird er einfach behaupten, anderes dürfte sich längst als unbrauchbar erwiesen haben. 100 Jahre! Somit wäre auch eine Struktur gelegt, wie er den Brief in die Heimat abfassen könnte. Jetzt erst, da sie sacht von ihm abzufallen beginnt, spürt Kottmüller die gewaltige Last, die ihn seit seiner Ankunft in der großen Stadt niederdrückte. Einem von allen Musen geherzten Künstler gleich, notiert er im Eildurchlauf Orte und Personen, die von Belang sein könnten; dass er dabei einiges übersieht, dürfte nicht ins Gewicht fallen. Doch soll er sich selber und seine Verdienste nicht ebenfalls erwähnen? Wie er von Anfang an fleißig für sich selber sorgte; eine Karriere vom Tierhälftenträger zum Kehrmaschinenfahrer hinlegte; gar, dass er Dichterruhm errang?

Nachdem Kottmüller zehn Spiegelstriche mit Notizen versehen hat, scheint es ihm genug. Den Brief an den Zibbel und an die Hulla und ein paar andere wird er morgen oder nächste Woche konzipieren. Ein nur auf eine einzige Weise stillbares Verlangen, sich für solche Mühen zu belohnen, führt ihn noch einmal in Olims Keller. Mit Sorge entdeckt er Lücken in den Regalreihen. Doch was soll ihm das? Ist er nicht reich? Könnte er nicht schon morgen alles neu erwerben, zwar nicht abgefüllt in diese pompösen Weckgläser, aber doch immerhin in Blech? Beruhigt ergreift er ein Glas hellgraue Kirschen und zwei Dosen pikante Sardellen und begibt sich zurück an seinen der Verfertigung von guten Gedanken so zuträglichen Ort im Efeuhof.

Schon der frühe Morgen sieht Kottmüller als Briefeschreiber beschäftigt. Da es nieselt, hat er sich am Esstisch im Werkstattinnern niedergelassen. Das Schwein stöbert in Ecken und unter Maschinen herum, schabt sich dann und wann an einem Tischbein oder stupst Ulfs freie Hand an, damit sie ihm Hals und Nacken massiere, denn davon kann es nicht genug bekommen. – Widerstrebenden Empfindungen ausgesetzt, wagt der Exil-Hirte einen Anfang. Zögernd zunächst, doch bald schon in einer Hitzigkeit, als gelte es einen Kampf auszufechten, setzt, schleudert, wirbelt er die Worte aufs Papier. Dann und wann hält er inne und bereitet sich selbst ein Vergnügen, indem er den Vorfahr zitiert und einige seiner Methoden nachahmt. Schon bei der Anrede verfährt er nicht anders:

L.M.Z.u.H.n.d.a,

viel, sehr viel hätte ich zu berichten, Ihr arglosen Nordmenschen, Ihr Guten, doch werde ich, da ich auch anderweitigen Beschäftigungen nachgehen muss, nur ein Weniges von dem, was mir seit meiner so schmerzlichen Abreise widerfahren ist, in diesem Briefe mitteilen können. Aus Rücksicht auf Eure Unbildung werde ich mich einzuschränken wissen, was die Verwendung modernen und städtischen Vokabulars anbetrifft; nicht, dass ich in den Verdacht gerate, mich zu überheben oder sonst wie aus der Art geschlagen zu sein. Leicht ist das nicht, war ich doch schon der mit weitem Abstand Belesenste unter Euch, bevor Ihr mich gen Süden wandern hießet. Dies, ohne Umschweife will ich Euch das sagen, war ein Gewaltakt, eine Grausamkeit sondermaßen, worüber Ihr selbst Euch im Vorhinein kaum Rechenschaft abgelegt haben dürftet ... und wohl auch jetzt nicht imstande dazu seid. Ob ich Euch verzeihen kann? Noch bin ich mir darüber nicht im Klaren; es wird jedoch, dessen darf ich Euch versichern, von Tag zu Tag, da ich mich in der

Fremde etabliere und eine Position gewinne, mehr und mehr möglich sein können.

Von der Reise nur so viel, dass sie an Widerwärtigem ebenso reich war wie an unerwartet freundlichen Begegnungen und gegenseitiger Hilfe. Dazu nur so viel: Es hat den Anschein, dass wir insgesamt zu schlecht von den Äußeren denken, gar von den Stadtmenschen – und das stellt kaum den Anfang dar von einer Unmenge, die zu korrigieren wäre. So hat es mein Vorgänger, der hochwohllöbl. Cyriakus Berzel empfunden, und so empfinde ich es auch und wer weiß, wer es noch empfunden hat im Laufe der Jahrhunderte, denn es stellt sich so dar, als dass seit unvordenklichen immer wieder im fast gleichen Zeitabstande das fast Gleiche geschieht, nämlich die Aussonderung eines Einzelnen, versehen mit Aufträgen, die nicht zu erfüllen sind, da die Auftraggeber, so meine Meinung, keine Vorstellung davon haben, was sie fordern dürfen.

Dennoch, nehmt dies als Zeichen meiner Willfährigkeit und unverbrüchl. Treue, habe ich vom ersten Moment an gestrebt, alledem nachzukommen, was Ihr Euch von mir erhofftet. Und stellt Euch vor: Die von unserem Ahn gepriesene Metzgerei Sobirski konnte ich ausfindig machen! Zwar, das Mett weist nicht mehr jene Graufärbung auf wie seinerzeit, auch kann es in geschmacklicher Hinsicht mit dem unsrigen nicht mithalten, doch ist Ernährung überhaupt eines der Themen – wie auch die Drugg –, das ich ansprechen muss, sobald ich wieder unter Euch weile.

Dementgegen gibt es Bennelbächers Backstube, erste Arbeitsstelle des Berzel in F., leider nicht mehr. Über seinen Freund Kurtchen habe ich auch noch nichts herausfinden können, außer dass er evtl. Autor eines Fress-Zettelchens sein mag, das vor allem „die Dragoner" zum Inhalt hat. (Darüber wisst Ihr, wie ich annehme, nichts.) Die Gaststätte Zum Riwweler, wo unser lieber Verwandter, gepeinigt von einem Fußleiden, zunächst unterkam, habe ich aufgefunden und auch besucht: Es existieren keine Erinnerungen mehr an CYR., was nach so langer Zeit nicht anders zu erwarten war.

Ein Dr. Guckes wird im PACK erwähnt; hier gediegen nachzuforschen, wird ein weiteres Zusatzamt der nächsten Wochen darstellen – als hätte ich nicht genug zu arbeiten. Übrigens, dies eine kleine

Einstreuung, habe ich den heiteren Brauch des Rauchens von CYR. übernommen, das stimmt nämlich allezeit urban; allerdings bevorzuge ich die guten Handelsgold-Zigarren statt der Pfeife. Aber zurück zur Arbeit, wie wir das ja gewohnt sind, da wir uns schlechterdings nichts anderes vorstellen können als die öde Werktätigkeit. Unser Berzel erwähnt eine Ausflugsschenke „Zum Schützen" – könnte dies am Ende gar das Schützenhaus sein, das von Goethe im Faust erwähnte, heute als Oberforsthaus renommiert? Ach, was schreibe ich denn! Ich möchte Euch, wie gesagt, nicht mehr als nötig überfordern.

Habe ich schon gesagt, dass mein Urgroßonkel die Drugg als barbarisch klassifiziert? Dies scheint mir immerhin bedenkenswert … auch wenn ich Eure aufbrausenden Gesten mir jetzt recht gut vorstellen kann. – In der Ackermannstr. 21, seiner ehem. Wohnung, habe ich für kommende Woche einen Besuchstermin vereinbart. Hier erhoffe ich mir auch Auskunft bzgl. einer weiteren Persönlichkeit von Relevanz, der alte Strippler geheißen, vielleicht auch Berzel, ein Zeitzeuge eventuell.

Schließlich wäre da noch ein Notizzettel, da kommt der Name auch vor. Ich weiß nicht, wer von Euch jemals in den PACK hineingeschaut hat oder ob überhaupt … Jedenfalls, mehrere – ich möchte sagen – kryptische Andeutungen sind hier getätigt, die mir gleichwohl vielversprechend erscheinen, nicht zuletzt bezogen auf womöglich mythische, heldenhafte Mitglieder unserer Sippe, der hochwohllöbl. „Dragoner wider das Morgenrot", worüber an bislang unbekanntem Orte Aufzeichnungen zu existieren scheinen.

Ich möchte nur andeuten, dass mein Bildungsstand, der, wie erwähnt, nicht unbeträchtlich höher war als der aller mir bekannten Mitglieder der Familie, inzwischen durch Fleiß und Genie so weit angewachsen ist, dass mir selbst ab und an schwindelig wird und ich mich vor Anflügen der Hybris selbst bewahren muss. Dass ich es inzwischen zu Ehren im Metzgereigewerbe, in der Reinigungswirtschaft sowie als namhafter Dichter – ja, Ihr hört recht – gebracht habe, soll nur am Rand Erwähnung finden. Mag sein, es wird Euch anderweitig kund, denn mein Ruf, das möchte wohl stimmen, könnte bis hinauf zu Euch in Euer armes, verkommenes Nest gedrungen sein.

Letztlich darf ich mich erkühnen, Euch meine baldige Verehelichung zu annoncieren. Sie heißt Hilke und ist eine sehr gute Frau und gelernte Fleischereifachverkäuferin, aber sie will noch nicht. D.h., mitunter will sie schon, aber Ihr wisst ja, wie die Frauen so sind. Verzeiht, dass ich nicht so munter scherze wie mein verblichener Vorgänger es stets zu tun beliebte; dies entspricht weder meiner Wesensart noch habe ich Anlass dazu, da ich tagaus, tagein tätig sein muss, um nicht alleine meinen Unterhalt zu verdienen, mein Domizil instand zu halten (es liegt nahe am Main und misst in etwa das Vierfache unserer üblichen Behausungen, vor allem in der Höhe), die notwendigen Kontakte zu pflegen und darüber hinaus noch mit Akribie den Anforderungen zu genügen, die Ihr, freilich ohne Euch über die Dimensionen bewusst zu sein, gestellt habt.

So mag es denn einige Zeit in Anspruch nehmen, bis ich mich wieder bei Euch schriftlich melden kann. Bis dahin lebt, wie Ihr es für richtig haltet und seid gewiss, es wird sich manches ändern, zum Besseren freilich, wenn ich dereinst zu Euch zurückkehre, so dies einmal geschieht.

Grüßt mir vor allem den Kumpf und die Gundel,
Euer U.K., derzeit Kehrmaschinenfahrermeister
und Erzdichter in der Stadt F.

Konzentration und Kraft reichen soeben aus, um das Schreiben zu beenden – schon zum Durchlesen verspürt Kottmüller keinen Drang mehr. So überfliegt er seine Zeilen nur, nicht ohne sich selbst wohlgefällig zuzunicken. Die vielen Übertreibungen scheinen ihm in Ordnung, ersetzen sie doch gewissermaßen das, was er vergessen hat oder einfach zu faul zum Aufschreiben war. Lügen? Man könnte auch von Lügen sprechen. In diesem Falle aber sind sie nur Augmentationen der Wirklichkeit, dienlich, eine Verständnisspalte zu überbrücken, die notwendig da sein muss zwischen ihm und den – soll er jetzt sagen Ehemaligen? Dennoch, bei aller Selbstüberredungsgabe, ein wenig schimmert doch im

Hintergrund die Ahnung, der Brief könne gelesen werden, als habe sich ein Aufschneider und Geck, ein falscher Fünfziger und Tunichtgut auf rustikale Weise herausgeredet.

Aus diesem und aus einem andern Grund beschließt er noch in derselben Woche, bei besagter Metzgerei Sobirski etwas nachzuholen. Es kommt ihm zustatten, dass Hilke noch längst nicht aufgelegt ist, sich neuerdings mit ihm abzugeben, sondern den Meister vorschickt. Immerhin dreht sie ihm eine Nase durch die Scheibe und zeigt in Ulfs Richtung pantomimische Wischübungen. Aber auch sie muss noch etwas einstecken, da sie nämlich dem Chef und dem neuen Lehrbuben gegenüber in der Art umschwärmter Halbweltdamen zu seufzen beginnt, ein Stalker habe sie mal wieder auf der Kimme.

„Wer dich stalkt", entgegnet der Neue trocken und drischt ein Kotelett vom Schweinekamm herunter, „der steht auch auf —."

Und dann folgt etwas derart Obszönes, dass ihn Hilke mit einem frisch abgeschnittenen Rouladen-Lappen auspeitscht.

Meister Sobirski entgeht das Zwischenspiel im Fleischverarbeitungsraum; um der treuen Hilke die Gefälligkeit zu erweisen, schiebt er sich zwischen Auslage und Pass nach draußen und steuert auf Kottmüller zu.

Doch bevor er noch das Vorformulierte loswerden kann, ruft ihm der Abgewiesene schon entgegen: „Es ist nicht wegen Hilke! Ich muss etwas anderes fragen! Dringend!"

„Und was? Wir haben gleich Lieferung."

„Schon recht, ich bleib nicht lange."

Und dann setzt ihm der Ulf auseinander, so rasch es ihm eben möglich ist, was sich bei Sobirskis einst zugetragen und welche uralte Verbindung zwischen seiner und der Familie des Fleischermeisters bestehe. Das gibt dem Chef zu denken; nach einem Moment des Innehaltens, da er im Geiste die Geschichten durchgeht, die ihm die Großeltern von der Zeit vor dem Kriege erzählt haben, bittet er um Nachsicht und verspricht dem Historiker in eigener Sache, noch am selben Abend eigene Forschungen anzustellen.

Bevor der Metzger wieder in den Laden zurückeilen kann, wird er noch einmal von Kottmüller aufgehalten, wiederum nicht Hilkes wegen.

„Entschuldigung, nur eins noch: Könnte es sein, dass Ihre Eltern noch leben?"

„Meine Mutter ja. Mit 94." Der Metzger schaut in ein vor Hoffnung leuchtendes Gesicht. „Gut. Ich werde sie fragen."

Es sind eigenartige Empfindungen, die den Sendboten aus dem Norden bewegen, als er durch die Stadt nach Hause spaziert. Er achtet nicht auf die Rollerfahrer, sieht nicht die Leute von der Trinkhalle herüberwinken, hat keine Augen für das Sonnenspiel in den lichten Straßenbäumen. Ulf schmunzelt. Es ist ein inniges, ein von weither zart angeregtes Lächeln, das von einer Verbindung zeugt: mit Menschen, die er nie kennengelernt hat ... und die doch zu ihm gehören, immer schon. Zum ersten Mal kommt es ihm so vor, dass man ihn zu etwas Sinnvollem, wohl sehr Bedeutenden auserkoren habe; dass seine Entsendung vielleicht doch keine Verbannung sei, sondern etwas Wundersames bezwecken könnte: die Wiedergewinnung der Vergangenheit, die vorsichtige Fortschreibung von Lebensplänen, die irgendwann einmal, warum auch immer, unvollendet liegengeblieben sind.

In dieser Stimmung trifft er bei Olim ein.

Im Gegensatz zu Ulf hat sich dieser ein Leben lang so gewissenhaft wie gewissenlos mit seiner Familie auseinandergesetzt, mit den um ihn her Lebenden sowieso, mit den Verschollenen und den Verstorbenen aber fast gleichermaßen, mit Mördern und Ermordeten. Indem er davon spricht, dass ihm nur solche jemals nahestanden, die ähnlich fühlten und er mit reinen Gegenwartsmenschen rein gar nichts anfangen könne, pflückt er, seiner Art gemäß, mehrere wuchtige Bände aus den Regalen, von denen er die meisten wieder zurückstellt. Ulf bekommt „Eine katholische Kindheit", „Die Powenzbande" und zwei Bände „Die Buddenbrooks" ausgeliehen. Beim Geisterhaus zögert Olim eine Weile ... und ordnet es wieder zwischen García Márquez und Vargas Llosa ein.

„Da kann nicht mal ich mir die Namen merken. Von der Handlung ganz zu schweigen. Absicht vielleicht."

Ulf nickt wissend, bedankt sich, erinnert Olim zugleich daran, dass er das Lesen derzeit ein wenig zurückstelle; es könne länger dauern als zuletzt, bis er die Bände ihm wiederbringe. Morgens, so zählt er auf und nimmt tatsächlich ein Schlückchen Mokka, allerdings mit sehr viel Zucker und noch mehr Milch darin, pflege er seit Kurzem wieder Zeitung zu lesen, derzeit noch unterschiedliche, um die für ihn richtige herauszufinden; nachmittags, wenn er von Olim in seine Schreinerei heimkehre oder auch an den Wochenenden lese er zunächst einmal nichts, sondern höre sich ein Musikstück an, das ihm bereits bekannt sei; darüber schlummere er ein; vor dem Abendessen lese er auch nichts mehr, sondern beschäftige sich handwerklich; zum Essen höre er sich ein unbekanntes Werk der Klassik an, und erst im Hof draußen, fast schon nachts, bei Doppelkorn und Handelsgold, widme er sich der Prosa.

Und vor dem Einschlafen dann ein Gedicht.

Olim lobt diese selbstgewählte Form der Tagesstruktur überschwänglich; es zeige sich darin, welch prächtige Entwicklung sein kleiner Parzival inzwischen genommen habe: Das Schönste sei doch immer, wenn die in allen veranlagte Autonomie klar hervordränge und sich in sittlichen wie kulturvollen Handlungen zeige. Dabei lege er, Olim, Wert darauf, immer nur ein Anreger zu sein und niemals in die inneren Wesensbestrebungen des Freundes einzugreifen wünsche. Mit allem Nachdruck bestätigt Ulf, dass er genau dieses Verfahren stets gespürt und für richtig gehalten habe, jedoch erst seit Kurzem Bewusstsein darüber zu erlangen vermochte. Er habe aber noch etwas auf dem Herzen, sei sich gewiss, dass ihn Olim niemals damit alleine lassen würde, wolle jedoch keinesfalls damit bewirken, dass der Freund von eigenen Unternehmungen abgelenkt werde, außerdem ...

„Nun sag schon, was ist."

„Ich habe dir ja schon öfter erzählt", überreicht Ulf den Notizzettel aus dem PACK, „weswegen man mich nach F. geschickt hat. Aber jetzt erst fühle ich mich imstande, mit der Ausführung meines Auftrags ernsthaft zu beginnen. Zunächst möchte ich zweierlei finden: einen Text und einen Menschen."

„In der Reihenfolge?"
„Denke ja."
Olim liest:

Seinen Namen hielt er geheim
Mit Sicherheit aus der Milbener Sippe
Vielleicht „Rumser des Jahres 1798"
In F. verehelicht, Pf. Mohrbacher, Name der Frau unbekannt
Deutetisch gefunden!
In F. bei der Bürgerwehr registriert
Vermutlich einziges Mitglied beider Gemeinschaften
Erste Generationen: Ende 18. Jahrhundert, 1802 wg. Verfolgung
Zweite Generation: 1806 – ?
Name: Dragoner wider das Morgenlicht

„Das ist", nimmt er nun seinerseits ein Schlückchen Mokka, „das ist allerdings etwas Besonderes. Danke, dass du es mir zeigst. Was ist Rumser, was Deutetisch?"

Ulf versucht es zu erklären.

Mehrmals schlägt Olim die Hände über dem Kopf zusammen: „Ihr seid unfassbar!"

„Wahrscheinlich."

Wie schon einmal versucht Kottmüller die Informationen in einen Zusammenhang zu bringen; aber diesmal ist er nicht allein. Außerdem zieht er die Namen und Orte hinzu, die er aus den Briefen herausgefiltert hat. Es dauert keine halbe Stunde, da haben sie gemeinsam einen Plan erstellt, welchem Hinweis wann und von wem nachgegangen werden soll. Die konkreteste Datenlage scheint es im Falle des Adressbuchs von 1926 zu geben. Ungeachtet seiner begreiflichen Scheu vor Amtsgebäuden, schlägt Olim den Donnerstagnachmittag vor, um wieder einmal einen Behördengang zusammen zu wagen. Bei alledem wird Olim von einem wachsenden Forschungseifer ergriffen, der sogar Ulf auffällt.

Dankbar blickt er ihn an: „Wenn du einmal so was machen musst, helfe ich dir auch."

„Selbstverständlich", lächelt Olim. „Aber vergiss nicht: Du bist mir nichts schuldig. Wir sind quitt."

Mehr als ihm lieb ist, wird Kottmüller von den unabsehbaren Folgen seiner neuen Beschäftigung im Gemüt ergriffen; sobald er versucht, an etwas anderes zu denken, schieben sich die Gesichter von daheim dazwischen und bereiten ihm nervöse Tagträume. Abends, nach einer Zwiebelpfanne mit Backsteinkäse, setzt er sich zu Gina-Lisa und krault sie sanft. Seit Mariechen und ab zu auch Laila das Schwein besuchen, hat es mehr Unterhaltung. Auch der Speiseplan hat sich geändert; statt der Bio-Tonnen-Inhalte bekommt es nun Hausabfälle, vor allem von Olims Familie, die erstaunliche Mengen an Gemüse- und Kartoffelschalen liefert. Allerdings hat die Süße weniger Bewegung als früher – vielleicht ist Mariechens Vorschlag, Gina-Lisa an einer Leine in den Schrebergärten auszuführen, doch nicht so schlecht.

Und wenn sie entdeckt werden?

Heute hält es Ulf nicht im Höfchen. Seine Unruhe hat nicht nur mit der Familienforschung zu tun; je länger er das Wollschwein streichelt, desto mehr muss er an Michaela denken, die er seit der Flötenbeschwörung nicht mehr gesehen hat. Um sich etwas Abendgemütlichkeit zu bereiten, steckt er sich eine Zigarre in den Mund und verlässt die Werkstatt. Eben noch rechtzeitig kommt er an einem seiner bevorzugten Wasserhäuschen an und erwirbt ein paar Flaschen Bier und Jägermeister, die in seiner Plastiktüte lustig klingeln, als er die Eisenbahnbrücke überquert. Bald vernimmt er die ersten Arpeggien. Sein Unmut, als er drei Gestalten in Michaelas Nähe erspäht, wandelt sich in Wiedersehensfreude, da Ulf feststellt, dass es sich bei einer davon um Petra Wicki handelt. Die beiden anderen sind Zimbo und Luise, ein Durchwanderer-Pärchen von großer Erzählfreude und ausgesuchtem Humor.

Zu Ulfs Erleichterung verhält sich Michaela wie immer. Großzügig wie nur je, bietet Ulf aus seiner Tüte an, und einer eigentümlichen, oftmals zuvor von ihm beobachteten Sitte genügend, bleiben sie dicht beieinander unter der Brücke stehen. Sie trinken und kichern und tauschen Anekdoten aus, die größtenteils mit dem Aufwand zu tun haben, den man bei schlechtem Wetter betreiben muss, wenn man einen Schlafplatz haben will. Nachdem Luise eine einstige nächtliche Residenz in einer Villa am Kronberger Stadtpark beschrieben hat, wo sie mit Resten eines Grillfests unter einem komfortablen Heiz-Pilz getafelt habe, gegen Morgen allerdings von der Eigentümerin und ihren Rüden schimpflich unterbrochen wurde, wartet Ulf mit dem Bericht von der Okkupation zweier Neubau-Eigenheime auf, wo er gemeinsam mit Möhre und der Zingg genächtigt habe.

Selige Zeiten, so scheint es im Nachhinein.

Zuerst verabschiedet sich Wicki Petra vielleicht, die einen Hilfs-Job in einer Wäscherei gefunden hat und schon zum Frühdienst dort antreten muss. Luise und Zimbo ziehen sich in ein gekacheltes Eck im Treppenhaus der S-Bahn-Haltestelle zurück. So bleiben Michaela und Ulf alleine; zuerst wissen beide nicht recht, wie sie mit dem, was nun gesagt werden muss, beginnen sollen. Um abzulenken, ärgert sich Michaela über ihren Tabak, der schon wieder leer ist, und fummelt vergeblich in einer Reißverschlusstasche. Zögerlich nimmt sie mit Ulfs Handelsgold vorlieb, hält das aber nicht lange aus.

„Dass du mich nicht mehr besucht hast …", fängt Ulf schließlich an und hustet wie ein Teermaschinenarbeiter.

„… liegt am Schwein."

Michaela gibt zu, dass ihr spätestens als sie im Park ankamen, unheimlich zumute war. Alles Weitere sei über sie hereingebrochen wie vermutlich über Kottmüller ebenso. Nichts davon habe sie vorhersehen können und schon gar nicht beabsichtigt; einmal angestoßen, sei dieser Prozess von alleine abgelaufen. Immer wieder habe sie versucht, ihr Flötenspiel zu unterbrechen, aber es sei ihr nicht möglich gewesen. Eine Rücksprache mit Kühlwalda habe sie anschließend nur noch mehr verwirrt; die laut eigener Aussage hellsichtige Siebzigjährige habe sogleich mit diversen Reinigungsriten begonnen, Eisenkraut und so, damit Michaela, die sich ja nunmehr mit okkulten Mächten eingelassen habe, nicht dauerhaft Schaden nehme.

„Ich hätte doch nie gedacht, dass ich dazu in der Lage wäre! Für mich war das Theater, wie wir am Fluss entlangzogen und darauf hatte ich Lust. Und dann wurde es ernst."

Ulf unterlässt es, sie zu trösten.

Michaela will genau wissen, ob er irgendwelche Veränderungen an Gina-Lisa feststelle; ob sie sich anders verhalte als „vorher"; ob sie vielleicht eine Markierung trage oder die menschliche Sprache beherrsche oder dergleichen. – Nein, überhaupt nicht. Im Gegenteil, gibt der Schweinehirt nun Einblick in seine Gefühlswelt, er habe eher den Eindruck, dem Wollschwein sei es darum zu tun, ihm jeden Augenblick zu versichern, dass alles seine Ordnung habe und er sich keine Sorgen machen müsse. Doch, da wäre eine kleine Veränderung: Sie sei noch zärtlicher als früher, ja, auch zärtlichkeitsbedürftiger.

„Das könnte", schöpft Michaela Hoffnung, „auch ganz banale Gründe haben: Wenn es deinem Schwein in der Zwischenzeit irgendwo schlecht gegangen ist, und davon ist wohl auszugehen, dann braucht es jetzt bestimmt Trost."

Dennoch, sie kommen nicht davon los, des Schweinchens Wiederkehr mit mysteriösen, für Menschen uneinsehbaren Prozessen in Verbindung zu bringen. Hat man einmal, so will es Kottmüller nachfolgend erscheinen, diese unnennbare Sphäre angezapft, sich dem anderen überantwortet, so hört das Übernatürliche auch nicht sogleich wieder auf, sich bemerkbar zu machen. Als er nämlich, viel zu spät und ganz erschlafft, endlich in seine Schlafkaut niedersinken will, findet er einen Bogen Papier auf seinem Kopfkissen liegen. Es graust ihn davor, das anzufassen – dabei steht nichts darauf zu lesen als:

Such in der DB: Strippler-Manuskript

Was das zu bedeuten hat, lässt sich in dieser Nacht nicht enträtseln. Der Schlaftrunkene entschließt sich, die Notiz als lustige Nachricht von Olim aufzufassen; am Nachmittag wird er erfahren, was der Freund ihm damit sagen will. Bis dahin steht ihm ein qualgezeichneter Arbeitstag bevor; kaum ist er durch die Schranke gewummert, schon nickt er zum ersten Mal ein; dann wird er von einem unnatürlich großen Federvieh, das im Rinnstein bei einer Trinkpackung sitzt, ins Bein gezwickt; schließlich, es ist heute keine Sitzhaltung bequem ... und worüber er niemals nachgedacht hat, wird heute zu seiner Hauptbeschäftigung: mal zwickt ihn die Hose, dann brennt es im Nacken, schließlich schlafen ihm die Füße ein. Die halbe Flasche Klosterfrau Melissengeist, vor einer Drogerie in Gesellschaft einer Tüte Lakritz-Schnecken hastig eingenommen, schafft nur vorübergehend Erquickung.

Olim starrt ratlos auf die mit Kohle auf das DIN A 4-Blatt geschriebenen Worte und grübelt, was „DB“ heißen könnte.

„Und du hast keinen Verdacht, von wem das stammen könnte?“

„Gar nicht.“

Gemeinsam grübeln sie, wer und in welcher Absicht den Zettel unbemerkt in der Werkstatt deponiert haben könnte. Ulf, an einen gewissen Grusel gewöhnt, gesteht Olim, er habe sofort an die Dragoner gedacht – da es doch zurzeit sein wichtigstes Amt sei, darüber etwas in Erfahrung zu bringen ... und was das alles mit seiner Familie zu tun habe. Und dann sei da dieser Name: Strippler, in der Familie durchaus geläufig, meist mit Doppelnamen, aber vielleicht von besonderer Bedeutung durch die Erwähnung auf dem Notizzettel. Sofort gibt Olim den Namen ein, aber auch auf diesem Weg kommen sie nicht weiter, denn sie finden vor allem Seiten von Ausgewanderten in die USA.

Und DB? Deutsche Bahn, spekulieren sie ... Aber wo sollte man da etwas „nachschauen?“ Auf dem Fundbüro? Hat jemand im Zug sein Manuskript verloren? Strippler vielleicht? Oder heißt es gar Deutsche Bank? Aber das passt noch viel weniger! So geraten sie bald auf andere Bahnen, die aber alle mit Phänomenen zu tun haben, welche man missverständlicher Weise als metaphysisch bezeichnet. Auf dem Höhepunkt der Diskussion, Olim gerät immer mehr in Fahrt und assoziiert wild zwischen Jakob Böhme, Rudolf Steiner und Dionysios Areopagita hin und her, legt er eine CD auf, La damnation de Faust, und beide grausen sich ordentlich, jedoch nicht ohne eine Beimischung von Wohligkeit.

Über eine Stunde, nachdem sie sich getrennt haben, Kottmüller ist gerade dabei, seine Abendzwiebeln zu schälen und dazu die Freuden des neu entdeckten Radioprogramms zu empfangen, kommt Olim über den Hof geeilt. Mit dem Zeigefinger zeichnet er Figuren in die Luft und kann es offensichtlich kaum erwarten, dem Freund die Nachricht zu überbringen.

„Bin ich blöd: ein Manuskript! DB – Deutsche Bibliothek! Da müssen wir hin! Da steht doch alles! Seit '45!"

Ulf beobachtet, wie sich eine Gänsehaut auf seinen Armen bildet – die dritte seit gestern Nacht. Dass ausgerechnet er, Olim, nicht sofort darauf gekommen sei, beschuldigt sich der Vertraute selber, habe gewiss mit dem allgemeinen Abbau seiner psychophysischen Substanz zu tun; er sei eben nicht mehr der Alte. Aber natürlich! Wo sonst auf Erden sollte man über ein irgendwann verfasstes Schriftzeugnis Auskunft erhalten, wenn nicht an diesem Mirakelort der Archivkunst? Zwar seien die Bestände nach seiner Auffassung längst digitalisiert, aber im Falle von Autographen und historischen Handschriften könne es durchaus möglich sein, dass man nur vor Ort etwas erfahre.

„Und wer hat mir das ins Bett gelegt?", stoppt Ulf den Gast in seinem bibliothekswissenschaftlichen Furor.

„Das", streicht sich der Bücherfreund den Gelehrtenbart, „können wir jetzt noch nicht wissen."

Und dann bekommt auch er eine Gänsehaut.

Bis sie Zeit finden, gemeinsam zur Deutschen Bibliothek aufzubrechen, vergehen mehrere Tage. Allmählich legen sich Kottmüllers Fantasien, die sich fast allesamt mit verbotenen Kontakten ins Jenseits beschäftigen; einen Band mit Schriften C. G. Jungs, parapsychologische Beobachtungen und Hypothesen, Olims Bibliothek entnommen, legt er schnell wieder beiseite; statt beruhigender wissenschaftlicher Nüchternheit erlebt er nur zusätzliche Verstörung, nicht zuletzt dadurch, dass er im Text nicht unterscheiden kann, was gesichertes Wissen und was waghalsige Spekulation ist.

Besser bekommt ihm die Beschäftigung mit einem Kletterparcour für Gina-Lisa, die für Ulfs Geschmack allzu oft beschäftigungslos herumliegt. Mit Hilfe der Profigeräte aus der Schreinerei gelingt es dem Bastler nach und nach, Bretter, Stufen, Griffe und Plateaus zuzuschneiden und, unterstützt von Mariechen, abzuschmirgeln. Währenddessen läuft meist, denn das hält wach,

Stravinsky in Überlautstärke: Sacre du Printemps, Feuervogel, Petruschka. – Erst mit der Installation im Hinterhof zwei tauchen Probleme auf. Ob diese Lösungen auch tragfähig sind? Das wird sich herausstellen, wenn Gina-Lisa Probe läuft.

Aber sie läuft nicht.

Sehr oft und genau hat sie den Reisegefährten während der Bauarbeiten beobachtet, hin und wieder ein Stück Holz berochen oder sich daran geschabt. Aber auf Ulfs Ermunterung, zumindest die erste Rampe zu erklimmen, um dann über einen – nicht sonderlich schwindelerregenden – Abgrund zu balancieren, geht das Schwein nicht ein.

„Es liegt an der Konstruktion", mutmaßt er.

Als der Wohlmeinende versucht, Gina-Lisa mit Gewalt auf die Vorrichtung zu heben, setzt sie sich mit ihrem vollen Gewicht auf seine Füße, quiekt und reibt ihren Rüssel an seinem Bein. Ulf fühlt schon eine ungewisse Wut in sich aufsteigen, da kommt Mariechen, die den Arbeitsprozess periodisch überwacht, und schimpft mit ihm, er solle nicht so gemein zu seinem Wollschwein sein. Es benötige eine gewisse Eingewöhnungszeit, bis es das Spielgerät begreife, das es nachfolgend sicherlich ausgiebig und mit Vergnügen nutzen werde.

So bleibt das Gerüst stehen und verfällt ab dem Spätherbst.

Es häufen sich die Besuche Petra Wickis, die nicht so heißt, verbunden meist mit der Aushändigung psychologischer Ratgeberliteratur. Petra bezeichnet es als eine ihrer Vorlieben, anderen zu helfen ... so wie sie selbst in verschiedenen Lebenslagen Hilfe erfahren habe und sei es – halt durch Ratgeber. Noch vor Kurzem hatte sie Ulf als einen frohgemuten, beinahe autark lebenden Zeitgenossen mit einem Hang zum Skurrilen betrachtet. Jetzt ist er Patient. Und ihre Leidenschaft, ihn zurückzuführen – oder besser noch: weiterzubringen! –, akzeptiert keine Beschränkung. Mitunter startet er noch Versuche, die Unterhaltung auf anderweitige Themen auszudehnen, seine Abscheu gegen Schneckenzucht etwa oder die einzigartige Verbindung von Dichtung und Musik im Werk Monteverdis ... aber so weit kommt er gar nicht.

Denn Petra will, nein muss ihn von seinem Liebesleiden erlösen. Behauptet er, es sei gar nicht immer so schrecklich, sondern nur ab und zu ein bisschen, ist das selbstverständlich Ablenkung; berichtet er von seiner Freude, ein Rezept für Zwiebelsalat aus dem Kanadischen adaptiert zu haben, ist das auch Ablenkung; ja überhaupt, sein Hang, beständig auf andere Dinge auszuweichen als sein „Problem", zeige eindeutig, dass er ein Verdränger sei, ein von vermutlich subkutan wirksamen Krankheiten bereits Gezeichneter. Ulf schaut dann meist an sich herunter und sucht nach ersten Anzeichen.

Manchmal resigniert sie vor seiner Sturheit.

Immerhin, ein Stichwort, aus hunderten Schlagwörtern herausgegriffen, bleibt für Kottmüller von Nutzen: die Fernbeziehung. Unmittelbar leuchtet ihm ein, was das sei, und er hat endlich einen Begriff, mit dem er nicht nur sich selbst, sondern bisweilen auch anderen, die an seinem Leben teilnehmen, eine Anschauung davon geben kann, wie es um ihn und Hilke bestellt ist. Sie führen also eine Fernbeziehung, zwar in derselben Stadt, aber, wie er im Vergleich mit Paaren, die in Köln und München oder Frankfurt und Hamburg wohnen, feststellt, mit durchaus ähnlichen Auswirkungen: abflauende Leidenschaft, allmähliche Verlagerung der Lebensschwerpunkte auf andere Menschen ... und kommt es doch einmal zu einer Begegnung, so dominieren Konflikte.

Insofern erwartet Kottmüller nichts anderes von Hilke als zur Schau gestellte Gleichgültigkeit, als er bei Meister Sobirski nachfragen geht, was die Erkundigungen im engsten Familienkreis eingebracht haben. – Es sei einfach viel zu lange her, fertigt ihn der Metzger ab; die Mutter könne sich an niemanden erinnern, und in ein Familienalbum aus der Zeit seien keine Kunden aufgenommen worden. Ulf kommt der Gedanke, der Mann glaube ihm sein Anliegen vielleicht doch nicht ganz, sondern unterstelle ihm, der Fleischereifachverkäuferin wegen, die im Hintergrund energisch Schnitzel klopft, einen Vorwand zu suchen. Er verzichtet auf eine Rechtfertigung und trollt sich. Hier ist also kein Weiterkommen.

Aber nicht aufgeben!

Noch einmal kramt er den Brief vom 15.5.1931 vor. Es geht darin also zunächst um Heldentum: um ein gewesenes, angesichts der im Milbener Land noch Lebenden kaum zu vermutendes; dann kommt die Stelle mit dem Dragoner; dass dieses Kurtchen und Cyriakus selbst mit einem „alten Strippler" gesprochen haben, der allerhand zu berichten wusste – aber was? Schließlich der Briefschluss, der Ulf schon beim ersten Lesen traurig gestimmt hat, worin der Schreiber annimmt, zu Hause längst vergessen zu sein. Ohne Olim Bescheid zu geben, macht er sich auf in die Ackermannstraße.

Die Siedlung, so viel Architekturverständnis bringt er mittlerweile auf, muss in den späten zwanziger Jahren erbaut worden sein: schmucklose, schachtelförmige Häuschen zwischen nichtssagenden Grünflächen. Da und dort blieben ein paar Teppichstangen erhalten. Was ihn am meisten verwundert, sind diese geräumigen Sportanlagen; wie war es möglich, mitten in einer Großstadt so ungeheuer viel Platz zu lassen, nur um sportliche Betätigung zu ermöglichen? Da es sich fast durchgängig um Fußballplätze handelt, stellt er sich vor, seinerzeit seien wohl vor allem junge Männer hier ihrer Freizeitbeschäftigung nachgegangen. Ob auch Cyriakus Berzel dabei war? Er hätte es vermutlich erwähnt. Wie es scheint, zog er das Spazierengehen anderen Sportarten vor, was ihn in Ulfs Augen in seinem Ansehen hebt.

Wie erwartet, behält die Ackermannstraße 21 ihr Geheimnis für sich. Vor Kurzem renoviert, erinnert fast nichts mehr an frühere Zeiten. Trotzdem liest Kottmüller aufmerksam die Klingelschilder. Im Weitergehen erspäht er in einem Vorgärtchen eine Frau mit weißen Haaren; welch ein Unsinn, selbst wenn sie damals schon hier gelebt haben sollte, so wäre sie noch ein kleines Kind gewesen und kann folglich heute von seinem Urgroßonkel nichts mehr erzählen.

Aber sein Forschungsdrang lässt sich nicht bezwingen. Zuvorkommend redet er die mit dem Auflesen von Grünschnitt Beschäftigte an: „Verzeihen Sie, verehrte Dame, wenn ich Sie in Ihrer Arbeit störe, ich habe da nur eine kurze Frage an Sie. Und zwar, es handelt sich um meinen Onkel, Cyriakus B. Berzel – Sie werden sich wohl nicht an ihn erinnern, nein?“

Statt einer Antwort starrt sie ihn an, mit einem trüben, verdämmerten Blick, der ihn augenblicklich glauben lässt, was Sobirski gesagt hat: Es ist einfach viel zu lange her. Wie schade! Könnte man doch dreißig Jahre aus der Geschichte streichen! Oder wenigstens 12! Ohne Hoffnung, ein Indiz zu finden, streift Kottmüller noch ein Weilchen durch die rechtwinkligen Straßen, versucht sich vorzustellen, wie das wohl vor hundert Jahren ausgesehen haben mag und wie sein Vorfahr den täglichen Weg zur Bäckerei hier über die Gehwegplatten nahm; immerhin die grauen, quadratischen sind geblieben und nicht durch diese rosafarbenen mit dem grausigen Namen Knochensteine ersetzt worden.

Doch auch dieser Rundgang bleibt ohne Ergebnis. Wie trübselig wird ihm da zumute! Dass aber auch gar nichts aufgespeichert sein und bleiben soll vom Leben der Vorigen, weder das alltägliche Belanglose noch das seltene Bedeutungsvolle – es sei denn, man zählt einen General oder durch andere Missetaten Hervorgetretenen oder einen Kulturschaffenden, dem man zu Lebzeiten meist übel mitgespielt hat, zur Ahnenlinie. – Nur an einem mit einem dreifachen „L“ verzierten Kellereingang ist etwas zu finden, das auf eine bestimmte Lebenssituation schließen lässt, die lange her ist: unter der Zeichnung ist ein Pfeil nach unten erhalten geblieben, in schwarzer Farbe. Da es sich um eines der wenigen unsanierten Gebäude im Viertel handelt, könnte dies durchaus ein Hinweiszeichen sein – ob für die Kohlenträger oder von Schutzsuchenden, die sich vor Bomben geflüchtet haben, vermag Ulf nicht zu sagen.

Noch hat er nicht viel darüber gelesen, weiß nicht einmal, ob Berzel den Krieg in F. erlebt hat, ja überhaupt gar nichts davon, wie es ihm nach dem letzten Brief ergangen ist. Nach Hause jedenfalls ist er nie zurückgekehrt. Es wäre ebenso gut möglich, dass Cyriakus bald danach verstorben ist oder aber, dass hier in der Stadt ein ganzes Geschlecht von Nachkommen noch immer fortlebt, wenn auch kein einziger Telefonbucheintrag für den Namen verzeichnet ist. – Und Kurtchen? Und all die anderen von damals?

Je länger er an den Neubauten von vor 100 Jahren entlangläuft und ein Gefühl für die Vergangenheit der Gegend sich einstellt, desto ärgerlicher erscheint ihm die allgemeine Interesselosigkeit, das Gewesene am Ort erinnerbar zu halten. Warum, so fragt er sich, nutzt man nicht die vielen leeren Häuserwände, um ein bisschen etwas von denjenigen zu erzählen, die einmal dort gewohnt haben ... wenigstens so viel, wie man es bei vermeintlich hervorragenden Persönlichkeiten für nötig hält, und seien es Generäle.

Melancholie zehrt an Kottmüller, als er endlich auf ein Zeichen der Gastlichkeit und des Willkommenseins für die heutigentags Lebenden trifft, und er stellt sich vor, stumm neben den Biertrinkern am rotweißen Wasserhäuschen dem Doppelkorn zusprechend, dass die Urgroßonkels dieser Unbekannten mit seinem Urgroßonkel auch schon hier gestanden haben. Sonst aufgeschlossen dem Gespräch mit Fremden, ist es ihm heute recht unangenehm, als der Kahlköpfige neben ihm, trotz der Schwüle in einen Regenmantel gehüllt und von Zeit zu Zeit mit einer zusammengerollten Bildzeitung seinem Rauhaardackel drohend, auf die Verhältnisse zu schimpfen beginnt und Ulfs Zustimmung einfordert. Der Versuch, den Redefluss des Erzürnten auf die Geschichte des Stadtviertels umzuleiten, bringt auch nicht viel ein.

„Es war früher schon scheiße, und es ist auch jetzt noch scheiße."

Mehr brauchbare Auskünfte erhofft sich Kottmüller von den tags darauf beginnenden Recherchearbeiten zusammen mit Olim im Stadtarchiv. Bereits beim Eintritt in das ehemalige Kloster umfängt ihn etwas Besänftigendes, Weihevolles, das im grellen Kontrast zum Hauptthema der Sammlungen zu stehen scheint, der Vergangenheit nämlich, die sich dem Wissbegierigen, je mehr er darüber erfährt, als eine Abfolge von Elend und Gräueln darstellt. So nimmt es ihn auch nicht wunder, als ihm sein persönlicher Führer zunächst die im Kreuzgang erhaltenen Fresken des Jerg Ratgeb zeigt ... und sogleich eine Schilderung von dessen entsetzlichem Ende folgen lässt.

Doch angesichts der ausgestellten Fotografien aus dem 19. und frühen 20. Jahrhundert sowie der vielen Zeitungen, die sie durchblättern, zeigt sich Kottmüller überrascht, wie viel unaufgeregt

Alltägliches, sogar Amüsantes, mitunter Faszinierendes diese Studien zu Tage bringen. Als sie auf eigene Faust nichts über die gesuchten Namen herausfinden können, wenden sie sich an eine Archivarin, der etwas Stilles, Versonnenes, Selbstgewisses eigen ist, so dass man ihr augenblicklich die Kenntnis über jedes Detail des Gesamtbestands zuzubilligen geneigt ist. Bereitwillig führt sie die beiden in einen Saal, wo die Adressbücher der Stadt vollständig erhalten sind und greift das Jahr 1926 heraus. Höchst eigentümlich wird Kottmüller zumute, als er jenen Eintrag gezeigt bekommt, von dem der Großonkel in besagtem Brief berichtet:

Cyriakus B. Berzel, geb. --.--, Bäckergehilfe, Ackermannstr. 21, Frankfurt am Main, Fernsprechnr. --.--

Hier nun, angesichts der – wie Olim formuliert – amtlich beglaubigten Existenz des Vorfahren, festigt sich der Wille, dem Auftrag nicht nur stumm dienend zu willfahren; er will ihn übererfüllen und alles, was in den Archiven dieser Welt noch vorrätig ist, mit Eifer zusammentragen! Es gelingt Olim nicht, dem Enthusiasmierten die Enttäuschung zu ersparen, denn zu Kottmüllers Verwunderung folgt auf die ergreifende Entdeckung sogleich eine Erfahrung, die der Geschichtsforschung, ob privat oder zwecks Erweiterung des Wissensstandes der Allgemeinheit betrieben, leider eigen ist: das abrupte Versiegen der Quellen. Befand sich Kottmüller im Augenblick, da er Berzels Adresse las, noch in heißer Erwartung, mit einem Arm voll neuer Erkenntnisse nach Hause zu gehen, steigt er nach dem Ende der Öffnungszeit erschöpft, ernüchtert und wie gedemütigt die Klosterstufen hinab.

„Diese ständigen ..." – er stolpert – „... diese Stimmungsschwankungen in der Stadt, so was haben wir zu Hause nicht!"

„Was hast du erwartet?", versucht Olim ihn aufzumuntern. „Dass man dir eine Haarlocke des Verblichenen überreicht, nebst einem a priori verfassten Dankschreiben an den edlen Nachkommen? In der Bibliothek finden wir mehr."

„Versprochen?"

„So gut wie."

Auf den ersten Blick möchte Kottmüller widersprechen. Plaudernd haben sie anderntags die Stadt durchmessen, und so befindet sich der Mann aus der Provinz ohne Vorankündigung vis-à-vis eines einschüchternden Kolossalbauwerks, vor wenigen Jahren neu errichtet, um das Buch an sich und seine Wissenschaften entsprechend dem Stand der Epoche zu würdigen. Statt Olim zu folgen, bleibt er stehen und schaut verdrießlich drein.

„Ist irgendwas?"

„Ich will da nicht rein."

„Bitte?" In einer Kaskade von Zitaten gibt Olim das Lob der Kritiker wider, die wechselweise von transparenter, dann wieder luzider, dann wieder transparenter Architektur schrieben. Also so ein toller Bau – da waren sich alle einig.

„Aber ... Es geht doch um die Bücher", beharrt Ulf und weiß nicht, wie er sein Missbehagen in Worte fassen soll.

„Du meinst, etwas bescheidener hätte es auch getan?"

„Ja, bescheiden. Das wollte ich sagen."

„Du meinst", setzt Olim von Neuem an und zieht den Freund mit ins Innere, „du hast den Eindruck, dass hier etwas nicht stimmt? Dass die Architektur etwas vorheuchelt? Dass das ein furchtbarer Schmock und nach Eigenlob stinkender Kokolores ist?"

„So in der Art ..."

„Stattgegeben."

Ulf fremdelt noch vehementer mit dem eitlen Zentraltempel der Bücheranbetung, als er in der Eingangshalle alles Mögliche erblickt – Hinweisschilder, Lampen, Aufsteller, Garderoben, Computerbildschirme – aber kein einziges Buch. Aber da sieht er doch noch welche, in gläsernen Stelen ausgelegt, so, als habe man etwas Ausgestorbenes für die Nachgeborenen aufgebahrt, derweilen die Zeiten längst fortgeschritten sind und andere Kulturformen mit sich gebracht haben.

„Könnten wir nicht etwas essen gehen?"

„Du bleibst hier."

Olim parodiert einen Militärschergen, der Ulf, das staatsgefährdende Subjekt, in Beugehaft abführt. Der sanftem Zwang Erlegene muss schließlich lächeln; irgendetwas gefällt ihm an der

Rolle; zum Schicksal eines Helden gehört das Abgeführt-Werden dazu. – Wie nicht anders zu erwarten, entspricht das Ergebnis der ersten Eingaben im Suchcomputer den Vorrecherchen zu Hause – also nichts. Doch dann geleitet Olim den Widerstrebenden ins Kellergeschoss, wo noch richtige Karteikästen stehen und lange Flure sich geheimnisvoll verzweigen.

„In die Spezialabteilungen", kommt der Wissende dem Novizen zuvor.

Und steuert einen aus hellem Holz geschwungen konstruierten Schalter an, vor dem im Gegensatz zu allen andern – niemand ansteht. Dahinter aber erstreckt sich ein Bibliothekar, der Ulf sofort an die stille Archivarin erinnert. Ob die zwei wohl einer Familie entstammen? Ob sie einander überhaupt kennen? Ob sie gar füreinander bestimmt sind, und nur er, Ulf, weiß es? Mit einer Gestik, die von Kompetenz und niemals stockender, sinisterer Diensterfüllung spricht, nimmt der Herr die Anfrage in zwei Metern Höhe entgegen. Bereits während Olim formuliert und dabei mit nach oben gewandter Handfläche auf Kottmüller zeigt, beginnt der Fachmann leise zu nicken. Ohne etwas zu entgegnen, dreht er ab und gleitet in einen der Gänge hinein.

„Ob der je wiederkehrt?"

Nach einigen Minuten, ohne dass etwas geschehen wäre, stellt sich bei beiden ein Gefühl des Ausgeliefertseins ein, wie es für das Warten typisch ist, vor allem freilich in Behörden; es kann die Vorstufe einer Depression sein oder eben einer aggressiven Handlung, je nach Charakter und Vorbildung. Olim steht wieder so da wie im Einwohnermeldeamt, das verheißt nichts Gutes. Auch in Ulf geht etwas vor, das mit Angst zu tun hat, mit Müdigkeit und Resignation, und nach und nach wird ihm bewusst, dass, falls der hochgewachsene Herr doch einmal wiederkommt, die Antwort eine abschlägige sein wird.

„Ich hab's nicht." Unerwartet salopp tritt der Bibliothekar hinter seine Theke und hat – nichts in der Hand.

Miteins fühlen sich Olim und Ulf in ihrer Erwartung bestätigt. Finster blicken sie einander an, indem sich die Lippen nur in der Mitte berühren, an den Seiten jedoch die Zahnreihen freilassen.

„Aber ..." Der Experte schaut auf einen Bildschirm und nickt abermals.

Sogleich ändern sich die Mimik und Gestik der beiden Gäste: Die Münder sind jetzt geöffnet, die Augen auch, sehr weit sogar, und gleichzeitig beugen sie sich vor, in die Richtung der Verheißung.

„... ich kann's Ihnen bestellen."

„Was?" Die einsilbige Frage haben Kottmüller und sein Genosse gleichzeitig hervorgestoßen.

„Das Strippler-Manuskript liegt in Fulda, in der Stiftsbibliothek. Haben Sie einen Forschungsauftrag?"

„Keinen offiziellen", kommt Olim dem aufgeregt tänzelnden Freund zuvor. „Der Herr stammt aus der Familie des Verfassers. Es besteht seit Langem ein begründetes Interesse, sich über Herkunft und Identität zu informieren."

Einen Moment lang hält der Experte inne und mustert Kottmüller. Er scheint abzuwägen, schmunzelt dann schmal und fingert aus einer Schublade ein Formular heraus.

„Das hier bitte ausfüllen. Kann etwas dauern, mindestens zwei Wochen, vielleicht länger. Den Personalausweis, bitte."

Als sie das Gebäude verlassen, hat sich Kottmüllers Auffassung über diese Einrichtung, ja sogar über die Architektur grundlegend geändert. Er lobt die segensreiche Stätte und alle, die jemals dafür gewirkt haben und heute dort angestellt sind, überhaupt, es sei eine Errungenschaft der Demokratie, der Zivilisation schlechthin, so etwas Großartiges der Allgemeinheit zur Verfügung zu stellen – und dann noch unentgeltlich! In seiner zurückhaltenden Art kichert Olim nach innen und nimmt die Einladung zur Feier der Ereignisse dankend an, argwöhnend, dass die Speisekarte des Etablissements, das der Überglückliche auswählt, nicht so sehr viel für ihn bereithalten wird.

Im weißgekiesten Garten, beschattet von Platanen mit elefantendicken Stämmen, stellt Ulf allerlei Betrachtungen an, welchen Inhalts das legendäre Manuskript sein könnte: eine Heldengeschichte in Versform; eine Ahnentafel bis zurück zu Hermann, dem Cherusker; ein trefflicher Lebensratgeber zur Bemeisterung des Problems der Liebe; eine Weltkarte des Jahres 1212 n. Chr., die bereits den amerikanischen Kontinent verzeichnet, damals noch Nord- und Süd-Kottmüllerien genannt ... Dabei verzehrt er mehrere Handkäse mit extra viel Zwiebeln und leert zwei Bembel puren Apfelweins. Olim, der amüsiert zuhört, entdeckt zu seiner beträchtlichen Erleichterung Grüne Soße und Eier, mit Kreide auf eine Tafel geschrieben.

Es gefällt ihm hier viel besser als gedacht.

Nur einmal gebietet er Ulfs Schwärmereien Einhalt, als dieser ex cathedra verkündet, er plane nunmehr eine Umschulung vom Kehrmaschinenfahrer zum Historiker.

„Das kannst du deinen Kommilitoninnen nicht antun."

„Woher denn!", wischt jener alle Bedenken beiseite und ordert einen doppelten Apfelbrand. „Wenn ich bedenke, was ich seit März schon alles geschafft hab, mach ich so ein Studium nebenher."

Einstweilen aber bleibt Kottmüller seiner Hygeia IV gewogen. Die erste Jeans wechselt in eine kurze, dunkelbraune Cordhose, von der Johanna behauptet, die sei das Schärfste, was seit den Siebzigern irgendjemand getragen habe. Ende September, als die Morgen wieder frischer werden, kommt die Jeans erneut zum Einsatz; erst im November weicht diese einer wiederum dunkelbraunen Cordhose, diesmal in lang. Da er aus dem Container auch die passende Jacke und Kappe herausfischt und damit seine private Winteruniform gefunden hat, erhält er viel Lob, diesmal von den älteren Kollegen: Genau so hätten sie damals auch ausgesehen, zu Anfang ihrer Karriere, als man noch Müllmann sagte und nicht irgendwas mit Service-Mitarbeiter und Reinigungsfachkraft.

Doch dann bekommt er Post.

Das zu Fulda angeforderte Strippler-Manuskript sei eingetroffen. Gegen Nachweis der Befugnisse könne es für sechs Wochen eingesehen werden: zum Studium ausschließlich im Leseraum der Bibliothek. Jegliche Form der Ablichtung sei verboten. Außerdem und außerdem ... Die restlichen Belehrungen und Warnhinweise liest Ulf gar nicht mehr, sondern nutzt die erste Gelegenheit, das für ihn – und nur für ihn – bestimmte Werk flugs auszulösen; niemals, dessen ist er sich gewiss, wird er es zurückerstatten, sobald er es in seinen Besitz gebracht hat. Wer über sechzig Bio-Tonnen klaut, bis es endlich einer bemerkt, wird wohl auch ein paar Seiten Papier entwenden können – oder nicht?

Bis zum Moment der Übergabe kann Kottmüller das nervöse Flackern seiner Augenlider kaum kontrollieren. Doch kaum wird ihm das in einer schmucklosen Kassette aufbewahrte Dokument ausgehändigt, fühlt er, wie sich eine große Ruhe in seinem Innern ausbreitet. Was er jetzt vorhat, ist so dreist, dass kein professioneller Dieb je auf den Gedanken käme, so etwas zu versuchen. Nur ein Stift und Schreibpapier sind ihm erlaubt, in die geweihten Bezirke mitzuführen. Ulf hat einen dicken Packen zart getönte linienfreie DIN A-4 Blätter dabei; das war alles andere als durchdacht, da das Format der gut hundert handbeschriebenen Seiten ein anderes ist. Mit den Fingern misst er die Differenz und notiert sich die Abweichung. Sofort, als er sich an einen Platz weit hinten im Lesesaal niederlässt, beginnt er mit der Virtuosität eines Hütchenspielers Häufchen zu bilden, und als er den Stapel wieder zurücklegt, sind nur die Ober- und die Unterseite echt. Auf beiden steht nicht viel; Ulf schreibt sich's ab und brummelt dabei.

Ein kleiner, notwendiger Verlust, der ihn dennoch grämt.

Wie erhofft, beäugt die Bibliotheksangestellte das Dokument bei der Rückgabe nur flüchtig. Kottmüller gibt an, dass er die sechs Wochen voll ausschöpfen werde. Das sei völlig in der Ordnung, entgegnet sie arglos und wünscht einen erholsamen Feierabend. Als er, gerade so wie vor einigen Wochen zusammen mit Olim, vor die Tore tritt, kehrt die Anspannung zurück. Das Manuskript gegen seine Brust gepresst, setzt er sich einen Augenblick auf die Stufen nieder. Doch auch nachdem er sich Minuten später wieder erhebt und um sich blickt in den verhangenen Herbstnachmittag, legt sich die Unruhe nicht. Es ist ihm auch nicht möglich, sogleich nach Hause zu gehen. So unternimmt er denn einen stundenweiten Spaziergang, auf dem er seiner Erregung Luft macht und seinem Erbstück die Stadt zeigt.

Und tatsächlich: Kaum, dass er gegen Mitternacht zu Hause eintrifft, wird er einer Empfindung gewahr, die ihm, während er noch durch die Straßen eilte, nicht aufgefallen ist: die Gemütsverwirrung hat sich gelegt; es scheint etwas übergegangen von dem magischen Werk auf seinen rechtmäßigen Besitzer. Der Versuchung, auf der Stelle hineinzuspähen, widersteht er mit Mühe. Stattdessen schreibt er Einladungen an Familie Olim, Michaela, Petra und Anastasios. Schließlich fügt er auch noch Hilke dazu, glaubt aber nicht, dass er den Brief wirklich abgeben wird. Zu einer „Abendgesellschaft mit feierlicher Enthüllung" sind die Freundinnen und Freunde geladen, eine kleine Verköstigung „in festlichem Rahmen" sei in die Einladung inkludiert.

„Aber bitte nix mit Zwiebeln", bittet Mariechen anlässlich ihres Besuchs bei Gina-Lisa am nächsten Tag, wie immer direkt nach der Schule. „Und lüften wäre toll."

Wie immer verspricht er dem Mädchen alles.

Von Freitag nach Dienstschluss bis zum Sonntag ist Kottmüller damit beschäftigt, seine Festivität vorzubereiten. In Abständen blickt er mit Wohlgefallen zur Anrichte hinüber, wo der das Manuskript ordentlich ausgerichtet neben den PACK platziert hat. Und zu beiden Seiten – Kerzen, eine Neuerung, zu der ihm Johanna geraten hat. Noch beim Eintritt in den Großmarkt hatte er geplant, lieber nichts zu bezahlen für all die Dinge, die ja nicht ihm, sondern der Freude der Freunde dienen sollten ... doch dann geriet er in einen Kaufrausch, erwarb Tischdecken und Servietten, diverse Putzutensilien, worunter ein batteriebetriebener Handstaubsauger die tollste Novität darstellte, außerdem Teelichter, Dekorationshasen im Sonderangebot, Schleifen und Girlanden und eben – Kerzen nebst Leuchtern aus echtem Messing.

Mit dem Anwachsen seiner Selbstreflexionsfähigkeit über den Sommer hin auf ein bis dato ungekanntes Maß, ging auch die Entwicklung eines immer besseren Gespürs, einer Antizipation dessen, was anderen gefallen könnte und was nicht, einher; davon soll nun auch Hilke profitieren, die ihm nach ihrer Flucht aus der Schreinerei doch gehörig leidgetan hat – allerdings gab es zuletzt ohnehin keinerlei Kontakte, so dass sie von seiner Wandlung hin zum Taktvollen und Sozialadäquaten keine Kenntnis erlangen konnte. – Umso mehr würde nun der Tischgesellschaft die überraschende Erfahrung zuteil, dass Ulfs neue Empathie sogar vor den Gefilden des Kulinarischen nicht Halt macht.

Mit Zwiebelsalat, das ist ihm im Nachhinein bewusst geworden, kann er bei seinen Gästen bedauerlicherweise nicht reüssieren; vielleicht wäre dies eher eine Speise, die er bei seiner Rückkunft auf dem Heimatweiler reichen könnte, um die Dortigen zu überzeugen, dass die Alternativen zum Mett tatsächlich genießbar seien. Dennoch, es widerstrebt ihm, wie er dergleichen bei Olims Töchtern schon erlebt hat, bei einem anonymen Koch kartonierte Pizzaböden mit Belag zu ordern. Während er, nicht ohne Sturzgefahr, auf der Leiter balanciert, um auch die Industrielampen an der Decke vom Staub der Jahrzehnte zu befreien, fällt ihm ein, dass seine erweiterte Heimat durchaus auch eine Pizza kennt; man nennt sie Platz, gesprochen Ploatz, wobei die Milbener sämtliche Konsonanten gewöhnlich weglassen.

So kommt das Erstaunen besser zum Ausdruck.

In Lailas Handy gelingt es ihm, ein Rezept zu finden. Nach einigen Versuchen bringt er tatsächlich einen Hefeteig zustande; für die Verfertigung eines Sauerteigs jedoch konsultiert er lieber einen im Nachbarviertel ansässigen Bäcker, der sich umstandslos bereiterklärt, Kottmüller mit einer Wanne voll auszuhelfen. Die übrigen Zutaten, vor allem Schmand, Schmalz, Butter und süße Sahne, sind einfacher zu besorgen. Acht Ploatze will er herstellen, wobei die Hälfte ohne Zwiebeln gereicht werden soll – so weit geht seine Rücksichtnahme zu diesem Zeitpunkt bereits. Das Originalrezept sieht überdies jede Menge fetten Speck vor; doch als er die weißen Quader im Regal liegen sieht, glänzend eingemummelt in Folie, bringt er's nicht über sich und ersetzt das Schweinerne durch Käsewürfel, wovon er dermaßen viele fabriziert, dass zusätzlich zwei Türme davon auf zwei Holzbrettern angerichtet werden müssen.

Das macht auch optisch einen hervorragenden Eindruck.

Keiner der Gäste, die nach und nach eintreffen, zuerst Anastasios, zuletzt Laila, versäumen es, die verblüffende Reinlichkeit zu loben und heben – bis auf Michaela – die Dekorationskunst des Hausherrn hervor. Die Flötenspielerin murmelt etwas von Kitsch und beginnt nervös zu kichern, als sie eine Kombination aus Osterzierrat und Erntedankelementen auf der Festtafel bemerkt. Mariechen ist es vorbehalten, die auffälligste, für alle mit einer gewissen Erleichterung verbundene Veränderung zu benennen, das angenehme Raumklima nämlich, sprich die für Stadtverhältnisse erstaunlichen Frischluftmengen sowie die karamellartigen Backgerüche anstatt der gewohnten Zwiebel- sowie der Verdauung derselben geschuldeten anderweitigen Dünste.

„Danke, Ulf, du stinkst gar nicht mehr so."

Geschmeichelt und gehoben von der positiven Resonanz, die seinen Bemühungen geschuldet ist, wagt sich der Gastgeber ans Servieren der acht Ploatze, von denen nur einer angebrannt ist. Zwei Bembel voll Apfelwein und zwei mit Saft trägt er zusätzlich auf – das Zeichen für den ersten Applaus seines Lebens. Ein wenig linkisch zwar, im Ganzen aber huldvoll nimmt er die Belobigungen entgegen, verbeugt sich wieder und wieder und setzt an zu einer Tischrede – einem Brauch, den er Olims Büchern entnommen hat, vor allem jenen, die kurz vor und lange vor dem Ersten Weltkrieg spielen.

„Meine verehrten Freundinnen und geschätzten Freunde", hier prostet er zuerst Olim, dann Anastasios zu, „ihr mögt euch vielleicht gewundert haben, und ich kann nicht davon ausgehen, dass eure Vorfreude überschäumend ausfiel, da ich euch hier in meiner Werkstatt versammle, denn ihr habt sicher angenommen, dass ich wieder Zwiebelsalat auftische, aber es hat sich eben vielerlei ereignet, das in so festlichem Rahmen wie möglich begangen werden will, worunter die Präsentation eines Teils meiner Familiengeschichte – zumindest für heute – den Höhepunkt darstellen wird. Aber nein ..."

Mahnend, doch ohne Erfolg, sieht er zu Petra hinüber, die sich mit Michaela unterhält.

„Aber nein, Hauptanlass und Grund meiner Einladung und somit auch dieser ersten Rede, die ich vor Publikum zu halten mich erkühne ..."

Es folgt der zweite Applaus seines Lebens, ein Solo von Olim.

„... das seid natürlich ihr, meine lieben Gäste, ohne deren tätigen Einsatz ich in dieser Stadt schmählich untergegangen wäre, wie dies schon vielen vor mir widerfahren ist und gewisslich noch widerfahren wird. Dass ich anders bin als ihr – Olim, was ist die Steigerung von anders?"

„Andersartiger."

„Danke. Dass ich noch andersartiger bin als ihr untereinander ohnehin schon seid, die ihr nun ebenfalls nicht das Produkt konformistischer Selbstzwänge darstellt ..."

„Hört, hört!"

„... das wird euch von Anfang an aufgefallen sein, und dennoch habt ihr zu mir gehalten, habt mich nicht fallen lassen, wenn ich euch manchmal allzu seltsam erschien (an dieser Stelle muss er an Hilke denken), sondern habt bewiesen, was ich bislang nur aus der Verdener Zeitung und späterhin, Olim sei Dank, auch aus Büchern kannte – Solidarität."

Der dritte Applaus ist die Folge. Michaela und Petra stellen ihr Nebengespräch ein, und Laila blickt von ihrem Handy auf. Nun gesellt sich auch Gina-Lisa zu den Gästen, neugierig geworden durch den Lärm, aus ihrem Höfchen hereinschnopernd und hingebungsvoll begrüßt von Mariechen.

„Was ich in diesem guten halben Jahr Erfreuliches erleben durfte, habe ich allein euch zu verdanken; zu diesem Thema fallen mir eine Menge Sachen ein, die ich jetzt der Reihe nach aufzählen könnte, aber ihr seid ja meine lieben Gäste, und da ich weiß, dass mein Machwerk, ein sogenannter Ploatz, hier mit Zwiebeln, die da sind ohne, warm am besten schmeckt, habe ich mich entschlossen, euch aus Dankbarkeit die Verknappung meiner Rede zu schenken, darum lasse ich die Teile zwei bis sieben weg und erhebe meinen Becher auf eure Gesundheit. Wohlsein!"

Und zum vierten Mal klatscht man in die Hände.

Die durch Ulfs wohlgefügte Worte in Gang gebrachte Beschwingtheit setzt sich fort und hält den Abend über an, sogar Laila nimmt hin und wieder an der Unterhaltung teil, und Olim blickt voller Freude, der auch ein wenig Stolz beigemischt ist, auf seinen Zögling. So lässt er es sich nicht nehmen, nachdem sämtliche Ploatze aufgegessen sind und nur ein einziger von den Käsewürfeln übrigblieb, sich still und würdig zu erheben und im Namen der Geladenen Dankesworte an Ulf zu richten – für Laila der Anlass, sich peinlich berührt von der Tafel zu entfernen ... umso mehr, als sie registrieren muss, dass sich ihre Mutter anschickt, anstatt des Stiefvaters die Gegenrede zu halten. Olim schmunzelt erfreut, lässt sich wieder auf seinen Sitz nieder und schaut zu Johanna auf, der Frau, die er einst liebte wie keine andere, mit der er aber seit einigen Wochen zu seiner größten Freude befreundet sein darf.

„Mein lieber Kottmüller Ulf, so nennst du dich doch, nicht wahr? Mit den Benennungen pflegst du ja deinen eigenen Umgang, und das ist für uns manchmal überraschend. Du hast es schon gesagt: Dein erstes Erscheinen unter uns – ich denke, es ging allen so – hätte fremder kaum ausfallen können. Oder doch? Denn schau uns an! Aus dem Blickwinkel der Mitte der Gesellschaft – oder gar von ihren Gipfeln aus betrachtet – stellen wir doch allesamt sehr seltsame Subjekte dar, die wir dennoch – das ist der Dank, den wir ihr schuldig sind – in ihr ein Auskommen finden. Das war nicht immer so und wird auch immer weniger, jedoch – da kommst du wieder ins Spiel – muss dieser Impuls, ein Gegengewicht zu schaffen, immer wieder neu erfolgen, sonst schläft er ein; denn dies ist die Natur des Menschen."

Auch Johanna bekommt Beifall, initiiert von Michaela.

„Nehmen wir in aller Bescheidenheit einmal mich. Mit einundvierzig Jahren habe ich erst angefangen, einer regulären Arbeit nachzugehen, den Kindern zuliebe, sonst hätte ich mich niemals in solche Verhältnisse begeben. Vorher habe ich eigenartige Dinge getan und mit so sonderbaren Menschen Umgang gepflegt, dass es mir nicht schwerfiel, die seinerzeit erworbene Toleranz auch für dich in Anschlag zu bringen. Du hast, wahrscheinlich ohne es zu bemerken, in uns allen etwas erneuert, das zu versiegen drohte: durch deine rücksichtslose Ehrlichkeit, deine niemals vorhersehbaren Ideen, dein wunderbares Chaos. Dafür danke ich, danken wir dir sehr, auch für die Einladung und den selbstlosen

Verzicht auf Zwiebelsalat. Zum Zeichen unserer Verbundenheit haben wir alle zusammengelegt und bei einem Bauern in Oberrad diesen Gutschein hier erworben, der dir ein Jahr lang erlauben soll, so viele Zwiebeln bei ihm abzuholen, wie du benötigst ... und damit dir das auch gut möglich ist, bekommst du das entsprechende Fahrrad noch dazu."

Das ist das Stichwort für Mariechen, die, nicht ohne Mühe, ein schwarzes Ungetüm von Lastenfahrrad aus dem Hof hereinrollt, assistiert von Petra, als sie mitsamt dem stählernen Gefährt umzufallen droht.

„Das ist ...", Ulf kämpft mit den Tränen, „das Schönste, was ich jemals bekommen habe."

Noch eine Weile sprudelt die Unterhaltung vor sich hin, vor allem bekommt Ulf Hinweise, wie er den Koloss am besten steuert, wohin er damit keinesfalls radeln und was er damit unbedingt unternehmen solle. Schließlich kann er seinen eigenen Erfahrungshunger nicht bezähmen und versucht, in der Werkstatt eine Runde zu drehen, bleibt aber mit dem am Lenker befestigten Aufbau an einem vorstehenden Regalbrett hängen, das mitsamt einigen Schachteln voller Schrauben zu Boden geht.

Der Stimmung tut das keinen Abbruch.

Ganz anders, als Kottmüller zur Einweihung des Strippler-Manuskripts übergeht; zumindest den Anfang möchte er unbedingt vorlesen, um sich selbst Mut zu machen. In Gesellschaft nämlich falle ihm dies leichter, da doch viel davon abhänge und auch etwas Angst mit dabei sei, denn über den Inhalt wisse er bislang so gut wie nichts. Respektvoll schweigen die Versammelten, als er den Blätterstapel mit angemessener Langsamkeit von der Anrichte zum Tisch hinüberträgt. Ulf schlägt die erste Seite auf und muss grinsen.

„Es ist natürlich deutsch geschrieben, das war zu erwarten. Zum Glück habe ich von Gundel, meiner Gote, die Buchstaben in Schreibschrift noch gelernt. Auch in der Einrichtung, die ihr Grundschule nennt, die bei uns aber ganz anders funktioniert, bekamen wir zuerst die alte deutsche Schrift gelehrt; überhaupt war man der Ansicht, die lateinische sei vernachlässigbar. Schließlich habe ich diese Kunst bei meiner Gote vervollkommnet. Nun, für die Abfassung könnte übrigens das Jahr 1812 in Betracht kommen, aber so genau wissen wir das noch nicht. Verzeiht mir meine Aufregung, es ist dies in gewissem Sinne ein historischer Moment, auf den nicht nur ich lange gewartet habe, sondern mit mir viele, die im Augenblick natürlich nichts davon wissen. So. Jetzt fange ich an:

Dragoner wider das Morgenlicht

Dir, das du heraufkriechst hinter der gekrümmten Erde; dir, dessen Grelle keinen Schmerz unausgeleuchtet lässt; dir, dem kein Gnadenwinkel verborgen bleibt, um ihn nicht mit der Sonne der Grausamkeit zu erhellen, auszukundschaften die Verfolgten und preiszugeben den Verächtlichen; dir, Licht der Ungnade, Vorbote der Unerbittlichkeit des Tags, des alten Hohngestirns über dem Elend, feind und fremd; Flamme der Spottlust zwischen uns Ausgelieferten; Feuerwall vor der für immer verschloßenen Liebe; Leuchte der unendlich sich brüstenden Anmaßung; dir, Licht der Treulosigkeit, das du paktierst seit den ältesten Tagen mit den Mächtigen, den Ruchlosen und den ihnen ergebenen Henkern, jubelnd auf allen Schandplätzen; dir, Ausgeburt des Schwindels, Heuchelglühwurm, Lügenlicht, dir gelte unser Hass und unsere Verachtung, du bist das Ziel der Drachenreiter, dem wir nachstellen, und sei es die letzte Attacke, die wir reiten, du sollst fallen. Du sollst erlöschen, absterben, zurücksinken in die Düsternis, deren Ausscheidung du bist, Licht, du verfluchtes, zu meidendes Licht ...“

Kottmüller hört auf zu lesen. Er wagt es nicht aufzublicken; den anderen wird es nicht anders ergangen sein als ihm: Die wilde Finsternis dieses Textes, die ungewöhnliche Aggressivität gegen etwas, das in Kinderliedern und Chorälen, in Gemälden und Gedichten seit jeher als lebenspendend und heiter gepriesen wird, und wohl weltweit nur freudige Gedanken zeitigt, lässt alle verstummen.

„Ich weiß nicht ..."

Jetzt blickt Ulf in die Runde und sieht in verstörte Gesichter. „Ob ich noch weiterlesen soll?"

Er blättert eine Seite vor. „Ah, hier steht noch etwas anderes:

Ich schreibe dies nieder, an beiden Füßen gefesselt, in Ketten gelegt in der Festung ..."

„Vielleicht reicht das erst einmal", unterbricht Olim, zur Erleichterung aller, vor allem des Vorlesers und Mariechens, die ängstlich ihre Mutter anstarrt. „Damit muss man sich einmal ausgiebig und in Ruhe auseinandersetzen. Heute Abend passt das wohl nicht."

„Stimmt", pflichtet ihm Petra bei. „Der absolute Stimmungskiller."

„Aber", Olim folgt dem Bedürfnis, etwas Positives anzufügen, „es ist ohne Zweifel von höchster literarischer Qualität! Wenn das da dein Vorfahr geschrieben hat, stammst du von einem Dichter ab, vielleicht aus einem Geschlecht von Dichtern. Ich freue mich jedenfalls schon sehr darauf, diese Schrift einmal zu lesen, wenn du es mir gestatten solltest."

Ulf sagt selbstverständlich zu, kann seine Verwirrung allerdings kaum verbergen und atmet erst auf, als er wieder mit Gina-Lisa alleine ist. Energisch musste er den Freunden die Mithilfe beim Ab- und Aufräumen verwehren; nachdem er das Nötigste weggeschafft hat, nimmt er das Manuskript in die eine und die Apfelbrandflasche in die andere Hand und begibt sich in den Hof. Das Wollschwein scheint immer noch nicht genug Zärtlichkeit abbekommen zu haben, es legt sich nicht an seinen Platz wie um diese Zeit sonst üblich, sondern setzt sich vor Ulf hin und betrachtet ihn aufmerksam.

„Du willst, dass ich weiterlese, ja?"

Ulf zündet die Kerze an, nimmt ein paar Schlucke und legt den Stapel zurecht. Wie er aber anheben will, bemerkt er, dass sich ein Widerstand im Innern querlegt, und er vermag es nicht. Da aber das Schwein noch immer erwartungsvoll vor ihm kauert und er zum Kraulen nicht aufgelegt ist, greift er nach seiner Flöte, um ihm ein Gute-Nacht-Lied zu spielen.

„Aber ganz leise", erklärt er Gina-Lisa „Die Leute hier mögen das nicht so sehr zu dieser Stunde."

Leise spielen ist schwer, vor allem auf Blockflöten. Ulf versucht es mit tiefen Tönen, aber es fiept trotzdem. Nach und nach bringt er es fertig, ein langgezogenes D zu spielen, ohne größere Schwankungen. Dann noch einmal und wiederum, so lange der Atem ausreicht. Daraus entwickelt sich, es kommt ihm vor, als geschehe dies ohne sein Zutun, eine Tonfolge, die er glaubt schon einmal gehört zu haben. Mehrmals muss er die kleine Melodie wiederholen, bis ihm einfällt, wo das gewesen ist: unten am Main, als er mit Michaela Prozession gespielt hat ... und dann in diesem Park, kurz bevor ...

Ob es an der Erinnerung an diesen Augenblick liegt oder an einem Geräusch, das von Gina-Lisa zu ihm aufsteigt – Kottmüller unterbricht sein Spiel. Da gewahrt er, dass sein Wollschwein, zu unnatürlicher Länge auf dem Boden ausgestreckt, strampelt und vibriert. Sein Schrecken wird größer, als er wahrnimmt, dass die Konturen des Tieres undeutlich zu werden beginnen, an einigen Stellen sich bereits aufgelöst haben. Hastig legt er die Flöte beiseite, sie rollt vom Tisch und schlägt auf, mit einem kurzen hellen Klang. Wehrufend stürzt er sich auf das Schwein und umklammert es, versucht es festzuhalten, seine Formen zu schützen gegen die Auflösung.

„Gina-Lisa!", schreit er in Angst. „Bleib hier! Nicht wieder weggehen! Schwein! Bitte! Bleib bei mir! Ich liebe dich doch so sehr!"

Kottmüller schwitzt in diesem Kampf, von dem er nicht weiß, gegen wen er ihn führt, mal fasst er ein Ohr, mal den Schinken, dann hält er ihren Bauch fest, der schon viel dünner ist, als er's gewöhnt war über lange Zeit; Verzweiflung bemächtigt sich seiner – wen könnte er um Hilfe bitten? Doch wohl höchstens Michaela, aber wie soll er sie erreichen? So greift er bald hierhin, bald dorthin, bis er endlich, endlich bemerkt, dass die Erschütterungen nachlassen, die Krämpfe allmählich aufhören, und das arme Lebewesen sich beruhigt. Hätte er bloß diese Flöte nicht angerührt! Er liegt halb auf Gina-Lisa, die den Kopf vertrauensvoll an seine Schulter presst und die Arme um ihn schlingt.

Welche Arme?

Vorsichtig fühlt er nach, was sich da um seinen Leib herumgewunden habe. Zuerst glaubt er an eine Schlange, dann an unbekannte, amorphe Gebilde, die ihm die Luft abdrücken wollen. Aber dafür sind diese Arme viel zu zart ... und wo kommen die Haare her, die ihn so schrecklich im Gesicht kitzeln? Behutsam löst er sich aus der Umklammerung, und es steigt eine Furcht in ihm auf, dass das, was er zu sehen bekommen wird, sobald seine Augen weit genug Abstand haben von diesem Gegenstand des Grauens, etwas anderes ist als sein Schwein. So senkt er lieber die Lider, was zur Folge hat, dass sein Riechsinn sich Geltung verschafft und unmissverständlich vermeldet: Dies ist kein Tier, dies ist tatsächlich –––

Aufkreischend lässt Ulf los und springt auf die Füße.

Vor ihm steht eine junge Frau, und da sie nackend ist, birgt sie sich im Efeu so gut sie es vermag. Im Gegensatz zum aufgebrachten, verstörten, zum zweiten Mal um sein Wollschwein gebrachten Schweinehirten, der panisch umheräugt und sich nicht zu helfen weiß, betrachtet sie ihn ruhig und freundlich. Als sie dann aber zu sprechen beginnt, verliert Kottmüller vollkommen die Fassung.

„Omwadde-kunau, orogmoi kotte mursum runkenuhse kuttozong?“

Was nichts anderes als: „Hast du bitte etwas zum Anziehen für mich?“ bedeutet.

„Nein!“, brüllt Ulf. „Nein, ich will nicht! Du sollst mein Schwein sein und kein ekelhaftes, verdorrtes Menschenwesen!“

„Kumpf-mugruborst? – Aber das ist doch nicht von Belang, mein Schatz. Komm, sei lieb.“

„Doch! Ist es! Davon hängt alles ab! Was hab ich denn getan, dass ich immerzu gequält werde? Kann nicht einmal etwas bleiben, wie es ist?“

„Das ist doch noch nie geschehen auf Erden, weißt du das nicht? Bekomm ich jetzt mein Kleid? Aber ein hübsches!“

Tobend rast Kottmüller durch die Werkstatt. Vor Wut wirft er um, was sich ihm in den Weg stellt, vor allem Stühle. Um den Schmerz zu betäuben, nimmt er unzählbare Schlucke vom Doppelkorn. Er atmet rasselnd wie der alte Trecker von Vetter Gorm. Was soll er tun? Er kann sie doch nicht umbringen! Denn in gewisser Weise ist das ja auch Gina-Lisa! Oh ihr Götter! Ihr führt ins Leben uns hinein, ihr lasst den Armen schuldig werden ... Ulf erleidet einen Heulkrampf. Als die Schluchzer langsam abebben, bemerkt er, dass sich dieses Wesen Zutritt zur Schreinerei verschafft hat.

Er fährt herum: „Raus, sag ich! Raus aus meiner Wohnung!"

„Draußen ist kalt."

„Dann frier!"

Da sie keine Anstalten macht, seiner Anordnung Folge zu leisten, ist es Kottmüller, der nach der anderen Seite die Werkstatt verlässt. Im Hof, nachdem er sich die Augen fast wundgerieben hat, blickt er an Olims Haus empor. Die Fenster sind dunkel. Nur weiter oben ist noch Licht: Lailas Zimmer. Es kommt ihm ein Einfall, der zwar zu einem ausgemachten Idioten passen würde, aber somit wäre vielleicht ein erster Schritt getan, um wieder Ordnung zu schaffen in diesem neuerlichen Irrsal. Mit plumpen, aber kraftvollen Zügen hievt sich Ulf am Erdgeschossbalkon hinauf, bekommt das Geländer des ersten Stocks zu fassen und zieht sich abermals hinauf. Beim dritten Mal ist es schwieriger, und ein Sturz würde übel ausgehen; einem Orang-Utan gleich, schwingt er nach außen, doch sogleich wieder zurück, so dass er sich mit den Füßen an der Balustrade festklammern kann und mit einer letzten Kraftanstrengung auf den Balkon niederplumpst.

Laila, mit dem Abhören von sehr vielen Sprachnachrichten einer einzigen Freundin beschäftigt, erschrickt in ihrem Zimmer. Sie glaubt an eine Detonation und sieht aus dem Fenster. Als sie aus nächster Nähe in Ulfs Antlitz schaut, schreit sie auf und weicht zurück.

Sie ringt um Fassung: „Spinnst du? Stalkst du mich oder was?"

„Bitte! Entschuldigung! Notfall!", flüstert Ulf so laut er kann.

Widerstrebend nähert sich das Mädchen der gekippten Fensterscheibe.

„Furchtbar, ganz furchtbar", stammelt Ulf und wischt sich den Schweiß aus den Augen. „Mein Schwein, meine arme Gina-Lisa: Sie hat sich verwandelt: in so ein schreckliches Geschöpf wie dich!"

„Was?"

„Entschuldigung, entschuldige bitte, sie ist auch so ein dünner Mensch geworden, und eben war sie ein so schönes Schwein!"

„Hä? Was soll denn das?" Laila wählt Geste eins und möchte, dass sie sich diese Szene nur einbildet.

„Sie braucht was zum Anziehen, sagt sie. Weil sie doch eben noch ein Schwein war, und da hat man ja nichts. Verstehst du?"

„Nee."

Halb im Schlaf und halb getrieben von einer automatisch einsetzenden Hilfsbereitschaft, schaut sich Laila in ihrem Zimmer um. In der Tat, hier liegen überall Hosen und Röckchen und Kleider und Pullover, aber nicht ein Stück davon würde sie jemals irgendwem ausleihen, nein, nicht einmal der Freundin, von der inzwischen, annonciert von dicht aufeinanderfolgenden Glöckchen-Klängen, wieder mehrere Sprachnachrichten eingegangen sind. Da fällt ihr ein, dass sie vor Wochen alte Klamotten aussortiert hat; ihre Mama wollte sie demnächst verschicken, nach Rumänien oder wo. Der Plastiksack steckt noch im Schrank, und ohne weiter nachzudenken, zieht sie ihn hervor, öffnet die Balkontür und drückt Ulf die Sachen in die Hand.

„Geh besser durchs Treppenhaus. Sonst fällst du doch noch runter."

„Danke." Mehr bringt Ulf nicht heraus.

Kopfschüttelnd führt ihn Laila durch den dunklen Wohnungsflur und schiebt ihn vor die Tür.

„Danke, Laila, vielen Dank", wispert er auf dem Treppenabsatz und winkt mit der Tüte.

„Du bist so ein Spinner!", gähnt sie ihm hinterher.

„Mag wohl stimmen", entgegnet er. „Aber diesmal kann ich nichts dafür."

„Ach ja?“ Es folgt Geste drei.

Kottmüllers heißeste Hoffnung, bei seiner Rückkehr in die Schreinerei habe sich alles von selber erledigt, aufgelöst, die Verwandlung sei ein Traumgespinst gewesen, einer gewissen Überreizung und nervösen Anspannung des Manuskriptes wegen geschuldet, zerstiebt schon am Eingang. Denn da steht dieses Elendsgeschöpf, das sich ein Tischtuch umgebunden hat und begrüßt ihn zu allem Überfluss auch noch mit einem zutraulichen Lächeln.

„Hi!“

„Hi? Was heißt denn hier: Hi? Wie kann man nur: ‚Hi!‘ sagen? Da hast du was, von Laila, die ist genauso mager wie du. Nimm's, zieh dir's an und leg dich von mir aus in den Sessel, wer auch immer du bist. Ich muss jetzt schlafen. Ich muss es zumindest versuchen, denn morgen hab ich Dienst.“

„Weiß ich doch, Ulfi. Danke.“

Sie hat Ulfi gesagt! Das ist schlimmer als Kotti.

Während der von den jüngsten Geschehnissen zu Boden Geschmetterte mit Fragen und Vorwürfen und Verwünschungen beschäftigt ist und unablässig vor sich hin brummelt, sieht er zu seiner Verwunderung, wie sich dieses Gespenst über die Plastiktüte hermacht und wohlgelaunt ein Kleidungsstück nach dem anderen hervorzieht, schließlich in einen engen wurstfarbenen Überwurf hineinschlüpft und vor Ulfs Spiegel sich hin- und herwendet. Ohne Rücksicht auf seinen weiblichen Gast knipst er das Licht aus und wirft sich mit Gewalt in seine Schlafkaut.

„Womit hab ich das verdient“, wimmert er vor sich hin. „Womit hab ich das nur immer verdient?“

Es ist zwei Tage später, Kottmüller hat sich noch längst nicht von den Strapazen erholt. Fürs Erste aber gelang es ihm, immerhin einige wenige Strukturen zu etablieren, die ihm ein Weiterleben ermöglichen sollen. Zuerst musste er akzeptieren, dass Michaela auf zwei Wochen nicht erreichbar ist: eine ihrer seltenen Eltern-Heimfahrten mit anschließender Odenwald-Tour. Ausgerechnet jetzt! Dabei fährt sie doch nie weg! Den Wutanfall lässt er an einer dieser eiförmigen rosa Plastikmülltonnen aus. Danach ist sie nicht mehr eiförmig. Das verwandelte Schwein, das sich auch gegen Ulfs Verbotsbefehle immerzu als Gina-Lisa ausgibt, stört ihn unsäglich; es bereitet ihm die größte Mühe, einigermaßen die Contenance zu wahren und nicht beständig mit ihr herumzubrüllen ... zumal von ihr keinerlei Bosheit ausgeht, sondern eine provozierende Sanftmut und – je nun – schwer zu fassende Blödigkeit.

Wie immer kommt die Rettung von Familie Olim. Schon am Nachmittag, Ulfs Gereiztheit ist durch den Schlafmangel und quälend langen Arbeitstag an der obersten Grenze angelangt, betreten Johanna und Olim, diskret wie nach einem Trauerfall, die Schreinerei.

„Ich wusste immer, dass mit dem Schwein etwas nicht stimmt", murmelt Olim vor sich hin.

„Es gibt eben mehr Dinge zwischen Himmel und Erde", beginnt Johanna, doch als sie die Blicke ihres Begleiters registriert, unterbricht sie sich selbst und staunt mit: In der Tat entspricht die verwandelte Gina-Lisa bis ins letzte Detail dem zeitgenössischen Idealbild einer Modellschönheit, wie sie vor allem in Fernsehserien und auf Instagram vorkommen. Dies bringt die zweifache Mutter auf den naheliegenden Gedanken, ihre sonst in Freundschaftsdingen meist heikle Tochter Laila abermals zu konsultieren. Nach kurzer Gegenwehr siegt die Neugierde, und die Gegenüberstellung verläuft so positiv, dass Laila vorschlägt, die neue Gina-Lisa könne vorerst bei ihr wohnen. Dabei spielt auf alle Fälle eine entscheidende Rolle, dass die in Lailas abgelegten Sachen gekleidete Unbekannte so vielen ihrer Heldinnen gleicht, die sie über die unterschiedlichsten Medien anzubeten weiß. Außerdem scheint sie ein paar Jahre älter zu sein und übernimmt gewissermaßen Vorbildfunktion.

Nach wenigen Minuten verhalten sich die beiden wie Schulfreundinnen, die sich seit der ersten Klasse kennen und wechseln standesgemäß kichernd die Räumlichkeit. Für Kottmüller geht das alles zu schnell; er steht so verständnislos und verloren neben der Zuschneidemaschine, dass Johanna vorschlägt, doch erst einmal auszuschlafen und weitere Beratungen am Tag darauf folgen zu lassen. Mit dankbarem Gruß verabschiedet sich der Ermattete in seine Schlafkaut. Aber es kommt ihm kein Schlummer; vielmehr zwingt ihn eine plötzliche Überwachheit, sich samt Manuskript an den Esstisch zu setzen – in Hinterhof zwei, seinen Lieblingsleseplatz, zieht es ihn heute nicht. Als ihm bewusst wird, dass er längst zu lesen begonnen hat, ist schon die halbe Flasche Kirschwasser leer.

Dragoner wider das Morgenlicht

Dir, das du heraufkriechst hinter der gekrümmten Erde; dir, dessen Grelle keinen Schmerz unausgeleuchtet läßt; dir, dem kein Gnadenwinkel verborgen bleibt, um ihn nicht mit der Sonne der Grausamkeit zu erhellen, auszukundschaften die Verfolgten und preiszugeben den Verächtlichen; dir, Licht der Ungnade, Vorbote der Unerbittlichkeit des Tags, des alten Hohngestirns über dem Elend, feind und fremd; Flamme der Spottlust zwischen uns Ausgelieferten; Feuerwall vor der für immer verschloßenen Liebe; Leuchte der unendlich sich brüstenden Anmaßung; dir, Licht der Treulosigkeit, das du paktierst seit den ältesten Tagen mit den Mächtigen, diesen Ruchlosen und den ihnen ergebenen Henkern, jubelnd auf allen Schandplätzen; dir, Ausgeburt des Schwindels, Heuchelglühwurm, Lügenlicht, dir gelte unser Haß und unsere Verachtung, du bist das Ziel der Drachenreiter, dem wir nachstellen, und sei es die letzte Attacke, die wir reiten, du sollst fallen.

Du sollst erlöschen, absterben, zurücksinken in die Düsternis, deren Ausscheidung du bist, Licht, du verfluchtes, zu meidendes Licht, du schändlichstes aller Mißgeschicke, ungewollt und unerbeten, hämisch spähend mit deinem Basiliskenblick; das Niedrige ist dir hold, das Gemeine, damit es sich mit dir brüste, sich in den Glanz stelle, die blitzende Lanze recke, den goldenen Harnisch vorweise nach der Niederschlagung des gerechten Aufstands, der Niederwerfung der Wehrlosen; selbst das Schandbeil beleuchtest du in deiner Verderbtheit, die Scham des gerichteten Bluts in deiner Verkommenheit, denn die Mörder bringen es ans Licht: ihr Opfer.

Ja, du wirst zurücksinken, du wirst zurückgenommen werden von den Höchsten, die alles in sich zurückschwinden heißen, wenn der Trug ein Ende hat, und der Wandel aller Dinge offenbar wird; von den Gräsern und den Bäumen wirst du zurückgezogen werden, von den Gewässern und Küsten, von allen menschengemachten und nicht menschengemachten Dingen, auf daß dir nachfolge alles Gestaltgewordene in die reine Möglichkeit und dort ruhe; auf daß wieder zusammenfinde, was du in gräulicher Anmaßung halfst zu trennen, in den Frieden der Dunkelheit sich einreihe, was du beschienen hast im Augenblicke der Spaltung. Dann wirst du verlöschen dürfen und mit dir deine Untaten und aller Untaten, deren Zeuge und Beischläfer du gewesen, und keine Erinnerung wird bleiben, nicht an dich noch an die spiegelnden Objekte deiner Abgefeimtheit, deiner Unerbittlichkeit und deiner maßlosen Gier.

Ich schreibe dies nieder, an beiden Füßen gefesselt, in Ketten gelegt in der Festung Ziegenhain; in den Turm wurde ich gepfercht, aus dem noch keiner entkommen. Kein Fühlender macht sich draußen eine Vorstellung, wie erbärmlich man hier gehalten wird, es sei denn, er würde entrückt sein aus der Zeit der Bauernkriege in unsere nicht minder blutige Epoche. Wasser und Brot! O ja, wie es der Volksmund sagt, so findet es sich bewahrheitet in dieser Zwingburg, dieser Mergelgrube. Nur sonntags kommt ein Krug Wein, mit „Wasser vermischt"; ich habe den Verdacht, daß der Hinrich hineinpißt, der zweite Wärter, ein Piesacker und verfemter Mensch, dem es eine Freude ist, die Insassen so übel zugerichtet wie nur möglich zu sehen.

Der andere, ein Kurt, scheint so recht das Gegenteil; seiner Güte ist es zu danken, daß ich überhaupt Schreibzeug bekommen habe, denn laut Anweisung des Kommandeurs, seiner obersten Verdorbenheit Hauptmann Schärrer, soll ich gar nichts – nicht schreiben, nicht lesen, mit keinem sprechen, niemals einen Ausblick haben, niemals Obst, niemals Käse, keinen Kaffee und Tabak – nur dulden und leiden und mich immer schön quälen, so hat er's gern, und sein Schießhund, der Hinrich, treibt's auf die Spitze. Mit Absicht ließ er im Winter die Klappe zum Obergeschoß offenstehen, damit die Kälte auf mich herabsänke; jetzt aber, im Sommer, verschließt er's, so daß ich vor stickiger Hitze nicht ein noch aus weiß. Dabei sind meine Fußgelenke längst wund gerieben und bedürften der Pflege, die Sorge um die Meinen füllt den wenigen Schlaf mit Gespenstern, und ich merke wohl, wie die Auszehrung Krankheiten mit sich bringt, ob zum Tode, das wird sich zeigen.

So bleibt mir nichts als Rechenschaft abzulegen von meinem Leben, von jenen Tagen und Taten zum Mindesten, derentwegen man mich ins Loch geworfen; mögt Ihr Späteren über mich richten, gerechter als die Schändlichen, die mich bestrafen, als hätte ich Menschen gemordet, dabei waren es doch nur Steine. Zweierlei Hoffnung hege ich, daß meine Niederschrift den Weg hier hinaus finden wird: Vielleicht gelingt es dem Kurt, wenn ich damit fertig bin, diesen Bericht zu den Meinigen zu tragen; oder aber, darum bete ich jede Stunde, meine Auserkorene, mein Glück und Geleit, meine geliebteste Freundin wird mich aus dieser Schmach befreien – wem, wenn nicht ihr könnte dies gelingen, da ihr doch schon so vieles, alles gelang, das gewöhnliche Menschen für unmöglich, ja nicht einmal für erdenklich hielten!

Oh Clarissa, Edelstes unter den Menschenwesen! Noch lieber will ich dich Kastalia nennen, denn alles, was deinem Munde entquillt, ist lauter und wahr und erfrischt wie der heilige Quell, reinigt und begeistert, erquickt und bestärkt mich, dir nachzustreben, um mehr und mehr so zu werden wie du: milde wie unerschrocken, gnädig wie gerecht, selbstgewiß wie allem Guten verpflichtet. Um wie viel höher noch ist es dir anzurechnen, daß du dich den Fesseln deines Standes, der für dich ein so viel leichteres Dasein vorgesehen hätte, entwandest; daß du dich zu den Verachteten schlugst, auf die Seite der Entrechteten und den Spott deiner Familie auf dich nahmst, nachmals gar die Verfolgung.

Nimmer werde ich des Abends vergessen, der mir ein erstes Zeugnis gab von deiner Wesensart. Ich stand erst kurz bei den Blauen Dragonern zu Hofgeismar, abgestellt zur Wache, um die Badegesellschaft vor – keiner Gefahr zu beschirmen. Denn der Siebenjährige Krieg, der so viel Weh über unser Land gebracht, war längst vorbeigegangen; die Campagne gegen das aufrührerische Frankreich ebenso, da unser Leib-Regiment an der Belagerung von Mainz knechtisch mitgewirkt; und der späterhin so genannte Unabhängigkeitskrieg der Verschweinten Staaten von Amerika desgleichen, als unser gnädiger Landgraf geruhten, 19.000 mehr oder minder Wehrfähige an den König von England zu verhökern, war gut zwanzig Jahre vorüber – eine beträchtliche Anzahl Menschen übrigens, da die Stadt Kassel, die bevölkerungsreichste in weitem Kreise, doch nicht einen einzigen Einwohner mehr zählte, damals.

Behausung und Verpflegung in der Garnison waren mehr denn leidlich, man bekam eigentlich jeden Tag Deute – bei uns zu Hause bestenfalls an Festtagen gereicht, und die gab es kaum, ja bisweilen türmten sich Brotlaibe auf dem Tisch, daß man sich sattessen konnte wie der General Fettsack. Der Tageslauf brachte mehr Ödigkeit denn Drill, aber Wache schieben, das mochte freilich keiner: auf der Terrasse des Lustgartens ausharren, stumm und unbeweglich, während ringsum das heitere Leben blüht, darum riß sich freilich niemand. Diesmal hatte es mich getroffen ... und wie sehr preise ich dies vermeintliche Mißgeschick, ja, noch auf dem Richtblock will ich ein Loblied singen dem Augenblick, als ich deiner, Clarissa, ansichtig wurde.

Ich muß vorausschicken, daß ich dem Geschlecht der Weiber bis zu diesem Zeitpunkte nicht hold war; ich fand etwas Nichtswürdiges daran, wie sie es immer und zu jedem Zeitpunkte anstellen, den Herren zu gefallen, und je höher einer steht, desto niedriger machen sie sich selber, um ihm zu schmeicheln und vielleicht etwas abzubekommen von den feisten Gaben des Wohllebens. Doch das war der Hauptgrund noch nicht; am übelsten kam mir dies ungeschwisterliche Betragen an, wenn nämlich eine der ihrigen verspottet oder sonst wie niedergehalten wurde, da brach ein Gelächter los, nicht anders bei der Dienstmagd als bei der Fürstin, am allermeisten aber, wenn eine Zote den körperlichen Nachteilen einer Geschlechtsgenossin galt, dann war da kein Halten und alle paktierten sie mit dem Schmäher.

Nicht so Clarissa. Das überflüssige Gewehr ein jedes Mal präsentierend, wenn jemand auf die Terrasse trat, hatte ich die Abendgesellschaft mit Nase und Ohren verfolgt, nur mit den Augen nicht, da ich rücklings zu stehen angewiesen war. Eins schien mir immer köstlicher als das andere, mal siegte das Hören, mal der Geruch: zuerst die Tanzmusik zu den Quadrillen, dann der schwindelerregende Parfümduft, jetzt das Huschen der Ballschuhe, dann wieder die

Bratendüfte, hin und wieder feines Plaudern, Gelächter der Mädchen, endlich die Lilien, die sich aus gewaltigen Vasen vorbeugten und so ihre zärtlichen Botschaften zu mir hinaussandten. Solchermaßen sinnverwirrt, verstand ich nicht sogleich, was da vor sich ging, als mit einem Male mehrere Balldamen mit ihren Kavalieren ins Freie traten und aufgeregt sprachen.

Es mußte etwas vorgefallen sein, vielleicht ein Fauxpas oder wie sie dergleichen nennen, man war empfindlich; jedenfalls sah ich meine Clarissa, im ersten Augenblick von Zornesröte überflogen, die galt ihrem Galan, dem sie den nächsten Tanz verweigerte, und ich erfuhr auch warum: Mit einer humorig gemeinten Wendung hatte er eine der anderen Tänzerinnen, die sie Ursula nannten, zynisch abqualifiziert: die sei tumb und täppisch und wirke ganz und gar wie eine Bauerntochter. Während nun aber die anderen Frauen sich darüber, wie üblich, amüsierten, schalt Clarissa den feinen Herrn einen Laffen, einen arroganten Hanswurst, dem es wahrlich an allem gebreche, was Taktgefühl und Sitte einfordern; wenn er sich nicht augenblicklich bei der Beleidigten entschuldige, gebe es nur zwei Möglichkeiten: Er schere sich auf der Stelle davon oder sie, Clarissa, verlasse das Fest.

„Aber", versuchte sich der aufs Höchste Überraschte zu verteidigen, „sie hat es doch gar nicht gehört!"

„Wenn dies", fuhr nun Clarissa auf ihn los und ihre roten Locken flogen, „wenn dies Ihr Verständnis von Moral ist, sich Ihre Grundüberzeugungen von Wert und Anstand in Zufälligkeit und Oberflächendünkel erschöpfen, so können Sie mir durchaus gestohlen bleiben!"

Damit raffte sie ihre Röcke, kehrte sich um und verschwand im Innern des Parkschlößchens. Eine Weile standen die Zurückgebliebenen beisammen, es fielen lauter Über-Worte wie „Überreiztheit", „Überhitzung", „Hang zu Übertriebenheiten", auch die mir bis dato unbekannte launige Vokabel „überzwerch." Schließlich zerstreute man sich, doch bekam ich wohl mit, daß der Gescholtene sich seinen Über-Mantel bringen ließ und tatsächlich die Abendgesellschaft durch den Park verließ, nicht ohne den Gastgeber in durchaus nicht geringer Lautstärke zu ersuchen, beim nächsten Male doch mehr

Wert auf die Auswahl seiner Gäste zu legen und streitsüchtiges Weiberpack besser zu Hause zu lassen.

Ich aber stand verzaubert. Wie gesagt, von den Frauen hatte ich mich stets ferngehalten; ich dachte an die Spinnerinnen in unserer Kate, die Marktfrauen in Kassel und sah nun diese adeligen Geschöpfe, wie sie sich gegeneinander so feindselig verhielten; und wieder verhielt es sich so – beinahe! Denn, wie erwähnt, immer dann, wenn ein Mannsbild in ihre Nähe kommt, führen sie sich so sonderbar auf und lachen mit Vorzug über seine Scherze, wenn sie Geschlechtsgenossinnen gelten und versuchen dem grobschlächtigsten Misogyn noch zu gefallen, wenn er sie nur selber umschmeichelt. So schien mir auch jetzt, daß all ihr Trachten sich nach dem Urteile der Männer ausrichtete und ein Vertrauen untereinander nur geheuchelt sein konnte. Dies missfiel mir wiederum in höchstem Maße, und umso mehr lobte ich den holdseligen Augenblick, der mir ein Gegenbeispiel gab, und meine Ansicht, Mißgunst und Boshaftigkeit der Frauen untereinander sei naturgegeben und auf Erden könne niemand etwas dagegen ausrichten, zerstob in der Sekunde.

Damit nicht genug. Noch denselben Abend sollte ich erfahren, daß sich Clarissens Gefühl für Ehre und Gerechtigkeit keinesfalls auf Stand und Geschlecht beschränkte, sondern allgemeinmenschlich Geltung hat, dergestalt, daß sie selbst, es war längst dunkel und es wehte naßkalt von den Bergwäldern her, zu mir nichtswürdigem Wachtposten heraustrat und mir ein Glas Punsch in die Hand gab, wobei auch diese Tat sich nicht in ihrer Nützlichkeit, nicht einmal in ihrer wundervollen Symbolik erschöpfte, vielmehr versetzte sie sich zu allem Überfluß in meine Wenigkeit hinein und flüsterte mir zu, sie wisse nur zu gut, daß ich weder mit ihr sprechen noch etwelche Geschenke annehmen noch mich gar bedanken dürfe.

„Drum trinken sie rasch. Ich hoffe, es ist nicht zu heiß."

Ich trank – und fand mich sogleich derart gestärkt und belebt, daß ich mich zu einer Unbotmäßigkeit hinreißen ließ und gleichfalls flüsterte: „Mit Ihnen, Auserwählte unter allen Firmamenten, würde ich bis nach Moskau reiten."

Bevor ich mich noch schämen konnte ob meiner Dreistigkeit, lächelte sie mich perlusorisch an. „Nicht weiter?" Dann nahm sie mir den Becher aus der Hand und kam mir so nahe, daß ich ihr Haar knistern hörte. Ohne die Stimme schicklich zu dämpfen, sprach sie und sah mir dabei in die Augen: „So tun Sie's einmal!"

Daß mir schon bald zu einem gemeinsamen Ritt Gelegenheit würde, wie konnte ich's ahnen? Für den Augenblick war ich überflutet von Glück, durchaus wähnend, alles sei hingesagt in Scherz und Koketterie ... und doch: vielleicht nicht alles ohne die Ahndung einer Möglichkeit? Denn wie oft ist es geschehen, daß nicht allein aus Spiel Ernst wurde, wie der Volksmund weiß, sondern dem Spiel von Beginn an ein Wunsch, eine heimliche Sehnsucht beigemischt war! Nun allerdings, was hätte dieser reine strahlende Gottesgedanke von einem Weibe mit so einem Buben vom Lande denn anfangen sollen? Ich wußte um meinen Stand und machte mir nichts vor; doch wie so oft, seit ich mir die Joppe selber zuknöpfen kann, ließ mich diese Stimme nicht in Frieden, die mich immerzu auffordert, etwas Unstatthaftes zu versuchen und kitzelte mich wohl die halbe Nacht über, daß ich beim Appell nicht recht bei der Sache war und zum Gaudium meiner Kumpane abermals zum Wacheschieben verdammt wurde.

Wie sehr mir dies nun zum Vorteil gereichte, wer hätte es wissen können? Zunächst galt mir das Amt als ein besonders Schmähliches, und so war's vom Korporale auch gedacht. Es hatten sich in den vergangenen Monaten nämlich Akte von Vandalismus und Zerstörung merklich gehäuft, und Ziel waren immer oder doch fast immer die abgelegenen Landsitze, Pavillons, für die Zerstreuung des Adels erdachten und aufgeführten Luststätten, meist mit bezauberndem Blick über einen See oder ins Gebirg. Vor allem der vom Landgrafen meistgeliebten neuen Fasanerie galten die ärgsten Bubenstücke, so daß man dazu überging, tagaus, tagein dort Wachtposten patrouillieren zu lassen.

Man muß freilich dazu wissen, was die Stimmung einst vergiftet hatte, und die fürchterlichsten Exzeße waren ja kaum zwanzig Jahre her. Zur Finanzierung ihrer Hofhaltung nämlich hatten die Landgrafen – wie andere Potentaten eben auch, nur in weit stärkerem Maße – zu der Okkasion des Soldatenhandels gegriffen, und was für das nördliche Hessen zuerst wie eine Gelegenheit aussah, auch den Mittellosen und Verteufelten zu Aufstieg und vielleicht ein wenig Ruhm zu verhelfen, erwies sich im Verlauf eines halben Jahrzehnts als ein Krieg, der vor allem gegen das eigene Volk geführt wurde. Denn die Freiwilligen, die noch „Frisch auf, Ihr Brüder, ins Gewehr, 's geht nach Amerika!" gesungen hatten, waren zwar weder von den Vorderladern der Riflemen noch von den Messern der Ureinwohner zu Tode gebracht worden, sondern durch scheußliche Seuchen, wie sie bei uns in der Art unbekannt waren.

Der Landgraf aber und der König von England hatten's nicht anders vereinbart, als daß jeder, der ausfiel, ersetzt werden müsse; dies geschah nun auf der Basis einer Sippenverantwortlichkeit, die uns allen aufs Butterende schlug. Preßkommandos kamen in die Hütten und nahmen zwischen Sechzehn und Sechzig alles mit, was ein bißchen nach einem Mann aussah. So wurden Frischvermählte getrennt, Müttern die bartlosen Knaben weggerissen und manch halb verkrüppelter Bauer, der seine Kraft auf den kargen Äckern unserer Heimat gelassen, mußte auch mit fort. Das Heulen und Schreien war ohne Maßen, und wie erginge es einem denn selber, wenn das Liebste mit Gewalt weggenommen und den entsetzlichsten Qualen überantwortet würde? Nun, und wer begleitete den kümmerlichen Marsch, der nach Karlshafen und Hannoversch-Münden ging? Die Dragoner freilich!

Die ältesten Kameraden erzählten mitunter, aber nur nach kräftigem Branntweingenuß, was für ein Gejammer in diesem Zug der Zerlumpten geherrscht habe, wie viele Flüche sie, die Bewacher, an die Köpfe bekamen, und wie sehr sie sich selber grämten, so einen schimpflichen Dienst zu tun, da sie doch nicht allein manchen, den sie aus dem einen Elend in ein ärgeres jagten, lange kannten, sondern auf alle Fälle und immer um die Familien, die Dörfer, die Ländereien wußten, denen diese ärmsten Teufel zugehörten. War schon früher das Verhältnis der Obrigkeit zur Landbevölkerung in unseren Breiten ein gnadenloses, das Ablehnung, zumindest kalte Distanz, meist jedoch ein acharniertes Grollen bewirkte, verwandelte sich nunmehr das Allgemeinempfinden der Entrechteten in heißglühenden Haß.

Zu Hofgeismar in der Stadt waren wir Dragoner wohlgelitten, man lebte ja von uns; kaum aber kamen wir auf die kärglichen Dörfer geritten, so fluchte man hinter uns her, und vor allem die Jugend verstand sich darauf, aus ihren Verstecken mit allem, was sie fanden, nach uns zu zielen, und sie zielten nicht übel. Wie oft mußte ich meinen Namen hören, gerufen mit rauer, böswilliger Stimme, und fast immer wurde ich an einen Ahn erinnert, den sie in den Krieg der Engländer gegen das junge Amerika genötigt hatten und der erfroren oder anderswie zugrunde gegangen war. Was aber sollte ich anfangen? Es war dies doch die einzige Verfahrensweise, wie man vielleicht herauskam aus der Not der Dörfer und, wer weiß, einmal sein Glück machen konnte.

So stand ich denn abermals Wache, neben dem Kumpf, aus Maden gebürtig, einem einfältigen, mir aber nicht unangenehmen Burschen, denn man konnte gut mit ihm Tabak rauchen, und er radotierte einem, nach guter Landessitte, nicht in die Gedanken, wenn sie ausfliegen wollten nach einem besseren Dasein. Es nieselte, wie eigentlich immer, und es wurde dunkel, und es geschah natürlich – nichts. Hinter uns im Saale waren sie noch immer dabei, das Festgelage der Jagdgesellschaft vom Nachmittag zu verräumen, und ich quälte Kumpf ab und an mit Beschreibungen der Leckereien, die übrig geblieben sein mochten: knusprige ausgelöste Wachtelchen oder Hirschleber in Tunke oder diese gelben Weißbrötchen mit Schmand, die sich die Lakaien wohl jetzt gerade in die Schlünde stopften. Mein Kamerad stöhnte wehmütig.

Der erste Pferdeapfel traf eine Scheibe, der zweite zerplatzte auf meiner himmelblauen Uniformjacke – es war also etwas im Gange: zum ersten Mal, seit ich zum Wachehalten einteilt wurde! Mehr denn dreißig- oder vierzigmal hatte ich nur herumgestanden, und die Beine wurden mir schwer und die Arme schlapp, und ich wartete. Aber diesmal sahen wir uns gemeiner Angriffe aus dem Dunkel ausgesetzt; wie viele Gegner es sein mochten, darüber konnten wir nur Rätsel raten, aber mehr als drei auf alle Fälle, denn es hagelte von diesen weichen, verdreckenden Geschoßen unablässig auf die Veranda und das Dach, aber auch in die feinen Oleandersträucher tauchten die Dinger ein, und hin und wieder wurden auch Kumpf oder ich getroffen.

„Wer da?“, fuchtelte der Kompatriot mit dem Gewehr ins Dunkle.

„Gebt Euch wenigstens zu erkennen, Ihr Feiglinge!“, rief ich, durchaus nicht vorschriftsgemäß, aber mich hatte die Wut überkommen, da ich zum dritten Male abgeworfen worden.

„Bleib zurück, wir dürfen nicht!“, zischte mir der Kumpf zu, doch ich wandte mich um, riß eine Fackel aus dem Halter und wollte mich soeben aufmachen, nach den Mutwilligen zu forschen, da vernahm ich Getrappel eines einzigen Pferdes und blieb unvermittelt stehen.

Vor mir bäumte sich ein Rappe auf, und zu meinem größten Erstaunen nahm der Reiter den breitkrempigen schwarzen Hut ab, und ich sah die roten Locken meiner Angebeteten herausrollen.

„Hab ich die Stimme doch richtig erkannt“, lachte sie mich aus. „Du stehst auf der falschen Seite, mein Freund!“

Und wieder überkam es mich wie schon beim ersten Zusammentreffen, und ich überschritt meine Anweisungen, diesmal unumkehrbar: „Eine Seite, die nicht die Eure ist, muß die falsche sein!“

Und ich ließ das Gewehr fallen.

Da sie aber auflachte, durchaus nicht spöttisch, sondern seltsam vertraut und wiederum Vertrauen erweckend, sprang ich die Stufen hinab, band mein Pferd los und saß auf. Kumpf, im Fackelschein sah ich sein zum Abgrund verstörtes Gesicht, vermochte sich zuerst zu keiner Handlung zu entschließen, und ich sah ein, daß es verfehlt wäre, ihn zum Mitkommen aufzufordern.

„Bleib du hier, Kamerad“, versuchte ich ihn zu beruhigen. „Laß die andern wissen, der Konrad habe die Seiten gewechselt.“

Dann spornte ich meinen Wallach an und ritt neben Clarissa über die Parkwiesen in die Nacht, und es war ein Jubel in mir, als ginge es nach Moskau und darüberhinaus.

Es mag angezeigt erscheinen, daß ich an dieser Stelle, da ich meinen Namen einzuflechten beliebte, ein paar wenige Worte über mich und die meinen verliere, doch nicht allzu viel, da mir unbekannt ist, wie viel Zeit mir noch bleibt, dies niederzuschreiben, bis ich auf die Galeere oder aufs Hochgericht komme. Konrad Kottmüller bin ich, aus dem Milbener Land, geboren in den traurigsten Verhältnissen, genährt von einer vermutlich stummen Nachbarsfrau, da meine Mutter selig wenige Tage nach meinem Erscheinen in ein Loch fiel, Drugg geheißen, eine affröse Sitte, von der die Sippe durchaus nicht lassen will, sprich eine genügend tiefe Grube in der Mitte der Siedlung, um darin schimpflich umzukommen. Auch an meinem Vater hatte ich nicht viel, da ihn dasselbe Schicksal ereilte, wie übrigens die meisten von uns irgendwann einmal, in seinem Fall allerdings einige Jahre später.

An die ersten Schläge kann ich mich erinnern, da vermochte ich noch kaum die Beinchen voreinander zu setzen, denn ich galt, ohne daß dies in meiner Absicht gelegen hätte, als aufsäßig, unwillig, schwer von Begriff, ja überhaupt, man wußte nicht recht etwas mit mir anzufangen, so daß es beizeiten hieß, am besten, man überantworte mich der Drugg. Bis man daran ging, dies umzusetzen, stand ich schon in meinem vierzehnten Jahr; ich war auf dem Weg zu den Nebeläckern einfach stehengeblieben und weigerte mich zu arbeiten. Das war hierzulande, da Arbeit nicht Mittel zum Zwecke, sondern einziger Lebensinhalt ist, noch nicht vorgekommen. Drei Männer, allesamt Verwandte, machten sich daran, diesem Tunichtgut ein für allemal den Garaus zu machen, da kam ein Handlungsreisender einhergeritten, einer der höchst seltenen Besuche von außerhalb auf unserem Weiler.

Noch höre ich seine Empörung über den Anger hallen, da er meine drei Petter anschrie: „Ja was, so einen lieben Kerl wollt Ihr hinabstoßen in diesen stinkenden Abgrund? Was seid Ihr doch für Barbaren! O welch zurückgebliebenes Landvolk! Eine Schande!“

Damit hieß er mich rittlings aufsitzen, und ehe die Meinigen noch etwas erwidern konnten, waren wir auf und davon. Schon auf dem kurzen Weg die Landstraße hinan und aus dem Tal heraus hatte ich mehr freundliche Worte vernommen als in anderthalb Jahrzehnten zuvor; mein Wohltäter, Emanuel Gabriel Soultz geheißen, war ein seigneuraler, fideler Geselle, und ich hätte wohl bei ihm bleiben mögen. Es ist nun aber das Leben eines fahrenden Händlers nicht darauf eingerichtet, Halbwüchsige zu erziehen und mit dem Notwendigen tagtäglich zu versorgen. So brachte mich dieser Gesegnete denn zu seiner Base, die als Näherin in Borken ihr kärgliches Auskommen hatte.

Wohl unterstützte Emanuel seine Verwandten, so gut er es vermochte, indem er alle nötigen Anschaffungen für mich bestritt, darunter einmal einen Kittel aus blauem Tuch, der den Neid der Nachbarsjungen erregte, entrichtete auch das Schulgeld für ein angesehenes Lyceum, wo ich gar bald mit meinen Leistungen hervorstach, doch meckerte und maunzte meine Kostherrin, wenn sie überhaupt einmal etwas sagte, und hatte gar kein anderes Gebiet, zu dem sie sich etwa äußern wollte. Nicht einmal vier volle Jahre waren herum, da ergriff ich die erste Gelegenheit und lief den Werbern nach, die der Landgraf ausgeschickt hatte, um seiner durch Verkauf und Verrecken geschmolzenen Armee neue Kräfte zuzuführen. Bis heute habe ich Emanuel nicht wiedergesehen; es wäre mir die größte Freude, wenn ich mich noch bei ihm bedanken könnte.

Bei den Soldaten hatte ich das unverdiente Glück, daß meine Dienst- in eine Zwischenkriegszeit fiel, so daß ich weder Gewaltmärsche noch gefahrvolle Scharmützel je zu erdulden gehabt hätte. Freundschaften schloß ich hier abermals keine; den anderen kam ich seltsam vor, auch verstanden sie meinen Dialekt zu Anfang nicht. So vergingen zwei Jahre, in denen ich mich mehr und mehr bemühte, den Anforderungen gerecht zu werden. Obwohl ich nicht übermäßig hochgewachsen bin, fielen doch alsbald meine durchaus ungewöhnlichen Kräfte auf, besonders an jenem Herbstnachmittage, als die Kalesche des Obersten im Morast steckenblieb, und es weder den Pferden noch der Mannschaft gelang, diese wieder herauszuziehen. Als man aufgegeben und sich bereits nach der Wachstube retiriert hatte, kam mir der Gedanke, es doch auch einmal zu versuchen, und siehe da, es kam mir nicht allzu schwer an: Nachdem ich das Gefährt schon im zweiten Anlaufe herausgewuchtet hatte, spannte ich mich selbst an und zog es vor das schmucke Häuschen, wo die Offiziere eben ihren Branntwein nahmen.

Nicht lange, daß alle Versammelten nachsehen kamen, was sich dort draußen ereignet haben mochte; die meisten wollten's nicht glauben, so daß ich, ärgerlich geworden, die Kutsche abermals zu dem Sumpfloch zog und dort hineinbeförderte. Nun aber wurde der Oberst ganz wild und drohte mir die gräulichsten Strafen an. Da ich partout keine Lust aufs Gaßelaufen verspürte, machte ich mich zum zweiten Mal an die Arbeit, und nun mußten sie's wohl glauben, daß mir alleine gelungen, wozu zuvor die Kraft von mehreren nicht ausgereicht hatte. Ohne daß ich mich dessen versah, steckte mir der Oberst einen Beutel vom besten Tabak zu und ließ mich am nächsten Tag zu sich rufen. So nahm ich denn meinen Aufstieg zu seinem Leibburschen, und kam schließlich als Lohn für meine Dienste zu den bei – manchen – hochangesehenen Dragonern.

In der Nacht, da ich zum ersten Mal neben Clarissa über die Wiesen ritt, ich wollte toll werden vor Himmelsglück, begann ein neues, mein wahres und eigentliches Leben, das ich nur ihr, der Unvergleichlichen, verdanke. Nie kann ich an sie denken, ohne daß mir die Tränen aus den Augen schießen, und sie sind durchaus unterschiedlicher Art: Dank, Hingabe, Wollust, Verzicht, Heiliges und Menschliches sind dareingemischt, darum ich mich selbst auserlesen fühle unter den Menschen, daß ich überhaupt je in ihrer Nähe weilen durfte. Nähe? Der verstand sie aber nach ihrer Art Geltung zu verschaffen, denn mitten im Galopp gebot sie: „Steh!", hieß ihr Pferd zu dem meinigen sich heranschieben und gab mir den ersten Kuß, den meine Lippen je erhalten.

Dabei strahlte sie mir in die Augen und schrie, als seien wir Meilen voneinander entfernt so laut: „Du bist der Rechte!", gab ihrem Rappen ein Kommando und preschte davon, ich hinterdrein.

Clarissa entstammt einer Familie des niederen Landadels. Nicht anders als ich verlor auch sie bereits als Kind ihre Eltern. Man gab sie zu ihrem Hauslehrer, einem Assessor Knoll, ebenfalls, wie es heißt, adeliger Abstammung, dem ein ehedem prunkvolles Palais am äußersten Rande des Städtchens M. gehört. Das Anwesen ist noch ganz dem Geschmack einer, Gott sei's gedankt, längst versunkenen Epoche verpflichtet, da man das Klobige, gar Zyklopische bevorzugte, so in der Architektur als auch im Mobiliar, was seinerzeit auch den Gepflogenheiten seiner Bewohner entsprach. Wie es heißt, wurden hier bei Banketten, die drei oder vier Tage dauern konnten, bis zu

25 Hirsche serviert, dazu eine Unzahl Niederwild in allen Darreichungsformen. Über die Getränke Buch zu führen, überforderte wohl den Haushofmeister; hingegen ist verbürgt, daß es bei etwa der Hälfte der Festveranstaltungen zu schweren Unglücken oder gar Todesfällen kam, ob herbeigeführt durch trunkene Gewalt oder durch die Unmäßigkeit im Speisenverzehr, das wissen wir nicht.

Im Ort aber gilt das Haus als verschrien; die Ältesten behaupten, dieser Knoll sei schon immer um die 70 gewesen: schon die eigenen Großeltern in ihrer Jugend hätten ihn auf dieses Alter geschätzt, er könne sich aber partout nicht entschließen zu altern oder gar das Zeitliche zu segnen. Daß gar manches in diesem Hause ... ich will nicht sagen: nicht mit rechten, sondern mit anderen Dingen zuging, sollte ich bereits in meiner allerersten Nacht dortselbst erfahren. Unser Trupp, Clarissa befand sich in Begleitung von sechs Schwarzverhüllten, machte nach zweistündigem Ritt in einem Garten Halt, ach was Garten: in einer Parklandschaft, bestanden mit gewaltigen Linden und Eichen, die ein Bachlauf in schönen Windungen durchfloß. Längst hatte es zu tagen begonnen, und ich verwunderte mich, warum es hier so dunkel war. Beschäftigt mit anderen Dingen, vor allem mit dem Bestaunen meiner Begleiterin, schob ich's auf die titanischen Bäume und dachte nicht weiter darüber nach.

Als wir aber in das weitläufige Treppenhaus eintraten, die Pferde waren von einem Reitburschen in Empfang genommen worden, bemerkte ich klares Morgenlicht, das von der Straßenseite durch die zahlreichen Sprossenfenster fiel.

Clarissa erfaßte sogleich, was in mir vorging und schob mir, wie es ihre Art ist, die Hand unter den Arm: „Du sollst dich recht verwundern, lieber Freund, und ich will dir rein gar nichts erklären. Glaube mir, das ist noch nicht einmal der Anfang."

Damit führte sich mich in ein seltsames Zimmer, halb Kontor und halb Boudoir, das ganz und gar im Stil eines närrischen Rokokos eingerichtet war. Hier präsentierte sie mich dem alten Knoll – so nannte sie ihn jedenfalls ganz degagiert, und er schien nichts daran auszusetzen zu haben. Als wir eintraten, saß er an einem zierlichen Tischlein und zerteilte mit Geschick seine Morgenspeise, einen Münsterkäse, mit der Linken, derweilen er sich von der Seite in einem Wandspiegel betrachtete und die freie Hand dazu nutzte, seine Wangen noch bleicher zu pudern, als sie ohnehin schon waren. Mit kapriziösem Schwung verstaute er seine Servierte in der Rocktasche und erhob sich. Wie erschrak ich aber, da er dabei durchaus nicht an Größe gewann, sondern in etwa auf der Höhe blieb, die er im Sitzen bereits erlangt hatte. Daß er sonderlich von meinem Erscheinen angetan gewesen wäre, möchte ich nicht behaupten; er gab mir auch nicht die Hand, vielmehr setzte er seinen kurzen Stock mit Silberknauf abgewinkelt nach vorne und vollführte eine Art Kratzfuß, wie bei Höflingen üblich.

„So, so, ein neuer Herr", schnarrte er, wobei mir der Zusatz „neuer" einen solchen Stich gab, daß ich nichts zu erwidern wußte.

„Hör nicht auf ihn", hauchte Clarissa mir zu. „Er will dich nur foppen."

Der Kleinwüchsige achtete schon nicht mehr auf mich; sachte hinkend, doch erstaunlich flink, begab er sich in den Festsaal hinüber und forderte uns mit fortwährendem Locken seines Zeigefingers dazu auf, ihm prompte zu folgen. Der schwärzliche Flur wollte kein Ende nehmen.

„Ich könnte zwanzig Eierkuchen fressen", reckte meine Begleiterin ihre Arme nach den Seiten aus und dehnte sich, wie ich dies zuvor nur von Katzen gekannt. Dabei stieß sie gegen einen Leuchter, aus dessen Faßung die Kerzen zu Boden polterten; sie kümmerte sich nicht drum, sondern leckte ihre Lippen in Erwartung des Frühstücks.

Ihre doch recht bäuerische, für ein Fräulein aus feinem Hause ungewöhnliche Ausdrucksweise verwunderte mich zunächst, doch nahm ich's als heitere Eigenart auf und betrat an ihrer Seite den langgezogenen Speisesaal, an dessen Rückseite zahlreiche Goldrahmen angebracht waren; bis auf einen, der ein Ölgemälde enthielt, das den Assessor Knoll lebensecht vorstellte, waren sie leer. Auch die Vasen auf den Fenstersimsen enthielten nicht eine Blume. Dafür war der Tisch, an dem gut vierzig Esser Platz gehabt hätten, überreich mit Speisen gedeckt; allerdings befand sich weder ein Tischtuch noch ein einziger Teller darauf – man nahm sich, was man beliebte, direkt von den Platten oder mit verzierten Löffeln aus den Schüsseln und führte es tropfend zum Munde.

Nun erst konnte ich die Gesichter derer erkennen, die mit uns von der Fasanerie hierher geritten waren: zwei Frauen und drei Männer, die bereits begonnen hatten, dem Wein, den Früchten und den trefflichen Pasteten, Kuchen, Eierspeisen, Käseplatten sowie verschiedenen Suppen, die in gewaltigen Terrinen dargereicht wurden, zuzusprechen. Man begrüßte mich mit einem Überschwang, als sei ich der lange erwartete Vetter, welcher mit froher Botschaft aus der Fremde heimkäme. Auch ich tat mein Bestes, um nicht als verstockt oder maulfaul zu gelten, ergriff einen zinnernen Pokal, füllte ihn mit kühlem Wein und hielt aus dem Stegreif einen Toast auf Clarissa, die ich als meine neue und einzige Herrin inthronisierte, da ich doch dem vorigen, jenem mürrischen Landgrafen und Menschenhändler, soeben abgeschworen.

Der Reihe nach wurden mir die neuen Genossen von Clarissa vorgestellt.

„Zur Linken Malwine. Bitte schau' nicht so genau hin, sonst verliebst du dich. Malwine: Konrad." Ich verneigte mich und blickte in ein ebenso frohgemutes wie mutwilliges Antlitz, so daß ich die junge Dame für Clarissens Schwester hätte halten mögen. „Ja, du gehst recht in deinem Dafürhalten: Malwinchen ward mir vom Schicksal als Schwester vertraut, als stete Mahnung sozusagen, sie ist aber viel älter als ich, um fast einen Tag."

Malwine drehte ihrer Schwester eine Nase und stibitzte von einem hochgewachsenen Herrn, der neben ihr saß, ein Zwiebelbrötchen. Dieser nun, offenbar erhitzt von den Strapazen des Ausritts, trank Becher um Becher und war dabei so vergnügt, daß er mal schwatzte, mal sang, ohne daß ich einen Zusammenhang hätte herstellen können, aber das wollte er womöglich gar nicht.

„Knut", sagte Clarissa. „Er kann nichts dafür."

Sogleich zwang mich der Übermütige, mit ihm Bruderschaft zu trinken, was gar nicht nötig gewesen wäre, denn hier duzten sich alle – den Knoll freilich ausgenommen, der am Kopfende Platz genommen hatte und mir nicht vorgestellt zu werden brauchte.

Dann kam Hergarth, ein zurückhaltender, feiner Mensch, der dem Treiben stillvergnügt folgte, jedoch hie und da ein Bonmot einzustreuen wußte, das vor allem seine Tischnachbarin, Suzette, ganz außer Faßung brachte. Sie schien eine Musikamateurin zu sein, denn beständig imitierte sie Instrumente, strich dazu pantomimisch auf ihrem Bauch ein eingebildetes Cello, fingerte in der Luft oder auf dem Tisch herum und pfiff dazu ganz merkwürdige Melodien. Mich grüßte sie nur nebenbei, indem sie bei einem Triller in meine Richtung winkte, da sie ihr Spiel sonst hätte unterbrechen müßen, und dazu schien sie nicht aufgelegt.

Und dann war da der „Herr Pfarrer". Ob er einen Namen führte, kann ich nicht sagen, denn nur mit seinem Titel wurde er angeredet. Später erfuhr ich, daß er, seines Zeichens ein hervorragender Bibelkenner, zeitlebens ein einziges Mal gepredigt hatte, immerhin in der Garnisonskirche, sofort im Anschluß jedoch wegen „gefährlicher Häresie" relegiert worden war.

Artig legte er sein Fettbrot beiseite, erhob sich und gab mir als Einziger die Hand: „Wenn es unter dir einen Armen gibt, so sollst du nicht hartherzig sein, und deine Hand nicht vor deinem armen Volksgenossen verschließen. Fünfte Mose Fünfzehn, Vers sieben. Sei gesegnet, mein Sohn." Daraufhin lachte er schallend und winkte ab, als ich ihm danken wollte.

So kam ich denn zwischen ihm und der freudestrahlenden Clarissa zu sitzen, denn sie bestand darauf; vor lauter innerem Glucksen brachte ich kaum einen Bißen hinunter. Hin und wieder rühmte sich Knut, wie zielsicher er den Pferdemist zu platzieren gewußt habe, und als ich ihn frei heraus fragte, ob das Geschoß, welches mir den Latz versaute, von seiner Schleuder herstammte, gestand er voller Begeisterung. Ich drohte ihm mit einem gewürzten Radieschen, er öffnete den Mund, ich warf aber vorbei. Keinen kümmerte es, bis mit einem Mal ein schwarzer, auffallend langgezogener Hund aus einer hinteren Ecke hervorbrach und mit dem Dingelchen zu spielen anfing.

„Fiesco", präsentierte Clarissa ihren Spielgefährten. „Normalerweise hätte ich ihn dir zuerst vorgestellt, aber er schlief."

Sehr lange saßen wir nicht beieinander. Bis auf Assessor Knoll, der sich fast gar nicht am Gespräch beteiligte, fühlten alle gar bald, wie Müdigkeit ihre Glieder schwer werden ließ; die frische Nachtluft, die körperliche Anstrengung und schließlich der hastig gestürzte

Wein bewirkten ein abruptes Umschlagen der Stimmung von erhitzter Lustigkeit zu völliger Erschlaffung. Hergarth, der an Suzettes Schulter zu ruhen versuchte, beschwerte sich pathetisch, sie möge doch beim Essen nicht so furchtbar mit ihren Kaumuskeln ruckeln, da hierdurch seine Ruhe empfindlich gestört werde. Clarissa, die trotz der Unmenge Eierkuchens, die sie verschlungen hatte, und infolgedessen weiten Teils vom Stuhle gerutscht war, es sich nicht nehmen ließ, mir meine Kammer zu zeigen.

Da ich aber davor stehenblieb und sie wie flehend ansah, legte sie mir zwei Finger auf die Lippen und schalt mich aus: „Scht, scht! Du bist wohl toll! Geh schlafen, Lieber –."

Dies nun ward leichter aufgetragen als befolgt, denn all die frischen Eindrücke kugelten in unaufhörlich ineinander übergehenden Bildern in meinen Kopf herum, zudem empfand ich eine kaum zu bezähmende Sehnsucht nach meiner unvergleichlichen Clarissa, so daß ich einige Stunden wie in einem hitzigen Fieber zubrachte. Ich wußte beileibe nicht, was es geschlagen hatte, als ich mich endlich mit einem Ruck aufsetzte, entschloßen, dem Gedankenwirrwarr Einhalt zu gebieten. Doch Herrje, es sollte noch schlimmer kommen! Nachdem ich mich durch den Flur getastet, auf der einen Seite Tageslicht, auf der anderen finstere Nacht, gewahrte ich mit einem Mal ein Fensterchen am Ende, nicht größer als vier Butzenscheiben; dorthin zog es mich mit Macht. Ob ich wohl vorausgespürt hatte, welch kostbarer Anblick sich mir bieten würde? Ich sah hinab in ein Gärtchen, seitlich vom Hause, das mir zuvor nicht aufgefallen war, wo ein Dämmerlicht herrschte, allerdings von der angenehmsten Art.

Unter einem gewiß an die vierhundert Jahre alten Birnbaum ging Clarissa spazieren, den schwarzen Hut in der Hand; und da der Garten nicht sehr geräumig war, vollführte sie eine Art Rundtanz: immer zwei Schritte vor, dann einen seitlich, einen zurück, wiederum einen nach der anderen Seite und abermals zwei voraus. Wie ich dies Inbild von Gottgefälligkeit und Anmut ein Weilchen betrachtet, überrieselte es mich, ja es fing an, in meinen Ohren zu gellen, und der blanke Wahn zwang mich, ein Türchen aufzurei-

ßen, eine Wendeltreppe hinabzuschießen und mich vor der Geliebten auf den Boden zu werfen.

Ich umklammerte ihre Hüften und rief immerzu: „Wie kannst du nur so sein wie du bist?"

Langsam beugte sie sich zu mir herunter, ließ sich auf die Knie nieder und strich mir die Haare aus der Stirn.

„Es ist ja gar nicht zum Aushalten, Clarissa, wie soll man so etwas denn lebend überstehen? Willst du dich nicht um meinetwillen bemühen, nur ein klein wenig weniger herrlich zu sein, damit ich wieder atmen kann und weiß, wohin mit der Gedankenflut? Nein, ich bin ganz und gar überzeugt, auf diese Weise keine Stunde länger leben zu können, eher zerspringe ich in Scherben oder Flocken, es dreht sich unaufhörlich ein klingendes Karussell in meinem Hirn und das spielt immer nur dies Lied: ‚Clarissa – Clarissa – Clarissa …' Und weil ich ahne, daß auch du einmal zu viel davon bekommen mußt und meine Liebe nicht wirst ertragen können, so bitte ich dich, Liebe, erlöse mich von diesem Fieber, ich werde ja zu einer lachhaften Figur, ich verkomme zu einem Blödian vor deinen Augen, und du wirst mich nicht mehr achten können, umso weniger, wenn ich dir nun gestehe, daß ich keinen Moment mehr von der Seite zu weichen gedenke, weil ich sonst sofort absterben muß, aller Kräfte beraubt, aber siehst du nun wieder: in deiner Nähe geht es ja auch nicht! Wie machen das die Menschen denn? Welche Kunst üben die andern, die es ja offensichtlich miteinander aushalten, manchmal gar über Jahre, ohne dem Irrsinn anheimzufallen? Weißt du denn nicht, daß deine Kraft über die meine geht, daß ich nichts ausrichten kann dagegen und gleich tot umfalle, wenn du mir bitte nicht hilfst, was rede ich: doch! du sollst mir ja helfen, andererseits aber auch wieder nicht, o Himmel und Erde, was geht nur vor, es ist nämlich dein Wesen so anbetungswürdig, und meine Liebe zu dir versengt meine Seele …"

Während ich so im Fieber weitersprach, schoßen mir unaufhörlich die Tränen aus den Augen, und erst als ich im Krampf nicht mehr weiterkonnte, bemerkte ich, daß es meiner Liebsten nicht anders erging, und so umfaßten wir einander, so innig wir konnten, bis Clarissa endlich hervorpreßte: „Ich ersticke!"

„Ich auch", gab ich zu, lockerte aber den Griff mitnichten, weil ich es augenblicklich nicht fertigbrachte.

„Und siehst du denn auch ein, daß es ganz unmöglich ist?", stieß ich hervor und begann, ihr die Augen trockenzuküßen.

„Versuchen könnten wir es", keuchte sie. „Wenn wir uns sehr oft umarmen, sollte es vielleicht doch gehen."

„Aber ...", wagte ich noch einen Einwand.

Doch sie ließ ihn nicht zu: „Wir müssen auf der Stelle heiraten."

Bevor ich etwas erwidern konnte, ließ sie mich los, so daß ich rücklings in die Wiese fiel, zog sich an dem Fensterchen hoch und schrie wie in Seenot: „Herr Pfarrer, schnell, schnell, Herr Pfarrer!"

Die Trauung geschah noch zu derselben Stunde. Anfangs beobachtete ich den sonderbaren Geistlichen, ob er denn auch mit Ernst bei der Sache sei und sich nicht etwa einen Jux aus der Zeremonie mache. Doch mitnichten; feierlich hieß er uns unter den Birnbaum treten, schlang ein Seidenband um unser beider Hände, bettete diese auf eine gar würdige Bibel, die so schwer wog, daß ich mich wunderte, wie er sie mit einer Hand so lange halten konnte, und sprach die Formel.

Sogleich willigten wir ein, und zu unserem Erstaunen gab der Herr Pfarrer nach oben ein Zeichen, und unsere Tischgesellschaft, auf dem Dachfirste postiert, stimmte an: „So nimm denn meine Hände", derart wohlintoniert, daß es uns durch und durch ging und wir die größte Mühe hatten, einander gelegentlich der unvermittelt in Schauern hervorbrechenden Tränenflut im Gleichgewichte zu halten. – Kopfschüttelnd vermerkte der Herr Pfarrer Tage darauf, bei noch keiner Beerdigung habe er noch so viel Flennens rekognostizieret wie bei unserer Eheschließung, die ja doch im Allgemeinen als freudiges Ereignis Geltung beanspruche; dies erscheine ihm doch allemal bemerkenswert, und er hege Bedenken, wie dem sei, wenn einmal ein Kindlein geboren werde – vermutlich müsse man dann den Nervenarzt aus der Stadt K. kommen lassen.

Dem konnte ich nicht widersprechen. Clarissen – aber nicht weniger mir selbst gegenüber – führte ich ins Feld, daß eben jener vom Herrn Pfarrer mit sanftem Spott belegte Hang zur Überempfindsamkeit gleichwohl einen Höchststand des Bewußtseins garantiere, welch ungeheures Glück mir widerfahren; geht es doch nicht eben selten so, daß vom Schicksale Ausgezeichnete gar bald darauf vergessen und dahinleben, als sei ihnen eine Last auferlegt und keine Gnade gewährt worden ... Denn auch dies will ich mir immer ins Gedächtnis rufen: wie leicht es hätte gehen können, daß zwar mir Wesen und Gestalt Clarissens und alles, was in ihrem Umkreise geschieht, zutiefst liebenswert und hingebungswürdig und ohne jeden Vergleich erschienen, derweilen ich in ihren Augen ein bloßer Muck, eine ephemere Erscheinung, ein Kauz und Fadian, sprich bestenfalls ein – Kamerad gewesen wäre. Und ach, wie vielen ist es schon so ergangen und ergeht es fort und fort, die daran zerscheitern müßen, daß ihre Liebe unerwidert bleibt, gleich wem sie gilt, und es ist mir immer ein Unbehagen gewesen, die Glücklichen – oder meistenteils doch wohl die alltäglichen Gewohnheitsmenschen – zu beobachten, wie sie ohne Mitfühlen, sondern gar mit Hohn auf jene Geschlagenen herabsehen.

So will ich denn mit Rücksicht, denn wer weiß, in wessen Hände dies Papier einmal geraten wird, mit Rücksicht, sage ich und Zartgefühl auf die weniger oder gar nicht vom Liebesglück Geküßten gern Verzicht leisten, diese ersten Wochen zu beschreiben, die unserer jungen Ehe vergönnt waren; selten genug auf Erden, war unsere Freude so groß, daß wir sie gar oft mit den Gefährten teilten und, wenn nicht täglich, so doch im Abstand von zwei oder drei Tagen zu Plausch und Musik, Tanz und Festgelage zusammenkamen. Wenn es uns gefiel, wandelten wir mitten am Tage im nächtlichen Garten oder übers freie Feld, von Clarissa wohlweislich chaperoniert, stets in Begleitung des kreglen Fiesco, wo uns die Bauern nachstaunten, gewiß nur zu oft der Meinung, wir seien müßig und hätten nichts weiter zu schaffen in der Welt als saumselig herumzuscharlenzen.

Nun, bisweilen verhielt es sich wohl so – und was wäre dagegen zu sagen, es sei denn von Philistern, gleich ob vom städtischen Nonsens-Getriebe oder von der sehrenden Sonne der Landarbeit blöde geworden? Doch alle hatten wir ja unser Gebiet, auf dem wir tätig waren, und das wohl so viel einbrachte, daß wir dem alten Knoll nicht allzu sehr auf der Tasche lagen. Woher dieser nun seine Mit-

tel bezog, wer konnte es wissen? Sicher ist, daß ihn eine gewaltige Erbschaft sicherte, doch hegte ich meine Zweifel, ob dies über Jahre und Jahrzehnte zu solchem Wohlleben hinlangen könne, zumal eine weitere Begebenheit mich zugleich vor Unbilden sicherte und mit einem Grauen verstörte.

An einem für unsere Breiten ungewöhnlich hellen Vormittage nämlich kam Clarissa eine Lust an, mit mir auszureiten und Picknick zu halten nahe der Sababurg, die allen Märchengläubigen, und das waren wir freilich, ein Begriff sein muß. Nun hätte ich allzu gern eine ebensolche Vorfreude genossen wie meine junge Gemahlin, doch mußte ich mehr und mehr daran denken, wie vielen anderen Reitern und Fußgängern wir unterwegs begegnen müssten, und ich war doch nichts weniger als ein – Deserteur! Da ich endlich damit herausrückte und dabei recht verdrießlich dreinsah, warf Clarissa auflachend ihre Locken in den Nacken, faßte mich bei der Hand und führte mich zum alten Knoll.

Diesmal fanden wir ihn in einem Séparée, das wohl zu früheren Zeiten für Schäferstündchen und dergleichen eingerichtet worden war, zumindest deuteten die Tapisserien, die in einer für dieses mit Bildnißen kargende Haus in ungewöhnlich reicher Zahl die Wände schmückten, darauf hin. Knoll, der sich eben einen Liqueur eingeschenkt und ein Büchlein mit Goldverbrämung aufgeschlagen hatte, ließ sich nicht auf lange unterbrechen.

„Ich weiß schon, was du willst“, gab er ohne Freundlichkeit von sich.

Um wie viel sonniger, wie es ihrem Gemüte entsprach, antwortete meine Gattin: „Wie immer, lieber Knoll.“

„Je nun“, knirschte er – und wand sich mit einem Mal, ein seltsames Grinsen zeigend, mir zu, so daß mir recht unbehaglich zumute wurde, noch mehr, als er einen Knotenstock, den ich zuvor nicht wahrgenommen, um mich herumschwirren ließ, in der Art, daß ich meinte, der Stock habe sich von seiner Hand gelöst und kehre nach Verrichtung seiner Aufgabe in dieselbe zurück. Was er dann tat, erschien mir noch weitaus sonderbarer: Knoll kurvte durch das Zimmerchen als fahre er auf Rollen, bis er vor einer Obstschale, gefüllt mit Clarissas allzeit tadellosen Äpfeln und Birnen, Halt machte,

eine Schöne von Charneux auswählte, in der Hand wog, und ohne zu zögern mit Wucht auf mich warf.

Das Geschoß, ich kann es nicht leugnen, hätte mich mitten im Gesicht getroffen, noch ehe ich es hätte abwehren können. Doch statt mir die Nase zu verbeulen oder das Auge einzuschlagen, beschrieb es einen Bogen um mich und krachte hinter mir gegen die Lamperie. Daß sich weder Clarissa noch Knoll nach dem zerplatzten Obst niederbückten, hatte ich bereits erwartet. Wirr im Gemüt von diesem neuerlichen wundersamen Erlebnis, wußte ich zunächst nichts zu erwidern. Dafür wandte sich der Alte mit ausgesuchter Höflichkeit an meine Frau und tätschelte nach mancher Onkel Sitte ihre Wangen.

„Siehst du, mein Täubchen, schon ist's geglückt."

Zum Dank küßte sie ihn auf die Stirne, und eilte hinaus. Da ich aber nicht sogleich folgen mochte, foppte sie mich und rief: „Komm, Stoffel!", woraufhin ich unter Verbeugungen den Magier verließ.

„Was war das?", fragte ich auf der Vordertreppe, die Rößer standen schon bereit.

Aber Clarissa lachte nur, saß auf und galoppierte aus dem Stand aufs Feld hinaus. Das ließ ich mir freilich nicht gefallen und machte, daß ich ihr nachkam, mein Pferdchen mit Worten zu schnellerem Laufe rätzend.

„Was war das?", rief ich abermals und nochmals und wieder.

Doch erst als wir auf dem Kamm angekommen waren, hieß sie den Rappen stille stehen, um sodann seitlich zu mir herüberzutrippeln, wie sie es schon einmal getan hatte, und abermals küßte sie und neckte mich: „Das hast du wirklich nicht bemerkt?"

„Ach was!", entwand ich mich ihr mit gespieltem Ärger. „Es hatte den Anschein, als habe dieser Kerl einen Bann um mich gelegt."

„Ja, was denn sonst?", freute sie sich. „Warum nicht gleich so, mein Engel?"

Und wahrhaftig, wem wir auch begegneten, man grüßte Clarissen, ehrerbietig oder keck, mein Gruß jedoch wurde von niemandem erwidert. Selbst als ich die Probe aufs Exempel machte und eine Magd ansprach, ob ich ihr wohl ein Bündelchen Waldmeister abhandeln könne, ging diese unbeteiligt des Weges, und mir blieb nichts, als das übermütige Gelächter meiner Gefährtin anzuhören, das in einer ungewohnten Tonfolge auf und ab stieg.

„Du hast eine Melodie gelacht“, bemerkte ich.

„Ach ja?“ Abermals lachte sie in dieser klangvollen Weise. „Die hab ich von Suzette. Es ist etwas Besonderes darum.“

„Ja, aber was?“

„Das darf ich dir nicht sagen.“ Damit ritt sie weiter.

„Schon wieder nicht! Warum nur?“, beharrte ich. „Und wann darfst du es mir sagen?“

Sie aber lachte wieder und wieder die kleine Melodie vor und zurück und wollte mir partout keine Antwort geben, so daß ich sie mit Küßen strafte, und sie gar nicht mehr loslassen wollte.

Den Vormorgen der ersten Nacht, da ich mit den Gefährten reiten sollte, begann ich mit einer Frage, die meine ganze durch die Vernachlässigung während meiner frühen Jahre entstandene Gemütsrohheit zeigte. Da wir uns zur gemeinschaftlichen Tafel niederließen, bewunderte ich, wie stets, die zahlreichen Speisen, vermerkte aber, denn es war ein Freitag, es fehle der Fisch.

„Fisch?“ Die Rückfrage kam vom alten Knoll, der sonst fast nie sprach. Diesmal aber sah ich ihn verstimmt, ja feindselig gegen mich auffahren.

Suzette hingegen zog's, um mich, wie ich vermute, vor weiteren Anfeindungen zu bewahren, ins Lächerliche und spielte auf ihrer eingebildeten Geige eine quirlige Melodie, welche, wie ich später erfuhr, erst in Jahren komponiert werden sollte.

„Lieber Freund unserer liebsten Freundin, Schwester und angehimmelten Heiligen“, ergriff Malwine das Wort. „Ist dir je etwas Getötetes auf unserer Speisetafel aufgefallen, nein?“

Sie betrachteten mich, wie ich nachdachte, und schließlich war es an Clarissa zu erklären, daß sie noch nicht recht dazu gekommen sei, mich über sämtliche Gepflogenheiten zu unterrichten.

„Gepflogenheiten?“, schnarrte wieder der Knoll.

„Du weißt, wie ich's meine, also verzieh nicht das Gesicht“, gab Clarissa unerwartet streng zurück und beharrte darauf, ich zeige

die besten Anlagen, welch selbige geduldig und mit dem nötigen Gespür entwickelt werden müßten.

Damit hatte ich freie Bahn und erkeckte mich endlich weiter zu fragen, ob die nächtlichen Attacken denn auch immer dem Landgrafen und seinen Schergen gälten, und wie sehr ich fehlginge, wenn ich annähme, daß es sich bei den Versammelten doch gewiß um Revolutionäre handle.

„Ja, aber schlimmer", entgegnete Hergarth und bekam viel Beifall für seine kryptische Bemerkung.

„Es wird das Beste sein", ergriff nun Knut, ungewohnt ernsthaft, das Wort, „unser Neuling unternimmt mit dem Herrn Pfarrer eine veritable Landpartie. Oder nicht?"

Wohlgefällig wie nur Pfarrer nicken können, nickte derselbe, alle waren einverstanden, mich eingenommen, selbst Knoll schien sich zu beruhigen, und damit begann die übliche tumultuöse Atmosphäre bei Tische sich wieder einzustellen. Während der Mittagsruhezeit beobachtete Clarissa eine gewisse Beklemmung bei mir; ich erklärte ihr, daß ich seit jeher das Belehrtwerden verabscheue, es stelle meiner Ansicht nach das rechte Gegenteil eines gewinnbringenden Gespräches dar, und eben dies, eine Predigt oder Standpauke oder dergleichen gehalten zu bekommen, sei ich doch wohl im Begriffe.

„Du hältst es also für unmöglich", zwirbelte sie mein Schläfenhaar recht schmerzhaft zwischen den Fingern, „etwas ganz Neues zu erfahren, dessen Kenntnis man in einer gewöhnlichen Wechselrede nicht erlangen könnte?"

„Darüber bin ich mir nicht sicher", gab ich zu. „Ich habe es nur noch nie erfahren. Immer war es so: Sobald eine Neuigkeit von der anderen Seite geäußert wird, stelle ich fest, daß sie in mir schon vorhanden war, nur noch nicht in Worte gefaßt werden konnte, aber nunmehr gleichsam auferweckt wurde."

„Wie verhält es sich mit Sprachen? Mit der Mathematik? Mit dem Erlernen von Instrumenten?", fragte Clarissa weiter. „Ich meine, daß es hier zu unterscheiden gilt: zwischen Fertigkeiten, die, wie du richtig sagst, in uns angelegt sind – und Sachverhalten, die Generationen vor uns der Natur abgerungen haben, und da ist es keine Schande, eher das Gegenteil, daran Anteil zu nehmen und das Amt

zu ergreifen, eben dies Neue, wenn es für gut befunden, an die Nachkommen weiterzugeben.“

„Soweit gebe ich dir Recht“, damit löste ich ihre Finger aus meinem Haar und küßte jedem einzelnen die Kuppe. „Doch hege ich die Befürchtung, es handelt sich hier nicht um die Weitergabe von wissenschaftlichen Erkenntnißen welcher Disziplin auch immer, sondern um Meinung, um Lebensweisheit und dergleichen, und darin mag ich nun einmal nicht unterrichtet werden; ich finde es lieber selbst heraus.“

Wieder einmal mußte Clarissa lachen, aber frei heraus und ohne Spott. So fühlte ich mich denn befreit, ohne Hadern und Zaudern am frühen Nachmittage dem Herrn Pfarrer auf eine Anhöhe zu folgen, von der aus man den Talkessel vollständig überblicken konnte. Das Städtchen M. mit seinen beieinander eingehakten Fachwerkhäuschen, dem Rathaus mit seinen Ecktürmchen und der Stadtkirche lag wie vor Jahrhunderten, von Gemüsegärten umgeben und in den Zwang seiner Mauern gepreßt, an der hurtig dahineilenden Fulda, die in Wolkenpausen das Sonnenlicht spiegelte.

„Schön, nicht?“, eröffnete der Herr Pfarrer von neuem das Gespräch. Während des Aufstiegs hatten wir tatsächlich nur geplaudert, von unseren bisherigen Bemühungen, etwas über die Welt zu erfahren und welche Vergnügungen das Scheitern daran gemeinhin mit sich bringt.

„Die Spiegelungen auf dem Fluß?“

„Die meine ich in Sonderheit.“

„Gewiß. Wenngleich so sehr blendend, daß ich nicht einmal sagen kann, ob es mir gefällt oder nicht. Aber eingebettet in das Gesamtbild dieses Tales habe ich doch einen recht erfreulichen Eindruck davon.“

„Schön.“ Der Pfarrer schien zufrieden, was wiederum in mir eine Distanz bewirkte, da ich es eben nicht liebe, beurteilt zu werden. „Laß für den Augenblick, wenn es dir möglich ist, des Geistes Hoffart beiseite“, lächelte er mir zu.

Ich fühlte mich ertappt und murmelte: „Will’s gern versuchen ...“

Während wir zu einem Obsthang weiterschritten, umriss er mir die Entwicklung der kleinen Gemeinschaft, deren Zentrum weder er selbst noch gar der alte Knoll darstelle, sondern einzig und allein Clarissa. „Weshalb, das hast du vielleicht schon erfahren oder geahnt, jedenfalls darf ich dir noch etwas dazu sagen, was du jetzt noch nicht wissen kannst."

Diese Art von Erfahrungshunger durfte er allerdings voraussetzen. Doch zunächst, wir standen nun inmitten der Obstbäume, wies er auf den gegenüberliegenden Hügel, dem etwas Düsteres anzuhaften schien, obgleich soeben die freie Sonne ihr Möglichstes tat, ihn aufzuhellen.

„Darf ich dich fragen: Was siehst du dort?"

„Eine leere Bergkuppe, Gras darauf", gab ich wahrheitsgemäß zur Antwort.

„Sehr schön. Hätten wir vor wenigen Jahren hier gestanden, bevor die Napoleonischen ins Land kamen, wäre dir ein Gerüst aufgefallen, vielmehr eine Säule und ein dreischläfriger Galgen."

Ich fühlte eine Beengung; einmal mehr sah ich mich bestätigt, daß ich dergleichen schon im Voraus erspürt hatte, jedoch noch nicht hatte benennen können.

„Dies ist wohl die Begabung, von der Clarissa sprach. Sie ist immens", lobte mich der Herr Pfarrer. Ich ließ es zu, wobei mir durchaus nicht bewußt war, ob ich meine Empfindung überhaupt geäußert hatte.

„Ich habe die Kirchenbücher gelesen. So etwas soll man nicht tun", fuhr er fort, und ich fragte ihn weshalb. „Wer nicht ganz stumpf in der Seele ist, wird es nicht ertragen können, was er dort geschrieben findet; es stehen so gräßliche Sachen darin, daß noch das letzte Restchen Vertrauen in die Schöpfung, und daß es mit ihr seine Ordnung habe, unweigerlich verloren geht, ungeachtet aller gegenseitigen Hilfe und der Anmut. Auch dies müßen wir begreifen, daß es Dinge gibt, die unser Gemüt hoffnungslos überfordern, vielleicht zerstören."

„Verzeiht, daß ich unterbreche", warf ich ein. „Und mißdeutet mein Lächeln nicht. Fast wörtlich habe ich dies vor kurzem Clarissen gegenüber geäußert, wenngleich in einem anderen Zusammenhang."

„Das kann ich mir schon denken", schloß er kurz die Augen. „Ob das eine mit dem anderen nicht doch mehr zu tun hat als uns lieb

sein kann, wollen wir jetzt nicht untersuchen, wir würden kaum zu einem befriedigenden Ergebnis gelangen."

Dann fuhr er fort, von diesen Kirchenbüchern zu erzählen, und daß darin mitunter seitenlang, je nach Eigenart des jeweiligen Gemeindepfarrers, Geschehniße beschrieben stehen, die aus Zeiten der Kriege und aus dem Alltagsleben lange oder kurz vor der vermeintlichen Aufklärung stammen. „Von diesem Berglein dort drüben gehen die Berichte in die Hunderte. Was auch immer die Geistlichen einst dazu getrieben hat, nachdem sie den Verurteilten das letzte Geleit gegeben hatten, verharrten sie meist vor Ort, bis daß der Tod eingetreten war. Allein – welcher Tod? Den gnadenreich geheißenen, den mit dem Schwert, erfuhren nur die Adligen oder Begüterte, die den Henker bestechen konnten. Selbst das Erhängen war noch erwünscht; es ist aber schrecklich zu ersticken, mein Bruder, unausdenkbar schrecklich! Um eine Ahnung, eine vernachlässigbar winzige freilich, davon zu bekommen, habe ich als junger Mensch bisweilen versucht mich zu erwürgen; schon das wenige, das ich dabei erlebte, war so voller Pein, daß ich mich empört an meinen Herrgott wandte, der damals noch unbeschadet in excelsis schwebte."

Hier unterbrach sich der sonderbare Pfarrer, breitete ein Taschentuch aus und wischte sich den Nacken.

„Weshalb ich dich heraufgeführt habe ... Siehst du den Marktplatz?"

„Ich sehe ihn."

„Es kam auch einer von den Euren hier zu Tode, keine dreihundert Jahre ist es her, er war unterwegs nach der Stadt F. – so präzise hat das mein Vorgänger vermerkt –, geriet aber in die Erhebung der allseits getrillten Bauern hinein und zeichnete sich durch Gerechtigkeitssinn und Tapferkeit vor allen andern aus. Dies nun, als der Aufstand niedergeschlagen, war für die Herrschaft ein Anlaß, an ihm, einem Kunz, ein Exempel zu statuieren, wie man dies trocken zu benennen pflegt. Es begann dort unten auf dem Marktplatz und ging hier zu Ende."

Da ihm auffiel, daß ich schwerer zu atmen begann, ließ er mir einen Augenblick Zeit. Dann redete er weiter, Gott sei's geklagt, und beschrieb mir, was zwei bezahlte Scharfrichter meinem Vor-

fahr zugefügt hatten. Schon zu Beginn der mehr denn eine Stunde währenden Schilderung krampfte sich mir etwas im Gehirn zusammen, ich erduldete das alles nicht aus Mut und Stärke, sondern weil ich es schlicht nicht rechtzeitig fertigbrachte: „Hört auf!" zu schreien. Da ich aufgrund einer übergroßen Anspannung schon bald dem Geschilderten nicht mehr im Zusammenhang folgen konnte, verstand ich nur noch Wortfetzen, Andeutungen, die aber ausreichen, meine Fantasie auf immer zu beschäftigen.

Von Stricken sprach der Herr Pfarrer ... von Zangen, die man dem Ahn bei lebendigem Leib ... von Spießen, die man ihm zwischen die ... von zwei Ackergäulen, welche ihm seine beiden ... dann von jenen Werkzeugen, mit denen Berufshenker gebräuchlicher Weise die Augen ... von einem hölzernen Hammer, mit dem man ... von einem Wagenrad, auf das man ... einer Kutsche, auf der man ...

„Aber was sage ich: man!", unterbrach der Herr Pfarrer seinen eigenen Bericht, „es ist ja bekannt, wie sie hießen, der Seelenhirt, der es zu dieser Zeit bereits mit den Protestanten hielt, hat es ja sorgsam notiert: Hunnel und Binger haben sie geheißen, keine anonyme Macht hat das getan, sondern genau diese zwei – soll ich sagen Menschen? Und danach sind sie nach Haus gegangen oder ins Wirtshaus und haben ihren Durst gestillt. Höret es, Ihr Hartherzigen, die Ihr fremde Not gefühllos ansehen könnet, sagt der Nazarener."

Dann fuhr er fort, mir das Sterben des Kunz zu schildern, ohne die Aufpasser und die Schaulustigen zu vergessen, und es wollte und wollte nicht enden, bis mir endgültig zum Verzweifeln übel geworden war. Einige Flurnamen schloß er an, die den Schandplätzen im Rund von den Hiesigen beigelegt worden, worunter „Schindanger" und „Kreischebuckel" mir im Gedächtnis verblieben.

„So und jetzt", kehrte mir der Herr Pfarrer endlich wieder sein Gesicht zu, „jetzt sage mir, lieber Freund, würdest du nicht alles unternehmen wollen, um dieses Geschehen rückgängig zu machen?"

„Wie?"

„Daß es niemals geschehen wäre, meine ich?"

„Alles freilich!"

„Alles? Die Schöpfung?"

„Gewiß!"

„Und was ist dann Gott?"

„Wer?"

„Was ist Gott?"

„Verzeiht, ich war abgelenkt ... Nun, wie sagt man: Liebe, Güte, Milde, Freundlichkeit, Verzeihen ...", keuchte ich und hatte doch mehr mit den Bildern im Innern zu schaffen als mit den Fragen des Pfarrers.

„Siehst du, wir sind ja beileibe nicht die ersten, denen das Mißverhältnis auffällt. Es war eben nur einer, der Kunz. Nehmen wir alle, die in diesem Städtchen dort unten so oder so ähnlich zu Tode gebracht worden, nehmen wir die noch dazu, die den Landsknechten in die Hände fielen – die kamen hier oft vorbei, das glaube mir – vernachlässigen wir auch diejenigen nicht, die hier Tage und Wochen im Sterben gelegen, von unheilbaren Krankheiten gepeinigt ... und vielleicht auch diejenigen seien mitgezählt, denen vor Kummer über verlorene Liebe nichts übrig blieb als sich selbst den Tod zu geben: wie viele Schöpfungen willst du da denn zurücknehmen?"

Ich schwieg.

„Und das ist doch so ein kleines Städtchen! Nimm alle Städte, alle Dörfer, vergiß nicht den einsamen Tod auf der Landstraße und im Walde, laß aber bitte die Tiere nicht aus und ihr Siechtum und Verenden – und jetzt?"

„Hört auf", keuchte ich. „So darf man nicht denken. Es ist nicht erlaubt."

„Ach nein? Und wie dann? Herrlichkeit auf Erden? Ich will es dir sagen, lieber Freund: Es ist ein Irrtum. Wir befinden uns in einem Zustande der Extension. Es ist etwas versehentlich geschehen und nahm wohl seinen Gang, immer weiter, immer fort: in die falsche Richtung. Doch getrost! Denn alles was entsteht, ist Wert, daß es zugrunde geht – war's nicht so? Nämlich wie ist das gemeint? Daß es gar nicht geschehen ist! Nichts wird je geschehen sein, wenn alles einmal in sich zurückschrumpft und nicht gewesen sein wird. Es kehrt zurück ins Dunkel, ohne Erleben, ohne Erfahrung."

„Ohne Erfahrung?" Wohl hatte ich von den Philosophen gehört, die unsere Wahrnehmung bezweifeln und all ihren Wert, selbst von der Theodizee-Frage hatte ich reden hören, aber die Ankündigung

eines gnädigen In-sich-Verlöschens aller gewordenen Dinge war mir so noch niemals untergekommen.

Der Pfarrer, selbst in Erhitzung geraten, zeigte wieder auf den Fluß: „Die Alten hatten schon eine Ahnung davon gehabt, in dieselben Flüße gehen wir hinein und auch nicht hinein und dergleichen, daß aber das Licht Schuld daran trägt, davon sagen sie nichts."

„Das Licht?" Mir blieb nichts weiter als immer zu wiederholen.

„Es werde Licht? Das darf man Gott nicht in die Schuhe schieben! Hat er nie gesagt! Nicht einmal das Nichts wäre auf solch eine Schnurrpfeiferei gekommen."

Augenblicklich wurde mir begreiflich, weshalb man diesen Geistlichen just nach der ersten Predigt von der Kanzel weggejagt hatte.

„Alles lag beieinander, im wohligen Dunkel. Wir lagen beieinander. Und dann dieser Blitz! Alles wird aufgeschreckt, gerät durcheinander, nichts findet sich mehr an seinem Platze wieder, je nun, was soll da denn folgen? Dann schwingt sich der Krieg zum Vater aller Dinge auf. Welche Täuschung! Wenn ich jetzt ..." Damit nahm er einen Schotterstein vom Boden auf, „... mit diesem Steinchen hier meinen rechten Arm zerfetze – was tut das schon?"

„Hören Sie auf! Lassen Sie ab!" Ich umklammerte seine Faust mit dem Stein, die immerzu auf seinen wehrlosen Arm hinabstieß, wobei seine Miene mehr und mehr der eines Greifvogels glich.

„Aber ich kann es ja nicht." Damit ließ er mich gewähren; ich warf das unschuldig blutig gewordene Steinchen so weit weg wie ich konnte.

„Denn auf welche Weise auch immer, wir stehen unter der Wirkkraft des Lichts – verflucht sei es!" Er drohte gegen das Himmelsgestirn hinauf. „Hätte es Ruhe bewahrt, wäre es drunten geblieben, so hätte alles seine Ordnung behalten. So aber müßen wir – scheinbar – hindurch, ad te suspiramus gementes et flentes in hac lacrimae valle, bis alles wieder rückwärts geht ... und verstehst du nun, lieber Freund", dabei nahm er mich bei den Schultern und brüllte mir ins Gesicht, „darum reiten wir gegen das Schöne, des Lichtes Schwester, darum sind wir immer unterwegs, den Umschwung herbeizuführen mit Gewalt, die unheilige Geschwisterlichkeit von Licht und Schönheit und Macht und Privilegien zu beenden, auf daß alles

wieder eins werde und ruhig und ohne den Widerspruch zwischen Herr und Knecht friedlich dahinwalle, verstehst du das denn? Zornig und zugleich traurig über ihre Hartherzigkeit, sah Jesus einen nach dem anderen an. Zu dem Mann aber sagte er: „Streck deine Hand aus!" Er streckte sie aus, und die Hand war gesund. Markus Drei, Vers fünf."

Mit Mühe entwand ich mich ihm und dachte unentwegt nach, was ich davon halten sollte. Dabei sah ich einesteils erleichtert, andererseits voll Grauen, wie die Wunden auf des Pfarrers Hand und Arm miteins nach innen verschwanden.

„Und das haben Sie alles", brachte ich hervor, da er nach Atem rang und immer wieder sein Tuch zum Halse führte, „alles Sie ganz allein erkannt und in Worte gebracht, Sie?"

„Mitnichten." Er wurde ruhiger. „Niemand anders hat mir dies offenbart als unsere heilige Clarissa, mit der Sie ein Eheleben vor kurzem einzugehen beliebten."

Auf dem Rückwege schwiegen wir beide. Doch meine Blicke wechselten zwischen dem Marktplatz und dem kahlen Berge, der einst das Blutgerüst getragen, hin und her, und ich suchte den Weg, welchen der Schindkarren einst genommen haben mochte.

„Laß es jetzt gut sein", schob der Herr Pfarrer seine Hand in die meine. „Sonst schläfst du heute Nacht noch schlecht."

Inzwischen war ich wahrhaftig in die Beletage des Knoll'schen Palais umgezogen, zu Clarissa, meiner Frau. Dort saß ich, als sie heimkehrte, in ihrem meistgeliebten Sesselchen und brütete vor mich hin. Ohne auf ihre Handlung Acht zu haben, ließ sie Pelerine und Beutelchen zu Boden gleiten und setze sich auf meinen Schoß. Daß ich Kummer haben würde nach dieser Unterredung, hatte sie freilich vorausgeahnt; wie tief mich dieser hingegen verstören mußte, konnte selbst sie nicht wissen.

„Ist es denn so", kam ich ihrer Frage zuvor, „daß auch unser Glück nie gewesen sein soll?"

„Doch nicht so!", nahm sie meine Nase zwischen Zeige- und Mittelfinger und zog daran. „Wie genau, weiß doch keiner. Aber sieh es anders herum: Was wir jetzt erleben oder zu erleben vermeinen, haben wir immer schon erlebt vor aller Zeit und werden es erlebt *haben nach aller Zeit. Noch besser: ohne alle Zeit – mit dem Unterschiede also, daß es niemals aufhört."*

„Du bist dir derer wahrlich sicher? Dieser – Merkwürdigkeiten?"

„Meinetwegen nenn es so. Hast du denn nicht gelesen, was unser Goethe uns jüngst zu wissen gab, in der Metamorphose der Pflanzen? Alles ist Ausdehnung und Kontraktion, im Mikro- wie im Makrokosmos, dies ist die Grundbewegung. Gesetzt den Fall ..."

„Aber", beharrte ich. „Nimm diese Blätter!" Dabei deutete ich durchs Fenster auf die Lindenbäume, die vor dem Hause paarweis standen. „Sie entbreiten sich und fallen ab, sind aber dennoch dagewesen – nicht?"

„Gewiss doch, aus der Perspektive des Mikrokosmos scheint es so. Freilich unterliegen auch sie dem höheren Prinzip des Nie-Gewesen-Seins."

„Aber ..."

„Aber, aber, aber! Du Schurke, was aberst du immer?"

„Aber wozu dann der Aufwand? Wozu essen und schlafen? Wozu haßen und lieben? Warum reiten wir nächste Nacht aus? Könnte man dies nicht auch träumen? Könnte man nicht alles auch sein lassen?"

„Gewiß: Schau dir die Mönche an. In ihrer Weise haben sie doch sehr recht. Wir aber leben, als lebten wir. Du erinnerst dich des Paulus', wie er den Besorgten der Gemeinde antwortet, jenen, die nicht verstehen konnten, wie und warum sie weiterleben, wenn doch der Herr ohnehin bald wiederkehrte? Als ob! So schreibt er. Lebt weiter, als ob es einen Sinn habe. Ob wohl einer in der Tiefe oder dahinterliegt, wer kann es wissen? Jedenfalls ist er mir nicht offenbar geworden."

„Du weißt, daß dich der Pfarrer eine Heilige nennt?"

„Das tun ja alle."

„Ist es nicht eine Last?"

„Wie alles andere auch: ja, ja, nein, nein. Alle, wie es ihnen zugewiesen auf ihrem Platze. Schon wieder der alte Paulus! Die Bäcker backen, und die Heiligen haben ihre Visionen. Und die Künstler machen hübsche Glasfenster daraus. Ist es nicht immer so? Bleiben wir einmütig!"

Ich schloß sie fester in die Arme, ließ sie aber bald wieder los, weil ich mir vorkam wie ein Schulbub, der seine Lehrerin liebkost.

„Da ist noch etwas, wovon du Kenntnis haben solltest", begann sie wieder und strich mir übers Haar. „Es gibt Hinweise, sicher ist das nicht, aber es scheint so, daß Prozeße beschleunigt werden möchten, in unserer Sprache schwer zu fassen, da widersprüchlich, und darauf ist sie nicht eingerichtet; Prozeße, sage ich, die in Gang gesetzt, forciert werden können, damit es wenigstens so scheint als vergehe schneller, kehre eiliger in seinen Schoß zurück, was jetzt dem Lichte preisgegeben. Es könnte sein, so habe ich den Eindruck gewonnen, daß etwas unnennbar reagiert, sobald wir anfangen, die Naht aufzutrennen ..."

„... mit der Licht und Macht verbunden sind?", wagte ich einen Einwurf.

„Sehr richtig. Wenn man die Nahtstelle trifft, wo sich Macht der Schönheit bedient, beginnt vielleicht der Vorhang im Tempel rascher zu zerreißen, ein paar Stiche weit. Aber auch umgekehrt ist das vonnöten: Dient Schönheit der Macht sich an, verfehlt sie nicht alleine ihren Zweck: eine Anschauung des Ewigen zu geben, sondern kompromittiert sich, macht sich zu klein, encanailliert sich und verfault schließlich."

„Doch scheint das Licht nicht ebenso für die Schwachen? Ist es nicht der letzte Trost der vom Tode Gezeichneten, noch einmal ins Morgenrot zu blicken, ein letztes Mal den Frühling zu umarmen?"

„Merkst du es nicht, was du da sagst? Den einen leuchtet der zarte Morgenstern, um armseligen Trost zu spenden, die andern pflanzen ihre Lanzen drunter, damit sie nicht einen Abglanz verpassen. Ach, welche Gnade, dies Kümmerlicht, das durch die Lappen in die Hütte scheint! Gedenke der Fenster der Fasanerie, wo wir uns wiedersahen: Welche gleißende Verschwendung, welche Prasserei der Helligkeit!"

„Aber das Licht wird sich nicht zwingen lassen, vor allem doch wohl nicht die Sonne, ihre Tätigkeit uns zuliebe einzustellen."

„Zwingen? Dummerle! Haben wir denn nicht gelernt, Licht und Vernunft seien eins? Laß es mich in eine Parabel fassen: Es wird das

Licht einmal ein Einsehen haben, daß es besser wäre, nicht zu scheinen. Dann lischt es aus. Bis dahin bleibt es ein Kampf, Licht gegen Dunkel. Ein Schuft und Egoist, ein Feind der Schwachen, wer sich nicht auf die Seite des Dunkels schlägt. Pfui der Deibel!"

So sprachen wir noch eine Weile weiter, und, obgleich nicht von allem überzeugt, was Clarissa und der Herr Pfarrer mir auseinanderzusetzen beliebten, fand ich mich dennoch innerlich gestärkt, als es am Abend über die Heide ging.

„Heut sind wir sieben!", hielt meine Herrin eine knappe Ansprache im dunkelen Park. „Die Zahl des Himmels und der Erden. Eine gute Zahl."

Das alles gefiel mir wohl, und ich fühlte mich am rechten Platze. Verwirrung ergriff mich aber, als sie weiterredete: „Einer mehr, das heißt: Wir können noch mehr köpfen! Auf denn, Attacke!"

Damit stob sie davon und wir andern hinterdrein.

Endlich hatte ich zu Knut aufgeschloßen, dem ich nach Clarissa am meisten zugetan war und zischte ihm zu: „Köpfen? Davon war nicht die Rede. Ich habe doch noch niemals einen ..."

Aber Knut schürzte die Lippen vor lauter Amüsement: „Warte! Wart nur ab! Es wird dir nicht minder Vergnügen bereiten als uns ausgewiesenen und erprobten Kopfabschneidern."

Erst als ich unterm mondenen Nebelhauch das Feld erkennen konnte, das es zu bestellen galt, wich meine Bangigkeit; ich fragte mich aber, warum man mich zuvor nicht präzise in Kenntnis gesetzt hatte, womit mir jene Skrupel doch erspart geblieben wären. Handelte es sich erneut um eine Fopperei? – Von einer Anhöhe aus gewahrten wir die ebenmäßigen, sternförmig angelegten Alleen um das neu errichtete Wasserschlößchen, das der Landgraf für seine morganatische Geliebte von einem Italiener hatte entwerfen lassen. Wir schwärmten aus und machten uns über die weißschimmernden Statuen her, die auf der Hauptachse des Gartens, in verschiedenen Nischen mit Brünnlein und Sitzbänkchen, vor allem aber vor den weitläufigen Bosketten aufgestellt waren.

Hei, wie war das eine Lust, diesen Geschwulsten feudalen Aberglaubens die Köpfe abzusäbeln! Manch ein Satyr, im Denken ohnehin weniger bewandert, verlor so sein gehörntes Haupt, doch auch die mal lockenden, mal fliehenden Nymphen wurden nicht geschont, letztere endlich mit einem Grund für ihre Furcht versehen; etwas mehr Mühe hatten wir mit einer Artemis, die wohl als Allegorie der Jagdleidenschaft besagter Konkubine gelten sollte, denn sie war deutlich stattlicher gebaut; Malwine warf ein Seil, nach Art der Amerikaner, um der Göttin Hals, ritt an – und pardauz! lag die Marmorne im Kiesbett. Dabei zerbrach auch ihr ach so vollkommen geformter Hals, und das erhabene Haupt wurde unter die Sitzbank gekegelt.

„Nur runter mit den Rummeln!“, jubelte Hergarth, der einen besonderen Eifer zeigte.

O wir trieben einen prächtigen Schabernack und diabolische Späße, und da kein Lakai mit wehenden Rockschößen, die Hände überm Kopfe ringend, aus dem Schlößchen gestürmt kam und wir endlich Sicherheit gewannen, daß niemand vom privaten Hofstaate zugegen, galoppierten wir schließlich mit gezogenen Säbeln über die Brücke, was ein herrliches Gerumpel ergab.

„Schau dir das an“, grunzte Clarissa zu mir hinüber, „was für eine Narretei! Aber so verhält sich das mit den Emporkömmlingen: früher oder später zeigen sie ihr wahres Naturell und werden kindisch.“

Und wahrlich, rings um den Schloßbau war ein zierliches Mäuerchen gezogen, in regelmäßigen Abständen von Postamenten unterbrochen, auf denen sich scheußliche Zwerge aus Stuck befanden; ihre Gesten, die wohl das Kauzige als ihre Haupteigenart unterstreichen sollten, waren an Abgeschmacktheit nicht zu überbieten: einige glotzten nur blöde, andere hielten bedeutungsvoll den symbolischen Unrat der Vergangenheit in die Nachtluft, manche aber rangen die Hände wie angesichts eines Wunders, und das sollte nun auch über sie herfahren.

„Krieg den Zwergen!“, rief Clarissa und reckte den Säbel. Und leiser, da ihr – wie auch uns anderen – einfiel, wer da wohl miteingeschloßen wäre: „Einen ausgenommen, freilich. Aber der stünde auch nie so nichtsnutzig auf einem Sockel herum und starrte idiotisch ins Leere. Alsdann: wider die steinernen und die geistigen – allons!“

Hui, war das ein Klappen und Klackern, gerade so, wie man es von den als fleißig und gerissen titulierten Märchengestalten hätte annehmen mögen, wenn sie selber ihren geheimen Tätigkeiten nachgingen; nicht einer blieb unversehrt auf seinem Posten stehen. – Auf dem Rückwege zerstreuten wir uns immer zwei und zwei durch den Park. Ich kam neben Suzette zu reiten, die wie stets bei bester Stimmung war. Einmal schien es, als seien wir in ein Irrgärtchen hineingeraten, und richtig, in einer Einbuchtung der Buchsbaumhecke mußten wir umkehren. Da aber eine weitere Statue dorthin postiert worden war, ritten wir näher und erkannten den Homer, Griffel und Schreibrolle in Händen, die Augen aber zum Firmamente emporgehoben, woher seine Einfälle stammen mochten.

Da Suzette bemerkte, daß ich ehrfurchtsvoll zurückblieb, hielt sie direkt auf die mit mäßigem Geschick ausgeführte Skulptur zu und erhob die Schlagwaffe über des Dichters Haupt. „Was zögerst du? Die Kunst hat sich von jeher gemein gemacht mit den Tyrannen. Wenn wir etwa einen Schuldigen benötigten, wäre es nicht Homer? Hätte er andere Werte mit anderen Worten erdichtet: nicht dem Zarten, Mitfühlenden den tumben Triumphator mit dem Haupt des Gegners in der Hand vorgezogen; der Nachdenklichen, Klugen die plumpe Schönheit der Liebedienerin der Männer nicht vorangesetzt, es wären bessere Tage auf uns gekommen. Andererseits“, schnitt sie sich selbst das Wort ab, „wer hätte einen derartigen Dichter des feinfühligen Miteinanders wohl zum Vater der Poesie erkoren?“

Dankbar für diese Lehre, ließ ich mein Pferd antraben, nahm Suzette die Arbeit gerne ab und stieß den Knauf meines Säbels gegen den Lockenkopf des perversen Anekdotenschreibers, der mit einem Plumps in ein Bächlein kullerte, das der Gartenarchitekt hier vorübergeführt hatte.

So war das Werk getan, und launig extemporierte ich ein Distichon: „Der du in den Skamandros warfest zahllose Leichen, / Rolle du selber hinab. Dichte nun edler, Homer!“

„Du frißt wie ein Hesse“, befand Clarissa hernach beim Morgenmahl, da ich, ausgezehrt von Hunger und Erregung, noch zwei Eierkuchen mehr verspeiste als sie, dazu einen ganzen Napf Quark

mit Kräutern und stark riechenden Käsestücken darin, Bratkartoffeln, viel dunkles Brot mit und ohne Nüsse, dazu einen Ploatz mit Zwiebeln und einen ohne. Besonders stolz aber war sie auf mich, da ich zu dieser Stunde eine halbe Kanne Gänsfüßer mehr soff als unser lieber Knut, der sich ansonsten stets den ersten Platz in dieser Kunst zu sichern wußte.

Die kommenden Tage boten mir ausreichend Gelegenheit, meine Kenntniße auf dem Gebiete der negativen Theologie, wie sie von den Meinigen überwiegend vertreten wurde, zu vervollkommnen. Es reizte mich aber zweierlei: zum einen der Widerspruch eingedenk mancher gar zu weit hergeholter Hypothesen, zum anderen doch auch selber etwas beizutragen zum praktischen wie theoretischen Fundamente, wobei ersteres mir zunächst leichter fiel. Beim Rückweg nämlich von unserer fantastischen Schurkerei rings ums Wasserschlößchen der Grafenkokotte wäre es ums Haar zu einer Auseinandersetzung mit einer Abteilung Wachsoldaten gekommen; sie mußten uns aufgelauert haben, was nicht weniger bedeutete, als daß sie uns gesehen hatten – kein Wunder angesichts der scharlachroten und lilienweißen und himmelblauen Gewänder, die wir – bis auf die Clarissa – trugen; sie präferierte schwarz. Zu unserem Glück entdeckte Malwine den Hinterhalt, wir sprengten ins Gehölz und waren längst in unsere künstliche Parknacht eingetaucht, als die Gegenseite sich erst aufmachte, uns zu suchen.

Neben den Spuren, die unsere Pferde wohl oder übel hinterlassen mußten, machte mir unsere Farbenpracht am meisten Sorgen. Da fiel mir ein, daß unser Hauptmann einmal von der Flucht der Preußischen Dragoner, ihrer Kragenspiegel wegen „die Schwarzen“ geheißen, vor Napoleons Kavallerie erzählte. In einem Waldstück, keinen Tagesritt von dem Städtchen M. entfernt, sollen sie in der Eile mehrere Kisten aus ihrer Bagage vergraben haben; ich meinte mich zu entsinnen, daß von „viel wertvollen Tuchen“ die Rede gewesen war. Man verzichtete aber darauf, den Schatz zu heben, denn mit den Preußischen war niemals zu spaßen, und niemand wußte, wann sie wiederkehren würden.

Beim Abendtrunk brachte ich diese Kunde vor und ersuchte um Erlaubnis, zumindest einen Teil der Hinterlassenschaften an mich zu bringen, dies könnte uns allen von Nutzen sein. Man hieß die Idee gut und ließ mich hochleben – nur nicht Clarissa, die zum ersten Mal, seit ich sie kannte, ängstliche Einwände äußerte. Sie sprach von einer Vorahnung und blickte dabei so herzerbärmlich trauervoll drein, daß alle schwiegen. Da aber erinnerte ich sie, daß ich durch Knolls Bann ja geschützt sei und mir gewiß nichts Arges widerfahren könne. Durchaus nicht beruhigt, aber ausnahmsweise einmal ohne treffliche Argumente, die sie den meinen entgegenhalten könnte, willigte auch sie schließlich ein.

Jedoch auch ich bedachte einen Umstand nicht, dessen Folgewirkungen zu antizipieren mir doch wohl möglich gewesen wäre: Da ich in Knolls Kalesche, die er mir widerwillig ausborgte, das Landsträßchen hinan aus dem Städtchen fuhr und dann weiter durch Feld und Auen, war die altmodische Kutsche freilich sichtbar – der Kutscher aber eben nicht. Erst als zwei brave Bäuerinnen, auf einem Wegestein hockend und mit ihrer Vesper von weißem Speck und schwarzem Brote beschäftigt, zuerst verwundert, dann voller Entsetzen auf das vorüberrasselnde Gefährt zeigten, fiel es mir bei, daß sie wohl glauben mußten, ein Gespenst halte die Zügel in seinen Nebelhänden.

Und siehe, sie flohen über den Acker gesträubten Haars und riefen alle herbei, die sich am Rain auf der anderen Feldseite aufhielten: „Lor häy gaut emol dou häy, äm Stußkeilche de Schwicher wou hot naut norz käy Rummel nit!“

Nun, alsbald lenkte ich meinen zum Transporte vieler feinster Waren ausersehenen Einspänner ins Halbdunkel des Reinhardswaldes, wo ich nicht nur seltener auf Menschen zu treffen hoffte, sondern durch die ewige Dämmerung unter den tausendjährigen Eichenriesen wunderbar geschützt blieb. Es war nur nicht eben leicht, just denjenigen Hohlweg zu finden, von dem einst unser Hauptmann gesprochen; so suchte ich bald hier, bald dort nach dem erwähnten Steinkreuz, von dem aus besagter Waldweg abzweigen sollte, den die Schwarzen einst hinangeritten. Wie ich aber, einer Ermattung vorzugreifen, dem Pferd und mir eine Rast vergönnte und auf einer Lichtung ein wenig Käse auf meinen Brotkanten legte, fiel mein Blick just auf die beschriebene fromme Stätte, und vor Freude sprach ich ein Dankgebet.

Endlich im bezeichneten Hohlwege angelangt, war es ein Leichtes, Spuren zu finden, wo man die Kisten vor wenigen Jahren vergraben hatte. Ei, wie sprang da mein Herz, als ich nicht nur bergeweise kostbares schwarzes Lodentuch, ausreichend wohl für hundert Umhänge, entdecken konnte, sondern auch einen Kasten voller Reitersäbel, die ich unschwer als Pallaschs erkannte, sowie – das sollte den Knoll am meisten freuen – einen wahrlich nicht unbedeutenden Teil der Kriegskasse: gute Friedrichsdors in Gold, so viele, daß ich die Hälfte zurücklassen mußte; ich grub sie aber nicht wieder ein, ich warf sie mit vollen Händen in den Hohlweg, auf daß die Waldarbeiter und Bäuerchen ihre Freude daran hätten, wenn sie demnächst einmal vorüberkämen.

So wurde ich denn ohne jede Absicht zum Begründer zweier Sagen, die man sich seither im nördlichen Hessenlande und darüber hinaus erzählt: Die erste, „Der kopflose Kutscher" oder „Die Geisterkutsche" erfreut sich inzwischen auch außerhalb ihrer Heimat einiger Beliebtheit, ja manche behaupten gar, in Schottland oder Amerika sei der Ursprung zu verorten. Die andere, „Das Märchen vom goldenen Weg" fand, wenn zwar in einiger Abwandlung, Eingang, wie man mir versicherte, in die Sammlung der Grimm'schen Gebrüder, welch selbige ich übrigens auch einmal kennenlernen durfte, in einem Gasthaus an der Werra, aber wir sprachen nicht miteinander.

Den überwiegenden Teil des Heimwegs legte ich zu Fuß zurück, es war schon dunkel und vor Entdeckung mir nicht bange; die Kutsche hatte ich derart überladen, daß die liebe Lies, das Kutschpferd, Mühe genug aufwenden mußte, um voranzukommen. Selbstredend wählte ich den geschützten Pfad durch den verborgenen Garten, und es jubelte in mir, als ich Clarissa und die Freunde im Flammenschein ausmachte. Sie hatten sich ein Kartoffelfeuer aufgeschichtet und soeben begonnen, lustige Lieder zu singen, da die Knollen sich weigerten, endlich gar zu werden. Als ich aber unter sie trat mit meiner kostbaren Last, begannen sie sogleich alles auszupacken und zu bestaunen. Malwine und Suzette erfreuten sich am meisten an den blanken Säbeln und begannen einen recht waghalsigen Fechtkampf, wie ich zuvor noch keinen gesehen, zumindest keinen, der in friedfertiger Absicht geführt worden wäre.

Knut aber, der mitunter gern den Wahnsinnigen mimte, griff immer wieder in die Dublonen hinein und murmelte irr: „Ich bin reich! Ich bin reich!"

Derweilen begutachteten Clarissa und der Pfarrer den Hauptanlaß meines gottlob geglückten Beutezuges, die feinen Tuche.

„Ach", herzte mich meine Herzallerliebste wieder und wieder, „jetzt fallen endlich auch wir der Mode zum Opfer und kleiden uns uniform!"

Nun kam auch der alte Knoll aus seinem Bau heraus, schnoperte nach den Kartoffeln und besah dann die Pracht der neuen Schätze. Zum ersten Mal schwang er sich zu einer Art Lob auf, das allein mir und meiner Findigkeit galt, ging dann aber umstandslos dazu über, mit Clarissa und dem Herrn Pfarrer die Schnittmuster zu besprechen, denn in seiner Jugend hatte er das Schneiderhandwerk in der Stadt F. erlernt, wie behauptet wurde.

„Ja, so e gudes Stöffsche", imitierte er den Dialekt der Dasigen, „des habbe se nur bei de Soldade."

Mit besonderer Freude erfüllte mich, daß Clarissa meine Tat nicht als die eines Helden pries und mich somit etwa in Verlegenheit setzte; sie schien schlicht nichts anderes von mir zu erwarten, und so fühlte ich mich in meiner Eigenart erkannt, was viel seltener ist und viel wertvoller als für etwas gelobt zu werden, nicht zuletzt, da dem Lob etwas Gönnerhaftes stets innewohnt und voraussetzt, der, der es ausspricht, verstehe von der Sache mehr als der huldvoll Belobigte.

Tags darauf, da sich Clarissa aufmachte, um einige ihrer Tanten zu besuchen, wovon sie sich unter anderem ein ausgiebiges Kaffeetrinken mit Streuselkuchen erhoffte, traf ich Hergarth und Knut am Hoftore, welche soeben miteinander disputierten, ob sie einen kleinen Rundgang wagen sollten. Da sich die Nieselwolken einmal verzogen hatten und ein Lufthauch wie von Süden wehte, überzeugte ich sie, dies wäre seit Wochen der geeignetste Moment für einen Spaziergang, und so hakten sie mich unter und nahmen mich mit. Einen Apfelgarten emporschreitend, kamen wir bald auf dies, bald auf jenes zu sprechen, und immer wieder bestimmten Auslegungen der Offenbarungen meiner Clarissa das Redegeschehen.

Es behagte mir sehr wohl, daß weder der eine noch der andere eine Lehrmeinung nachbetete wie die Pietisten und Orthodoxen jeglicher Couleur, sondern je eigene, auch abweichende Standpunkte äußerten. Knut führte aus, das Licht etwa sei ihm nur ein Symbol, anders als Clarissa dies auffasse; im Zentrum seiner Überlegungen stehe immer das Mitgefühl, das die fürnehmste Aufgabe des Menschen darstelle und recht eigentlich sein Götterfunke oder lumen naturale sei.

„Da habe ich aber manchen Hund gekannt", warf Hergarth ein, „der mehr davon zeigte als die meisten menschlichen Individuen."

„Mag sein", ließ sich Knut nicht beirren, „dennoch sollten wir uns daran und nur daran messen lassen und selber messen. Die Anfechtung, wie der Herr Pfarrer sagen würde, besteht nun darin, schon in jungen Jahren mit Fleiß dieses Mitleiden, unsere beste und edelste Gabe, durch Verhärtung unschädlich zu meiden – denn schädlich ist sie dem momentanen Wohlergehen durchaus, da sie schmerzt. Alles andere", hier rammte er seinen Spazierstock in den Grund, „sind für mich gleichwertige Bilder für Transzendenzerscheinungen. Darum übereinander herzufallen mit Missionsheeren und Kirchenbann und Mord und Folter, steht meines Erachtens auf der untersten Stufe des Menschseins – so wie all jene, die sich um eines Vorteils willen ihr Mitempfinden abschneiden lassen; dies gehört der Verachtung preisgegeben, was ich gerne mit dem passenden Gegenstück ausgedrückt sehe: Mist, Kot, Unrat, Dreck."

Seiner Ansicht nach, so führte er im Weitergehen aus, gebe es nur eine Primärtugend: die des tätigen Mitempfindens. Untugenden hingegen seien die Menge zu gewärtigen, allesamt jedoch aus dieser Verweigerung hervorgehend, also Egoismus, Karrierestreben, Hohn, Niedertracht, Machtausübung, Vorteilsnahme, Herausstellen der eigenen Talente gegenüber andern und dergleichen mehr. Aus diesem Grunde sei er sich mit Clarissa und den Übrigen durchaus darin einig, die perennierende Selbstbefleckung dieser Feinde des Lebens so oft und so deutlich als möglich sichtbar zu machen und ihre obszöne Ich-Feier vermeintlicher Privilegien nachdrücklich zu stören.

Hergarth, der immerzu genickt hatte, wobei ich nicht einschätzen konnte, ob dies von seinem Einverständnis oder seiner Gangart herrührte, flocht ein Weiteres in den Dialog: „Ich glaube nicht an Demiurgen, sie sind eine ebensolche Konstruktion wie Gott oder Mensch, Tier und Pflanze. Es gibt keinen triftigen Grund für wahr zu halten, daß wir mehr von uns oder unserer Umgebung in Erfahrung bringen können als, sagen wir, ein Olm – wobei wir vielleicht damit dem Olme Unrecht tun, wer kann es wissen? Ja, nennt mich einen Skeptiker, der war ich stets; doch vermeine ich ein gewißes Daseinsrecht daraus zu ziehen, daß ich die für die genannte philosophische Grundrichtung auschlaggebende Zurückhaltung gegenüber allem übe und damit so wenig Schaden wie möglich anrichte. Hätte etwa ein anderer meinen Platz eingenommen, wären von diesem, wie ich annehmen darf, weitaus mehr Unschicklichkeiten anderen Lebewesen gegenüber ausgegangen als von mir, der ich fast nicht bin und es infolgedessen im Niemandem-etwas-Antun zu einer nicht unbeträchtlichen Meisterschaft gebracht habe."

„Im Übrigen", hierbei kehrte er sich gegen mich mit einem Schwunge um, „gilt diese Zurückhaltung selbstverständlich auch Clarissen gegenüber, die anfangs der einzige Grund für mich war, dem Bunde beizutreten, da ich sie schon immer liebte. Wie erleichtert aber war ich nun, da ich gewahrte, daß sie – ich möchte sagen: endlich – ihr Herz an einen Menschen band, womit ich gleichsam gnädig exkludiert war und mich – nicht, daß ich mich je daraus hervorgewagt hätte – auf mein angestammtes Terrain, das der Zurückhaltung freilich nicht ungern zurückzog. Was ich überdies damit ausdrücken will: Ich freue mich an Eurem Glücke und bin gottfroh, es nicht selbst genießen zu müssen."

Mit beiden Händen dankte ich dem ehrenwerten Mann, indem ich die seinen schüttelte und meiner anfänglichen Beängstigung Ausdruck gab, es könne doch unmöglich ein solches Wesen wie Clarissa unbemerkt über den Erdboden gehuscht sein, will sagen, kaum daß ich sie geschaut, eine wild pulsierende Eifersucht sich meiner bemächtigt hatte, und mein Erstaunen nicht umfassender hätte ausfallen können als in jenem Momente, da sie mir mit einem Kuße zu verstehen gab, daß ich sonderbarer Muck der Auserwählte sei und kein anderer.

„Bin ich", wandte ich mich wiederum an Knuten, der dabei war, sich ein gebogenes Tonpfeifchen anzuzünden, „bin ich darum ein Egoist und unter die Verfemten zu rechnen?"

„Nein." Mehr schien ihm nicht zu entlocken zu sein, doch schließlich, als er nach vielem Spucken und Prusten den Versuch, die Pfeife in Gang zu bringen, aufgegeben hatte, gewährte er mir, wie es seiner Höflichkeit entsprach, einen Einblick in sein Dafürhalten: „Gesetzt den Fall, du hättest dich in einer gewißen Absicht ihrer bemächtigt, sie mit Gold und Worten umsponnen, ihr geschmeichelt und was dergleichen mehr zu geschehen pflegt, womöglich noch, um einen Konkurrenten auszustechen, so wäre dein Selbstverdacht in meinen Augen wahrhaftig begründet. Aber ...", noch einmal saugte er am mit Bast umwickelten zerbrechlichen Pfeifenende, allein vergeblich, „da bist du vollständig exkulpiert, mein Lieber, denn es ist ja Liebe, die euch zueinander gebracht und kein Kalkül, kein Wunsch, etwas oder jemanden zu besitzen, keine wüste Absicht des Geschlechtstriebs noch eine Affektiertheit, um mit dem Besitze eines besonders ansehnlichen Stücks der menschlichen Gattung zu prahlen. Ihr seid, wenn man mir diese scheinbare Banalität verzeihen möchte, füreinander geschaffen und nichts weiter."

Versonnen setzte ich meine Schritte, nickte dem Bruder zur Linken meinen Dank zu, ließ auch den auf meiner Rechten Einherschreitenden mein innigstes Einverständnis mit dem Dargelegten wissen und überließ mich meinen Gedanken. – Nun aber, da wir einem am Morgen mit frischem Kuhdung präparierten Runkelrüben-Acker entlangpromenierten, wollten die Kameraden durchaus von mir erfahren, wie ich über all dies dächte, was mir der Pfarrer gesagt, was ich künftighin zu unternehmen beabsichtige und ob ich für immer unter dem Banne der Unsichtbarkeit bleiben wolle.

„Ich bin, liebe Freunde", so begann ich, „noch stets ein Lernender und wage kaum, mit selbstverfertigten Denkgebilden an Euch her-

anzutreten. Alsbald, so wage ich einen Vorausblick, werde ich, dann hoffentlich wieder sichtbar für alle, zusammenfassen können, was mir gelungen ist, aus Einblicken in Eure Geistesverfassungen, aus längst in mir angelegten, größtenteils den Euren ähnlichen Gedanken zu Person und Gattung, schließlich bedingt durch den Übertritt aus einer dem Althergebrachten verpflichteten Sphäre in eine ganz andere, überragend geistvolle, so möchte ich sagen, nach und nach in gebotener Bescheidenheit zu entwickeln. Bis dahin ersuche ich Euch, ein wenig Geduld walten zu lassen. Jedoch möchte ich schon jetzt mit einem Vorschlage aufwarten: Nach kürzlich genossenem Mittagsschlafe nämlich fiel mir bei, daß doch vielleicht ein Name Eurem und unserem Bunde wohlanstehe, ob nun allein ad usum proprium oder gar, wenn wir die Öffentlichkeit über unsere Ansichten einmal in Kenntnis zu setzen wünschen."

„Der wäre?" Hergarth neigte wissbegierig das Haupt.

„Dragoner wider das Morgenlicht."

In das bewundernde Schweigen meiner Begleiter sandte ich die Erklärung für diese Wortreihung: „Es scheint mir dies in einem Bilde zusammenzufassen, was ich, seit ich bei Euch weile, von Grund und Absicht zu verstehen glaube, und es liegt auch eine gewiße Appellation darin, meine ich, die, wer weiß, für andere insofern attraktiv sein könnte, daß sie sich, so wir das überhaupt wünschen und beabsichtigen sollten, unserem Bunde gern anschließen."

Derweilen Hergarth vor allem den optischen Effekt des Titels hervorhob und ein kontradiktorisch voranpreschendes Ungestüm vermerkte, betonte Knut die komprimierende Funktion und schlug zu meinem Stolze vor, bereits am Abend den Antrag zur Abstimmung zu bringen. – Nicht ohne Zagen, so möchte ich eingestehen, harrte ich dieses Augenblicks, da meine Mitwanderer einander in Schilderungen ihrer Begeisterung überboten und endlich den Namen preisgaben. Sogleich erhoben sich alle von ihren Sitzen und schlugen die Hände kräftig zusammen, sogar Knoll; nur Clarissa klatschte etwas verhaltener, wonach ich sie, nachdem wir alleine waren, sogleich befragen mußte.

„Denke nichts Falsches, Lieber. Es ist alles in der Ordnung und mehr als das. Ich empfinde nur ein jedes Mal, wenn es gelingt, etwas

unüberbietbar zum Ausdruck zu bringen, eine heilige Scheu – ob dies mit Worten, Tönen oder Pinselstrichen geschieht. Vielleicht bin ich da ein wenig langsam geraten, aber eine Stunde benötige ich stets, um dem nachzufolgen, was mir so weit vorausgeschritten."

Am darauffolgenden Vormittag wurde ich zum ersten Mal Zeuge, wie die Planungen für eine neue Unternehmung vonstatten gingen. Ich vernahm Stimmen aus der Bibliothek, diskret trat ich ein und fand Malwinen, der Suzette einen Artikel aus dem Morgenblatt für gebildete Stände zum Lesen gegeben hatte, in Aufruhr.

„Ist das eine Provokation?", echauffierte sie sich.

„Es ist eine Provokation", bestätigte Suzette, allerdings in einem schon beruhigteren Tone.

Mit Enthusiasmus hatte der Zeitungsschreiber das neueste Werk des Giovanni Battista Bottarga beschrieben, der sich doch tatsächlich erdreistet hatte, dem landgräflichen Sklavenhändler einen „Tempel des Lichts" zu erbauen, just in die ohnehin von allerlei Tempelchen und Pagödchen und falschen Ruinen verunzierten Flußauen bei der Stadt K.

„Es ist dies", erläuterte Suzette, „eine ganz widernatürliche Erscheinung: fährt allenfalls vierspännig, betupft sich ununterbrochen mit einem parfümierten Spitzentaschentüchlein und soll vor dem Umbruch in Frankreich manch einem Provinzfürstlein, dem, steht zu hoffen, inzwischen die wohlverdiente Dekapitierung widerfuhr, das Ballsälchen ausgemalt haben."

„Och Gottchen! Also ein ganz ausgemachtes Schwein", befand auch Malwine. „Er prügelt, wie ich aus erster Hand weiß, seine Domestiken mit einem Knotenstock, dem ein elfenbeinerner Greif aufgeschraubt ist."

„Zartfühlend." Den Kopf voll sichtbarem Schabernack, beugte sich Suzette ein wenig vor: „Du entsinnst dich doch der fünften Aufgabe des Herakles?"*

Nach einem kurzen Moment begann Malwine zu schmunzeln. Statt einer Antwort verlegte sie sich darauf, irgendein Prinzesschen zu geben und mir die Hand zum Kuße hinzureichen. „Versteht Er sich auf den Wasserbau?"

Mit Vergnügen ging ich darauf ein, brach ins Knie, doch statt den Kuss nur anzudeuten, beschnupperte ich die Hand nach Art des Fiesco, der das Spiel erkannte und sogleich herbeigewedelt kam. „Gewiß, teuerste Comtesse", piepte ich, „man gestattete mir einst einen Wassergraben zu ziehen, nahe beim Bribbelmoore, zwecks Entwässerung desselben, was so eben leidlich gelang. Ich verwendete dazu einen Spaten von solchem Gewicht, kurzum, er wäre Eurer Zartheit mehr denn aufzuwiegen geeignet gewesen."

Die beiden Frauen schienen's mit meiner Antwort zufrieden und fuhren in der Projektierung des nächsten Abenteuers fort. Wie mir Clarissa berichtet hatte, blieben die beiden stets in besonderer Weise einander verbunden, da sie ein gleiches Schicksal zusammengeführt: Beide nämlich waren sie vor der Verheiratung mit gewiß stattlichen Herren fortgesetzten Alters geflohen und hatten einander in einem Forsthause hoch im Gebirge kennengelernt. Malwine befand sich auf dem Weg zum Knoll'schen Anwesen, um bei der Busenfreundin ihrer Kindheitstage Unterschlupf zu suchen. Kurzerhand überredete sie Suzette und nahm sie einfach mit. Clarissa, nach ihrer Weise, war denn auch keinesfalls bestürzt; mit all ihrer Wärme hatte sie auch die Unbekannte willkommen geheißen.

„Ist es zu zweit schon recht lustig, wird's zu dritt noch viel lustiger werden!"

Die nächste Progression bestand darin, daß mich Malwine einen Atlas aus dem oberen Regale herunterheben hieß, was ich, auf einem Leiterchen belancierend, mit einigem Geschick durchaus meisterte. Die beiden schlugen die Lage des skandalösen Tempels nach, einer Mixtur aus griechischen, alttestamentarischen und heidnisch-versponnenen Elementen.

Suzette zeigte sich erfreut: „Da ist er ja!", deutete sie auf einen Seitenarm der Fulda, der sich oberhalb des Neubaus durch die Wiesen schlängelte. „Ich denke, das wird das Werk des Herrn Bottargha ein wenig in Fluß bringen."

„Dessen bin ich mir sicher", nickte Malwine. „So kommt mehr Frische in seine Kunst!"

In dieser Weise spotteten die beiden noch ein Weilchen weiter, was mir zum höchsten Amüsement gereichte. Man glaubt es nicht, wie zügig und ohne Kraftverlust alles Weitere vor sich ging: Nach dem gemeinsam eingenommenen Mittagmahle – es gab einen Bohneneintopf mit Kartoffeln und Butterbrot – versammelten sich alle um die Landkarte, die Aufgaben wurden zugeteilt, die Zeit festgelegt, der Ablaufplan besiegelt. In meinen Bereich fiel die Besorgung und möglichst zweckmäßige Verpackung des Baumaterials, so daß kein Pritschenwagen nötig sein würde; falls eilige Flucht geboten sei, wäre es allemal zu bevorzugen, nur mit Pferden unterwegs zu sein.

Wie schon die anderen Übergriffe auf öffentlich ausgestellte Objekte der Staatsschönheit, gelang auch dieser mit Aplomb. O welch glücklicher Umstand, daß eben in jenem Augenblick, da wir noch einmal innehielten und uns nach der Stätte unserer Tatenlust umkehrten, ein Mondstrahl das Spektakel erhellte: infolge des unausgesetzten Regens der vergangenen Wochen war das Seitenärmchen zu einem formidablen Gebirgsbach angeschwollen und stürzte sich mit kindlich ungeschlachter Freude auf sein neues Spielzeug, so daß unser Tempelchen gar bald zu wanken und schließlich mitzuspielen begann und endlich zu unserem größten Entzücken nicht ohne Eleganz zur Seite sackte.

Hatte man da und dort schon vernommen, daß die sehr verschiedenen und überdies an ganz unterschiedlichen Orten verübten Attentate nach und nach in einen Zusammenhang gebracht und von der Obrigkeit aufs Schärfste verurteilt wurden, so echote dieser neuerliche Übergriff besonders laut in der öffentlichen Meinung. Das Morgenblatt sprach von einem „abscheulichen Verbrechen“, von „barbarischen Verwüstungen“ wie sie seit dem Schwedenkriege – der Autor des Artikels war ein Katholik – nicht mehr vorgekommen seien. Es wurde nunmehr auch zum ersten Mal von einem Kopfgeld gesprochen, das der Landgraf höchst selbst auf uns ausgesetzt hatte.

„Das sollte uns schmeicheln“, befand der Herr Pfarrer. „Wenn es denn irgendetwas gäbe, womit dieser Halunke uns schmeicheln könnte.“

„Sehr richtig“, assistierte Knut, „da müsste er sich schon etwas anderes einfallen lassen, um eine Auszeichnung zu stiften, die unserer würdig wäre.“

„Das wird er gewiss tun, und zwar auf dem Hochgerüst", warf Clarissa ein, „wenn wir uns nicht besser vorsehen. Schon zweimal waren wir kurz davor, in eine Falle zu geraten."

„War es nicht eher Zufall als Falle?", überlegte Hergarth. „Ich halte die Beauftragten der Exekutive selbst zum Exekutieren für zu blöde."

„Unterschätzt sie nicht", krähte der alte Knoll dazwischen. „Sie haßen Euch. Und wer hasst, setzt alles daran, das Objekt seines Haßes zu lokalisieren und genüßlich zu exstirpieren."

„Noch vor kurzem", versetzte Hergarth, „erfolgte eine solche Markierung mit dem Brandeisen."

„In unserem Falle", wagte ich mich vor, „könnte Seine Schuftigkeit an eine Reaktivierung solch anachronistischer Maßnahmen denken."

„Sprich nicht davon", legte Clarissa mir die Hand auf die Schulter. „Ihr wißt, ich bin nicht ängstlich, aber wenn ich mir die Rachewünsche der Geschädigten und ihrer Entourage vorstelle, bin ich mir sicher, das Rad wäre ihnen noch zu human."

An dieser Stelle durchzuckte es mich, ich sagte nichts mehr.

Zum Winter hin verringerten wir die Frequenz unserer Attacken. Oftmals waren die Wege so sehr aufgeweicht, daß jeder Pferdehuf darin hätte steckenbleiben müssen. Dann wieder spielten Nebel und Regen so dicht ineinander, daß es eine gräßliche Mühsal gewesen wäre, zu dem jeweils erkorenen Ziele vorzudringen. Erst als es auf Nikolaus ging, und zum ersten Male Kraut und Krume gefroren dalagen, gingen wir wieder frisch zur Tat und dekorierten den Exerzierplatz von Hofgeismar mit einer Pyramide aus Kuhmist, deren Höhe uns selbst geradezu ägyptisch vorkam. Auch in der Woche darauf, Schnee war gefallen, gelang uns ein pfiffiger Angriff: Aus dem Schlachthause entwendeten wir an die fünfzig Eimer Schweineblut und goßen eine Spur durch die weiße Pracht vom Ortsfriedhof zum Landsitz eines pensionierten Generals, der sich in seiner aktiven Zeit mit der Füsilierung vermeintlich unbotmäßiger Soldaten aus seiner eigenen Armee einen Namen gemacht hatte.

Doch insgesamt, so sahen wir das selbst, blieben dies Kindereien. Einmal mehr Suzette war es, der ein in jeder Hinsicht umstürzle-

rischer Gedanke kam. Im Morgenblatte hatte sie den Aufruf gelesen, „die sogenannten Dragoner wider das Morgenlicht", so man ihrer ansichtig werde, den zuständigen Stellen unverzüglich zu melden – das Kopfgeld war bereits erhöht worden. Seit wir unsere Unternehmungen mit dieser Grußformel zeichneten und unsere neuen Umhänge trugen, war auch das Interesse der Öffentlichkeit beträchtlich angewachsen. Es unterließ die Postille nicht zu vermerken, daß „hie und da im gemeinen Volke sogar Sympathien mit den Mißetätern" geäußert würden und man „den Trupp Aufrührer gar auf eine Stufe mit anderen Rechtlosen wie Robin Hood" stelle.

Bis auf den Knoll waren wir abendlich versammelt und genoßen reichlich Krambambuli, da rückte Suzette mit ihrer Idee heraus, die alles Bisherige zu einem Vorspiel zusammenschrumpfen ließ.

„Wie wäre es denn", rührte sie noch mehr Zucker in ihr Punschglas, „wir beschenkten die gesamte Bevölkerung unserer Lande zu Weihnachten?"

„Gerne! Aber wie das?", wollte der Herr Pfarrer, schon ein wenig lallend, sogleich wissen.

„Nun, gibt es denn ein schändlicheres Symbol für die exponierte Herrschaft unserer Haustyrannen als den Herkules oberhalb dieser abgeschmackten Wasserspiele?"

Die weihevolle Stille im Raum entsprach der Hochachtung, die die Versammelten für den genialen Einfall empfanden.

„Den Herkules stürzen!", rief Malwine, Freudentränen in den Augen, „das wäre mir eine rechte Weihnachtsgabe! Da beteilige ich mich nur zu gerne unter Aufbietung aller meiner Kräfte." Dabei imitierte sie, wie sie den Giganten vom Sockel schnipse.

Freilich, es stand uns klar vor Augen, daß uns schon die Vorbereitungen an den Rand unserer Möglichkeiten bringen würden, war dieser bald zehn Meter hohe Unhold mit seiner idiotisch schweren Keule, die alle Dumpfheit monarchischer Gewaltherrschaft exemplifizierte, doch mit dem größten Aufwand an abgepreßten Steuern so fest wie irgend möglich in über 500 Metern über dem Meeresspiegel verankert worden, um der Gesellschaft ein Beispiel zu geben, wie weit die Geisteskrankheit in den höheren Sphären schon fortgeschritten sei. Eine besondere Pikanterie, daß seit der Enthüllung, sprich

Offenbarung dieses höheren Blödsinns der infantiler Weise so genannte Geburtstag der Statue nicht am tatsächlichen Tage Ende November, sondern ganz verlogen stets im Juli begangen wird – aus Furcht vor dem nordhessischen Regen. So glotzt denn dieser Überknilch seit dem Narrenjahre 1717 finster und debil über die preisgegebene Residenzstadt hin, ohne daß es einem gnädigen Gewitter gelungen wäre, einmal Ordnung stiftend darein zu fahren.

Dieses Amt nun übernahmen wir. Gelegentlich einer – wenngleich recht eisigen – Landpartie hatten Clarissa und Malwine herausgefunden, daß es ganz und gar unmöglich wäre, das Monstrum mit Stricken zu Fall zu bringen. Wir grübelten und wollten schier verzweifeln, da kam mir ein Einfall: Zu Hofgeismar war zu dieser Zeit eine Abteilung Artillerie stationiert, gewißermaßen im Wartestand, denn alsbald sollte der Marschbefehl erteilt werden, wohin auch immer.

„Wie ich Grund habe anzunehmen", spann ich im Geiste weiter, „dürfte das Kaliber der neu erbauten Kanonen übergenug ausreichen, mit einem wohljustierten Schuße den Riesen seines Hinterteils zu entledigen, auf daß bis auf die Beinstümpfe rein nichts mehr in den Himmel rage."

Die Entwendung einer Kanone aus dem Zeughause war nun wiederum keine Kleinigkeit und bedurfte einer ausgeklügelten Strategie. Zupaß kam uns freilich, daß zum tiefsten Bedauern der Obrigkeit noch immer kein Krieg sich ankündigen mochte und niemand mit einem Raubüberfall auf ein Zeughaus in der Provinz kalkulierte. Da ich für Personen außerhalb unseres Kreises nach wie vor gestaltlos blieb, war es mir ein Leichtes, die prominenteste Aufgabe zu übernehmen. Meine Ortskenntnis nützte uns allen; an der Vorderfront des Zeughauses nämlich führte eine Prunktreppe empor, eine an sich durchaus unsinnige Eitelkeit des Architekten. Darum hatte man seitlich eine Rampe anbauen müssen, über die gewöhnlich alles, was Räder hatte, hinauf und hinuntergerollt wurde. Hier hatte man ein simples Holztor eingefügt.

Es kam noch besser. Als ich in meiner mittlerweile von Pferdeapfelresten befreiten ehemaligen Dragoneruniform schräg über den Aufmarschplatz ausschritt, erkannte ich im wachhabenden Soldaten meinen Erich, einen Kameraden aus der ersten Zeit ... und wußte sogleich, daß ich leichtes Spiel mit ihm haben würde. Derweilen sich die Freunde im Schutze der Nacht an das Seitentor heranpirschten, hielt ich furchtlos auf den Posten zu. Da mir bekannt war, daß dieser von seinem ängstlichen Naturell mitunter gar sehr geplagt wurde, führte ich mein Stück umso dreister auf. „Param-pam-papam", schlug ich mit den Händen in die Luft, eine Revelge-Trommel vorstellend.

„Was ist das?", vernahm ich Erichs Stimmchen. „Was willst du? Geh da weg, du, du ..."

Doch ich marschierte brav immer weiter auf ihn zu, um erst im letzten Augenblicke, da er das mit einem bajonettbewehrte Schießeisen bereits im Begriffe war zu fällen, meinen Tschako zu lüpfen. Als er über dem Kragen nichts als die leere Luft erkennen konnte, dafür mein: „Param-pam-papam!" immer lauter in seinen Ohren gellte, nahm der arme Erich, einen stummen Schrei ausstoßend, auf der Stelle Reißaus und retirierte sich gen Wachthäuschen. Den vereinbarten Pfiff ließ ich folgen und vernahm ein verdächtiges Rumpeln. Als ich zu den Genossen stieß, sogleich warf mir Clarissa meinen schwarzen Umhang über, waren sie mit ihrer Arbeit schon prächtig vorangekommen und zogen die Kanone bereits die Rampe herunter. Dem Herrn Pfarrer war es vorbehalten, aus einem Sacke Stroh zu streuen, auf dass das Rasseln der Räder über dem Kopfsteinpflaster weniger laut gerate.

Schon einen Straßenzug weiter konnte er seine Tätigkeit einstellen, denn hier war Hofgeismar noch immer das Ackerbürgerstädtchen, das es immer gewesen war, und der Gaßenkot zwischen den Häuserfronten glitschte ganz formidabel. Während Knut und Malwine das Zeughaustor von neuem verriegelten und das Stroh so gut wie möglich beiseitewischten, spannten wir anderen an und begannen das tonnenschwere Schießgerät mit uns zu führen. Wie gut, daß wir neben der Lies noch den Hans angespannt hatten; alleine hätte die Stute das Mordwerkzeug unmöglich fortschaffen können.

Daß an den darauffolgenden Tagen rein gar nichts von unserem Diebstahl zu vernehmen war, erklärte ich mir so: Vermutlich war der halb zu Tode erschreckte Erich, hin und hergerissen zwischen *zwei Ängsten, nach einer Weile wieder auf seinem Posten erschienen, um nicht etwa tags darauf zum Gaßelaufen oder zum sofortigen Erschießen verurteilt zu werden. Da sowohl das Gespenst als auch jeglicher anderweitige Spuk verflogen waren, hatte er wohl pflichtbewußt wieder Aufstellung genommen und – um sich nicht dem Gespött der Brüder auszusetzen – von seinem nächtlichen Erlebnis fürderhin geschwiegen. Überdies scheint man es mit der Überprüfung des Zeughaus-Bestandes durchaus nicht übertrieben zu haben, so daß das Fehlen von etwas Artillerie zunächst nicht bemerkt worden ist.*

Zu unserem unverhofften Glücke taute es in der Nacht vor Heiligabend; beim treulich wieder einsetzenden Nieselregen würden keine weihevoll gestimmten Spaziergänger im Park unterm Herkules zu gewärtigen sein. Auf Clarissas Geheiß versah uns der alte Knoll en gros mit seinem Knotenstockzauber, damit wir gewiß nicht entdeckt werden würden – war es doch ein gar weiter Weg, und nach dem Kanonenschuße würde doch wohl recht bald Leben einkehren auf der Kuppe. Uns allen blieb dabei bewußt, welch ein Husarenstück wir wagten; bis auf wenige, rein der Sache geschuldeten Bemerkungen sprachen wir auf dem Hinwege nichts. Dreimal mußten wir anhalten, da Kutschen in der Nähe vorüberfuhren, wohl zur Christmette oder heimzu unterwegs nach einer weihnachtlichen Einladung. Mit aller erdenklichen Vorsicht rückten wir heran, glitten von Zeit zu Zeit auf dem aufweichenden Untergrunde aus, erreichten aber beim Läuten der Spätgottesdienstglocken das Oktogon.

Clarissa, welche die besten Nachtaugen besaß, und mir, aufgrund meiner militärischen Ausbildung, war es vorbehalten, die Zündung zu präparieren und das Kanonenrohr so auszurichten, daß der Schuß auf keinen Fall fehlgehe, denn es würde nur ein einziger möglich sein. Der Herr Pfarrer schleppte die Kugel, ein würdiges Amt. – Abscheulich thronte der Zyklop über uns im Dämmerdunkel; es würde wohl gehörig scheppern, wenn das Ding gleich auseinanderspränge. Da bat Suzette um ein Sekündchen Aufschub; sie wolle doch sichergehen, daß niemand zu Schaden komme, der, warum auch immer, vielleicht zu dieser Stunde im Park sich aufhalte. Und tatsächlich, kaum war sie hinter den Mauern verschwunden, tauchte sie auch wieder hervor, und voller Schrecken winkte sie uns zu, doch auf keinen Fall zu feuern.

„Ein Liebespaar, verdammt noch eins, ein Liebespaar!", schrie und flüsterte sie zugleich.

Und da sahen wir sie auch schon, aneinandergeschmiegt kamen die beiden ums Eck gebogen – und blickten direkt in das Kanonenrohr. Gleichzeitig schrien sie auf, mit Sicherheit ohne eine genaue Vorstellung, was sie da wohl genau gesehen hatten. Erst nach der einen, dann nach der anderen Richtung zerrten sie einander fort und begannen endlich um Hilfe zu rufen. Ohne auch nur einen Augenblick zu zögern, brachen wir ab und bereiteten uns zur Flucht. Es wäre auch damit womöglich alles gut ausgegangen, hätten wir ein größeres Geschick im Umgange mit der Kanone besessen, denn wir wollten doch sichergehen, daß nicht mitten auf dem Heimwege eine Detonation erfolge.

So kam denn, schneller als wir es den hierorts Stationierten zugetraut hätten, alsbald ein Trupp Berittener seitlich herangeprescht, nach allen Seiten Ausschau haltend und offensichtlich eifrig bemüht, Ordnung zu schaffen. Wohl bemerkte ich, daß sie uns bald einholen würden, da wir doch recht geräuschvoll vorgehen mußten und aufgrund der bedeutenden Last längst nicht so rasch wie sonst vorankamen. – Ohne den anderen davon Mitteilung zu machen, wandte ich mich um und wollte einmal mehr mein Gespensterstück aufführen: Ein kopfloser Reiter, davor mußten sich auch die Unerschrockenen fürchten, und so wäre es denn wohl gekommen, wenn nicht das Mißgeschick über mich hereingebrochen wäre: Es hatte Knolls Beschwörung bei meinen Mitstreitern wie erwartet gefruchtet, allein, ich war ja bereits unter dem Banne gestanden, so daß die Wirkung nicht, wie der Alte wohl angenommen haben mochte, erneut oder gar verstärkt wurde, sondern – aufgehoben.

So rief denn mein Auftritt durchaus nicht das Erwünschte in den etwa zwölf Wachtsoldaten hervor, denen ich tapfer entgegenritt; auf mein: „Pam-pam-param!" reagierten sie auch ganz anders als Tage zuvor mein bedauernswerter Erich. Sie starrten mich eher verwundert, gar mitleidig an, und da ich zum Trick mit dem Tschako über-

ging, hörte ich den einen zum anderen tuscheln: „Ein Geistesgestörter, mein Korporal."

Daran vermochte nun auch mein: „Buh!" und „Bäh!" nichts zu ändern, mit dem ich das Geisterhafte meiner Erscheinung zu forcieren gedachte, vielmehr bestätigte sich dadurch umso mehr der Eindruck, es mit einem Verwirrten zu tun zu haben, und erst in diesem Augenblicke faßte ich mein Unglück, daß ich längst wieder sichtbar geworden. Energisch ritt der Anführer auf mich zu und hieß mich sofort absitzen. Daraufhin befragte mich jener Korporal, ein wahrer Asot, indem er mir mit einem Paar Lederhandschuhe auf die Wangen schlug, nach meinen Gefährten.

„Ich reite stets allein", versuchte ich mich in der Kunst der Lüge, doch da schlug er härter.

Wie dem auch sei, mein seltsames Heldenstück hatte immerhin zur Konsequenz, daß sich Clarissa und die Freunde – wie auch immer – in Schutz bringen konnten. Denn mehr als zehn Minuten dauerte meine Befragung, und bis auf zweie, die mich in Arrest brachten, machten sich die anderen erst im Anschluß an die Verfolgung. Dies also war mein einziger und, wer weiß, auch letzter Triumph; dabei empfand ich wahrhaftig ein klein wenig Heiterkeit darüber, daß die Wachtsoldaten so begriffsstutzig und handlungslahm waren, denn wie leicht hätten die übrigen doch sogleich weiterreiten können, anstatt dumpf stehenzubleiben und Maulaffen feilzuhalten.

Schon am nächsten Morgen ward meine Identität offenbar. Unverzüglich verbrachte man mich als Deserteur und Staatsfeind in die gräuliche Festung Ziegenhain, seit jeher das meistgehaßte Angstloch im ganzen Lande, und so sitze ich denn hier und warte Minute um Minute auf mein Ende oder gar auf Schlimmeres. Denn bis auf einige Befragungen, die noch nicht Folter, aber doch gewaltsam und furchteinflößend genug ausfielen, ist mir noch nichts weiter geschehen, zieht man die peinigenden Umstände der Fußfesseln und der miserablichten Ernährung ab. Immerhin erfuhr ich inzwischen durch den barmherzigen Kurt, daß die Identität der übrigen Dragoner wider das Morgenlicht noch nicht bekannt und niemand außer mir eingefangen war. Ich dankte Gott, Marien und allen Heiligen dafür und bin nun recht guten Mutes – bis auf das drohende Unheil, daß man doch alsbald dazu übergehen könnte, genauere Angaben über die Personen und ihren Aufenthalt aus mir herauszuquälen.

Heil und Segen! In drei Teufelsnamen, was ist doch meine Clarissa für eine Himmelsbraut! Niemals ist es zuvor geschehen, daß aus dieser Zwingburg ein Gefangener befreit worden – niemals bis auf gestern in der Früh! Ich setze diese Zeilen rasch hinzu, denn wir müssen weiter. Ein Viertelstündchen, kaum mehr, war ich erst eingedöst, als mein Kurt mich weckte. Ich solle auf alle Fälle stille halten, man führe soeben meine Befreiung aus. Während er meine Fußfessel löste, wollte ich vor Erregung laut zu jauchzen anfangen, doch bezähmte ich mich. Allein, man hätte mich vermutlich gar nicht gehört, denn kurz darauf brachte eine gewaltige Detonation die Festung zum Erbeben.

Ohne daß ich etwas begriff, führte Kurt mich auf den Söller, wo ein dichter furchtbarer Rauch die Nacht weithin erfüllte. Er zeigte mir die Richtung, in die ich eilen sollte und wo der Wassergraben passierbar sei. Bevor wir uns verabschiedeten aber verlangte er etwas gar Sonderbares von mir, ich solle ihn nämlich – und zwar mit Kraft – niederschlagen; andernfalls sei er verloren und als Verräter überführt. Ich tat, wie mir geheißen, der arme Kurt prallte gegen die Steinmauern und sank blutig zu Boden. Da hörte ich schon die schönen Trompeten blasen; die Festung war in Aufruhr.

Doch ungehindert kam ich zu der angewiesenen Stelle, stieg ins gräßlich kalte Wasser und durchschwamm den Graben. Auf der anderen Seite waren die Fangdrähte gelöst worden, und als ich mich hindurchgewunden, stand meine Clarissa vor mir, schloß mich in die Arme und hieß mich sogleich aufsitzen. Die Kanone, vom Herrn Pfarrer und Hergarth am Brückentor gezündet, mußte zurückgelassen werden; so hatte das Schreckensgerät doch noch eine bedeutende Funktion erfüllt und zu meiner Befreiung beigetragen. Immerhin hatten wir es der Hessischen Armee auf diese Weise gleichsam zurückerstattet.

Meine Notizen übergebe ich nun dem alten Knoll, auf daß er sie fürderhin verwahre. Wer weiß denn, wem einmal Kenntnis davon werden wird! Ich denke aber und habe Vorahnungen, daß andere Tage kommen werden, da man unsere Taten und Mühen mit freundlichen Augen betrachtet und, wer weiß, sogar das Vorbildliche daran mit sicherem Gespür herausliest. Meiner Hoffnung gebe ich Ausdruck, daß dann, in diesen vielleicht gar nicht mehr so fernen Zeiten, ein solches Hasardspiel wie das unsere nicht mehr notwendig sein wird, sondern endlich gleiche und einklagbare Rechte, Freiheit für Leib und Leben, wirksame Narkotika für die Kranken, Abschaffung von Folter und Mord durch den Staat, öffentliche Ächtung der Hartherzigkeit und friedliches Miteinander unter Wohlgesinnten Realität sein werden.

Lebt denn wohl, Freunde und gedenket dessen: Es wird es uns niemals gegeben haben, und wir werden auf ewig beieinander sein!

Euer Kottmüller, Konrad
M., den 15. März 1802

Ich bin nun ganz allein. Ich, der alte Knoll, wie mich die ach! vor zwei Tagen für immer Davongerittenen genannt haben. Doch auch ich muß fort; die wenigen Kniffe, die mir mein Lehrmeister einst fürs Überleben mitgab, reichen nicht mehr aus. Selbst der Nachtbann über unserem Park gibt keinen Schutz mehr, der mir das Kommende zu überstehen hülfe. O meine Kinder, mögt ihr in Sicherheit gelangen und nimmer den Häschern in die Hände fallen! Ich weiß es, ihr reitet nachts, und das Licht ist euer Ziel, das in Schmuck und Glanz manifestierte Unrecht. Löscht es aus, ihr Guten! Bleibt reinen Herzens.

Gegen mich aber hat sich der halbe Ort zusammengerottet; schon immer hielt man mich für einen Hexer, doch die Furcht der anderen war von jeher mein bester Helfer. Seit aber der Landgraf die Dragoner wider das Morgenlicht zu Staatsfeinden erklärt, stehe auch ich im Verdacht und soll wohl heute noch weggebracht werden. Dem komme ich zuvor. Die Ziegenhainer Aufzeichnungen des guten Konrads, eines würdigen Gemahls meiner wie eine Tochter geliebten Clarissa, übergebe ich Bruder Ortwin, einem aufgeklärten Mönch, der sie in sein Kloster mitnehmen und sicher verwahren soll.

Mein Kostbarstes aber schreibe ich hier nieder. Es ist ein Fluch gegen die Hartherzigen, den ich selber mich nicht auszusprechen wage, da ich über die Folgen keine Kenntnis habe. Die Buchstaben freilich kann niemand lesen, es sei denn, jemand ist dazu ausersehen, und davon existiert, wie mir gesagt wurde, in jeder Generation nur ein einziges Menschenwesen. Wenn also nichts mehr hilft, o liebe Schwester, o Bruder in ferner Zeit, wenn alle Hoffnung darniederliegt, daß Sanftheit und Geschwisterlichkeit einmal triumphieren, wenn Krieg, Handel und Piraterie unwiderlegbar gesiegt haben und keine Beßerung mehr zu erwarten steht, dann sprich diese Worte, und es wird geschehen wie es beschloßen ist, und hinweggefegt sollen werden die Eigennützigen und die Herzensträgen; die Herrscher ohne Gnade, die Boshaften und Reichen und ihre speichelleckerischen Büttel; die Hartherzigen auf Erden und die Glaubenslosen, die sich abgefunden haben, sie sollen hinweg!

So soll es geschehen.

Seine Schritte sind die eines Müden. Eine Beklommenheit hält ihn umfangen, ein Gefühl von Bangigkeit und Niedergeschlagenheit. Ist er nicht vollkommen bedeutungslos? Sind nicht alle um ihn her schwächliche Abkömmlinge einer einst so vitalen, vielversprechenden Gesellschaft von Aufstrebenden, die sich, ohne die Hilfe von Schmerzmitteln und ohne Aussicht auf ein langes Leben, dem Höchsten und Besten verschrieben hatten, voller Tatenlust und beinahe selbstlos? Fehlt es nicht an allem: Bildung und Hochgesinntheit, Werdekräften, Glaube, Hoffnungsglück? Wie herabgekommen ist doch er selber samt seiner ganzen Sippe! Konrad Kottmüller – man bedenke: welch Heros der Vergangenheit! Und wie erbärmlich er selbst: der Kottmüller Ulf, der Kotti: ein Hanswurst, ein Garnichts. Wie war es möglich, dass seine gesamte Epoche so klaftertief unter dem zu stehen kam, was doch einmal Alltag gewesen war, Sitte und Gewohnheit? Haben diese Leute nicht dieselben Empfindungen gehabt, dieselbe Sprache gesprochen? Nein und ja! Sie haben – das spürt er deutlich aus diesem Manuskript heraus – heißer geliebt, tiefer gelitten, heller geleuchtet und so viel mehr Lebensenergie besessen, dass ihm die gesamte Gegenwart abgeschmackt, leer, fade, zu nichts zu gebrauchen und gänzlich stupide vorkommt.

In solch einer Stimmung kann man nur runter zum Main und dort immer geradeaustappen, bis man vielleicht an einem dröhnenden Irrsinnsgebilde mit Schornstein herauskommt, das den Fluss degradiert zu einem miesen Kriecher. In diesem Brummen und Wummern lässt Ulf sich nieder, denn da gehört er hin. Es stinkt, und es ist laut und niemand interessiert sich für irgendwen. So weit ist es gekommen … Wenn das die Damaligen wüssten! Wozu denn all ihre Mühe, ihr Streben nach einer Humanisierung der Lebensverhältnisse, nach Gemeinschaftssinn und Gerechtigkeit, wenn die Nutznießer von heute, Kottmüller eingeschlossen, rein gar nichts mehr damit anzufangen wissen? O diese Schande, von heute zu sein! Seit er ausgelesen hat, fühlt er nur diesen einen Wunsch: in jener Zeit zu leben, nicht gelebt zu haben, sondern jetzt und für immer.

Dutzend Gestalten, Fragen ohne Antwort, Redewendungen, Bilder toben ihm im Kopf herum. Die Melodie, welche Clarissa gelacht hat, vermeint er zu hören; er sieht sich selber, den Säbel in der Hand, gegen lächerlichen Zierrat anstürmen; sitzt bei der vegetarischen Runde mit am Tisch und übertrifft alle andern beim Eierkuchenessen. Eine unsägliche Sehnsucht verspürt er nach gefährlichen Abenteuern und anschließendem Triumph; nach Freunden voller Witz und Eigensinn; nach gelehrten Gesprächen; nach Hochstimmung; nach dem Jubel gemeinsamer Unternehmungen; verpflichtet einem gemeinsamen Ziel; nach dem vibrierenden Leben einer Epoche, als noch nicht alles in sich zusammengesunken, nicht jede Hoffnung ad absurdum geführt und jeder Wert bespuckt worden war; ja ... und nach einem Menschen, der zu ihm gehört.

Es ist also doch wahr, dass, je weiter wir uns vom Paradies wegbewegen, alles blasser wird, lebloser, stummer: eine stete Abwärtsbewegung, so melancholisch wie unaufhaltsam. Auf diesem Cyriakus, weit überlegen ihm selbst in jeder Hinsicht, schien noch ein Abglanz der leuchtenden Zeit zu liegen – und wie richtig: schon dieser sah sich den Vormaligen, die doch allesamt unter unvorstellbar viel schlechteren Bedingungen gelebt hatten, nicht mehr gewachsen. – Wie gerne wüsste Ulf in der Sekunde Bescheid, was aus Clarissa und Konrad geworden ist! Kam ihre Flucht an ein Ende, vielleicht sogar in der Freien Reichsstadt F.? Haben sie ein paar Kinder bekommen? Lebt dieses Heldengeschlecht irgendwo fort, sogar hier? Oder sind sie den Rachegelüsten dieses Gewaltherrschers erlegen? Ulf muss es baldmöglichst herausfinden; so vieles gilt es jetzt in Angriff zu nehmen: mit aller Kraft, die ihm zur Verfügung steht.

Da legt sich allmählich sein Grollen und Wüten; womit hadert er denn? Woher seine Undankbarkeit? Hat er nicht eben erst einen Kreis von Gleichgesinnten bei sich empfangen? Gibt es denn keinen Olim, vom Schicksal ihm zugeführt und verbunden in Treue? Und hat er denn keine – Hilke? Mit Scham denkt er daran, wie sie ihn, abermals ein misslungener Versuch der Kontaktnahme, mitten im Lesen des Strippler-Manuskripts aufgescheucht hat … und ausgerechnet in diesem Augenblick war Gina-Lisa, freilich in verwandelter Gestalt, bei ihm aufgetaucht, um irgendetwas abzuholen. Aus nächster Nähe musste Ulf erleben, wie Hilke die Züge entgleisten, als sie das junge Wesen durch die Fensterscheibe sah und von Entsetzen gepackt wurde. Und wieder führte sie ihr Taschentüchlein zum Munde und eilte davon.

Warum musste er ihr das antun?

Sein Entschluss steht fest: Noch heute wird er sich mit Hilke aussprechen. Nicht wie ein Tölpel, sondern ernst und redlich wird er ihr versichern, dass sie die Einzige ist, für die er so etwas wie Liebe empfindet; dass er hofft, sie erwidere seine Gefühle und sei ihm nicht mehr gram. Und wieder und wieder will er sich bei ihr entschuldigen, am besten jahrelang: Er muss ihr beschreiben und erklären, wie weit doch der Anschein von den Tatsachen absteht. Sicher, solch innige Szenen wie zwischen Konrad und Clarissa sind zwischen ihm und Hilke schwer vorstellbar – aber wer weiß! Wenn sie erst einige Jahre zusammengelebt haben, dann stellt sich vielleicht etwas ein, was angepasst auf heutige Verhältnisse in etwa dem entspricht, was einmal zwischen Liebenden möglich war. „Ein Leben – eine Ehe!", diese Maxime hat ihm immer gut gefallen, nicht zuletzt, da man sich auf diese Weise viele Anstrengungen erspart. Das wird er ihr sagen.

Und dann wird geheiratet.

Aber Ulf geht zu hastig vor. Als er sie auf dem Nachhauseweg abpasst und hinter einem Gemüselaster vorspringt, erlebt sie das als Überfall; als er leidenschaftlich monologisiert, wie er das bei seinem Vorfahr Konrad gelesen hat und dabei so viele ausgesucht seltsame Ausdrücke einstreut wie nur möglich, beschleunigt sie ihre Schritte; als er schließlich anfängt zu schwören und zu beteuern und die Himmlischen als Zeugen anruft und ihr nebenbei erklärt, die junge Frau in seiner Werkstatt sei ein leider Gottes verwandeltes Schwein, was im Übrigen ein aktuelles Hauptproblem darstelle, bleibt Hilke stehen, befühlt seine Stirn, schüttelt den Kopf und rät ihm zu einer Psychotherapie.

„Mach ich!", ruft er ihr begeistert nach und beschließt, noch einmal Petra Wicki, die nicht so heißt, zu konsultieren. Oder doch lieber Michaela?

Jenes Hochgefühl, das er beim Lesen des Strippler-Manuskripts dauerhaft empfunden hat, stellt sich wieder ein, und es dringt ihm keineswegs zu Bewusstsein, dass ihn seine angehimmelte Hilke jetzt nicht nur für einen unzuverlässigen Schluri, sondern außerdem für geistesgestört und gemeingefährlich hält. Zuallererst aber führt ihn sein Weg zu Olim, der den 200 Jahre alten Text inzwischen gelesen haben dürfte. In dem Moment, da Ulf die Tür zur Privatbibliothek aufreißt, ist der Freund auf den letzten Seiten angekommen. Mit einer Geste gibt er dem Eintretenden zu verstehen, er möchte sich noch ein wenig gedulden, und schweigend lässt sich Kottmüller auf dem Teppich nieder. Er umfasst seine Knie, schaukelt ein wenig, und ab und an schaut er zu Olim hinüber; doch es ist indiskret, Lesende zu beobachten, also faltet er artig die Hände auf dem Bauch und schließt die Augen.

„Was für eine andere Welt!", hört er den Mentor schließlich seufzen. „Zuerst wusste ich mit dem Text gar nichts anzufangen, dann hielt ich ihn für eine Fälschung, und jetzt kann ich mich gar nicht mehr davon lösen."

„So ähnlich ging es mir auch", beteuert Ulf.

„Was hast du vor damit?", will Olim wissen.

„Ich möchte am liebsten alles auf einmal herausbekommen – wenn du mir hilfst. Ich muss unbedingt wissen, was aus den Dragonern geworden ist. Vor allem natürlich aus Konrad und Clarissa!"

„Du hältst den Bericht also für real? Nicht für Dichtung?"

„Oh." Der Gedanke ist Kottmüller noch nicht gekommen. „Natürlich ist der echt!", ruft er empört und versucht die Möglichkeit, dass dem nicht so sei, gar nicht erst Gestalt annehmen zu lassen.

„Ehrlich gesagt", legt Olim die Blätter zur Seite, „glaube ich das auch."

Dann blickt er zu Ulf hinüber, als wolle er etwas abgleichen.

Am Abend, nachdem er sich mehrere Eierkuchen gebacken hat, die aber nicht halb so gut schmeckten wie erhofft, droht er, in diese beklommene Stimmung zurückzusinken. Ulf fühlt sich einsam; wie verlassen von Leuten, die er doch gar nicht kennt ... und die doch vor allem ihn nicht kennen können! Eingedenk seines Vorhabens, lässt er die zweite Flasche Kornbrand ungetrunken, ermannt sich und verlässt schnellen Schrittes seine Wohnung. Es tut ihm wohl, durch die Abendluft zu eilen. Unterwegs fällt ihm auf, dass er den Weg nicht zu Petra, sondern zu Michaela gewählt hat, zu ihrer Lieblingsbrücke. Warum denn auch nicht? Was ihm Petra über das Phänomen der Liebesbeziehungen und all das zu berichten wusste, hat ihn nicht sehr viel weitergebracht; vielleicht hat die Flötistin eine bessere Idee, wie er Hilkes Gunst von Neuem erringen und dann am besten gleich für immer behalten kann.

Da Michaela unter keiner ihrer bevorzugten Brücken zu finden ist, fragt sich Kottmüller durch zu der Adresse, die sie ihm einmal genannt hat: „Falls etwas ist ...“ Jetzt ist etwas. In einem älteren Industrieviertel, dessen mit verzierten Klinkerfassaden versehene Fabrikgebäude größtenteils zu modernen Büros umgewidmet sind, macht er ein schmales, seit Langem nicht renoviertes Backsteinhaus aus, dessen Fenster vollständig erleuchtet sind. Schrille Musik dringt auf die Straße. Im Näherkommen bemerkt er eine in sich bewegte Menschenansammlung auf dem Bürgersteig; manche stehen beieinander und rauchen Süßliches, andere schlendern in das Haus hinein oder kommen die Stufen herab und schieben sich nach draußen.

Ohne eine Ahnung, was dort vorgeht, fragt sich Ulf nach Michaela durch. Auf dem Weg durch das Treppenhaus registriert er verstörende Szenen; sämtliche Türen stehen offen, so dass trotz der vielen Besucher Einblicke in die verschiedenen Zimmer leicht möglich sind. Im ersten stehen zwei Saxofonisten eng aneinandergelehnt und blasen mit solcher Vehemenz in ihre Instrumente, dass nur quiekende, hysterisch auf und ab rasende Tonpartikel zu vernehmen sind. Einige Gäste bleiben stehen, nicken mit den Köpfen und wippen mit den Schultern. Aus dem Raum daneben riecht es sauer: Ulf erkennt mehrere rote Schalen, gefüllt mit verschimmelter Milch oder Joghurt, auf dem Tisch aber sitzt ein

Mann mittleren Alters, der nur ein Schaffell anhat und in einem bestimmten Rhythmus Tierlaute von sich gibt.

Eine Etage höher, dort lässt die immense Lautstärke der Saxofon-Musik etwas nach, betritt er ein Zimmer voller Skulpturen aus Styropor; zwei junge Männer zeigen sich damit beschäftigt, vermittels Eisenteilen Krümel um Krümel von den Bildwerken abzureiben, wobei ein unangenehmes Geräusch entsteht. – An einer weiteren Darbietung huscht Ulf vorbei – dem Anblick möchte er sich nicht allzu lange aussetzen: eine langhaarige Frau, die mit einem Sakko bekleidet ist, kniet auf dem Boden und übergießt sich in exakt gleichen Zeitabständen mit einer roten Flüssigkeit; in demselben Raum befindet sich ein tanzender Mann, der eine Stoffhose trägt und mitunter der Knienden applaudiert.

Ulf flüchtet sich unters Dach, wo er endlich auf Michaela trifft. Hier hängen nur stille Bilder an der Wand, von niemandem betrachtet. Auf allen ist etwas recht Ähnliches zu erkennen: ein breiter Pinselstrich in Schwarz, offensichtlich von oben nach unten ausgeführt.

„Michaela, was ist das?"

„Wir haben Galerieabend. Warum kommst du zu mir?"

„Ich will heiraten."

„So, so."

Ulf fällt ein, was Olim einmal über Michaela, die er sehr schätzt, geäußert hat: „Die bleibt sich immer gleich. Wie du auch."

Das ist richtig: Wie Michaela in der Galerie herumgeht, mal jemanden begrüßt, dann wieder, in sich versunken, die Arme verschränkt, vor dem Fenster steht, da lässt sich kein Unterschied zu ihrem Aufenthalt unter der Brücke erkennen. Weder aufdringlich noch arrogant; teilnehmend, aber niemals indiskret, gespeist von einem überreichen Innenleben, so muss sie schon immer gewesen sein. Und tatsächlich, es wird eine Geschichte überliefert, als sie ein Mädchen von sechs Jahren war und an Weihnachten zu Hause die entsprechende Atmosphäre vermisste: Sie ließ ihre Eltern vorm Fernseher sitzen und machte sich auf in die Kirche, wo sie am Gottesdienst teilnahm. Beeindruckt vom Kinderchor, wandte sie sich im Anschluss an den Organisten und teilte ihm mit, ab sofort werde sie in seinem Chor mitsingen.

Ihre Eltern erschwerten es Michaela, kindliche Liebe zu entfalten, da sie jeden Bereich des Alltagslebens mit präzise vorgeschriebenen Ängsten belegten; es genügte, eine Tätigkeit oder einen Sachverhalt als Stichwort anzudeuten, schon reagierten die beiden mit einer Befürchtung – und zwar stets mit derselben. Berichtete sie etwas von einem geplanten Schulausflug zum Waldspielplatz, warnten sie vor der wahrscheinlichen Entführung, da der verdächtige Personenkreis sich bevorzugt in Wäldern aufhalte. Fuhr sie Fahrrad, war der Verkehrsunfall nahezu unvermeidlich. Ging sie Eislaufen, brach sie sich ein Bein. Abendlicher Hundespaziergang – Vergewaltigung. Straßenbahnhaltestelle – gemeines Attentat. Regen – Erkältung. Sommerwetter – Sonnenstich. Besuch bei einer Freundin – Ansteckung mit Krankheit. Heidelbeeren sammeln – Fuchsbandwurm. Sogar die Nachtruhe war gefährdet, da man schon häufig von Leuten gelesen hatte, die vollkommen grundlos morgens aufgewacht und einfach tot gewesen sind.

Mit zwanzig Jahren hatte Michaela eine bürgerliche Existenz angestrebt, nicht, weil die damit verbundenen Lebensvorstellungen ihr gelegen hätten, sondern weil sie schnellstmöglich unabhängig von Eltern leben wollte: und zwar so weit weg wie möglich. Wahrhaftig, sie hatte begonnen, Kunst und Musik auf Lehramt zu studieren, fand Zugang zu produktiven Kreisen in beiden Bereichen und bildete sich eine Zeitlang ein, selbst Künstlerin zu sein. Noch während des ersten Referendariats, verbunden mit dem Ziel der Erprobung ihrer pädagogischen Fähigkeiten in der Praxis, endete diese Phase. Mit einem Selbstbewusstsein, das vor aller Erfahrung angesiedelt war, hatte sie den Vorgesetzten verkündet, es sei diesen Kindern nicht zuzumuten, in Schulräumen zu malen und zu musizieren. Ohne die Reaktionen abzuwarten, verlegte sie den Unterricht in eine Grünanlage, wenige Gehminuten vom Schulgebäude entfernt.

Derweilen sämtliche Kinder immer mehr Leidenschaft für Gesang und Gemälde bewiesen, zeigte sich die Elternschaft alarmiert.

Man befand, ‚die Neue' sei im Begriff, eine Hippie-Kommune zu errichten, wozu man den eigenen Nachwuchs keinesfalls zur Verfügung zu stellen gedenke. Es folgten unerfreuliche Auseinandersetzungen mit der Schulleitung und Beamten der Oberen Aufsichtsbehörde – für Michaela ein Erlebnis voller Eindringlichkeit: Bis dahin hatte sie geglaubt, die pure, nackte Ausübung von hierarchischer Macht sei im zwanzigsten Jahrhundert aus der Mode gekommen. Wie dieselben Effekte mit einer abweichenden Sprache erzielt werden können, lernte sie nun ausführlich kennen. Niemand schimpfte, niemand schrie mit ihr – man stellte sie einfach kalt. Man wich ihren Nachfragen aus. Antwortete mit keiner Silbe auf ihre Eingaben. Selbst das Kollegium, zunächst Michaelas Reformideen gegenüber aufgeschlossen, schwieg mit einem Mal.

Aus dieser Zeit blieb ihr niemand.

Innerhalb weniger Monate verlor sie Arbeit, Freunde und Wohnung. Einzig die mit der Herstellung seltsamer Kunstwerke beschäftigte Gruppierung, die sich in den Redaktionsräumen der linken Zeitschrift „Das Aas" an fast jedem Abend zusammenfand, hielt zu ihr, mehr noch, in diesen Kreisen galt sie bald als heroisches Systemopfer, unbeugsam und konsequent und außerdem in vielerlei Hinsicht liebenswert. Eines Nachts erschien sie mit zwei Rucksäcken, bepackt mit ihrer Habe und zog in das ehemalige Büro der Verwaltungskraft, die nach einer ausgeuferten Redaktionsfeier Reißaus genommen hatte. Waschbecken und Sofa boten in ihren Augen genügend Wohnkomfort; so oft war sie ja nicht zu Hause. Nachts streifte sie ohnehin umher, nahm aber selten an kulturellen Veranstaltungen oder Festivitäten teil, sondern organisierte ihr Nachtleben selbst: am liebsten unter den Brücken.

Da sie sich weigerte, Miete für das Büroräumchen zu zahlen und bis auf Ausnahmen kein Geld zum Leben brauchte, genügten ihr die Honorare für den Wachdienst in Museen und Galerien oder – immer seltener – für Artikel, die im „Aas" gedruckt wurden. Was sie bei alledem empfand, ob sie mit dieser Art zu leben einverstanden war oder darüber bekümmert, bekam niemand heraus. Bis auf gelegentliche Andeutungen einer Neigung blieb sie alleinstehend; auch auf diesem Gebiet hätte niemand zu sagen gewusst, ob sie es gerne war oder sich womöglich gar keine Gedanken darüber machte.

Bis sie sich Ulf offenbart.

In dieser Nacht muss sie Ulf enttäuschen: In Liebesdingen sei sie eine denkbar miserable Ratgeberin. Stets habe sie sich in der Position befunden, mehr zu empfinden als das Gegenüber, und das sei eine rechte Qual. Also habe sie sich entschlossen, lieber gar nichts mehr zu empfinden, es sei denn für ihre Flöte und die Musik, die sie damit erzeuge. Auch Ulf, den sie zwar für unentwickelt, deviant, aber gleichwohl recht gefühlvoll halte, empfehle sie, andere Zielvorstellungen zu entwickeln als das bürgerliche Eheglück – es sei nämlich keins, ebenso wenig wie vermeintlich libertäre Praktiken, die nur von Menschen mit Hornhaut auf der Seele erträglich wären. Da seien doch so viele andere mögliche Lebensaufgaben, karitative, revolutionäre, auf jeden Fall sinnvollere als das gemeinsame Verdösen und Verhocken der Lebensfrist mit irgendwem.

Kottmüller nickt. Doch auf dem Nachhauseweg kommt ihm all das doch sehr ausgedacht und wenig praktikabel vor; insgesamt spricht ihn, was er über sein Heldenpaar gelesen hat, mehr an als die Aussicht, ein einsames Dasein als Berufsrevolutionär zu fristen – nicht zuletzt, da es ihm in dieser Branche noch mehr an Kenntnissen gebricht. Dennoch, die Ansichten Michaelas, mehr noch ihre Lebensgestaltung, berühren ihn; auch der Kunstsektor scheint ja einiges für ihn bereitzuhalten. Ein Plan entsteht in seinem Geiste, wie er die kommenden Wochen zu verbringen gedenkt: dem Strippler und dem Berzel hinterherrecherchieren; Hilke heiraten; Gina-Lisa wieder zurückbekommen; mit dem Fahrrad zum Bauern fahren; brav seinen Dienst tun; mit Olim reden und mit Michaela ins Museum gehen. Nachts aber, da rollt er sich ein in seine Schlafkaut und träumt sich davon, in die Zeiten der Dragoner, malt sich aus, was er mit ihnen erlebt hätte und wie sie alle ausgesehen haben mögen.

Das verschafft ihm mehr Sehnsucht als Glück.

„Olim, weißt du wa-has?“

„Sag es einfach.“

„Ich weiß nicht, was hartherzig ist.“

„Du weißt nicht, was hartherzig ist.“

„Ich weiß, was es bedeutet, aber nicht, was es ist.“

Missmutig beobachtet Olim, wie der Freund auf dem Lieblingssitzkissen herumgakelt und die selbstgefertigte Kräuterlimonade verschlabbert.

„Nur mal angenommen, dieser Fluch da wäre echt ...“

„Mittlerweile trau ich euch alles zu ...“

„... und jemand spräche den aus: Wen erwischt es dann? Diejenigen ...“

„Ich weiß, was du sagen willst.“ Olim, der die Frage wohl schon allzu oft bedacht hatte, unterdrückt ein Gähnen. „Ob es jemanden gibt, der im Grunde schlecht ist, dann kann er ja nichts dazu, ebenso wenig, wenn er gut ist, und warum sollte man den einen loben und den anderen strafen, wenn beide nichts oder wenig dazu beigetragen haben. So in der Art?“

„So in der Art.“

„So kommt man da aber nicht weiter, leider.“ Olim greift nach einem Wischtuch und entfernt die Limonadenlache vom Laminat. „Es kommt ja sowieso alles nur in Mischformen vor, nicht wahr? Manche meinen, es sei, wenn wir denn eine hätten, unsere Aufgabe, sich insoweit selbst zu erziehen, dass man nach und nach das Böse – oder nenn es diese Hartherzigkeit – gemeistert kriegt und das Mitgeschöpfliche, Freundliche zu seinem Recht kommt. Das wäre dann ein gelungenes Leben, ja?“

„Meinst du nicht?“

„In der Praxis. In der Theorie habe ich keine Ahnung davon. Es ist dir gesagt, Mensch, was gut ist, und was der Herr von dir fordert, nämlich Gottes Wort halten und Liebe üben und demütig sein vor deinem Gott. Euer Prophet Micha.“

„Unser Prophet Micha.“

„Kennst du nicht. Schlimm. Die Grundlage von allem. Wie soll es nur mit euch weitergehen ...“

Erst am Abend beginnt Ulf darüber nachzudenken, wen Olim mit „euch“ gemeint haben könnte: die Christen?, die Ungebildeten?, das Abendland? Bis er ihn tags darauf fragen könnte, hat er es bestimmt schon wieder vergessen. Weit näher liegt ihm jetzt ein anderer Auftrag: die Recherche! Konrad Kottmüller und seine Nachkommen, so sie gezeugt wurden und noch vorhanden sind … Die nachmittägliche Suche in Olims Computer begann ein wenig unangenehm, denn die Maschine strich freimütig das „L“ aus „Strippler in F.“ und zeigte seltsam dreinblickende Männer, die sich in schwer begreiflichen Posen ablichten ließen. Auch bei Berzel kamen sie nicht weiter; hier vertauschte der Computer das „E“ mit einem „Ü“ und brachte ebenfalls sonderbare Fotos, aber von Tieren. – Wieder allein, fasste sich Ulf ein Herz und rief in der Klosterbibliothek an; es schien ihm ratsam, diesem einen Hinweis sogleich nachzugehen, da er immer noch beabsichtigte, das Manuskript nur in Kopien zurückzuerstatten und das Original zu behalten.

Ein Archivar mit brüchiger Stimme verwies ihn auf öffentlich zugängliche Dateien, schaute dann aber zuvorkommender Weise selber nach und gab zur Auskunft, außer dem entliehenen Schriftstück sei rein gar nichts in der Kartei verzeichnet – kein Strippler, kein Kottmüller, keine Dragoner. Dann fragte er noch, über welches Thema der Anrufer arbeite, und Ulf log nach seiner Gewohnheit munter drauflos, er forsche zu den Auswirkungen der Napoleonischen Kriege auf das nördliche Hessen. Der Experte wünschte viel Erfolg. – Als er auflegte, spürte Ulf, wie Leere und Ratlosigkeit heiß in ihm herabrieselten und im Magen zu einer konkreten Furcht auskühlten: dies könnte das Ende seiner Bemühungen sein. Vielleicht war es aber auch nur eine geschlossene Schleife – wie in jenem Irrgarten, fiel ihm ein, wo Konrad und Suzette den Homer geköpft hatten.

Wäre er doch dieser Konrad!

Es ist dunkel, als Kottmüller endlich dazu kommt, sein Abendessen einzunehmen. Um so nah wie möglich an die Erlebniswelt der Dragoner heranzurücken, hat er sich Zwiebelbrötchen besorgt

– ganz so, wie Malwine eins vom Teller ihres Tischnachbarn stibitzt. Dazu trinkt er, obwohl er immer noch keinen mag, zwei Kannen Wein. Trotz der Herbstkühle bleibt Ulf im Efeuhof; hier kann er am besten nachsinnen – konnte er, bis vor Kurzem! Denn seine Gedanken verwirren sich; nicht ein einziger Einfall will sich einstellen, welchen Schritt er sinnvollerweise als nächsten tun könnte. Dazu diese beständige Quälerei mit Gina-Lisa! Wie richtig doch der gute Otze liegt, der als Hauptcharakteristikum der Städter stets „Probleme" diagnostiziert und dabei vor der Verwendung von Fremdwörtern nicht zurückschreckt: „Omwadde eich hunne norz nautz gurre gorreweyke: Prubbläām, Prubbläām, Prubbläām!"

Ach, wie gut hatten es doch die Leute damals im Landstädtchen M., wiegt Kottmüller sein Haupt ... Welch wunderbarer Zusammenhalt, welches Gemeinschaftsglück in Liebe und Verlässlichkeit! Jeder Tag gesegnet von Weltfestlichkeit, ohne unausgesetzt den eigenen Vorteil im Blick zu haben, sondern sanft, aber nachdrücklich an der Rückverzauberung der Welt zu arbeiten ... o Himmel!

Und wieder fängt er an, sich wegzuträumen.

Zu seiner Erleichterung hat Ulf am nächsten Morgen frei. Keine Hygeia IV, keine Müdigkeit, sondern Samstag: Zeit, mit einem neuen Ritual forsch zu beginnen, von dem er sich Beruhigung und Erkenntnis zugleich verspricht. Mit dem geschenkten Fahrrad macht er sich auf in den Vorort O., einst ein Bauerndörfchen zwischen Fluss und Wäldern, heute noch immer optisch geprägt von einer landschaftlichen Merkwürdigkeit: eng umgeben von den Büro- und Industrieausläufern zweier Großstädte, mehrerer vielbenutzter Fahrstraßen und einer Schnellzugtrasse sowie dem durch übereifrige Bautätigkeit entstellten Weichbild des Ortskerns, liegen einige Hektar Ackerland, von alteingesessenen Betrieben zum Anbau vorwiegend von Kräutern genutzt, Kartoffeln inklusive. – Ist es nicht eine wunderliche Umkehrung der natürlichen Gegebenheiten, denkt sich Kottmüller, als er nahe einer einst vielbesungenen Mühle Rast macht und sich Überblick verschafft:

Zu Hause fehlt es komplett an zweckmäßiger Bebauung, auf den im Überfluss vorhandenen Äckern jedoch produzieren sie so gut wie nichts; hier aber, wo es an jeder Art von Land gebricht, wird seit Jahrhunderten mit einer Emsigkeit Grünes erzeugt, dass man sich fragt, wie der Mutterboden so etwas aushält und vor allem, wer das alles gegessen hat!

Vermutlich liegt es am Gewicht des schwarzen Riesengefährts, dass Ulf nur so langsam vorankommt; auch hat er sich, sobald er des Radfahrens einst mächtig war, eine Altherrenart angewöhnt voranzukommen, sehr o-beinig nämlich und bedachtsam, dass man sich wundern muss, warum er nicht umfällt – insgesamt also ein Anblick der Unzeitigkeit, so, als sei er sein eigener Großvater oder lebe just noch eine Generation früher, kurz nach Erfindung der Draisine. Ulf stört das aber nicht; die Bedächtigkeit der Fortbewegung erlaubt es ihm, seine Umgegend ausführlich in Augenschein zu nehmen. An Fußgängern, die sich an der Mainpromenade ergehen, schiebt er sich so langsam vorbei, dass, wenn beiderseits gewünscht, immer ein Schwätzchen möglich ist.

„Guten Morgen! Achtung, ich überhole."

„Ach, du lieber Gott, guten Morgen, das ist ja ein altertümliches Modell."

„Ich oder mein Fahrrad?"

„Bitte? Fallen Sie nicht um!"

„Das kann gar nicht passieren, die Reifen sind breit."

„Dann gute Fahrt."

„Schönen Sonntag auch!"

„Es ist Samstag."

„Richtig, aber ich meinte ..."

Und schon ist er vorüber.

Vor allem die Kinder nehmen Anteil an dem ungewöhnlichen Schauspiel und freuen sich, wenn die Erwachsenen so zugewandt miteinander reden. Möglicherweise liegt es an Kottmüllers Balance-Künsten, dass die meisten der Ansicht sind, es handle sich bei dem Radler um einen Clown. Von Vorteil ist die kraftsparende Methode nicht zuletzt darum, weil er niemals ins Schwitzen gerät;

sollte eine Brückenauffahrt oder einer der wenigen Hügel in dieser Landschaft auf seiner Strecke liegen, steigt er ohnehin ab und schiebt das Lastenrad geduldig hinauf. Dabei fallen ihm manchmal die wenigen Lieder der Heimat ein, und er beginnt zu summen, was den clownesken Eindruck zusätzlich steigert.

An diesem Vormittag summt er sein Lieblingslied: „Ins Wasser fällt ein Schwein." Er denkt dabei an Gina-Lisa, wie sie früher war. Zum ersten Mal seit seiner Abreise aus dem Norden sieht er Nebelschwaden über die Erde kriechen, vom Fluss herauf schieben sie sich vor und nehmen die Ebene ein. Über den Äckern des Örtchens O. sieht es herbstlich aus: die Blätter abgeernteter Kohlköpfe liegen in langen Reihen, feuchte Luft hängt in den Apfelbäumen, die Wege sind aufgeweicht, obwohl es seit Langem kaum geregnet hat. All das kann Ulf nichts anhaben: Gegen den Einbruch des Herbstes im Milbener Land ist dies hier ein Maientag! So bewegt er sich zielstrebig auf den kleinen Bauernhof zu, wo ihm die lieben Freunde Zwiebeln für ein Jahr in Aussicht gestellt haben.

Die Unterredung mit dem Bauern Krapff, einem so missmutigen wie wortkargen Gesellen, was in Ulf spontane Sympathie hervorruft, gestaltet sich ein jedes Mal ähnlich. Um seine Wohlgesonnenheit zum Ausdruck zu bringen, erzählt er meist von der Anfahrt, die außerordentlich „glatt" verlaufen sei, spart nicht mit Bemerkungen zum Wetter; doch bevor es ihm möglich ist, einen Ausblick auf die kommende Woche in Worte zu fassen, wird er unterbrochen.

„Was wollen Se'n habbe?" Eine rein rituell gemeinte Frage, da außer Zwiebeln und Kartoffeln in dem Erdkeller, zu dessen Innern Krapff unter Ächzen eine eiserne Klappe hochstemmt, nichts vorhanden ist.

So beginnt Ulfs Liebesgeschichte mit der Kartoffel.

Inspiriert durch die durchweg positive Rolle, die Kartoffeln im Strippler-Manuskript spielen, probiert Kottmüller nach und nach alle Sorten aus, die Krapff in einem Blecheimer mit langer Schnute aus dem Keller holt und unter ständigem Keuchen und Motzen in beige Papiertüten füllt. – Bei der Zubereitung freilich ist der Knollennovize auf die Hilfe seiner Vertrauten angewiesen, denn zu keiner Zeit hätten es die Milbener vermocht, ordentliche Kartoffeln zu züchten, geschweige denn schmackhafte Gerichte daraus zuzubereiten. Seit jeher waren die Grundbeeren ein Ärgernis für beiderlei Geschlechter: Während die Männer hochverdrossen, doch immerhin schweigsam, die hutzeligen Dingelchen mit der Forke aus der Erde wühlten, wo noch die allerneuesten aussahen als wären sie bereits Mutterkartoffeln, nahmen die Frauen das Schälen zum Anlass für endlose Litaneien.

Wenn sie endlich fertig waren, blieben nur blässliche, mandelförmige Restchen übrig, denn ihre plumpen Finger waren nicht dafür gemacht, einen Kartoffelschäler zu führen, nein, es mussten abgenutzte, stumpfe Kneipchen sein, mit denen sie sich sehr oft schnitten, was dem Gemecker neue Nahrung gab und diesen Küchen etwas Beängstigendes verlieh, eine Klagehölle mitten im Diesseits. Kamen die geschundenen Kartöffelchen aber aus dem Eisentopf, worin sie mit viel zu wenig Salz viel zu lange geköchelt hatten, glichen sie bestenfalls nach Jahren angeschwemmten Wasserleichen und schmeckten auch nicht besser; Onkel Krotter, wenn er beim Vertilgen von Speck-und-Zwiebel-Soße so ein matschiges Stückchen Nichts am Gaumen spürte, gab jedes Mal ein Geräusch von sich, geboren aus Verachtung („Ääärtz!"), und er simulierte zu ersticken.

Zuerst lernt Ulf von Johanna, wie und aus welchen Sorten (mehlig!) man Kartoffelbrei verfertigt – auf zweierlei Art: einmal den alltäglichen, wie ihn die Kinder kriegen, mit Milch aufgeschlagen, bis er so schneeig und flockig ist, dass es einen wunder nimmt, wie furchtbar heiß er doch auf dem Gaumen kommt; dazu reicht man buttergebräunte Semmelbrösel und in Butter gedünstete Zwiebeln. Sodann, das nennt sie die Sonntagsausgabe, wozu noch viel, viel mehr Butter Verwendung findet, auch kalte, die sie am Schluss unter die Masse friemelt. Das macht die Frage überflüssig, was man zusätzlich kochen sollte; nach ein paar Löffeln voll ist selbst ein Kottmüller satt.

Die beiden Breie dominieren den Speiseplan bis in den Winter hinein. Dann probiert er eines Abends in einem Feuerkorb, den Anastasios in einem Reichenviertel gefunden hat, im Hof Kartoffeln am Holzspieß zu braten, sehr zur Freude Mariechens, die sich zwar jedes Mal die Lippen verbrennt, aber doch nicht genug bekommen kann und dieser Sitte mit Innigkeit huldigt. Einmal kommt ihm dabei der Gedanke, just als er etwas Salz auf ein Kartoffelstückchen tippt, das er Mariechen in den wie bei Vögelchen aufgesperrten Mund steckt, wie es wäre, auf Erden mal ein Vater zu sein ...

Ulf lernt die richtigen Sorten für Pellkartoffeln und aus dem Backofen kennen; dazu matscht er Kräuterquark zusammen oder rührt Kochkäse an: keine leichte Aufgabe. Zweierlei Zubereitungsarten stellen ihn längere Zeit vor Schwierigkeiten: Knödel – denn die bekommt er nicht hin – sowie Salzkartoffeln, denn die sind ihm zu langweilig. Erst mit dem beginnenden Frühjahr wird ein Gericht Einzug halten, welches die Kottmüller'sche Tafel über Monate prägen wird: Kartoffelsalat freilich, worin er es alsbald zu wahrer Meisterschaft bringt, indem er, wiederum von Johanna, den Rat erhält, keinesfalls Salatkartoffeln zu verwenden, sondern vorwiegend festkochende, davon ein Zehntel zu zerstampfen und außerdem an guter Brühe nicht zu sparen.

Noch aber ist Herbst, und die Tage bringen von Mittag bis Nachmittag laue Stunden. So wird es Kottmüller zur lieben Gewohnheit, nach dem Einkauf beim Bauern Krapff in einem einfachen Gasthaus am Fluss, betrieben von einem Ruderverein, einzukehren und dort bei Kornbrand, Apfelwein und Bier, Handkäse und Zigarren ein paar Stündchen zu verdämmern. Sobald er wieder zu sich kommt – mitunter setzt er die Pause langgestreckt auf einer besonnten Parkbank fort –, rüstet er sich für die Lehrstunde mit Michaela. Eine Zeit lang gefällt es ihr, Ulf zu Ausstellungen, über die sie für das „Aas" berichtet, mitzunehmen. Dabei bestätigt sich Woche für Woche der Eindruck, den er während der Lektüre des Dragoner-Manuskripts bereits gewonnen hat, nämlich einer Epoche anzugehören, die abgestürzt ist, der es bei aller Umtriebigkeit nicht mehr gelingen will, Anschluss zu gewinnen an das, was über viele Jahrhunderte vor ihr geschah, nein, im Gegenteil: je vielfältiger die Produkte, je emsiger die Bemühungen, desto künstlicher und ohne Notwendigkeit die Ergebnisse.

Michaela stimmt ihm nur bedingt zu; er solle doch dazulernen und sich im Anschluss ein Urteil bilden. Durchaus nicht chronologisch, doch immerhin in bedeutender Auswahl, präsentiert sie ihm künstlerische Erzeugnisse der letzten drei Jahrtausende; für ältere Werke wäre die Anreise zu weit und außerdem kein Auftrag vorhanden.

Eine Eigenart fällt ihr an Ulf schon beim ersten Male auf: Er tritt langsam heran, verharrt, betrachtet Bild oder Statue dreißig Sekunden lang und geht dann, die Hände auf dem Rücken gekreuzt, watschelnd weiter. Nur einmal, während des Besuchs einer Kolossalpräsentation von Standardwerken der Moderne, unterbricht er diese Verfahrensweise. Vor Franz Marcs „gelber Kuh“ bleibt er stehen und rührt sich nicht. Michaela, die das Erstaunen nicht abkürzen möchte, trifft sich zwischendurch mit einem Bekannten im Museumscafé. Als sie zurückkehrt, steht Ulf noch genauso da ... und ist erst bereit zu weichen, als die Schließzeit verkündet wird.

Ohne sich zu äußern, wandert er neben Michaela am Fluss entlang, in der Richtung seiner Behausung. Dabei beschreibt er manchen Umweg, da er einen To-go-Kaffeebecher, bald schon ohne Plastikdeckel, mit dem Fuß vor sich hertreibt, jedoch mit erheblichen Seitenabweichungen.

Erst als sie beinahe daheim angelangt sind, wendet er sich ihr zu und fragt bangen Herzens: „Ist so etwas heute noch möglich?“

„Möglich schon“, seufzt Michaela, die längst wusste, was er fragen würde. „Aber es müsste jemand eine komplett neue Stilrichtung erfinden, für ein einziges Gemälde wohlgemerkt, um einen solchen Eindruck noch einmal zu erzielen.“

Ulf nickt und seufzt.

Dann versucht er ihr zu beschreiben, was ihm während der Zeit, die er vor dem großformatigen Ölbild verbracht hat, widerfuhr: Er fühlte sich von Anfang an selbst als Teil des Geschehens, darum wurde ihm auch nicht langweilig. Er befand sich also inmitten der Landschaft, mal war er die Kuh, mal er selbst und empfand, wie jene Lebensängste, die durchaus gegenwärtig und immerzu fühlbar blieben, in einem Sprung zu bewältigen sind; wie alle mitspielten, Erde und Sonne, Menschen- und Pflanzenwelt, und wie das Bild so zu einem Spielfilm wurde, einem unendlichen, der den entscheidenden Vorteil besaß, nicht irgendwo außen abzulaufen, sondern dreidimensional, drinnen, alle Beteiligten integrierend, die passenden Rollen zuweisend und bestimmt mit einem guten Ende.

Michaela zieht es weiter an diesem Abend, so dass sie Ulfs drängende Frage, ob denn im Vergleich mit solcher Kunst all das, was er jüngst habe betrachten dürfen, verschimmelter Joghurt oder die Anhäufung von sonst welchem Material, eigentlich Stuss sei, besser: Schmock, nicht ausführlich beantworten kann. Stattdessen überreicht sie ihm beim nächsten Treffen ein „Merkblatt“, das sie vor etlichen Jahren für eine 12. Klasse, die mit ähnlichen Kommentaren reagiert hatte, entworfen habe.

Was beide vereine, Ulf und die Schulklasse, sei die Unkenntnis dessen, was sich entwickelt und angehäuft habe während der Jahrzehnte zwischen der Kuh und dem Joghurt; vielleicht habe sie etwas davon in der Tabelle sichtbar gemacht. Ansonsten empfinde sie den Versuch auszuloten, ob das Verschimmeln von Joghurt einen Kunstwert besitze, durchaus nicht als unzulässig, sondern allenfalls heikel, dass Rauschi, der betreffende Installateur, seit zwanzig Jahren immerzu Joghurt verschimmeln lasse, übrigens in ein und derselben roten Plastikschüssel, die im Verlauf ihrer Karriere immerhin einmal ein Hundenapf gewesen sei. Rein zeitlich werde er allerdings von Traudel übertroffen, die vor Kurzem das 25. Jubiläum ihrer Selbstübergießungen mit Kunstblut beging, beiseite auch damals schon keine Eigenerfindung, sondern einerseits Zitat, andererseits der Versuch, ihren seinerzeit von zahlreichen Galeristen verehrten Körper noch mehr ins Zentrum des Interesses zu rücken.

Merkblatt Kunst

Tabellen haben nichts mit Kunst zu tun. Es könnte aber sein, dass in der Summe einige Indizien auftauchen, die eine Richtung anzeigen.

Das ist keine Kunst	***Das ist eine Kunst***
Wenn jemand keinen Hasen malen kann, aber schon ganz viele Multiples oder Environments gebastelt hat.	Wenn jemand einen Hasen malen kann, wie du dir vorher noch keinen Hasen vorstellen konntest.
Wenn jemand aussieht wie ein Model und ein Atelier mit riesigen Fenstern in einer Hauptstadt besitzt.	Wenn dir die Urheberschaft vollkommen schleierhaft bleibt.
Wenn jemand ständig betont, wie viel Arbeit die neue Performance gemacht hat und wie fleißig alle mitgewirkt haben.	Wenn jemand sein Leben lang noch nichts geschafft hat, aber drei Striche zeichnen kann: an die richtige Stelle.
Wenn jemand eine Excel-Tabelle anlegt, um sich darüber klar zu werden, womit man anfangen könnte.	Wenn jemand immer schon angefangen hat, aber nicht mehr damit aufhören kann.
Wenn jemand seine Studienorte und wichtigsten Profs auswendig weiß und das permanent einfließen lässt.	Wenn jemand vor Studienbeginn das meiste schon konnte und vor dem -abbruch selten anwesend war.
Wenn jemand die Avantgarde von gestern klasse findet und sich selbst der Avantgarde von heute zurechnet.	Wenn jemand leidet wie ein Vieh, dass vor hundert Jahren schon einmal etwas gemacht wurde und zwar besser.

Wenn jemand „Kunscht“ sagt und unglaublich viele Leute kennt, die auch „Kunscht“ sagen.

Wenn jemand vorgibt, total glücklich mit der Produktion von Kunstwerken zu sein und dafür Geld kriegt.

Wenn jemand fremdes Glühen nachahmt und nach Auvers-sur-Oise in Urlaub fährt.

Wenn du höflich applaudierst und im Gewimmel nach dem Veranstalter suchst.

Wenn jemand sich so gut wie nie öffentlich über Kunst äußert.

Wenn jemand von einer Offenbarungsgranate getroffen wurde und lebenslänglich verwundet bleibt.

Wenn jemand fremdes Glühen versteht, am eigenen zugrunde geht und kaum je in Urlaub gefahren ist.

Wenn du sofort losheulst oder ein Jahr später einen Nervenzusammenbruch erleidest.

Die genannten Punkte beziehen sich auf Bildende Kunst, lassen sich aber problemlos auf Dichtung oder Musik übertragen.

Viel weiß Kottmüller mit diesem Blättchen zunächst nicht anzufangen. Einige Formulierungen mag er recht gern, vor allem diese: „Wenn dir die Urheberschaft vollkommen schleierhaft bleibt.“ Das klingt geheimnisvoll und entspricht gewissen eigenen Erfahrungen der letzten Zeit. Allmählich aber wird ihm bewusst, dass Michaela in der rechten Spalte beschreibt, was ihm selbst widerfahren ist; auf den Anblick dieser Kuh möchte er keinesfalls mehr verzichten, es quält ihn richtiggehend, dass er nicht in diesem Augenblick dem Gemälde wiederbegegnen kann. Den Sonntag und den Montagvormittag verbringt er damit, sich vorzustellen, wie wunderbar es wäre, wenn ihn die Kuh von der Seitenwand seiner Werkstatt ansähe. Da es ihm an Mitteln gebricht, um das Original zu erwerben, und Michaela von einem Diebstahl abrät, beschließt Kottmüller, einen schönen Druck zu erwerben – vielleicht das erste Mal in der Geschichte seiner Familie, dass jemand Geld für Kunst ausgibt. Sein berühmter Vorfahr Konrad hatte sich ja eher auf ihre Reduzierung verlegt.

Es dauert mehrere Tage, bis sich die Enttäuschung in eine milde Freude wandelt. Als die Papprolle nämlich eintrifft, stört ihn weniger die schwache Farbwiedergabe, sondern vielmehr die geringe Größe des Exponats. Daran hat er nicht gedacht, dass man ihn mit einer kleineren Replik abspeisen würde! Nachprüfungen ergeben: Eine größere ist nicht erhältlich ... und wie er schließlich auf der Couchgarnitur fläzt, den Blick mühelos auf die Neuerwerbung gerichtet, schließt er Frieden. Und alle, die ihn besuchen, loben ihn für seinen exquisiten Geschmack – bis auf die beiden jungen Schwestern freilich. Derweilen Mariechen die Farbe des Tiers bemängelt und anbietet, sie könne zur Verschönerung ihren Wasserfarbenkasten holen, wendet Laila eine ihrer halb ablehnenden, halb desinteressierten Gesten an und verlässt wortlos den Raum.

Den Winter über verschieben sich Kottmüllers Vorlieben mit einem Mal, und die gelbe Kuh wird zum schieren Dekorationsgegenstand. Vor allem der gescheiterte Versuch, sie abzuzeichnen, um eventuell selbst einmal auf gleichem Niveau ein springendes Schwein zu malen, bewirkt eine gewisse Distanz. Das Übrige rührt von einer unerwarteten Politisierung her, der Kottmüller nachgerade alles zu unterwerfen bestrebt ist, auch die Künste. Hauptursache dafür ist seine Entlassung. Genauer: Nicht er selbst als Person wird entlassen, sondern seine Dienststelle wird komplett aufgelöst. Die Erklärungen eines wohlerzogenen, wohlangezogenen, auffällig jungen Beauftragten verhallen unverstanden; Anastasios versucht Ulf zu beruhigen, dass sie ihre Arbeit ja doch behielten: nur in einem neugegründeten Betrieb, nach den neuesten Erkenntnissen organisiert und mit neuartigen Maschinen. Ulf will das nicht. Zu seiner Empörung bemerkt er, dass er darauf in keiner Weise Anspruch hat. Eben dies führt zu Kottmüllers Radikalisierung.

Als erste Widerstandsaktion klaut er Hygeia IV.

Angefangen hat es mit dem stark vermehrten Auftauchen unbekannter Leute auf dem Betriebshof. Alle gingen schnell, alle waren in Form, und alle waren gekleidet wie das Männchen, welches der versammelten Werktätigkeit das Ende des gebrechlichen Alten und den Beginn des kraftvollen Neuen proklamierte. Zuerst hatte Kottmüller keinen Sinn für die eifrig umherschnürenden Fremden, er war ja meistens müde und hatte genug damit zu tun, keinen umzufahren, wenn er auf seiner ehrwürdigen Kehrmaschine zur Straßenreinigung sich aufmachte. Außerdem beseligte ihn ein Hochgefühl: Die Manuskriptrückgabe war unerwartet problemlos verlaufen, die Strippler'schen Aufzeichnungen gehörten nun ihm ganz allein! Eines Nachmittags bemerkte er, dass am Lachen der Neuen etwas nicht stimmte: es war krähend, abgehackt, und lief in einen schwierigen Rhythmus aus. Manchmal standen sie beisammen, ähnelten einander und krähten eine Weile, bis sie geschäftig irgendwohin wieselten. Von welcher Art dieses Geschäft sei, darüber gab es Spekulationen.

Ulf beteiligte sich nicht daran.

Als Nächstes fiel ihm auf, dass Anastasios zurzeit meistens schimpfte, wenn er ihn erblickte, auf wen nur: auf die Fremden? Man konnte es nicht in Erfahrung bringen. Schließlich nahm ihn der Chef beiseite, fragte kurz nach Dieter und runzelte nicht nur die Stirn, sondern sein ganzes Gesicht: „Es wird sich einiges ändern."

Den Satz wiederholte er zweimal, leiser werdend.

Na und? Was ging es den Kottmüller Ulf an? Hatte sich nicht immer „einiges" geändert ... oder gar alles? Und waren er und die Seinen je davon betroffen gewesen? Es würde an ihm vorüberstreichen wie immer, und also ging es ihn nichts an. – Zwischen Hygeia IV und Kottmüller hatte eine Gewöhnung eingesetzt, eine gewisse Teilnahmslosigkeit; beide brummten vor sich hin, beide waren sie erstarrt im Vollzug alltäglicher Verrichtungen. Hätte er jetzt Rechenschaft darüber geben müssen, das Geständnis, in seiner Leidenschaft erkaltet zu sein, wäre unausweichlich gewesen. Gar zu wichtig, zeitraubend und alle Konzentrationskräfte beansprechend gerieten seine Nebentätigkeiten – vor allem die Analyse der Aggregatzustände der Vergangenheit.

Bis an einem dieser Februarmorgen, die noch eisig sind, aber doch etwas anderes ankündigen, einen Wechsel der Stimmung, unterstützt vielleicht durch noch zaghafte Amseln, das Unfassbare sich ereignet. Zunächst scheint alles wie gewohnt: Ulf grüßt den Pförtner nach Arbeiterart, er nickt zwei rauchenden Kollegen zu, passiert die Werkhalle, biegt in die Garage der Kehrmaschinen ein – und da ist nichts mehr. Er verlässt das Gebäude, sieht sich um, ob er sich etwa getäuscht habe, aber da kommt ihm schon Anastasios entgegen, winkt aufgeregt, Ulf solle schnellstmöglich folgen. Auf dem Weg zum Bürotrakt wundert sich der Freund, wie es nur sein könne, dass Ulf nichts von dem Termin mitbekommen habe; man habe doch einem jeden einen Umschulungsberater zugewiesen, und der seine, Ulfs, warte seit zehn Minuten.

All das hat Kottmüller nicht wahrhaben wollen.

Und dennoch geschieht es: Das Verwaltungsgebäude ist mit wehenden Planen verhängt, auf unsichtbaren Gerüsten huschen die unsichtbaren Fassadenarbeiter hin und her; auch im Innern wird gewerkelt, die Flure sind abgedeckt, nur schmale Pfade führen zwischen der Plastikfolie hindurch. Anastasios schiebt den Kameraden in ein Zimmer, wo ihn der Zuständige mit einem Fingerzeig auf die nicht vorhandene Armbanduhr empfängt. Dann aber bietet ihm der Berater einen Platz an und spult etwas herunter, wovon Kottmüller nur Fetzen aufschnappen kann: Ob er denn zufrieden sei mit seiner Beförderung in den Innendienst; ob er sich mit den Gegebenheiten schon vertraut gemacht habe; was er zu der fantastischen Aufbruchsatmosphäre sage, die bereits überall zu spüren sei; welche Fortbildungsmöglichkeiten er zu nutzen gedenke, und ob er die entsprechenden Formulare ausgefüllt habe; wo er sich einordne: bei den fürs Neue Aufgeschlossenen oder bei den Bedenkenträgern ...

„Wo ist meine Kehrmaschine?“, bringt Kottmüller, der sich die ganze Zeit über den grünen Schlips seines Gegenübers hypnotisiert hat, endlich heraus.

„Bitte?"

„Als ich eben in die Halle kam, da war sie weg."

„Na, mein Lieber, da hast du aber beim Briefing nicht aufgepasst, oder? Alles ein bisschen viel gerade für euch, wie? Ich versteh das. Der alte Fuhrpark wird verschrottet; das Zeug hat nur noch Materialwert."

Man duzt ihn scheinbar. Ihn und seine Kollegen.

„Wo steht sie?"

Vielleicht ist es die unverhüllte Verzweiflung, vielleicht die anschwellende Aggression in Kottmüllers Stimme, was den Schlipsträger veranlasst anzudeuten, wohin die veralteten Maschinen verbracht wurden, auf die Schrotthalde hinter dem Wertstoffhof nämlich. Schnell aber kommt er zurück zum Thema und instruiert den ehemaligen Kehrmaschinenpiloten, wo er sich zur Schulung Punkt 9 Uhr einzufinden habe; es sei auch eine praktische Übung vorgesehen. Punkt 9.30 Uhr.

„Aber nicht wieder verpassen, ja? Am besten, du gehst gleich da rüber, da stehen schon ein paar von euch."

Ulf geht nicht. Er besteigt sein Altherrenrad und begibt sich ohne Umweg zum Wertstoffhof. Während der Fahrt kann er keinen Gedanken fassen; nicht einmal Angst verspürt er, vielleicht zu spät zu kommen. Da er eine Warnweste trägt, lässt man ihn passieren; selbst als er das hintere Tor aushebelt und kräftig zur Seite schiebt, regt sich kein Widerspruch bei den anderen Arbeitern. Zwischen gut zwei Dutzend ausrangierten Fahrzeugen der Stadtreinigung findet er Hygeia IV. Zum ersten Mal seit Langem stellt sich eine so innige Empfindung wie bei der ersten Begegnung ein; doch traurig stimmt ihn dieser Anblick! Wie verloren sein Maschinchen da vor der Schutthalde hockt ... Seine Sorge gilt vor allem der Tankfüllung; aber die Kehrmaschine springt an wie nur je. Ohne zu zögern tuckert er über den Hof zum Ausgang, hält auch nicht an, als ein hochgewachsener Kerl, ebenfalls mit Warnweste, etwas zu ihm rüber kreischt, sondern grüßt mit zwei Fingern an der Mütze und setzt die Abreise in unverminderter Geschwindigkeit fort. Erst vorm Eingang hält er kurz an, lässt den Motor laufen und lädt sein Fahrrad auf.

Keine halbe Stunde später erreicht Kottmüller die heimische Schreinerei. Hygeia IV passt knapp durch die Tür. Ein paar Stühle müssen beiseite geräumt werden, schon parkt er das Gerät gegenüber der Couchgarnitur – ein ungewöhnlicher, doch nicht undekorativer Einrichtungsgegenstand, wie Michaela später bemerkt. Freilich, Ulf hat zu Hause keinen Bedarf an einer Kehrmaschine, aber gar keine Frage, das ist er ihr schuldig: ein Obdach, eine würdige Stätte, wo sie ausruhen darf von den Jahrzehnten staubiger, lautstarker Reinigungsarbeit. – Und dann findet sich doch noch eine Verwendung, eine anmutige sogar. Mariechen widmet Hygeia IV um: zuerst als Klettergerüst, dann als ihren Geheimort zum Lesen und Vor-sich-hin-Flöten. Am liebsten sitzt sie auf Ulfs altem Arbeitsplatz, auf dem aufgeplatzten Polster, das Buch oder das Notenheftchen aufs Lenkrad platziert.

Schade, dass sie nicht fahren darf!

Ohne Anastasios wäre Kottmüller vermutlich schon vor seinem ersten Arbeitseinsatz an der neuen Wirkungsstätte entlassen worden. Doch der Vertraute lügt für ihn, zeigt ihm das Einsatzgebiet in einem vor Kurzem erbauten türkis-himmelblau abgestuften Hochhaus einer Versicherung mit verglastem Dachgarten und bringt ihm schließlich bei, wie er die von der ausgegliederten stadteigenen Firma jüngst erworbene „aufsitzbare Scheuersaugmaschine zur Hartbodenreinigung“ bedienen soll. Die hat nicht einmal einen Namen; sie ist ihm unsympathisch vom ersten Moment an. Das Reinigungsmittel, in kurzen Abständen nachzufüllen, verätzt ihm Nase und Augen und stinkt giftig. Es sind Büroflure oder vielmehr: ein einziger, den er vom Parterre bis zur elften Etage täglich säubern soll. Einfach ist das nicht: Im Gegensatz zu den älteren Bürogebäuden, in denen man in langen Gängen immerzu geradeaus fahren muss, verläuft sein Weg in unvorhersehbaren Windungen; oftmals muss er an Einbuchtungen oder Steinkübeln mit Großpflanzen drin Halt machen und die Nischen von Hand auswischen. Das stört ihn ungemein.

Aber etwas anderes ist noch viel schlimmer.

Um die Versicherungsangestellten nicht in ihrer Schreibtischtätigkeit zu stören, wird Kottmüllers Arbeitstag gesplittet: Gebäude A muss er von vier bis sieben Uhr in der Frühe reinigen, Gebäude B – wo die Grenze zwischen beiden verläuft, erschließt sich ihm nicht – von 19 bis 22 Uhr „auf höchster Gründlichkeitsstufe“, wie der knabenhafte Vorgesetzte ihm einschärft. Dazwischen hat er frei. Aber mit dieser Freizeit kann er nichts beginnen; einerseits ist er müde, kann aber nicht schlafen; andererseits kann er sich auf keinen Feierabend freuen, denn es gibt ja keinen mehr. Nach Dienstschluss ist Nacht. Und Kollegen hat er auch nicht, er arbeitet ganz allein.

Denn Ulf wurde verliehen: an die „Lucky Look.“

Eine Woche lang hält er sich an den Plan. Nach einem ausführlichen Abstimmungsgespräch mit Olim, der ihm weder zunoch abraten kann, tritt Kottmüller montags früh um sieben im Gebäude A seinen Dienst an, also um die Stunde, da er ihn eigentlich beendet haben müsste. Zuvor wirft er ein Schreiben ein, worin er darum ersucht, künftig wieder zu normalen Arbeitszeiten eingesetzt zu werden; in einer so langen Pause wisse niemand etwas Sinnvolles zu unternehmen. Stumm und mürrisch befüllt er die Scheuersaugmaschine und startet. Aber er kommt nicht weit; kaum hat er die ersten Windungen genommen, ist in mittlerem Tempo unterwegs zu einer Flucht halb offenstehender Bürotüren, wird er von der Seite angeherrscht.

„Sag mal, hast du den Arsch auf oder was?“

Ulf blickt in das erboste Antlitz einer mädchenhaften Frau, die ein gelbliches Kostüm trägt und auf sehr hohen Schuhen auf ihn zueilt.

„Hier jetzt nix putzen, jetzt? Wir Arbeit, du laut!“

Instinktiv macht Ulf Anstalten, die Aggressorin zur Seite zu rumsen, muss aber befürchten, dass der Aufprall noch schlimmer endet als bei Dieter. Wortlos steigt er ab, schaltet die Maschine aus und schiebt sie zurück in die Putzkammer.

„Entschuldigen könnt ihr euch auch nicht. Asis ...“, vernimmt er von rückwärts.

Kurz vor der Tür, die mit einem Schild „Personal“ und einem weiteren, das einen Abfalleimer zeigt, versehen ist, wird er von einem Abteilungsleiter eingeholt, der ihn hitzig darüber aufklärt, dass nicht er, Kottmüller, die Arbeitszeiten hier festlege, sondern die beauftragte Leihfirma. Falls er sich noch einmal darüber hinwegsetze, werde das umgehend weitergemeldet; damit sei das Dienstverhältnis dann wohl beendet. Ausnahmsweise erhalte Kottmüller noch eine einzige Bewährungschance: heute Abend, Punkt 19 Uhr. Er, der Abteilungsleiter, werde das höchstpersönlich kontrollieren und gegebenenfalls umgehend Meldung machen.

Schon wieder „umgehend."

Kottmüller steht in der Tür und betrachtet den erregten Mitvierziger mit seinem gestreiften Hemd und seinem akkurat gestutzten Bärtchen. Allmählich begreift er, dass es sich dabei um eine Art Chef handeln muss, der zwar nicht sein Chef sein kann, aber sich dennoch so aufführt. Ulf überlegt sich, ob er zur Rettung seiner Ehre den soeben gelernten Empörungssatz anwenden soll („Sag mal, hast du den Arsch auf oder was?"), hält sich aber vorerst zurück und schaut stur geradeaus.

„Sag mal, verstehst du mich überhaupt, oder wo kommst du her?", insistiert der Gestreifte und schiebt sein spitzes Gesicht näher an Kottmüller heran.

Es wäre nun leicht möglich, den Giftzwerg wegzurumsen, womöglich stieße er sogar gegen das Geländer, überschlüge sich und schösse in den Aktenkeller hinab; aber die verliehene Reinigungskraft überlegt es sich anders. Man wird einen Ausgleich wiederherstellen müssen, das ist gewiss; dazu benötigt er jedoch Zeit. Eine Idee hat er schon. Also dreht er sich nur ein paar Zentimeter herum, so dass er dem Erzürnten aus nächster Nähe in die Augen blicken kann, die sind sehr klein und haben keine Farbe.

Es ist nur ein kurzer Satz, den er ihm gönnt, aber er bringt ihn deutlich und unaufgeregt hervor: „Sagen Sie: ‚Sie'."

„Bitte?"

Statt einer Antwort lässt Kottmüller den Abteilungsleiter stehen und räumt die Kanister mit der Reinigungsflüssigkeit ins Regal. Vom Zorn gepackt, verharrt der Beleidigte eine Weile vor der Tür zur Kammer, zieht sich aber schließlich durch den Gang zurück, Bedrohliches murmelnd, Ulf versteht: „Wäre ja noch schöner!", „...bildet der sich eigentlich ein?", außerdem ist von „Konsequenzen" und „Maßnahmen" die Rede. Bei alledem verliert sich der Eindruck nicht, dass dieser Mensch schwer krank sein muss, und Ulf bekommt Mitleid. So schwach, so armselig wirkt dieses Männchen auf ihn, das es irgendwie geschafft haben muss, in der Rangordnung nach oben zu klettern – vielleicht hatten die anderen ja auch Mitleid –, jedenfalls, mit dieser Art sich zu gebärden, hätte der Knilch rings ums Milbener Land eine Überlebenszeit von wenigen Stunden.

Aber nur, wenn er sehr schnell laufen könnte.

Auf dem Heimweg fallen ihm die Dragoner ein. Wie unwürdig verhält er sich selber, im Vergleich zu den Heroen der Vergangenheit! Sollte man nicht von ihnen zu lernen versuchen? Sollte man nicht erproben, in die eigene, würdelose Epoche zu übertragen, was sie einst in Ehren geleistet haben? Könnte es nicht sein, dass ihm in diesen Anmaßenden, die ihn duzen und wie einen Debilen behandeln, jene Hartherzigen erscheinen, denen der unlesbare Fluch gilt? Die nach den Worten des Herrn Pfarrer an allem Elend schuld sind und die Schöpfung zu Fall gebracht haben und nach Meinung aller, die guten Willens sind, zur Rechenschaft gezogen gehören? – Tief in Gedanken, passiert er zwei Wasserhäuschen, ohne sich ein Morgenbier zu gönnen. Als er zu Hause anlangt, dreht er die Heizung hoch und setzt sich in seiner Kehrmaschine zurecht. Wenn Mariechen dort so gut nachdenken kann, dann gelingt ihm das auch.

Nach einer Reihe von imaginierten gewaltgeprägten Handlungen, womit er auf diese Kränkung, verübt von zwei Unwürdigen, reagieren könnte, setzt sich allmählich eine mühsam erworbene Tugend durch: Klugheit. Bevor er etwas unternimmt, muss er den Feind besser kennenlernen. Viel besser: Mag sein, er irrt sich! Denn sind das nicht gar zu jämmerliche Gestalten, die sich über ihn erheben? Kann er sie als ein Gegenüber, ausgezeichnet mit Machtfülle, überhaupt akzeptieren? Nun, eines wird in Zukunft nicht mehr geschehen: dass er wie blöde dasteht und unstatthafte Reden über sich ergehen lässt. Den Gestreiften und die Kostümträgerin aber wird er schon morgen zur Rede stellen, was sie auf die Idee gebracht hat, so herablassend mit einem Mitglied der Gesellschaft, deren Teil doch beide sind, zu reden.

Doch dazu kommt es nicht.

Wiederum ein Unbekannter, dem offensichtlich die Befugnis zugewachsen ist, Ulf überall dort hinzuschicken, wo es ihm gerade passt, eröffnet dem Leiharbeiter, der Einsatzort habe sich geändert. Seine Eingabe sei von Erfolg gekrönt: Er arbeite ab jetzt von 17.45 bis 1.30 Uhr, so dass keine allzu lange dienstfreie Zeit seinen Alltag mehr trübe – dies ein Ausdruck der modernen, auf Arbeitsgerechtigkeit abzielenden Prinzipien der Firma. Damit überreicht er ihm einen Ausdruck, worauf sich neben der Skizze zur Anfahrt und einer Reihe von Paragraphen und Vertragsmodalitäten auch ein Feld für die Unterschrift befindet. Überrumpelt einmal mehr, setzt der Kottmüller, Ulf seinen Namen brav ein und macht sich auf, um Anastasios zu suchen. Er kann ihn aber nirgendwo finden, so wie er überhaupt niemanden mehr findet, der ihm bekannt vorkäme. Welche Sehnsucht überströmt ihn da nach den morgendlichen Ausfahrten mit Hygeia IV! Wie gut hat er es doch einmal gehabt ... und wie wenig war ihm gegen Ende dieser Zeit noch bewusst, dass dies alles schon Glück gewesen ist.

Einen Augenblick lang regt sich der Gedanke, der Empfang könne ihm gelten: Vorm Haupteingang der Business School, der Spätwintersonne zugewandt, stehen festlich gekleidete Menschen beisammen, lachen, plaudern. Es macht alles einen so frischen, hellen und reinlichen Eindruck, dass er sich kaum vorstellen kann, wo es hier etwas zu putzen geben könnte. Als er nähertritt, bemerkt Kottmüller, dass die Augenpaare nicht nach ihm ausgerichtet sind, sondern nach der Sonne. Alle sind bester Laune. Alle Frauen tragen kurze Kostüme, alle Männer legere Sakkos. Einige erzählen etwas, andere amüsieren sich darüber, wieder andere stellen das Erzählte pantomimisch nach.

Angeregt durch die gelöste Stimmung, wendet sich Kottmüller an eine in zartes Apricot Gekleidete, die eben laut herausgelacht hat, wobei ihre Hollywoodzähne das schöne Licht vielfach spiegelten, ja, es webt ein Puderzuckerduft um sie her, wie er das bislang nur von Backerzeugnissen kannte: „Was gibt's denn zu feiern?"

Mit einem Ausdruck abgründigen Ekels, verbunden mit der zweiten der fünf Lieblingsgesten Lailas, bringt die so Angesprochene nur ein: „Hä?" heraus.

Bevor sich Ulf erklären und präzisieren kann, was ihn zu der Frage veranlasst, löst sich einer der gutgelaunten jungen Herren aus dem Pulk und gibt dem Eindringling durch Wegwischbewegungen seiner Hand zu verstehen, dass er hier möglichst schnell das Feld räumen soll: „Ey! Schieb mal ab! Nix zu schaffen oder was?"

Die Anrede „Ey!" wird Ulf noch öfter zu hören bekommen.

Dahin sind nun alle Vorsätze vom Vortag; keineswegs erkühnt sich der Verscheuchte, spontan aufzubegehren, auf seinen gesetzlich verbrieften gleichen Rechten zu beharren oder etwas in der Art. Stattdessen trollt er sich wie es ihm geheißen wurde, zugleich überrascht und erschrocken. Dem Gruppengemurmel entnimmt er Begriffe wie „Spacko" oder „Stalker" – Letzteres hat er dann und wann bereits gehört. Erst im Laufe des Abends, da er, diesmal ohne jede Maschine, sondern nur mit einem namenlosen „neunteiligen Reinigungswagen" bewehrt, wienernd und kehrend die Flure und Schulzimmer durchwandert, macht sich ein Gefühl von Verwundung, von erlittenem Unrecht bemerkbar. War es denn so falsch, die fröhliche Studentin nach dem Anlass ihrer Fröhlichkeit zu fragen ... oder nicht eher, ganz im Gegenteil, ein Akt interessierter Teilnahme, der Mitfreude gar?

Noch weiß Kottmüller nicht, dass die vom Schicksal Auserlesenen, die an der Business School studieren dürfen, an jedem Nachmittag im Anschluss an die Vorlesung so beisammenstehen, wenn es das Wetter gestattet, beratschlagend, was der Abend bringen könnte. So entschließt er sich, noch einmal einen Kompetenteren zu befragen; doch der Hausmeister, ein breitschultriger Glatzkopf mit Ohrringen, dem er gegen 23 Uhr auf dessen Kontrollgang begegnet, scheint selbst etwas von diesem abweisenden, wegwerfenden Habitus in sich aufgenommen zu haben – er trägt auch durchaus keinen grauen Kittel, wie dies früher in Schulen so üblich war, sondern eine fliederfarbene Anzugjacke und ein weit offenstehendes weißes Hemd, das seine gekämmten Brusthaare erkennen lässt.

Ulf hält im Wischeln inne: „Sag mal, Kollege, was war das denn für ein Festakt heute Nachmittag? Habt ihr ein Jubiläum?"

„Was?"

Umständlich erklärt er ihm, was er gesehen und wie zuvorkommend er sich erkundigt habe und spart nicht an Schilderungen seiner Verwirrtheit, als ihm jede Antwort verweigert wurde.

„Ey!", nach einer Kunstpause deutet ihm der Hausmeister mit zwei Fingern auf die Nase. „Du hast hier überhaupt niemand anzuquaken, nicht mal mich, putz lieber ordentlich, im Treppenhaus sieht es ja aus wie Sau!"

„Da war ich noch nicht", verteidigt sich Kottmüller und ärgert sich noch in der Sekunde über sich selber, weil er wieder so defensiv, fast ängstlich und so ganz anders als seine Vorbilder, die Dragoner, geantwortet hat.

So entschließt er sich, wenigstens mit diesem aufgeblasenen Hanswurst gleiche Kopfhöhe herzustellen und blafft zurück: „Übrigens spreche ich an, wen ich anzusprechen wünsche, und das hast du nicht zu bewerten, du Spacko, oder was!"

Nicht ohne Stolz auf seine Leistung, vor allem die Verwendung gleich zweier neuzeitlicher Redensarten – „Spacko" und „oder was", „Ey!" muss irgendwann noch folgen – verschränkt Ulf die Arme und wartet auf die Gegenrede. Die bleibt nicht aus. Allerdings hätte er mit solch einem Furor nicht gerechnet: In einer einzigen, nicht uneleganten Bewegung, entledigt sich der Hausmeister seiner Jacke, hängt sie an eine Türklinke und jagt auf Ulf zu, eine Art Totschläger aus der Tasche ziehend, den er nicht ohne Geschick aufklappt.

„Ey! Ich zeig dir gleich mal, wer hier der Spacko ist, ja?"

Wie der Kampf ausgegangen wäre, keiner kann es wissen, zumal Kottmüller keinerlei Anstalten macht, auch nur einen Schritt zurückzuweichen.

Doch kurz vor dem Aufeinanderprallen der Kontrahenten schiebt ein Dozent seinen schmalen Oberkörper aus einem der

Technikräume hervor und protestiert: „Hallo? Was ist denn das hier? Ist mal bald Ruhe? Ich werde das umgehend weitermelden. Das wird Konsequenzen haben, das kann ich euch versprechen. Kloppt euch woanders, ihr Asis!“

Doch auch dazu kommt es nicht. Derweilen sich Kottmüller wieder an die Arbeit begibt, häkelt der Hausmeister nervös seine Jacke von der Klinke, und ohne weiter auf seinen Feind zu achten, schnürt er unter Bitten und Entschuldigungen in Richtung des Dozenten, der sich bereits in das wie ein Operationssaal im Kunstlicht flackernde Zimmer zurückgezogen hat. Als er kurz darauf seinen Kontrahenten den Flur entlangschnüren sieht, die Schultern herabhängend, fühlt er schon wieder dieses Mitleid in sich emporquellen. Ein wenig ärgert er sich darüber.

Es bedarf einer Flasche Kornbrand und einer Handelsgold, bis Ulf, in Jutedecken eingemummelt, im Hinterhof die Ereignisse des Tages in seinen Milbener Kosmos eingeordnet hat. Eines steht für ihn fest: Seit der Verlagerung seiner Arbeit von draußen nach drinnen, von der Freiheit der Straßen in die durchstrukturierte Welt der Versicherungen, Banken, Schulen, Ausbildungszentren und was nicht all bekommt er immer mehr mit von diesen anderen, die er bislang nur aus der Ferne betrachten konnte: von den eifrig Dahinhuschenden, den souverän am Geländer Lehnenden, den gewandt Daher-Plaudernden, den charmant In-die-Luft-Lachenden. All dies ist noch nicht eindeutig, aber es scheint sich doch wohl so zu verhalten, dass wie in längst zum Glück vergangenen Tagen zwischen Tonangebern und Befehlsempfängern ein Sperrriegel eingezogen, ein Graben gegraben, eine Grenze mit Fangzäunen errichtet wurde, um dass kein Gespräch, keine Diskussion und eine Fraternisierung schon gar nicht mehr stattfinde.

Laut Olim war das zwischendurch mal anders.

Es ist an Petra Wicki, die nicht so heißt, Freund Ulf gleich auf zwei voneinander unabhängigen Problemfeldern nicht nur ein Verständnis füreinander zu eröffnen, sondern zugleich Lösungen anzubieten. Sie ist nämlich die Erste, der er begegnet, nachdem er im Anschluss an den Kornbrand entschieden hat, den Erholungsschlaf auf den Morgen zu verschieben und lieber noch ein

Weilchen durch die Nacht zu promenieren. Sie kommt ihm entgegen in der Nähe der Container, wo sie sich einst kennengelernt haben; eine Dose Ananas hält sie in der einen, in der anderen Hand schwenkt sie eine Plastiktüte mit Brioche.

„Frühstück!", ruft sie ihm heiter entgegen.

Ulf reckt den Daumen. Petras Gegenwart tut ihm augenblicklich wohl. Ohne zu zögern folgt er ihr in ihre Wohnung; diesmal wird er nicht die Flucht ergreifen. Während sie in der Küche hantiert, die Ananasdose aufkurbelt, Kaffee überbrüht, die abgelaufene Brioche auspackt und dem Gast einen Weinbrand einschenkt, hört sie unter Kopfschütteln und Kichern seinem Bericht zu und unterbricht ihn erst an der Stelle, da er sich über die mangelnde Wohlerzogenheit dieser lachenden Trine mit den Hollywoodzähnen zu beschweren beginnt.

„Wie lange bist du denn schon hier?" Petra setzt sich ihm gegenüber. „Doch ein dreiviertel Jahr oder länger, nicht?"

Ulf bejaht. Doch dann muss er sich den Vorwurf anhören, er lege ein absichtsvolles Nichtverstehen an den Tag; seine Naivität könne doch längst nicht mehr echt sein. In allen den Monaten habe er doch wohl realisieren müssen, wie man sich wem gegenüber in der Stadt F. am besten verhält ... und sich auf diese Weise ungute Erlebnisse wie vorm Eingang zu dieser weltberühmten Business School erspart.

„Weißt du denn wirklich nicht, was das für Leute sind?"

Ulf verneint schüchtern.

„Dabei hast du noch Glück gehabt: Du durftest gleich am Anfang erfahren, wie die Dinge liegen. Meistens sind solche Gestalten, gleich welchen Alters, zum Scheine höflich – oder schlimmer noch: Sie pflegen dieses Sich-Heranwanzen, diese falsche Kumpelhaftigkeit niederen Schichten gegenüber, womit sie sich leider nur selber aufwerten. Solidarität und Anteilnahme: alles nur gespielt, schlecht gespielt, im festen Glauben, die Betrogenen seien zu blöd, den Betrug zu merken: doppelte Beleidigung also."

Indem sich Ulf vom Weinbrand nachschenkt, lauscht er dem Urteil einer Berufenen ... denn Petra, einst auf den Namen Gudrun getauft, hat schon in beiden Welten gelebt. Umhegt aufgewachsen in einem Viertel aus den zwanziger Jahren des 20. Jahrhunderts, wo die Straßen nach Figuren aus romantischen Balladen benannt und entsprechende Halbreliefs auf den Fassaden angebracht waren: Erlkönigweg, John-Maynard-Straße, Tay-Brücke, Damonpfad, bestanden mit Baumriesen; gaslaternenbestückt, kopfsteingepflastert; in der liebenden Obhut einer Mutter, die den Tod des Vaters, nach innen schluchzend jeden Tag, mit allen verfügbaren Gaben, Taten, Gedanken auszugleichen bestrebt war; geliebt von einer großbürgerlichen, zahlreich verbliebenen Verwandtschaft, umsprungen von der kreglen Kameraderie der frühen Jahre, so kam sie unter die Menschen ...

Und der Schutzbann wirkte lange nach, die Hut des künstlichen Dorfes; denn hier war ja alles. Es gab noch Bäckereien und Gemüseläden, Metzger und Schreibwarenläden, und alle kannten die Mädchen und Jungen beim Namen. Kindergarten und Schule befanden sich ebenfalls in dem lange schon verkehrsberuhigten Bezirk, ein weitläufiger Park mit Spielplatz außerdem. Niemand sperrte hier abends die Haustür zu, und man war doch mitten in der Stadt. Auch die Eltern verstanden sich untereinander; zu festlichen Anlässen wie Geburtstagen lud man einander ein, froh, so verlässliche Freunde gleich in der Nähe zu haben. Zu Ostern und in der Johannisnacht wurden Feuer entzündet und Kleine wie Große tanzten wahrhaftig drum herum. An Weihnachten zog man von Haus zu Haus, trank Punsch und beschenkte einander; und wenn doch einmal eine Familie verreiste – wozu nur? –, passten alle anderen auf, und nie kam etwas weg.

So erlebte Petra das Glück der Gemeinschaft, versinnbildlicht in einem Buch, das sie alle liebten: Neues von den Wurzelkindern. In einem gewissen Alter hätte wohl keines der Kleinen bestimmt zu sagen gewusst, ob es nicht selbst so ein Wurzelkind war. Und die Eltern, sie machten ja mit – und wie gerne! Im Winter schuf man Kuschellandschaften aus Kissen und Decken, wo es wie unter der Erde aussah, und die Großen übernahmen die Rollen von Mutter Erde und anderen, meist hinzuerfundenen gutmütigen Gottheiten. Als aber die Mode des Filzens aufkam, war zumal bei den Frauen kein Halten mehr; die Kinder gingen gewandet in elastisches Moosgrün und Ocker-Orange, versehen mit Mützchen, die wie Blätter aussahen, ins Freie und verlängerten so ihre Spielwelt nach überallhin. Hinter den Häusern standen Hüttchen, einst für Gartengeräte oder Ziegen gedacht, die wurden umgestaltet zu Spielhäuschen, die von März bis Oktober die quirlige Schar beherbergten.

Selbst in den ängstlichen Tagen vor dem Abitur – denn alle, die hier wohnten, legten die Reifeprüfung glänzend ab – ließ der Zusammenhalt nicht nach, im Gegenteil: Es war so selbstverständlich, einander zu helfen, wo immer es möglich war, dass Außenstehende teils mit Bewunderung, teils mit offenem Neid auf die herangewachsenen Wurzelkinder blickten. Niemand dachte darüber nach oder fand es gar verwunderlich, als die ersten Liebespaare sich im engen Umkreis bildeten; so kam Petra auf quasi natürlichem Wege, so wie zwei Bäume ein gemeinsames Laubdach ausbilden oder zwei Flüsse ineinanderfließen, mit Laurens zusammen, und es hieß: Die bleiben auf ewig beieinander! Petra hätte nicht nur nichts dagegen gehabt, sie wies den Gedanken von sich, ihre Liebesgemeinschaft mochte vielleicht einmal nicht halten. Auch Petras Mutter, die fast immer mit dabei war, genoss das Glück, in einen personenreichen Haushalt mit aufgenommen zu werden, denn die Eltern des Erwählten ihrer Tochter behandelten sie wie eine unverzichtbare Schwester.

Es war damals Mode, erklärt Petra ihrem verzückt und ein wenig ungläubig zuhörenden Gast, dass die Mädchen sich mit den Künsten beschäftigten, die meisten Jungen aber frühzeitig Kenntnisse und Fertigkeiten auf dem Gebiet der elektronischen Datenverarbeitung erlangten. Anders als noch eine Generation zuvor, als es für unschicklich galt, einen bereits in jungen Jahren oder demnächst mit einiger Sicherheit wohlbestallten Mann sich zu sichern, sondern – fürs Erste – auf Bummler, Globetrotter, verfolgte Studenten aus Nicaragua oder aus dem Iran oder wenigstens auf gelehrige Arbeiter mit linken Ansichten auswich, fiel Petras weibliche Mitwelt zurück in die Versorgungsmentalität der Großmütter: in der Praxis ... proklamierte aber gleichzeitig, die feministische Entwicklung sei so weit vorangeschritten, dass man getrost auf erprobte Modelle der Vergangenheit zurückgreifen könne.

Da seien Frauen von heute durchaus selbstbewusst.

Selbst die Phase von Ausbildung und Studium, da sie in unterschiedlichen Städten lebten, brachten Laurens und Petra vorzüglich herum. Sie schrieb sogar Briefe. Er telefonierte lieber. Wochenenden und Ferien aber verlebte man mit dem eingewohnten Freundeskreis, in dem die Pärchen genauso zusammengesetzt waren, und man ein für junge Leute fast luxuriöses, zumindest stylishes, zeitgemäßes Konsumleben führte. – Es war also längst alles vorbereitet, die Liste der Hochzeitsgäste stand fest, das Häuschen erworben (glücklicherweise war kurz vorher in der Ibikus-Passage eine Großtante verstorben), ja sogar die Reise nach Island, ins Land der Feen war gebucht, da eröffnete Laurens seiner Verlobten, er werde tatsächlich heiraten, nach Island reisen und auch das gemeinsam eingerichtete Haus beziehen, allerdings sei seine Partnerin mittlerweile eine andere, die kaum 18-jährige Austauschschülerin Louna, die einmal Model, Schauspielerin oder Künstlerin werden wolle.

Gnädig überspringt Petra die Zeit ihrer Enttäuschung und der darauf folgenden Orientierungslosigkeit, einschließlich des Verlusts von Eigentum, Freunden und – Mutter. Denn auch ihre in alle Ewigkeit angehimmelte Mama, die mit so viel Hingabe und echtem Lieben ihr Kind großgezogen hatte, war auf einmal nicht mehr da: verstorben an einer ingrimmigen, rasch verlaufenden Krankheit. – Wie sie schließlich nach F. gekommen ist, darüber schweigt sich Petra aus, sie erwähnt nur beiläufig, dass sie ohne Gacho, einen übermütigen Vagabunden mit Flöte und Wanderstab, der sie eine Zeit lang bei sich in der Bauwagenburg wohnen ließ, vermutlich nicht überlebt hätte. Um sich an die neuen Lebensbedingungen zu gewöhnen, habe sie gar nicht so lange gebraucht wie man annehmen sollte, denn so sei der Mensch. Jedenfalls, sie sei eine von denen, die befugtermaßen vergleichen können zwischen Freude und Elend der Geborgenheit und der von allen Annehmlichkeiten befreiten, puren Existenz.

„Es ist einfach so“, nimmt sie den Faden wieder auf, „dass diese jeunesse dorée, der du begegnet bist, nicht die geringste Ahnung von dem hat, was außerhalb ihrer Sphäre vor sich geht. Bohrst du nach und fragst sie, was es mit Chancengleichheit, Verteilungsgerechtigkeit oder gar Nächstenliebe auf sich hat, werden sie dir immer recht geben ... bis sie schließlich eingestehen müssen, dass sie unhinterfragt der Ansicht sind, ein jeder sei für sein Schicksal selbst verantwortlich. Und damit basta.“

„Sind sie hartherzig?“, will Ulf wissen.

„Sie sind es nicht, sie werden‘s.“

„Dann hättest du“, erinnert er sich an ein Gespräch einige Zeit zuvor, „deine Aufgabe bestanden.“

„Wie meinst du das?“

„Olim ist der Ansicht, wenn es überhaupt so etwas wie eine Aufgabe im Leben gibt, dann die, sich gegen die Hartherzigkeit zu behaupten, wenn man in so eine Situation der ... wie sagt man noch?“

„Anfechtung?“

„ ... der Anfechtung gerät. Danke.“

„Das wäre aber auch nicht ganz fair“, sinniert Petra und fingert ein Stück Ananas aus der Dose.

„Inwiefern?“

„Ich hatte ja die unverschämte Gnade, rechtzeitig aus der Bahn geworfen zu werden. Meine ganzen wunderbaren ehemaligen Freunde aus dem schönen Wurzelkinderland leben immer noch darin: in ihren hübschen Häusern, in ihrem abgründigen Wohlstand, in ihren weltfernen Ansichten.“

„Und sind sie jetzt hartherzig?“

„Untereinander nicht.“

„Sind sie hartherzig?“, beharrt Ulf und testet, ob sich der Weinbrand mit der Brioche versteht. Er tut es.

„Wenn du mich so fragst – vermutlich ja.“

„Wenn es eine Hölle gäbe“, mampft Ulf, „kämen die da rein.“

„Ist gar nicht nötig.“ Petra lächelt matt. „Sie sind schon drin. In der Hölle der Gemütlichkeit.“

In diesen Tagen eines zögerlichen Vorfrühlings, da Kottmüller alle Energie aufwenden muss, um seinen Arbeitsabend ohne Eskalation zu bestreiten, sieht er Wicki Petra fast täglich. Nach einigen nicht immer angenehmen Unterredungen, Hilke betreffend und Ulfs Verantwortung ihr gegenüber, übernimmt Petra das Amt der Kupplerin. Es sei an der Zeit, beschließt sie, dass ihr Schützling endlich erwachsen werde und seine Auserkorene nicht länger quäle mit seiner Unschierigkeit, sondern endlich Nägel mit Köpfen mache.

„Das klingt hart", beschwert sich Ulf. „Es geht doch hier um eine echte romantische Verbindung wie sie uns Ernst Dietrich Haßfurther im Monat Mai 1926 ..."

„Wird sich herausstellen", bleibt Petra vorsichtig in ihrer Beurteilung der Ehezukunft ihres Mandanten.

Da sich Hilke auch einem Gespräch mit Petra verweigert („Lasst mich doch endlich in Ruh mit dem Hannebambel!"), findet jene den richtigen, den einzigen noch nicht verkrauteten Weg: über Mama.

Die rüstige Dame wundert sich kurz, als Petra bei ihr schellt und ihr Anliegen zartfühlend vorbringt; doch gar zu integer und vertrauenswürdig scheint dieser Besuch zu sein, um da einen Hinterhalt zu vermuten ... und welche Mutter könnte schon widerstehen, wenn es darum geht, ein Band zugunsten der eigenen Sprösslinge zu knüpfen? Der Preis freilich ist hoch; als sie ihrer Tochter offenbart, wer sie aufgesucht hat und warum, ruft sie damit eine Schweigewoche aus.

Kurz nach Ablauf dieser Frist, da sie zwischen Bad und Flur bestenfalls ein „Verräterin!" zugezischt bekommt, verhält sich Hilke ihr gegenüber plötzlich milder: „Und woher weiß ich, dass er nicht schon wieder lügt?"

Überrascht richtet sich die Mutter im Fernsehsessel auf: „Wenn diese zuvorkommende Dame recht hat, dann kann er gar nicht lügen."

„Des glaub ich net."

„Find's heraus."

„Hab ich schon: ein Lügner. Das steht fest."

An dieser Stelle weiß Hilkes Mama nichts mehr zu entgegnen. Das ist aber auch gar nicht nötig, denn samstags darauf sprüht sich Hilke mit Lavendel ein und macht sich – ein letztes Mal, das ist sie ihrer Würde schuldig – auf den Weg zu Ulfs Werkstatt. Freilich weiß sie über die Gepflogenheiten im Wochenplan ihres potentiellen Liebsten aktuell nicht Bescheid; so klopft sie denn vergeblich gegen die Fensterscheiben der Schreinerei. Immerhin, spricht sie zu sich selber, ist diesmal kein Weibsstück drin. Ratlos wendet sie sich um und lässt sich zum Warten auf den renovierten Handwagen nieder. Aber nicht lange, denn es hat kaum 10 Grad und der Tag ist feucht.

Als sie sich seufzend erhebt und dem Durchgang zur Straße langsam zustrebt, hört sie etwas über sich sprechen: „Sind Sie die Hilke?"

„Was? Ja. Warum?" Geblendet blickt sie nach oben und erschrickt: Schon wieder so ein hübsches, dünnes Ding!

Aus dem Fenster schaut Laila, der zu ihrem Leidwesen keine Schilderung von Ulfs Kapriolen erspart geblieben ist: „Sie müssen wirklich gar nicht eifersüchtig sein."

„Ich bin net eifersüchtig!"

„Der Ulf, der liebt nur sie. Das weiß ich längst." Mehr bringt Laila nicht heraus, denn ihre Intervention ist mit einiger Aufregung verbunden – zumal Gina-Lisa direkt hinter ihr steht und alles mitbekommen will. Auch Hilke fällt nichts ein, was sie auf solch eine Behauptung erwidern könnte, so entsteht eine Pause, in der beide Zeit finden, sich zu sammeln.

„Ich kann ihn anrufen, wenn Sie wollen?"

„Sie haben seine Telefonnummer?", wittert Hilke eine neue Romanze.

„Er hatte kein Smartphone, da hab ich ihm mein altes gegeben, weil er ein Freund von meinem Papa ist."

„Prima!", freut sich Gina-Lisa, die jeder Vorgang, der mit Liebe und heraufdämmernder Erotik zu tun hat, seelisch mitnimmt.

Laila versucht sie zu übertönen: „Ich kann Ihnen die Nummer auch sagen, da können Sie ihn selber anrufen. Samstags kauft er Zwiebeln, in O."

Dies ist eine Aussage, die in Hilkes Ohren etwas Vertrauenerweckendes hat: Zwiebeln – sehr gut. Sie hört sich „Danke, gern!" sagen und tippt die Zahlen in ihr Mobilfunkgerät ein. – Keine Stunde später sitzt sie neben Ulf auf der besagten Bank und schuffelt mit den Schuhen. Nach und nach schiebt sich die Sonne durch den Dunst, aber warm wird es nicht. So verfällt Ulf auf den einmaligen Gedanken, Hilke zu einem zweiten oder – in seinem Falle – dritten Frühstück einzuladen. In Fragen der urbanen Ausgehgastronomie wenig bewandert, fällt ihm immerhin ein Café in der Nähe ein, das durch seinen nach einem Komponisten benannten Namen Ulfs Neugier zu erwecken vermochte. Auf dem Hinweg parliert er gewandt über das Requiem des Tonsetzers und welche Erschütterungen er ein jedes Mal erleide, wenn er auch nur ein paar Töne davon irgendwo vernehme.

„Ich hör kei Mussik", zuckt Hilke mit den Schultern. „Nur Radio."

„Musst du auch gar nicht", räumt Ulf jovial ein. „Es genügt ja, wenn ich die Kinder damit vertraut mache."

Hilke hält es für angebracht, daraufhin ihren Ellenbogen gegen den Charmeur auszufahren.

Auf Anhieb finden sie ein dämmeriges Eckchen, wo sie in Ruhe Gedeck um Gedeck nachordern können. Zuerst freut sich Hilke an der frappierenden Großzügigkeit ihres Kavaliers, dann befürchtet sie Verschwendungssucht. Doch ein ganz anderer Sachverhalt nimmt bald ihre Aufmerksamkeit gefangen, und endlich einmal geht etwas zu Ulfs und ihrem Vorteil aus. Die weibliche Bedienung nämlich erregt bei jedem neuen Auftreten bei sämtlichen Männern im Raum Verwirrung und Begierde, was nicht nur auf die mokante Kleidung zurückzuführen ist, sondern auf ihre insgesamt strahlkräftige, makellose und selbstsichere Erscheinung.

Der Einzige, der nicht hinguckt, ist Ulf.

Hilke hat nicht den Eindruck, dass sich ihr Galan zu dieser ihrerseits nie erlebten Souveränität gegenüber überbordender Schönheit zwingen muss; ungestört berichtet er von den Monaten seiner Einsamkeit, wobei er sich mehr als einmal beim Lügen erwischt. Aber ist es denn Lügen? Oder mehr statthafte Übertreibung, um dem tatsächlich Erlebten erzählerisch näherzukommen? Selbst als sich diese lieblich duftende Frühlingsgottheit geschmeidig über ihn beugt, um den nächsten Milchkaffee mit Rührei und Brötchen abzustellen und ihr freigelassener, mit einem Silberkettchen verzierter Bauchnabel kaum zwanzig Zentimeter von Ulfs Augen entfernt ist, lehnt er sich zurück, mit einem Gesichtsausdruck, der zwischen Belästigung und Ekel changiert.

Sie kommen überein, dass Hilke bei jedem drohenden Missverständnis gegebenenfalls sogleich Ulfs Nummer wählen soll und niemals wieder schweigend und schmollend in Liebeskummer sich verzehre.

Auf ihre zögerliche Nachfrage, ob ihr Zukünftiger denn gar nie und niemals Liebeskummer empfinde, fällt ihm die bestmögliche Antwort ein, im Stil zwar noch immer geschult am alten Haßfurther, in der Sache jedoch überzeugend: „Wie sollte ich denn, da ich doch sicher weiß, dass du mir bestimmt bist seit Anbeginn?"

Hilke sieht sich spontan zu einem bis dato nicht vorstellbaren Ausbruch der Leidenschaft veranlasst, was wiederum die Bedienung mit einem Anflug von physischem Widerwillen registriert.

Ihrer mit vielen Perlchen an Fingernägeln und Ohren versehenen Kollegin flüstert sie ungläubig zu: „Ih, guck mal, Sponge-Bob und Miss Piggy machen Liebe!"

Mit einer anderen Art Frühlingserwachen sieht Ulf sich konfrontiert, als er am Abend, ohne Hilke, in seine Wohnwerkstatt zurückkehrt. Im Couch-Eck liegt jemand, zusammengerollt wie ein Reptil: Gina-Lisa. Ihre sachten Schlafgeräusche liegen in der Mitte zwischen Schwein und Mensch. Ulf schaudert's. Was will die hier? Dann aber geht das Rüsseln und Seufzen in eine Sonderform des Weinens über, dürre Arme greifen nach ihm aus und ziehen ihn zu der Erwachenden hinab. Was für ein Glück, dass Hilke nicht mitgekommen ist!

„Omwadde-kunau", beginnt Gina-Lisa erwartungsgemäß, doch was dann folgt, ist ein wirres Ineinander von Milbenerisch, Neudeutsch, Englisch und sogar etwas Italienisch, aber das hört sich vielleicht nur so an. Nach und nach entnimmt Ulf dem Kauderwelsch, das vermenschlichte Schwein habe sich zum Abgrund seiner Seele verliebt, in einen kurdischen DJ. Und das kam so: Am gestrigen Abend habe Laila von einem Club geschwärmt, den sie schon seit immer einmal aufzusuchen wünschte, doch ein jedes Mal sei sie an der Pforte abgewiesen worden; mit Gina-Lisas Hilfe jedoch gedenke sie ins Innere der Verheißung vorzudringen. Gina, die Menschgewordene, habe sich nicht bitten lassen, sondern Lailas verwegenes Minikleidchen übergestreift und sei ohne Umstände von dem außergewöhnlich virilen Zerberus zum Passieren aufgefordert worden.

Als sie sich aber umgeblickt habe, sei da keine Laila ihr nachgefolgt; stattdessen habe sie ein bereitwilliger Helfer unterm Arm gefasst und behutsam auf die Tanzfläche geschoben. Da ihm, wie sie bald feststellen musste, ihre Art zu tanzen nicht wohlgefiel (jener Kreistanz, den sie zeit ihres Schweinelebens so geliebt hatte), ließ er sie alsbald allein, und sie habe Zeit gewonnen, sich in dem ungewohnten Etablissement umzusehen. Als sie aber des feschen Plattenauflegers und seines in mehrere Deltas aufgeteilten Bartes ansichtig geworden sei, habe sie plötzlich keine Luft mehr zum Atmen einziehen können, so schwach sei ihr zumute gewesen ... und dann sei sie schließlich in dessen Armen aufgewacht. Ob sie jetzt schwanger sei und welche Art von Geburt daraus zu erfolgen habe, wisse sie nicht zu sagen, denn nach Kurzem habe Enis – sein Name sei Enis – sie ohne Erbarmen auf die Straße geschickt, als sie, halb vor Verwirrung, halb aus Ehrlichkeit ihm offenbarte, eigentlich ein verzaubertes Schwein zu sein.

Noch lange Wochen nach der Verwandlung hatten Gina-Lisa und Ulf gefremdelt. So gut es nur ging, waren sie einander ausgewichen, und wenn eine Begegnung unvermeidlich war, drückten sie sich aneinander vorbei und sprachen kein Wort. Höhepunkt der Entfremdung war der Heilige Abend, als Ulf sich partout weigerte, die Olims zum Abendessen zu besuchen. So hockte er denn lieber einsam in seiner Werkstatt, hörte die Pfarrturmglocken läuten und fing an zu heulen. Gina-Lisa heulte auch, aber oben, in Lailas Obhut. Mariechen erklärte ihren Eltern, sie sollten sich keine Sorgen machen; Gina-Lisa befinde sich umgerechnet sozusagen in der Pubertät, und da seien Identitätsprobleme und nachfolgendes Geheule an der Tagesordnung. Sie selbst, Mariechen, habe beschlossen, diese unsägliche Phase zu überspringen, da geschehe doch nur Mist. Der nächste Geburtstag nach ihrem 12. sei dann der 22.

Man bitte dies zu beachten.

Tatsächlich hatte sie etwas Wahres angesprochen. Gina-Lisa, ob es nun auf jenen jüngst überstandenen Gattungswechsel oder schlicht auf ihr Temperament zurückzuführen war, kam nur langsam zu Bewusstsein, in welchem Dilemma sie steckte: Bald wünschte sie sich, wieder Wollschwein zu sein, um mit ihrem Ulf nach Hause in den Norden zurückzukehren; kurz darauf, da Johanna aus Mitleid bereits Michaela aufgesucht und sich nach den Chancen für eine Rückverwandlung erkundigt hatte, schien es ihr peinlich zu sein, jemals mit so einer Kreatur etwas zu tun gehabt zu haben, und sie verbat sich entschieden, daran erinnert zu werden. Vor allem nicht von Ulf.

Als Johanna zurückkam – gemeinsam mit Michaela hatte sie besagte Kühlwalda aufgesucht –, war sie auf Tage verwirrt. Schließlich nahm sie sich zusammen, ging zu Ulf und berichtete ihm, die offenbar wahrhaftig heilkundige Dame habe vorgeschlagen, einen Kompromiss nach altem Muster zu finden: Ohne größere Schwierigkeiten könne man es so einrichten, dass Gina-Lisa 14 Tage als Mensch und 14 Tage als Schwein lebe, ganz nach Gusto. So müsse sie auf keine der beiden Lebenswelten verzichten; eventuell ergäbe sich daraus sogar eine Berufsperspektive. Nur der Prozess, vom einen ins andere Stadium überzuwechseln, sei stets ein wenig unangenehm.

„Ein wenig?“, kreischte Gina-Lisa da auf. „Das ist des Todes!“

Laila war heimlich stolz auf die Gelehrigkeit ihrer älteren Schülerin; nach den obligatorischen Gesten hatte sie auch das Repertoire der häufigsten neuzeitlichen Redensarten innerhalb weniger Tage auswendig gelernt. Was Laila weniger behagte, war die Aussicht, die Hälfte der Zeit ohne ihre mittlerweile engste Freundin verbringen zu sollen ... und ein wenig eklig fand sie das alles, offen gesprochen, auch. – Ganz anders Ulf. Diese Aussicht, überhaupt einmal wieder sein Schwein, seine echte und wahre Gina-

Lisa, ihres Zeichens das wunderbarste Wollschwein unter der Sonne, wiedersehen zu dürfen, ließ ihn frohlocken.

Steten Wechsel war er ja gewöhnt.

Man einigte sich, die Sache auf die Nacht zum 17. April zu verschieben, die laut Kühlwalda besonders magisch sei. Das war ja noch ein Weilchen hin. Alle bemühten sich, nicht mehr daran zu denken, vor allem Gina-Lisa. Ab dem Zeitpunkt aber, da alles beschlossen und eine Lösung gefunden war, bemerkte man bei Ulf eine Verhaltensänderung gegenüber seinem ehemaligen und bald wieder neu erstehenden Schwein: Zunächst begann er zu grüßen, blickte dabei aber in die andere Richtung; dann sprach er ein paar Belanglosigkeiten mit ihr, die aber niemals mit ihrem Menschsein zu tun hatten, also über leckere Nacktschnecken, die selbstgebaute Suhle oder seinen Entschluss, ein Vegetarier zu bleiben. Schließlich saßen sie abends nebeneinander und lachten sich in Trance, wenn sie die Ereignisse der Reise rekapitulierten.

Nur Olim wurde das alles zu viel. Man sah ihn jetzt öfter wieder auf seiner Schaukel sitzen; zu Hause war ihm die Ruhe genommen. Gewiss, niemals würde er auf die Freundschaft mit Ulf mehr verzichten wollen. Doch war er nicht selbst, während sich alle hin und her und immer weiterentwickelten, auf der Strecke geblieben? Kontakt in die Heimat war immer noch selten möglich, und eine Perspektive, endlich in Lohn und Brot zu kommen, nur sehr vage. Dass eine Wendung auch seines Geschicks voraussichtlich mit Ulf zu tun haben würde, war nach den höchst sonderbaren Erfahrungen der letzten Monate überaus wahrscheinlich; wie dies aber schließlich vonstatten ginge, konnte er zu diesem Zeitpunkt nicht erahnen.

Es hätte ihn auch weit mehr überfordert als alles bisherige.

Kottmüllers erste Widerstandsaktion ist der Lust geschuldet, der Lust auf eine Zigarre, kann also noch nicht als willentlich geplante und umgesetzte Heldentat verbucht werden. Dennoch, die Folgen sind beträchtlich ... und wieder anders als erwartet.

Es beginnt mit der Schulchefin, einer hoch gebildeten, fein gekleideten Mittfünfzigerin mit schmaler Goldrandbrille, die den

Typen mit dem Reinigungswagen entschlossen zu sich in den Sitzungssaal winkt.

„Ey, komm mal rein da."

Gehorsam legt der Angesprochene den Kunstfaserlappen über den Griff und schlurft in den zusätzlich zu einer Fensterfront durch ein kompliziert geformtes Glasdach tagsüber erhellten Raum. Jetzt aber ist es dunkel draußen, und die vielen Glasscheiben reflektieren das viele LED-Licht schmerzhaft für seine Augen.

„Jetzt komm doch mal!" Die Leiterin der Business School scheint mit Ulfs gediegener Fortbewegungsgeschwindigkeit nicht einverstanden zu sein. Gleichzeitig deutet sie in mehrere Richtungen. „Das musst du heute noch machen. Das muss alles tippi-toppi sein, verstehst du? Morgen Sitzung. Wichtig!" Damit will sie ihm einen Fünf-Euro-Schein in die Hand schieben.

Im letzten Moment greift Ulf nicht zu.

„Wie denn? Männerstolz vor Königsthronen oder was?"

Mit einem knappen Auflachen und Schultertätscheln dreht die beschäftigte Dame ab und verlässt den Saal, freilich nicht ohne den Kopf zu schütteln. In Gedanken versunken, folgt Kottmüller ihr nach. Er putzt zuerst den Flur, dann die anderen Büros. Zum Schluss kommt er dem Sonderauftrag nach. Er sieht auf die Uhr: Die reguläre Dienstzeit ist seit zwanzig Minuten abgelaufen. Bis er hier alles wunschgemäß poliert hat, wird mehr denn eine Stunde vergangen sein. Da überkommt ihn diese Lust. Durchaus, er wendet Sorgfalt an; wienert die Tischplatten nach Kräften, aber ohne Wasser, damit nichts in die versenkbaren Laptops tröpfelt; schrubbt den Boden und vergisst auch das Whiteboard und die Fenstersimse nicht. Besser hätte es ein kompletter Reinigungstrupp nicht hinbekommen – mit dem Unterschied, dass Ulf während seiner gesamten Aktivitäten eine Handelsgold pafft. Längst hat er es darin zur Virtuosität gebracht, so dass er nur einmal, als es ihn unter den Gummihandschuhen juckt, das lieblich dampfende Ding aus dem Mund nehmen muss.

Der Anruf erreicht ihn im Halbschlaf kurz vor sieben. Es ist ein Chef, keine Frage, sogar sein direkter Vorgesetzter diesmal, der mit scharfen Worten Kottmüller in Kenntnis setzt, er sei soeben von der Rektorin der Business School angerufen worden. Es wäre dabei um eine seit Jahrzehnten nicht erlebte Geruchsbelästigung gegangen: ein Skandal! Er, Kottmüller, sei der Hauptverdächtige. Binnen einer Stunde habe er sich im Dienstgebäude einzufinden. Er solle sich warm anziehen.

Verärgert, weniger durch die Schimpfkanonade, die der Schilderung des Sachverhalts folgt, als durch die Tatsache, dass man ihn nicht ausschlafen ließ, begnügt sich Ulf mit einer Katzenwäsche. Instinktiv wählt er den geklauten Lieblingsanzug und setzt sich einen für seine Verhältnisse wohlgeformten Hut auf, den kürzlich die Petra für ihn aus der Tonne gezogen hat, nebst einem Paar auffällig gemusterter Schuhe des Turiner Designers Franco Leonti, allerdings ohne Schnürsenkel.

Im Treppenhaus der Leihfirma Lucky Look begegnet Kottmüller dem Joschi, einem Bekannten von Anastasios. Der Plausch dauert länger als beabsichtigt, man hat sich ja lange nicht gesehen. Anastasios, so erzählt der Kollege, sei bei einer Welt-Gerichtsbank oder so ähnlich im Einsatz; dort habe er es gut getroffen, bis auf die Arbeitszeiten halt, aber das sei ja mittlerweile überall so üblich, außerdem ...

„Kottmüller!“ Der Ruf verrät: Hier ist jemand gewohnt zu befehlen. „Kommen Sie jetzt so-fort herauf!“

Scheinbar hat man ihn bereits beim Betreten des Gebäudes beobachtet. Ärgerlich. So fühlt sich der Herbeizitierte auch nicht bemüßigt, die Stufen hinaufzueilen. Unangebracht gelassen betritt er das Büro des Chefs, wo außer demselben noch eine Sekretärin sowie ein Angestellter der Business School Platz genommen haben. Ob seines unerwartet smarten Auftretens fixiert ihn das Tribunal nicht ohne Verwirrung. Kurz darauf kommt noch jemand – grußlos – herein, ein schmaler Herr mit kurzgeschnittenen weißen Haaren; dieser ist ihm unbekannt. Seitlich nimmt er Platz, lässt Kottmüller nicht aus den Augen. Unverhofft leise, fast zutraulich, beginnt der Chef die Befragung; dennoch, dies registriert der Verhörte sehr wohl, die Stimme ist unruhig und von Anfang an insistent.

Immerhin, zum ersten Mal seit Langem wird Ulf gesiezt: „Herr Kottmüller, wenn Sie sagen, Sie waren es nicht, dann fangen wir noch einmal mit den Untersuchungen an. Es könnte ja sein ... aber gut. Herr Kottmüller, sind Sie Raucher?“

„Handelsgold.“

„Bitte?“

„Das ist eine Zigarrenmarke. Kostet nicht viel, die Qualität jedoch ...“

„Das ist egal. Kottmüller, haben Sie gestern im Sitzungszimmer, das Sie reinigen sollten, so eine ...?“

„Handelsgold.“

„... Zigarre geraucht?“

„Selbstverständlich.“

Die Sekretärin und der Vertreter der Business School reagieren, als hätte sie beim Schwimmen auf offenem Meer ein Zitterrochen berührt.

Fassungslos starrt ihn der Vorgesetzte an: „Aber warum nur? Sie wissen doch, dass Rauchen überall verboten ist und zwar seit x Jahren!“

„In der Business School“, unterbricht ihn aufgeregt der Abgesandte, „hat seit dem Neubau überhaupt noch nie jemand ...“

„Weil ich drauf Lust hatte“, unterbricht ihn Kottmüller seinerseits. „Und weil Feierabend war.“

„Sie wissen, dass Sie damit Ihre fristlose Kündigung provoziert haben?“, keucht der Leiter der Lucky Look nach einer Pause, die nötig war, um der Ungeheuerlichkeit der Aussage gewahr zu werden.

„Jetzt weiß ich's“, gibt Kottmüller jovial zurück. „Das ist aber nicht schlimm“, unternimmt er einen Versuch, die Versammelten darüber hinwegzutrösten, dass sie eine unangenehme Entscheidung zu treffen haben, denn bis auf den Weißhaarigen sehen alle recht angegriffen aus, beschäftigt mit ihrem Zorn, und das ist immer anstrengend.

Um nicht eine weitere Gesprächspause entstehen zu lassen, redet Kottmüller ungerührt weiter: „Ich habe längst mit dem Gedanken gespielt, der Reinigungsbranche Adé zu sagen. Die Arbeit auf Hygeia IV, meiner Kehrmaschine, das war noch was! Aber jetzt, in diesen scheußlichen Gebäuden mit diesen hartherzigen Leuten drin, das ist nichts für mich. Und sollte auch für niemanden etwas sein", fügt er leutselig hinzu. „Überdies bin ich der Meinung, dass jeder seinen Dreck selber wegputzen sollte." Ohne eine Erwiderung abzuwarten, erhebt er sich, grüßt kurz nach Arbeiterart und verlässt den Raum.

Leider kann er den Joschi nicht mehr finden, so entschließt er sich, in der Grünanlage gegenüber eine Handelsgold zu rauchen; beim Beschreiben der Situation gestern Nacht hat sich erneut eine Lust darauf eingestellt – und was für eine! Nach einer Weile auf der Parkbank, da er zufrieden vor sich hin schmunzelt und den Qualm genießt, bemerkt er, wie jemand neben ihm Platz nimmt – der Kurzgeschorene!

„Das war aber ein Auftritt eben", beginnt der Fremde kopfschüttelnd. „Kompliment! Auch das Zitat", dabei deutet er auf Kottmüllers Schuhe. „Einfach klasse."

„Wer sind Sie denn?"

„Reinhold Fellhauer. Lucky Look, Controlling. Sagen Sie mal, da Sie so flott Ihre Kündigung entgegennehmen: Haben Sie schon was Neues?"

„Dies und das", hört Kottmüller sich locker lügen. „Kann mich aber noch nicht entscheiden."

„Falls Sie vielleicht ein bisschen mehr verdienen wollen ..." Damit überreicht ihm der Controller eine Visitenkarte. „Wir haben da so ein Boutique-Hotel, ganz hübsch gelegen, am Stadtrand. Da fehlt uns jemand, der ein bisschen auf die Bengel aufpasst."

Kottmüller starrt auf die Karte, ohne etwas zu erkennen, dazu ist er zu aufgeregt. „Könnte ich mir ja mal anschauen."

„Sie haben so etwas Entschlossenes." Fellhauer blickt ihn durchdringend an. „Das gefällt mir."

„Echt?" Ulf lächelt und weiß nicht, was er sagen soll.

„Und ein geradezu unerhörtes Selbstbewusstsein."

„Das ...", pustet Kottmüller den Rauch seinem Gegenüber aus Versehen ins Jackett und lächelt weiter. „Das sieht nur so aus."

Mit einem jener unerklärlichen Vorgefühle, das Gesuchte nähere sich bereits, beginnt die Wiederaufnahme der Suche nach Strippler, Berzel und Erben. Als Kottmüller in jener Nacht die Durchfahrt zum Hof eins passiert, zurückkehrend von einer Ausstellungseröffnung, zwar ohne Joghurt, aber doch so fade, dass er Michaela genötigt hat, beizeiten abzuschwirren, erinnert er sich an den Moment – oder meint sich daran zu erinnern –, da er den Papierbogen, von unbekannter Hand beschrieben, einst auf seinem Kopfkissen fand: „Such in der DB ..." Das will aber nichts bedeuten; schon mehrmals ist ihm das auf dem Heimweg eingefallen, meist verbunden mit einer ungewissen Ahnung, es könne sich neuerlich in der Atmosphäre etwas verschoben haben, mit unerwarteten Folgen. Doch es lag niemals wieder so ein mysteriöses Schriftstück an der allerprivatesten Stelle seiner Behausung, niemals mehr musste er über so eine kryptische Hilfestellung nachgrübeln, halb dankbar und halb verunsichert. Niemals, bis auf heute:

Such bei Lazarus daheim.

Mehr steht nicht drauf. Erneut verspürt Ulf eine Scheu, das Papier in die Hand zu nehmen, so, als wäre es elektrisch aufgeladen und könnte Blasen auf der Haut oder sonstige, am Ende für seine Gesundheit gefährliche, Reaktionen auslösen. Dem Impuls, sogleich Olim einzuweihen, widersteht er; stattdessen lehnt er sich mit dem Rücken an die Wand und wartet, bis die Gänsehaut sich zurückzieht. Es ist ganz unmöglich, diesen bodenlosen Gedanken wegzuschieben; so sehr er sich auch bemüht, Vernunft walten zu lassen und eine für jedermann nachvollziehbare Erklärung zu ersinnen: Wer soll ihm so etwas schon zustecken, na wer? Keiner sonst als Konrad, der Dragoner! In dem Augenblick, da er sich eingesteht, so etwas tatsächlich gedacht zu haben, verstärkt sich die Gänsehaut ins Unerträgliche, und er hört sich einen Verzweiflungsruf in die Stille entsenden, abgelauscht ausgerechnet den Leutchen aus der Neureichen-Schule.

„Ey!"

Aus Angst, er könnte Antwort erhalten – und was dann? –, wagt er keinen weiteren Laut mehr von sich zu geben. Wenn er aber etwas spräche, so wäre es eine Frage, dem Unmöglichen gestellt.

„Bist du hier? Dann gib dich zu erkennen!"

In Not greift er nach der Obstwasserflasche, trinkt aber nicht daraus, sondern gießt einen Schluck in die hohle Hand, dass es nach den Seiten und durch die Finger trieft und reibt sich erst die Arme, dann die Wangen ein, um dieses grässliche Bitzeln wegzubekommen. Es gelingt. Ein klein wenig mutiger und nach Kirschwasser riechend, kehrt er zur Schlafkaut zurück und nimmt sich den Bogen noch einmal vor. Wie befürchtet, sind die Buchstaben in Deutscher Schrift gehalten; das Papier sieht aus, als wäre es in keinem Schreibwarenladen mehr erhältlich. Grob, aber weich und ohne rechte Winkel.

Lazarus! Was soll das nun wieder bedeuten? Warum schreibt man ihm nicht klar verständlich, was er zu tun hat, wenn man ihn schon kontaktiert – aus welcher Ferne auch immer? Treibt man kindische Spiele mit ihm? Aber wozu denn? – Verzagt ob der Ergebnislosigkeit seiner und Olims Bemühungen, hat er in den letzten Wochen überhaupt nichts mehr unternommen. Immer wieder wurde der Notizzettel vorgeholt, doch allmählich hatte er die verständnislosen, genervten, bestenfalls nichtssagenden Erwiderungen leid: kein Deutetisch, keine Registrierung bei der Bürgerwehr, keine Akten aus der Heimat, die auf einen „Rumser des Jahres 1789" hingedeutet hätten. Einzig und allein ein Pfarrer Mohrbacher war verzeichnet, verstorben zu F. im Jahre des Herrn 1833. Aber auch das war viel zu lange her, seither hatte man die Stadt um- und umgepflügt, und so verständnisvoll und hilfsbereit die Leute im Stadtarchiv auch waren, selbst sie konnten nichts aus den Beständen hervorzaubern, das eben nicht mehr erhalten war.

Lazarus ... Olim schlägt nur die Hände vors Gesicht, als er Freund Ulf, stumm, mit gesenktem Haupt, den Papierbogen schlaff aus der Hand herabhängend, vor der Wohnungstür stehen sieht.

Dafür gelingt es ihm immerhin auf Anhieb, eine „Einrichtung für Wohnsitzlose" namens Lazarus zu recherchieren, gegründet vor anderthalb Jahrhunderten, noch immer mildtätig wirksam – unter derselben Adresse.

„Ojemine!", jammert Ulf. „Mein armer Onkel!"

„Das ist doch überhaupt nicht heraus", stoppt Olim die aufkommende Rührseligkeit sogleich ab. „Vielleicht hat er da gearbeitet. Eine bedeutende Spende getätigt. Etwas Aufschlussreiches hinterlassen. Was weiß ich."

Vor allem die Variante „bedeutende Spende" gefällt Ulf ausnehmend gut: Bestimmt kamen die Berzels zu Ruhm und Ehren und blieben dabei so herzensgut und mitfühlend, dass sie vom Glücke weniger Begünstigten von ihrem unermesslichen Reichtum ...

Olim stört ihn in seinen hochfliegenden Gedanken: „Wollen wir gleich mal hin?"

„Vielleicht doch erst anrufen?", antwortet der Neffe des hochberühmten Wohltäters der Stadt kleinlaut.

„Du bist feige, aber du hast recht."

Zwar wäre es Ulf doch sehr viel lieber gewesen, man hätte das Telefonat auf den nächsten Tag oder übernächste Woche verschoben – nach so langer Zeit, was kommt es da auf ein paar Tage an! Aber Olim hält schon den Hörer in der Hand. Die Tasten des gut vierzig Jahre alten Telefons knirschen bei jeder Berührung; Olim will an Ulf weiterreichen, doch der schreibt Gesten des Schreckens in die Luft. Der Vertraute winkt ab und meldet sich mit wohltönender Stimme. Es entsteht kein langes Telefonat; zweimal wird er im Haus weiterverbunden, doch niemand hat den Namen Berzel je gehört. Eine zuvorkommende Verwaltungsdame verspricht einen Rückruf, im Falle, dass man in den im Keller abgelegten Akten etwas finde. Sie werde tags darauf den Praktikanten runterschicken, der habe ohnehin nicht viel zu tun.

Olim ist unzufrieden. Derweilen sich Ulf in seiner Werkstatt zu schaffen macht, um beim anstehenden Besuch von Hilke alles Erdenkliche zum Gelingen unternommen zu haben, vergräbt sich der Privatgelehrte in ein Buch. Nicht in irgendeins, sondern in die Bibel, worin er bereits in jungen Jahren häufig gelesen hatte und manches exzerpierte: aber nur diejenigen Stellen, die ihm gefielen, also ohne Gewalt und einigermaßen tolerant waren – da musste er nicht so furchtbar viel schreiben. Beim Koran war's nicht anders. Es ist Olim noch schwach in Erinnerung, dass es da zwei Gestalten namens Lazarus gab: Zuerst fällt ihm der Arme ein, ein Gleichnis, das für Ulfs Anliegen nicht viel hergibt. Oder doch? Ging es darin nicht um die Hartherzigkeit der Reichen? Als er im Evangelium des Johannes nachschlägt, dauert es nicht lange, bis er auf die naheliegende Lösung kommt:

Die Auferweckung des Toten!

Und wo war er daheim? Wo kam der her, dieser Lazarus? Aus Bethanien natürlich! Oh, wie einfach: Das Haus Bethanien, ein Altersheim von bestem Ruf, das kennt sogar der Olim, obwohl er betagte Familienmitglieder in dieser Stadt nun leider keine zu besuchen hat. Welcher Tiefsinn liegt doch in diesem Spiel, murmelt er vor sich hin und begibt sich ohne zu zögern, das Neue Testament in Händen, zu Ulf. Der versteht erst nichts, dann will er aber sofort anrufen. Dafür ist es freilich schon zu spät. – Doch am nächsten Morgen gegen acht, Ulf ist früh aufgestanden, beschleunigt sich die Angelegenheit abermals: Ja, selbstverständlich, heißt es da aus der Leitung, der gute Friedrich Berzel sei noch immer Gast des Hauses, wenngleich seit Längerem in der Pflegeabteilung und nur noch an manchen Tagen ansprechbar.

Olim, der das Telefonat im Auftrag führen muss, Ulf ist wieder viel zu aufgeregt, wird nun seinerseits von Unruhe ergriffen und schließlich von der Begeisterung des fündigen Forschers übermannt, so dass er, ganz entgegen seiner Gewohnheit, Ulf um den Hals fällt und triumphal aufschreit: „Wir haben ihn! Wir haben ihn!"

Aus medizinischen Gründen, so heißt es, sei es erst in ein paar Tagen möglich, den weit über Neunzigjährigen zu beehren. – So begibt sich Kottmüller stattdessen wenige Stunden später, immer noch aufgewühlt, auf seinem schwarzen Fahrradungetüm zu diesem Boutique-Hotel am waldigen Rand der Stadt, wovon ihm der Controller vorgeschwärmt hat. Als er auf dem feucht knatschenden Forstpfad entlangradelt, verliert sich allmählich die Nervosität. Die Vorfrühlingsluft stimmt ihn milde. Wie so oft fühlt er sich beeindruckt vom raschen Wechsel des städtischen Getriebes zu dieser unverfrorenen Waldesruhe, der selbst die Düsenflugzeuge, die im Abstand von wenigen Minuten sich durch den Himmel bohren, seltsam wenig anhaben können.

Einem Wegweiser – Villa Weinau – folgend, gerät er unverhofft auf eine eibengesäumte Auffahrt, befestigt mit winzigem, mosaikartig ausgelegtem Kopfsteinpflaster. Hinter einem Fischteich, dem drei Fontänen geruhsam entsteigen und am höchsten Punkt zusammensprudeln, befindet sich eine Terrasse mit einer weinroten Markise. Einheitlich gekleidete Kellnerinnen sind eben dabei, die Tische für den Nachmittagskaffee zu decken, denn es wird sonnig – zum ersten Mal seit Langem. Trotz der Bemühungen, mit seinem braunen Anzug optisch der zu erwartenden Kleiderordnung sich anzunähern, fällt Kottmüllers Äußeres hier doch sehr ab; selbst die Bediensteten sind so geschmackvoll angezogen, dass man sie für betuchte Gäste halten könnte ... wäre da nicht die Vereinheitlichung der Farben und Schnitte sowie diese mühsam trainierte Gelassenheit, die in Ulf, entgegen der Absicht, sogleich Verspannungen hervorruft.

Eine Servierkraft in Ausbildung, kaum wohl zwanzig Jahre alt, doch schon vollständig von dieser Gestenstrenge durchwirkt, selbst der brünette Zopf ist so streng zusammengeschnürt, dass er sich nicht zu baumeln wagt, geleitet Ulf zu einem Tischchen am grünen Ende der Terrasse. Auf dem beigen Tischtuch befinden sich eine zur Rose gefaltete Serviette sowie ein Gesteck mit echten Frühlingsblumen. Noch mehr Blumen erblühen in perfekt abgestimmter Farbenpracht aus tönernen Kästen, die das Gitter, welches den Freisitz umfriedet, nach oben abschließen. In Abständen finden sich Putten in anzüglichen Haltungen. Bequem kann er von hier aus den Teich mit den Fontänen betrachten. Ringsum ist Wald, es plätschert sachte, die Flugzeuge tönen fern und fast melodisch. Er lehnt sich zurück. Das Polster fühlt sich angenehm an, man könnte einschlafen. Doch all diese gezierte Wohligkeit ist ihm so fremd, dass er es nicht fertigbringt, sich etwas Schönes zu bestellen, als die bezopfte Bedienung wiederkehrt und mit einer Freundlichkeit, als hätte er sie kürzlich vorm Ertrinken gerettet, nach seinen Wünschen fragt.

Zum ersten Mal in seinem Leben bestellt er Wasser.

Das darauf folgende „Sehr gerne!“ hört sich an, als habe er etwas so ausgefallen Kluges geäußert, dass man im Umkreis noch lange davon reden wird. Bevor er Gelegenheit findet, die neuen Eindrücke zu ordnen, strömt schon der Kontrollbeauftragte aus dem Villeninneren auf ihn zu, die Arme ausgebreitet, als wolle er dem besten Freund aus Jugendtagen zur Ehrenbürgerschaft gratulieren.

„Na, mein Lieber“, ruft ihm Fellhauer entgegen, sobald er Kottmüllers ansichtig wird, „wie gefällt Ihnen unser Schlösschen?“ Tänzerisch umkurvt sein künftiger Auftraggeber einen Serviertisch, drückt die Hand des Reinigungsexperten mit großer Kraft und starrt ihm dabei unverwandt in die Augen.

„Ich bin überrascht“, improvisiert Kottmüller, der sich unwillkürlich erhoben hat. Er freut sich, als seine Rechte endlich wieder losgelassen wird. Es fällt ihm schwer, sich zu konzentrieren, denn unentwegt muss er an die Dragoner denken, wie sie aus dem Schutz des Waldes heraus dieses Lustschloss mit den idiotischen Figürchen angreifen.

„Kann ich mir denken. Geht allen so“, lächelt Fellhauer. „Aber bitte, bleiben Sie doch sitzen. Ja, ein Kleinod!“

Beim Niedersetzen hebt der Controller die Rockschöße an wie eine Can-Can-Tänzerin ihr Röckchen und verlangt Espresso. „Nehmen Sie nicht auch einen?“

Kottmüller bejaht, weil er sich nicht abzulehnen traut. Wie gerne wäre er jetzt in seiner Werkstatt! Stattdessen hört er sich Fellhauers Instruktionen an, so präzise vorgebracht, als habe er die Sätze eigens auswendig gelernt, um den gewesenen Kehrmaschinenfahrer zu beeindrucken. Die am häufigsten verwendete Vokabel ist „exklusiv“: die Lage sei exklusiv, die Speisen und Getränke sowieso, die Ausstattung der wenigen Zimmer noch mehr und die Gäste ohnehin schon immer. Ein besonders tief startender Düsenjet unterbricht die Schilderung des Alltags „in unserem kleinen, aber feinen Landhäuschen" kurzzeitig.

Es folgt eine Führung, wobei der Vorauseilende ein so enormes Tempo vorlegt, dass Kottmüller nur in Bruchstücken mitbekommt, was ihm so Wichtiges mitgeteilt wird, da er stets drei bis sieben Meter zurückbleibt. Aber das kennt er ja von Olim. Vor dem Gourmetrestaurant, raffiniert beleuchtet, mit großen Spiegeln und etwas Kunst versehen, bleibt Fellhauer stehen. Jetzt spricht er, der jedes Geräusch schluckenden tiefen Teppiche zum Trotz, mit abgedämpfter Stimme, was die Verstehbarkeit abermals erschwert, aber es sitzt ja ein einzelner Gast im Alkoven dort, in einer fremden Sprache telefonierend.

„Es kommt uns vor allem darauf an, und da sind wir bei Ihnen, lieber Freund, und dem, wofür ich Sie ausgesucht habe: hier alles so am Laufen zu halten, dass es nichts weiter als perfekt ist. So etwas ...", dabei zieht er einen abgeknickten Stängel aus einer Vase mit altgriechischem Dekor, „möchte ich hier überhaupt niemals sehen. Es geht um Perfektion, nicht weniger als das, verstehen Sie?"

Kottmüller erfährt, dass er sich um Belange der Servicegenauigkeit und des Restaurantbetriebs nicht zu kümmern habe; es sei seine Aufgabe, vor allem die Gänge und exklusiven Zimmer fortwährend im Auge zu behalten und bei Bedarf die „Roomboys" – und seien es Mädchen – zu korrigieren. Es sei ihm bewusst, erklärt Fellhauer nebenbei, dass Kottmüller keine Ausbildung im Gastgewerbe vorweisen könne – aber genau das sei ja seine Stärke: der frische Blick von außen, die natürliche Autorität, die Fähigkeit, auch unbequeme Dinge ehrlich anzusprechen ... da sei er von seiner Neuentdeckung aufrichtig überzeugt. Außerdem gäbe es im Hause niemanden, der nicht von der Lucky Look abhängig wäre, wenn Kottmüller verstehe, was er meine.

Damit sind sie bei der Übergabe angekommen. Zur Einarbeitung wird er Frau Kottura und Herrn Scheurich zugeteilt. Was bei der jungen Frau auf der Terrasse schon im Erstarren begriffen ist, bei der Hausdame hat ein allseitiger Prozess des Einfrierens wohl schon vor Jahren stattgefunden. Sie lächelt ohne zu lächeln, gibt

Kottmüller nicht die Hand und schaut ihm auf die Schuhe. Der blasse, betagte „Greenkeeper“ wirkt hingegen wie verkleidet, aus einer frühen Mozart-Oper entliehen: nicht einmal die grüne Gärtnerschürze hat man ihm erspart; zum Gaudium der Gäste wird man ihm draußen sicherlich ein Sonnenhütchen aufsetzen, schätzt Kottmüller.

„Sie haben doch sicher nichts dagegen“, verabschiedet sich Fellhauer, „unserem guten Willi immer einmal auszuhelfen, wenn es die Arbeit erlaubt und die Jahreszeit fordert ...“

Schon ist der Controller verschwunden, die Hausdame aber, von allen nur „die Kottura“ genannt, führt Kottmüller eine schmale Treppe hinauf: der ehemalige Dienstbotenaufgang. Dabei bewegt sie sich noch schneller fort als ihr Vorgesetzter, allerdings nicht geschmeidig, sondern eckig und stampfend.

„Mal wieder so ein Ideechen vom Chef.“ Sie wendet den Kopf halb zu dem Neuling um. „Du glaubst nicht, wie schnell du hier wieder draußen bist, wenn du dir auch nur einen Fehler erlaubst.“

Jetzt weiß Kottmüller endlich, wo er gelandet ist.

Inzwischen hat Petra eine Aufgabe gefunden, der sie sich mit Hingabe widmen kann: Sie ist die neue Eheberaterin von Hilke und Ulf. Tagelang und unter Hinzuziehung psychotherapeutischen Fachmaterials ist sie damit beschäftigt gewesen, ein Programm auszuarbeiten, wobei sie sich am Ende doch sehr an der trostspendenden Broschüre „In fünf Schritten zum Liebesglück“ orientiert. Mit dem fertigen Ergebnis wartet sie bei ihrem Probandenpärchen auf, die schlicht zu überrascht sind, um sich dagegen verwahren zu können. Was niemand erwartet hätte – am wenigsten wohl Petra, wenn sie ehrlich gegenüber sich selber ist: Die Methode greift ... und zwar nicht nur vorübergehend. Aus einem Experiment, dessen Vorbereitung und Setting durchaus als heikel zu bezeichnen sind, erwächst eine tragfähige, dauerhafte Strategie.

Die erste Sitzung – an neutralem Ort in Petras Wohnküche – wirkt besonders peinlich, auf Hilke noch viel mehr als auf Ulf, der in einen Dämmerzustand versinkt, wie es den Milbener Männern eigentümlich ist. Hilke aber durchschaut sogleich, was Petra vorhat; dennoch, gegenüber Fremden und vor allem Frauen kann sie ihr Haupttalent, die rigide Muffeligkeit, nicht recht ausspielen. So antwortet sie brav auf alles, was Petra Wicki wissen will: Was sie sich am meisten erhofft. Was sie am meisten stört. Wie sie sich die Zukunft vorstellt. Woran sie glaubt, dass die Beziehung bislang gescheitert sei. Welche Rolle ihre Mutter bei alledem spiele. Was sie an Ulf besonders liebe – hierbei schreckt der Gemeinte kurz auf und beginnt fieberhaft, im Geiste zusammenzukramen, was er selber antworten könnte, wenn ihm im Anschluss dieselben Fragen gestellt würden.

Das Ergebnis präsentiert Petra tabellarisch. Getrennt händigt sie es den beiden am nächsten Tag aus. In einer Mischung aus Gehorsamkeit, Einsicht und Ideenlosigkeit versuchen die Wiedervereinten, Punkt für Punkt umzusetzen, was die in Liebesdingen Bewanderte ihnen vorschreibt; hin und wieder erlauben sie sich – mit ungewohnter Zurückhaltung – das Gegenüber auf etwas aufmerksam zu machen, wenn eine Überschreitung erfolgt ist. Wahrscheinlich, so rekapitulieren sie Monate später, hat Petras in Wahrheit doch außerordentlich übergriffiges Engagement deshalb gefruchtet, weil sie die Hauptangst der beiden erkannt oder immerhin erfühlt hatte: miteinander leben zu müssen.

1. *Hilke bleibt bei ihrer Mutter wohnen, Ulf in seiner Werkstatt.*
2. *Beide behalten ihre bisherige Arbeit bei.*
3. *Am Sonntag wird spazieren gegangen und Kaffee getrunken.*
4. *Am Montag ist frei, auch am Mittwoch und am Samstag.*
5. *Am Dienstag besucht Ulf Hilke, am Freitag Hilke Ulf.*

Ein weiterer Trick, den Petra vielleicht absichtlich angewandt hat: Durch die überaus dürftige Zuteilung gemeinsam verbrachter Zeit regt sich ein gemeinsamer Widerstand. „So wenig!“, protestieren beide zugleich ... und sind doch im Herzen froh, ihr gewohntes Leben nicht ändern, sondern nur geringfügig ergänzen zu müssen. Vor allem Hilke fühlt sich befreit von all den Vorstellungen ihrer Mutter, wie ein Eheleben auszusehen habe; Ulf hat darüber noch niemals nachgedacht. In jedem Fall schweißt sie diese Unterversorgung in sonderbarer Weise zusammen: nicht selten schimpfen sie auf Petra, die ihnen nur „so wenig!“ gestattet habe. Tatsächlich lassen sie auch die wenigen Termine immer einmal wieder sausen und sind sich darum gar nicht gram.

Der Duft von frischem Mulch, aufgerührt mit jedem neuen Stich Forke, die in den losen Haufen eindringt und, rieselnd, das leichte Rindenmaterial zu der vorgesehenen Stelle im Beet befördert, düngend zugleich wie auch das Wachstum hindernd, gemahnt an Frühling wie an Herbst in einem: das Gärende, entstehend aus Gewesenem, Neubeginn verkündend. Von allen Tätigkeiten in der und um die Villa Weinau ist diese Kottmüllers liebste; wie von klein auf arbeitet er gleichmäßig, niemals zu schnell, doch im Gegensatz zu den Böden seiner Heimat, die regenschwer sind, steinig und wurzeldurchzogen, geht ihm diese Arbeit leicht von der Hand. Zu Willis Freude fängt Ulf sogar an zu summen, wobei dem gelernten Gartenbauer keine der Melodien je bekannt vorkommt.

Ach, der Willi ... Ab dem Moment, da er Ulf in den Geräteschuppen mitnimmt, ein erstes Mal, und ihm dabei zublinzelt und dann den Obstler hervorholt, ist ein Band geknüpft, eine neue Freundschaft besiegelt – sehr zum Missfallen der Kottura, die den Scheurich zu keiner Zeit respektieren konnte; hinter seiner stillen, in sich gekehrten Art vermutet sie Stolz, Trotz, Hohn, Aufruhr, finsteres Wittern auf die eine Gelegenheit. Dass ausgerechnet dieser Undurchsichtige sich des Neuen annimmt, bedeutet der Fälle schlimmsten: Kann sie sich im Hause immerhin mit Drohungen und erbarmungslosem Denunziantentum meistens durchsetzen, endet ihr Regiment plötzlich auf der Terrasse.

Dabei unternehmen Willi und Ulf gar nichts gegen sie, nein, übler: Sie verhalten sich stur ignorant. Wie dieser seltsame Kottmüller lieblächelnd, fast verzückt, diese ewigen Mulchhaufen über die Beete streut und sie, seine direkte Vorgesetzte, zu keiner Zeit eines Blickes würdigt, nicht einmal, wenn sie ihm Vorhaltungen macht, das hat etwas Demütigendes; so spart sie Fellhauer gegenüber an schnippischen Bemerkungen und erfundenen Anschuldigungen keineswegs. Aber der Chef hört sowieso nie zu, zumindest ihr nicht. Dafür steht er ab und an bei diesem Gärtner-Gespann, gestikuliert und lacht, als wären sie seinesgleichen.

Das wird bald aufhören.

Bis auf das Frühstücksbuffet, von dem er so dreist stielt, vor allem das golden erblühte Rührei, dass selbst die Köche beeindruckt sind, schätzt Kottmüller keine Minute, wenn er Hausdienst hat. Zuerst kommen die – ausschließlich weiblichen – Roomboys, dann kommt er und hinterher die Kottura: in jedes Zimmer. Zwar sind es nur zweiundzwanzig freilich exklusiv eingerichtete Luxussuiten und Appartements, doch es steht so unsäglich viel kostspieliger Kitsch herum, dass die perfekte Reinerhaltung mehrere Stunden in Anspruch nähme. Wenn sie will, findet die Kottura immer einen Rand, einen Tropfen, eine Staubflocke – und sie will. Dann ruft sie ohne zu rufen – sie macht: „Ä-Ä!" – den Kottmüller und die Sheril oder Alwina oder Soraya mit Zeigefingerlocken herbei und weist stumm auf das Ungeheuerliche.

Ihr Kommentar fällt immer gleich aus: „Das muss ich dann wohl melden, Kottmüller."

Seltsamerweise kennt sie die Ausspracheregel des Nordlands und dehnt das „O" so lange sie kann, Derweilen sie das „Doppel-T" weich ausspricht, bleibt aber immer beim „Du." Der Angesprochene sieht sie nicht an, sondern Soraya oder Alwina oder Sheril und scheint sich durch seine Mimik für die Kottura zu entschuldigen. Einmal ertappt sie ihn, wie er in einem mit Emaille- und Silberknäufen geschmückten Badezimmer eine Zahnpasta-Schliere mit dem Flauschhandtuch aus dem Becken wischt.

„Das ist absolut nicht ihre Aufgabe!", kreischt es hinter ihm. „Eher genau das Gegenteil. Dass ich das melden muss, dürfte wohl klar sein."

Doch der Gescholtene lässt sich nicht aus dem Trott bringen. Im nächsten Doppelzimmer, kurz zuvor von der bezopften Auszubildenden gereinigt, hebt er ein Porzellanfigürchen vom Vertiko und wischt den Staubrand darunter mit dem Ärmel ab. Schon am ersten Tag war den Angestellten der Villa bewusst, dass ihnen von diesem ein wenig trottelig, aber stets wohlgelaunt daherkommenden Kollegen kein Ärger droht. Mindestens ebenso wichtig:

Zum ersten Mal seit Langem bleiben sie von einem männlichen Kontrollbeauftragten unbelästigt.

Zweimal hat Ulf den Fellhauer schon verpasst, vielmehr es hatte den Anschein, dass der Lucky Look-Manager seinen kürzlich eingestellten Mitarbeiter willentlich übersah. Diesmal aber wird er ihm den Weg abschneiden: Vom Geräteschuppen, in den sich Ulf und Willi des Nieselregens und des Obstlers wegen zurückgezogen haben, prescht er über den Rasen und die Terrasse und vertritt Fellhauer, der es wie immer ungeheuer eilig hat, den Weg.

„Entschuldigen Sie, ich hätte eine Bitte, ob ich vielleicht nur noch draußen bei Herrn ..."

„Wird nicht mehr nötig sein", nuschelt der Eilige, ohne sein Tempo zu mindern. „Morgen kommt die Kündigung. Sie riechen nach Alkohol, mein Lieber, merken Sie das nicht?"

Kottmüller bleibt stehen. Sieht dem Mann, der so schnell das Interesse an ihm verloren zu haben scheint, verwundert hinterher. Und kehrt auf einen weiteren Schnaps zum Obergärtner zurück.

„Tja, Willi, das war's dann."

„Die Kottura?"

„Wahrscheinlich."

„Dem Aas stell ich noch mal ein Bein."

„Wird nicht mehr nötig sein ... Ich will mir nicht ausmalen", schleckt Ulf das Restchen aus dem Glas, „was die für ein Elendsleben führt."

Andererseits gibt er Scheurich natürlich recht: Völlig auf einen Ausgleich, auf eine Maß-Regelung, wie auch immer die aussehen könnte, sollte man eigentlich nicht verzichten. Denn lässt man solche Dienstboten des Neids und der Zwietracht ungeschoren, dehnen sie ihr Wirkungsfeld immer weiter aus, in diesem Fall zum bleibenden Nachteil Alwinas, Sorayas und Sheryls. Und all der anderen. – Nachdem er sich mit Willi für den Samstag nach dem Einkauf beim Bauern Krapff im Gastgarten am Fluss verabredet hat, schiebt Ulf sein Fahrrad den Waldweg entlang. Gar zu sehr ist er mit Grübeln beschäftigt, um jetzt aufsteigen zu können; all das, kommt er zu dem Schluss, braucht doch eine Lösung! Am besten eine einheitliche, die auf allen Ebenen wirkt.

Und nach und nach formt sich ein Gedanke.

Bevor er die Freunde zusammenruft, um sich mit ihnen über das Tunliche zu beratschlagen, steht ein für das Weitere ausschlaggebender Besuch an. – Je näher dieser Termin rückt, desto seltener gelingt es Ulf, in seine naturgegebene Ausgeglichenheit zurückzufinden; es ist ihm auch nicht möglich, die Erwartungen zu dämpfen: Erfolg oder Misserfolg all dessen, was er seit zwölf Monaten unternommen hat, hängen von dieser einen Begegnung ab. Wird er endlich Aufklärung erhalten über jene seltsamen Geschehnisse? Über seine Familie? Über sich? Könnte er Instruktionen bekommen, wie es nun mit ihm und den Seinen weiterzugehen habe? Im besten Falle wäre er – nicht zuletzt aus der Sicht der Heimat – ein Held: in einer Reihe mit Konrad, Cyriakus und vielleicht auch Friedrich.

Über den weiß er noch nichts.

An Olims Seite macht er sich auf zum Haus Bethanien. Sie gehen zu Fuß, denn es weht lau und duftet lind bis in die Innenstadt hinein, und die Märzensonne sucht auf den Dächern, in den Alleebäumen und sogar bei den Autos nach Spielgefährten. Dennoch verbittet sich Olim das Pfiffeln von Liedern, gleich welcher Art, und seien sie dazu geschaffen worden, den Frühling willkommen zu heißen.

„Olim, weißt du wa-has?“

„Sag es einfach.“

„Vor einem Jahr bin ich los.“

„Das wäre allerdings ein Jubiläum, das man nicht übergehen sollte.“

„Und weißt du was noch?“

„Noch nicht.“

„Ich bin so aufgeregt, ich könnte brechen.“

Der Freund zeigt Verständnis. Als kleiner Junge sei er einmal zu einem Urgroßonkel oder vielleicht sogar Ururgroßonkel gebracht worden. Zum Ärger seiner älteren Schwester, die ihm auf dem Hinweg zweimal ins Gesicht geschlagen habe, sei nur Furcht, keine Freude in ihm gewesen. Leider existiere nur noch die Erinnerung an die Schläge in seinem Hirn; das Bild des Verwandten sei erloschen.

„Danke, dass du mich nicht schlägst", erwidert Ulf, um überhaupt etwas zu sagen; denn tatsächlich würde er am liebsten gar nichts mehr äußern, sondern weglaufen.

Die Freude beim Anblick des herrschaftlichen Gebäudes, rhythmisiert durch farblich ansprechend abgesetzte rustizierte Risalite und heitere Balkons, wo der alte Friedrich nun schon so manches Jahr verbracht haben dürfte, weicht einem erstickenden Krankenhausgefühl, als Ulf die Fassade hinter sich lässt und, einige Meter hinter Olim, das Foyer betritt. Selbst die Sitzgruppe für wartende Familienangehörige wirkt so nüchtern in ihrem verwaschenen Orange, dass man vermutlich sofort alt oder krank oder beides würde, wenn man sich hier niederließe. Den nächsten Kontrast bietet die alerte kreolische Empfangsdame, die den Besuch höchstpersönlich in den Fahrstuhl und sodann durch mehrere voneinander abzweigende Flure zum Bewohner Berzel, Friedrich führt. Dabei plaudert sie unausgesetzt und verschafft Kottmüller somit ein wenig Entspannung, zumal sie erwähnt, dieser Hausgast sei einer ihrer charmantesten, am wenigsten anstrengenden, seit sie hier Dienst leiste.

Erst vor der Wohnungstür, weinrot mit cremeweiß eingefasst, kehrt das würgende Gefühl zurück. Als die muntere Dame öffnet, spürt Ulf Olims Hand auf dem Rücken, die ihn sachte hineinschiebt. – Am Ende des weiß getünchten Zimmers, das mit einer umlaufenden nussbaumbraunen Holzleiste versehen ist, steht ein Krankenbett, darüber ein Farbdruck mit schlecht gemalten Birken. Der einzige auffällige Einrichtungsgegenstand ist ein doppelflügeliger dunkler Schrank, wie er in den zwanziger und dreißiger Jahren des zwanzigsten Jahrhunderts Mode war; in der Mitte, in einer Vitrine hinter geschliffenem Schauglas, stehen Schwarzwaldmädel-Püppchen, bunte Gläschen, Aschenbecher mit Reisemotiven sowie einige Bücher. „Walter Sommer – Die stille Straße" liest Ulf und blickt sich unwillkürlich nach Olim um, ob dieser den Autor kenne und den Roman vielleicht gelesen habe.

Das scheint nicht der Fall.

Noch bevor er, schon weniger schüchtern, ans Bett herantritt, vernimmt er ein Flüstern. Ulf versteht jedoch nicht, welches Wort da gesprochen wird, und schiebt sich immer näher heran, so nah, wie sonst nur sehr vertraute Menschen einem Liegenden sich zu nahen wagen. Jetzt erkennt er das von wenigen weißen Haarstoppeln umkränzte Haupt, blass und länglich im Kissen liegend. Der Mund steht leicht offen, die Augen sind geschlossen. Bis zum Hals hat man Friedrich Berzel zugedeckt; keine Erhebung lässt sich auf der Decke ausmachen, so muss der Alte wohl mager sein.

„Endlich."

Unsicher, ob er das Wort richtig verstanden hat, neigt Ulf sein Ohr dem Mund des Onkels noch dichter hin, von der linken Seite, indes sich Olim auf der rechten auf die Knie niederlässt.

„Dachte schon, du kommst nicht mehr", hört Ulf den Verwandten sagen. Einer gefleckten Schlange ähnlich, schiebt sich die Hand des Alten unter der Daunendecke vor, doch Ulf getraut sich nicht, sie zu ergreifen. „Ist das dein Kurtchen?"

„Ja, das ist mein Kurtchen." Ulf versteht sofort. Er lächelt. Fühlt seine Augen feucht werden und nickt Olim zu, der gerührt zu Boden blickt.

„Jeder braucht so ein Kurtchen, nicht wahr?"

„So ist es."

„Meins hieß Nana. Lebt aber nicht mehr."

„Das ist schlimm."

„Sehr schlimm."

Ulf verspürt die sonderbare Anwandlung, dem Senior einen Ring an der Hand zu küssen. Doch Friedrich Berzel trägt keinen Ring; seine Hand hängt über den Bettrand herab und rührt sich nicht.

Da der Liegende keine Anstalten macht, erneut das Wort zu ergreifen, ermannt sich Ulf zu einer Frage: „Sie ... du bist wirklich der Sohn von Cyriakus, hab ich recht?"

„Und von Hanne. Ja, du hast recht."

„Wir haben lange suchen müssen."
„Das gehört dazu."
„Und warum?"
Olim versucht Ulf durch Gesten zu beruhigen, doch der bebt am ganzen Leib und kann sich nur mit Mühe zusammennehmen. Einen Moment lang scheint es, als würde Friedrich einschlafen, dann beginnt er abermals zu sprechen, aber noch leiser.
„Es geht um die Zusammenhänge ... um die ... um die größeren ... Zusammenhänge ..."
Ulf und Olim schauen einander an. Friedrichs Augen bleiben geschlossen.
„So ist es immer: Wenn auf der einen Seite etwas fehlt, wird es auf der anderen ergänzt." Das war der erste längere Satz; die Zuhörer müssen aber lange warten, bis es weitergeht. „Wer alles hat, muss nichts mehr tun."
Pause.
„Siehst du, wir da oben, wir ..."
Lange Pause.
„Wir hatten immer nichts. Aber ..."
Hier scheint die Rede zu enden. Aber dann kommt doch noch etwas: „Aber wir haben eigene Talente entwickelt. Andere Gaben erhalten."
Immer wieder verständigen sich Olim und Ulf mit den Augen. Da Friedrich nur noch atmet und nicht mehr redet, zucken sie ratlos die Achseln.
„Welche Gaben, Onkel?", schiebt der Neffe schließlich nach.
„Du hast vom Dragoner gelesen ..."
„Ja, ja genau!" Ulf richtet sich auf, gefasst auf die wichtigste aller Nachrichten.
„Du möchtest wissen, was aus ihnen geworden ist."
„Unbedingt! Ja, bitte!"
„Sie haben einen Weg gefunden ... den Weg zwischen den Ebenen ... den Weg im Wald ohne Weg ... Sie haben den Tod hintergangen." So etwas wie ein Kichern ist zu vernehmen.
„Wie?" Ulf kann nicht mehr an sich halten vor Anspannung. „Wie haben sie das gemacht?"

„Das weiß man nicht." Damit zieht Friedrich seine Hand zurück unter die Decke. „Mehr weiß man nicht."

Eine lange Stille tritt ein. Olim gibt seine unbequeme Haltung auf und lässt sich im Schneidersitz auf dem Linoleumboden nieder.

Aus Furcht, der alte Berzel habe seine letzten Worte gesprochen, denn auch sein Atem ist nicht mehr zu hören, unternimmt Ulf einen weiteren Anlauf: „Jetzt sitz ich hier bei dir wie auch dein Vater einst beim alten Strippler gesessen ist."

„Ganz recht." Berzel scheint zu schmunzeln. „So war es immer, und so wird es weitergehen. Es wird uns nichts geschenkt. Wir müssen alles selber machen. Suchen ... finden ... Es wird uns nichts geschenkt."

„Was meinst du damit, Onkel Friedrich? Was meinst du?"

Statt einer Antwort kriecht die dürre Hand noch einmal aus dem Bett, sucht in der Luft herum und findet schließlich Ulfs Bürstenfrisur. Kurz bleibt sie auf den Haaren liegen. Dann zieht sie sich zurück. Alle weiteren Versuche, den Greis zu weiteren Mitteilungen zu veranlassen, scheitern. Sekunden später öffnet die Empfangsdame die Tür.

Als sie die beiden Männer auf dem Boden kauern sieht, nickt sie, lächelt und haucht: „Es ist Zeit. Wir dürfen Herrn Berzels Physis nicht zu sehr belasten."

Bereitwillig erheben sich Ulf und Olim und verlassen das Zimmer wie Hofangestellte, mit dem Rücken zur Tür.

„Darf ich wiederkommen?", fragt der Neffe zweimal.

Aber Berzel gibt keine Antwort.

Bis zum Weiher inmitten des Altenheimparks gehen die Freunde wortlos nebeneinander her. Unter einer vom Blitz gespaltenen Trauerweide, die halb zum Wasser niederhängt, bleibt Ulf stehen. Er breitet die Hände aus: „Und was machen wir jetzt?"

„Die größeren Zusammenhänge verstehen", schlägt Olim vor, selber mitgenommen von dieser eigentümlichen Begegnung.

Verwirrt trifft Kottmüller zu Hause ein. Ohne das Geringste davon zu bemerken, verzehrt er den Rest eines Zwiebelkuchens, den er am Vortag für sich gebacken hat. Aus Versehen trinkt er zwei Tassen Kaffee dazu. Sich in die Schlafkaut zu legen und Ruhe zu finden, gelingt ihm nicht. Gedankenverloren steigt er auf sein Fahrrad und steuert die Metzgerei Sobirski an. Kurz vorher dreht er um und radelt Richtung Altersheim – es gäbe noch so viel zu fragen! Doch auch dort macht er kehrt und biegt ab Richtung Wald, aber nicht zur Villa Weinau, was will er da noch, sondern weiter, über Land, eine gute Stunde lang, bis der Wald sich freundlich lichtet und der Blick über die Ebene frei wird.

Hier war er noch nie, das gefällt ihm.

Auf einer gefällten Buche, lauwarm vom Sonnenschein, lässt er sich nieder und will das Auge schweifen lassen. Jedoch, auch hier hält er es nicht aus. Wieder besteigt er das Rad und gondelt weiter, zwischen Wäldern und Streuobstwiesen, Dorfrand und Neubaugebiet, immer hin und her. Die größeren Zusammenhänge! Ja, wie denn? Es wird uns nichts geschenkt! Ja, was denn? Welche besonderen Gaben haben die Milbener: den Tod hintergehen? – Im Weiterradeln, schnell und immer schneller, bis er vor Erschöpfung schwitzt, entsteht eine Ahnung, was zu tun sei. Je weiter er auf dem Rückweg der Stadtgrenze zustrebt, desto deutlicher tritt ihm vor Augen, dass es mit Spekulationen nicht getan ist.

Er muss etwas unternehmen – aber alleine.

Zwei Tage später treffen die Vertrauten in seiner Werkstatt ein, bis auf Petra, die sich verspätet, sowie Anastasios, den Ulf seit Tagen nicht erreichen kann. Dafür hat er den Willi eingeladen, der sofort zusagte. Und Hilke! Trotz aller Bedenken: Sie gehört jetzt einmal dazu – und wenn sie wieder davonrennt, dann wird er sie eben zurückholen. Ursprünglich hatte er vorgesehen, außer Kaffee und Brezeln gar nichts anzubieten; um groß aufzukochen und den Tisch zu dekorieren, war seine Stimmung zu erhitzt. Doch dann fiel ihm ein, dass die Kombination von Kaffee mit Brezeln eine der tristesten sei, außerdem das Treffen Johannas wegen auf den Abend verlegt wurde, zudem Frühling herrsche und am Samstagvormittag sein Weg ohnehin nach O. führe. So kaufte er denn Kräuter ein und kochte von der Hälfte eine Suppe mit Wein, Sahne und Hühnerbrühe, die er zum Schluss mit Eigelb legierte. Den anderen Teil schnitt er noch feiner und legte darin einige

Handkäse ein, bereitete grünen Spundekäs zu und färbte ein Stück Kräuterbutter. Sie wurde maigrün.

Die Mädchen waren diesmal nicht zugelassen. Um sie darüber hinwegzutrösten, versuchte Ulf aus dem übrigen Eiweiß Baisers zu backen, mit Lebensmittelfarbe neongrün gestaltet; doch statt duftiger Wölkchen gelangen ihm nur Tiefseemonster, wie Laila bitter bemerkte. Da wollte, umgekehrt, Mariechen Ulf aufheitern, indem sie ihm weismachte, die Luft in den Baisers sei ja giftig und schmecke ohnehin nie gut ... nachdem sie ihre Tränen getrocknet hatte, denn Gina-Lisa hatte für den Abend einen Film ausgesucht, den sie nicht mitanschauen sollte. Auf Olims Vermittlung hin einigte man sich auf einen Tanzfilm, während dessen mehr denn zweistündigem Verlauf die Monster-Baisers dann doch komplett verschwunden sein würden.

Sogar Laila knuspert ein halbes.

„Ich habe ein Attentat begangen“, beginnt zu derselben Zeit zwei Etagen tiefer der wie stets ums Gästewohl bemühte Ulf. Um den Freundeskreis, durch den eine Welle der Aufregung geht, flugs zu beruhigen, fügt er an: „Mit Dreck. Es ist auch niemand umgekommen. Meines Wissens.“

Und dann erzählt er, findet nach und nach immer mehr Freude am Erzählen und fängt an etwas auszuschmücken. Mitunter räuspert sich Olim, dann bemüht sich Ulf um eine größere Realitätsnähe. Nachdem er also drei Viertel des Stadtwaldes durchradelt hatte, sei er in eine tatenlustige Stimmung hineingeraten: den Dragonern wollte er's gleichtun, das sei auch der tiefere Sinn der Einladung heute Abend, aber dazu später. Im Geiste habe er seinen Berufsweg in der Stadt F. Revue passieren lassen und sei zu dem Schluss gekommen, dass er ein Zeichen setzen müsse. Zuerst sei ihm jenes durch das gesamte Gebäude stufenlos gewundene Treppenhaus eingefallen, nämlich weil ihm das schon vorher einmal eingefallen war. Nach Einbruch der Dunkelheit habe er sich Zutritt zum Hochhaus der Versicherung verschafft; übel habe man ihm dort mitgespielt. Zwar seien die Schlüssel mehrfach von ihm zurückgefordert worden; womöglich von einer Vorahnung beflügelt, habe er diese aber niemals zurückerstattet.

Bestens bewandert in den Gegebenheiten der Örtlichkeit, habe er heimlich die Kabine für die Raumpfleger betreten und – an dieser Stelle unterbricht ein Seufzer Olims die Erzählung – diese abscheuliche Scheuermaschine herausgezerrt. Beladen mit sämtlichen Plastikkanistern voll Dreckwasser, die er habe finden können, ein wahrlich unsäglicher Absud, wie er versichert, habe er die Maschine gestartet und sei damit so hoch ins Gebäude wie nur möglich hinaufgeglitten. Dort angelangt, sei es ein Leichtes gewesen, die Verschlusskappen abzuschrauben und den Dingen ihren Lauf zu lassen.

„Ihr glaubt nicht, wie lustig die schwarze Soße zu Tale geschossen ist!", beendet er die Schilderung des Tathergangs. „Wie ein Gebirgsbach, aber in Schwarz. Es waren ungefähr sechzig Liter. Einer reicht, um ein Haus restlos zu verpesten, schätze ich."

Im Anschluss habe er sich im Aufzug ins Erdgeschoss begeben, wo besagte Soße schon angekommen gewesen sei, so dass er bis zum Seiteneingang habe waten müssen, doch die Laune habe er sich nicht verderben lassen, sondern an einem unweit gelegenen Wasserhäuschen bei einigen Bier und Dornkaat und der ersten Rindswurst seit Wochen das Abenteuer nachklingen lassen.

„Dass da Videokameras ...", versucht es Michaela mit einem Zwischenruf.

„Das Licht hab ich doch ausgemacht", winkt Ulf routiniert ab. „Und am Mitarbeitereingang sind keine, glaub ich."

Dann schaut er zu Hilke hinüber. Wird sie ihm jetzt wieder eine Szene machen? Heulend davonstampfen? Sich einmal wieder von ihm lossagen? Ihn verpetzen? Immerhin, die andern haben sie freundlich aufgenommen, und auch sie selbst war nicht so schüchtern wie befürchtet und fremdelte nur anfangs.

Hilkes Reaktion fällt unerwartet aus. Den Mund voller Handkäse, konstatiert sie: „Merr soll sich nix gefalle lasse."

Damit erntet sie von allen Seiten Zustimmung, wobei Olim einschränkt, was auf schiere Rache hinauslaufe, sei allemal abzulehnen; Taten zur Wiederherstellung des Gleichgewichts – er sagt Homöostase – wären freilich etwas anderes und würden auch vom Weltgeist, so einer da wäre, mit Sicherheit goutiert. Nur Willi, schockiert von der Ungesetzlichkeit der Handlung, merkt an, dass ja schließlich auch die „Soße", wie Ulf sich ausdrücke, weggewischt und das stinkende Treppenhaus gereinigt werden müsse, und das geschehe vermutlich nicht durch die arroganten Chefs, denen Ulf etwas vor Augen führen wollte, sondern durch eben solche Leute wie ihn.

Der Einwand bleibt nicht ohne Wirkung; jener rebellische Schwung, den Ulfs Erlebnisbericht ausgelöst hat, droht bereits zu versiegen.

Bis Michaela das Wort ergreift: „Das ist ja bei jeder Revolution das Problem: Es trifft so lange auch die Falschen, bis sie sich solidarisieren."

Insofern, führt sie weiter aus, habe Willi ein zentrales Tätigkeitsfeld angesprochen, das bislang unerwähnt geblieben sei: nämlich das der Öffentlichkeitsarbeit. Zusehends begeistert, malt sie sich aus, wie sie auf einer altmodischen Druckerpresse Aufrufe und Grafiken in bedeutender Anzahl herstellen und an ausgesuchten Orten der Stadt platzieren werde.

„Warum altmodisch?", fragt Hilke interessiert.

„Weil das mehr Stil hat. Computer kann jeder."

Verwundert stellt Ulf fest, dass die Freunde bereits mit den Planungen für kommende Aktivitäten begonnen haben; dabei hat er seine Hauptfrage, ob sie sich vorstellen könnten, bei derlei dragonerartigen Einsätzen überhaupt mitzuwirken, noch gar nicht gestellt. Offenbar war das auch nicht mehr nötig: Es scheint, dass alle Versammelten, sogar Hilke, die Notwendigkeit wirksamer Gegenmaßnahmen schon lange gesehen, jedoch eine Strategie, eine realisierbare Handlungsweise noch nicht gefunden hatten. Johanna, die mitunter eine vor allem Olim verstörende Liebe zur Ordnung hegt, ist die Erste, die etwas Struktur in die Diskussion bringen will, weshalb sie klassisch ein Din-A4-Blatt vor sich hinlegt und einen Kuli geräuschvoll daraufsetzt. Für Olim stellt dies schon das Äußerste an Vereinsmeierei dar, was er zu ertragen bereit ist; skeptisch verfolgt er die übers Papier rollende Kugel; allein die Qualität und Zielgerichtetheit der Stichworte vermag ihn zu besänftigen.

Denn Johanna notiert zuallererst mögliche Ziele, die markiert werden müssen – vermittels welcher Materialien, das werde man in einem zweiten Arbeitsschritt beschließen: die Business School auf jeden Fall; alle Banken natürlich, vor allem besagte Abteilungen der Investmentfonds; noch mehr Versicherungen; Niederlassungen der Pharma-Konzerne; aber vielleicht auch Redaktionen, wo hartherziges Gedankengut proklamiert wird; zudem Luxushotels und Nobelrestaurants; Auto- und andere Schlachthäuser; gewisse Modeläden; Tech-Firmen ...

„Ja, unbedingt auch die Tech-Firmen!" Jetzt ist Olim in seinem Element.

Mehr und mehr kommt auf Zuruf zusammen; lediglich bei der Frage, ob man auch Stätten verdummender oder gar verrohender Kulturproduktion mit irgendwas fluten solle, lässt sich einstweilen keine Einigkeit erzielen. Unversöhnlich steht die Freiheit der Kunst ihrer Demontage gegenüber, selbst wenn sie keinen Anspruch erheben sollte, Kunst zu sein.

„Prima", nickt Johanna befriedigt. „Da wird uns nicht langweilig."

„Jetzt sagt doch mal", wirft Ulf ein, und diesmal ist es an ihm, den Kopf zu schütteln, „woher habt ihr denn gewusst, dass ich euch genau das fragen wollte, was ihr jetzt von alleine gemacht habt?"

„Aber das liegt doch auf der Hand", erklärt Olim. „Bis auf Willi haben wir alle deine Dragoner gelesen und seither nur darauf gewartet, wann du zur Tat schreitest. Auf welche Weise, das stand noch nicht fest. Es ist ja auch kein Zufall, dass ausgerechnet wir hier beisammensitzen; du hast uns selber doch ausgesucht, eins nach dem anderen – und so entsteht wohl Harmonie. – Wir sind uns doch alle, ohne es aussprechen zu müssen, darüber einig, dass niemand bei den Aktionen umkommen oder sonst wie verletzt werden darf?"

Beifälliges Gemurmel setzt ein. Vor allem der bejahrte Gärtner fühlt sich beruhigt; unter solchen Bedingungen, versichert er, sei er gerne bereit, seine Dienste anzubieten, freilich im Rahmen seiner eng umgrenzten zeitlichen Möglichkeiten. Allerdings erkühne er sich darauf hinzuweisen, dass es ihn seit jeher vor jedweder Gerichtsbarkeit, vor allem vor Orten, wo man eingesperrt wird, grause; aus diesem Grund wolle er die Frage nach Absicherungsmaßnahmen aufwerfen – denn was, wenn einzelne Mitglieder aufflögen? Oder gar die ganze Gruppe!

Endlich sieht Ulf die Gelegenheit gekommen, mit seinem vorbereiteten Redebeitrag aufzuwarten; zwischendurch kam er nicht ein einziges Mal zu Wort, was ihn zusätzlich verblüffte. Solche Dynamik hätte er sich zwar gewünscht, jedoch kaum zu erhoffen gewagt. – Es sei da, beginnt er, so manches von den alten Dragonern zu lernen, vor allem deren Umsicht und Klugheit bei den Vorbereitungen. Vollkommene Sicherheit werde man nicht erlangen können; eine angesichts heutiger Überwachungstechnik noch weitaus vorsichtigere Vorgehensweise halte er aber unbedingt für angebracht. – Da ihn, wie er eingestehen müsse, die gegenwärtige Entwicklung in seiner bescheidenen Werkstatt durchaus überrolle, habe er bedauerlicherweise noch nichts ausgetüftelt, was er spontan anbieten könne.

Darum beantrage er die Bildung von Arbeitskreisen.

In der folgenden Stunde zerfasert der Dialog ohnehin und löst sich in Zwiegespräche auf. Indes Michaela und Hilke über einen geeigneten Namen diskutieren – Dragoner finden beide zu militärisch –, feilen Willi und Olim an einem modernen Sicherheitskonzept. Ulf bleibt es überlassen, die regennass und abgehetzt eintreffende Petra über den bisherigen Verlauf zu unterrichten. Tasse um Tasse von der Frühlingskräutersuppe löffelnd – ein anmutiges Bild, wie Olim sich eingestehen muss –, erwacht auch in der Containerspezialistin die Unternehmungslust; binnen Kurzem verspürt auch sie diese Hochgestimmtheit, und sie wartet mit diversen Ergänzungen zu Johannas Liste auf. Einen Sektor habe man vollkommen übersehen, das Transport- und Liefergewerbe nämlich, wo doch ganz und gar inhumane Bedingungen herrschten, die stärker ins Bewusstsein der Allgemeinheit gerückt gehörten; die Kluft zwischen Lieferanten und Belieferten gehöre unbedingt zugemüllt.

Noch einmal schildert Ulf, wie man sich bei den alten Dragonern wohl orientieren könne; schlicht übertragbar seien deren Großtaten jedoch kaum. Es sei ja ohnehin, durch Krieg und sonstigen Unverstand, schon so immens viel Schmückendes, Sinnenfrohes zerstört worden, dass weitere Destruktionsmaßnahmen widersinnig wären. Nein, just die Überbetonung des Reinlichen, gar Sterilen, der sanitäre Glamour all überall, womit sich die Tonangebenden nicht nur umgäben, sondern in ihren Körperkult gar hineinverlängerten, als seien sie selbst Präparate zur Verbreitung eines antiseptischen Übermenschentums, dies verlange geradezu nach einem Gegenakzent, also eben von der anderen Seite her – und die sei nun mal Schmutz: das Ungestalte, Gärende, zu nichts zu Gebrauchende, in summa die Angstvision der schicken Machthaber und ihrer Büttel.

„Da passen unsere Namensvorschläge ganz gut", präsentiert Michaela die Ergebnisse aus ihrer Arbeitsgruppe: Da man mit dem Wort Dragoner nichts Hoffnungsvolles mehr zu verbinden wisse, haben Hilke und sie folgende Titel ersonnen: „Deserteure des Darwinismus", „Atelier des Drecks" oder halt „Botschafter des Untergrunds." Letzteres gefalle ihr persönlich am besten, da Assoziationen an die gute, alte Stadtguerilla in ihr heraufdämmerten, und da hege sie immer noch wunderbare Erinnerungen.

„Ich auch, ich auch!", jauchzt Petra und bekommt nostalgisch feuchte Augen.

Hilke schaut beinah stolz drein, wobei ihr Beitrag eher schmal ausgefallen ist: „Dreck am Stecken." Michaela schien nicht vollkommen überzeugt, versprach aber, gegebenenfalls darauf zurückzukommen. Eine bislang unbekannte Abenteuerlust brandet in Hilke auf, worin ein spätpubertäres Aufbegehren gegen den Putzfimmel ihrer Mama immer noch mitschwingt. Olim ist noch nicht zufrieden; „Untergrund" sei zwar mehrdeutig, aber auch ein bisschen angestaubt. Vielleicht sei es angeraten, den Abend und seine fantasieanregenden Ideen nachwirken zu lassen und in einer Woche zur Beschlussfassung wieder zusammenzukommen. – Mit dem allseitigen Gefühl, einem Kontinent voller Glanz und Bedeutung entgegenzusegeln, bricht man in verschiedene Richtungen auf.

Ursprünglich hatte Ulf geplant, Michaela wegen der Rückverwandlung Gina-Lisas anzusprechen, einem Vorhaben, das in wenigen Wochen ansteht, jedoch gewiss mit neuen Aufregungen verbunden wäre ... Außerdem möchte er diese bislang unvergleichlich harmonische Hilke-Phase nicht unnötig abkürzen; dass sie sich seinen seltsamen Freunden und ihren Projekten heute Abend ausgesetzt und sich vortrefflich dabei bewährt hat, sollte einstweilen genügen – zumal sie das Thema Schwein bislang mit einem Tabu behaftet. Ja, ihm selber ist nicht wohl dabei, immer noch nicht, trotz der Nettigkeiten, die er mit Gina-Lisa austauscht: Ein jedes Mal, wenn er sie erblickt, krümmt sich etwas in seinem Innern zusammen, als hefte er seine Augen auf etwas Verbotenes – etwas, das nicht da sein darf.

Ein weiteres Tätigkeitsfeld, dem sein eifrigstes Interesse gilt, muss vorerst unbestellt bleiben. Je öfter Kottmüller dem Gespräch mit dem alten Berzel nachsinnt, desto mehr möchte er in Erfahrung bringen: vor allem viele Einzelheiten aus der Reisezeit des Cyriakus und wie dieser seinen Alltag in der Großstadt bemeistert hat, gilt er ihm doch, seit er zum ersten Mal von ihm gehört hat, in gewisser Hinsicht als Vorbild. Kottmüllers Anrufe im Haus Bethanien erbringen jedoch immer nur dieselbe Nachricht: Der Gesundheitszustand des Berzel habe sich weiter verschlechtert; ob dies sogar mit der Aufwartung von Ulf und Olim und eventuell daraus sich herleitenden Erregungen des Gemüts ursächlich verbunden sei, könne nicht geklärt werden. Jedenfalls bleibe es auf geraume Zeit unvorstellbar, eine neuerliche Unterredung zu riskieren.

Armer, guter Onkel Friedrich!

So wendet sich Ulf denn einem Gebiet zu, das ihn in den vergangenen Wochen nicht weiter beschäftigen musste: dem der Nahrungssuche. Bei der Lucky Look noch einmal nachzuhören, ob eine Beschäftigung in einem anderen Aufgabenbereich vorstellbar wäre, kommt aus mehreren Gründen nicht infrage; vor allem scheint es naheliegend, dass die Verunreinigung des Glaspalasts dieser Versicherung mit seiner Person in Verbindung gebracht werden wird; eine vermittels Polizeigewalt forcierte Nachfrage in dieser Richtung erwartet Ulf täglich. Fürs Erste bleibt ihm nichts übrig, als auf Talente und Fertigkeiten aus seinem Umkreis zurückzugreifen, und da gilt Petra als unbestrittene Expertin, die – im Gegensatz zu vielen anderen aus der Branche – ihre Fundstätten freimütig mitteilt und ihre Techniken offenlegt.

„Warum trägst du nicht gleich einen Taucheranzug?", foppt die routinierte Fourageurin den Neuling, als Ulf zur verabredeten Zeit im nächtlichen Hinterhof des Supermarkts eintrifft.

In Gummistiefel und ebensolche Handschuhe sowie einen orangefarbenen Overall von Olim gewandet, dazu einen Bauarbeiterhelm auf dem Kopf, sieht er sich gegen die vermeintlichen Widrigkeiten des Mülltauchens gut gerüstet. Petra trägt Haushaltshandschuhe zum Schutz, manchmal vergisst sie auch die. Ertappt lügt Ulf drauflos, es handle sich um schlichte Tarnung, damit man ihn gegebenenfalls für einen städtischen Mitarbeiter halte; außerdem werde er ja polizeilich gesucht.

Petra lacht ihn aus: „Du kannst so ein Feigling sein!"

„Das wird ja oft mit Schlauheit verwechselt." Ulf verlegt sich darauf, den Weisen zu spielen – nur um zu verschleiern, dass er sich von Petras Bemerkung getroffen fühlt.

Ein kleiner Triumph, den er im Stillen genießt, stellt die Balance kurz darauf wieder her.

„Was macht'n der hier um die Zeit?", zischt Petra, als sie auf dem Parkplatz des Großmarkts tatsächlich einem in Orange und Grellgelb gekleideten Kerl mit offener Warnweste begegnen.

Unverständliches murrend, grüßt er Kottmüller, indem er zwei Finger an die Mütze legt. Als sie bei den Containern eintreffen, vier Stück in einer Reihe und dann noch mal einer dahinter, mit kompostierbaren Abfällen, regt sich in Ulf eine Vorahnung, die in Widerwillen aushärtet. Er schnauft.

„Bitte?"

„Ach nix."

Mit geübten Handgriffen löst Petra die Schließhebel und klappt den Deckel hoch. Jedoch, als sie ohne zu zögern Tüten und Kästen beiseite räumt, um eine Literdose Tomaten emporzuhieven, verharrt ihr Lehrling untätig, betäubt vom schwül-modrigen Aroma, das ihm entgegenwabert.

„Was ist? Kommst du rauf?"

Tapfer den aus Grauen geborenen Widerwillen überwindend, schwingt er einen Fuß auf die Metallkante und lässt sich oben nieder, den Blick auf den amorphen Inhalt gerichtet. Noch immer greift er nicht zu; kein Zweifel, die Abwehrkräfte der Milbener gegen alles, was Außenstehende mit Ekel verbinden, beziehen sich seit Generationen auf Dinge, die im städtischen Alltag nicht vorkommen: undefinierbare Strünke, in einer Zwiebelsoße treibend; Exkremente, von wem nur, in Pfützen auf Waldwegen; über Nacht klamm gewordene Arbeitsjacken, in deren Ärmeln Kriechtiere Schutz gesucht haben ... Aber Schimmel, vermischt mit anderweitigen Gerüchen der Zersetzung, zumal von verwesendem Fleisch, hervorgerufen und befeuert von Wärme, dagegen ist man als Kind des Nieselnordens wehrlos, denn an jener Wärme, die dergleichen auslösen könnte, hat es stets gefehlt und wann wäre es denn jemals vorgekommen, dass vom Wollschweinfleisch – was könnte man sonst für genießbar halten – auch nur ein Partikelchen je übrig geblieben wäre?

Ulf fühlt sich bereits als Versager, als er schließlich doch noch eine Packung Honig-Popps, ganz vom Rand, aus dem Glibber pflückt. Die bräunlichen Reste an der Zellophan-Tüte versucht er am Containerdeckel abzuwischen. Eines ist sicher: Von diesem Frühstück für gastrosophisch ahnungslose Schulkinder wird er nicht ein Körnchen anrühren.

„Was ist los?", fährt ihn Petra frontal an, als sie eine Auswahl der bekömmlichsten Nahrungsmittel in eine Pappschachtel verpackt. „Bist du so ein Schisser?"

„Manchmal." Ulf versucht es auf die charmante Art. „Ich glaube, meine Kompetenzen liegen mehr auf dem Gebiet des Mundraubs. Hättest du auch dafür einen Tipp?"

„Ist mir zu riskant." Mit gehörigem Kraftaufwand, einer Kraftsportlerin im Fitness-Raum gleich, zieht Petra den Deckel herunter und lässt ihn hart einrasten. „Da kommt man ganz schnell in Bedrängnis und kann oft nicht mehr weg."

„Das stimmt wohl", schiebt Ulf seine Beute in Petras Tüte. „Aber Diebstahl stinkt nicht."

Tags darauf hat es Petra zwar mit einer weitaus engagierteren Partnerin zu tun, die Aufgabe jedoch stellt sich als ungleich anspruchsvoller und überraschend komplex heraus. Auch Michaela hatte einen Nachtdienst versehen, konnte danach aber sofort einschlafen – im Gegensatz zu Petra, die von Melodiefolgen belästigt wurde: erst *dream-dream-dream*, dann *doo-doo-doo*, schließlich *just dropped in to see what condition my contition was in* ... Damit war's dann vorbei, und sie rührte sich in der Küche einen Nescafé an. – Unablässig gähnt sie, während die beiden, gekleidet so solide wie vorstellbar, der Business School zuschlendern. Nicht zum ersten Mal, heute allerdings in eminenter Weise, lernen sie den Unterschied zwischen Theorie und Praxis kennen, bevor sie ihre forschen investigativen Maßnahmen überhaupt beginnen können. Zielstrebig und dynamisch, so hatten sie sich das vorgestellt, wollten sie die Stufen zum Haupteingang emporeilen, ein ernsthaftes Zwiegespräch über eine neue Publikation zur Organisationssoziologie improvisierend, so dass man sie gewiss für Dozentinnen halten müsste, um sodann in aller Gemütsruhe die Räumlichkeiten von innen auszuspionieren.

Vor allem die Überwachungskameras haben es ihnen angetan.

Aber angesichts der ersten Studentinnen bleiben die zwei Beauftragten für Informationsbeschaffung unwillkürlich stehen und blicken aneinander herab.

„So kommen wir da gar nicht rein", mutmaßt Petra, verunsichert ob der Makellosigkeit dieser überschießend wohlgelaunten jungen Frauen; vor allem die Designer-Pumps hätte sie im Studienalltag für nicht praktikabel gehalten. Blicklos starrt sie auf ihre ebenfalls nicht ganz flachen Schuhe, immerhin aus Italien, aber schon ein wenig abgetragen.

„Wir nicht. Da hat es ja der Kotti noch leichter." Auch Michaela plagen gewisse Phantasien; aus einem rein ästhetischen Gesichtswinkel heraus empfindet sie etwas wie Bewunderung für diese zwanzig Jahre jüngeren Geschlechtsgenossinnen, und eine unwiderstehliche Melancholie hält Einzug in ihre Seele. Sogar die Jungs sind allesamt durchtrainiert und in idealer Passform, geziert von dicken, seltsam eng gewundenen Schals, ein bisschen wie bei Gehenkten, die man noch rechtzeitig abgeschnitten, aber den Strick abzunehmen vergessen hat.

Die folgende Stunde verbringen die verhinderten Spioninnen mit dem Umkreisen des Gebäudes, bis sie sich eingestehen müssen, dass sie zur weiteren Planung nichts beitragen können – wie unangenehm, gleich beim ersten Einsatz so zu versagen!

„Wie schaffen die bloß ihren Müll weg?", zweifelt Petra, in Fragen der Abfallentsorgung geschult, an ihrer Wahrnehmung.

Kein abgesperrter Bereich für Tonnen und Container lässt sich erkennen, nicht einmal ein müder Papierkorb am Eingang ist auszumachen, vielleicht aus Furcht vor Attentaten. Ulfs Arbeitsaufenthalt in der Business School war viel zu kurz bemessen, um dass er mit exakten Angaben hätte aufwarten können ... Da bemerkt Michaela eines dieser klobigen Fahrzeuge, braunlackiert und hoch wie ein Bus, schwer wie ein Panzerspähwagen, gesteuert jedoch nur von einer einzigen Person – in diesem Fall der Rektorin, die in einem weiten Bogen hinter den Buchsbaumhecken entlangsteuert, um schließlich sachte unter der Erdoberfläche zu verschwinden. Aufgeregt fasst Michaela Petra am Arm und zieht sie dort herüber, über 200 Meter vom Schulpalast entfernt. Eine geschwungene Auffahrt aus Sichtbeton endet zwischen zwei Pollern mit einer Schranke und einer roten Alarmlampe, geschützt von Hängegewächsen, vermutlich Knöterich.

Dass das gesamte Areal unterkellert ist, hätte man eigentlich annehmen können; wo in dieser Stadt bliebe denn ein Fleckchen ungenutzt, ganz gleich ob über oder unter der Erde? Die Späherinnen, an schon vor Jahren aus der Mode gekommene Verfahrensweisen gewohnt, hatten in viel zu engen Dimensionen gedacht: Selbstverständlich, eine Studieneinrichtung, die sich der Produktion vielseitig einsetzbarer Eliten für die kommenden Jahrzehnte widmet, wird von dieser *jeunesse dorée* mit Sicherheit nicht verlangen, dass sie per U-Bahn anreist oder den Nobelwagen in einer Seitenstraße parkt.

„Die Frage ist nur", bestaunt Michaela die hochmoderne Kombination aus Sprechanlage, Sicherheitsschleuse und Gartenarchitektur, „wie kommt man da rein?"

„Das übersteigt auch meine technische Fantasie", gesteht Petra.

Trotzdem nickt sie der Freundin bewundernd zu; ihr wäre die ausgelagerte Zufahrt gar nicht erst aufgefallen.

Im Kreis der neuen Dragoner, die nicht so heißen, führt die Nachricht zu einer Überbeanspruchung der Vorstellungskräfte. Nach kurzer Debatte setzt sich Ulfs Vorschlag durch, den Gebäudekomplex „von unten her auszuduften" – vor allem Olim preist die enorme Symbolkraft einer solchen Tat. Und Ulf weiß schon, welches Material dazu dienlich sei: Es wird nicht leicht zu bekommen sein, aber im Fleischverarbeitungszentrum fallen solche Unmengen an Schlachtabfällen an, dass man sich doch mit Sicherheit in den Besitz einiger Fuhren wird bringen können. Sinnvoll wäre es, die tierischen Überbleibsel bereits zur Wochenmitte in Gewahrsam zu nehmen, um sie, nach möglichst lauwarmer Lagerung, samstags in die Tiefgarage zu verbringen.

Bis Montag würde sich der Verwesungsgestank entfaltet haben.

Hilke, die von alledem durch Ulf unterrichtet wird, trägt zuerst schwer an ihren Bedenken: Was kann da nicht alles schiefgehen! Ist dies nicht, versucht sie Ulf zu überzeugen, eine für den Anfang gar zu aufwändige, von ausgeklügelter Organisation und punktgenauer Durchführung sowie weiteren unwägbaren Faktoren abhängige Aktion, deren Erfolg zum einen nicht sicher sei, zum anderen zum frühzeitigen Ende der mutigen Runde führen könnte? Entgegen seiner am Anfang der Liebesbeziehung zumeist gezeigten Sturheit, hört Ulf nicht nur aufmerksam zu, sondern lässt sich tatsächlich verunsichern; vielleicht sollte man noch ein wenig abwarten, vielleicht einen schlichteren Weg finden – so wie es ihm im Kampf gegen die Versicherung vor Kurzem ganz alleine gelungen ist.

Schon schickt sich Kottmüller an, die Unternehmungslustigen in ihrem Schwung zu bremsen, da ist es wiederum an Hilke, seine Skrupel zu zerstreuen. Dieser Meinungsumschwung hat durchaus seine Gründe, und die liegen, da lässt sich nicht herumdeuteln, vor allem in Hilkes wenig inspirierter Jugend begründet. Ohnehin im Innersten aufgewühlt durch das Bevorstehende, entsprießen während Michaelas Beschreibungen vom äußeren Eindruck, den diese Höhere Schule auf sie machte, vor allem die in höchster Perfektion sich präsentierenden Studentinnen, unliebsame Bilder von einst: Carolin auf dem Schulheimweg; Carolin beim Turnen; Carolin beim Erledigen der Hausaufgaben; Carolin, Carolin! Und schließlich und vor allem: Carolin im Schwimmbad.

Dies war wohl der Tag, an dem sich Hilkes Schicksal entschied … falsch: an dem sie sich bewusst wurde, dass es bereits besiegelt war; sie ahnte, was ihr bevorstand; sie realisierte, was schon immer stattgefunden hatte, seit sie da war, vor allem, seit Carolin, die gleichaltrige Nachbarin, zu ihrer Freundin geworden war. Geschützt durch ein bis zu diesem Tage leidlich vorhandenes Urvertrauen, eine gewisse Langsamkeit der Wahrnehmung und diese charakterprägende Unlust, sich unnötig Gedanken zu machen, hatte die kleine Hilke naiv angenommen, alle Menschen seien gleich. So stand das auch in der Kinderbibel. Es muss zu Beginn der Sommerzeit gewesen sein, noch lange hin bis zu den großen Ferien, als die beiden, die auch in der Schulbank Nachbarinnen waren, statt aufzupassen, wo die Flüsse der Heimat entspringen und wo sie münden, andere Regionen sich ausmalten, näher gelegene, nämlich den per Fahrrad in kaum zwanzig Minuten zu erreichenden Waldrand; dort blaute das berühmte, von allen geliebte Naturbad.

Seit Kurzem besaß es sogar einen Sprungturm.

Durchrieselt von Vorfreude und unter unausgesetztem Geplauder, hatte Hilke nicht mitbekommen, dass weitere Klassenkameradinnen zusagten, sobald wie möglich auf der Liegewiese einzutreffen. Und zwei Kameraden. Die beiden Freundinnen waren die Ersten. Sie hatten schon eine eisige Schwimmtour hinter sich gebracht und saßen Rosinen futternd auf der Bastmatte, als die anderen ankamen. Wie üblich breiteten sie ihre Handtücher und Matten aus, entledigten sich der Straßenkleidung und lagerten sich oder rannten herum. Zu den beiden Jungen, auf deren Gegenwart Hilke nie viel Wert gelegt hatte, gesellten sich zwei weitere, aus der Parallelklasse. Bald fiel ihr auf, dass sie nur mit Carolin sprachen; Hilkes Kommentare wurden weitgehend ignoriert, so dass sie die Freundin mit Blicken dazu aufforderte, sich doch wieder mit ihr zu beschäftigen und den Sprungturm zu erproben.

Da fiel der Kommentar, der ihr die Augen öffnete.

„Bleib besser unten", grinste der Mitschüler – er trug einen modernen Namen, Kai oder Steffen – „wir wollen keine Überschwemmung riskieren."

Es war mit Sicherheit nicht das erste Mal, dass jemand eine Bemerkung über Hilkes Körperfülle gewagt hatte, diesmal aber, vielleicht der Situation wegen und weil sie fast unbekleidet war, klang etwas Unerbittliches, krass Abwertendes mit, so dass sie entsetzt und empört und schon fast weinend zur Freundin hinübersah, im Tiefsten gewiss, dass diese ihr umgehend mit Schimpfen und Schelten zur Seite springen müsste.

Aber Carolin lachte.

Sie lachte so ungestüm, dass ihr zarter Körper auf der Badematte vibrierte, dabei patschte sie mit der flachen Hand auf die Wiese.

„Wunder mich schon lange", versuchte der Junge seinen Heiterkeitserfolg zu erneuern, „wieso du immer mit dem Klops zusammen bist."

Kein Zweifel, der Klops, das war Hilke. Binnen eines Jahres, es war das letzte der Grundschulzeit, folgten weitere Metaphern, und es wollte nicht enden: Knödel, Hefekloß, Dampfnudel, Presswurst, aber auch weniger kulinarische wie Fettmadame, Schwabbelmonster oder schlicht „der Wulst" sowie jede Menge obszöne. Noch in dem Augenblick, da Carolin über den Witz so ausgiebig lachte, war Hilke bewusst, was davon die Folge wäre: Sie war gebrandmarkt, und das würde man auszukosten wissen. In die mit nichts zuvor zu vergleichende Enttäuschung, dass die allerliebste Freundin flugs vor aller Augen auf die andere Seite übergewechselt war, mischte sich eine schlimmere Erkenntnis: Caro hatte recht. Alles an der Freundin war um Klassen besser; nicht ein einziger Bestandteil von Hilkes gesamter Persönlichkeit, vom Körper nicht zu reden, konnte auch nur in Ansätzen mithalten.

Wenn Hilke nun begann, sich selbst zu beobachten und zu beurteilen, musste sie Stück um Stück von der Liste möglicher Siege, die ihr vielleicht etwas Würde übriglassen könnten, streichen. Blickte sie an sich herab, blieben nur ihre einigermaßen straff gebildeten Arme übrig – aber auch diese verloren vollkommen an Wert, wenn man neben ihre eigenen, etwas haarigen, mit Sommersprossen versehenen Carolins milchkaffeefarbene, überschlanke in steter anmutiger Bewegung begriffene sich vorstellte. Wo Hilke an den Fußenden kleine Klumpen hatte, besaß die Kinderfreundin winzige Zehchen, ein jedes mit einem makellos gerundeten Nägelchen versehen; wo sie selbst mit plumpem Schenkeln umherwatschelte, tänzelte die andere auf Beinchen durchs Leben, wie sie keine Ballerina eleganter hätte vorzeigen können. Am übelsten aber stand es um das, was man halt immer sah: Hilkes Gesicht bestand vor allem aus einer Kartoffelnase, der Rest war spröde, grobporige Haut, darinnen irgendwo zwei Schweinsäugelein; Caros Antlitz hingegen ließ sich von einem Dichter nicht beschreiben, so liebreizend blickten die hellgrünen Augen unter dem Katarakt goldblonder Locken hervor, so ebenmäßig waren Stirn und Kinn geschwungen, und so sehr Sehnsucht erweckend plauderte oder schwieg ihr Mund schon in den allerjüngsten Jahren.

Das wäre alles fast noch zu ertragen gewesen, hätte Hilke wenigstens eine überlegene Intelligenz besessen oder, zum Teufel noch mal, eine schöne, mildtätige Seele. Doch je und je bewies der Alltag, dass auch hier nicht ein einziger Punkt zu erringen war. In jedem Schulfach schrieb Carolin bessere Noten – grundsätzlich. In Mathematik stand sie immer auf Eins. In Deutsch aber auch. Und in Sport erst recht. Am liebsten aber beteiligte sie sich am mündlichen Unterricht, stellte kluge Fragen, gab originelle Antworten, was bei den Lehrkräften gefälliges Schmunzeln, bisweilen Rührung oder – in einigen Fällen, doch das galt freilich mehr ihrer Physis – unzeitige Begierde weckte. Derweilen brütete Hilke finster vor sich hin, antwortete brüsk oder gar nicht, meckerte aber über alles und war an nichts interessiert. Zeigte die schlaue, süße Carolin etwa arrogantes Verhalten? Überhob sie sich jemals? Ganz im Gegenteil, Religion war ihr Lieblingsfach, und der unterrichtende Pfarrer konnte sich kaum mehr beruhigen über so viel Herzensgüte und sittliche Anempfindsamkeit.

Und über so viel gottgegebene Schönheit.

Schüttelte Carolin den Kopf über ihre ungeschickte, etwas dumme, plumpe Freundin? Bis zu dem Tag im Schwimmbad niemals, von da an aber immer. Die Jungs hatten die Kehrtwende hervorgerufen, und sie blieben ihr leidenschaftlich gewogen, während der gesamten Schulzeit hindurch. Dann kamen die Männer. Bis Carolin 19 Jahre alt war und endlich aus dem Viertel wegzog, zu einem tollen Studium, zunächst ins Ausland, dann nach München, Freiburg und natürlich Berlin, begegneten sich die beiden noch oft; bereits in der fünften Klasse, Caro ging natürlich aufs Gymnasium, Hilke wurde in eine Fördereinrichtung geschickt, hatten sie aber aufgehört, einander zu grüßen. Meistens war die entzückende ehemalige Vertraute nicht allein, sondern umgeben von ebenfalls zierlich und munter dreinschauenden neuen besten Freundinnen. Oder eben von Kerls. Während Hilke noch auf ihrem Jugendrad, an allen vorbeischielend und stets übellaunig, dem Martyrium eines derben Schulalltags entgegenstrampelte, konnte Caro bald unter zahlreichen Bewerbern wählen, die sie allzu gern mit dem Auto oder – noch lieber, der Berührung wegen – mit dem Motorrad abzuholen wünschten.

Hilkes Rettung widerfuhr ihr bei ihrer Oma, wo sie sich vollstopfen durfte, womit sie wollte, am liebsten mit Himmel und Erde und vielen Zwiebeln ... sowie in der Metzgerei. Meister Sobirski, seit früher Jugend zarten Reizen welcher Art auch immer abhold, ging mit der Hilke um wie er mit allen umging. Da sie nach anfänglicher Schusseligkeit sich offensichtlich Mühe gab, so gut wie nie zu spät kam, gelehrig blieb und jeden Auftrag nach Kräften und Vermögen erfüllte, schwang er sich eines Nachmittags sogar zu einem Lob auf: Sie sei der beste Lehrling im ersten Lehrjahr, an den er sich erinnern könne. Hilke reagierte gar nicht. Aber auf der Heimfahrt musste sie plötzlich vom Fahrrad absteigen, sich ohne Ansehen der Umgebung mit der Stirn an eine Litfaßsäule lehnen und heulen wie zum letzten Mal, als ihre Katze gestorben war.

Jetzt liebte sie den Sobirski. Was der gereifte Mann sehr wohl empfand und bedauerlicherweise zu sexuellen Avancen nutzte. Da Hilke, ihrer Art gemäß, auch hier stur unzugänglich blieb, begnügte er sich und war von da an wieder der gute Lehrherr. Gänzlich unerwartet nahm ihr Geschick eine erfreuliche Wendung; die Gleichförmigkeit des Alltags beruhigte ihr Gemüt, der Umgang mit der Kundschaft tat ihr wohl, und ab und zu kaufte sie ihrer Mutter kleine Geschenke. Auch zu Hause verzichtete die Hölle jetzt auf ihr Anrecht, und Hilke durfte, was sie sich ja immer nur gewünscht hatte: leben, so normal wie möglich.

Eines Herbstnachmittags, sie war Mitte zwanzig, begegnete sie Carolin wieder, beide konnten nicht weg, es gab eine Demonstration mitten in der Haupteinkaufsstraße, und so standen sie denn auf einmal nebeneinander, direkt vor der Polizeisperre. Kaum vorstellbar, aber Caro war noch viel schöner geworden. Doch ihr nervöser Überschwang, alles gleichzeitig zu erzählen, was ihr in kürzester Zeit einmal mehr und wie eigentlich immer auf wundersame Weise widerfahren war – Tauchurlaub mit dem neuen Freund, einem jetzt schon sehr aber demnächst noch viel mehr super erfolgreichen Start up-Unternehmer, Stipendium in Paris, unglaublich günstige Loft-Wohnung in Berlin ... – prallte an Hilke ab.

Das blieb nicht unbemerkt.

„Und wie geht's dir so?", ließ sich die angehende Marketing-Leiterin eines Pharmaunternehmens schließlich herab zu fragen, wobei sie gleichzeitig ihr unablässig vibrierendes Smartphone konsultierte.

„Gut, danke", antwortete Hilke, und überließ das Weiblichste aller Weltwunder seiner Korrespondenz, da der Streifenpolizist vorne die Absperrung soeben aufhob.

Hilke hatte einen Separatfrieden mit dem Leben geschlossen; es gab eben diejenigen, die bevorzugt waren, und es gab Leute wie sie. Davon hatte sie inzwischen jede Menge kennengelernt, und man konnte fraglos auch überleben, wenn man keine Villa mit Blick auf den Tiergarten sein Eigen nannte. Dennoch, so selten sie sich auch dessen gewahr wurde, eine eherne Abneigung, wenn sie es sich unerschrocken eingestand: eine durch nichts zu bezähmende Abscheu gegen gewisse Verhaltenscodes, Blicke, Redeweisen, Arten sich zu bewegen war ihr verblieben, und das richtete sich gegen einen überlegenen, aber immerhin eindeutigen Feind.

Anders als manche Bekanntschaft – Freundschaften pflegte sie keine mehr –, verzichtete Hilke auf Starkult: Sie war nie Fan. Entertainer, Models, Rennfahrer, Fußballspieler, Schauspielerinnen, die sich berufsmäßig für obszöne Streifen hergaben, auf deren Lebenswandel andere abhängig draufstarrten, blieben ihr weitgehend gleichgültig. Aber nicht ganz: Denn eine Wut verharrte in ihr, ein nicht neidisches, gleichwohl gekränktes Unrechtsempfinden: Hatte man ihr nicht in der Grundschule beigebracht, das Ungleichverhältnis zwischen Herkunft, Stand, Begabung und so fort gehöre ausgeglichen, damit niemand übervorteilt werde, und genug für alle bliebe? Nicht mehr viel von diesem Bestreben konnte sie in ihrer Zeitgenossenschaft wiederfinden; es schien, man habe sich gebeugt vor einem Fatum, huldige einer vor Zeiten nur scheinbar zu den Akten gelegten Prädestination und vernachlässige ohne Not, was Generationen errungen hatten: die demokratische Gesellschaftsordnung.

Auch die Akzeptanz der Differenz, mächtig wie ein Gattungsunterschied, war in Wahrheit nur vordergründig. Hilkes frühzeitige Resignation, ihre scheinbare Interesselosigkeit und Gefühlsgleichgültigkeit allen sozialen Siegern gegenüber, ließ Raum für eine Neige Groll. Was Caro anbetraf – und damit alle anderen, die so waren wir sie – handelte es sich tatsächlich um unverjährbaren Hass. Da sie ihn aber so selten sich rühren fühlte, meist sogar glauben durfte, er habe sich aufgelöst, fand Hilke im ersten Augenblick, da sie von Ulfs Vorhaben erfuhr, weder Worte noch einen Zugang zu diesem verborgenen Brodeln. Als sie dann emporströmten, die durch und durch hässlichen, in keine Bahnen zu lenkenden Rachegelüste, genährt von der Aussicht auf baldige Befriedigung, wurde sie von einer jubelnden Ekstase ergriffen, einem Rausch der Gemeinheit, der sich so anfühlte, als sei sie im Begriff, etwas Wunderbares zu tun.

Für Olims Mutter war Teetrinken etwas Rückwärtsgewandtes. Die Kinder bekamen Cola, sie und ihr Mann tranken Bourbon, am liebsten abends auf der Dachterrasse, zusammen mit Freunden, fast alle Mediziner. Erst im Containerlager lernte Olim, wie man Tee richtig zubereitet; Dayyan, sein Vertrauter, war fassungslos: Wie konnte man diese Alltagskunst nicht beherrschen! So begann die Phase, als sich Olim mit allem beschäftigte, noch lieber umgab, was ihn an zu Hause zu erinnern geeignet war. Das dauerte wenige Monate, dann kehrte sich das um, da er bemerkte, dass jedes Wort, jeder Gegenstand, jede Speise von einst ihn tiefer hinab zog in eine Trauer, die nach und nach allumfassend wurde. Bald ging seine Weigerung so weit, alles, was ihn erinnern könnte, zu meiden; sogar die bis zu diesem Zeitpunkt zentral bedeutsamen Telefongespräche mit der Familie mussten unterbleiben.

Früher hatte er andere Morgenrituale. Jetzt steht er die Stunde durch, bis Johanna und ihre Töchter aus dem Haus sind. Dann setzt er sich an den Küchentisch und erstarrt. Es kostet ihn viel, aber jedes Mal unterschiedlich viel Mühe, sich zu erheben und zum Tablettenschrank zu schlurfen; heute ist es besonders anstrengend. Vier Präparate stellt er vor sich hin; in der Kombination halten sie bis zum Nachmittag die Stimmung einigermaßen aufrecht, dann muss er nachlegen. Immerhin, auf diese Weise gelingt es ihm, seit er bei Johanna eingezogen ist, allzu schwerere Antidepressiva zu vermeiden. Er spült die Tabletten hinunter mit erkaltetem Tee. Diese eine Gewohnheit hat sie nie abgelegt, auch in den Monaten nicht, da sie kein Wort miteinander wechselten. Wenn Johanna aufsteht, macht sie Olim schwarzen Tee. Das ist lieb, aber sie hat nicht verstanden, wie ihn das quält, schon der Geruch ...

Er hat es ihr aber nie gesagt.

„Wir sind die Soldaten hinter den feindlichen Linien“, formulierte Dayyad sein Lebensgefühl; das war vor der Zeit, als der islamische Terror zu Berühmtheit gelangte. Er meinte das auch gar nicht aggressiv, jedenfalls nicht bezogen auf andere. Mit der Beschreibung einer Ausweglosigkeit versuchte er zu erklären, dass niemand wissen konnte, weder die nahen Fremden – und die Familie in der Ferne schon gar nicht, wie es um die Ausgesandten stand. Man schien sich mit der Erkenntnis zufriedenzugeben, dass es sich um junge Männer handelt, und die halten was aus. Sollten sie zumindest. Als sich Dayyad erhängte, hatte ihn Olim schon länger nicht gesehen. Dayyad war beileibe nicht der Einzige; seit er begann darauf zu achten, fiel Olim auf, welche Unzahl junger Menschen aus Ost und Süd in diesem Deutschland auf diese Weise zu Tode kamen. Gewissermaßen waren sie doch Soldaten: Sie fielen, weil sie es nicht aushielten, so zu leben. Denn das war kein Leben.

„Man müsste", hatte er einmal versucht Johanna nahezubringen, da waren sie erst kurz beisammen, „man müsste psychologische Hilfe anbieten, nein aufdrängen: ihnen allen! Wenn sie herkommen, was weiß ich, aus Polen, Russland, Afghanistan, Nord- und Zentralafrika, sie wissen es nicht, und sie können es auch nicht wissen, wie man innerlich ausgefressen wird – egal wie viel Nahrung von draußen reinkommt."

Die Aufgabe, sobald wie möglich für die zu Hause Zurückgebliebenen zu sorgen, wird bald unlösbar, wenn man nicht für sich selber sorgen kann. Den wenigsten gelingt es, rechtzeitig in eine seelisch komfortablere Lage zu kommen, bevor die Reserven aufgezehrt sind. Fast alle versuchen sie, sich so schnell wie möglich ein neues Heim zu schaffen ... doch in den meisten Fällen ist es zu schwach gebaut. Man kämpft dagegen an. Doch dann kommt die Krankheit, irgendeine, meistens trägt sie keinen Namen, stellt sich nicht vor. Die Basis von allem: der Kontakt zu den Liebsten wird unweigerlich weniger. Man empfindet Selbsthass, weil man zu schwach ist. Und wenn einen dann keiner findet ...

Als Olim in dieser Art zu Johanna sprach, ging er noch davon aus, dass sie seine neue Heimat war; dass ihnen gemeinsam gelingen könnte, was ihm alleine unmöglich blieb. Johanna fühlte sich der Aufgabe gewachsen; aber sie kannte die Dimensionen nicht.

Dieser aufmerksame, gebildete, smarte Jungmediziner, den sie über eine Freundin, die ehrenamtlich in Projekten mitarbeitete, kennengelernt hatte, bestand aus Abgründen. Je mehr sie von ihm wusste, desto unheimlicher wurde ihr, welches Ausmaß an Verzweiflung da zugrunde lag. Außerdem, das wog fast noch schwerer, war Olim ein unsäglicher Klugscheißer: Es war kein Thema denkbar, zu dem er nicht etwas Neunmalkluges beizutragen gehabt hätte. Als Arzt machte er da selbst vor Bereichen nicht Halt, die ihm als Mann eigentlich unvorstellbar sein mussten.

So begannen die Streitigkeiten. Für Johannas Familienglück kam die Einsicht zu spät. Kaum ein Jahr lang hatte sie die Dreisamkeit in der Stadtwohnung genießen können. Selbstverständlich fühlten sich ihre Töchter erheblich gestört, als nach ein paar Wochen Hoffnung auf ein angenehmeres Leben zu viert die Konflikte überhandnahmen. Wer aber gedacht hätte, Mariechen und Laila schlügen sich auf Mamas Seite, wäre einem Irrtum aufgesessen. Dass Olim so rasch so große Beliebtheit bei den Mädchen erlangte, hatte vor allem mit seiner stillen, geduldigen Art zu tun, Zuwendung zu zeigen, komplizierte Sachen zu erklären, in den Verrichtungen des Alltags ohne Hektik zu Werke zu gehen.

„Mama, du bist die Giftzwergenkönigin!“, wehrte sich Laila.

Das stimmte nicht immer, natürlich nicht. Doch man wusste nie, wann sie hochging, und es konnte Stunden dauern, bis ein gedeihlicher Umgang mit ihr wieder möglich war. – Doch wie wenig wussten die Mädchen, woher Olims Weisheit und Ausgeglichenheit stammte; dies lag nämlich nicht in seiner Natur: Es war die Folge schwerwiegender Traumatisierungen. War schon der Abschied von Eltern und Geschwistern kaum erträglich, der Anfang der Passage von Entbehrungen gekennzeichnet, wie er sich zuvor keine hatte vorstellen können, so endete der Übergang über die Grenze in Chaos, Angst und vor allem Schmerzen. Unterwegs hatte sich Olim eine Kolik zugezogen; sicher, er bot alle Tapferkeit auf, derer ein junger Mann aus gutem Hause fähig ist. Doch als die Qual so extrem wurde, dass er den Eindruck hatte, ihm zerbarsten die inneren Organe, konnte er weder Schreie noch Tränen zurückhalten.

Dies bewirkte, dass einige seiner Genossen, die mehr als genug mit den Wegstrapazen zu tun hatten, ihn zurückschicken wollten. Nur einer der Schleuser schien so etwas wie ein gutes Herz nicht längst schon verspielt zu haben – vielleicht handelte es sich auch um eine Quote, man erfuhr so etwas nicht –, also steckte er dem vor Schmerz Zitternden einen Ast zwischen die Zähne und umwickelte ihn fest unter der Nase. Derart zugeschnürt und jetzt auch in Mund und Rachen von nicht nachlassender Pein bis zum Äußersten gebracht, musste Olim weiterlaufen – wie lange, das ließ sich hinterher nicht mehr rekonstruieren, aber es hätte ihm schon eine einzige Nacht genügt, die letzte, als er versuchte, von einer Brücke zu springen, ihn im letzten Augenblick aber eine Faust am Hinterkopf traf und er weitergeschleift wurde, tatsächlich: geschleift.

Wer ihn da geschlagen, gezogen und somit gerettet hatte, nicht einmal das fand er heraus. Von den Gefährten sah er keinen je wieder. Das Krankenlager, wo man ihn mit Mühe kurierte, währte mehrere Wochen – danach war keiner mehr da, und er wurde einem Zug zugeteilt, der nach Deutschland ging. In den ersten Wochen stellte sich die volle Kraft der Heilung ein: Olim begann sich zu regen. Er übernahm jede Aufgabe – es waren leider wenige – las ununterbrochen, bemühte sich, die Formalitäten zu regeln, war hilfsbereit ... und ungeheuer beliebt. Den Grund für diesen Wandel mochte er sich zunächst nicht eingestehen: Der grässliche Transit hatte ihn sozusagen unverwundbar gemacht. Alles im Vergleich dazu war ephemer. Diese Erfahrung stattete ihn mit einer Souveränität aus, die den meisten in einem langen Leben nicht zuteil wird. Dass dies unsagbar schwer errungen und keine Gabe des Himmels war, konnte und sollte niemand wissen.

Er wusste es selber manchmal nicht mehr.

So erträgt der Exilant auch dieses absurde Leben mit Johanna und den Schwestern, in einer Stadt, die er nie kennenlernen wollte, mit täglichen Verrichtungen, die ihn maßlos unterfordern, ohne Aussicht auf eine entscheidende Besserung. Er erträgt dies ... und dennoch reicht für ein Dasein der Hoffnungslosigkeit seine unter Zwang erworbene Gemütsruhe bei Weitem nicht aus: Ohne die

Tabletten würde er sich vermutlich ums Leben bringen, so weit seine Selbstbeurteilung als Heilmediziner. Dürfte er praktizieren, sich etwas aufbauen, sich nützlich machen, dann käme vielleicht die Kraft zurück, und er könnte den Kontakt nach Hause neu aufbauen. So aber muss er in den Augen der Familie ein Gescheiterter sein, ein Nichtsnutz und Tagedieb, der sein Leben vertrödelt.

Nach den Tabletten, so das Ritual, folgt der Gang in die Stadtbibliothek. Dort liest Olim die Zeitungen: Früher, falls vorhanden, die Presse aus seinem Heimatland und der Region, mittlerweile nur noch den Guardian und zwei deutsche Tageszeitungen, Politik natürlich, weder Sport noch Lokales, dafür Theaterbesprechungen und Rezensionen. Zufrieden ist er mit den Artikeln selten; meistens hat er den Eindruck, es liege wie graue Marmelade ein Filter über den Texten, ob aus journalistischer Unfähigkeit herrührend oder aus mangelndem Informationswillen, das vermag er nicht zu beurteilen. Doch zur Anregung ist die Lektüre meistens gut; wie sollten ihm Neuerscheinungen welcher Art auch immer sonst bekannt werden, da er so gut wie nie anderweitige Medien konsultiert?

So kommt es, dass er einmal auf ein Buch aufmerksam wird, das eine Umwertung von so vielem darstellt, was sein Selbstverständnis ausmacht ... aber auch bei so vielen anderen, die nach dem Krieg im Westen aufgewachsen sind. Es wird das erste Buch sein, das er sich kaufen will; um in diesen öffentlichen Bücherschränken hinter Glas herumzustehen oder aus Kisten mit Literatur zum Verschenken hervorzulugen, ist es noch zu neu. Olim beginnt schon auf dem Nachhauseweg zu lesen, im Gehen ... und als Ulf am Nachmittag bei ihm eintrifft, hat er die ersten Kapitel bereits durch.

„Hör mal“, begrüßt er den Freund. „Hör dir das an! Passt das nicht gut zu unserem Club?“

Bevor Ulf etwas erwidern kann, hat Olim schon begonnen, einen Abschnitt vorzulesen: *„Mächtige Menschen ... verhalten sich so, als hätten sie einen Hirnschaden erlitten. Sie sind impulsiver, egoistischer, rücksichtsloser, arroganter, narzisstischer und grobschlächtiger als der Durchschnitt. Sie gehen öfter fremd, hören weniger gut* *zu und nehmen seltener die Perspektive eines anderen ein. Sie sind schamloser und zeigen seltener den ganz spezifischen Gesichtsausdruck, der die Menschen im Tierreich einzigartig macht: Sie erröten nicht."*

Olim kann kaum an sich halten, dass es jemandem gelungen ist, etwas so auf den Punkt zu bringen: „Ist das nicht großartig gesagt?"

„Find ich auch", freut sich Ulf, auf Lailas altem Kinderstühlchen kippelnd und einen Apfel zerbeißend.

„Ach, du verstehst mich nicht. Überleg doch mal, was das bedeutet und wie genau es mit dem übereinstimmt, was wir zuletzt ..."

„Mach ich ja", unterbricht ihn der Gast. „Olim, weißt du wa..."

„Der Typ, der das geschrieben hat, ist noch ganz jung. Erstaunlich. Das macht Hoffnung."

„Der beschreibt die Leute halt", lässt sich Ulf auf das Thema ein, „genauso ekelhaft, wie sie sind."

„Ekelhaft – du hast recht." Olim nickt zufrieden. „Insofern passt das, was wir vorhaben, doppelt gut: Mächtige Menschen erregen bei solchen, die es nicht sind, ob sie dagegen gefeit sind oder nur noch keine Gelegenheit dazu hatten, eine Art Ekel. Das bekommen die Ekelerregenden aber normalerweise nicht mit, nicht nur weil sie sich für fantastisch halten, sondern weil sie sich abgesetzt, abgesondert haben. Durch Exkremente, Kadaver, alles, was dieses Grundgefühl entstehen lässt, werden wir das sichtbar machen. Sehr gut. Wirklich ausgezeichnet."

„Ob die das aber bemerken?", fragt sich Ulf. „Ich meine, ob es nicht wichtig wäre, dass sie verstehen, was wir ihnen sagen wollen?"

„Es wäre sehr wichtig, und wahrscheinlich merken sie es nicht."

„Es ist eben erklärungsbedürftig. Dafür gibt es Bekennerschreiben."

„Du hast schon wieder recht! Was ist denn los mit dir, heute? Ja, wir sollten darüber nachdenken", grübelt Olim. „Wir könnten was formulieren und es den andern vorlegen. Schau mal, ich hab da doch ..."

Aus einem Blätterstapel zerrt Olim einen Entwurf heraus, schwungvoll in Großbuchstaben mit schwarzem Edding aufgemalt. „Was hältst du davon? Ist Johanna gestern Nacht eingefallen:

AGA – AGENTUR FÜR GEGENAKZENTE.“

„Hoffentlich“, kaut Ulf den Butzen zu Ende, „ist Hilke nicht sauer. Aber das hier ist eindeutig besser.“

„Danke, finde ich auch. Es ahmt das Stammeln des Säuglings nach, klingt aber zugleich wie das Kürzel eines Investment-Unternehmens, das alle Leute ausnimmt. Außerdem prägt sich das ein, glaube ich.“

Ulf versucht zu nicken, ist aber viel zu sehr damit beschäftigt, das Kerngehäuse des Apfels, den er zu schnell gegessen hat, durch den Schlund zu würgen.

Lynn-Sofie ist die erste, die sich übergeben muss. Die Tochter eines Spielwarengroßhändlers aus dem Hunsrück, schon immer empfindlich gegenüber Gerüchen, kann es von einem auf den anderen Moment nicht mehr halten. Opfer ist der in die Schreibtischplatte versenkbare Laptop, aber nicht an ihrem Platz, sondern daneben: der von Rodrigo. Sein Aufschrei, nicht souverän-männlich, wie er sich sonst zu geben versucht, sondern im entsetzten Diskant, löst auf der Stelle einen Tumult aus, wie er in einer siebten Hauptschulklasse an der Tagesordnung sein mag, jedoch niemals und unter keinen regulären Umständen im dritten Semester einer Elite-Universität. Sébastian erwischt es als Nächsten, dann folgt Elaine d`Ailly, deren Eltern sich eine solche Szene mit Sicherheit nicht ausgemalt haben, als sie ihre hochbegabte Tochter ausgerechnet nach Deutschland entsandten.

Es war wohl ein Fehler der Schulleitung, nicht augenblicklich der Ursache des widerwärtigen Gestanks auf den Grund zu gehen; der Betrieb sollte unter allen Umständen weiterlaufen, bedeutende Klausuren stehen an, außerdem ein Festakt zugunsten einer Partnerschule in Südamerika. Allzu schlüssig schien die vermutete Störungsquelle – Kanalarbeiten –, um sich näher mit dem

Problem zu befassen. Vorerst. Denn im Lauf des späten Vormittags verdichtete sich der Übelgeruch im Hause, sodass kaum ein Flur, Labor, Vorlesungssaal unbeeinträchtigt blieb.

„Uoah, das ist ja furchtbar!", lautet die an diesem Tag häufigste Begrüßungsformel unter den Studierenden, gefolgt von Kopfschütteln.

Denn wie gewohnt wird umgehend nicht nur nach Schuldigen gesucht, nein, der Anspruch auf perfekte Lernbedingungen, zuallererst auf ein tadelloses Raumklima, setzt sich in Form von wenig zurückhaltenden Forderungen durch.

„Kann man das vielleicht mal abstellen?", ist noch die wohlerzogenste Anweisung an eine Dozentin, die ihrerseits mit einem kaum mehr zu bemeisternden Brechreiz zu kämpfen hat.

Dem am Eingang angebrachten „AGA markiert", mit signalroter Farbe auf die Schieferverblendung gedruckt, schenkt bis Mittag niemand Beachtung. Für das Gelingen der ersten dragonerartigen Aktion im Zusammenspiel aller Beteiligten erwies sich Ulfs Einfall entscheidend, die Tonnen getrennt voneinander im Keller der seitlichen Treppenhäuser zu platzieren. Johannas Einwand, auf diese Weise womöglich nicht die optimale Verteilung der Faulgase in der Business School zu bewirken, konterte Willi, mit Dünsten aller Art seit Langem vertraut, recht trocken: „Keine Sorge, es wird stinken zum Gotterbarmen."

Dass sich die Beschaffung der Schlachtabfälle derart zeitaufwändig und riskant gestalten würde, hatte Ulf am wenigsten in den Verlaufsplan eingerechnet. Mehrmals und immer wieder musste die selbsternannte „Kampfgruppe Kadaver" das Gelände des Fleischverarbeitungszentrums umrunden, bis endlich ein weniger sorgsam gesicherter Zugang gefunden wurde. Die Entwendung der für die industrielle Weiterverarbeitung vorgesehenen Tierüberbleibsel stellte eine weitere Schwierigkeit dar; geistesgegenwärtig hatte Willi einen Drahtkorb mit Huf- und Hornmaterial mitgehen lassen, was schon auf der kurzen Fahrt im Kleinlaster für eine immense Beanspruchung der Riechorgane sorgte; verschließbar waren nur die zwei blauen Tonnen mit Sehnen, minderwertigen Fleischresten und Knochen unterschiedlicher Größe.

Fairerweise – hier zeigt sich der ethisch einwandfreie Ansatz der Agentur – hat man die Deckel neben die Eimer gelegt, so dass Herr Bobrowski, eine der jüngeren Reinigungsfachkräfte der Business School, nachdem er endlich fündig geworden ist, seinen Pullover über Mund und Nase gezogen, den wabernden Inhalt abdecken und sofort geruchsneutral wieder verschließen kann. Die Erfolgsmeldung allerdings kommt zu früh; erst gegen Mittag entdeckt wiederum Bobrowski die zweite Tonne im gegenüberliegenden Treppenhaus. Bis dahin ist das Gebäude komplett mit Verwesungsgestank kontaminiert. Längst hat sich die privilegierte Jugend zunächst auf den Campus, von dort aber in die umliegenden Cafés zerstreut. Doch auch dort halten es die meisten nicht lange aus; ein drängender Wunsch, sich zu duschen, zu desinfizieren, die Kleidung chemisch reinigen zu lassen oder am besten gleich wegzuwerfen, bemächtigt sich der sensiblen Naturen.

Dieser Tag ist für das Studium gelaufen.

Doch derweilen sich unter den Studierenden nach und nach etwas durchsetzt, was auch durch edelste Abkunft und antrainierte Disziplin schwerlich auszurotten ist, das Befreiungsgefühl geschenkter Stunden nämlich, gerät das Schuldirektorium zuerst in Unruhe, dann in Panik, schließlich in Streit. Dadurch passiert der zweite Fehler – unter den gewohnten Bedingungen, da kein Versagen, keine Beeinträchtigung der Abläufe jemals nach draußen dringt, ganz und gar unmöglich: In einem Gefühlswirrwarr aus ungreifbarer Bedrohung und dem eminenten Wunsch, sich so wichtig zu machen wie irgend möglich, vermerkt der Konrektor auf der Homepage: „Angriff auf die Business School – Situation im Griff!"

Dazu postet er ein Foto des Aufdrucks vom Haupteingang.

Wäre dies unterblieben, mit Leichtigkeit hätte die Rektorin tags darauf für saubere Verhältnisse sorgen können: Man hätte Eltern wie Studierenden die Version von den Kanalisationsarbeiten aufgetischt, sich selbst für das Krisenmanagement ausgiebig gelobt und den ungestörten Fortgang garantiert. Ausgerechnet den vor plötzlicher Bedeutung infolge eines Überfalls schier berstenden Elevinnen und Eleven bleibt es vorbehalten, durch Aktivierung sämtlicher sozialer Medien den Vertuschungsversuch zu verhindern ... und gleichzeitig der bis dato scheinbar im Verborgenen operierenden „AGA" zu plötzlicher Bekanntheit zu verhelfen, zumal bereits am nächsten Tag die regionalen Printmedien – es hat den Anschein, nicht immer ohne Häme – ausführlich berichten.

Erst nach einer Woche, nachdem mehrere Filmteams abgeblockt, Dementi veröffentlicht und interne Beratungszirkel einberufen wurden, kehrt die ansonsten unangreifbare Institution zum Normalbetrieb zurück. Aufgrund bester Kontakte ist es gelungen, die Öffentlichkeit nach und nach zu verwirren und vom Kern der Angelegenheit abzulenken; von einer „AGA markiert" ist nirgendwo mehr die Rede. Das allseitige Bedürfnis setzt sich durch, dem gewohnten Optimum zu seinem Recht zu verhelfen und, nachdem man das Sensationsträchtige ausgekostet hat, die im Lande unvergleichlich stringente Lehrtätigkeit wieder durchzusetzen. Schnell rutscht das Ereignis, so unangenehm es auch war, ins Anekdotische ... und würde nur noch selten hervorgekramt, wenn es nicht zu einer Reihe weiterer Übergriffe auf die öffentliche Ordnung käme.

Vor allem Olim legt in der sogleich nach dem Attentat einberufenen von ihm selbst so getauften „Reflexionsrunde" Wert darauf, „so schnell wie möglich nachzulegen." Denn es ist evident: Die Nachricht, obgleich dazu angetan, unmittelbar Neugier zu wecken, wäre Makulatur, von aus allen Richtungen nachdrängenden Neuigkeiten sofort überlagert – und damit auch die erste Maßnahme der Agentur für GegenAkzente – wenn nicht eine mindestens ebenso originelle Geschichte im Anschluss zu vermarkten stünde. Ulfs prompter Vorschlag, dieses Schlösschen für Superreiche, die Villa Weinau, mit Tierpisse zu fluten, scheitert an Willis gewichtigem Gegenargument, dass er selber die Aufräumarbeiten in der Hauptsache zu übernehmen hätte und seit seinem Zivildienst in einem Seniorenheim eine gesteigerte Abneigung gegen Uringeruch hege.

Bevor weitere Vorschläge zusammengetragen werden, gibt Michaela zu bedenken, wie viel Glück man bislang schon gehabt habe ... und man solle dies heikle Gut doch nicht allzu früh aufbrauchen. Es begann mit dem doch recht experimentellen Beitrag von Anastasios, dessen Kenntnisse im Bereich Alarmanlagen aus einer Nebentätigkeit als junger Mann herstammen – und genau da lag das Problem, das ums Haar das Misslingen der Aktion bewirkt hätte: Er kannte sich nämlich nicht aus, wollte das aber nicht zugeben und vertraute schließlich darauf, dass seine Manipulationen „irgendwie" funktionieren würden. Das taten sie denn – warum auch immer. Ob allerdings die Videokameras etwas aufgezeichnet hatten oder nicht, das werde man ja in Kürze erfahren, vielleicht sogar noch heute Abend, so Michaela, falls sich vor der Werkstatt ein Trupp Polizisten zusammenrotte.

Unwillkürlich starren alle durch die Fensterscheiben.

Mit ihrem Vorschlag, es den Dragonern gleichzutun und beim nächsten Mal doch maskiert aufzutreten, erntet Michaela viel Beifall, vor allem von Ulf, der sich ausmalt, wie gut ihm so ein schwarzer Umhang stehen müsse.

„Dazu hast du zu kurze Beine", meint Petra kühl. „Dann siehst du aus wie ein Dotzball. Also noch mehr."

„Ich will aber!", beharrt Ulf. „Und so einen Hut will ich auch. Mit Feder. Und einen Säbel. So."

Nachdem Willi und Ulf nochmals geschildert haben, welche Mühen es ihnen bereitet habe, die Stinketonnen am passenden Ort zu deponieren, berichten Petra und Michaela von den Schwierigkeiten, den doch sehr knapp gehaltenen Bekennerslogan am Eingang anzubringen. Obwohl sie – hierin einer Methode des Widerstands gegen die Nazis verpflichtet – die Druckbuchstaben auf der Unterseite eines Koffers, genauer einer fast noch modischen Reisetasche angebracht haben, sei es doch ausgesprochen riskant gewesen, so mir nichts, dir nichts vor das Studiengebäude zu spazieren und einfach drauflos zu stempeln.

Auch auf diesem Sektor bestehe Innovationsbedarf.

Olim, dem ohne eigenes Zutun die Sparte „Organisation" zugefallen ist, verhält sich während der Auswertung zurückhaltend. Johanna vermutet richtig: Es handelt sich natürlich nicht um Desinteresse oder Langeweile; der Vieldenker ist bereits mit der herannahenden Zukunft beschäftigt. Vor allem sieht er Schwierigkeiten bei der Auswahl geeigneter Objekte – wie sonderbar! Sollte man doch meinen, es mangele an allem, aber gewiss nicht an Ort und Gelegenheit, inhuman operierende Institutionen zu „markieren." Aber der Sachverhalt stellt sich komplexer dar: Sogar vermeintlich eindeutige Veranstaltungen wie eine Preisverleihung für Jungmanager entbehren jeden Anspruchs auf Pauschalisierbarkeit; kaum setzt Olim einen Haken und freut sich im Vorhinein, wie diese Kerlchen staunen werden, wenn sie sich mit einem Widerspruchsgeist konfrontiert sehen, den sie für längst unter Kontrolle hielten, da entdeckt er, dass die drei Typen, die mit Stipendien ausgezeichnet werden, mit fabelhaften Ideen für die Umweltbranche aufwarten und für einen durchgängig fairen Handel plädieren.

Wo beginnt schon social washing, was ist noch Engagement? Wie lässt sich karitative Camouflage aufdecken, wie ruchlose Gewinnmaximierung beziffern? Hätte er doch auf diesen polnischen Professor gehört, Leszek Kolakowski, der eindeutig vorschreibt, wer irgendetwas in der Ökonomie bewirken will – und sei es deren Destabilisierung – müsse sie erst einmal studiert haben. Aber die Medizin war Olim in der Theorie schon schwer genug gefallen ... und wie hätte er für seine Lektüre-Orgien noch Zeit gefunden, wenn neben all den probeweisen Vorlesungsbesuchen in anderen Disziplinen noch ein komplettes weiteres Studium zu absolvieren gewesen wäre? Doch immerhin, so ungebildet ist er nun auch wieder nicht, um gewisse Signale nicht einordnen zu können ... und zumindest eine Vorauswahl der beliebtesten Gegner zu treffen.

Unter der Rubrik „Lernen beim Feind" hatte er einst in der glamourösen Stadt W. einer Modeveranstaltung beigewohnt (allerdings in Funktion eines schwer schleppenden Tagelöhners), wo sich reich geborene oder verheiratete Damen mittleren Alters darin gefielen, in mehr oder weniger selbstentworfenen Verkleidungen über einen improvisierten Laufsteg zu stackern. „Den Arbeitsameisen"? Der Begriff ist ihm noch immer im Ohr, geäußert von der Chef-Organisatorin, als eine der jüngeren sie fragte, ob man den Hilfskräften nicht etwas vom Buffet anbieten solle. Das hieß dann so viel wie: „Natürlich nein, was fragst du so überhaupt?" Doch weitaus mehr beschäftigte Olim die Musik, die während der Darbietung aus überdimensionalen Lautsprechern scholl: ausgerechnet Irving Berlins „Puttin' on the Ritz", jener unübertrefflich sarkastische Song, der die Schickeria für alle Zeit bloßstellt in ihrer Künstlichkeit und Fadesse. Vor allem der Vers „tryin' hard to look like Gary Cooper" hatte es ihm angetan, denn just diesen Schauspieler und seine Mimik liebte er seit Kindertagen.

Was aber trieben diese gruseligen Society-Schicksen aus der Stadt des Luxus und der Blödheit? Sie vereinnahmten das Lied, bewegten sich so selbstgewiss wie unverfroren zu diesem sie und ihre Welt entlarvenden Kunstwerk und zeigten auf diese Weise doppelt ihren Sieg. Tatsächlich, seinerzeit war Olims Groll dahingeschmolzen, gewiss nicht angesichts der Model-Kopien auf dem Catwalk, sondern aufgrund der atemberaubenden Frechheit, sich einfach dort zu bedienen, wo man es gerade für richtig hält, und freilich drängte sich der famose Schlager von 1929 geradezu auf, von den Karikierten missbraucht zu werden; kaum irgendwo schien sich die vielbesagte Komplizenschaft zwischen Kritik und Kritisierten rhythmisch so gut ausbalanciert zu haben wie hier.

Vor diesem Hintergrund muss dem Liebhaber westlicher Kulturen vor dem Zusammenbruch auf einem Spaziergang eine Ladenüberschrift ins Auge springen, die alles enthält, wonach er – an diesem Vormittag unwillentlich – sucht: Das „puttin' on the ritz", eine Modeboutique für das gehobene Management, selbstverständlich in der teuersten Gegend gelegen und bei beiden Geschlechtern beliebt, wenn es besser ist, auf Nummer sicher zu gehen. Von der dezenten, doch weithin als unspießig gepriesenen casual business wear bis zu Partyklamotten der Extraklasse bietet der Laden mit den zwei Fackeln vorm Haupteingang das Komplettsortiment für die aufstrebende oder auf dem Gipfel bereits angekommene Avantgarde der Finanzwelt. Nein, hier befällt Olim kein Zweifel: Eingeschüchtert starrt er auf die Schaufensterpuppen, die so eisig blickend beieinanderstehen, als handle es sich um das Jahrestreffen der SS mit dem BDM.

Noch immer ist ihm schummerig zumute, als er in der Parallelstraße zum ersten Mal mit Bewusstheit das Gourmetlokal „sinnen“ in Augenschein nimmt. Durch einen Zeitungsartikel ist er vor Wochen schon einmal auf den so affigen wie eitlen Namen gestoßen, aber nicht anlässlich einer Restaurantkritik, sondern durchaus kritisch im Zusammenhang mit der Weigerung des kaum dreißigjährigen Chefkochs und Eigentümers, an die Tafel e.V. etwas zu spenden – und seien es trockene Brötchen. Von „sozialen Absetzungsbewegungen“ war im Text die Rede, unterlegt von einer Zusatzinformation: Allabendlich prange vor dem Edelfress ein Livrierter, der seiner Aufgabe, „nur erstrangige Gäste“ einzulassen, mit gebotener Süffisanz nachkomme.

Somit ist das nächste Zielobjekt fixiert.

Eine bessere Tarnung wäre keinem Geheimdienst eingefallen. Wie Petra und Michaela da so fidel unter den nächtlich erblühten Alleebäumen des Bahnhofsboulevards hinunterschlendern, die gefälschte Reisetasche in Louis Vuitton-Optik je an einem Henkel schwenkend, unter unablässigem Schwadronieren und Medisieren, käme niemand auf den Gedanken, es könne sich um jemand anderen handeln als um beste Freundinnen auf Reisen, die einem mit Sicherheit nicht völlig heruntergekommenen Hotel zustreben. Vielleicht hat auch die eine die andere abgeholt, und sie gehen nach Hause, wo sie gewisslich bis zum Morgen durchplaudern werden – auch das scheint möglich. Die überschießende Wohlgelauntheit müssen die beiden durchaus nicht spielen; aus einer über die Jahre gewachsenen Sympathie, die allerdings mehr auf Solidarität als auf Freundschaft beruhte, hat sich innerhalb weniger Wochen eine innige Verbindung entwickelt, getragen von und getrieben durch die gemeinsamen Aktionen, die von beiden nicht nur als heiterkeitsfördernd, sondern in gewisser Weise als sinnvoll erfahren werden.

In dieser Stimmung, zu keiner Vorsichtsmaßnahme aufgelegt, tänzeln die vom AGA-Komitee zur Markierung Beauftragten dem Restaurant „sinnen“ zu. Ohne zu zögern erklettert Petra eine wuchtige Tonamphore, bekommt von Michaela die Tasche gereicht und platziert die Schrift über dem in feinen Sandstein eingravierten Schriftzug „sinnen." Einem Schulmädchen ähnlich, dem ein besonders lustiger Streich gelungen ist, springt sie mit beiden Füßen zugleich hinunter in die Arme der Freundin; bevor sie weiterziehen, nehmen sie sich Zeit für einen ausgiebigen Lachanfall. – Etwas schwieriger gestaltet sich die Unternehmung vor der Boutique, da die gesamte Vorderfront, einschließlich der Tür, über der eine rote Ampel angebracht ist, aus Glas besteht. So begnügen sie sich, die Granitplatten zu beiden Seiten des Ladens mit mehreren Stempeln übereinander zu versehen und – einigermaßen zufrieden – weiter zu tapern.

Ein unerwarteter, deshalb umso erfreulicherer Anblick bietet sich dem Gespann am Mainufer, als sie von Willis Transporter überholt werden. Am Steuer neben Ulf befindet sich diesmal Olim, nachdem der Hofgärtner verkündet hat, derlei Aufregungen, womit die Beschaffung der Tierreste vom Fleischverarbeitungszentrum verbunden gewesen sei, in seinem Alter nicht mehr wegstecken zu können. Bis zum Leichtsinn selbstsicher und seinerseits in lange nicht erlebter Hochstimmung, erdreistet sich der Fahrer sogar zweimal zu hupen. Wie eingeübt, simulieren die Frauen Empörung über die plumpe Anmache und drohen dem mit Küchenabfällen beladenen Fahrzeug hinterher.

Willi Scheurichs Weigerung hat natürlich auch damit zu tun, dass Ulf nichts Besseres eingefallen ist als das benötigte Material vom Parkplatz der Villa Weinau zu entführen. Das bietet sich allerdings an, denn der Container steht, vom Schlösschen kaum einsehbar, hinter einer Taxushecke, sehr zum Ärger des Personals, das mehrmals täglich den Weg zurücklegen muss. Vom ordnungsgemäß vergammelten Zustand des Biomülls hat sich der Bedienstete noch am Vorabend überzeugt. Johanna hätte es lieber gesehen, wenn man mit unterschiedlichen Wirkstoffen auf die beiden Nobelgeschäfte losgegangen wäre, muss jedoch endlich zugeben, aufgrund der räumlichen Nähe sei in diesem Fall das Praktische dem Symbolischen vorzuziehen.

Dem Modeladen hätte sie Kloake gegönnt.

Wie nicht anders zu erwarten, harmonieren Ulf und Olim großartig. Es entbehrt nicht einer gewissen Eleganz, wie der Allgemeinarzt den rot-weiß als Baufahrzeug kostümierten Transporter in zügigem Tempo in einem Kreisbogen rückwärts jeweils direkt vor die Vorderfront steuert, und Ulf in einer fließenden Bewegung die gärenden Kartoffel- und Karottenschalen, Brot-, Soßen- und sonstigen Küchenreste in beträchtlichen Haufen vor die Eingangstüren platziert. Dass der auf natürliche Weise durch den Prozess des Verschimmelns und Vermoderns entstandene schwarze Absud, von Olim in einer bitteren historischen Reminiszenz als „Schwedentrunk" bezeichnet, weder vorm Inneren des Haute Couture- noch des Haute Cuisine-Etablissements bescheiden Halt macht, kann von den Planern nicht unbeabsichtigt gewesen sein.

Als Johanna davon erfährt, zeigt sie sich vollends versöhnt: „Für Kloake finden wir bestimmt noch irgendwo Verwendung."

Keiner widerspricht.

Vier Zeitungen berichten, die Kommentare in zahlreichen Internet-Foren gehen in die Hunderte. Nach seinem erfolgreichen ersten Bucheinkauf vor wenigen Tagen entschließt sich Olim, ob aus Sammlerfleiß oder aufgrund einer im Verborgenen wirksamen Eitelkeit, jeweils eines der gedruckten Exemplare käuflich zu erwerben – angesichts der nächtlichen Leistungen erscheint ihm ein Computerausdruck doch zu schnöde. Peinlich ist ihm dabei vor allem, für ein ansonsten verhasstes Revolverblatt Bargeld auszugeben; dumpf und billig glotzt ihm eine Modelschönheit von der ersten Seite dieser Urkatastrophe der deutschen Regenbogenpresse entgegen. Dafür ist der wunderbar bescheuerte Titel dazu angetan, ihn wieder milde zu stimmen, weil er minutenlang lachen muss: „Ekel-Guerilla: Vermutlich Geistesgestörte am Werk!"

„Ihr wisst nicht, wie recht ihr habt ..."

Das größte der drei zivilisierten Blätter der Stadt bringt nur eine kurze Meldung, versehen mit der nüchternen Bestandsaufnahme, bislang gäbe es keine Hinweise auf die Täter. In der vor allem für Lokales gerühmten Tageszeitung steht eine ausführliche Beschreibung der tatsächlich als „Hinterlassenschaften" bezeichneten Sauerei zu lesen; ansonsten bleibt der Artikel erstaunlich neutral. Das letzte Bulletin, das Olim aufschlägt, einst für seinen emanzipatorischen Duktus in linken Kreisen geschätzt, scheint an bessere Tage anzuknüpfen und versteigt sich zu einer ersten Sympathiebekundung.

„Hör mal!", kichert Olim, als Ulf am Nachmittag die Hausbibliothek betritt. „Hör dir das an. Hier, in der Kommentarspalte: „Bei allem verständlichen Ärger der betroffenen Unternehmer sei die Frage erlaubt, was diese als ‚AGA' firmierende Gruppierung mit ihren fantasievollen Aktionen im Kern bezwecke; schon bei der ungleich problematischeren Abfall-Attacke in der vergangenen Woche suchte man sich mit der elitären Business School ein Ziel aus dem Top-Milieu unserer Gesellschaft. Könnte es sein, dass hier neue – zu vermuten steht: junge – Kräfte am Werk sind, die, in einer Fortführung von älteren linksalternativen und tagesaktuellen Ökonomie-kritischen Aktionen aus dem Umkreis der ‚Fridays for Future-Bewegung' eine praktisch-politische Erdung anstreben und in Zukunft als Stimme der Vergessenen sich Gehör zu schaffen suchen?"

„Hui!", fächelt sich Ulf mit der Zeitung Luft zu. „Das ist doch gar nicht mal so falsch, oder?"

„Man fühlt sich regelrecht verjüngt!" Olim deutet wie eine Winke-Katze immer wieder auf den Artikel hin. „Es ist doch immer eine Freude, wenn man sich verstanden fühlt."

„Aber immer doch", gibt ihm der Besucher recht und sucht nach Äpfeln – allein vergeblich, denn der geräuschempfindliche Gastgeber hat sie alle weggeräumt. „Das geht jetzt aber alles schnell. Wer hätte noch vor einer Woche ... wäre es da nicht sinnvoll, unsererseits – außer ‚AGA markiert' – langsam ein bisschen deutlicher zu werden?"

„Sehe ich auch so. Petra und Michaela sitzen schon dran" Olim weist Ulf ein Sitzkissen zu und schiebt dem Freund die anderen Zeitungen hinüber.

Die Vorfreude während der Vorbereitungen auf das nächste Bubenstück, wie Ulf das ausdrückt, wird getrübt durch eine Nachricht von Anastasios: Man sehe doch bitte fürs Erste davon ab, ihn für gewisse illegale Dienste heranzuziehen. Seine Gattin erwarte das nächste Kind, außerdem sei er unverhofft zu einer Art

Vorarbeiter aufgestiegen und seither abends und an Wochenenden müde zum Gotterbarmen. – Derweilen Ulf fast ein wenig beleidigt reagiert und vorschlägt, den Kumpel noch einmal umzustimmen, gibt Michaela zu bedenken, es stehe zu fürchten, dass eine weitere Beteiligung von Anastasios auf technischem Gebiet unweigerlich die sofortige Verhaftung aller AGAs nach sich ziehen müsse.

Beim Versuch, einen Faden schwarzen Nähgarns durch eine Hutkrempe zu ziehen, äußert sie sich so erleichtert wie besorgt: „Wir haben eigentlich nur Glück gehabt. Lassen wir ihn in Ruhe. Ist besser für Anastasios und vor allem für uns."

Auf ein paar Tage hat sich Kottmüllers Werkstatt in eine Schneiderei verwandelt: verteilt auf Werkbank, Esstisch und Hygeia IV, hocken die Agentur-Mitglieder über Näharbeiten. Nach einigem Hin und Her hat sich auch Mariechen dazugesellen dürfen – Laila und Gina-Lisa zeigen an Handarbeiten keinerlei Interesse. Johanna sieht das Hauptproblem in der Neigung ihrer jüngsten Tochter zur Quasselei; der unvermeidliche Disput entspann sich tags zuvor beim Richten der Schultasche.

„Das dauert doch keine zwei Tage, und du erzählt es deinen Freundinnen!"

„Was denn?", beharrte die Kleine und begann vorsichtshalber schon einmal etwas zu weinen.

„Alles das, was du nicht wissen darfst."

„Ich weiß es aber schon."

„So?"

„Ja: Ihr seid eine Terrorzelle."

Wo Mariechen den Begriff aufgeschnappt hat und wie sie zu den entsprechenden Informationen gelangt ist, Johanna bekam es nicht heraus. Aber nach Minuten überschwänglicher Treuebekundungen ihrer vorwitzigen Tochter, unterstützt von hysterischem Schluchzen, Eid, Vorwurf, Selbstanklage und drohendem Nervenzusammenbruch, blieb keine andere Lösung, als Mariechen in das Wesentliche einzuweihen ... und ansonsten darauf zu vertrauen, dass göttliche Mächte Schlimmes verhüten und so lange wie möglich ihren Segen über das verdeckte Treiben der Agentur breiten mögen.

Die Sache mit dem Segen ist für Johanna keine Metapher. In Jahren, über die sie allenfalls mit Laila und Mariechen spricht – und das so selten wie möglich – meint sie tatsächlich so etwas wie höheren und höchsten Beistand in der Not erfahren zu haben. Sie könnte das an vielen Dutzend Beispielen erhärten; sie erhärtet aber nicht, weil sie darüber schweigt. Fast immer. Nur dem Pfarrer gegenüber, der ihren wie sonst nichts auf der Welt geliebten Mann beerdigt hat, traute sie sich einst immer wieder Andeutungen zu wagen und bekam auch sinnreiche Antworten. Doch dann starb auch der Pfarrer, und Johanna behielt ihre metaphysische Seite auf Dauer für sich.

Diese Selbstverständlichkeit, mit der sie sich den wieder erstandenen Dragonern anschloss, lag in jener Trauerphase begründet, als sie, nicht zuletzt um Schulden mühsam abzutragen, vor allem aber, um den Kindern zu signalisieren, dass ein Weiterleben doch wohl möglich sei, in einem Bürohaus eine sogenannte niedere Tätigkeit übernehmen musste. Laila war so früh auf die Welt gekommen, dass Johanna weder Studium noch Ausbildung beenden konnte; dafür half sie ihrem Mann immerzu in seinem Schuhgeschäft. Während Laila im Laden aufwuchs und mancherlei über ihre Kindheit erzählen könnte – sie erzählt es nicht –, ist Mariechen nur der Geruch von Leder und Lösungsmitteln verblieben. Dem versucht sie aber auszuweichen, wo nur möglich, da sie andernfalls sofort losheulen muss, ohne allzu bald die Kontrolle zurückzuerlangen.

Während ihrer Hilfstätigkeit für eine seinerzeit neu gegründete Firma für Elektronische Datenverarbeitung lernte Johanna einige Verhaltensweisen kennen, die sie für längst ausgestorben gehalten hatte; nach und nach überließen ihr die Kolleginnen, die schon länger dort arbeiteten, sämtliche niederen Dienste, nach denen sie selber keinen Drang verspürten: Briefe zukleben; Versandtaschen bestücken; Klammern in Akten applizieren; staubige, eiskalte Archive nach Unauffindbarem durchwühlen ... Was ihr insbesondere dabei auffiel, war die Rücksichtslosigkeit der meisten

Vorgesetzten angesichts von Johannas Situation: O wie oft kam es vor, dass sie dringend nach Hause wollte, weil dort das kleine und das ganz kleine Mädchen voller Sehnsucht und Verzweiflung auf sie warteten, doch zu ihrem Schrecken wurden immer noch weitere Stapel auf ihren winzigen Schreibtisch gehäuft: unbedingt heute noch zu erledigende Arbeit. Nicht alle, aber einige Vorgesetzte lachten unverhohlen, wenn sie Zeuginnen von Johannas Not wurden.

Doch ihrem Naturell getreu, gab sie nicht auf, im Gegenteil, im Lauf von Jahren der Überanstrengung, der unausgesetzten Kopfschmerzen, der Sorgen und der Trauer gelang es ihr, sich Respekt zu verschaffen, neue Freundschaften zu schließen und sogar eine minimale Verbesserung ihrer Gehaltssituation zu erwirken. Schon bald gehörte sie auf Tagungen und bei Empfängen zu den beliebtesten Mitarbeiterinnen, so dass sie wähnte, als vollwertige Kraft zu dem sagenhaft erfolgreichen EDV-Unternehmen dazuzugehören. – Bis sie eines Abends nach der Arbeit an einer Haltestelle jenem Dr. Kahnweiler begegnete, der sich so gut wie immer korrekt und freundlich ihr gegenüber verhalten hatte, dann und wann mit ihr zu schäkern versucht und sie sogar einmal in Schutz genommen hatte. Als sie ihrer Begleiterin den nur unwesentlich Älteren bei dieser Gelegenheit als „Kollegen" vorstellte, erlebte sie die Entlarvung, nicht nur seines Charakters, sondern einer ganzen Branche – und somit einer Zeit.

„Wie kommen Sie darauf, mich als Kollegen zu bezeichnen?", fuhr der Datenverarbeitungsexperte die Hilfskraft lautstark an, die vor Entsetzen nicht wusste, wohin sie blicken sollte. Bevor er einstieg, forderte der Vorgesetzte sie eindringlich auf, beim nächsten Mal, wenn sie ihn ansprechen sollte, seinen Titel doch bitteschön nicht zu vergessen.

Die Freundin reagierte perplex: „Und das soll der Typ sein, von dem du so geschwärmt hast?"

Erfahrungen dieser Art – Johanna könnte abendelang davon erzählen, aber sie erzählt nicht – bewirkten eine deutliche Zurückhaltung, ja ein Misstrauen gegenüber allem, was sich als übergeordnet, höherrangig, machtvoller und darum entscheidungsberechtigt gerierte. Auf die Idee, Gegenmacht aufzubauen, und sei es in Form bescheidener Zeichen, symbolhafter Handlungen, wäre sie allerdings niemals verfallen. Für solche Fantasietätigkeiten tat ihr der Kopf meistens zu weh; nach der Arbeit musste sie sich oftmals zuallererst aufs Sofa legen und abwarten, bis die Tabletten wirkten. Nur die Liebe und Treue ihrer Töchter, die mit Tee, Wärmflaschen und Nackenmassagen ihr zu Leibe rückten, ließ sie weiterleben, ohne vollständig depressiv zu werden.

Und dann kam der Olim.

Ob der deutliche Vorsprung, den Johanna beim Nähen der Umhänge für die kommenden Aktionen herausarbeitet, auf die Vorerfahrungen im Umgang mit Nadel und Faden im alten Schuhgeschäft zurückzuführen ist, mag dahingestellt bleiben. Dass sie das heitere Miteinander genießt wie alle anderen auch, zeigt sich in diesem Vor-sich-hin-Schmunzeln, das Olim schon immer so gut an ihr gefallen hat.

Am meisten erzählt Hilke in ihrer manchmal etwas derben Art: etwa von jenen Betrugsversuchen im Fach Handarbeit, wo sie nicht einen Topflappen jemals habe fertigstellen können, sondern einen Pullover ihrer Mutter in topflappengroße Stücke zerschnitt – was allerdings weder zu Hause noch in der Schule überragend gut ankam. Im Kreis der „Agentur für GegenAkzente" erzielt sie damit jedoch nicht unbedeutende Heiterkeitserfolge.

Auch Ulf findet Mittel und Wege, den Abend für sich angenehm zu gestalten. Seine Unfähigkeit auf sämtlichen Gebieten der Feinmotorik, wenn man die nördliche Kochkunst davon ausnimmt, so wähnte er, sei doch hinlänglich bekannt. Doch die Mehrzahl hält ihn an, sich vor den Handarbeiten bitte nicht zu drücken. – So simuliert er denn Näherfleiß eine trübe Stunde lang, gewahrt dann aber da und dort leere Gläser und Tassen, befindet überdies, einige Knuspereien könnten den allgemeinen Arbeitseifer nur zusätzlich befeuern und schiebt sich fortan zwischen Küche und Nähzirkel eifrig hin und her.

Seinen Umhang näht ihm die Johanna fertig.

Nach und nach halten die Fleißigen ihre schwarzen Umhänge und Hüte empor, jeweils von wohlmeinendem Applaus bedacht.

Es geht dabei vor allem um einen für alles Weitere vielleicht entscheidenden Plan, der einen Frontalangriff auf die öffentliche Meinung vorsieht. Unter dem Titel „Für euch soll's Pferdeäpfel regnen!“ inszeniert man einen Angriff auf die Jahrestagung der Immobilieninvestmentbranche in einer der unlängst erbauten Messehallen. Gegenüber, so hat Ulf auf einer seiner legendären Fahrraderkundungstouren herausgefunden, steht noch ein Betonunikum aus den 1960er-Jahren: versehen mit einem rampenartigen Vordach, das wie ein Geschoss auf den Vorplatz der neuen Halle zielt.

„Ist das eine Provokation?“, zitiert Olim das Strippler-Manuskript, als er von seinem Mitbruder die Örtlichkeit präsentiert bekommt.

„Darüber kann es keine zwei Meinungen geben“, fällt Ulf aus dem Drehbuch, weil er die korrekte Replik nicht memorieren kann.

Es soll dies den vorläufigen Höhepunkt der AGA-Aktivitäten darstellen; danach ist eine Ruhephase geplant, nicht zuletzt, um die voraussichtlich umfangreichen Ermittlungsarbeiten der entsprechenden Behörden nicht zu unterstützen. Dass die Unternehmung das bislang höchste Risiko darstellt, ist allen bewusst; umso progressiver sollten sie vorgehen, meint nicht nur Petra. Der Rückgriff auf die Dragoner-Kostümierung geschieht nicht nur aus nostalgischen Gründen und um Ulf eine Freude zu bereiten: Man verspricht sich eine gewisse Medienwirksamkeit, da Mantel-und-Degen-Optik sich zeitloser Beliebtheit erfreut, zudem Anklänge an Romanhelden wie die drei Musketiere unvermeidlich sind. Außerdem, auch das gilt es nicht zu unterschätzen, stellt das Gewand eine taugliche Verkleidung dar, um nicht unmittelbar im Anschluss verhaftet zu werden.

Noch einmal verliest Olim, was er über die anvisierten Vertreter der Immobilienhai-Branche herausgefunden hat: Entmietungen, „Rückbau“ von Wohnvierteln in Südostasien, Preistreiberei mit Profitmaximierung ..., insgesamt ein widerwärtiger Cocktail, der dringend einer Versalzung bedarf – leider nur in Form eines winzigen Gegenakzents. Es besteht Einigkeit, dass man im Gegensatz zum bisherigen Verfahren allgemein verständliche Aufklärungsarbeit leisten müsste. Petra und Michaela, die sich mehrere Tage lang damit befassten, zuletzt mit Hingabe und Fantasie unterstützt von Johanna, haben eine Form ersonnen, die vor allem Olim zunächst allzu ironisch und darum missverständlich vorkam. Doch der Ausdruck „Bekennerschreiben" enthält allzu viel Negatives, Tumbes, Eindimensionales, so dass die Idee aufkam, den Unternehmen etwas „Interaktives" anzubieten.

Vor allem Michaela ist von dem Gedanken hingerissen. Wie schon länger beabsichtigt, reaktiviert sie die Druckerpresse der Zeitschrift „Das Aas". Ihre einzige Bedingung: Der Text muss auf eine Seite passen. Es gelingt. – Ein Finger-Trommelwirbel auf der Werkbank begleitet die Präsentation des Entwurfs, in kraftvollen Lettern auf Büttenpapier gedruckt: satte 100 Stück.

Willi, als er das Blatt in Empfang nimmt, kann seine Bewunderung nicht verhehlen: „Das ist ja unglaublich! Sieht absolut professionell aus. Nicht zu fassen, was wir in den letzten Wochen alles erreicht haben. Also ich bin, um nicht zu sagen sprachlos."

„Ja, ja, wir expandieren ständig", lautet Hilkes Kommentar, der vielleicht nicht exakt der Sachlage entspricht, dafür für umso mehr Gelächter sorgt.

AGA-Bewerbungsformular

Um von der Agentur für GegenAkzente markiert zu werden, müssen bestimmte Bedingungen vorliegen. Leider können wir nicht alle, die eine solche Auszeichnung verdient haben, ausfindig machen; darum bieten wir Unternehmen, Einrichtungen und Einzelpersonen die Möglichkeit, sich mit unserem vollständig auszufüllenden Bewerbungsformular ordnungsgemäß registrieren zu lassen. Bitte achten Sie darauf, dass kein Anspruch auf Markierung besteht. Der Rechtsweg ist ausgeschlossen.

Bitte ankreuzen:

☐ *Unsere Grundeinstellung zu allen gesellschaftlichen, politischen und ethischen Belangen ist sozialdarwinistischer Natur. In der*

Tat halten wir uns selbst anderen gegenüber für überlegen und mehr wert.

- ☐ *Im Kampf aller gegen alle setzen wir jedes Mittel ein, um nach oben zu kommen, oben zu bleiben und andere unten zu halten. Denn wir glauben, dass es ein Oben und ein Unten gibt und geben soll.*
- ☐ *Wir sind Herrenmenschen, auch als Frauen. Unser Glaube ist die Profitmaximierung, unsere Strategie Hohn und Spott und unsere Solidarität die Eitelkeit.*
- ☐ *Unterprivilegierte sind für uns bestenfalls nützlich, um unsere Macht zu demonstrieren, den Konsum unserer Produkte zu fördern, den Alltag angenehm zu gestalten und uns bewundern zu lassen.*
- ☐ *Hoffart und Herablassung, Zynismus und Fühllosigkeit zeichnen unseren Umgang vor allem mit weniger vermögenden, gebildeten, gutaussehenden und an unsere Normen angepassten Personen aus.*
- ☐ *Herkunft und Erbe, Talent, Schulbildung und Beziehungen legen fest, wer welche Art Leben führt. Es besteht kein Anspruch auf Ausgleich. Wenn Unterstützung geleistet wird, etwa um soziale Unruhen zu vermeiden, dann freiwillig und in einem nur von uns selbst festzulegenden Rahmen.*
- ☐ *Wertmaßstäbe für Urteil und Empfinden, Handeln und Unterlassen sind Erfolg, Reputation, äußeres Erscheinungsbild, Kenntnis der wesentlichen Codes. Eine darüberhinausgehende Ethik, selbst wenn wir sie mitunter zweckorientiert proklamieren, lehnen wir ab.*
- ☐ *In jeder Situation suchen wir unseren eigenen Vorteil; karitatives Engagement, Einsatz für demokratische Werte oder auch jede Form von Freundlichkeit sind pure Verstellung.*
- ☐ *Durch folgende inhumane Gesten und Handlungen haben wir uns in der Vergangenheit hervorgetan und erheben aufgrund dessen Anspruch auf Markierung (es genügen Fallbeispiele in Stichworten):*

Olim hält sich zurück. Dies eben sind die Auspizien echter Demokratie: Es wird immer anders als beabsichtigt, dafür aber ein Gemeinschaftswerk. Ein paar Stellen scheinen ihm zu literarisch geraten, nicht unbedingt für Plakate mit eindeutig appellativem Charakter geeignet; „unsere Solidarität die Eitelkeit“ klingt zwar wirklich gut – wer aber in der Zielgruppe kann damit etwas anfangen? Egal. Olim applaudiert ... und lächelt sogar zu Ulfs Wunsch, der ihm nach vielem Betteln erfüllt wurde, da er unbedingt das altdeutsche Wort „Hoffart“ verwendet sehen wollte: das hatte ihm im alten Manuskript so gut gefallen.

„Wir können ja“, schlägt Petra vor, „erst einmal abwarten, wie die Leute reagieren. Wenn wir merken, dass wir Pillepalle geschrieben haben, machen wir was Neues.“

„Pillepalle find ich gut“, traut sich Hilke vor, die beim Zuhören die größte Mühe hatte, nicht abzuschweifen. „Vielleicht ist das Poster für manche ja zu lang, also der Text.“ Als niemand auf ihren Einwand etwas zu sagen weiß, ergänzt sie: „Weil es doch immer heißt in der Werbung: kurz und knackig.“

Endlich findet Ulf eine neue Gelegenheit, Hilke seine Unterstützung zu beweisen: „Das stimmt! Andererseits“, gibt er zu bedenken, „haben wir das mit ‚AGA markiert‘ doch schon gemacht. Oder?“

Hilke ist so erfreut über Ulfs Zustimmung, dass sie bei der Einschränkung schon nicht mehr zuhört und Ulf etwas grob in den Arm nimmt.

Der lässt sich’s gefallen und ächzt nur ein bisschen.

Derweil die Erwachsenen sich furchtbar wichtig fühlen und immerzu so beschäftigt tun, führen Laila und Gina-Lisa ihr Eigenleben. Eine durchaus günstige Entwicklung: zuletzt hat es Mariechen aufgegeben, sich an die älteren Mädchen anschließen zu wollen, schlicht weil deren Form von Freizeitgestaltung noch langweiliger ist als die ihrer Mutter. Zu Beginn fand sie das unablässige Einander-Fotografieren und auf irgendwelchen Plattformen Veröffentlichen unterhaltsam und auch ein wenig aufregend; diese Geduld allerdings, die ihre Schwester und das verwandelte Schwein aufbringen, um sich in minimal veränderten Posen wieder und wieder abzulichten, die Fotos zu bearbeiten, zu diskutieren und dann doch noch einmal von vorne zu beginnen, ging der Kleinen allerdings ab.

Nur am Rande fällt Laila auf, dass mit ihrer Mutter etwas vorgeht: Sie wirkt entspannter, von irgendetwas enthusiasmiert ... und darum weniger ängstlich. Unbemerkt dehnt Laila ihre nächtlichen Aufenthalte in Bars, Clubs und auf Partys aus. Dabei kommt ihr doppelt zupass, dass ihr mit Gina-Lisa eine weibliche Erscheinung zur Seite steht, die zumindest erwachsen aussieht – wie sich das in Wirklichkeit verhält, danach zu fragen hat Laila unterlassen. Selbst in Kinofilme, die, wenn überhaupt, für Menschen ab 30 geeignet wären, aber für fünfzehnjährige Mädchen mit Hang zur Grenzüberschreitung ganz gewiss nicht, kommt sie mittlerweile problemlos rein: überdies ein nicht zu unterschätzender Vorteil beim Abstecken der Hierarchien auf dem Schulhof, wo sie unlängst zu den rauchenden Primanern aufgeschlossen hat.

Die alles entscheidende Veränderung geschieht, als sich Gina-Lisas Schwangerschaft sichtbar abzeichnet. Mitunter scheint es, dass Laila von dem Vorgang noch weitaus faszinierter ist als die wandelbare werdende Mutter. Sie kann nicht genug davon bekommen, diese sanfte und von Woche zu Woche deutlichere Rundung abzulichten und privat sowie in den verschiedensten Portalen zu posten. Gina-Lisa lässt sich's gefallen: Mal liegt sie im Bikini auf dem Parkettboden, mal badet sie, dann soll sie „sinnlich am Küchenschrank lehnen" – es will kein Ende nehmen. Vor allem ab dem Zeitpunkt nicht, da die aufstrebende Modezeitschrift „new mommy" bei Laila anruft, in der nicht vollkommen abwegigen Ansicht, es handle sich um die Managerin des schwangeren Mannequins.

Ulf erfährt davon erst, als er – gelinde angeekelt – von Johanna die Maiausgabe des Magazins für weibliche Hipster vorgelegt bekommt. Auf dem Titel: die bis auf den Bauch immer noch schauderhaft dürre Gina-Lisa, einzig und allein von einer Art Lendenschurz aus Flanell bekleidet, platziert unter einer Balkenüberschrift: „Unsere süßeste Mami Mai '20!" Noch weitaus schlimmer empfindet Olim den Untertitel, dessen frappante Dümmlichkeit ihm Würggeräusche entlockt: „Stolz zeigt das Model seinen Babybauch." Dass es so weit kommen musste! Aus dem Stand machen sich die beiden Vorwürfe: Haben sie die junge Frau allzu sehr aus den Augen gelassen? Hätte man nicht Einfluss nehmen können? Wie soll es mit ihr weitergehen – und in welcher Gestalt?

Diese Fragen beantworten sich von alleine, vielmehr, sie haben sich bereits beantwortet, als die besorgten Männer an Lailas Jugendzimmer anklopfen und nach der Foto-Zelebrität fragen.

„Ist weg. Im Krankenhaus", gähnt Olims Stieftochter, ohne die Hörstöpsel aus den Ohren zu ziehen.

„Was? Warum? Wohin!", fragt Ulf aufgebracht und unterlässt es im letzten Augenblick, das müde Mädchen an den Armen zu packen.

„Warum schreist du so?", entgegnet Laila und nimmt Zuflucht zu Geste Nr. 2. „Ich glaub, sie kriegt ihr Baby oder so."

„Wie? Nein? Schon?" Jetzt ist es Olim, der losbrüllt, geplagt von Selbstvorwürfen.

„Sie hat gesagt, sie schreibt mir, wenn's losgeht", gähnt Laila abermals, nachlässig eine Hand vor den Mund haltend und schließt hinter den Störenfrieden die Tür.

Das schlechte Gewissen der Freunde wird übertroffen von Johannas: Hatte sie nicht eine Patenschaft für dieses verwirrte Menschlein übernommen? Wie konnte sie nur alles an ihre – altersbedingt – nicht zurechnungsfähige Tochter delegieren? Die für den 17. April anberaumte Rückverwandlung hatte man der Schwangerschaft wegen einstweilen verschoben; Ulf meckerte nur ein bisschen, und Kühlwalda behauptete, sie hätte das sowieso im Vorhinein gewusst. Ansonsten, Johanna muss es sich selbst gegenüber eingestehen, hatten sie einfach abgewartet ... so, als würden die Dinge von irgendwoher hinreichend geregelt, unabhängig vom Einflussbereich der Menschen.

Auf der Fahrt ins Krankenhaus rechnet Kottmüller nach: Die Dauer von Ginas Schwangerschaft, sollte sie tatsächlich demnächst niederkommen, liegt exakt zwischen Mensch und Schwein: drei Monate, drei Wochen, drei Tage, das trifft mutatis mutandis auch auf Wollschweine zu – über so viel Kenntnisse im Bereich der Schweinezucht verfügt der auf dem Lande Aufgewachsene immerhin. Von der Rückbank aus belehrt er Johanna und Olim über diese Fakten und spart auch nicht mit Ausführungen, wie man bei ihm zuhause unterstützend bei Paarung und Geburt den lieben Schweinchen zur Seite stehe.

„Hörst du jetzt bitte damit auf!“, lehnt sich Johanna halb zurück. „Ich kann mich nicht auf den Verkehr konzentrieren. Bin schon nervös genug.“

Aber der Redestrom von der Rückbank lässt sich so abrupt keineswegs eindämmen: „Wenn ich zurückrechne, wann die Begegnung mit diesem kurdischen DJ stattfand – Enis, oder? –, ach so, müsste man ihm nicht Bescheid geben? Das wäre doch nur fair. Andererseits, warten wir lieber mal ab, was überhaupt herauskommt ...“

„Ulf, bitte jetzt!“

Kurz abwägend, ob er sich diese Geste erlauben darf, legt Olim seine Hand beruhigend auf Johannas Knie. Sie scheint nichts dagegen zu haben. In einer Mischung aus Erwartungsangst, die bei Geburten ja oftmals über die Vorfreude die Oberhand gewinnt, und nagender Beklommenheit, wie sie wohl eher bei Trauerfällen sich einstellt, betreten die drei den Aufzug im Krankenhausfoyer. Nur um nicht zu schweigen, schimpft Johanna leise auf Laila, die durch nichts zu bewegen war, ihre beste Freundin zu besuchen.

„Ich fahr später hin, allein.“ Mehr Einblick in ihre Empfindungswelt gestattete sie der Mutter nicht.

Die Begegnung mit der Hebamme und der Fachärztin verläuft seltsam; auf beiden Seiten herrscht eine gewisse Unsicherheit. Weshalb das beim Personal der Geburtsstation begründetermaßen der Fall ist, erschließt sich beim Anblick des Neugeborenen. Mit den beiläufigen Andeutungen – eigentlich gesund ... wahrscheinlich ein Mädchen ... ohne Komplikationen auf die Welt gekommen, aber nun ja ... – hatte man nicht viel anfangen können. Auch der Hinweis der Ärztin, bitte nicht zu erschrecken, hatte kaum zu einer Beruhigung der Nerven beigetragen.

„Es hat den Anschein“, versucht sich die Hebamme an einer Erklärung, „dass etwas Interspezifisches vorliegt ...“ Erschrocken fährt Johanna herum.

„Also bitte nicht aufregen“, springt die Medizinerin der Kollegin zur Seite. „Man könnte vielleicht sagen: ein Hybrid, in der Art ...“

Vor allem für Olim ist diese Nachricht dazu angetan, nach Fluchtgründen zu suchen; dann regt sich in ihm das Interesse des Forschers. Ulf, der wieder nur hinterhergelaufen ist und die Kommentare nur teilweise mitbekommen hat, dröhnen die Ohren so stark, als hätte man ihn in eine Druckkammer gesperrt, um die Situation in 1.000 Metern Meerestiefe zu simulieren. Da Johanna und Olim scheu am Eingang zum Klinikzimmer verharren, gelingt es ihm zuerst, des Babys ansichtig zu werden: Es liegt in einer schmucklosen Wiege, weiß eingewickelt und mit einem Mützchen auf. Da wendet es sich nuckelnd zur Seite, und aus dem zarten Stoff schiebt sich ein Schlappohr heraus. Die Wangen aber sind ganz und gar menschlich geprägt, die Äugelein eher nach Schweineart; vor allem bei der Nase, genauer der Schnauze hat die tierische über die menschliche Form eindeutig gesiegt.

„Ist es nicht wahnsinnig süß?“

Nie zuvor hat Ulf seine Gina-Lisa derart hingerissen erlebt. So gut sie es vermag, richtet sie sich im Krankenhausbett auf, um einen verliebten Blick nach ihrem Kindchen zu senden. Vor Begeisterung und mütterlicher Liebe fangen ihre Augen an zu glühen, bis sie sich mit dem Handrücken die Tränen wegwischen muss.

„Ich hab noch keinen Namen. Blöd, ne?“

„Zirze“, antwortet Olim ohne nachzudenken, da ihm der homerische Mythos von der Zauberin, die des Odysseus’ Gefährten nonchalant in Schweine verwandelt, stets präsent ist.

„Zirze!“, jubelt die junge Mutter auch ohne Kenntnis der Sage. „Zirze klingt klasse! Danke, Olim! Zirze nehm ich.“

„Wir werden“, lenkt die Gynäkologin die Aufmerksamkeit wieder auf medizinische Dinge, „das natürlich noch gründlich erforschen.“

„Wieso?" So selbstbewusst, fast aggressiv, hat noch niemand Gina-Lisa bislang wahrgenommen.

„Nun, Sie werden einsehen", bemüht sich die Ärztin um Empathie, „dass Ihr Baby einen ganz besonderen Fall darstellt, der nicht nur von Interesse für die Wissenschaft ist: Wir wollen ja alles tun, damit eine optimale Versorgung gewährleistet ist."

„Egal?"

Für den Augenblick lässt sich nicht feststellen, ob Gina-Lisa im Detail verstanden hat, was ihr aus fachlicher Sicht mitgeteilt wurde, oder ob sie nur eine der Alltagsfloskeln ihrer Busenfreundin Laila in Anwendung gebracht hat. Jedenfalls blickt sie skeptisch drein, wie kampfeslustig, auf jeden Fall aber beleidigt.

Was in Kottmüller vorgeht, während sie im Aufzug ins Erdgeschoss sinken, lässt sich schwer beschreiben. Es ist ihm auffällig darum zu tun, sich schnellstmöglich von Johanna und Olim zu verabschieden. Planlos wie lange nicht, durchwandert er die Straßen rings um das Krankenhaus. Endlich dämmert ihm, welch sonderbare Unterart des Glücks in ihm aufgestiegen ist: Vaterfreuden! Freilich, weder ist er der Vater noch ein Schwein, doch aufgrund der innigen Geschichte, die ihn und Gina-Lisa aneinanderbindet, stellt sich ein Hochgefühl ein wie beim letzten Mal, als er den Handwagen vor seiner Schreinerei repariert hat. Ist es zu glauben? Seine Gina-Lisa: ein Baby! Ungeachtet des Erscheinungsbilds sowie der unwägbaren Zukunftsaussicht, drängt es ihn dazu, das Ereignis auf irgendeine Weise zu begehen.

Und wo wäre das besser möglich als am Tresen eines wahren und echten Wasserhäuschens, am besten: seines Lieblingswasserhäuschens! Auf dem Weg, den er in Gene-Kelly-Tanzschritten zurücklegt, fällt ihm etwas völlig Unpassendes ein: das Wort Startvorteil. Im Verlauf seiner Beschäftigung mit der frühverschnöselten Zielgruppe der AGA-Attacken ist er darauf gestoßen: Leute, die darauf verzichten, ihr Kleines unter anderen Kleinen gleichrangig aufwachsen zu lassen – mit Sicherheit das Beste, was einem beim Großwerden widerfahren kann –, stattdessen Nannys engagieren, die Indisch können oder Schach, Mathematikgenies sind oder Sportprofis. Was könnte Zirzes Startvorteil sein? Darüber nachgrübelnd gerät Ulf in eine so formidable Stimmung, dass er es nicht mehr aushält und vor einer Bude Halt macht, die in einer Häuserfassade eingelassen ist, also kein richtiges Wasserhäuschen, vom Angebot her aber ähnlich.

„Ich brauch zwei Dornkaat."

„Is' was passiert?", erkundigt sich der Betreiber, dessen wulstiges Haupt in der Durchreiche steckenbleibt; die Dornkaats schaffen es aber durch.

„Ja, ich bin so was wie Vater geworden."

„Also nicht so ganz sicher?"

„Nee, sicher ist da nichts ..."

Zu Ulfs Glück stehen an diesem roséfarbenen, mintgrünen, später dann achatblauen Frühsommerabend alle wesentlichen Persönlichkeiten um den Zentralort ihres Lebensglücks versammelt. Als die Bumbeschwengel-Minna und der Kohle-Fritz von Zirzes Geburt erfahren, stimmen sie erstens ein Liedchen, setzten sie zweitens zu einem Tänzchen an und lassen drittens den Eingeschworenen hochleben. So wird auch Ulfs vorletzter Hunderter seiner Bestimmung zugeführt, einer ehrenwerten, keine Frage; dies steht zu erwarten. Allein umgekehrt wird der Großzügige, seinerseits Objekt so vieler Großzügigkeiten, dass er, trotz enormer Abhärtungen seit frühesten Jugendtagen, am Ende nur mit Hilfe der Scharwenzel-Uschi nach Hause findet.

Zum Glück ist Hilke nicht da.

Als tags darauf Petra und Michaela den Säugling begrüßen gehen, kommt es doch noch zu dem Skandal, der dem Ereignis eigentlich angemessen ist. Zuerst fallen beider Blicke auf Gina-Lisa, die, wie verwandelt, voller Verzücktheit mit ihrem Baby spricht. Dabei hält sie es im Arm wie eine Madonna, schaukelt und liebkost es ... beginnt dann aber auf Milbenerisch zu motzen, „die Wissenschaft" habe es auf ihre Kleine abgesehen, aber nichts da, eher flüchte sie mitsamt ihrer zuckersüßen Zirze aus der Klinik in die Berge. Auf „zuckersüß" hebt sie unwillkürlich das Neugeborene den Besucherinnen hin; derweilen Petra sich zusammennimmt, ihre Verwirrung austrickst und etwas von „wirklich sehr gelungen, Glückwunsch!“ fistelt, reißt Michaela die Augen auf, streckt abwehrend ihre Hände vor und rutscht, wie von rückwärts weggerissen, aus der Tür.

Peinlich berührt und aufs Höchste besorgt, blickt Petra zu der jungen Mama hinab. Bis die Schreie auf dem Krankenhausflur einsetzen, bleibt Gina-Lisa gelassen; gar zu sehr zeigt sie sich damit beschäftigt, „das Zirzchen“, wie sie sagt, „mit Sicherheit das süßeste Kind, wo je geboren wurde“, immer wieder an ihr Gesicht zu drücken.

Als aber das Gebrüll von draußen Lautstärke und Tonfarbe einer nur halb geglückten Dämonenaustreibung annimmt, wendet sie sich sanft an Petra: „Was hat sie?“

Schwankend zwischen Ärger und Beängstigung, weicht die Freundin der in allen Tonlagen, leider auch den tiefsten Kreischenden, auf eine Notlüge aus: „Ich weiß es noch nicht, es ging ihr schon den ganzen Morgen nicht besonders ...“

„Ach so.“ Mehr Informationen braucht Gina-Lisa nicht.

Während sie wieder und wieder mit ihrer Tochter näselt, zieht sich die verbliebene Besucherin ebenfalls aus dem Zimmer zurück und kommt eben dazu, da drei Pfleger die Tobende auf den Krankenhausflurboden niederdrücken, und ein Arzt mit Beruhigungsspritze herbeieilt. Zu diesem Zeitpunkt gelingt es keinem, auch Petra nicht, zu Michaelas Bewusstsein vorzudringen.

Bald darauf obliegt es tatsächlich Ulf, den Grund für den Totalzusammenbruch der Agentur-Mitschwester zu bestimmen. Von Petra wird er beauftragt, er möchte doch bitte so freundlich sein, ein Paar Schuhe und diverse Kleidungsstücke aus Michaelas Bude abholen und baldmöglichst in die psychiatrische Abteilung des Universitätsklinikums bringen.

Ohne zu zögern, kommt er dem nach. So vieles ist ihm wieder möglich, seit er auf eine Arbeitsstelle welcher Art auch immer souverän verzichtet! Es ist ein Gefühl unsagbarer Erleichterung, solchermaßen seine Freiheit wiedergewonnen zu haben. Zwiebeln und Kartoffeln hat man ja genug, die letzten 100 Euro reichen noch für Wochen, denn man kauft damit nur ab und zu eine Handelsgold, sonst nichts. Gelegentlich bei Supermarktbesuchen, die dafür nötig sind, klaut man sich mit Geschick seinen Kornbrandbedarf zusammen. Ohne ein Wort zu verlieren, hat Johanna die Speisekammer im Keller wieder aufgefüllt ... Alles Weitere wird sich finden, ist Ulf sich sicher. Nicht allzu sehr beunruhigt durch die Nachricht, Michaela sei eingeliefert worden – für Menschen, die mit den Künsten etwas zu schaffen haben, gehört sich das seiner Meinung nach von Zeit zu Zeit – betritt er das Redaktionsgebäude der Avantgardezeitschrift „Das Aas“.

Es begegnet ihm niemand.

In Zweifel geraten, ob er den Auftrag ohne Schlüssel erfüllen kann, stellt er fest, dass die Tür zu Michaelas Domizil nur angelehnt ist. Das Innere gleicht eher der Zelle in einem Nonnenkloster als der Wohnung einer Frau mit weltlichen Neigungen: karg ist gar kein Ausdruck. Eine Jacke hängt unordentlich über einem Stuhl, der vor einem am Fensterchen postierten Holztisch steht. Auf dem Tisch zwei Bücher, ein Schreibblock, leer – und ein Stift. Darunter Turnschuhe: die muss Petra gemeint haben. Ulf hebt sie auf. In der Mitte des Raumes befinden sich eine Arbeitsplatte, darauf die berühmte Druckerpresse und der Flötenkoffer. Sonst ist außer einer Tageslichtlampe nur ein Sperrholzschränkchen aus den 50er-Jahren im hinteren Eck des Zimmerchens zu entdecken; darin werden sich ihre Kleider befinden.

Vor dem Schrank stehend, gewahrt Ulf linkerhand eine Kammer, die er zuerst für die Toilette hielt. Es ist aber, wie er unschwer erkennen kann, ein Atelier für Zwerge: abstrakte Schwarz-Weiß-Drucke sind lieblos an die Wand gepinnt, mit der Vorderseite zur Wand lehnen Dutzende Gemälde aneinander, vermutlich von Michaelas Hand. Bislang war Ulf unbekannt, dass sie malt. Doch wahrhaftig, da kann kein Zweifel bestehen: Diagonal zum Fenster steht eine Staffelei, auf der sich ein fast fertiggestelltes Bild befindet: In altmeisterlicher Technik hat Michaela eine hinreißend hübsche Madonna gemalt; besonders geglückt ist dieser fein schimmernde Heiligenschein, in Grün-Gold gehalten, derweilen der Hintergrund eine teils mittelalterliche, teils neuzeitliche Stadt mit Türmen und Hochhäusern in Blautönen zeigt.

Das alles nimmt Ulf nur am Rande wahr. Nicht anders als Michaela gestern, überfällt ihn eine Starre. Auch er schiebt seine Hände vor, teils um sich vor dem Anblick zu schützen, teils in der unbewussten Absicht, einen Bannfluch zu formulieren. Denn die bezaubernde Madonna hat ihren Schutzmantel hälftig zur Seite gezogen, um an ihrer Brust etwas Kleines zu säugen: eine Mischform aus Menschenkind und Ferkel, das bis in die letzte Feinheit Gina-Lisas Baby gleicht. Gesträubten Haars stolpert Ulf zurück. Es hat keinen Sinn, nach rationalen Erklärungen zu suchen: Erst am heutigen Tage hat Michaela vom Aussehen des Säuglings erfahren ... und selbst wenn man ihr gestern ein Foto geschickt hätte, was ganz unmöglich ist – an diesem Gemälde muss sie seit Wochen gearbeitet haben.

Mit einem Mal liegt offen zutage, weshalb die Künstlerin auf den Tod erschrocken ist. „Was geht hier vor, was geht hier vor?", flüstert Ulf immerzu, indem er das Zimmer durchmisst, die Stufen hinunterjagt, sogleich widerstrebend zurückkehrt, um die Kleidungsstücke einzupacken und – obwohl er sich die größte Mühe gibt, nicht hinzusehen – doch noch einmal das Tafelbild mit der eine Chimäre säugenden Maria anblicken muss. Jetzt fängt auch Ulf an zu schreien, und er kann sich erst wieder sammeln, als er im Hof auf ein Pärchen trifft, das den Kuss unterbricht, um ihn zu fragen, was ihm geschehen sei.

„Das glaubt ihr mir doch nicht", keucht er hervor. „Die Michaela von da oben ... ist eine Seherin."

Widerwille, vielleicht auch Überdruss, ist Olim anzumerken, als er abermals mit einer von Ulfs Unerklärlichkeiten konfrontiert wird. Sogleich ist er versucht, dem Herzensfreund eine Ausrede aufzutischen, folgt ihm dann aber zuerst zur Redaktion – Ulf wartet unten, bis ein tief verstörter Olim flüchtend die Treppe heruntergepoltert kommt –, um im Anschluss gemeinsam der Psychiatriepatientin ihre Aufwartung zu machen.

„Was geht hier vor, was geht hier vor ..."

„Jetzt ist es sowieso egal." Olim resigniert vor dem Hauptportal, überwindet seinen Widerstand und bewegt sich, Ulf in seinem Rücken, Richtung Informationsschalter.

„Ihr habt es gesehen!“, sind die Worte, mit denen sie von Michaela begrüßt werden.

Sie ist weiß im Gesicht, zeigt sonst keine Auffälligkeiten. Ulf ärgert sich über sich selber, da er allen Ernstes erwartet hat, Michaela werde ihnen in Anstaltskleidung vorgeführt; sie trägt die Frauenuniform der vergangenen Jahrzehnte, Pullover und Jeans. Das Treffen findet in einem Gang statt, da zurzeit keine Besuchszimmer frei seien, und der jungen Psychopathin, mit der sich Michaela das Zimmer teilen muss, keine Außenkontakte gestattet sind. Zwischen den dreien aber sind keine Vorsichtsvorkehrungen nötig.

„Du musst noch mehr erschrocken sein als ich“, antwortet Ulf, bevor er sich auf einen Stuhl mit zerschlissenem Polster niederlässt.

„Das kannst du laut sagen.“ Statt auf die Umstände der Begegnung mit Zirze einzugehen oder gar zu erläutern, was während der Mal-Phase mit ihr vorgegangen sei, vor allem, wo sie ihre Inspiration hergeholt hat, erzählt Michaela ausführlich von dem Verfahren, das sie in Anwendung gebracht habe, um möglichst exakt den Eindruck hervorzurufen, den die Bildidee verlangte. Zu ihrer Freude seien noch ein paar Döschen mit Pigmenten übrig gewesen, die sie auf ihrer einzigen Florenzreise für einen Wucherpreis in einer Manufaktur einst erstanden habe, vor allem das unsäglich teure Azur, von dem sie für das Tafelbild allerdings nur winzigste Mengen benötigte: für das Flüsschen im Hintergrund, nicht für den Himmel.

Wäre die Umgebung eine andere, man hätte das Gespräch für ein Fernsehinterview mit einer Spezialistin für mittelalterliche Malerei halten können. Jeden der beschriebenen Schritte stellt Michaela pantomimisch dar, vor allem das zartfühlende Verrühren der Farbpigmente mit der natürlich selbst hergestellten Eitempera; zwar verwende sie im Gegensatz zu frühesten Zeiten Leinöl; Balsamterpentinöl lehne sie grundsätzlich ab. Niemand, nicht einmal Olim, passt auf die Zeit auf, und so ist die halbe Stunde herum, bevor man auf die Vorgänge zu sprechen kommt, die Michaelas Anfall verursacht haben.

Als die weißrussische Krankenschwester die Patientin wieder in Empfang nimmt und ihr den Arm behutsam um die Schultern legt, wagt sich Olim doch noch einmal, mit der einzig sinnvollen Frage anzufangen: „Michaela, wie kann es sein ..."

Doch die lässt ihn nicht ausreden, sondern windet sich aus der Umarmung und kreischt durch den Gang: „Aber das weiß ich doch selber nicht! Lasst mich in Ruhe!"

Dabei sieht sie wieder genauso verzweifelt aus wie am Tag zuvor, bevor sie zur Ruhe gespritzt wurde.

„Das kann", klagt Olim im Treppenhaus, „also noch ein paar Wochen dauern."

„Wäre schlimm", jammert Ulf, „sie möchte doch unbedingt dabei sein bei unserem ..."

„Pscht!" Olim hält ihm zwei Finger vor die Lippen.

In einer Parkanlage verlangsamt der Vorauseilende seine Schritte, so dass es dem kurzbeinigen Freund gelingt aufzuschließen: „Olim, ..."

„... weiß ich wa-has?"

„He, du sollst mich nicht nachäffen!"

„Also, was willst du?"

„Bringt die Kunst ins Irrenhaus?"

„Hach je ..." Mitgenommen von dem Krankenbesuch, lehnt Olim den Ellenbogen auf ein Metallschild, das die gegenüberwachsende Blutbuche mit einem „Ersten Preis", wofür auch immer, auszeichnet. „Die alte Geschichte. Es ist längst alles dazu gesagt worden. Als gesichert kann allenfalls gelten, dass Galeristen, Verleger und Produzenten nie davon betroffen waren noch jemals sein werden."

Ulf enttäuscht die unmutige Bemerkung. Umso mehr erfreut es ihn, als ihm am Nachmittag, ruhig rauchend hat er im Efeuhof Platz genommen und denkt an nichts, das liebe Mariechen zwei kopierte Seiten bringt, rückseitig von Olim mit Bleistift beschriftet: „Aus dem ‚Nabel der Welt – Zeitschrift für regionale Geistesgeschichte'. Finde, das fasst es ganz gut zusammen. Geht zwar nicht um Malerei, aber in dem Fall ist es dasselbe. Erhol dich gut."

Zufrieden stellt Kottmüller fest, dass die angebrannte Handelsgold noch ausreicht, um den Artikel rauchend zu Ende zu lesen. Er schenkt sich ein Glas Sauerkirschwasser aus dem Reservekeller ein, pafft drauflos und hofft auf Lernfortschritte.

Zum Phänomen des „künstlerischen Wahnsinns", von einem Betroffenen eingerichtet für Nichtbetroffene

Es ist kaum vorstellbar, dass jemand in Kindheit und Jugend keinerlei Vorlieben und Begabungen zeigt. Für die Empfindung von Glück ist es mitentscheidend, welche Neigungen da entwickelt werden und die Biografie prägen. Eine junge Frau etwa, die unbedingt Ärztin werden will und am numerus clausus scheitert, wird auf Dauer mit dem Gefühl der Unerfülltheit zu kämpfen haben; den Verzicht der Gesellschaft auf ihre besten Talente erlebt sie als Zurückweisung.

Im Gegensatz zur Medizin, wo es als Voraussetzung gilt, die subjektive Sensibilität auf ein bestimmtes Ziel hin praktisch auszurichten, kommt der künstlerische Impuls einerseits aus einem unkontrollierbaren Mitleiden, das nach Ausdruck verlangt. Andererseits ist für solche Menschen ein permanenter, teils hochstimmender, teils quälender Überschuss an Einbildungskraft kennzeichnend. Daran lässt sich nichts Besonderes finden; es handelt sich um eine Veranlagung wie bei anderen logisches Denken oder Sinn für Proportionen. Doch anders als bei sogenannten bürgerlichen Berufen, erweist sich die psychische Grundausstattung der von den Künsten Ergriffenen meist als unvereinbar mit normativen Gesellschaftsstrukturen; sie ist im Wesentlichen soziopathischer Natur. So nimmt es nicht wunder, dass entsprechende Verhaltensweisen, schließlich die Personen, an denen sie festzustellen sind, zumindest in westlichen Gesellschaften pathologisiert werden.

Das war nicht immer so. Den Energien nämlich, denen die „Inspirierten" ausgesetzt sind, ist eine enorme Intensität zu eigen, die sogar auf außenstehende Unbeteiligte faszinierend wirkt. (Was zu jenem anderen Problem der Gegenwartskünste führt, dass nicht selbst

Betroffene den Gestus von Kunstschaffenden imitieren und Werke produzieren, die sich den Nimbus von Kunst zu sichern trachten, derweilen die tatsächlich Befallenen zumeist medikamentiert und segregiert werden.) Es ist zum Klischee erstarrt, dass die von Dichtung, Musik, Malerei früh Überwältigten unter Verlust von Selbstkontrolle, Autoaggressivität, Suizidalität zu leiden haben, was unter „Genie und Wahnsinn" rubriziert wird.

Abgesehen davon, erleben die „Erwählten" ihr Dasein als unberechenbare Aufeinanderfolge von Inspirationsekstasen und Zuständen unerträglicher psychischer Qual, weshalb etwa bei Hölderlin, Trakl, Van Hoddis die Diagnose „manische Depression" in Anschlag gebracht wurde. In moderne Therapiesprache übersetzt, heißt das nach den Umwegen „bipolare Störung", „Borderline" und dergleichen nunmehr „emotionale Instabilität bei gleichzeitiger Hypersensitivität", mitunter auch „chronifizierte Anpassungsstörung", was allerdings nicht bedeutet, dass alle so Klassifizierten künstlerisch tätig wären – es würde ihnen auf Dauer auch wenig helfen.

Kurz gesagt, mit einer solchen Disposition, verschärft durch die Nicht-Anerkennung der individuellen Leistung und Identitätsspezifika, schließlich eines gesamten Berufsstandes, hat so jemand genug zu tun fürs Leben. Die vermeintlich auslösenden Schicksalsschläge sind nicht nötig; auch ohne frühen Tod von Vater oder Mutter oder anderen geliebten Menschen kann es passieren, dass in solcher Weise Begabte scheitern, aus der Bahn geraten, in sich verlöschen.

Ältere Gesellschaften verfuhren teils inklusiver. Immerhin Dichter konnten sich manchmal als Auserwählte fühlen, von den Göttern gleichermaßen emporgehoben wie geschlagen. Noch Schiller sah „der Menschheit Würde" ausgerechnet in die Hand von solch heiklen Leuten gegeben. Dennoch, mit der ersten „Eingebung" begann seit jeher der Überlebenskampf. – Grob gesagt, gibt es drei Überlebensstrategien (die neuere Psychotherapie spräche von skills): Einige Wenige entwickeln den Typus des Potentaten; die Werke Goethes oder Brechts könnte man als lebenslange Versuche interpretieren, im Gleichgewicht zu bleiben, sei es auf Kosten anderer. Die erlebte Schwäche und Preisgegebenheit wird umgepolt und zu einem Mo-

dus der Herrschaft stilisiert. – Dann wären da die Ernüchterten, die überdauern, weil sie rationalisieren können. Viele von ihnen gründen Familien, gehen einem Brotberuf nach. Ihr Werk wird geprägt sein von Produktivität, jedoch dürfte beim Lesen, Hören und Betrachten kaum jemand Ergriffenheit bemerken.

Schließlich sind da die Übriggebliebenen, denen es nicht gelang, den Widerstreit zu äquilibrieren. Nennen wir sie ruhig die Heiligen: Ihnen ist auf Erden nun einmal nicht zu helfen; sie sind auf Dauer sozialer Ächtung, Spott und Interpretationen ausgesetzt. Gleichwohl verdanken wir ihnen das Schönste, wozu Menschen fähig sind.

Dass ihm die Banderole ankokelt, passiert Ulf öfter; dass er sich die Fingerkuppe an seiner Handelsgold versengt, dafür muss schon etwas vorgefallen sein. Ist es auch: Der Leser spürt den Erkenntnisgewinn. Statt der üblichen Plattitüden, mit denen man abgespeist wird, wenn man sich mit jener heiklen Thematik beschäftigen möchte, sind hier einmal gut nachvollziehbare Argumente aneinandergereiht, dergestalt, dass man als Lernwilliger auch satt wird. Ulf hat durchaus den Eindruck, seine Frage sei nunmehr geklärt und müsste ihn nicht länger beschäftigen – es sei denn, es ergäbe sich die Gelegenheit, mit Michaela darüber zu diskutieren. Doch ob sie das überhaupt zulassen wird?

Etwas anderes soll die beiden schon am nächsten Abend zueinander bringen, nämlich gemeinsame Arbeit. Die „zu ihrer eigenen Sicherheit" internierte Künstlerin klingt etwas schüchtern, als sie Ulf am Telefon bittet, für sie an einer Vernissage teilzunehmen.

„Ich merk schon, du hast keine Lust", lenkt sie bald ein, als sich Ulf zu gar keiner Aussage herbeilassen kann.

Schließlich fragt er gequält: „Sind da wieder die Leute mit dem Schmock, die sich für wichtig halten?"

„Das weiß ich nicht. Vielleicht erlebst du eine Überraschung."

„Ja, ganz bestimmt."

Sonst kein Meister des Sarkasmus, weiß Ulf seine Resignation in keine empfindsameren Worte zu kleiden. Michaela verlangt das auch gar nicht; sie ist froh, dass sie dem Redakteur nicht absagen muss; nicht wenige lauern auf ihren Posten: vor allem Pensionäre aus dem akademischen Milieu, die gerne noch eine Aufgabe hätten – man kann das verstehen – und auf Honorare verzichten können. Doch Michaelas Einkünfte sind so schmal bemessen, dass sie nicht einen einzigen dieser ohnehin armselig bezahlten Jobs entbehren kann. Knapp unterrichtet sie Ulf über Ort und Zeit der Veranstaltung, was er sich merken soll, an wen er sich wenden muss. Da der Beauftragte auch jetzt nicht mehr als ein tonloses „Aha!" verlauten lässt, fragt sie ihn beinahe zärtlich, ob er sich denn etwas wünsche, was sie ihm vielleicht erfüllen könne.

„Ja, ich will nicht da hin."

„Ulf, bitte! Du gehst jetzt!"

„Jawohl."

Damit ist sein Samstagabend besiegelt.

Doch wie dergleichen nicht selten geschieht, eröffnet ausgerechnet diese unfreiwillige Teilnahme an einem Kunstereignis ein neues Feld des Interesses in Kottmüllers Kosmos; zwischendurch gewinnt er den Eindruck, er habe sich bislang mit überhaupt noch gar nichts von Belang beschäftigt. Bis auf ein paar verschwundene Verwandte hatte niemand im Milbener Land von der Nazizeit und dem Zweiten Weltkrieg direkt etwas mitbekommen; die neuen Machthaber hatten recht schnell keinen Bedarf mehr gesehen, diesem stupiden, verlangsamten Volksteil auf den Leib zu rücken – da gab es Mitglieder der Gesellschaft, von denen sich die Raublust üppigere Beute versprach. Auf der anderen Seite tat sich die Kottmüller-Strippler'sche Sippe zu keiner Zeit durch zeitgenössisches Engagement oder gar Anteilnahme für andere hervor, so dass besagte Epoche parallel verlief und wenig Kontaktpunkte entstanden.

Schon vom äußeren Anschein her hat diese Ausstellung nicht viel mit dem gemein, was Kottmüller bislang an Gegenwartskunst geboten wurde. Es fehlt jeder Firlefanz, niemand spielt sich auf – vor allem ist es ziemlich dunkel: Die Fenster sind dunkel, die Bespannung der Stelen ist dunkel, und die Musik ist dunkel, ja schwarz. Kottmüller fühlt sich von diesen schleppenden, zeitlich weit auseinanderliegenden Tönen zutiefst bedrückt, zugleich aber so beeindruckt, dass er einen hochgewachsenen schmalen Herrn nach den musikalischen Urhebern fragt.

„Bohren and the Club of Gore: the art of coffins", antwortet dieser korrekt, fügt aber kein Wort zur Erläuterung an.

„Hab ich noch nie gehört", gibt Ulf zu und hat die Namen schon wieder vergessen.

„Das glaub ich."

Damit ist das Gespräch beendet.

Es erweist sich auch als unnötig, hier miteinander zu reden; die wenigen, weitläufig im Raum verteilten Objekte beanspruchen die Aufmerksamkeit des Besuchers vollauf. Die meist kleinformatigen Bildwerke zeichnet ein Ernst aus, der mit Effekten und Schock, aber auch mit Materialgläubigkeit nichts zu schaffen hat. Kommt doch einmal eine komische Wendung, ein ironischer Lichtblitz zum Vorschein, so schrumpft das voreilige Lächeln schnell in sich zusammen. Ulf tritt vor und liest: Der kleine Reiter, ein Figürchen, das durch schrundige Landschaft huscht, ist natürlich ein Soldat. Er trägt die Perücke der Vergangenheit.

Schrundig, roh und grob wie aus dem verbotenen Wald geborgene Teile verrosteter Panzer, so sieht das Material meistens aus. Hinzu kommen Nägel, Vogelskelette, Versteinerungen, bis zur Unkenntlichkeit Verwestes. Vor einem amorphen Gebilde, das ein zerplatzter Kanonenschlag sein könnte, bleibt Ulf fast so lange stehen wie einst vor jener gelben Kuh. Etwas wird in ihm angerührt, das bislang gar nicht wusste, dass es da war. „Dieter, komm heim", liest er unter der Kleinskulptur, und es schnürt sich in ihm noch fester zusammen. Könnte es möglich sein, dass der Künstler namens Christopher Paul etwas gefunden hat, einen Zugang, einen für andere verborgenen Schacht in eine Vergangenheit, die ja gar nicht daran denkt zu vergehen und die Botschaft nüchtern, doch deutlich, brutal, aber ohne Kalkül seinen Zeitgenossen auftischt?

In dieser der Art erstattet Ulf Michaela Bericht.

Zu seiner Überraschung findet das Gespräch nicht in der Psychiatrie statt, sondern schon wieder in Michaelas Wohnzimmerbüro. Die Tür zum kleinen Atelier ist verschlossen; Ulf getraut sich nicht zu fragen. Gummiteufel, Salzstangen und Kirsch-Bananensaft, von den finanziellen Restbeständen für weitere Pflegetage im Klinikum als Geschenke eingekauft, lässt er aus der Plastiktüte auf ihren Schreibtisch rutschen. Offensichtlich von ihrem Nervenschock bereits weitgehend erholt, schreibt die Genesene begeistert mit, was ihr in ulkigen, in der Kunstszene ungebräuchlichen Wendungen erzählt wird. In ihrem Artikel macht sie keinen Hehl daraus, dass sie nicht selber vor Ort war. Schon der Titel: „Ulf sucht ein Soldatengrab" weist darauf hin, dass die Autorenschaft aufgeteilt wurde.

Wie nur selten, wenn Michaela etwas publiziert, findet die unorthodoxe Ausstellungskritik Gehör bei einem rasch wachsenden Publikum. Pauls Karriereschub, der unmittelbar mit der Finissage einsetzt und in der Verleihung eines Staatspreises seinen vorläufigen Höhepunkt erreicht, lässt sich folglich unzweifelhaft auf Ulfs erste journalistische Tätigkeit zurückführen. Freilich, dass Laienpublikum und Fachkritik in solcher Zahl die Ausstellung besuchen, liegt nicht allein daran, dass der Bildhauer so unverwechselbar mit verrufenem Material umgegangen ist; das Thema selbst, der mit einem Mal so unglaublich lange vergangene und doch auf merkwürdige Weise immerzu präsente Krieg scheint danach zu verlangen, dargestellt, begreifbar gemacht zu werden – zumal in einer Weise, die sich jeder Rationalisierung entzieht.

Kottmüller ergeht es da nicht anders, verstärkt durch den Umstand, dass er bislang geschichtsblind durchs Leben getorkelt ist. – Erste Anlaufstelle für diese Problemstellung ist selbstverständlich Olim, den er beinahe ein wenig vorwurfsvoll befragt, weshalb er ausgerechnet dieses für alles seither Entstandene und Unterbliebene so zentral bedeutsame Thema in seinen Lehrstunden ausgespart habe.

„Habe ich nicht", verneint Olim und klaubt aus seiner Privatbibliothek mehrere Bände heraus, die er dem Freund gestapelt in die Hände legt. „Die hast du alle schon einmal gehabt, dich aber nicht dafür interessiert, wie es scheint."

„Wie sollte ich mich denn", bemüht sich Ulf um eine Verteidigung und bemerkt sogleich, dass sein Argument ein wenig schütter gebaut ist, „für etwas interessieren, von dessen Existenz ich nichts ahnte?"

Statt weiterer Belehrungen setzt Olim nur diesen Blick auf, der seinem Schüler schon seit Längerem signalisiert, dass nicht alle Fragen Anspruch auf Gestellt-Werden erheben sollten, entgegen der langläufigen Meinung.

„Danke", äußert Ulf denn auch nur knapp und verzieht sich mit den Büchern in die Schreinerei.

Es ist das Letzte, was Olim für drei Tage von Ulf vernimmt. Anstatt sich für die in Kürze bevorstehende bedeutendste aller AGA-Aktionen zu engagieren, zieht sich der Leser zurück: zur mühevollsten Lektüre, die ihm je zugemutet wurde. Nicht eines der Bücher liest er zu Ende, Jean Amérys „Jenseits von Schuld und Sühne" nicht, Kogons „SS-Staat" nicht, und mit Anne Franks Tagebuch fängt er gar nicht erst an. Ulf fühlt sich so dumm, niedergeschmettert und bar jeder Existenzberechtigung, dass es ihm auch nicht möglich ist, mit Olim oder sonst wem darüber zu sprechen. Eine naheliegende Maßnahme wäre, in der Werkstatt auf Hygeia IV sitzen zu bleiben und aufzuhören. Wenn ihm dies gelänge, stellt er sich vor, wobei eine Unze Selbstmitleid nicht zu verleugnen ist, könnte dieser Künstler, der „Dieter, komm heim" geschaffen hat, dereinst seine Mumie mitsamt der Kehrmaschine für ein verstörendes Objekt verwenden. Dies ist noch eines der angenehmeren Gefilde, auf das ihn in diesen Tagen seine leicht entzündliche Fantasie nötigt.

Während der Woche vor dem Übergriff auf die höchst prominent besetzte Veranstaltung der Immobilieninvestment-Branche bemerkt niemand eine Veränderung bei Ulf; nur Michaela, die allerdings über Vorkenntnisse verfügt, stellt etwas Geducktes, Zweifelndes bei ihm fest. Insgesamt erscheint er ihr weniger hibbelig, zu Albernheiten aufgelegt; Letzteres wird sich alsbald wieder ändern, da bei bestimmten Charakteren die Produktion von Blödsinn nicht im Widerspruch zu angelesenem oder selbsterlebtem Grauen steht, im Gegenteil: Es scheint die Erkenntnis des entsetzlichsten Unsinns den Quatsch als wesentlichen Bestandteil ihrer Ausdrucksformen zu benötigen.

Vor allem Petra und Michaela sind im Vorfeld der Aktion unablässig beschäftigt. Michaela bemerkt, wie wohl es ihr tut, jetzt umtriebig zu bleiben und nicht immerzu die Entstehung ihres Tafelbilds mit Madonna und Zirze zu begrübeln. Lange fällt ihnen nichts ein, wie um alles in der Welt ein geordneter Rückzug nach – hoffentlich geglückter – Attacke möglich sein soll: die dem Abriss geweihte Halle prangt so ungünstig mitten im Blickfeld des Messegeländes, dass die Sicherheitskräfte ohne Aufwand die Freischärler noch während der Durchführung dingfest machen könnten. Erst als ohne jede Absicht Petra im Spätprogramm die Wiederholung eines Spielfilms von Andrzej Wajda anschaut, scheint eine gewisse Möglichkeit auf. Freilich, der Einfall, unterirdisch zu entkommen, hat etwas dermaßen Romanhaftes, dass sich zunächst alles in ihr sträubt, darüber nachzudenken; doch im Gespräch mit Michaela bricht sich der Vorwitz Bahn: eben darum könnte ihrem Unternehmen Erfolg beschieden sein.

Die Freundinnen organisieren sich einen Ablaufplan der Tagung. Am Morgen, wenn der Staatsminister vorfährt, dürfte der Gesamtbereich strikter Überwachung unterliegen. Doch abends, wenn die letzte Rede geschwafelt ist und das verwöhnte Publikum sich in die Festhalle zum Fressen begibt, könnte der geeignete Zeitpunkt sein. In einem betagten Fachblatt zur Kanalisationstechnik werden sie nicht fündig – auch graust es Petra schon bei der Vorstellung, durch so einen Kanal, wie ihn der polnische Regisseur in Schwarz-Weiß vor dem entsetzten Kinopublikum dahinkriechen lässt, kilometerlang waten zu müssen ... Dafür entdeckt sie in einem launig geschriebenen Büchlein eines Stadthistorikers, der allerlei „Unorte" zur Visite anempfiehlt, den Hinweis, dass besagtes Gelände lange vor dem Krieg vollständig untertunnelt war: und zwar für die Kühlung von Bierfässern sowie zum Transport derselben.

Es nimmt Tage in Anspruch, bis das Zweier-Einsatzteam sich Zugang zur Unterwelt der Stadt an geplanter Stelle verschaffen kann; sodann gelingt die Lösung viel schneller als erwartet. Das Risiko aber bleibt – wie sollte dem auch anders sein ... So gleicht das finale Treffen in Kottmüllers Klause mehr einer Abschiedsveranstaltung als einem alle Beteiligten motivierenden Arbeitstreffen. Ulfs Unbekümmertheit, die in den vergangenen Wochen so manche Phase des Zögerns und Zauderns nonchalant abgekürzt hat, fehlt diesmal; seine düstere Stimmung trübt die Atmosphäre zusätzlich ein. So ist es schließlich an Hilke und Willi, den beiden bislang recht verhalten operierenden, eher passiven Mitgliedern der Agentur, durch intensives Zureden und Schilderung der fabelhaften Möglichkeit, dass diese in den zurückliegenden Jahren doch wahrlich einzigartige Attacke in aller Öffentlichkeit gelingen könnte, neue Unternehmungslust und Tatenmut zu entfachen.

Im Gegensatz zu den Fernsehkameras, die eine Weile benötigen, um umzuschwenken und so nur ein verschwommenes Bild der Szenerie zeichnen, erfassen gleich mehrere Smartphones das Geschehen nahezu von Anfang an. Derweilen, just zum 19-Uhr-Läuten, die zahlreichen Ein- und Zweireiher und wenigen Kostüme das Veranstaltungszentrum verlassen, sogleich umarmt von einem südlichen Sommervorabend, wird gegenüber von einem Vordach ein gut zwanzig Meter breites Transparent entrollt:

Für Euch soll's Pferdeäpfel regnen!

Was denn auch sogleich geschieht. Einige Tagungsteilnehmer sind schon so weit vorangeschritten, dass sie Opfer der Lawine werden. In einem Gestüt am Stadtrand, verhöhnt von zierlich auf ihren Rassepferdchen einhertrabenden Nachwuchsreiterinnen, haben der Scheurich, Willi und der Kottmüller, Ulf stundenlang Hunderte dieser fast angenehm riechenden pflanzlichen Kotballen aufgesammelt, erbettelt, gestohlen – unter dem Vorwand, für eine Kleingartenkolonie aktiv zu sein; dabei waren sie höchst nachlässig verkleidet. Nunmehr jedoch erscheinen sie alle in einer

Reihe, die wiederauferstandenen Dragoner, auf dem Vordach, und es purzeln, kullern, schießen die grünbraungrauen Pferdeexkremente zu Tale, nicht selten das anonyme Ziel, dem sie dennoch zugedacht sind, vertikal erreichend.

Keine zehn Sekunden dauert die Haupt- und Staatsaktion, da lässt der Erste die geklaute Mistgabel fallen und begibt sich nach hinten: Es ist Willi, der Dritte von rechts. Johannas Ordnungssinn blieb es vorbehalten, eine Höhenabstufung durchzusetzen: ganz links schaufelt sie, daneben Olim, gefolgt von Petra, Michaela, Willi, Hilke, Ulf. Weniger zufrieden ist Michaela mit dem Verteilen der AGA-Formulare; statt wie erhofft einzeln und in Zeitlupe, sacken die zweihundert Exemplare größtenteils im Stapel hinab. Immerhin, mit dem Immobilienspekulanten Kai Hernan Stotz treffen sie keinen Falschen. Die Sieben, nachdem die allermeisten Markierungsobjekte hinuntergeprasselt sind, jagen hintereinander her über das Waschbetondach. Willi hat das Ziel bereits erreicht: fabelhaft vorbereitet vom Planungsteam, hetzt er auf der Feuerleiter nach unten, Stockwerk für Stockwerk, doch auf Bodenniveau noch nicht innehaltend, sondern an einer Metallstange saust er nochmals zwei Etagen tiefer. Zum Schluss folgt Olim, dem es vorbehalten bleibt, die Stange einzuholen und den Kanaldeckel über ihnen zu arretieren.

Ob die Zeit für dieses waghalsige Unterfangen ausreichen würde, darüber bestand Uneinigkeit. Sie stellte das Hauptrisiko dar. Der vielzitierte und selten hinreichende Überrumpelungseffekt ermöglicht dieses Mal immerhin den Abschluss der bis zu diesem Zeitpunkt perfekt durchgeplanten Strafexpedition; alles Weitere ist Gaudi, Chaos, Anarchie: In dem unterhalb des Kellerniveaus verlaufenden ehemaligen Brauereitunnel huschen die AGA-Aktivisten auf ihren Fahrrädern dahin. Ulf, erleichtert wie lange nicht, ist der Erste, der nicht an sich halten kann und mit einem Mal alpin anmutende Jubellaute von sich gibt. Hilke stimmt ein, und so nähert sich der geräuschintensive subterrestrische Fahrradausflug schwarz vermummter Endzeitdragoner dem Ausstieg in einem Industrieviertel nahe am Main.

Die Umhänge und Hüte, in zwei Tüten eilig verstaut, werden in einem Schuppen deponiert, der als Außenlager der Villa Weinau fungiert; außer Willi kommt hier nie jemand hin. Von dort aus radeln die Akteure ohne Abschied in unterschiedliche Richtungen davon. Erst in zwei Tagen, so der Plan, wollen sie wieder zusammenkommen – im Falle, dass man ihnen nicht schon längst auf der Spur ist ... Willi, derart ermattet, dass er sein Fahrrad unterwegs abstellen und sich auf eine Bank niederlassen muss, bekommt das Schauspiel der Streifenwagen, die am Ufer entlangflitzen, aus bester Sichtposition mit. Erst als keine Sirene mehr zu vernehmen ist, erhebt er sich und fährt zu seiner Lieblingspizzeria. Dem Betreiber fällt auf, dass der Senior sich diesmal nicht ein Stück einpacken lässt; ohne die geringsten Schwierigkeiten schafft Scheurich die komplette Salamipizza, samt zwei Gläsern Vino Rosso, Hausmarke.

Während die anderen, schwankend zwischen Triumph und Befürchtungen, womöglich noch in dieser Nacht von einem Einsatzkommando aus dem Bett gerissen zu werden, alsbald von Müdigkeit übermannt werden, findet Michaela keine Ruhe. Seitdem sie in Zirze das Ebenbild ihres vor Wochen geschaffenen Marienkinds erblickt hat, fühlt sie sich in ihrer Bürowohnung nicht mehr sicher; überlegende, numinose Kräfte scheinen sie wieder im Visier zu haben – von Zeit zu Zeit eine Erfahrung, die sie als zu ihrer Person bedauerlicherweise dazugehörig empfindet. Eine Therapeutin, die daraufhin von ihr gefeuert wurde, hatte einmal naiv gemutmaßt, die Empfindung, von irgendwoher beobachtet und gelenkt zu werden, sei in Wahrheit der Wunsch nach Kontrollverlust.

Es ist drei Uhr durch, da Michaela beschließt, etwas gegen die unerbittlich heraufsteigende Depression zu unternehmen. Sie steckt die übrigen 40 Bewerbungsformulare in eine Stofftasche, klemmt den AGA-markiert-Koffer auf den Gepäckträger und unternimmt eine Radtour, die sie über das Bankenviertel, durch die Innenstadt und in einen Nobelvorort führt. Zweimal gerät sie in die Nähe von Leuten, aber die sind anderweitig beschäftigt und nicht an nächtlicher Aktionskunst interessiert. Als sie schließlich dem heimatlichen Redaktionsgebäude wieder zustrebt, sind nur noch fünf Exemplare übrig; die restlichen befinden sich in Briefkästen, geklebt auf Fensterscheiben oder in Läden und Treppenhäusern, unter Türen durchgeschoben. Unterwegs verblasste die Druckfarbe zusehends, aber das war nicht schlimm; zufrieden schiebt sie den Koffer hinter den Klokasten und öffnet sämtliche Reißverschlüsse.

Da geht es schon auf sieben, und sie ist endlich müde.

Die meisten Zeitungsausschnitte hat selbstverständlich der Olim gesammelt. Dafür trägt Johanna mehrere Fernsehberichte bei, sicher gespeichert auf ihrem Laptop. Im Gegensatz zu der recht bedrückten Atmosphäre am Vorabend des Generalangriffs herrscht heute in der Werkstatt von Anfang an Partystimmung. Ulf hat Ungarisch gekocht. Etwas anderes kann er sich nicht mehr leisten: Kartoffeln und Zwiebeln mit wenig Öl, dafür umso mehr Paprikapulver bei kleiner Flamme so lange brutzeln, bis ein Brei entsteht – aber was für einer! Sogar Willi, dem gewöhnlich kein Essen ohne tierische Beigabe schmeckt, lobt den Low-Budget-Sternekoch.

„Das liegt nur", futtert Ulf, „an diesem Lorbeerblatt. Eins hatte ich noch."

Im Pressespiegel fällt auf, dass sich die meisten Kommentatoren seltsam zurückhalten. Fast alle Artikel sind von Fragen dominiert: Wer steckt hinter der AGA? Wer finanziert sie? (Der Punkt löst das lauteste Gelächter aus.) Handelt es sich um eine Jugendbewegung? Auf wie viele Personen wird der gesamte Aktivistenkreis geschätzt? Und immer wieder dieses Foto von den sieben Leutchen im schwarzen Umhang, emsig Pferdeäpfel vom Dach herunterschaufelnd. Vor allem Ulf kann sich kaum daran sattsehen, geht doch hier ein Wunsch in Erfüllung, der beim Lesen des Strippler-Manuskripts in seiner Seele gekeimt war. Meistens wird betont, dass es sich offensichtlich um keine militante Gruppierung handle; über die Kosten, die das Reinigen der beschmutzten Anzüge verursacht, macht sich nur der Redakteur des Handelsblatts Gedanken.

Deutlicher wird der Kommentator der größten Zeitung der Stadt F., die beim Fleischabfall-Überfall auf die Business School noch zurückhaltend getitelt hatte. Jetzt aber ist von „sträflich-naivem Verhalten“ die Rede, „von sozialromantischen Auswüchsen“, die schlimmstenfalls „weitere Wirrköpfe zu Nachahmungstaten“ anregen könnten.

„Des wär doch super!“, tönt Hilke dazwischen.

Der mit großem Ernst und in warnendem Duktus gehaltene Kommentar geht des Weiteren der Frage nach, ob eine neue Welle von Hass auf Reiche, die ihr Vermögen ja durch Fleiß und Vorzüglichkeit erworben hätten, ins Haus stehe. Das „sogenannte Bewerbungsformular“ zeuge einerseits bedauerlicherweise davon, dass die Betreffenden immerhin „mit einer rudimentären Intelligenz ausgestattet“ seien ...

„Hört, hört!“, wirft Petra fröhlich ein.

Was die Sache aber noch schlimmer mache: Gedeihen und Verderb unserer Wirtschaft seien schließlich kein Spiel, sondern die Basis von allem schlechthin. Wer sich derart „dümmlich-pubertär“ aufführe, sei mutmaßlich auch zu „noch schwerwiegenderen Taten“ fähig und willens. Zu bedenken sei ferner, dass diejenigen, die sich „in dergestalt grotesk-peinlichen Schauspielen“ gefielen, schließlich zeitlebens vom Wohlstand profitiert hätten, der von den angefeindeten, verspotteten sowie letztlich befleckten „Stützpfeilern des Gebäudes unserer Gesellschaft“ mit Mühe und Umsicht über Jahrzehnte errichtet und erhalten worden sei.

„Oje“, wimmert Petra und klammert sich an Ulf, „wenn das die Stützpfeiler sind, leb ich lieber im Freien.“

Applaus und Hochrufe signalisieren, dass sie die Meinung aller auf den Punkt gebracht hat. Etwas leiser als die anderen äußert Michaela ihre Zustimmung – noch längst hat sie nicht zurück in ihr Gleichgewicht gefunden; auch fühlt sie sich unsicher, ob sie ihren frühmorgendlichen Streifzug nicht hätte absprechen müssen und ob derart eigenmächtiges Handeln zu der Agentur überhaupt passe, außerdem ...

Ihr Geständnis, das an die erzwungene Selbstkritik von Abgeordneten in totalitären Regimen erinnert, wird von Olim unterbrochen: „He, Michaela! Sag doch so was nicht. Wir sind ja wohl kein Kampfverband, wo alle auf Kommando funktionieren müssen. Ich finde es großartig, was du gemacht hast, das war genau das Richtige, ja selbst, wenn es das Falsche gewesen wäre, du hättest meine Zustimmung, da es doch nichts Schöneres gibt, als wenn alle sie selber bleiben, eigeninitiativ und fantasievoll und dann und wann übers Ziel hinausschießen, wobei in diesem Fall auch davon die Rede nicht sein kann."

In dieser Weise spricht der intellektuelle Kopf der AGA noch eine Weile weiter, bis Michaela, der die Augen feucht geworden sind, ihre Hand auf die seine legt: „Danke, Olim, ich hab's jetzt verstanden."

Noch einmal wendet sich die Runde der Begutachtung der Zeitungsartikel zu. Als sie zum zweiten Mal den mit hochdramatischer Musik unterlegten Beitrag aus den RTL-Nachrichten auf dem Laptop-Bildschirm anschauen, eng um Johanna herumgruppiert, wird die Werkstatttür aufgerissen. Hilke, die, enthusiasmiert wie nie zuvor, alles noch einmal nacherlebt und ganz und gar in dem Geschehen aufgeht, erschrickt am schlimmsten.

Doch es handelt sich um keine Pferdeapfelterror-Spezialabteilung der Polizei, sondern lediglich um Laila, die eine gleichwohl nicht unwichtige Nachricht zu überbringen hat: „Sie sind abgehauen!"

„Was? Wer?"

„Gina-Lisa und Zirzi."

„Wohin denn?"

„Ja zu uns. Aus der Klinik. Sitzen oben auf der Couch. Sie stillt gerade."

Laila hat es nicht leicht gehabt in den letzten Tagen. Dass ihre Mutter und Olim nur noch unterwegs waren, störte sie gar nicht; es ging um Gina-Lisa. Nein, um Zirze. Die erste Begegnung verlief nämlich katastrophal: Niemand hatte sich die Zeit genommen, sie zu unterrichten, was sie erwarten würde. So hatte Laila denkbar idiotisch reagiert und die Freundin zum Weinen gebracht. Ihre Reaktion war allerdings nicht der Zwienatur des kleinen Wesens geschuldet, sondern ganz konkreten Vorstellungen. Erst zwei

Tage später konnte das Missverständnis aufgeklärt und somit eine Lösung entwickelt werden.

Ziemlich biestig hatte Gina-Lisa gefragt, ob sie vielleicht eifersüchtig sei, oder was sie gegen das süßeste Baby von allen einzuwenden habe. Da war es nun an Laila, ein paar Tränen zu vergießen: So schön hatte sie sich das ausgemalt, wenn sie mit der Kleinen Kleidchen, Röckchen, Schuhchen einkaufen gehen, ihr die Haare flechten würden und ... nun ja ... das sei wohl alles jetzt nur bedingt möglich. Oder?

„Aber das ist doch keine Puppe!"

Gina-Lisas Kommentar traf die Sache genau. Sofort war es Laila peinlich, mit Kleinmädchen-Ideen befasst zu sein. Bereitwillig ließ sie sich überzeugen, es sei viel cooler, so etwas Einzigartiges wie Zirze immer dabeizuhaben. In diesem Zusammenhang fiel das Wort „Freak", vor Zeiten noch eine unsensible, in jeder Hinsicht pejorative Bezeichnung und vom zweifelhaften Charakter eines jeden kündend, dem so ein Ausdruck entschlüpfte; inzwischen aber gilt als ausgesprochen up-to-date, ein Freak zu sein oder zumindest einen zu kennen, ja, es hat etwas Weltfremdes, Biederes an sich, in einem freaklosen Umfeld seine Tage zu fristen. Das ist auch Laila bekannt, und binnen kurzem wandelt sich ihre Einstellung zu „Zirzi" grundlegend.

Als Erste erreicht Johanna das neue Kinder-, vor Kurzem noch Lailas Jugendzimmer und will sofort alles wissen. Ihre Sorge ist gleich doppelt begründet: In der augenblicklichen Situation möchte sie niemandes Interesse von außerhalb auf ihr Zuhause ziehen, schon gar nicht von Karriereeifrigen, die, freilich im Dienste der Wissenschaft, keine Ruhe geben werden, bis sie ihre Experimente mit Zirze durchführen können. – Etwas abgelenkt, weil sie selbstverständlich mit ihrer Kleinen spielt, gibt Gina-Lisa Johanna zu verstehen, sie habe auf der Geburtsstation nur ihre Milbener Adresse angegeben.

Ulf, der in dem Moment hinzukommt, ist spontan erleichtert: „Da kommen die eh nicht weiter!" An Gina-Lisa gewandt, will er wissen: „Wie seid ihr aus dem Krankenhaus rausgekommen? Das ist doch gar nicht so einfach – oder?"

„Doch, ganz einfach", kichert die verschmuste Mama. „Zirze ist vor mir her gewetzt, immer den Gang lang – und auf einmal waren wir draußen und dann ..."

„Gina-Lisa!" Laila erschrickt: So streng hat sie ihre Mutter lange nicht mehr jemanden ermahnen hören, nicht einmal sich. Aber so reagiert Johanna nun einmal, wenn sie sich belogen fühlt. „Jetzt sei ehrlich", nähert sie sich Mutter und Kind, „Zirze ist ein Säugling, die kann noch nicht ‚wetzen'."

Untermalt von einer der Genervtheitsgesten aus Lailas Repertoire setzt Gina-Lisa ihr Kindchen auf den Teppichboden und befiehlt sanft: „Lauf, Zirzi, zeig, wie schön du laufen kannst."

Unverzüglich beginnt das Wesen auf allen Vieren in Richtung Tür zu flitzen, kommt aber nicht durch, weil soeben Olim eintritt, der ihr, aufrichtig erschrocken, den Weg versperrt.

Es besteht Einigkeit unter den neuen Dragonern, aus Sicherheitsgründen auf Gegenakzente in den nächsten Wochen zu verzichten. Es sei fast schon ein Witz, befindet Petra, dass sie noch immer unbehelligt geblieben sind; ob die gesamte Überwachungstechnik vielleicht doch nur ein Mythos sei, eine ungemein kostengünstige Version der Propaganda, die Angst und sklavische Verhaltensweisen erzeugt, ohne dass dem ein reales Pendant entspricht? Bevor der Auftritt des Jahres erfolgt, soll die Öffentlichkeit vom bereits Geleisteten zehren. Da erregt eine Nachricht aus Osnabrück die Aufmerksamkeit der Gruppe: Unbekannte haben einen Schlachthof gestürmt, die Tiere freigelassen und deren Fäkalien großzügig auf dem Gelände verteilt.

Während Olim und Johanna, im Falle, es handle sich um Nachahmer, hochzufrieden sind, mault Hilke: „Des war unser Idee!"

Ihre Empfindlichkeit in dieser Sache rührt vor allem daher, dass sie noch immer untergetaucht ist in diese Welt der Abenteuer und eines neuen, rauschhaften Daseinssinns. Unterstützt wird die Intensität ihres Erlebens durch Lektüre: Jene alten Dragoner sind es, die Abend für Abend ihr Existenzgefühl bis zum Äußersten steigern. Hilke liest das Manuskript als Abenteuerroman; ihre inneren Bilder gleichen einem Streifen mit Douglas

Fairbanks, Junior und Senior zusammen. Da sie ausgesprochen langsam liest, hat sie mehr vom Text. Im Zusammensein mit Ulf wird der Stoff für Tage zum einzigen Thema; mitunter zwingt sie ihn dazu, den Konrad zu spielen, und sie selbst ist dann die Clarissa, manchmal aber auch Malwine oder Suzette, je nach Bezugspunkt im Diesseits.

An einem Samstagnachmittag macht sie sich auf zur Schreinerei, um ihren Liebsten nach seinen Ansichten zu mehreren Dingen zu befragen, vor allem Äußerungen des Herrn Pfarrers, die sie nicht versteht. Zu ihrem Kummer hat sie nur noch wenige Seiten zu lesen; um der Trauer darüber vorzubeugen, beschließt sie, umgehend auf Seite eins wieder anzufangen. Als sich Ulf in die Küche zurückzieht, um eine Zwiebelsuppe zuzubereiten, ergreift sie die Gelegenheit, kuschelt sich auf Hygeia IV und verschlingt den Rest.

„Du, Ulf, das ist aber komisch!“, ruft sie durch die Werkstatt, nachdem sie am Schluss angelangt ist.

„Was denn?“ Ulf kämpft mit einer Zwiebel, die sich nicht schälen lassen will; beim Kochen kann er keinerlei Störung vertragen. So hört er nur halb zu, was ihm seine Hilke mitzuteilen hat.

„Was da steht. In dem Kaste da: ‚Omwadde-kunau, harunkelkarfunkel, alenius karanei ...‘“

Beflissen wie eine Grundschülerin mit dem Finger unter den Worten entlangfahrend, liest sie ihm den kompletten Schlussabsatz vor. Danach legt sie eine Pause ein und wartet, was er dazu meint. Ulf, die Zwiebel hat endlich nachgegeben und wird zum Dank zerhackt, signalisiert erst die Stille im Raum, dass er wohl etwas äußern sollte.

„Was hast du gerade gesagt?“

„Hörst du mir net mehr zu oder was? In dem Kaste!“

Herb nach Zwiebeln riechend, nähert sich Ulf seiner Freundin. Ihm kommt ein Gedanke ... aber das kann ja nicht möglich sein.

„Da steht nix.“

„Doch.“

„Nee.“

„Doch, da. Soll ich noch mal?“

„Hilke! Nein!“

„Omwadde-kunau ... Was heißt dann des?“

Von einem würgenden Gefühl ergriffen, schnappt Ulf hastig nach dem Manuskript. Hilke lässt es aber nicht los.

„Du hast Zwiebelfinger!“

„Hilke: Da steht nichts!“

„Doch: Omwadde-kunau ...“

„Hilke, hör auf! Das ist ein Fluch!“

„Ach so’n Quatsch ...“ Die Metzgereifachverkäuferin lacht keckernd und knufft den Verlobten. „Du glaubst doch net an so was.“

„Ich weiß es nicht.“

Als Hilke sich in so überschießender Laune präsentiert wie noch nie und einfach nicht aufhört zu lachen, kann er nicht anders und stimmt ein, nur weniger schrill.

Vergnügt nehmen sie sich in die Arme.

Für das Wochenende hat Hilke etwas Besonderes geplant. Andere Leute, so doziert sie, während Ulf die Butter im Töpfchen zischen lässt, würden immer Ausflüge unternehmen – nur sie nicht. Und deswegen habe sie beschlossen, so etwas auch einmal zu tun.

Ulf schaut nicht begeistert drein: „Wohin denn? Wir haben doch alles im Haus.“

„Überraschung!“

Der Suppenkoch sinkt in sich zusammen: Viel lieber würde er an einem Ställchen weiterarbeiten, das er Zirze schenken will.

„Komm, sei net so langweilisch.“

Das kann Kottmüller freilich nicht auf sich sitzen lassen, und so gondeln sie zeitig am nächsten Morgen in Richtung Stadtwald, die Gepäckträger und Satteltaschen vollgeladen mit Nahrungsmitteln. Immerhin hat Hilke verraten, man werde zu einem Grillplatz fahren, den sie zum letzten Mal mit ihrer Schulklasse besucht habe; dort sei es damals so schön gewesen. In Kottmüllers Kasse befindet sich nur noch ein Zwanziger, weshalb er mit dem Vorschlag aufwartet, sie könnten ja Zwiebeln grillen. Wieder setzt Hilke ihr keckerndes Lachen auf und erinnert ihn daran, dass sie in einer Metzgerei arbeitet. Für dieses Wochenende, so entscheidet sie, müsse er mit seinem blödsinnigen Vegetarismus eben einmal aussetzen.

Ulf fügt sich, in heimlicher Vorfreude auf Mariniertes.

Die Fahrt durch Mischwald mit erster Pilzahnung versetzt beide in die ausgelassenste Stimmung. Da noch niemand unterwegs ist, beginnen sie sogar Lieder zu singen, meistens gleichzeitig unterschiedliche, da sie nur wenige gemeinsam auswendig kennen. Ulf findet seine Lieder besser. Hilke nicht. Zwischendurch rasten sie an einem in Sandstein gefassten Brunnen und schöpfen Wasser mit den hohlen Händen. Wie Hilke so dasteht, Ulf beim Trinken zusieht und ihn im Stil einer naseweisen Sextanerin darüber aufklärt, an dieser Stelle habe schon Kaiser Karl gekniet und sich auf seiner Flucht erfrischt, erregt sie in Ulfs Gemüt ein solches Mitleid, dass er aufspringen und sie an sich drücken muss.

„Welcher Karl? Hm? Welcher Kaiser? Los sag!"

„Was weiß ich! Hör uff!"

„Sag es mir!"

„Du sollst mich net kitzle!"

Hilkes Bedenken, der Grillplatz könnte von Dutzenden Ausflüglern besetzt sein, erweisen sich als unbegründet – es ist überhaupt niemand da, und voller Tatendrang belegen die beiden den zyklopischen Vollholztisch mit manchem Mitbringsel, schütten die Kohle in den Metallbehälter und räumen das Übrige in die Grillhütte. Angesichts der übervollen Kühltasche, angefüllt mit zwei Dutzend Würsten, Steaks, Schweinebauch und natürlich marinierten Lappen unterschiedlicher Größe und Tiergattung, gestattet sich Ulf ein Witzchen: Ob Hilke wohl vorhabe, für die nächsten Wochen im Wald wohnen zu bleiben? Nachdem sie ausgekeckert hat, gibt sie dem Geliebten einen ungewohnten Einblick in ihre Gefühlswelt: Wenn es nach ihr ginge, bliebe sie für immer hier. Jetzt sei es sogar noch viel schöner als damals in der Achten, als sie in den Silver war.

Mit Geschick entzündet Hilke das Grillfeuer und drapiert beinahe die Hälfte der mitgebrachten Spezialitäten auf den Rost. Bald darauf beginnt eine mehrstündige Fleischfressorgie, begleitet von durststillendem Kornbrand und einem Laib Bauernbrot.

Danach sind beide bewegungsunfähig, legen sich auf die Bänke und dösen. Weil am Abend keine weiteren Grillgäste auf dem Platz erscheinen, kommt Hilke die verwegene Idee, in der Hütte zu übernachten; es müsse ja nicht für Wochen sein, aber so eine einzige Nacht draußen im Walde, also sie würde sich's zutrauen. Sonst nur selten aufgelegt, außerhalb seiner Schreinerei zu nächtigen, stimmt Ulf endlich zu. Romantische Erwägungen spielen dabei keine Rolle, sondern ein allumfassendes Gefühl von Übersättigung, Bauchspannen und gelinder Besoffenheit.

„Willst du mich net mal in de Arm nemme?", startet Hilke kurz vorm Einschlafen einen Versuch, den Freuden des Grillgutverzehrs noch ein paar zärtlichere folgen zu lassen, doch da dusselt sie schon weg und vernimmt Ulfs Frage („Warum?") nur noch als ein Brummen.

Sehr tief schlafen die beiden allerdings nicht; allzu ungewohnt sind die nächtlichen Geräusche hier draußen, außerdem ist es doch ein wenig klamm im Hüttchen und die untergelegten Kleidungsstücke und die Picknickdecke sind nicht bequem genug. Außerdem stinkt es nach Pisse, wie Hilke bemerkt.

So braucht es eine Weile, bis sie am nächsten Morgen in die aufgeräumte Stimmung zurückfinden, die den Vortag über angedauert hat. Erst beim üppigen Grillfrühstück, statt Kaffee gibt es Kornbrand, werden die zwei wieder heiterer und machen sich über ihre Rückenschmerzen lustig. Bis zum Nachmittag werden sie bleiben; Hilke hat zwar noch den Dienstag und Mittwoch frei, aber das verschweigt sie. Entgegen ihrer Aussage möchte sie lieber nicht noch einmal so eine Nacht erleben.

Zumindest nicht die nächste.

Auf der Rückfahrt zeigt sich Hilke intensiv damit beschäftigt, sämtliche Schulerlebnisse, beginnend bei jenem legendären Grillplatzausflug, in unausgesetzter Folge von Anekdoten zu erzählen, dass es ihr nicht einmal etwas ausmacht, Ulf dabei Liedchen pfeifen zu hören. Es fällt ihr nicht auf, dass sie sich zweimal verfahren, wiederum niemandem begegnen, und nicht der geringste Fluglärm zu vernehmen ist. Erst als sie an der Ausfallstraße entlangradeln, gewöhnlich brodelnd vor Gestank und Verkehrslärm, bemerkt sie einen Unterschied – im Gegensatz zu ihrem Begleiter, der immer noch versonnen vor sich hin pfiffelt.

„Du, Ulf, das ist aber komisch."

Sie blicken in die leere Sonne. In der Ferne flimmert es über dem Asphalt. Kein Fahrzeug belebt die Ebene. Die Bürogebäude zu beiden Seiten der Straße haben nichts zu tun als sich ineinander zu spiegeln. Unwillkürlich steigen die beiden ab und schieben. – Nichts ist zu hören außer dem Geknarze des Tretlagers von Ulfs Fahrrad. Immer deutlicher wird ein hohes Piepen vernehmlich, je mehr sie sich der Stadt nähern, wie von einem Elektrowecker oder aus einer seltsamen Symphonie: bibibi-bipp, bibibi-bipp ...

„Wenig los, heut", merkt Hilke an. „Komisch."

„Na ja", wendet Ulf ein. „Es ist Sonntag, da sind die Leute unten am Main."

„Im Wald war auch keiner."

Bibibi-bipp, bibibi-bipp ...

Lauschend schieben sie weiter, biegen in ein neuzeitliches Wohnviertel ein und blicken die Straße hinunter – niemand. Nach einer Weile dringen leise hupende Geräusche in die beklemmende Stille vor. Als sie näher kommen, registrieren sie, dass in einem der Häuser jemand Horn übt; es klingt schauerlich öde, einsam, verloren ... und außerdem so, als wäre das Instrument lange nicht benutzt worden. Sie überqueren einen Parkplatz vor einem Einkaufszentrum, in dem niemand etwas einkauft. Sie kommen an einem Wasserhäuschen vorbei, vor dem niemand Bier trinkt; die Läden sind heruntergelassen. Sie blicken eine Straßenflucht entlang, grell und ausgestorben. Sie passieren einen Kinderspielplatz, auf dem kein Kind mehr spielt, keine Eltern sitzen im Schatten auf der Bank; die Wippe steht unbewegt in einer seltsam fahlen Sonne.

Bibibi-bipp, bibibi-bipp ...

„Du, es ist Montag. Nicht Sonntag."

„Hilke!", schreit Ulf unvermittelt auf und packt die Freundin an den Schultern. „Hilke, der Fluch!"

Da fällt ihm ein, dass er gestern, vor der Einfahrt ins Waldreich, sein Mobiltelefon ausgestellt hat – oder doch nicht? Stammt das permanente Piepen etwa daher? Nein, doch nicht. Mit Kraft presst er den Knopf ins Plastik. Eine andere scheußliche Melodie erklingt.

„Mach doch ..."

57 Anrufe von Olim. Unzählige Nachrichten: „ulf, wo bist du? – hallo, wo seid ihr denn? – ruf doch bitte mal zurück!!! – ulf? – ulf??? ..."

Da sehen sie den Ersten.

Es ist ein Mittdreißiger mit Stadtrucksack, hurtig unterwegs auf der anderen Straßenseite, allen Warnungen zum Trotz. Mit einem Mal bleibt er stehen, so wie Leute, die zu viel Apfelwein oder gärenden Traubenmost getrunken haben und bemerken, dass sie es nicht mehr nach Hause schaffen. In sonderbar verlangsamter Bewegung, wie ein Pantomime auf einem Podest, öffnet er den Rucksack, stellt ihn hinter sich, kniet nieder, schiebt die Anzughose über seinen Hintern und scheißt sein Leben aus. Dann kippt er allmählich nach vorne, in merkwürdigen Schüben, die dem Rhythmus des „Bibibi-bipp" zu folgen scheinen, bis die Unterarme und die Stirn auf dem Erdboden angekommen sind. Hockend verharrt er, bis er, von unsichtbaren Händen umgelegt, zur Seite kippt. Die Prozedur, schätzt Kottmüller, hat keine zwei Minuten gedauert. Auch schien der Sterbende keine Schmerzen zu erleiden, doch zweifellos verspürte er etwas, dem er willfahren musste.

Bibibi-bipp, bibibi-bipp ...

Mit verstörten Blicken fordert Hilke ihren Liebsten auf, so schnell wie möglich wieder aufs Fahrrad zu steigen und diesen grässlichen Ort zu verlassen. Aber die anderen Orte, wo sie anlangen, sind nicht weniger grauenerregend: Vor einem erstarrten Backshop liegt eine junge Geschäftsfrau neben ihrem Tütchen, in derselben verkrümmten Haltung wie der Typ mit dem Rucksack, leblos. Hilke schreit. Auf keinen Fall will sie jetzt alleine nach Hause; Ulf, mehr verwirrt als entsetzt, lädt sie selbstverständlich ein, vorübergehend bei ihm zu wohnen. – Endlich, am Rand der Innenstadt, kommt ihnen ein Fahrzeug entgegen. Begierig nach Informationen, halten sie darauf zu, doch als sie die Gesichter des Fahrers und seiner Begleiterin erkennen können, hält der SUV plötzlich an, die beiden steigen aus ... und unterwerfen sich derselben Prozedur wie der Rucksackträger.

Bibibi-bipp ...

Hilke wedelt mit beiden Armen, ein überfordertes Mädchen, das nur noch in Ruhe gelassen werden will. Den letzten Kilometer bis zur Schreinerei starren beide vor sich hin, auf den dahinhuschenden Straßenbelag, um nur keinem weiteren Schreckensanblick Einlass ins Gemüt zu gewähren.

Noch in der Durchfahrt zur Werkstatt hastet etwas auf sie zu. Es ist Olim, in Rage, doch im Augenblick erleichtert: „Hilke! Ulf! Wo seid ihr denn? Warum meldet ihr euch nicht?"

„Was ist denn passiert?" Mehr bringt Kottmüller nicht heraus.

Hilke schaut an der Fensterfront empor und winkt nach oben, Freudentränen in den Augen: „Die Johanna lebt auch noch!"

„Niemand weiß es. Hat gestern Morgen angefangen. In den Nachrichten heißt es, ‚das Ereignis' vollziehe sich überall! Ü-berall!"

„Was für ein Ereignis denn?"

Ulf und Hilke schwitzen entsetzlich, von der Fahrt durch die Hitze und vor Angst. Ratlos schauen sie einander an. Im Lauf der nächsten Stunde treffen zuerst Petra und Michaela und endlich auch Willi in der Schreinerei ein. Mit verzweifelter Freude begrüßen sie einander, als hätten sie eben einen Vulkanausbruch überlebt. Aber das steht ja alles noch nicht fest: unversehens, wie all die anderen von irgendetwas erhascht und überfallen wurden, könnte es jeden Moment auch bei ihnen anfangen.

„Dann sin merr wenigstens zusamme", schluchzt Hilke, die ohne Unterlass versucht, ihre Mutter zu erreichen.

Immerhin dies gelingt nach einer Weile. Die ältere Dame, ohnmächtig das Geschehen um sie her beäugend, vor Sorge um ihre geliebte Tochter einer Ohnmacht nahe, hat sich aufgemacht, zu Fuß, um die besagte Werkstatt zu erreichen. Als sie im Hof erscheint, zwei vollgepackte Stofftaschen in Händen, kreischt es aus Hilke heraus, und sie stolpert ihr in die Arme.

Immer wieder zählen sie durch, fassungslos, dass sie noch leben. Das weinende Mariechen, Laila und Gina-Lisa samt ihrer Zirze vervollständigen die Gemeinschaft; das Beisammensein gibt ihnen ein wenig Halt. Niemand drängt es nachzusehen, was draußen vor sich geht. – Da auch in den nächsten Stunden „das Ereignis“ von Kottmüllers Werkstatt keine Notiz zu nehmen scheint, tritt ein Grundbedürfnis nach und nach in seine Rechte ein.

Kotti macht Essen.

Außer den Mädchen, die ihre eigene Nachrichtenversorgung organisieren, scharen sich alle um Johannas Laptop und verfolgen die immer gleichen Meldungen: Ausmaß immer noch nicht abzuschätzen – Ursache immer noch nicht bekannt – Krisenstäbe einberufen – Mitglieder der Krisenstäbe durchgängig Opfer des Ereignisses – ein Experte äußert sich besorgt und warnt – ein anderer Experte warnt vor dem ersten Experten sowie vor anderen, noch schlimmeren Ereignissen – beide Experten werden vor laufenden Kameras befallen und sacken in sich zusammen. Immer wieder legen die Freunde ihre Hände über die Augen und schütteln die Köpfe, die häufigste Geste. Dann kommt die nächste Meldung, die der vorigen gleicht, und alle werden immer noch aufgeregter.

„Jetzt machen wir mal die Kiste aus“, beweist Johanna mütterliche Qualität und klappt entschlossen den Computer zu.

Stattdessen, so ihr Vorschlag, solle man versuchen, etwas Kraft zu tanken und zuerst einmal etwas zu sich nehmen. Widerstandslos lassen sie sich an Ulfs Tafel nieder, die diesmal jeder Festlichkeit entbehrt. Auch die Mahlzeit – Graupeneintopf – riecht weniger nach den vergangenen Tagen des Hoffnungsglücks, sondern eher nach den allerneuesten Notzeiten. Aber sie nährt, und da er sein letztes Stück Butter gegen Ende in dem heißen Pamp zerfließen ließ, erweist sich der Geschmack der Optik weit überlegen. Nur Laila befindet, so etwas sei nicht einmal Gefängnisinsassen zuzumuten; andererseits stelle das kein Problem für sie dar, sie wolle ohnehin abnehmen. Kaum beginnen die Versammelten den schlierigen Brei in sich hineinzulöffeln, starten die Spekulationen von Neuem, und alle reden durcheinander.

Nur Ulf beteiligt sich nicht.

Einen Moment, da seine Gäste nachsinnen, welches Schrecknis sie als nächstes beklagen könnten, nutzt er, um das Strippler-Manuskript auf den Tisch zu werfen und mit den Knöcheln seiner Rechten darauf zu pochen: „Ihr wisst das nicht ... könnt es nicht wissen.“ Damit blickt er schüchtern zu Hilke hinüber. „Aber ich fürchte, ich weiß, was geschehen ist.“

Bevor die Anwesenden ihren Unglauben in Worte fassen können, breitet Kottmüller die Seite mit dem bewussten Abschnitt vor Michaela aus: „Lies das mal, bitte.“

„Was, das? Da steht nix.“

„Hilke?“ Damit schiebt er das Blatt zu Hilke hinüber, die teils peinlich berührt, teils von nie erlebter Wichtigkeit durchsprudelt, folgsam vorzulesen beginnt.

„Omwadde-kunau ...“

„Stopp! Reicht! Wer weiß, was dann ...“

„Du willst doch nicht sagen ...“

„Das kann ja wohl gar nicht ...“

„Ihr zwei werdet immer unheimlicher! Aufhören!“ Letzter Kommentar stammt von Olim, der, die Handflächen vorm Gesicht, in seinem Stuhl zusammensinkt.

„Es ist nicht bewiesen“, versucht sich Ulf zu sammeln und die anderen gleichzeitig zu übertönen. „Aber es wäre schon ein sonderbarer Zufall, wenn ausgerechnet ...“

Und wieder brandet die Gischt der Wörter über der Tafel auf.

„Dann wärst du ja“, wendet sich schließlich Petra, die das Manuskript mehrmals studiert hat, „die Auserwählte, die Einzige zu unserer Zeit, die das da lesen kann?“

Jetzt beugen sich auch Laila und Gina-Lisa über Petras Schulter und erkennen in dem besagten Kästchen – nichts.

Hilflos zuckt Hilke mit den Schultern und schiebt sich einen Löffel Gerstensuppe in den Mund: „Kann ich ja nix für. Oder?“

„Das hat auch keiner gesagt, im Gegenteil“, legt Ulf seine Hände besänftigend auf ihre Schultern. „Du bist die Erwählte, das ist alles.“

Überfordert von all den fundamentalen Neuigkeiten, wenden sich die Freunde wieder Johannas Rechner zu, wo eine Eilmeldung in Rot den Bildschirm ausfüllt: „Neue Epidemie vielleicht nicht tödlich!“ Eine Ärztin aus Ulm habe sich, kurz bevor sie selbst dahingerafft worden sei, einen der Betroffenen genauer angesehen und dabei festgestellt, dass die Atemorgane noch einigermaßen gut funktionierten. Zwei Krankenschwestern, von denen gegen Ende der Maßnahme nur noch eine übrig gewesen sei, hätten die kluge Forscherin auf Station verbracht. Tatsächlich, so der zu diesem Zeitpunkt diensthabende Oberarzt, zeigten die Apparate eine normale Reaktion an.

Die Übertragungswege allerdings seien noch immer unbekannt.

Damit beginnt eine nie gesehene Woge ärztlicher Fachmeinungen sich über die Öffentlichkeit zu ergießen. Just jene Disziplin, der seit jeher nachgesagt wird, ihre Adepten nähmen die Qualen des gefürchteten Renommierstudiums allein aus Anerkennungsgier auf sich, erfährt in diesen Tagen eine abermalige, vielleicht unüberbietbare Steigerung der öffentlichen Aufmerksamkeit. Während die Mitglieder der „Agentur für GegenAkzente“ zum Aufbruch aus der Stadt rüsten – ein Expertenteam hat festgestellt, dass Menschen auf dem Land weniger betroffen seien – übertreffen interviewte Wissenschaftler einander in Schilderungen des Gegenwärtigen und zu Erwartenden. Derweilen, je nach Veranlagung, die einen dazu aufrufen, doch bitte Ruhe zu bewahren, gefallen sich andere in fantastischen Dystopien, wie sie seit Hieronymus Bosch in solcher Bildkraft nicht mehr vernommen wurden.

Immer neue Fachwörter fluten den Alltag, schnell aufgegriffen von den Eifrigen, die sich im Wettkampf um Reputation befinden, und sei es auch nur für den Moment; denn was danach kommt, bedeutet verblüffend oft das vollständige Erlöschen ihrer Wirksamkeit. Nachdem Hochrechnungen ergeben, dass fast ein Fünftel der Bevölkerung betroffen ist – bislang – wird der Expertise eines bis dato vollkommen unbekannten Onkologen aus Groß-Gerau rasch zunehmende Aufmerksamkeit zuteil, da er mit einem den meisten noch recht neuen, doch unmittelbar einleuchtenden Begriff, selbstverständlich aus dem Alt-Griechischen hergeleitet, aufwartet: Hypersomnie. Unter den unerhörten Vokabeln aus den untersten Kavaten der Medizin wird dies alsbald die meistzitierte, steigt sieghaft auf zu den unverzichtbaren, gern falsch geschriebenen Angeber-Vokabeln für Megalomane … und wird erst nach Tagen abgelöst durch eine noch attraktivere, märchenhafte: das Dornröschen-Syndrom.

Kein Begriff hätte übler in die Irre führen können, was binnen Kurzem immer mehr Menschen nutzen, um einander, nicht ohne entsprechende Kennermiene, zu korrigieren. Als Kleine-Levin-Syndrom sei dies schon lange bekannt und stelle eine Unterart der Hypersomnie dar – mit den gegenwärtig zu verzeichnenden Entwicklungen könne das keinesfalls verwechselt werden. Die wenigen Bedauernswerten, welche, meistens während der Pubertät, so ein spontanes, urmächtiges, langeandauerndes Schlafbedürfnis befalle, zeigten keinerlei weitere Symptome, wie sie für das am vergangenen Sonntag erstmals verzeichnete Krankheitsbild zutreffen. Doch wie dem nicht selten geschieht – der Volksmund entscheidet, und bald schon hat das neue das alte Dornröschen-Syndrom verdrängt und sein Feld okkupiert.

Bis sich herausstellt, dass die zahllosen Befallenen weder Tropf noch Spritze benötigen, sondern, den winzigen Bärtierchen gleich, in einer Art Kryptobiosie vor sich hindämmern, gilt die Versorgung der zahllosen Befallenen als außerordentlich problematisch; es entbrennen erste Dispute, wem und warum zuerst und ausreichend Betreuung und Mittel zur Verfügung gestellt werden sollten. Ein Kommentator, welcher hervorhebt, dass zuallererst die Spitzen aus Wirtschaft und Politik versorgt werden müssten, fällt live vor der Kamera in sich zusammen. Einige in der Redaktion bleiben verschont; eine direkte Übertragung wie bei Bakterien oder Viren scheint demnach ausgeschlossen. Über die Gründe, wer wann betroffen wird, herrscht die längste Zeit Rätselraten: In manchen Unternehmen bleibt nur die Putzfrau verschont, in anderen machen alle fröhlich weiter, sogar die Chefin – nur der Hausmeister nicht.

„Ist doch klar." Hilke mampft ihren Eintopf leer.

„Ja wie? Jetzt sag doch mal!", will Willi wissen.

„Steht doch im Text: Der Fluch trifft die Hartherzigen." Dabei blickt Hilke so treuherzig drein, dass man zu der Auffassung gelangen könnte, in ihrer Welt sei noch alles in Ordnung.

„Wenn das wahr wäre ..." Olim kann sich nur noch wiederholen. „Wenn das wahr wäre, dann ..."

Es gelingt jedoch nicht, den Gedanken fortzuspinnen, denn ein kaum mehr unerwarteter Gast gesellt sich zu ihnen. Wiedereinmal vergeblich hat Ulf versucht, Anastasios anzurufen, ihm aber immerhin eine Nachricht hinterlassen können: ob er denn bei Gesundheit sei, wie es der Familie ergehe und so fort; außerdem sei man im Begriff die Stadt zu verlassen – und zwar in Richtung seiner alten Heimat, wo er, Ulf, sich Schutz vor den Unbillden der Zeit verspreche.

„Ihr dürft noch nicht weg, ihr dürft noch nicht weg!", wiederholt der vielgefragte Familienvater seinerseits immer denselben Satz, als er durch den Hof zur Werkstatt hastet. Ungestüm und Eile sind begründet: Es bestehe vermutlich nur jetzt die Gelegenheit auf ein alle anderen Unternehmungen krönendes Attentat: In der Welt-Gerichtsbank, wo er zwar ein erkleckliches Einkommen als einer der obersten Roomboys erwirtschafte, allerdings permanenter Diffamierung ausgesetzt sei, habe es – bis auf die Hälfte der Roomboys eben – die gesamte Belegschaft erwischt.

„Die liegen im Flur, im Treppenhaus, in ihren Büros ... Sieht aus wie nach einem Neutronenbombenangriff."

Als er realisiert, dass er mit seinem Vorschlag, eine Spontan-Aktion – am besten heute noch – durchzuführen, nur auf verhaltenes Interesse stößt, denn niemand hält es für ratsam, länger in dieser Stadt zu bleiben als nötig, schließt er einen Peristasen-Katalog der übelsten Schimpfwörter an, mit denen er zuletzt belegt worden sei: Dreckwischer, Wischlappen, Spacko, Nichtsnutz, Asi, Honk, Mopp, Pisser, Putzi, Sponk, Bimbo ..."

„Spacko war ich auch schon", erinnert sich Ulf.

„Aber doch net Bimbo!", entrüstet sich Hilke. „Des derf merr net mehr sage!"

Die Idee, die Anastasios vor den Agenturleuten ausbreitet, überzeugt schließlich sogar Willi, der bereits mit zwei Koffern in der

Tür verharrt. Voraussichtliche Durchführungszeit: drei bis fünf Stunden, danach könne man sich gerne aufs Land begeben. Es sei zwar fast auszuschließen, dass irgendwelche Vertreter der Staatsorgane noch Wache schieben, jedoch habe er etwas zur Tarnung mitgebracht: nämlich diejenige, die seit dem Herabsinken von Soldatenuniformen auf der Beliebtheitsskala bei Teilen der Bevölkerung sich in Deutschland immer noch allseitiger Achtung und nachfolgend blinden Gehorsams erfreue. Damit teilt er Warnwesten in Knallgelb und Grellorange aus, zur Freude Petras, die das Kostümieren seit Kindertagen liebt.

Es gehört zu den trefflichen Symbolen der Stadtplanung, dass man das alle Dimensionen sprengende Zentralgebäude der Welt-Gerichtsbank in nächster Nähe zum traditionsreichen Klärwerk III errichtet hat, so dass zwar leider keine Fäkaliengerüche, wie dies vor Jahrzehnten noch der Fall gewesen wäre, die hochbezahlten Finanzexperten belästigen können, der Blick selbst aus den Zimmern der Vorstandsetage jedoch zeigt zwei tüchtige Faultürme – ein *memento mori*, gewiss, wenn denn jemand unter den Vielbeschäftigten für derlei empfindsame Betrachtungen jemals Muße fände. Wie eine Überleitung der wichtigsten Inhalte der erst kürzlich modernisierten Einrichtung der Entsorgungsbetriebe bei hellem Tage und überhaupt hätte vonstatten gehen können ohne jenes Zusammenspiel zweier historisch seltener Augenblicke, es steht offen; dass außer dem grassierenden Dornröschen-Syndrom auch noch Straßenbauarbeiten in größerem Umfang zu diesem Zeitpunkt am Orte statthaben, gehört wohl zu den besseren Einfällen der Vorsehung.

Kurz vor Ausbruch der alles öffentliche Leben lahmlegenden Erkrankung unbekannter Herkunft hatten sich die Arbeiter des Straßenbauamts schon weit vorangegraben: die neuen Rohrleitungen sind beinahe fertig. Man muss sie noch an ihren Enden ein wenig verlängern, und schon entsteht eine Direktverbindung zwischen dem Trichter voller Klärschlamm in seiner vitalsten Phase und dem gewöhnlich durch hundert Schleusen gesicherten Heiligtum der Hochfinanz. Eine Pumpe mit entsprechender Leistung hat Anastasios schon organisiert, als die Mitwirkung der Agentur noch gar nicht gesichert war; doch was wäre der Einzelne, wenn er sich nicht auf die Hilfe seiner Freunde unbesehen verlassen könnte?

Während schon die ersten Liter ins Foyer hineinplätschern, vergewissert sich Anastasios noch einmal, dass weder im Parterre noch im Keller noch in der Tiefgarage Beschäftigte herumliegen, die, im Falle, dass Heilung vom Dornröschen-Syndrom doch einmal geschähe, verfrüht in dieser braungrauen Jauche erstickt wären. Doch unten findet er niemanden. – Draußen sind Petra und Michaela mit einem Eifer wie nie zuvor damit beschäftigt, Fenster und weitere Fassadenteile, aber auch Einfahrt, Autos und Warnschilder mit dem AGA-Aufdruck zu markieren.

„Wahrlich, dies ist wohlgetan“, improvisiert Michaela einen Bachchoral.

Wer davon Kenntnis gewinnt, zuerst Petra, stimmt augenblicklich ein. Allein ihr Versuch, eine zweite Stimme kontrapunktisch auszuführen, scheitert nach einem Takt. Ordentlich, wie es sich für ein Baukommando gehört, räumen die AGA-Aktivisten den Außenbereich nach Beendigung ihrer Arbeit auf. Dabei bereitet es ihnen eine besondere Freude, dass aus einer Fassadenöffnung im Hochparterre, vielleicht ein Lüftungsschacht, in nicht anders als elegant zu nennendem Bogen ein feiner Strahl auf die auf Vorzugsparkplätzen abgestellten Limousinen der Top-Management-Ebene herniederrieselt.

Bis zum ersten Stock ist die Bank jetzt voll Scheiße.

Unbelästigt gelangt der Trupp zurück zu Ulfs Zentrale. Man sucht nach Vergleichen für die soeben vollbrachte Großtat. Wiederum ist es Hilke, in diesem Falle wohl, da sie den Lesestoff noch am besten im Gedächtnis hat, die eine passende Reverenz in der Geschichte findet: die Herkules-Attacke – mit dem bedeutenden Unterschied, dass die neuen Dragoner nicht vor Vollendung des Werkes abdrehen mussten … Bevor sich die Mitglieder ein letztes Mal nach Hause verfügen, um Vorbereitungen zur Abreise zu treffen, plündern Ulf und Olim den vielbesuchten Speisekeller: Neben allerlei Eingemachtem, Schnaps und kellerkühlen Schaumweinen findet sich Fisch und Wurst in Dosen, sogar Brot. Willi tippt auf historische Wehrmachtsbestände.

Während sie sich der frugalen Mahlzeit hingeben, ist es unerlässlich, sich die neuesten Meldungen via Bildschirm zuzuführen. Man gehe, so eine seltsam unwirklich dreinblickende Sprecherin mit eisblauen Augen, mittlerweile davon aus, dass drei Fünftel der deutschen Bevölkerung betroffen seien; in Italien und Frankreich liege der Schnitt bei etwa zwei Fünfteln. Zu allen anderen Ländern sei der Kontakt abgerissen, da auch die zuständigen Kontaktpersonen vom Dornröschen-Syndrom befallen seien. Die Hilfsbereitschaft in den verbliebenen Bevölkerungen jedenfalls sei enorm.

„Das täten die umgekehrt halt nicht", sinniert Michaela.

„Sag mal", unterbricht Johanna die Horrornachrichten, „von einem Gegen-Fluch oder so stand nichts im Manuskript, oder?"

Ulf kommt Hilke, die sich inzwischen als Expertin aufspielt, knapp zuvor: „Nicht dass ich wüsste. Müsste ich noch einmal reinschauen."

„Kannste dir sparen", erwidert Hilke gelassen. „Da steht nix von drin."

Besonders hoch, so die Sprecherin weiter, seien die Fallzahlen in der Tech-Branche, weshalb in Kürze vermutlich kein Internet mehr zur Verfügung stehe.

„Nein!", jammert es mehrstimmig aus Hygeia IV, wo Mariechen, Laila und Gina-Lisa bestürzt von ihren Smartphones aufblicken.

Für den Augenblick kommt niemand dazu, sich alle die Folgewirkungen auszumalen, denn in Hof zwei, unsicher um sich blickend, erscheint ein Postbote in sonderbar altmodischer, grauer Uniform. Kottmüller, der den Fremden – wie alle anderen auch – zuerst für einen Polizeibeamten hält, öffnet erleichtert die Werkstatttür. Die Übrigen verfolgen durch die Glasscheibe, wie er ein Formular unterschreibt, ein paar Worte wechselt, freundlich grüßt. Der Bote legt zwei Finger an die Schildkappe. Einen Brief auspackend, kehrt Ulf in die Schreinerei zurück.

Er liest: „In der Strafsache gegen Kottmüller, Ulf, Geburtsdatum unbekannt, ergeht die Aufforderung, sich in der Anhörung bezüglich des Vorwurfs eines tätlichen Angriffs gegen Lau, Dieter, Mitarbeiter des städtischen Entsorgungsamtes, mit Folge schwerer Körperverletzung sowie billigend in Kauf genommener Todesfolge am soundsovielten Soundsovielten zu erklären. Huch!“

Kopfschüttelnd beruhigt er die Freunde, die ihn voller Sorge anstarren: „Keine Bange, der Gerichtsdiener hat gemeint, die Richterin hätte Dornröschen.“

Heimkehr

Da bin ich wieder – offenkundig der Einzige aus der Reisegruppe, der schlechte Laune hat: „So ein Ärger aber auch ... So ein Ärger aber auch ... So ein Ärger!"

Die andern nehmen mich nicht ernst. Wie sollten sie auch eine Ahnung davon haben, was mir blüht, wenn ich nach Hause komme ... und habe nicht die volle Anzahl Mettgläser dabei! Meine Hulla sieht das doch, kaum dass ich an Vetter Eppels Wiese ums Eck biege. So ist sie nun mal – es handelt sich ja um ihr einziges Talent. Falsch: Das Schimpfen, Schimpen, wie unsere Nachbarn sagen, Schnotzedieren, wie wir sagen, kommt hinzu. Es gibt noch viele andere Ausdrücke dafür; aber keinen für Liebkosung. Oder für Nachsicht. Oder am Ende gar für Lebensfreude. Freue ich mich denn gar nicht auf zu Hause? Diese Frage stellt sich nicht; weiß ich doch mittlerweile gar nicht mehr, um wen es sich bei „mir" handeln soll.

Vielleicht bin ich ein Olm.

Als wir ankamen, hab ich es noch gewusst.

Wir: Gina-Lisa und ich, vor anderthalb Jahren. Jetzt ist sie eine junge Frau geworden, sitzt hinten auf Hygeia IV, bei Laila (die darf fahren, damit sie nicht motzt) und säugt ihr Hybriden-Baby. Mariechen ist schon wieder beleidigt; sie meint, sie könne besser lenken als ihre „komische dünne Schwester." Zum Trost habe ich ihr einen Gabelstapler organisiert, in Orange, als ich vorher in den Raiffeisenmarkt eingebrochen bin, um die Weckgläser zu besorgen: aber nur 265 Stück! Sehen zwar genauso aus wie die von daheim, sind aber nun mal zwei zu wenig. Kaufen wäre gar nicht möglich gewesen, es war keiner da. Nur auf dem Parkplatz, da lagen zwei. Mariechen jedenfalls hat ihre Freude. Mal sehen, wie lange das Ding fährt. Zwei Autos hat sie schon touchiert, aber darauf kommt es jetzt nicht mehr an.

Worauf käme es überhaupt jetzt noch an?

Ich ziehe den letzten Herbst renovierten Handwagen, und es scheppert. Neben mir geht Olim, er versucht mir Zuversicht einzureden; deswegen schiebt er auch das Fahrrad, das sie mir geschenkt haben. Willi wird noch zu uns stoßen, am Waldrand, zusammen mit meiner Hilke und mit meiner zukünftigen Schwiegermutter; er wollte unbedingt noch im Schlösschen vorbeischauen, Proviant organisieren. Bisher haben wir nur diese Fünf-Liter-Dose mit eingelegten Weinblättern, gefüllt mit Reis und so weiter, das Abschiedsgeschenk von Anastasios, der jetzt zu Hause sitzt, bei seiner Familie. Selber schuld, oder? Den Mädchen habe ich versucht einzureden, das wäre gar nicht richtig vegetarisch, sondern griechische Amphibien, die man bei lebendigem Leibe – aber da haben sie schon gelacht. Schade, mir schmecken die Dinger nämlich auch, die machen so wunderbar klebrige Finger. Fast die halbe Dose ist schon leer, nach einem Kilometer! Und wir haben noch 200 vor uns.

„So ein Ärger aber auch ... So ein Ärger aber auch ..."

Olim meint, das wäre eine gute Ergänzung zu diesem permanenten „Bibibi-bipp", von dem keiner weiß, wo es herkommt. Ein Wissenschaftler, der gestern erstarrt ist, führte das Geräusch auf eine kollektive Psychose zurück; ein anderer, der läuft noch herum, ist anderer Meinung: seltene Schwingungen, ausgelöst von einer atmosphärischen Störung, deren Ursache wiederum ... aber das habe ich nicht kapiert.

„Kotti, du nervst!"

Das ist jetzt Michaela, die wohlgemut auf ihrem Fahrrad vorbeigleitet, in ihrem windschnittigen Taucheranzug. Zusammen mit Petra und Johanna bildet sie die Vorhut, die Avantgarde, wie sie selber sagt, aber das meint sie nicht so.

„Jetzt hör doch mal auf! Unterwegs können wir ganz bestimmt noch zwei besorgen."

„Wo denn, hm, wo denn?"

Allmählich muss ich mich ernstlich bemühen, immer noch missgelaunt zu wirken: Auf diese Weise bekommt man sehr viel mehr Zuwendung, und alle kümmern sich um einen und sind unglaublich nett – bis zu einer gewissen Grenze. Die dürfte nun erreicht sein. Es ist aber auch! Gegen Morgen hat es geregnet, endlich kommt man voran, ohne schon beim Einatmen zu schwitzen, die Straßen sind frei – selbstverständlich sind sie frei, wer sollte sie auch besetzt halten, über zwei Drittel der Bevölkerung, wie es in den Spätnachrichten hieß, habe mittlerweile Dornröschen. Was uns alle am meisten wundert: diese eisblaue Fernsehsprecherin nicht, die plaudert munter weiter.

Muss wohl ein goldenes Herz haben.

Denn mittlerweile besteht Einigkeit darüber, zumindest unter uns, dass der Fluch der Dragoner ganz fantastisch wirkt: Er trifft ausnahmslos die Arschlöcher. Auch jetzt, da wir in Richtung Main den mit Platanenschatten besprenkelten Boulevard hinunterziehen, grüßen die Leute, als wären wir in einem Dorf im Süden. Dann und wann öffnet sich ein Fenster, und hinter Balkonblumen, die seit ein paar Tagen üppiger zu gedeihen scheinen, gehen Gesichter auf, nickend und freundlich, und dann kommen noch Hände dazu, die winken, was das Zeug hält.

„Guten Weg!“, heißt es. Oder: „Macht’s gut, ihr Guten!“ Manche fragen, wo wir hinwollen.

„Nach Norden, in meine Heimat!“, hab ich eben gebrüllt, Laila hat Hygeia IV übersteuert, dann ist sie noch lauter.

„Na denn man zu!“, rief die Balkonbewohnerin hinab. „Kommt gut an! Und schreibt uns mal!“

„Wem dürfen wir schreiben?“, fragte Olim, aber da dröhnte meine gute, alte Kehrmaschine schon wieder wie ein verbannter Dämon.

Wir sollen nicht zum Bahnhof, hat es geheißen; irgendwo im Stadtwald hätte man einen Notbahnhof errichtet. Im Hauptbahnhof lägen zu viele Leute herum, teils auf den Gleisen, warum auch immer, und denen will man ja nicht noch was abfahren. Das Rote Kreuz hat unglaublich zu tun, Freiwillige sind überall im Einsatz. An so manches hatte man sich ja gewöhnt, telefonieren zum Beispiel oder Nachrichten tippen. Das kann man zwar immer noch, Laila versucht es alle paar Minuten, aber es kommt nichts mehr durch. Wie lange das dauern soll, das weiß keiner.

Wer soll es uns auch sagen?

Vielleicht Tante Onka. Zwar, die meisten der weiblichen Mitglieder unserer unschierigen Sippe beschäftigen sich mit okkultem Kram – aber eben nur halbherzig; wäre ja auch viel zu anstrengend. Tante Onka hingegen nahm, wie der Zibbel meint, die Sache immer viel zu ernst. Dabei brachte sie es schon in ihrer Jugend zu erstaunlichen Ergebnissen, heißt es: Ihre Katze Unkel habe sie einmal in einen Strumpf verwandelt. Zumindest lag der morgens auf dem Schemel, wo abends noch das Kätzchen gesessen hatte. Ob es diese Tante, die noch merkwürdiger ist als alle meine anderen Tanten, jedoch zu so hohen Kenntnissen gebracht hat, dass sie über Flüche Bescheid weiß ... oder gar Gegenflüche sprechen kann, dass muss ich noch herauskriegen.

Gegen Mittag erreichen wir endlich den Stadtwald. Die letzte Stunde ging es nur noch bergauf, da habe ich angefangen zu schwitzen wie Tante Gundel, wenn sie Weckewerk rührt. Hm, Weckewerk! Das wäre immerhin etwas, worauf ich mich freuen könnte. Olim meint ja, ich hätte wahrlich einen Knall: ausgerechnet meine Sippe, wo Mitleid, Zartgefühl und Solidarität seit Jahrhunderten nicht mehr vorgekommen seien, und wenn doch, dann habe man die Betreffenden sicherlich hingerichtet, also ausgerechnet die sollte verschont geblieben sein?

„Die sind doch nicht hartherzig", versuchte ich zu argumentieren. „Was soll da verhärten? Wir führen ein Leben außerhalb der Zeit. Naja, was heißt Leben ...Aber eitel sind wir gar nicht. Und Hoffart ist bei uns völlig unbekannt."

„Aber ..."

„Du wirst schon sehen: Das kommt von da oben her, also sind wir immun. Eine Daseinskruste, eine staubige Glocke schirmt uns ab. Wetten?"

Der Ärmste! Eigentlich hat er vorgehabt, nach seiner eigenen Familie zu sehen, irgendwo im Orient, doch Johanna hat ihm das ausgeredet: „Bis du da ankommst, gibt es dich nicht mehr."

Das hat er dann auch eingesehen.

Wir lagern uns unter einen Holzturm, wo Hilke und ich schon zweimal spazierengegangen sind. Auf meinen Fahrten zum Bauern nach O. kam ich auch manchmal vorbei. Hier sind noch andere: zwei Familien und eine größere Gruppe von Freunden; alle wollen aus der Stadt raus. Mittlerweile denke ich mir: Ist doch egal, uns kann nichts mehr passieren! Es werden auch kaum noch neue Fälle gemeldet, hieß es gestern. Die Epidemie oder was das sein soll, sei durch. Nur die Folgen, die Folgen ... Zwei Frauen sind gleich zu uns rüber, haben gefragt, wer wir wären, und ob wir schon zu Mittag gegessen hätten. Hatten wir nicht. Also haben sie uns von ihren belegten Brötchen abgegeben, nicht besonders schmackhaft, aber was soll's: zubeißen und nicht unhöflich sein!

Jubelndes Wiedersehen, als Hilke mit ihrer Mutter, den Willi hinten drauf, auf so einem Golfwägelchen über die Lichtung kurvt. Hilke steigt ab, wir rennen aufeinander zu und umarmen uns wie Filmstars – fehlt nur noch die Klippe, den Wind machen wir selber. In mit rotkarierten Deckchen verschlossenen Weidenkörben hat der Willi zusammengesammelt, was in der Küche noch übrig war: Viel. Und von allem! Wir breiten eine Decke auf der Wiese aus und laden alle dazu, die ebenfalls unter dem Holzturm ausruhen, vor allem natürlich die Frauen mit den Brötchen.

Jetzt gibt's was Besseres.

„Alle Dornröschen“, berichtet Willi. „Die Kottura hängt schlaff über der Balustrade. Kein schöner Anblick.

„Und die Küchenhilfe? Die mit dem Zopf?“, muss ich unbedingt wissen.

„Keine Ahnung, war nicht da, jedenfalls. Wahrscheinlich nach Hause, jedenfalls: Die Villa war schon ganz gut geplündert.“

Das müssen nachlässige, in ihrer Profession wenig geschulte oder eben weichherzige Plünderer gewesen sein, bemerke ich, als Willi und Hilkes Mutters das Picknick auspacken: einmal Abend- und Frühstücksbuffet komplett. Jetzt werden sogar Laila und Mariechen wieder lebendig und malmen die aufgetürmten Pfannenkuchen mit Ahornsirup hinunter. Die Kalorien, erklärt Laila meiner Gina-Lisa, wären jetzt ausnahmsweise einmal notwendig, weil sie doch eine sehr lange Fahrt vor sich hätten und außerdem ... Ich höre nicht zu. Voller Wohlgefallen schweift mein Blick über die Wiese. Das erinnert mich an ein Gemälde, nein, zwei, die ich vor wenigen Monaten im Museum betrachtet habe; Thema Gesellschaft im Grünen, Landpartie, in der Art. Bis auf die Kleidung, da waren uns die Alten über, sieht es hier wirklich genauso aus. Begeistert begrüße ich einen Krapfen.

Er ist gefüllt mit Zwetschgenmus.

Diese Reise lässt sich gut an.

Hilke quasselt unentwegt. Früher war sie ganz anders. Meistens berichtet sie vom Zusammenleben mit ihrer Mutter, ich kenne noch nicht einmal deren Namen, sie heißt nur „die Mamma" und nennt sich auch selber so. Jetzt erzählt Hilke dem Olim, der es schon weiß, dass gerade mal vor ein paar Tagen nicht unweit von hier unsere Radtour entlanggeführt hat, und wie wir dann in die Stadt gekommen sind und dieses „Bibibi-bipp" ...

„Wart mal." Wie er sich hochaufrichtet und mit einer Geste seiner Hände alle zum Schweigen bringt, hat er etwas von einem Propheten, mein Olim, aber von einem von ganz früher. „Hört ihr das?"

„Nee."

„Ja wie auch: Es hat aufgehört!"

„Es hat aufgehört! Es hat aufgehört!"

„Kein Bibibi-bipp mehr!"

„Juhu!"

Wir sind etwa dreißig, die sich durch den Wald bewegen, auf diesen imaginären Bahnhof zu, der vielleicht trotzdem da ist. Es geht durch die Reihen und alle lauschen gut sichtbar – nichts mehr! Mag sein, es liegt an der Entfernung zur Stadt. Vielleicht hat „es" aber auch wirklich gestoppt; wir wissen ja nicht, wie lange der Fluch anhält, ja nicht einmal, was danach kommen soll. Hilke habe ich schon ein paarmal gefragt, aber die hat nur mit den Schultern gezuckt und auf ihre Art: „Frag mich doch net dauernd!" gefaucht. – Wir treffen auf eine Landstraße, die den Wald auseinanderschneidet, und dort auf vier Fußgängerinnen, die uns versichern, ja, ganz bestimmt, dort weiter, in dieser Richtung, da stehe ein Zug im Wald.

„Hoffentlich verpasse merr den net!“, ist Hilkes Befürchtung.

Die Reisegesellschaft zu Fuß, per Fahrrad, Kehrmaschine, Gabelstapler und Golfwagen beschleunigt das Tempo. Wir laufen jetzt ohne anzuhalten, eine gewisse Furcht macht sich breit: Ist denn nicht der Fernverkehr völlig zusammengebrochen? Sind die letzten Straßenbahnen nicht vorgestern stehen geblieben? Wo soll denn der Strom herkommen für so einen Zug? – Als die Sonne im Dickicht versinkt, mehren sich die Zweifel. Es kommt uns auch niemand entgegen, den wir befragen könnten.

„Wie auch?“, bleibt Johanna optimistisch. „Die sitzen ja alle im Zug und warten auf uns.

„Woher“, flüstert Mariechen mir zu, die immer häufiger Zweifel an der Allwissenheit ihrer Mutter äußert, „woher sollen die wissen, dass wir noch kommen?“

„Weil wir die Guten sind.“

Keine Ahnung, wie ich auf diesen Satz gekommen bin.

Doch es hat den Anschein, dass ich recht behalte. Was es nicht alles gibt! Ganz weit vorne, im Dämmerlicht kaum zu erkennen, tut sich etwas: der Vorposten kehrt zurück, Michaela und Petra. Sie rufen nach mir. Oder nach Olim? Doch bevor wir's verstehen können, hat sich's schon durchgeflüstert: „Der Zug! Der Zug! Da steht der Zug!“

Bis zu diesem Moment habe ich nicht gewusst, dass in der Gegend Schienen verlaufen – doch wie hätte der ICE, der grau-weiß-rot durch die Zweige schimmert, sonst hierherfinden sollen? Unwirklich sieht das aus, wie ein Ungetüm, das sich mitten im Wald zur Ruhe gelegt hat. Keine Schaffner sind zu sehen, keine Uhren, kein Ein- noch Ausgang. Es gibt auch gar keine Bahnsteige: alles improvisiert. Je näher wir kommen, desto mehr Menschen können wir erkennen; solche, die einsteigen und andere, die winken hinter den Fensterscheiben. Es sind viele. Sehr viele. Hoffentlich passen wir da alle noch rein, geht es den Neueingetroffenen durch den Kopf. Vor den Treppchen haben sich Freiwillige postiert, die den neu Hinzugekommenen beim Hinaufsteigen helfen, Gepäck und Kinder hineinwuchten, Gehbehinderte unterfassen.

„Guckt mal, die helfen sich!" Hilkes Mamma kommt durcheinander.

„Einander", präzisiert Olim, der mit ungläubigem Wohlgefallen die Szenerie begutachtet.

Nichts davon, was man aus den Berichten kennt, wenn es „hart auf hart" kommt: Niemand drängt sich vor, keiner klaut dem anderen die Habe, es staksen auch keine Beamte auf und ab, um die Leute zu drangsalieren. Als wir dran sind, werden wir begrüßt wie Kameraden. Zwei junge Männer in Handwerkerhosen – einer heißt Henk, welch heikler Name –, die uns willkommen heißen, registrieren sofort, dass die Verladung von Hygeia IV nicht ganz einfach wird: Sie passt natürlich nicht durch die Tür. Einen Gepäckwagen führt der einstige Vorzeige-Schnellzug natürlich nicht mit. Dies registriert der einzige Bahnschaffner, der noch Dienst zu tun scheint, bellt uns aber nicht weg, sondern schlägt vor, am Fahrradabteil ein Stück von der Wand abzureißen. Henks Kumpel hilft mit, auch Willi erklärt sich bereit; unterdessen kümmert sich Henk vorbildlich um Laila und Gina-Lisa, die sich aber nicht hinauftragen lassen wollen, sondern lieber auf komplizierte Weise mit ihm schäkern, derweilen Mariechen von ihrem Gabelstapler Abschied nimmt: Dankbar streichelt sie das Lenkrad und kommt zu uns gehopst.

Die Mamma sitzt auf einer Kiste und hält ein Nickerchen.

Wie finden ein gemütliches Plätzchen im Gang, vor dem Durchgang zum nächsten Wagen – da passen wir alle hin. Müssen nur aufpassen, wenn die Tür aufgeht, dass sie uns nicht im Rücken trifft. Alle anderen Plätze im Zug seien seit Stunden belegt; eine ältere Dame mit Einkaufskorb, eine Witwe, die schon am frühen Morgen zugestiegen ist, unterrichtet uns, bislang habe noch niemand gemeckert; wann die Abfahrt erfolge, sei nämlich ungewiss. Sinnvoll habe man sich die Zeit damit vertrieben, Proviant auszutauschen. Seit ein Obstbrenner aus dem Spessart im Familienabteil Platz genommen habe, sei die Stimmung dort am besten – ein Signal für mich, doch einmal ein bisschen Übersicht zu gewinnen; man will ja doch schließlich wissen, wer die Mitreisenden sind.

Mit der Verladung von Hygeia IV geht es voran. Ich erfahre, dass wir längst abfahren könnten, wenn meine Kehrmaschine nicht wäre. Aber keiner beschwert sich. Der Golfcaddy ist schon drin. Mit dem Brenner, einem lustigen Kerlchen, das sich auf heimischen Gin spezialisiert hat, tausche ich erst Erfahrungen aus, dann Brände. Ich muss aufpassen, dass meine Reisevorräte nicht zur Neige gehen. In einem Punkt sind wir aber unterschiedlicher Auffassung: als ich den Kornbrand als reinste und edelste Verkörperung des Schnapses überhaupt preise. Aber wir sind ja tolerant.

Im Abteil befindet sich eine Metzgereifachverkäuferin aus der Wetterau, die nicht nur sogleich mit Hilke zu fachsimpeln beginnt, sondern auch eine nicht unbeträchtliche Speckseite zum Abendbrot beizutragen hat. Auf Reisen soll man nicht pingelig sein; meine Zwiebeln, in jeder Hosen- und Jackentasche habe ich ein paar davon mitgeführt, schmecken nun einmal in Gesellschaft, vor allem von Speck, am besten, und wenn dann noch ein guter Brand hinzukommt, ist das Vesper fast vollständig. Eier fehlen noch. Die erhalten wir hartgekocht von der Witwe, drei Stück immerhin, gegen Schnaps.

Als ein Studentenpärchen – Linguistik: muss mal nachschlagen, was das sein könnte – erfährt, dass Gina-Lisa samt Baby im Gang sitzt, tauscht es sofort die Plätze. Bald sind wir alle beisammen; nur Willi hockt noch vorne beim Zugführer. Seine alte Leidenschaft für Eisenbahnen ist von Neuem entbrannt. Henk schaut vorbei und berichtet, Hygeia IV sei erfolgreich verladen; in Kürze erfolge die Abfahrt des Zuges. Ich hatte vergessen mitanzupacken, aber das wirft mir niemand vor. Ich will mich mit einem Kirschwasser revanchieren, doch der Henk lehnt Alkohol ab.

Muss man sich Sorgen um die Jugend machen?

Ohne Ruck, ansatzlos und sanft von guten Mächten angeschoben, setzt sich der Zug in Bewegung. Lange nicht dürfte in diesem Lande eine Abfahrt mit solchem Überschwang begrüßt worden sein: Aus allen Abteilen, noch lauter aus dem Großraumwagen, sind diverse Anfeuerungsrufe zu vernehmen, kurz darauf gefolgt von einem Potpourri der beliebtesten Reiselieder. Bei uns dominiert „City of New Orleans“, aber da können wir alle nur den Refrain auswendig, gefolgt von „Auf der schwäb’sche Eisebahne“, das gefällt den Jüngeren nicht, und mein Milbener Hit „Omwaddehurzenu korkorodde-kranuar“, den ich einst im Februar vor acht Jahren beim Rückenkratzfest mit Erfolg zum Besten gegeben habe, kann sich auch nicht durchsetzen. Als wir uns nach und nach beruhigen, dringen vom Nachbarabteil her dünne Stimmchen herüber, die doch tatsächlich „Geh aus, mein Herz“ intonieren: und mehr als zwei Strophen! Es wird sich um Diakonissen handeln.

Die sind also ebenfalls immun.

„Meine Güte, ist das ein Miteinander!“, lässt sich ein gepflegter Herr mit beiger Weste, der hinten im Eck sitzt und ein älteres Exemplar der „Zeit“ liest, angelegentlich vernehmen.

Ein stummes Nicken der Mitreisenden ist die Folge. Und alle scheinen an dasselbe zu denken.

Hilke spricht es aus: „Aber erst, seit die Arschlöcher weg sin.“

Da fällt der Satz zum ersten Mal: „Vielleicht besser, wir wecken die gar nicht mehr auf.“

Das war Laila, die verwirrt um sich blickt und zu einer ihrer berühmten Gesten Zuflucht nimmt. Eine ethische Grundsatzdiskussion ist damit angestoßen, die in den kommenden Wochen an Brisanz zunehmen wird. Laila sieht die Mitreisenden vorsichtig lächeln und entschließt sich, ein bisschen mit zu schmunzeln. Vielleicht ist das auch besser so: Ich halte sie nämlich für gefährdet. Zuletzt, als wir noch Fernseher hatten, wurde verlautbart, es gäbe keine Hinweise, dass Untersechzehnjährige vom Dornröschen-Syndrom befallen werden könnten; Laila hat im September Geburtstag, und sie ist immer so zynisch. Das könnte ins Auge gehen. Mit Johanna habe ich schon darüber gesprochen. Mit Olim nicht. Und Laila traue ich mich nicht darauf anzusprechen, sonst motzt sie wieder.

Schnell kommen wir nicht voran. Ich staune, wie weitläufig dieser Wald ist. Ab und zu schabt es an den Rädern, dann blicken wir auf.

„Nebenstrecke", erklärt der Zeit-Leser. „Nicht gut in Schuss."

Für Abwechslung sorgt der Fahrkartenkontrolleur. Wie gewöhnlich wandelt er von Abteil zu Abteil, doch kontrolliert er niemanden, sondern hat etwas anzubieten.

„Sooo, die Herrschaften, jemand einen Speisewagengutschein?" In die Verwirrung sendet er eine Erklärung. „Jetzt drehen wir den Spieß mal um: Jahrzehntelang haben wir euch beim Lesen gestört, beim Knutschen, Arbeiten, Speisen, aus Träumen haben wir euch gerissen – was weiß ich. Heute müsst ihr nichts vorzeigen, sondern wir sind dran. Also ich. Sonst ist leider keiner mehr übrig. Die letzte Sächsin ist am Freitag erstarrt. Also, Kinder, wir haben im Angebot ..."

Und damit verliest er die drei Gerichte, die im Wagen Nummer 9 noch vorrätig sind: Ofenkartoffeln mit Lachs und Sauerrahm, Bratwürstchen mit Kartoffelsalat sowie Hühnerfrikassee mit Reis. Gina-Lisa fragt, ob sie einen Beilagensalat haben könnte. Kann sie. Laila schließt sich an. Mittlerweile wurde das Familienabteil in einen Spielplatz umgewidmet. Der zweijährige Sohn eines Burschen mit Hipsterbart hat Zirze entdeckt; er interessiert sich zunächst vor allem für ihre Ohren. Dann kommt ein Hund dazu, ein hellbrauner Mischling namens Helmut. Was die drei alsbald miteinander veranstalten, bringt selbst den Zeitungsleser zum Staunen. Das Spiel entwickelt sich allerdings in eine merkwürdige Richtung, dass die meisten so tun, als wären sie beschäftigt. Es wird sehr laut. Warum auch immer, ich fühle mich verantwortlich und blicke Gina-Lisa an, so nachdrücklich wie möglich. Aber die ist wie immer nur hingerissen und zeigt auf ihre temperamentvolle Tochter, die gerade ein Salto versucht und beim Hinplumpsen sonderbar quiekt.

„Der Status unserer Existenz ist allemal heikel", formuliert Olim einen seiner typischen Olim-Sätze und fragt den Herrn im Eck, ob er sich das Dossier ausleihen dürfe.

Darf er. Aber zum Lesen kommt er nicht, denn hinter Hanau verstärkt sich dieses Kratzen unter dem Zug zu einem Schleifen, schließlich zu einem Krächzen, und dann stehen alle Räder still. Über die Lautsprecher versucht der kellnernde Schaffner eine

Durchsage, aber das knarzt und knackt noch mehr. Dann fahren wir doch ein Stück, bleiben aber wieder stehen. Und zwar endgültig. Draußen ist ein Bahnsteig zu erkennen, mit einem Ortsschild, auf dem allen Ernstes Wolfgang steht.

Olim, heute besonders gut aufgelegt, nutzt das zu seinem nächsten Heiterkeitserfolg: „Wolfgang war unser Schicksal."

Schlimm findet das niemand. Der Hipsterbartträger kehrt von einer Erkundungstour zum Wagen 9 zurück und berichtet, was der Zugbegleiter gesagt hat: Zwar seien die Räder teilweise blockiert, andererseits verfüge man gegenwärtig ohnehin nicht über Strom. Wer „technisch begabt" sei, möge sich doch bitte nach draußen begeben, um das Problem gemeinsam zu beheben. Von uns sind das natürlich Michaela und Petra, aber auch Johanna und Willi rechnen sich dazu. Ich nicht. Was hat ein Schweinehirt mit der Funktionsweise von Hochleistungszügen zu schaffen? Eben. Statt den anderen mein Ungeschick aufzudrängen, begebe ich mich lieber in den Speisewagen, mit dem Gutschein mir Luft zufächelnd, denn die Klimaanlage hat mittlerweile ausgesetzt.

„Das ist ja besser als in Friedenszeiten", hatte Hilkes Gesprächspartnerin kurz zuvor noch eingeworfen. In früheren Jahren sei sie sommers öfter mal unterwegs gewesen, bei über 40 Grad. „Je moderner die Züge, desto heißer, sag ich."

So fasste sie ihre Reiseerlebnisse zusammen.

Im Großraumwagen werde ich von den meisten Leuten gegrüßt; einige fangen eine Plauderei an. Man schätzt den Austausch, spart auch nicht an Mutmaßungen, was die nähere Zukunft bringt. So dauert es fast eine Stunde, bis ich an meinem Ziel eintreffe. Zugführer und Schaffner haben den Thekendienst übernommen; leider seien die Speisen, so bedauern sie, nur halb aufgetaut.

„Das sind sie doch sonst auch", unkt eine weißhaarige Dame mit Blumenkleid.

„Pichelsteiner Eintopf semifreddo!", ergänzt einer.

Auch die Bahnbediensteten lachen mit. Ein paar Findige bringen die Packungen nach draußen und versuchen mit Hilfe von Spiegeln, die sie im Klo abgeschraubt haben, dem Vorrat ein wenig Wärme zuzuführen. Es gelingt besser als gedacht. Auch das selbstwirksame Reparaturteam kommt voran: Die Blockade der Räder habe man weitgehend gelöst, nur mit der Frage des Antriebs ergehe es ihnen wie dem Zug selbst: Man komme nicht weiter. Einmal mehr sind es Petra und Michaela, die Abhilfe schaffen. Nachdem ihr technischer Hilfseinsatz erledigt ist, durchkämmen sie mit den Fahrrädern das nähere Umland, und da es keine Bahnstrecke gibt in diesem Land, an der nicht alle paar Kilometer ein Baumarkt die Aussicht verstellt, finden sie binnen Kurzem das Gesuchte. Die Seile aber, die sie mitbringen, reichen bei Weitem nicht, um damit den kolossalen Intercityexpress voranzubringen.

Mehrmals muss der Weg zum Baumarkt und wieder zurück geradelt werden, bis genug Taue beisammen sind. Doch auch mit vereinten Kräften gelingt es nicht, den vollbesetzten Zug weiterzuziehen. Einen Augenblick lang herrscht Ratlosigkeit. Ohne unbescheiden sein zu wollen, es ist der Auftritt meines Lebens: Ich schlage vor, Hygeia IV als Zugmaschine umzubauen; wenn dann noch alle, die laufen können, nebenhergingen und so viele wie möglich an den Seilen zögen, könnte ein Fortkommen vielleicht möglich sein. Wenn ich ansonsten Vorschläge äußere, bin ich es gewöhnt, dass man abwinkt oder überhaupt nicht darauf eingeht; in dieser Atmosphäre aber nimmt man sogar mich ernst: Binnen einer Stunde haben die „technisch Begabten" eine Konstruktion geschaffen, mit der mein liebes Kehrmaschinchen auch im Bahnverkehr einsetzbar ist. Der Jubel, als sich die Eisenbahn abermals in Bewegung setzt, übertrifft den vom ersten Mal. Wahrscheinlich, weil nicht eine anonyme Kraft, sondern wir selber die Energie zuwege gebracht haben.

Im Abendrot treffen wir zu Gelnhausen ein. Wir beschließen eine Pause mit anschließendem Nachtlager. Niemand verbleibt im Zug, als aus allen Richtungen die Fourageure zurückkommen und uns auftischen, was die Supermärkte des Städtchens, das sich selbst nach einem kriegsverliebten Kaiser nennt, hergeben. Es dürfte eines der umfangreichsten Picknick-Ereignisse der jüngeren Geschichte sein: Über gut einen Kilometer auf der Wiese unterhalb des Bahndamms erstreckt sich unsere Abendgesellschaft.

Die meisten sitzen oder liegen auf dem Gras und blinzeln in die letzte Sonne. Vor allem die Mamma und der Willi blinzeln. Jetzt teilen sie sich ein Brötchen.

„Na, na, na ..."

„Ich weiß nicht, was mir besser gefällt", sinniert Olim. „Die Aussicht auf noch ein Baguette mit Münsterkäse oder auf die Marienkirche."

Jetzt sehen wir sie auch: welche Silhouette!

Für die sechzig Kilometer bis Fulda brauchen wir eine Woche. Ohne uns abzusprechen, wechseln wir vom Zug-Dienst zum Ausruhen und wieder rückwärts. Es ist gar nicht so leicht: Nur wenn alle gleichzeitig anziehen – und zwar in dem Moment, wenn Hygeia IV anfährt –, haben wir eine Chance. Ab und zu steuert Mariechen, sie will aber immer. Zweimal täglich wird Halt gemacht, meistens in der Nähe von Ortschaften. Plündern ist viel lustiger als ich gedacht hätte; in Schilderungen aus alter Zeit wird diese Beschäftigung oftmals verurteilt. Als mir Michaela ihr Fahrrad ausleiht und ich in einem Bauernhof – unterm Vordach liegt die Familie, über dünne Schläuche wohlversorgt – einen Sack Zwiebeln finde, erachte ich den Brauch als rehabilitiert.

Es gibt eben auch erhaltenswerte Traditionen.

Nachdem sich die Leute an Zirzes Anblick gewöhnt haben, avanciert sie zum Mittelpunkt des Trosses. Wenn sie in den Pausen mit Helmut über die Felder wetzt, bedeutet dies die Hauptattraktion des Tages. Sonst wird nicht viel Unterhaltung geboten, das ist auch nicht nötig, denn bis auf die Nachtstunden wird unentwegt erzählt. Den weniger Redseligen, denen auch ich mich zuzähle, wird es nicht verübelt, wenn sie sich dann und wann zurückziehen. Seit mir Petra aus einem Einkaufszentrum zehn Schachteln Handelsgold mitgebracht hat, habe ich einen Vorwand: Ich will den Kindern nicht schaden. Manchmal raucht Willi eine mit, der schwätzt auch nicht so viel. Auffällig, dass wir wie zwei alte Säcke von den alten Zeiten schwärmen, als wir noch so richtig schön unterdrückt wurden. Jedes zweite Wort ist: „Die Kottura ..."

Auf der gesamten Strecke kommt uns nicht ein einziger Zug entgegen. Zum Glück versucht auch keiner, uns zu überholen. Hygeia IV, aus den Beständen der Tankstellen im Rund immer frisch aufgefüllt und neu geölt, versieht ihren Dienst, wenngleich nicht klaglos; ihr angestrengtes Dröhnen und Brummen ist während des Tages stets gut hörbar. Ab und zu müssen wir ein Seil austauschen, wenn es durchgescheuert ist, aber Nachschub gibt es reichlich, und wir sind ja genug Hilfskräfte. In den Tunnels singen wir meistens „Glück auf, der Steiger kommt", doch auf Brücken mache ich mich rar; ich finde das grausig, wenn so weit unten die Flüsschen glänzen oder Aussiedlerhöfe hilflos daliegen. Dann stelle ich mir vor, was für einen Radau das gäbe, wenn ich jetzt herunterstürzte und das Scheunendach durchschlüge.

Beschweren könnte sich keiner; alle haben Dornröschen.

So kommen mir nach und nach Zweifel, ob mein liebes, gutes Milben denn tatsächlich verschont geblieben ist; ob die Glocke drüber hält ... Denn furchtbar viel anders verhalten wir uns ja auch nicht als die Menschen hier in der Gegend – nur eben weniger von der Moderne oder irgendeiner anderen Epoche angekränkelt. Nun, man wird sehen. Zum Umkehren besteht jedenfalls kein Anlass. Da wir weder Zeitungen lesen noch Nachrichten anhören können und nicht ein einziges Handy funktioniert, sind wir auf Mutmaßungen angewiesen. Ein Thema freilich dominiert alle anderen, doch wir hüten uns, immerzu davon zu sprechen. Niemand fühlt sich wohl bei dem Gedanken, dass Unzählige wie dösend herumliegen; doch dem Moment, falls er denn kommen sollte, wenn die anderen wieder zurückkehren und von Neuem unseren Alltag bestimmen, sieht ebenfalls niemand mit Freuden entgegen.

Wirklich ein Dilemma.

Häufig ist es der Fall, dass die Freiwilligen, die überall zu Tausenden Dienst tun, sich ausgerechnet um diejenigen kümmern, von denen sie noch vor Kurzem schikaniert wurden.

„Mit der Nächstenliebe kann man es auch übertreiben", grunzt Olim, aber er meint es nicht so; andernfalls zählte er ja zu den Patienten.

Ungeachtet alldessen, naht in Gestalt der Stadt Fulda die Auflösung unserer Reisegesellschaft: Noch eine Nacht, und man wird sich trennen müssen. Etwa die Hälfe will weiter in Richtung Berlin, viele nach Hamburg, andere – so wie wir – werden sich übers Land verstreuen. Gestern Abend sind wir übereingekommen, dass wir den Zug am besten im Bahnhof stehen lassen. Einerseits möchte weder die Berliner noch die Hamburger Gruppe die rollende Behausung für sich beanspruchen, andererseits sind den meisten längst die Hände wund vom Seilzerren, und Schultern und Rücken schmerzen überdies. Außerdem, darauf lege ich Wert, bei aller Solidarität: Hygeia IV bleibt bei mir.

Für den letzten gemeinsamen Abend bereiten verschiedene Grüppchen etwas Nettes vor. Eine Anhöhe vor einem Wäldchen dient als Bühne, die Kuhweide darunter haben wir von Fladen einigermaßen befreit. Olim drängt mich, ich solle meine Kehrmaschinenlyrik vortragen, aber ich will nicht. Schließlich sind es von der AGA Petra, Johanna und Michaela, die etwas beitragen. In einem Discounter im Speckgürtel der Bischofsstadt haben sie knapp zweitausend Tafeln Schokolade erbeutet; den ganzen Tag über sitzen sie an einem Text, und Michaela komponiert was. Von einem ehemaligen Wandervogel leiht sich Johanna eine Gitarre aus; ein paar Akkorde bekommt sie noch hin.

Den Zug im Rücken, vor dem Hygeia IV wie ein Baby vor der Walmutter postiert, lagern mehr als 1.000 teils hochvergnügte, teils melancholisch eingetrübte Fahrgäste, versehen mit reichlich Getränken und Knabberei, und verfolgen das improvisierte Programm. Selbstredend werden auch die weniger beeindruckenden Darbietungen mit freundlichem Applaus bedacht – es gibt aber auch viel Überraschendes zu sehen. Begeisterung erregt eine Truppe junger Leute, die den Geschäftsalltag verschiedener Berufe pantomimisch nachstellt; die Rollen der Chefs sind immer überzeichnet, aber das Publikum kapiert ja, was gemeint ist. Poetischer kommen unsere drei Agentur-Frauen daher; zum einen ist das Lied ziemlich gut gelungen, zum anderen sorgt der Schokoladen-Trick für zusätzlich gute Laune. Die Tafeln reichen für alle, manche bekommen zwei.

Nach einem kecken Vorspiel für Flöte und Gitarre fangen die drei mit dem Refrain an. Eingängig ist gar kein Ausdruck. Michaela hat einen Tango komponiert – einen Schokoladentango. Sie tanzen auch ein bisschen.

„Steck dein Fingerchen in heiße Schokolade,
Und dann halte es mir schweigend vor den Mund,
Denn so zeigt es mir den sprechenden Befund:
Wie beim Abendmahl der Wein mit der Oblate,
So vollzieht sich hier die göttliche Charade,
Und zum Klang der strahlend lachenden Entrade
Öffnet sich der Heimweg in das alte Goldland Punt – "

Erwartungsgemäß wird die Darbietung an dieser Stelle durch Händeklatschen unterbrochen. Für die erste Strophe gibt Michaela die Diseuse; zum Gaudium des Publikums rollt sie klassisch das „R" und untermalt den Text gekonnt mit Gesten, wie man sie von einem Bühnenprofi erwartet.

Sehr phantasievoll sind die Menschen bei Verbrechen:
Auf Herzen schießen, Hälse hängen, Augen stechen –,
Doch eins der schändlichsten ist schlechte Schokolade ...
Ich will Dragoner um mich sammeln, um die Schmach zu rächen,
Um die Fabriken, wo das stattfand, zu zerbrechen ...
Zwar übe ich in Gnade mich, verzeihe gern zur Gänze,
Doch schlechte Schokolade ist nun mal der Gnade Grenze.

Es folgt noch einmal der Refrain, bevor Petra und Johanna es gemeinsam wagen, die zweite Strophe darzubieten. Sie tanzen eng und ruckartig.

Es gibt so wenig Grund, sich wirklich aufzuregen,
Ich zieh es vor, mich bäuchlings auf die Couch zu legen,
Doch etwas regt mich auf: schmeckt Schokolade fade.
Ach Zweierlei gibt's, da bin ich durchaus dagegen:
Schlechter Geschmack, igitt, ich grusle mich deswegen –
Und schnöder Undank gegenüber Schokolade.
Revolutionen sorgen leider selten für Entspannung;
Am besten, die Asketen gehn freiwillig in Verbannung.

Den abschließenden Refrain müssen die drei noch mehrfach wiederholen. Am lautesten, so habe ich den Eindruck, klatscht Olim. Als unsere drei Gesangsartistinnen zu uns zurückkehren, hält es ihn nicht auf seinem Platz: Er springt auf, um sie stürmisch zu umarmen. Dass er für den Genuss künstlerischer Produkte entbrennen kann, ist mir freilich bekannt – einen derartigen Ausbruch an Leidenschaft habe ich allerdings noch niemals bei ihm beobachten können. Natürlich wiegelt das Terzett ab: So fantastisch sei das alles ja nun nicht gewesen und perfekt schon einmal gar nicht. Aber es habe ihnen Freude bereitet.

„Der Herstellungsprozess noch mehr als der Auftritt", strahlt Johanna und macht Olim darauf aufmerksam, dass er sie noch immer umklammert hält.

Es ist erstaunlich, was sich die Menschen guten Willens alles einfallen lassen, um die Versorgung der Hartherzigen zu organisieren. Seit wir von Fulda aus losgezogen sind, samt Golfwagen, Fahrrädern und Hygeia IV, an die wir den Mettwagen angebunden haben, durften wir unterschiedliche Modelle der Unterbringung bestaunen. In manchen Dörfern hat man die Befallenen in ihre Häuser gebracht; draußen hängen Tafeln in Wechselrahmen, wo die aktuellen Informationen verzeichnet sind: wer wo im Haus herumliegt und so fort. Besonders romantisch wurde das Problem in einem Örtchen namens Niesig gelöst: Dort hat man sie liebevoll im Kreis unter der Dorflinde platziert, in niedlichen Krankenbettchen.

Noch ist ja Sommer.

Um schneller voranzukommen, nutzen wir einen Tag lang die A 7. Bis auf die Krankenwagen fahren sowieso keine Autos mehr. Für die Mädchen ist das prima. In einem Spielwarenladen haben wir Rollschuhe organisiert, damit nutzen sie die ganze Breite der Fahrbahn. Vor allem Zirzi scheint das Spaß zu machen; je schneller Gina-Lisa dahinsaust, das Kindchen vor den Bauch gebunden, desto lauter quietscht sie. Laila aber scheint etwas abwesend – das liegt wahrscheinlich an diesem Henk. So lange habe ich noch nie zwei Leute sich verabschieden gesehen wie diese beiden am Fuldaer

Bahnhof. Es gab viele Szenen, die zu Herzen gingen, aber die beiden schafften den Rekord.

Einer Vorahnung folgend, schlage ich vor, die Ausfahrt Erzebach-Aua zu nehmen; ständig auf der Autobahn, das macht einen schließlich depressiv. Mariechen mault zwar erst, der Rollschuhbahn wegen, aber dann lasse ich sie auf mein Kehrmaschinchen aufsitzen und fahre ein Stück mit dem Rad. Schon bald kommen wir durch Landschaften, die so lieblich sind, dass ich befürchte, wir hätten uns verfahren; kaum hundert Kilometer von meiner Heimat entfernt und derart lebenswert – da kann etwas nicht stimmen. Die Dörfer werden weniger, bald sind auch keine Gehöfte mehr zu sehen. So still muss es früher einmal gewesen sein.

Viel früher.

Bevor es Abend wird, führt uns ein Feldweg in einem weit geschwungenen Bogen in eine Hochebene auf, die von zwei Bächlein durchflossen wird; an dem breiteren steht eine Mühle. Mehrere hochstämmige Bäume – Apfel, Birne, Quitte – wölben sich über das Scheunendach. Dahinter erstreckt sich eine Wiese mit noch mehr Streuobst, sanft zum Waldrand ansteigend. Über den Talgrund verstreut liegen ein Stall und zwei Hütten, mutmaßlich den Mühlenburschen einst zugehörig.

„Eine davon krieg ich!“, schreit Michaela.

„Und ich die andere“, jubiliert Petra.

Und dann küssen sie sich.

Sie berichten, das Hauptgebäude sei wohl schon vor Längerem verlassen worden, jedenfalls lägen keine Leute darin oder davor. Mit den Hütten verhalte es sich ebenso.

Einmal etwas anderes ...

„Mir ist, als hätte ich davon geträumt“, flüstert Olim. Als er sich über den Steg zum Eingang vortastet, hält er inne. „Wie merkwürdig: Ich wusste genau, dass hier ein Bänkchen steht. Und da – der Holunderbusch!“

Verwirrt lässt er sich auf der Bank nieder, schlägt die Beine übereinander, schaut in den Bach hinunter und schmunzelt seltsam. Dann fällt ihm ein, dass er nicht alleine ist; verlegen schaut er zu uns herüber. Es wird mir bewusst, dass ich den weiteren Heimweg ohne den Freund zurücklegen muss. Im Geiste überschlage ich die Entfernung. Nun, immerhin, das ließe sich gelegentlich überbrücken.

„Wenn du nach Syrien zurückgezogen wärst“, brabble ich vor mich hin und versuche nicht zu schniefen, „hätten wir's weiter gehabt.“

„Seit wann kannst du Gedanken lesen?“, lächelt Olim wehmütig.

Ich setze mich neben ihn auf die Bank und packe eine Handelsgold aus. Jetzt kann ich Laila viel besser verstehen. Wir reden nichts, betrachten aber ausgiebig das Fließgewässer. Derweilen stöbern die anderen durch Haus, Hof und Garten. Nur Willi und die Mamma bleiben im Caddy sitzen und dösen leise schnorchelnd.

Hilke, mit einer Miene wie auf Urlaub, öffnet von drinnen die Fensterläden: „Isses bei dir daheim auch so schön?“

Ich lasse die Frage mehr oder weniger unbeantwortet: „Hm, na ja, hinter Eppels Wiese ...“

Wir bleiben eine Woche. Helfen beim Aufräumen, Abschleifen, Putzen. Vor allem aber gilt es, den Materialhaufen in der Scheune zu sichten und nach Möglichkeit dies und das wieder instandzusetzen. Willi, der auf einem ordentlichen Bauernhof großgeworden ist, also nicht so wie bei uns, blüht auf, als er die Pracht über Jahrzehnte und Jahrhunderte im Gebrauch stehender Werkzeuge erblickt. Freilich, alles liegt durcheinander; von Rost und Staub und Spinnweb überzogen sind Mistgabeln und Melkbecher, Fräsen und Furchenstöcke, Eggen und Worfel, Heuschwänze und Hackstriegel; die Sondierung bereitet uns beiden die größte Freude. In den Pausen regt sich wie von selber meine alte Lust auf Mett, schön fettes Mett, aber auch Speck, Zwiebelsoßen und Geselchtes.

Olim schimpft, wie ich in den Pausen fresse: „Wer mit vollem Mund spricht, dem gebricht es an Respekt vor seinem Gegenüber.“

„Was gebricht?“, frage ich mit vollem Mund.

Olim seufzt kurz auf und bemerkt, es verhalte sich mit den traditionellen Landwirtschaftsgeräten kaum anders als mit unseren Büchern: Sie sind noch da, kommen aber nur noch selten über den Status des Musealen hinaus. – Petra und Michaela, wie es ihnen ziemt, begutachten die Höfe im Umland. Nur noch wenige sind in Betrieb, die meisten entweder vor langer Zeit aufgegeben oder eben im Dornröschenschlaf. Aus mehreren Ställen befreien sie das Vieh; vor allem die Milchkühe sind froh, endlich wieder zu festen Zeiten und von kundiger Hand gemolken zu werden: Willi bringt es den Stadtfrauen bei. Sie sind gelehrig. Innerhalb weniger Tage haben wir eine hübsche Herde von fünfzehn Kühen und drei Kälbchen zusammen. Bei uns kommen sie natürlich auf die Weide. „Welch ein herzerquickender Anblick!", klatscht die Mamma in die Hände. Der Stall für den Winter ist noch einigermaßen funktionstüchtig.

Täglich schicken wir Abordnungen zum nächsten Baumarkt, welchem zu unserer Freude die Filiale einer Biomarkt-Kette angeschlossen ist. Man darf die Sachen ja nicht verkommen lassen. Als sich endlich Regen ankündigt, sind wir gerade so weit, dass die Küche bewohnbar aussieht. Wir futtern Erbsensuppe und blicken hinaus auf den Vorplatz, wo wir in den vergangenen Tagen bis spätabends gesessen haben. Am längsten, man glaubt es nicht, saßen Willi und die Mamma. Sie haben die Liste übernommen: Was haben wir schon, was brauchen wir noch? Saatgut, vor allem Saatgut! Schon werden wir fündig: Kaum dreißig Kilometer entfernt gammelt ein Raiffeisenmarkt vor sich hin, da kriegt man das meiste, sogar Mutterkartoffeln.

Und zwei originale Mettgläser!

Alle haben es schon versucht, Hilke und mich zum Bleiben zu überreden. Jetzt auch noch Mariechen, und da sie heult, muss ich ihr die höchste Überzeugungskraft zubilligen. Immerhin: Hygeia IV darf sie behalten. Die treue Kehrmaschine tut es nicht mehr; ein paar Meter hält sie noch durch, ansonsten signalisiert sie eindeutig, dass sie keinerlei Strapazen mehr durchzustehen gewillt ist. Diese Zugzieherei muss sie geschafft haben. Mich auch. Laila erhebt keinen Anspruch auf die Maschine, denn droben auf dem Zwetschgenbaumhügel hat sie plötzlich wieder Empfang. Es sieht entzückend aus, zumindest von Weitem, wie sie mit Gina-Lisa, mitunter Mariechen und Zirze zwischen den knorzigen Bäumen fläzt, Nachrichten tippt oder aufspricht und alle ihre Gebärden auf einmal in Anwendung bringt.

Olim hat den Badeofen wieder in Gang gesetzt, und so liege ich denn vorm Einschlafen, eine Flasche Kornbrand und eine Handelsgold zur Gesellschaft, in der bäuerlichen Zinkwanne und kuriere mich aus. Ab und zu kommt Hilke gewatschelt und legt Holz nach. Wenn sie badet, bin ich fürs Holz zuständig. Das ist nur gerecht. Ich verabrede mit ihr, dass wir einen Brief schreiben und uns in der Nacht verdrücken. Spätestens seit der Bahnhofsszene sind mir Abschiede zuwider: Man verbraucht so viel Gefühlsgut. Früher, zu Hause, ist man einfach so aus der Tür gegangen. Meistens hat man vergessen, Adé zu sagen.

„Du kannst nicht gehen!"

„Gina-Lisa ..."

„Du kannst nicht gehen!"

Es kostet mich enorme Mühe, Gina-Lisa von dem Auftrag freizusprechen, mich begleiten zu müssen. Das hat sie so aufgefasst, als sie noch mein Wollschwein war: auf mich aufpassen. Sie auf mich!

„Aber ich kann doch nicht ... Aber ich soll doch nicht ..."

Leider weint sie gar nicht wie ein Wollschwein, sondern wie eine spillerige junge Frau in einer Vorabendserie.

„Gina-Lisa ..."

„Du kannst nicht gehen!"

„Du weckst alle auf."

„Egal?"

Es nützt nur eines: Ich muss ihr schwören, dass wir zurückkommen, die Hilke und ich. Dabei ist mir selbst nicht wohl; weiß ich, wie es wird, wenn wir samt Mettwagen in unserem Weiler Einzug halten? Vielleicht will ich nie wieder fort! Vielleicht wirft man uns in die Drugg! In beiden Fällen wäre ein Wiedersehen schwer möglich. Aber ich habe einen Eid geleistet: auf Zirzes Gesundheit. Härter geht es nicht. So bleibt mir keine Wahl ... und nach und nach gestehe ich mir ein, dass ich selber unbedingt einmal wiederkommen will. Schlimmer noch: Ich verspüre starken Widerwillen, heute Nacht überhaupt aufzubrechen. O meine Freunde! Meine geliebten Mit-Dragoner!

Dass die Mamma nicht mitkommt, kann Hilke kaum begreifen. So ganz wohl ist ihr an meiner Seite offenbar nicht, zumindest nicht ganz allein, und das kann ich gut nachvollziehen. Natürlich war die Seniorin nicht ehrlich: die Hüfte, das Knie, der Magen, das Kopfweh ... am Ende hatte die Mamma die Mamma durch. Dabei wissen doch alle, dass es ihr um den Willi geht. Nicht zu glauben, wie gut die sich verstehen! Sie hat ihn noch nicht einmal gehauen. Anfangs war Hilke gar nicht angetan von diesem Techtelmechtel: Für so was hielt sie ihre Mamma zu alt. Außerdem sei der Willi gar nicht hübsch. Ob Eifersucht vorliegt? Das weiß bei Hilke ja kein Mensch. Jedenfalls, zu meinem Schrecken hat die Mamma versprochen, dass sie uns eines der Hüttchen einrichtet: Für die Zeit, wenn wir wiederkommen. Dass wir dann gleich was haben. Ich möchte aber nicht in einer Hütte meinen Lebensabend verbringen, die von der Mamma eingerichtet wurde.

Bitte!

Als wir schon unterwegs sind, in einem der neun Wälder, die wir zu durchwandern haben, denke ich daran zurück, was ich aufgeschrieben habe. Hilke ist gerade „in den Pilzen“ wie sie mit einem faden Scherz bemerkt, so kann ich mich besser erinnern. Den Brief habe ich so knapp gehalten wie möglich. Hilke flennte dauernd und wollte mir nicht beim Formulieren helfen: „Des is net so mei Sach.“

„Ihr Treuen und Ihr Sanftmütigen!“

Die Anrede empfand ich selbst als so innig, dass ich mich in mein graugelbes Taschentuch schnäuzen musste.

„Was haben wir nicht alles miteinander erlebt ... Mitunter kommt es einem doch vor, als seien, entgegen der gängigen Auffassung, viele, nein manche unserer Schritte gelenkt – allein, wir wissen nicht welche!“

Für diesen Satz habe ich länger gebraucht als beabsichtigt; schon beim Zurechtlegen kam mir der Inhalt – die Vorherbestimmtheit unseres Erdenwallens – etwas gewollt vor, bieder und banal, dass ich mich vor mir selber schämte. Dann aber fiel mir ein, ich könnte ja proponieren, nur einiges, nicht alles sei gelenkt; das klang schon bedeutend origineller, und als ich es niederschrieb, bemerkte ich die Richtigkeit meiner Aussage.

„War es Euch nicht auch immer einmal unheimlich, wie alles sich passend ineinanderfügte? Wie selbstverständlich ich etwa zu meiner Anstellung als Kehrmaschinenfahrer gelangte; wie einfach und folgerichtig sich all unsere Begegnungen gestalteten …“

Ich dachte an Hilke, da war es eigentlich nicht so.

„… und erst diese Hinweise auf meinem Kopfkissen! Am Ende gar dieser Fluch, den lesen zu können meine liebliche Hilke als bereits zu Lebzeiten vergöttlicht ausweist.“

Ja, hier habe ich gezögert. Es wäre ihr sicher nicht recht gewesen … Aber Gott! Manchmal ersetzt eine gezielte Übertreibung den wissenschaftlichen Befund, und man kommt auf neue Ideen, aus dem Wortklang geboren … und auch das ist eine Form der Inspiration.

„Ihr Barmherzigen! Denn das seid Ihr, O, ich weiß es sehr wohl! All dies habt Ihr mit mir ertragen, habt mir es tragen helfen, wart zur Stelle, als ich zu scheitern drohte.“

Da musste ich jetzt länger nachdenken … Wann war das noch gleich? Richtig, mein Schwein!

„Ohne Dich, Michaela, hätte ich Gina-Lisa nie wieder erhalten; ohne Dich, Gina-Lisa, wäre ich nie in der Stadt F. angelangt; ohne Dich, Olim, hätte ich mich nie zurechtgefunden: in Zeit und Raum nicht, und jetzt bin ich doch so schlau geworden; ohne Dich, Petra, hätte ich nicht überlebt und mich niemals hineingefunden in die Kulturtechnik des Stehlens; ohne Dich, Johanna, hätte ich mich bestimmt nicht so wunderbar eingelebt in meiner geliebten Werkstatt und wäre am Ende ohne Glück geblieben; ohne Euch, Ihr Lieben, Laila und Mariechen, hätte ich nimmer die Freuden der Jugend kennengelernt – ich selbst hatte ja keine; und ohne Dich, Willi, wäre ich am nobelsten Ort zuschanden geworden unter der Knute der Kottura. Dabei will ich auch Bruder Anastasios nicht vergessen, den wir doch alle einmal wiedersehen müssen!“

An der Stelle kam ich raus. Das lag allein an Laila, also an meiner eingebildeten Laila, denn ich sah sie im Geiste, wie sie die Augen verdrehte und dieses bösartig-fragende: „Nein?“ in meine Richtung aussandte. Ich besann mich. Womit könnte ich fortfahren? Mit einem neuen Anfang! So begann ich noch einmal von vorn.

„Wenn wir nunmehr, meine lieben Freunde, miteinander zurückblicken – ach, was sag ich! Es war der Wunschtraum, welcher meine Feder führte – ohneeinander muss es heißen – leider! –, doch wie bald, so hoffe und bete ich, müssen wir ja wieder zueinanderfinden, ach, ich wünschte, es wäre nie nötig gewesen, dass ich Euch verließ, doch geschah es allein der Aussicht wegen …“

Hier bemerkte ich, dass ich diesen Satz nicht mehr zusammenkriegen würde. Also griff ich zu einer Wendung, die der vergöttlichte (mir ist, als hätte ich das schon einmal geäußert?) Autor der Verdener Allgemeinen, Ernst Dietrich Haßfurther, wer weiß, womöglich in einer ähnlichen oder vielmehr in vielen ähnlichen Situationen allzu gern verwendete.

„––– sei's! Wenn wir zusammenfassen, was uns in der so kurzen Zeit, seit wir beieinander sein dürfen, nicht alles schon gelang, wir kämen auf einen stolzen Bericht. Gute Absichten nicht allein, o gewiss nicht, trugen uns von Sieg zu Sieg …“

Von Sieg zu Sieg … Diese Trope passte nun überhaupt nicht zu unserem Anliegen, aber was ich auch wählte, es fügte sich rhythmisch nicht ein und wurde darum verworfen.

„… von Sieg zu Sieg, sage ich, und ich meine von Sieg zu Sieg …“

Vermutlich ist dies eine der schwächeren Passagen in meinem Abschiedsbrief.

„… doch was ist ein Sieg ohne die Niederlage derer“, versuchte ich die Kurve zu kriegen, *„denen wir alle unsere Anstrengungen widmen: den Zukurzgekommenen, den Beschädigten, den Waisen des Lebensglücks, Unbedachten des Augenblicks …“*, schweifte ich schon wieder ab, *„doch sehet die Zeichen! Und mehr als Zeichen sind es nicht, können es nicht sein, womit wir die Schandplätze der Eitelkeit, die Triumphbögen der Überheblichkeit markiert haben. Immerhin, will ich meinen! Denn wer hätte es – und wann zuletzt*

– vor uns gewagt? O ein Volk von Knechten sind wir geworden – wisst Ihr einen besseren Ausdruck für ‚Volk?' – und wenn es schon nicht mehr möglich scheint, die Masse der Potentaten zu henken, so soll es ihnen wenigstens gesagt sein, dass sie es sind."

Hier unterbrach ich und wartete darauf, an Dornröschen zu erkranken. Es geschah nicht, und so fuhr ich fort.

„Sei's! Unser Werk, das will ich meinen, ist lange nicht vollendet. Noch niemand kann zum gegenwärtigen Zeitpunkt sagen – und wie oft ist doch so ein Zeitpunkt gegenwärtig, meine Schätze! –, was sich begeben wird in Bälde. Wachen diese verhärteten Subjekte je wieder auf? Wollen wir es? Und was dann? Fragen, die zu stellen müßig erscheint ..."

Allmählich verließ mich die Lust. Mir war es darum zu tun, zum Ende zu kommen; Schreiben ist so anstrengend. Hilke trippelte schon eine Weile auf dem Kies vor der Mühle hin und her, und sie trippelt nicht leise. Dass unser Abschied entdeckt würde, wäre mir eine fürchterliche Vorstellung: Stundenlang müssten wir erklären, und dergleichen liegt mir von Hause aus nicht. So griff ich abermals zu einem Haßfurther-Trick. (Man merkt doch erst in der Praxis, wie viele Kniffe so ein Genre entwickelt, sobald es erst einmal ... entwickelt ist. Aber fahren wir fort.)

„... doch Ihr wisst, was ich meine, und darum sind wir ja Freunde, Ihr Lieben! Auf bald, möchte ich sagen und hoffen, auf bald, Ihr alle, lasst es Euch wohlergehen ... und ich bin gewiss, dass wir uns hier in diesem von Gott vorbestimmten Talgrund einmal wiedersehen werden – und sei es an Weihnachten.

Eure Hilke und Euer Ulf"

Abermals schnäuzte ich mich in mein gelbgraues Taschentuch.

„Latsch-latsch-latsch ..."

Ich habe den Eindruck, Hilke ahmt sich selber nach. Täppisch nach den Seiten austretend, die Füße so laut wie möglich in den Schotter rammend, watschelt sie schräg vor mir her, damit ich auch sehen kann, wie übel es ihr ergeht. Ein besonders eleganter Gang war ihr nie eigen, sonst hätte ich sie auch nicht genommen, aber das hier halte sogar ich für übertrieben: Bei jedem Aufprall der klobigen Schuhe rucken Hilkes Schultern nach vorne, das erinnert mich an eine Vogelart – oder an Amphibien? –, die das auch so machen. Sie geht so blöd, dass es mich schließlich amüsiert. Ich fange an zu grunzen, doch jedes Mal, wenn sie sich wütend umdreht, blicke ich wieder betrübt vor mich hin: ein armer Mettwagenzieher, von der Schwere seiner Arbeit in Anspruch genommen.

„Schlapp-schlapp-schlapp ..."

Seit jeher bin ich in der Kunst des Motzens bewandert – Hilke kann das noch besser. Es ist ein Konkurrenzkampf im Dumpfsein ausgebrochen, auch da gewinnt Hilke regelmäßig, ich kann es nicht fassen. Meine Verwandten werden sie augenblicklich ins Herz schließen. Unablässig beschwert sie sich, und es fällt ihr immer etwas ein: Es ist falsch, dass wir überhaupt aufs Land hinausgefahren sind, in der Stadt wäre es bestimmt viel besser, da gäbe es doch jetzt alles umsonst; vor allem die „Trennung von de Mamma" habe nur ich zu verantworten, und das wird sie mir nie verzeihen – wer weiß, ob sie noch am Leben ist! Sogar an diesem wenig komfortablen Feldweg bin ich schuld – schließlich kennt sich Hilke im Norden nicht aus, sondern ich, zumindest hätte ich das vorgegeben, aber dem scheine ja nicht so, wie übrigens meistens, wenn ich etwas behaupte, ja sogar, wenn ich etwas verschweige, und darin wäre ich ein Meister. Ich versuche etwas zu entgegnen, werde aber unterbrochen.

„Dapp-dapp-dapp ..."

Zwischendurch kann sie recht zärtlich sein. Am ersten Abend, den wir ohne die anderen unterwegs sind, entfache ich ein Feuerchen neben dem Mettwagen, um meine Zwiebeln zu rösten. Zwei Holzscheite klopfe ich so geschickt in den Erdboden, dass wir uns draufsetzen können. Ächzend mümmelt Hilke ein Thunfisch-Sandwich direkt aus der Packung und schmeißt den Plastikmüll neben sich ins Gestrüpp. Doch dann, in einer Aufwallung der Leidenschaft, wirft sie sich zu mir herüber, rumst gegen meine Brust und bleibt da hängen. Ich tätschle sie im Dreivierteltakt und bedenke, wie sehr ich meine Werkstatt vermisse; wo jetzt wohl meine lieben Wasserhäuschensteher stehen, da doch alle Wasserhäuschen zu haben; was der Bauer Krapf mit all den Zwiebeln anfängt, wenn ich sie nicht aufesse. Dabei lasse ich einen fahren.

„Gesundheit“, wimmert Hilke.

„Danke, mein Schatz.“

Auch am zweiten Abend spart sie nicht mit Zutraulichkeiten. Vorher sind wir in einem Dorfladen gewesen, die Besitzerin lag vor der Gefriertruhe, da haben wir uns mit Nahrungsmitteln eingedeckt, sogar mit Äpfeln. Die mögen wir aber beide nicht. Also zielen wir, wie wir so dahocken, mit den ungeliebten Früchten nach einem Landschaftsschutzschild vorm Eingang in die nächste Waldung. Dies verschafft uns eine Weile Unterhaltung, aber dann schimpft Hilke doch noch los, weil ich viel öfter treffe, und sie sagt, dass ich schummle. Heute schluchzt sie nicht; den Grund erkenne ich erst, als ich die Geschichte fertigerzählt habe, wie ich damals mit Möhre und der Zingg endlich am Rheinstrom anlangte und ...

Hilke schnarcht rüsselnd.

Das hat etwas Beruhigendes. Ich bette ihr Ohr auf meinen Bauch und lege mich auf den Rücken. Leider fängt es an zu nieseln – das bin ich gar nicht mehr gewöhnt. Ich denke: Wie öd doch die Menschen sind! Da haben sie es lustig, miteinander, weil sie viele sind oder allein, weil das ein Genuss ist, suchen sich aber zum Leben die allerdümmste Konstellation aus: zu zweit nämlich kann keiner glücklich werden, zumindest nicht viel länger als ein Vierteljahr. Das – und nichts anderes – scheint mir der Grund für die Produktion von Nachkommen zu sein. Doch welch ein Irrtum, denn dann ist man immer noch zu zweit, nur zusätzlich umgeben von furchtbar jungen Leuten, die nur sich selber kennen ... und nicht einmal das. Man müsste, fahre ich in meiner Schule der Lebenskunst und angewandten Weisheit fort, einfach rechtzeitig aufhören: etwa dann, wenn man wo recht neu ist, und zwar in dem Moment, bevor es mit der Bildung von Pärchen anfängt.

Dann ist es immer am schönsten.

„Schlurf-schlurf-schlurf ...“

„Oink-oink-oink ...“

„Schuffel-schuffel-schuffel ...“

„Dödel-dödel-dödel ..."

„Du solls mich net nachmache."

„Mach ich ja gar net."

Es wird nicht besser. Selbst als ich das erste Anzeichen wahrnehme – Dauerregen –, dass es nicht mehr weit sein kann bis nach Hause, hellt sich Hilkes Stimmung kaum auf. Und dann verlaufe ich mich. Das hat den ersten ernsthaften Streit zur Folge, direkt vorm Eingang zur Deutschen Märchenstraße. Das steht zumindest auf einem Schild. Es ist misslich, sich daheim zu streiten, o ja! Unterwegs aber bringt einen so was völlig zum Kochen. Einmal mehr schlage ich ihr vor, doch bitte alleine weiterzugehen. Oder umzukehren, zurück zu de Mamma, die habe sicherlich Sehnsucht, also ganz wie es ihr beliebe, Hauptsache ...

„Aha, du willst mich los sein. Du bist so en Arsch!"

„Bin ich net."

„Wohl."

Der Regen wird stärker. Zugleich nimmt die Dämmerung zu, vor allem tagsüber. Wir müssten wirklich bald da sein. Ich wickle das Taschentuch um meine Finger, die schon wieder wund sind vom vielen Ziehen. Hilke zieht nie. Es sei ja meine Schuld, also solle ich das auch ausbaden. Ihre Mutter sei jetzt bestimmt viel, viel glücklicher: mit ihrem Willi. Das sei ein feiner Mann. Nicht so ein Stoffel.

„Bin ich net."

„Wohl."

Danach sage ich nichts mehr. Einen Nachmittag lang und einen Abend. Zuerst schweigt Hilke ebenfalls. Dann meckert sie. Dann flennt sie. Dann grummelt sie vor sich hin. Und alles das immerfort im Wechsel.

Für den Einzug nach Milben sind wir bestens präpariert.

Heimat 2 und 3

Selbst wenn es in Zukunft geschähe, es müsste, sobald es in meiner Heimat gewesen wäre, in allen Formen der Vergangenheit erzählt werden: Dies Land war aller Ehedem; denn so lebten einmal wir alle. Im Süden mag die Härte und Herbe des Tageslaufs gemildert worden sein durch Weinbau und Wärme, die stumpfsinnige Abfolge von Arbeit und Schlaf beseelt von Kultur; wir aber wurden zu Experten des Mangels. Zu jeder Zeit mussten wir mit wenig zurechtkommen, doch da es immer dasselbe war und niemals ein Wandel stattfand, verlernten wir es zu schätzen. Wir mochten nichts, auch uns selber nicht und die Unseren. Einzig und allein den Berufenen, Ausgesonderten, die weg in die Fremde mussten, war vielleicht vergönnt, in der Ferne eine Empfindung dafür zu entwickeln, eine Sehnsucht und etwas Dankbarkeit. Zu Hause aber verblieb alles roh, alltagsgrau und unbewundert, ohne Wert und schon darum im Moment seines Entstehens der Vergangenheit preisgegeben.

Was wir auch begannen, gerann uns unversehens unter den Fingern zu Gewesenem; das wäre noch allgemein gewesen, sagt man doch auch, dass Kunstschaffende, wenn sie ein Werk vollenden, oftmals nicht Freude, sondern Trauer fühlen, da somit die Momente der Inspiration, die Spanne, da man das Verbindungsglied war zwischen dem Werk und dem namenlos es Beseelenden, dahin sind, beglaubigt und abgeschlossen. Bei uns war es schlimmer: So sehr waren wir stets vom Gewesenen umhegt, dass unsere Sprache, die knarrende, raue, kein Wort für Gegenwart und keines für Zukunft je ausgeprägt hätte; in unserer Grammatik fehlen vollkommen Präsens und Futurum, und Perfekt und Imperfekt erstrecken sich bis in den Imperativ hinein. Wenn wir sagen: „Geh, pflück Zwetschgen!“, so müssen wir die abgeschlossene Vergangenheit in Anwendung bringen, sprich: „Habe Zwetschgen gepflückt!", und um die Unabwendbarkeit dieses Tuns druckvoller zum Ausdruck zu bringen, versehen wir solche Befehle gern mit dem Zusatz: „Krabotte grumb-gurne!", übersetzt in etwa: „Du Ochsenfrosch!"

Ein Wort für „Bitte!" haben wir natürlich auch nicht.

Die Baumstämme, auf denen ich mich niedergelassen hatte, sahen aus wie Schiffsplanken aus der Bronzezeit, die man vor Kurzem aus einem Moor geborgen hat. Sie waren so feucht, dass ich mit meinem Hintern zentimetertief in die Oberfläche einsank. Ich war auch feucht, nicht nur hinten: Alles hatte sich vollgesogen, so wie es früher und schon immer gewesen ist. Hilke war wieder „in den Pilzen"; ich hatte sie schon öfter dringend gebeten, diese Wendung nicht mehr zu gebrauchen, da sie in ihrer tumben Witzigkeit eine Qual für meine Ohren darstellte. Vergeblich; selbstverständlich vergeblich und wohl umso hartnäckiger beibehalten, da mein Widerwille allzu deutlich spürbar war.

Ich dachte daran, wie ich damals, als ich zum letzten Mal diesen Acker sah, selbst an der Reihe war und ein wenig in Verlegenheit geriet, als die Zingg mit ihrem Wägelchen des Weges gezogen kam. Die Zingg! Ach, ihr Gestalten, Gewährsleute meiner Reise, wo seid ihr hingeschwunden! Weichmütig wollten meine Gedanken zurückschweifen und alle wieder hervorbitten, denen ich begegnen durfte, die mir lieb waren oder zuwider, ganz gleich: Hauptsache, ich war ihnen begegnet, und die Erinnerung sollte mir bleiben. Aber so einfach war das nicht. Denn dort unten, hinter der triefenden Schonung, begann schon das Milbener Gebiet, lag mein Heimatweiler, und ich spürte es wie einen Sog, der mit dem Dunst aus dem Tale kam, um mich zu umfangen und zu löschen, was mein gewesen war und unauffindbar in die Vergangenheit hinabzuziehen.

Denn hier hatte niemand je ein Recht auf persönliche Erlebnisse gehabt; sie waren Allgemeingut, oder sie verglommen, kaum dass sie stattgefunden hatten. Ich wehrte mich, wollte mich wehren, es wäre mir sogar recht gewesen, wenn Hilke endlich wieder von ihrer Verrichtung zurückgekehrt wäre, doch ausgerechnet heute brauchte sie besonders lange. Verzweifelt wedelte ich die Nebelfetzen von mir weg, rief die Namen ins Gedächtnis: „Zingg! Möhre! Manfred!“ Doch vergeblich. Mein Kopf sackte auf die Brust, ich hörte ein Dröhnen, ein hässliches Zischen, wie von den Düsen der Straßenreinigungsmaschinen, die nach festlichen Veranstaltungen den Asphalt sauber spritzen.

Sogar Hilke fiel etwas auf.

Im Begriff etwas ganz anderes zu sagen, vermutlich eine neue Klage über das Wetter in meiner Gegend, woran ich gewiss eine Mitschuld trüge, nahm sie meinen Gesichtsausdruck wahr und fragte besorgt: „Issen?“

Belästigt winkte ich ab. Wie sollte ich ihr auch erklären, wie die Kräfte des Nieselnordens wirken, wie sie dich austrinken, unerbittlich, und wenn sie fertig sind, deine Hülle, nachlässig zusammengefaltet, zu den anderen legen. Nein, wer nicht in diesen Breiten zur Welt gekommen ist, kann es nimmer begreifen. So nahm ich Zuflucht zu einer Ausrede – über längere Zeit eine meiner beliebtesten Übungen – und behauptete, ob der anstehenden Wiederbegegnung doch ein wenig nervös zu sein.

„Och, komm“, meinte sie und knuffte mir kameradschaftlich gegen die Schulter.

Ich schlich zu dem rasselnden Mettwagen hinüber, dachte an Gina-Lisa und wie es ihr wohl ergangen sei inzwischen und zog kraftvoll an. Auf dem Waldweg zum Rotzenbusch hinüber musste ich mich hart von vorne dagegenstemmen, so wie einst auf der Brücke im Hafen, kurz nachdem ich in F. eingetroffen war. Mit Wehmut und Erleichterung stellte ich fest, dass es den saugenden Mächten noch nicht vollständig gelungen war, mein Erleben zu tilgen. Immer wieder musste ich umgreifen, meine Position verändern, nachjustieren, damit der Wagen nicht vom Weg abkäme. Dabei gab ich unwillkürlich Laute von mir, der Kraftanstrengung geschuldet, mitunter dem Unmut.

„Übertreib net“, riet Hilke, die meistens neben mir dahinstapfte und beobachtete, wie ich schwitzte.

Hilke, die Auserwählte unter den Völkern!

Als wir auf der Kuppe ankamen, bevor der erste Blick auf den Heimatort möglich wäre, machte ich Halt. Als ich fortgezogen war, hatte ich den Moment verpasst, war trübe weitergetapert und hatte mich dann ziemlich geärgert. Ohne auf meine Begleiterin zu achten, ließ ich den Handwagen stehen und tat ein paar Schritte unter einen Birnbaum. Die Augen hielt ich geschlossen, nach einem nassen, rauen Stamm griff ich aus. So verharrte ich, bis ich mich wagte, den Kopf in die Richtung zu drehen, wo die Hütten wohl stünden. Furchtsam öffnete ich schließlich die Augen – und da überkam es mich doch: keine Tränen, aber ein heißes Gefühl des Zerrinnens, der Scham und der Liebe, schließlich der Angst, diese Dornröschen-Seuche könnte doch alle dahingerafft haben ... und wer sollte hier oben auf den Gedanken verfallen, jemanden medizinisch zu versorgen?

„Des is aber öd." Von dem Anblick, der sich ihr bot – ein paar Wiesen, ein paar Bäume, ein paar Schober, ein paar Häuschen – schien Hilke nicht sehr beeindruckt.

Ich konnte es ihr nicht verdenken.

Auf Vetter Eppels Wiese standen ein paar Wollschweine. Sie machten keine Anstalten, uns zu beschnuppern, sondern schnuddelten träge in ihren Bribbelpfützen. Hilke machte mich auf die frappante Ähnlichkeit der Tiere mit Gina-Lisa aufmerksam, doch das war mir ja bekannt. Abermals bat ich sie eindringlich, niemandem gegenüber auch nur leise anzudeuten, was meinem Schwein widerfahren war.

„Ich doch net."

„Das ist wirklich gefährlich. Man weiß ja nie, wie sie reagieren. Meistens überhaupt nicht, aber irgendein Auslöser kann das plötzliche Umschlagen in extreme Aggressivität bewirken. Da möchte ich nicht, dass du Zeugin davon wirst."

„Ich auch net."

Der Erste, dem wir begegneten, war Vetter Otze, jener, der aus der Stadt K. den Namen Gina-Lisa mitgebracht und mit dem ich am Rotzenbusch Holz gestapelt hatte. Wie hatte ich zweifeln können? Selbstverständlich dringt nichts, weder Segen noch Seuche, in diesen aller Zeit und allem sonstigen Menschengeschick enthobenen Ort jemals vor. Sie lebten!

„Omwadde-krotz kannene hubbene mak-huggene kaumenack gaude“, sagte er tonlos, was ungefähr: „Ah, der Ulf“, bedeutet.

„Was heißt denn immer dieses „Omwadde“?“, drängte sich Hilke von hinten an mich heran.

„Ich sag jetzt was.“

„Des is aber öd.“

„Ja. Andererseits ...“ Einen Moment lang dachte ich daran, ihr von den mittelalterlichen Schreibern zu erzählen, die das Incipit: „Hier beginnt es“, den ersten Buchstaben eines Textes, mit solcher Hingabe verzierten, um die Bedeutung des Anfangs als solchen zu markieren.

Ich unterließ es.

Hilke schien zu erwarten, dass ich ihr Otze vorstellte, doch da war er schon weitergeschlurft und, den Rechen geschultert, in der Nässe verschwunden. Die Nächste war Hulla. Die vergaß aber ganz, uns zu grüßen, sondern zählte, indem sie mit dem Kinn wieder und wieder nach unten ruckte, die Mettgläser. Als sie fertig war, ging sie weiter. Ein Lob hatte ich nicht erwartet.

„Ah, der Ulf.“

„Ah, der Ulf.“

Aus den Fenstern der Wohnhütten, die ich mit Missbehagen betrachtete, schoben sich nach und nach ein paar Köpfe. Man registrierte, dass ich wieder da war. An Hilke zeigte niemand Interesse ... bis der Zibbel auf den Plan trat. Offensichtlich mit der Überprüfung meines Auftrags vollauf beschäftigt, vergaß auch er mich zu bewillkommnen.

Stattdessen starrte er meine Freundin an. „Omwadde-krotz murrene dunke, orre wurtz-roddene klaff knaff wärre“, grunzte er, was so viel heißt wie: „Na ja.“

Immerhin, Hilke, ihrerseits nicht an ein Übermaß an Fürsorglichkeit, Aufmerksamkeit und Nachsicht mit ihrer Person gewöhnt, nahm das gelassen hin. Erst als wir am Dreiseithof ankamen, wo ich aufwachsen musste, verließ sie der Mut.

„Hier bist du groß geworde?“

„Ich kann es nicht leugnen."

„Bä, wie des stinkt", machte sie, als ich die Tür aufstieß und eine Woge abgestandener, feucht-stickiger Luft auf uns zu waberte.

„Ich kann es nicht leugnen."

„Sagst du auch mal wieder was anneres?"

„Hoffentlich."

Im neuen Teil, wo Hulla sich mehr oder weniger häuslich niedergelassen hatte, sah es nicht viel besser aus; immerhin hatte sie inzwischen wohl manchmal gefegt. Als wir in die niedere Stube eintraten, wo die Stühle um den Deutetisch herumstanden, kellerasselgraues Licht sickerte durch die Sprossenfenster, verstieg sich Hilke zu der Vermutung, man benötige wohl eine Woche, um hier etwas Ordnung zu schaffen – von Gemütlichkeit nicht zu reden.

„Eher ein Jahr", wandte ich ein und zog meine Kinderblechbadewanne vom Wandschrank, gefüllt mit altem Laub.

Es rieselte zu Boden, und Hilke schimpfte. Ich meinte, darauf käme es auch nicht mehr an und verließ das Zimmer, um mich in der Scheune umzusehen. Da lehnte doch tatsächlich noch mein Dunghaken, den ich nach der letzten – wie immer miserablen – Kartoffelernte hatte stehen lassen. Ich kontrollierte hier und guckte da und durfte feststellen, dass nichts, gar nichts von irgendwem berührt worden war, warum auch? Dessen war ich zufrieden. Die Latten, welche ich in krankhaftem Fleiß vorletzten März aus den umgefallenen Nussbäumen geschnitten hatte, ragten noch immer aus der Luke; sie waren natürlich nass geworden, nicht mehr verwendbar, schon gar nicht für den Möbelbau.

Hier nun fiel mein Blick durch einen Spalt auf den – wenn man so sagen will – Dorfplatz mit der Drugg. Das war entscheidend, denn endlich kamen mir all die Vorhaben wieder ins Gedächtnis, die ich in F. so kühn ersonnen hatte. O ja, was würden die Sippenmitglieder aufglotzen, wenn ich nicht nur Wandererlebnisse und einen Katalog meiner glänzendsten Erfolge präsentierte, sondern zugleich mit Unbarmherzigkeit vortrug, was sich ändern müsse: und zwar alles und so bald als möglich. Ich dachte an den Konrad, den Cyriakus und den Friedrich und fühlte von ihnen mir Kräfte zuwachsen zu meinem ungeheuren Werk. Was würde ich nicht alles zu sagen wagen, offen und frei, wie es einem, der in der Fremde zu Ruhm und Bildung gelangt ist, geziemt!

Von neuem Mut gehoben, trat ich hinaus in eine Art Höfchen, das durch den Zusammenbruch eines Schuppens entstanden war, wo der Großvater gerne den Speck getrocknet hatte. Sparren und Draht, verzinkte Winkel, Gewinde und Schrauben jeder Größe lagen umher; schon meine Mutter hatte den Vater gequält, hier endlich einmal aufzuräumen. Er hatte sich quälen lassen und nie auch nur einen Nagel vom Boden aufgeklaubt. – Unter solchen Erinnerungen kam ich auf den Einfall, eine Handelsgold zu schmauchen, und ich setzte mich auf eine Kiste, die halbwegs vom Dach der Hinterfront geschützt war. Dabei griff ich nach einem Knüppel, den ich mit etwa zwölf Jahren begonnen hatte, mit Schnitzzeichen zu versehen, was sich aber als zu anstrengend herausgestellt, weshalb ich das Werk bis zum heutigen Tag unbeendet gelassen hatte. Unwillkürlich begann ich damit, mir meine Rede zurechtzulegen, in der ich – dies dürfte das höchste Risiko sein – die Verschließung der Drugg fordern würde. Den Reisebericht sollte ich besser vorschalten, in dem ich dann wohl erwähnen müsste, was draußen in der Welt gerade vor sich ging. Hierzu wäre es freilich sinnvoll, etwas über den Fluch zu erfahren ... und ob meine Sippe in ferner Zeit Okkultismus getrieben habe und dergleichen mehr.

So beschloss ich, Tante Onka aufzusuchen.

Als ich in die Stube zurückkehrte – eine gute Stunde mochte vergangen sein –, war sie leer. Ob Hilke wohl einen Spaziergang unternommen hatte? Die Leute aus der Stadt kommen ja auf die tollsten Gedanken! Binnen Kurzem würde sie wiederkommen, es gab ja nichts zu sehen bei uns. Mit dem Knüppel, den ich aus der Hand zu legen vergessen hatte, pochte ich einen interessanten Rhythmus auf den Dielenboden. Dies unterhielt mich eine Weile. Nachdem ich aber genug getrommelt hatte, in immer kürzeren Abständen aus dem Küchenfenster stierend, wurde ich unmutig und beschloss, Tante Onka alleine aufzusuchen. Mit Freuden hätte ich ihr meine Erwählte vorgeführt; was musste diese Trulla jetzt auch durch den Gassenkot promenieren? Darüber ärgerte ich mich nicht wenig, schlug mit dem Knüppel gegen das Schloss, die Lasierung sprang ab, die Tür aber auf.

Der Nieselregen hatte wieder zugenommen – gegen Nachmittag nimmt er immer zu. Nur undeutlich konnte ich die Konturen der Hütten, an denen ich vorüberstrich, wahrnehmen. Mit dem Knüppel, den ich immer noch nicht weggestellt hatte, begann ich einen Stein vor mir herzutreiben, aber der blieb in einem Schlammloch stecken. So kam ich denn, missmutig wie lange nicht, am Stall von Bethlehem an. Wer Tante Onkas Wohnstatt den Namen verliehen hatte, ich wusste es nicht mehr, aber den Grund dafür hatte ich in Erinnerung: Onkas Gatte, dessen Namen mir entfallen war, hatte sich beim Bauholz verrechnet; während drei Seitenwände und das Dach schon fertig dastanden, blieb ausgerechnet die nördliche Front über Jahre unbeendet. Verständlich, dass Tante Onka ihre Nachbarinnen beim Meckern und Schelten noch weit übertraf. Es ging so weit, dass ihr Mann eines Tages verschwand – ein in unseren Breiten unerhörter Vorgang von erstaunlicher Initiativkraft.

Ihre drei Söhne hatten schließlich ein Einsehen und verschlossen die offene Seite, so gut es eben ging, bedeutende Baumeister waren sie nicht. Wer nun aber gedacht hätte, Onkas Litaneien hätten damit ein Ende, sah sich bitter getäuscht. Das Meutern und Maulen war gewissermaßen zu ihrer Natur geworden; nichts mehr von alldem, was sie als Mädchen ausgezeichnet hatte, war ihr verblieben. Sie hangelte sich von Problem zu Problem und schikanierte ihre Söhne dermaßen, dass sie einander eines Tages an den Händen fassten und gemeinsam in die Drugg sprangen. – Doch wer hätte es gedacht? Ab diesem Moment war Onka wieder die alte, gewann ihren Gleichmut zurück, auch entwickelte sie von Neuem ein Interesse an spiritistischen Dingen. Es scheint, mit der Anwesenheit von Leuten in ihrem Umkreis war sie nicht zurechtgekommen; endlich allein, kehrten alle ihre Talente zurück, und sie wurde, ihrer eigentümlichen Angewohnten zum

Trotz, zur zufriedensten Bewohnerin des Milbener Landkreises seit Menschengedenken.

So wunderte es mich denn nicht, sie in ihrem Ohrensessel anzutreffen, einen Gerstenkaffee in Händen, in einer echten Porzellantasse, einer der wenigen im Ort –, einer Art Musik aus einem Radio lauschend. Onka war wohl die Einzige im Ort, die eins besaß; selbst mir, der ich die anderen an Geist und Wissen doch weit überragte, hatte es sich niemals erschlossen, warum man seine Zeit mit solch einem Quasselkasten vergeuden sollte. Auch hätte ich nicht gewusst, wo man ihn anschaltet.

„Na, willst du mich totschlagen?", fragte sie sinngemäß und wies auf den Knüppel in meinen Händen.

Eingenommen von dem sinnlosen Gedudel, vergaß ich zu antworten. Es regte sich in mir Ekel, als ich diese armseligen Melodien, Texte, vor allem aber diese synthetischen Klangfarben mein Gemüt vergiften fühlte. Wie konnte Onka dergleichen nur mögen? „Du – willst mich. Ich – will dich ..." Und immerfort und immerzu dasselbe. Am liebsten hätte ich das Gerät zertrümmert und wäre davongestoben.

„He! Wenn du mich schon bei meinem Kaffeestündchen störst, kannst du wenigstens mit mir reden!" Etwas bewegte sich in ihrem tantenhaften Onkagesicht, ob Ärger, Spottlust oder Gutmütigkeit, ich konnte es nicht ermessen, dafür war der Schlager zu laut.

Endlich nahm ich mich zusammen und erklärte ihr mit hocherhobener Stimme, dass ich das Rundfunkhören, zumal in solcher Lautstärke, nicht gewohnt sei und darum gerade abgelenkt gewesen wäre. Onka streckte ihre fleischige Hand aus, unterließ es dann aber, am Lautstärkeregler zu drehen.

„Was willst du denn nu?"

Unter Aufbietung aller Gedankenkraft gelang es mir zu schildern, was in den letzten Wochen draußen in der Welt vorgegangen war, beschrieb die von ihrer Überlegenheit so überzeugten Kreaturen, wie sie scheißend mitten auf der Straße zusammengebrochen waren, seither jedoch von den Wohlgesinnten versorgt werden müssten.

„Aber das weiß ich doch alles", lachte Onka mich aus und deutete auf das Radio. „Hmmh?"

Eine gnädige Pause hatte gerade geendet, und von Neuem begann die Verwüstung meines Zartgefühls. So sehr nahm mich die Dummheit der Schlagertexte gefangen, dass ich wiederum abschweifte. Während meiner gesamten Zeit in F. hatte ich so etwas nicht vernommen; akustisch war meine Welt geprägt gewesen von Bach und Rachmaninow, Mozart und Mahler – von der Existenz derartiger musikalischer Zersetzungsprozesse hatte man mir nichts gesagt. Mal mit Olim schimpfen.

„Aber das weiß ich doch!", wiederholte Onka, etwas lauter.

„Deine Blicke ziehn mich aus ..."

„Was?"

„Ulf! Kottmüller, Ulf! Jetzt konzentrier dich oder zieh Leine!"

Abermals entschuldigte ich mich und brachte in Eile mein Anliegen vor. In kurzen Sätzen schilderte ich meine Annahme, dass diese unsäglichen Vorgänge von der Verlesung des Fluchs durch meine Hilke ausgelöst worden seien, und ob sie, die Tante, von jenem Manuskript, worin der Fluch enthalten, etwas wisse ... oder gar von den Urhebern, nach denen zu fragen ich kaum wagen würde. Und, und, und. Leider gelang es mir nicht, meinem eigenen Vortrag zu folgen, denn das nächste Liedchen hatte begonnen, eingeleitet von widerwärtigen Kunstgeigen, die von einem langgezogenen „Uhu!" des Chores abgelöst wurden.

Lange hielt die Tante die Augen geschlossen. Dann schlürfte sie den Rest aus der Tasse und sah mich an, mit einem Blick, wie er in Milben sonst nicht vorkommt, da wir es vorziehen, aneinander vorbei zu sturen.

„Junge, was du da erlebt hast ..."

Sie schien tatsächlich gerührt, strich mir über mein Bürstenhaar, was hierzulande noch viel seltener vorkommt als ein Blick in die Augen. Dann lehnte sie sich zurück, mit halbgeschlossenen Lidern und trug mir vor, was sie wusste. Gut zehn Minuten, vielleicht auch zwölf, reihte sie Berichte aus ältester Zeit aneinander, untermalt von einer Mimik der Bedeutsamkeit. Auch ihre Hände malten Geschehnisse nach, aus den Tagen der ersten Siedler, als die Nähe zu den Göttern noch groß war, und dann sagte sie mir das Geheimnis. Sie beugte sich vor, fast so nah wie ich vor ein paar Monaten bei Onkel Friedrich in der Klinik ... und in wohlgesetzten Worten vertraute sie mir alles an. Als sie mich „nicht nur einen Bluts-, sondern wahrhaft einen Geistesverwandten" nannte, erwachte ich aus meiner Trance.

In wohlgesetzten Worten ... Ich hatte drei neue Schlager angehört, drei musikalische Missbildungen der Unterhaltungsindustrie, Wort um Wort ... und es war mir nicht eine Sekunde gelungen, Tante Onkas Enthüllungen zu folgen.

„Du weißt jetzt alles", schloss sie. „Ich bin furchtbar müde. Bitte geh ... und vergiss nichts von dem, was ich gesagt habe. Niemals. Du bist jetzt der Hüter dieses Wissens und keiner in deiner Generation weiß so viel. Vergiss nichts davon, und wenn die Zeit gekommen ist, dann überlege gut, wem von den Jüngeren du diese erhabenen Worte anvertrauen willst."

„Aber ... Tante Onka ... ich ..."

„Jaja, ich weiß, was du sagen willst. Du bist mir keinen Dank schuldig. Ich sollte dir danken. Es war der richtige Moment. Danke. Aber geh jetzt, mein Schlummer duldet keinen Aufschub."

Diese erhabenen Worte ... Als ich den Knüppel, den ich noch immer in Händen hielt, gegen unschuldige vorübereilende Pfosten und Tonnen schlug, in verzweifelter Wut auf mich selber, hörte ich es noch immer, von scheußlichen Akkorden, die nach Sacharin und Sagrotan schmeckten, untermalt, gegrölt von verkommenen Weibsbildern und Mistkerlen mit Alpenakzent: „Halt mich fest ... jo ganz fest ... Komm mit mir ins Traumboot ... Traumschloss ... Liebe ... Du willst mich ... Ich will dich ..."

„Nein!"

Verwirrt blieb ich stehen. Ich befand mich keinen halben Meter vor der Drugg. Voller Widerwillen starrte ich in die Tiefe. Es war der Gestank meiner Kindheit, der soghaft zu mir heraufdrang. Ich wandte mich ab. Heftig atmend kam Tante Trinchen auf mich zu, sie, an die ich nie mehr gedacht hatte, warum auch, niemand dachte je an sie, sie sagte ja nichts, sie galt als stumm – doch jetzt im Augenblick hatte sie gesprochen, zum ersten Mal wohl, musste ich denken ... und hatte damit mein Leben bewahrt.

„Tante Trinchen!“, rief ich, zerfließend vor Dankbarkeit und schritt auf sie zu, „wenn du nicht gewesen wärst!“

Von meinen Dankesbekundungen wollte sie aber nichts wissen; ich sei es vielmehr, dem sie danken müsse – fast im Wortlaut eine Wiederholung dessen, was ich wenige Minuten zuvor von Tante Onka gehört hatte – , denn endlich sei ihr die Stimme wiedergegeben, ja tatsächlich, es habe sich in diesem Moment, als es keine Wahl mehr gab: entweder ich fiele oder sie schrie, etwas Schweres, Knarzendes in ihrem Halse gelöst, und jetzt könne sie wieder sprechen – wie zum letzten Mal als Schulkind, da sie mitansehen musste, wie ihr Lieblingskälbchen, die Annemie, in die Drugg gestolpert war.

„Weißt du was, Tante Trinchen“, wagte ich es, sie an mich zu drücken. „Damit ist es jetzt vorbei!“

„Womit?“, fragte sie verständnislos, ganz nach Art der Milbener.

„Das wirst du schon sehen“, lächelte ich selbstsicher. „Das wirst du morgen früh schon sehen. Wenn alles gutgeht.“

Nachdem wir uns beide ein wenig beruhigt hatten, entsann sich Trine, dass sie mir einen Zettel aushändigen sollte, bekritzelt vom Zibbel, worauf etwas Unerhörtes geschrieben stand: Eine Einladung für den heutigen Abend, zusammen mit „meiner Verlobten“, zu einer Dorfversammlung im Gasthaus „Zum alten A-“ – in der Schlusszeile versehen mit einem alles zu Erwartenden umkehrenden, unvergleichlichen, bedeutungsvollen Hinweis: „Es gibt Brambes mit Geknetschte.“

Brambes!

So hatte man meine Leistungen doch erkannt und würdigte sie mit einem dermaßen seltenen Festmahl, mit dem sonst nur Rumser des Jahres, die mehrfach hintereinander gewonnen haben, geehrt werden. Insgesamt ist das nichts anderes als Deute, doch mit Stückchen, allerlei Innereien und sehr viel Aspik, sieht also in etwa aus wie verflüssigte Sülze ... oder aber wie Onkel Gorm, den vor Zeiten diese Hautkrankheit befallen hatte. Ich wusste nicht, wohin mit meiner Freude. Und dann noch ins alte A! Dort hatten wir lange nicht gesessen. In einer kurzen Phase des Aufbruchs in den 1890er-Jahren, als man schon einmal zu der Ansicht gelangt war, ganz ohne Kultur sollte es auch bei uns nicht abgehen, hatte ein Mäzen, dessen Name bald darauf getilgt wurde, darauf bestanden, auch in Milben ein Dorfgasthaus mit Tanzsaal zu errichten.

Knotternd, durchaus nicht überzeugt, unterstützten ihn ein paar Gesellen aus dem Weiler und von den Aussiedlerhöfen im Rund. Doch es ging nicht richtig voran; nachdem sich der Spender zu einer Unbotmäßigkeit hatte hinreißen lassen, landete er unversehens in der Drugg. Wie es heißt, hatte er dem Kollerich den Weg verstellt, der war schlechter Laune und wollte ohne Umweg heim zu seinem Kornbrand, so dass er ohne zu zögern den Wohlmeinenden hinunterrempelte. – Danach wurden die Arbeiten am Wirtshaus zunächst eingestellt. Nicht einmal die bereits fertiggeschnitzten Buchstaben brachte man mehr alle an. Es steht zu vermuten, dass der in Ungnade Gefallene den Titel „Zum alten Amtmann" ausgewählt hatte, wohl in der falschen Überzeugung, selber so etwas in der Art zu sein. Selbstverständlich gab der nur rudimentär angebrachte Wirtshausname Anlass zu anderweitigen Interpretationen, und das entsprach schon mehr unserem Humor.

Ein weiteres Beispiel für die Eigentümlichkeit unseres Witzes gab nun ausgerechnet meine Hilke. Wie das? Nun, wie ich erst am Abend kurz vor dem Festessen erfuhr, war sie von einigen der Dorffrauen an meinem Elternhaus abgeholt – eine Sitte, von der mir nichts bekannt war – und in einem kruden Initiationsritus zum Innereien-Schneiden verdingt worden. Wie sehr nun meine Hilke da in ihrem Element war, niemand hätte es ahnen können! Ob sich Tante Gundel gemerkt hatte, was ich in meinen Briefen von der Fleischereifachverkäuferin berichtete, nehme ich nicht an. Das Erstaunen muss umso größer gewesen sein, da die Neue nicht nur keinerlei Anwandlung von Ekel zeigte, als die Gedärme und was nicht mehr auf den Arbeitstisch gekippt wurden, sondern mit nie für möglich gehaltener Präzision und Geschwindigkeit daranging, die blutigen Stücke zu verarbeiten.

Dies allein wäre noch im Rahmen gewesen, man hätte es hingenommen wie wir alles hinnehmen. Doch ein bis zu diesem Zeitpunkt unentdeckt gebliebenes Unterhaltungstalent meines Metzgermädchens sorgte für eine unter den Frauen der Heimat niemals gesehene Hochstimmung, ja, als ich am Abend, noch immer in Sorge, wo meine Liebste denn abgeblieben sei, an der Gasthofküche vorüberkam, vernahm ich Schnapp- und Grunzlaute, die bei uns das Gelächter ersetzen. Hilke hatte, wie sie mir später einmal erzählte, den Rhythmus ihrer Schnitte ins Wollschweinefleisch mit einem in gleichem Takt ausgeführten Schwenken ihres Hinterteils verbunden – eine Angewohnheit aus ihrer Lehrzeit. Schon das belustigte Tante Gundel und die anderen in kolossaler Weise, und die meisten versuchten, das auch so hinzubekommen. Ihres Erfolgs gewahr, setzte Hilke eins ums andere drauf, mal glupschte sie wie ein Fisch, mal nahm sie die frische Schweinsblase und – aber man muss nicht alles erzählen.

Bei alledem sollte bedacht werden, dass eine Verständigung durch das gesprochene Wort nicht möglich war; wohl vermochten die Meinen, Hilkes eingefärbtes Hochdeutsch meistenteils zu entschlüsseln. Wenn sie aber selbst etwas äußerten, zeigte meine Beste eine angestrengte Mimik und gab schließlich durch ein Kurbeln der Hände vor den Ohren den anderen zu verstehen, dass sie nichts kapiert hatte. Mag sein, dieses Minus, das in einer verbalen Beschränkung bestand, habe sich andererseits vorteilhaft ausgewirkt: Gewiss hatte man Befürchtungen gehegt, die eingebildete Schickse aus der Stadt werde durch ihr Auftreten und feine Redensarten signalisieren, für wie zurückgeblieben sie einen hielt. Nun gestalteten sich die Verhältnisse andersherum, und da Hilke offensichtlich ein Kasper war und ein Dummerchen, das nicht einmal das Milbenerisch beherrschte, würde man auch in Zukunft gut miteinander auskommen.

Alle waren erleichtert.

Zweifellos, an diesem Nachmittag avancierte die Neue aus der Stadt zum emotionalen Zentrum der Milbener Weiblichkeit. Als sie mich sah, war sie so guter Laune, wie ich sie seit unserer Abreise von der Hochebene und der Trennung von de Mamma nicht mehr gesehen hatte. Sie flog auf mich zu, ihre blutverschmierte Schürze flatterte an den Seiten, und sie busselte mich lautstark. Scheinbar war man gewillt, alles, was von Hilke herrührte, mit Amüsement gleichzusetzen, so dass auch in diesem Augenblick jene Unterart des Lachens von allen Seiten zu hören war. Allein der Versuch, den Überschwang der Entertainerin zu imitieren, musste wohl scheitern; Krumbel, eine meiner zwölf Cousinen, wollte ihrem Verlobten, dem stets schweigsamen Horund, gleichfalls mit Küsschen zu Leibe rücken, doch erschrocken und angewidert rumste er sie mit dem seitlichen Schwung seiner Hüfte von der Wirtshausbank.

Jetzt lachten die Männer.

Doch wie andere Gemeinschaften extreme Witterung, Hungerphasen oder Seuchen auf Dauer nicht aushalten, hegen wir Vorbehalte, des Weiteren auch Aversionen gegen fröhliche Stimmung. Kein anderer als ich wurde während der Festversammlung zusehends zum Ziel zunächst des Spotts, sodann der Feindseligkeit meiner Familie. Wie eng wir da auch in diesem niemals fertiggestellten Gasthaus zusammensaßen, auf Holzbänken ohne Lehne, an Holztischen ohne Tuch, funzelig beleuchtet, überhaupt nicht gelüftet, symbolisch überhangen von einem verstaubten, hundert Jahre alten Erntekranz, es konnte nicht gutgehen. Alles begann, wie bald allenthalben vermerkt wurde, mit meinem mangelnden Eifer, den Brambes in mich hineinzuschaufeln.

„Was haben wir geschnippelt!“, ermunterte mich Hilke mit vollem Mund in einem sonderbar geschraubten Deutsch.

„Bitte?“ Ich konnte ihr nicht folgen, war allzu sehr damit beschäftigt, mir auszumalen, wie der weitere Abend verlaufen würde.

„Die Därme und das Zeugs. Guck: schnipp-schnipp-schnipp!“, zeigte sie pantomimisch den entsprechenden Vorgang und unterließ es auch nicht, ihr Hinterteil in Schwung zu bringen.

Daraufhin lachten die Frauen wieder und stießen einander die Ellenbogen in die Seiten. Keine Frage, alle schätzten Hilke sehr.

Doch während ringsum ein Schmatzen und Schlotzen losbrach, wie dies in solcher Turbulenz und Maßlosigkeit nur bei uns möglich ist, stülpte ich selbst bloß hin und wieder den Löffel in die Kuhle, schob mir den rotzartigen Brei hinter die Lippen und spülte sofort mit Kornbrand nach.

Ich war es nicht mehr gewöhnt.

„Guck doch mal, wie verstädtert der Kottmüller frisst!“, hieß es denn auch sinngemäß.

Von da an hatte mich der Zibbel auf der Rechnung.

Als schließlich, der geplante Höhepunkt, ein babylonischer Turm aus frischem Mett vor mir aufgetischt wurde, das ich zum Gaudium aller restlos und mit Eifer verputzen sollte, in einem Schnelligkeitswettbewerb mit mir selber, begann der Skandal: Ich konnte nicht. Unter den vierzig Augenpaaren, die zuerst faltig lächelnd, dann geweitet, endlich zu bösen Schlitzen zusammengepresst, mich, den Abgesandten, fixierten, versagte ich vollständig. Die ärgste Wut auf mich verspürte freilich ich selber: Ich verstand mich nicht mehr. Hilke, bis zu diesem Augenblick erwartungsfroh an meiner Seite, distanzierte sich deutlich, indem sie aufstand und sich neben Krumbel setzte. Ich aber hypnotisierte den kotweichen Fleischberg vor mir und fühlte, wie mir übel wurde.

War es denn möglich, dass die herrlichsten aller Freuden sich innerhalb weniger Monate in Widerwillen, ja Ekel verkehrt hatten? Tapfer fing ich an, drauflloszulügen, eine ums Haar tödlich verlaufene Krankheit habe mich in der Stadt F. nach dem Genuss von gefälschtem Mett heimgesucht, nur darum, als ein kaum Genesener, sei ich noch nicht wieder fähig, mich diesem Wunderwerk der Metzgerskunst artgemäß zu widmen …

„Des stimmt ja gar net“, hörte ich Hilke ihrer neuen Busenfreundin zuflüstern.

Bis zu diesem Augenblick hätte es vielleicht eine Möglichkeit zum Rückzug gegeben; wer weiß, mit einer Vortäuschung von Schmerz, einer Ohnmacht oder dergleichen hätte ich zumindest manche im Saal vorübergehend auf meine Seite ziehen können. Aber das fiel mir nicht ein. Stattdessen erhob ich mich, zog einen

Notizzettel hervor und kündigte an, nunmehr Bericht zu erstatten, ohne etwelche Beschönigungen, sondern die vollkommene Wahrheit und nichts als die ---

„Omwadde-strunk korkorodde grumb-zumbel gurmonke zurkol!“, befahl da der Zibbel, und das bedeutete nichts anderes als: „Zuerst auffressen!“

„Nein!“, schrie ich und patschte den Löffel so tief ins Mett, dass noch Schwester Hulla, die zwei Reihen weiter saß, etwas abbekam.

Es hätte also günstigere Voraussetzungen geben können für meinen Rechenschaftsbericht, um mein Publikum zu fesseln. Aber nun hatte es sich einmal so gefügt, und der Ablauf der Handlungen, die von da an statthaben sollten, war unwiderruflich festgelegt und hätte von keinen Mächten, aus welcher Sphäre auch immer, noch aufgehalten werden können.

„Werte Familie“, begann ich formell und, um die Versammelten nicht zu überfordern, so spröde wie möglich, „zunächst möchte ich euch für die unerwartete Einladung, den reichlich gedeckten Tisch und die Anwesenheit aller recht herzlich danken.“ Der ausgenüchterte Tonfall, mit Sicherheit auch die Inhaltslosigkeit, bewirkt durch die geschickte Aneinanderreihung von Plattitüden, schien das Auditorium zu besänftigen. Selbst der Zibbel, eben noch erpicht, mich Mett mampfen zu sehen, ließ sich einlullen, da er meinen Dank vor allem auf sich selber zu beziehen schien. „Es gehört ja nun“, fuhr ich, sicherer werdend, fort, „zu den Tugenden unserer Sippe, dass wir vergesslich sind, und so will ich euch gerne erinnern, weshalb ihr mich einst ausgesandt habt, in den Süden – in die Stadt F.“

Ich blickte in ratlose Mienen; selbst Hulla und der Zibbel sahen einander fragend an: Was hatten sie noch gleich beschlossen?

„Ich sollte“, erhob ich rhetorisch gewandt meine Stimme“, eine Frau aus der Stadt heimführen, ansehnlich, aber gutherzig; dies ist mir, wie ich sagen möchte, schon einmal aufs Vortrefflichste gelungen!“ Damit wies ich auf Hilke, die von allen Seiten aufgefordert wurde aufzustehen, was sie mit einer gewissen Kleinmädchenschüchternheit auch tat. Freilich hatte sie den Inhalt der Exposition meiner Rede keineswegs verstanden. Doch alle Frauen, die bei der Brambes-Zubereitung dabei gewesen waren, begannen sie hochleben zu lassen. Die Männer sahen sich nur um und hielten sich, wie es ihr Naturell ist, schweigend zurück.

„Sodann", nahm ich den weiblichen Enthusiasmus auf, „war es meine Aufgabe, nach den Relikten unserer Familie zu forschen. Auch hier kann ich bedeutende Ergebnisse vorweisen – dazu später mehr." Zufrieden registrierte ich, wie der raffiniert konstruierte Spannungsbogen zu wirken anfing. „Schließlich", jetzt nahm ich einen Schluck Kornbrand, nicht ohne zuvor in die Runde Bescheid zu tun, aus Versehen prostete sogar der Zibbel mir zu, „und das war, wie ich es verstand, das Hauptanliegen, oblag es meiner Klugheit aufzunehmen, was uns nützlich sein könnte zu lernen, wovon wir profitieren müssten, zu ergründen, warum es draußen in der Welt so viel gedeihlicher fortgeht als in unserem trüben, klammen, zurückgebliebenen Milben – womit ich", versuchte ich das Gemurmel wieder einzufangen, „selbstredend nicht verneinen will, dass unsere Heimat nicht die schönste und ehrenwerteste auf Erden sei; das versteht sich ja von selbst."

Hin- und hergerissen zwischen Verständnislosigkeit, Zustimmung und einem unbestimmten Eindruck, provoziert zu werden, applaudierte man unsicher und verhalten. Ich schmunzelte arrogant, höchst selbstzufrieden mit der doppelten Verneinung.

„Höret denn." Jetzt hatte ich sie: Diese Wendung dürfte wohl niemand erwartet haben, und kraft der Autorität als gewiefter Redner zwang ich mein Publikum, mir zu folgen. „Ihr wisst es nicht – könnt es nicht wissen – was ihr mir angetan habt. Einen Milbener fortzuschicken in die Fremde, ist eine Grausamkeit sondergleichen. Es besteht ja niemals die Möglichkeit für einen von uns, draußen sich zurechtzufinden; gar zu anders ist das Zusammenleben da eingerichtet – man versteht überhaupt nichts, man blamiert sich fortwährend, wird unregelmäßig vom Schrecken befallen, staunt und vereinsamt. Gut – ich will euch nicht schildern müssen, welche Qualen und Anfechtungen mir beschieden waren … im Übrigen nicht mir allein, sondern seit den ersten Tagen der Besiedlung des Milbener Landes schicken wir etwa alle hundert

Jahre einen armen Teufel aus nach Süden, immer aus demselben Grund, weil wir, sozusagen in den Gezeiten des Bewusstseins, bemerken, dass etwas nicht stimmt mit uns, dass wir schlechter zurechtkommen, kärglicher leben, freudloser unser Dasein fristen als alle andern. So viel zu unserem Brauchtum."

Dies war wohl der Höhepunkt meiner Rede. Denn alle blickten beklommen unter sich; so viel oder wenig in ihre ungeübten Gehirne vorgedrungen sein mochte, sie fühlten doch deutlich, dass ich etwas Unwiderlegbares, Grundwahres ausgesprochen hatte.

„Es gibt so vieles, was wir nicht können, da wir keine Ahnung davon haben. Wir kennen die Sonne nicht und nicht das Überströmt-Werden von Glück; wir wissen vom Mitleid nichts und schon mal gar nichts von den Künsten; über keine Einfühlungsgabe verfügen wir, und unsere Dumpfheit schützt uns vor aller Erkenntnis; weder die Liebe zum Wissen noch zur schönen Menschlichkeit ist uns mitgegeben. Wie wir wohnen und leben, spricht allen Möglichkeiten, die Gott uns in seiner Schöpfung offenbart, durchaus Hohn."

Dies war ein interessanter Moment. Von Religion zu reden – und sei in Andeutungen – gilt bei uns als Gotteslästerung, besser Götterlästerung, denn in schnödem, ungebildetem Konservatismus halten wir, ohne uns je darüber klar zu werden, mehr oder weniger an den Göttern der Vorzeit fest, jenen Ausgeburten gepeinigter Fantasie, aus Gewalt gespeist, um Gewalt hervorzubringen. Bis auf Thor, Wotan und höchstens noch Loki und die ein oder andere Walküre wüsste wohl nicht einmal der Zibbel mehr, irgendwelche weiteren Bewohner jenes allezeit übellaunigen Götterhimmels aufzuzählen. Als ich also: „Gott" sagte, blickten die Versammelten wie getroffen auf, doch nutzte ich mein Redetalent, um sogleich auf ein anderes zentrales Thema abzulenken.

„Durch die Hilfe meiner Freunde, die ich immerhin in zureichender Zahl in F. kennenlernen durfte, ist es mir tatsächlich geglückt, Nachfahren des Cyriakus Berzel ausfindig zu machen." Dass ich hier übertrieb, denn es war ja nur einer, konnte ich leichthin vor mir verantworten, da doch die Zeugnisse der Überlieferung, auf die ich durch Fleiß gestoßen war, so zahlreich und aussagekräftig waren. „Von alledem will ich euch einmal mehr berichten – für heute nur so viel, dass unsere kühnsten Träume, edelsten Vorstellungen, was auch immer wir uns ohne jeden Anlass ausmalten, wer wir einst gewesen seien, und was wir heute sein könnten, alle wahr sind ... und mehr als das! Denn wahrhaftig, es hat Helden gegeben in unserem Geschlecht, vor allem einen, den Konrad, der vor etwas über zweihundert Jahren gewirkt hat: Unvergleichliche Taten! Und ich darf euch verraten, dass ich ihm nachgefolgt bin, und – gemeinsam mit meinen Getreuen – ebenfalls Großes geschaffen habe, Erhabenes, für alle Zukunft Unverzichtbares."

Die bewunderungsvolle Stille – nur Hilke gluckste, denn sie glaubte, ich hätte einen Witz gemacht – ließ ich eine abgemessene Spanne gewähren, dann erfrischte ich mich mit einem Glas Kornbrand und setzte süffisant wie ein Jesuit zur letztmöglichen Steigerung an.

„Wie versprochen, von alledem sollt ihr alles erfahren, so es euch danach drängt. Für heute will ich euch nur vorstellen, was euer Nutzen sein mag von meiner Fahrt. Denn es sollen, es müssen sich ab heute viele Dinge ändern, wenn ich meinen Auftrag erfülle." Hier setzte sich der Zibbel bolzengerade hin, aufmerksam auf jedes Wort, was auch seine engsten Vertrauten, allen voran Onkel Otze und Vetter Kumpf, zu höchster Anspannung ihrer Wahrnehmungsorgane veranlasste.

„Wenn es anders, besser mit uns weitergehen soll, so erscheint es mir unerlässlich, folgende Punkte eifrig abzuarbeiten, die ich in diesem Katalog", damit hielt ich ein halbbeschriebenes Blatt Papier in die Höhe, „aufnotiert habe. Erstens ..." Eine weitere Kunstpause streute ich ein. „Alle Hütten und Häuser müssen renoviert und auf einen wohnlichen Stand gebracht werden." Hiermit hatte ich die Zuhörerschaft gespalten; derweilen die Männer murrten, denn in ihrem Geiste häufte sich Arbeit, ereiferten sich die Frauen und stimmten mir zu, nicht ohne ihren Gatten mahnend allerlei zuzuraunen, was sie zuletzt zu verrichten unterlassen hatten. „Zweitens: Unsere Straßen müssen ausgebessert, teils überhaupt erst befestigt werden, damit wir nicht Tag für Tag den

Schlamm in unsere Wohnungen tragen." Ich blickte ins Rund und sah das gleiche Bild wie eben.

„Drittens: Damit unsere sprichwörtliche Unbildung nicht immer weiter voranschreitet, bauen wir ein neues Schulhaus und bezahlen Lehrkräfte von außerhalb, damit unseren Kindern mehr Wissen zuteilwerde als uns Alten. Daran schließt sich viertens an: Es soll das Alter nicht nur geehrt, sondern überhaupt erst ermöglicht werden. Der Grundsatz: ‚Fünfzig langt!' ist barbarischer Natur und gehört abgeschafft." Ich sah ganz deutlich, wie sich der Zibbel empören wollte ... doch spontan lieber sitzen blieb, da er doch selbst die Sechzig bereits überschritten hatte und an und für sich längst nicht mehr da sein sollte. – Jetzt war ich in Fahrt und schloss die letzte Forderung an, womit ich – darauf war ich allerdings gefasst – die Versammlung ins Chaos stürzte und folglich auflöste. „Wir haben krude Bräuche bei uns, doch der krudeste, krasseste, hirnrissigste und ein darum sofort abzuschaffender ist die Drugg."

Jetzt war es geschehen.

Bis auf Hilke formten alle denselben Bannfluch mit Händen und Lippen. Erzürnt griff Onkel Otze nach dem Strunkekopp, der eben aufgetragen worden war – ein gekochter Wollschweinkopf, in den man Löcher bohrt und von allen Seiten möglichst viele Strünke hineinbohrt – und warf ihn mit aller Kraft nach mir. Das glitschige, dampfende Geschoss traf mich an der Schulter und ich kreischte. Da war ich nun freilich nicht der Einzige, vielmehr schrie jetzt alles durcheinander und sprang auf. Wieder und wieder, mit entstellten Fratzen versicherte man einander, was dieser Verworfene gewagt hatte. Und eine Woge des Hasses und der finstersten Auslöschungslust ging durch die Reihen.

Ehe ich mich es versah, hatte Krumbel mich an der Hand gepackt, an der anderen zog sie Hilke nach und führte uns durch die Küche ins Freie. Das war schnell entschieden, doch eben noch schnell genug ..., denn um den Zibbel formierten sich jetzt die Ergrimmten und wollten kurzen Prozess machen. Die treue Krumbel aber, um ihre Herzensfreundin fürchtend, geleitete uns quer über die Wollschweinswiese zu einem Heuschober, wo ich als Knabe mitunter das Eichelspiel gespielt hatte. Hier, so war ihre Ansicht, würde man gewiss nicht nach mir suchen; auch bestehe wohl Anlass zu der Vermutung, dass sich am nächsten Morgen die Gemüter beruhigt haben und man in Ruhe noch einmal besprechen könne, was nunmehr angezeigt sei.

Während Hilke ganz und gar einverstanden war und die Krumbel lobte und lobte, blieb ich unschlüssig. Da ich allerdings einerseits keinen besseren Vorschlag ersinnen und andererseits einer Flucht in die nasse Nacht wenig abgewinnen konnte, stimmte ich schließlich zu. Die listige Krumbel aber, kehrte, so rasch sie es vermochte, zurück und machte den anderen weis, sie habe Hilke und mich in die vollkommenste Dunkelheit hinaus verfolgt und dabei gesehen, wie wir in Richtung des Walds ohne Weg geflohen seien. – Unmittelbar dämpfte diese Nachricht die Unternehmungsfreude der Empörten; keiner wollte mit dieser Gegend etwas zu schaffen haben. Endlich gebot der Zibbel, man solle das Tageslicht abwarten; wenn ich tatsächlich so unverständig sei, in diesen Bezirk einzudringen, würde ich meine gerechte Strafe empfangen, ohne dass man sich selbst darum bemühen müsse.

Damit waren alle einverstanden.

Laub gehört zu unseren bevorzugten Baustoffen. Man kann eigentlich alles daraus machen: das nasse von draußen stopfen wir in die Häuserlücken, damit es etwas weniger zieht, das getrocknete aber, das es irgendwo hineingeweht hat, wo es nicht ganz so klamm ist, verwenden wir für die Füllung von Kopfkissen und Decken, schaufeln es über die zerrissenen Sofas, um besser sitzen zu können, oder wir lassen es einfach liegen: das schafft eine gewisse Behaglichkeit und ist als Dekorationselement niemals zu verachten. In Krumbels Heuschober befand sich weniger Heu als Laub. O wie staunte da meine Hilke, als ich geschwind wie ein Roomboy im Ritz aus den uralten Blättern ein Nachtlager für uns zu schaffen wusste. Zwei längliche Haufen schaufelte ich nebeneinander, an die Stelle, wo noch am meisten Heu und Stroh auf dem Boden vorhanden war.

„Wie'n Ehebett", pries Hilke mein praktisches Talent.

Ich hatte den Eindruck, sie habe Ernst und Gefahr unserer Situation noch immer nicht erfasst; beständig schmunzelte sie und summte ein Liedchen, das sie am Nachmittag in der Küche angestimmt haben mussten.

„Bis auf den Schluss", gähnte sie kräftig nach Hilkeart, „war's aber doch schee heut."

Verhalten stimmte ich ihr zu. Bis ich mich niedergelegt hatte, war sie schon eingeschlummert und rüsselte zufrieden. Da dachte ich bei mir, wie unterschiedlich wir doch waren und erhob mich wieder, sobald ich den Eindruck hatte, dass sie nichts mehr von außerhalb ihres Schlafzirkels registrierte. Meine Nerven vibrierten. Bis zum Äußersten war ich erbost und wutentbrannt, aber auch verzweifelt, verwirrt – ein zum zweiten Mal Ausgestoßener, der, wie man so sagt, nichts mehr zu verlieren hatte. Oft sind es die Mischformen der Gemütszustände, in denen ungeheuerliche Dinge entstehen; so kann ich auch heute noch nicht behaupten, dass ich mutig gewesen wäre, als ich das Folgende ausführte. Vielleicht geschah das alles in einer Trance, einem Rauschzustand, zu gleichen Teilen aus Rachebedürfnis und dem Wunsch nach Frieden für alle und in Ewigkeit zusammengesetzt, in jedem Falle aber mechanisch und wie auf Befehl. Nicht eine Sekunde kam mir zu Bewusstsein, was geschehen müsste, wenn man meiner habhaft würde.

Da nichts und niemand zu hören war, huschte ich durch den dunklen Dunst zu meinem Elternhaus hinüber; ich ging aber nicht hinein – wer weiß, ob mir dort nicht wer auflauerte ... Nein, in unsere Scheune begab ich mich, und ohne einen Moment abzuwarten, hievte ich die langen Latten aus der Luke. Im Gegensatz zu Gewohnheit und Sitte der Meinen, warf ich fast nichts um, als ich sie durch das Tor bugsierte, immer fünf bis sieben im Bündel. Nun lehnte ich sie an die Schuppenwand und stellte sie so dicht wie möglich zusammen. Mit äußerster Anstrengung vermochte ich den Stapel anzuheben. Gebückt vor Mühsal, humpelte ich Richtung Drugg; dabei musste ich immer wieder den Schmerz verbeißen, denn Onkel Otze hatte den Wurf des Strunkekopps mit enormer Kraft ausgeführt, und meine Schulter war verletzt.

Obwohl ich mir die größte Mühe gab, es klapperte doch unüberhörbar durch die Nacht, als ich die Latten ablegte. Solange es mein Eifer aushielt, tat ich nichts, sondern horchte bloß. Jetzt brauchte ich mehr Licht; allzu gefährlich wäre es gewesen, am Rande der Drugg zu hantieren – das hatten schon andere versucht und waren mir nichts, dir nichts hinabgeglitten. Doch ich hatte ja Lailas Handy: lange nicht gebraucht, verfügte das Dingelchen noch über genügend Strom, damit ich die kleine Taschenlampe anschalten konnte. Leider hatte ich vergessen, das Gerät leise zu stellen, und so musste ich erneut bange abwarten – nachdem die Begrüßungsmelodie erklungen war –, ob nicht irgendwo ein Mitglied der Familie erwacht sei. Geschickt richtete ich den Lichtstrahl schräg über den Abgrund aus. Mit ingrimmiger Freude ergriff ich nun immer zwei Latten und schob sie seitlich über die Drugg, bis sie auf der gegenüberliegenden Seite in der aufgeweichten Erde Halt fanden. Dann lief ich Mal um Mal herum, zog sie heraus und über den Rand hinweg, so dass nach und nach eine Abdeckung entstand.

Welch wundervoller Frevel!

Zweimal musste ich in unsere Scheune zurückkehren; die Fläche, welche zu überbauen war, hatte ich unterschätzt. Zum Schluss waren leider keine Latten mehr vorhanden, die lang genug gewesen wären. Also griff ich zu den Leitern, die wir viele Herbste durch zur Zwetschgenernte in Gebrauch gehabt hatten. Wie damals keuchte ich unentwegt, und es war nicht zu sagen, was Nieselregen und was Schweiß war. Als ich mein Werk beinahe beendet hatte, erlosch das Smartphone-Lämpchen. Zugleich gewahrte ich, dass sich, wie dies nur bei uns vorkommt, in den durchtränkten Brodem der Nacht dieses spelzige, unwillige, graubraune Morgenlicht vorschob. Da erst dachte ich wieder an Hilke, und dass ich so schnell wie möglich zu ihr zurückmüsse.

Doch das gelang mir nicht mehr.

„Omwadde-hörsch gnurr meppende olrank?“, hörte ich noch, konnte die Stimme aber keinem der Unsrigen zuordnen. Übersetzt heißt das in etwa: „Fertig?“

Meine Erwiderung ging in einem Krachen unter: von schräg oben traf etwas meinen Kopf mit solcher Gewalt, dass ich im Augenblick hinschlug. Eine Faust kann es nicht gewesen sein, dazu war der Aufprall zu hart, eher ein Holzhammer oder ein Dreschflegel. Ich spürte noch, wie mich grobe Hände an Armen und Beinen packten, mich hin- und herwiegten, aber um Schwung zu holen, und dann flog ich einige Meter weit durch die Morgenluft Richtung Drugg.

Unterdessen war meine Hilke längst erwacht. Als sie bemerkte, dass ich sie alleine gelassen hatte, wurde sie, ihrer Natur gemäß, sofort wütend. Ihr unwiderstehlicher Trieb zwang sie dazu, ohne nachzudenken aus dem Schober hinaus und in die Dunkelheit hinein loszustapfen. So fügte es sich doch noch, was Krumbel als Notlüge ersonnen hatte; denn den Weg zurück in den Weiler fand Hilke nicht. Unverdrossen stampfte sie durch den Schlamm Richtung Wald. Es war aber nicht jener Wald, den wir gemeinsam auf dem Herweg passiert hatten, sondern der verbotene, der Wald ohne Weg. Dies durfte sie denn auch bald feststellen, denn das Sträßchen, auf dem sie unterwegs war, wurde zu einem Pfad, und dieser endete in einem Gebüsch.

In der diesigen Vormorgendämmerung marschierte sie fluchend an den Brombeerhecken entlang, bis sie sich an einer schmalen Stelle durch die Stacheln zwängte. Hier nun umfing sie wiederum die vollkommenste Lichtlosigkeit, und sie musste sich vorantasten, qualvoll, stockend, von Baum zu Baum, immer wieder gegen Wurzeln stoßend, mit den Haaren sich in Zweigen verfangend, dann und wann durch morsches Holz plötzlich einsinkend, und so jammerte und schimpfte sie sich mühsam voran. – Als wären der Unbilden nicht schon genug, begann es nach einer Weile mal auf der einen, mal auf der anderen Seite zu rascheln; sie versuchte, nicht darauf achtzuhaben, doch das Gehusche und Geflüster hörte nicht auf, im Gegenteil – es kam näher. Dabei wurden allmählich die Konturen der Baumriesen erahnbar ... und in den Zwischenräumen, kurzzeitig sichtbar, seltsame Schemen, hoch wie Menschen oder Tiere von besonders großem Wuchs.

Hilke blieb stehen.

Es war nun hell, so hell, wie es eben bei uns möglich ist, und der satte Nieselregen strömte ungehindert auf mich nieder. Mein Gesäß hatte die Latten teils durchschlagen, doch der Rest meines Körpers war ihm nicht gefolgt, und so hing ich denn in der von mir selber jüngst geschaffenen Abdeckung fest, das Gewimmel der Drugg unter mir, die Hände verkrallt und die Füße verkantet in die vom Aufprall durcheinandergeratenen Streben. Entweder, so mutmaßte ich, waren die Vettern und Onkels, die mich überwältigt und rüde gewiegt hatten, davon ausgegangen, dass ich die Bretter komplett durchschlüge oder, was wahrscheinlicher ist, es war ihnen in dem Moment, da sie mich durch die Luft schleuderten, entfallen, dass die Drugg verschlossen war, wenn auch unvollkommen.

Kopf, Podex und Schulter wetteiferten miteinander, wer denn nun den meisten Schmerz zu ertragen habe, zudem knackten die Holzlatten oder verschoben sich, so dass mein Sturz unzweifelhaft nahe bevorstand. Zum ersten Mal überhaupt stellte ich mir die Frage, wie man in dieser Tiefe wohl zu Tode käme; das Auftreffen auf dem Boden würde gewiss nicht ausreichen, nicht zuletzt, da dort unten viel weiches Material lag, vor allem Verschimmeltes, Zersetztes, wo man einsinken würde. Gut möglich, dass man erstickte, irgendwann. Ich dachte an meine Eltern und all die Lieben, die im Laufe der Zeit hier geendet waren, verspürte jedoch nicht den Wunsch, ihnen Gesellschaft zu leisten.

O Wahnwitz der Traditionen!

Dann und wann, unterwegs zu ihren Äckern und Wiesen, kamen Leute vorbei; ich konnte meinen Kopf nicht wenden, so sah ich nie, wer es war. Hilfe konnte ich ohnehin keine erwarten – ich war jetzt ein Verfemter. Boshaftes Gemurmel drang an mein Ohr, dann war es wieder still, und Sprühregen sank auf mich. Kurzzeitig schwanden mir die Sinne, dann kam ich zu mir und hörte, wie der Zibbel mit Onkel Otze und zwei anderen, deren Stimmen ich niemandem zuordnen konnte, über mein Schicksal verhandelte. Fürs Erste hießen sie es gut, dass ich mich in so ausweglosser Lage befand, und sie gönnten mir aufrichtig die Qualen. Sollte sich aber, so der Zibbel, der Zustand nicht verändern, und ich läge tags drauf immer noch so verkrampft und bar aller Gemütlichkeit auf den selbstgeschnitzten Planken, würde man sie entweder unter mir wegziehen oder vermittels von Steinen, mit denen man mich beschweren könnte, ein Gewicht zu erzeugen versuchen, das mich endgültig absinken ließ.

Nicht ein Wort richtete ich an die Verwandten; es wäre auch sinnvoller gewesen, die Holzlatten zu bitten, doch etwas weicher zu sein und nicht so fürchterlich zu rutschen, wenn ich mich auch nur ein bisschen rührte. Schließlich zogen meine Mörder ihrer Wege und überließen mich meinen Leiden. – Gina-Lisa fiel mir ein, in beiderlei Gestalt, auch Zirze, ihre ganz besondere Tochter; an meine an Wundern so reiche Zeit in F. musste ich denken, an Olim, Petra, Michaela und all die andern; an die herrlichen Abende vor den Wasserhäuschen, wo ich das Wurstessen und das Biertrinken erlernt hatte. Eine unbändige Lust ergriff mich, das noch einmal erleben zu dürfen.

Zwischendurch verlor ich das Bewusstsein. Das Letzte, woran ich mich erinnern konnte, war die Vision eines weißen Reihers, der über mir durch die Nebelluft zog und raue, sehnsuchtsvolle Laute ausstieß.

„Du musst keine Angst haben."

„Jetzt hab ich noch mehr. Wer is da?""

„Alleine findest du hier nicht raus. Sei schlau und vertrau mir. Vorsicht, hier herüber, da ist ein Loch. Wenn du reinfällst, kann ich dir leider nicht mehr helfen."

Hilke spürte, wie eine Hand nach ihr griff. Die Hand war so sanft wie die Stimme, und obwohl sie es noch nie mit der Sanftheit hatte, vielmehr einen Trotz fühlte, jetzt ausgerechnet geradeaus weiterzutrampeln, ließ sie sich leiten. Es fiel ihr nichts ein, was sie sagen könnte, außer: „Wer bist du?", und das traute sie sich nicht. Das Zarte, Charmante an diesem Wesen, das sie, die Verirrte im Wald, gefunden hatte, erinnerte sie an Carolin – kein guter Gedanke, denn das stimmte sie nieder.

„Ich bin nicht wie sie", hörte Hilke es neben ihr sagen.

Doch statt zu fragen, ob die andere Gedanken lesen könne oder loszuschelten oder sich sonst wie aufzuregen, entgegnete Hilke etwas anderes.

Ungewohnt leise sagte sie: „Ich weiß“, denn ihre Furcht war im Augenblick verschwunden.

Hinterher hätte Hilke nicht benennen können, wie lange sie durch den Wald ohne Weg geführt wurde; gleichzeitig kam es ihr vor, als ob sie sehr lange wanderten, doch fühlte sie keine Mattigkeit; andererseits schien gar keine Zeit zu vergehen; wirklich wach wurde sie auch nicht. Da die andere nichts sprach, blieb auch Hilke stumm. Ihr Wunsch zu wissen, wer da neben ihr ging, wuchs nicht an – es war nicht nötig. Einmal versuchte sie nach der Seite zu schielen, und da ahnte sie, dass die Frau da einen Mantel und einen breitkrempigen Hut trug, unter dem Locken in Fülle herunterrollten.

„Wenn wir draußen sind, kannst du mich besser sehen.“

„Woher weißt du immer, was ich sagen will?“

„Das könntest du auch. Es ist ganz leicht; man muss es nur einmal begriffen haben. Wie Schwimmen.“

Mehr gab es dazu nicht zu sagen.

„Ich kann auch net gut schwimme“, versuchte Hilke das Gespräch nicht abreißen zu lassen und etwas Vertrauliches zu äußern.

„Na also“, kicherte die andere. „Ich hab's überhaupt nie gelernt. Aber ich weiß, dass ihr das heute alle müsst.“

Jetzt dauerte es nicht mehr lange, bis Hilke ein sonderbares Hellrot wie bei überreifen Aprikosen zwischen den Stämmen hindurchsickern sah, aber nicht blitzend wie am Morgen, sondern milde und weich. Bald traten sie auf eine Anhöhe hinaus, und sie durfte ein Tal überblicken, weit bis zum Horizont, *in feuchten Schmelz durchsonnter Luft gewandet*, die Wiesen glommen in einem unbekannten Grün, da und dort waren Felsen und Wäldchen, und hin und wieder stand an den Bächen ein Bauernhof oder ein Dorf. Hilke fühlte keine Angst, sondern ließ sich bereitwillig einen Weg hinunterhelfen, der sich an den Füßen anfühlte wie Sand an einem Meer, so sank sie tief ein.

Während sie staunte und staunte und gar nicht genug von alledem in sich aufnehmen konnte, huschte es zu beiden Seiten des Weges in den Gräben und raschelte wie zuvor im Wald, und es flüsterte wieder.

„Hör nicht auf die", wiegelte Hilkes Begleiterin ab, „die wollen dich nur foppen."

„Wer sind die?"

„Wenn ich dir das jetzt sage, hältst du mich für eine Betrügerin. Hast du denn gar nicht bemerkt, dass du mit deinem Ulf die Märchenstraße hinaufgezogen bist?"

Dabei lachte sie so lieblich und in einer Weise, die Hilke aus der Fassung brachte.

„Du musste nicht weinen. Du sollst dich mir auch nicht unterlegen fühlen. Sieh mal, ich hab mein Leben so lange schon hinter mir, wenn ich seither nicht ein bisschen was gelernt hätte, das wäre doch armselig, nicht? Glaub mir, das kommt alles noch, auch für dich. Und weil du mich immer so von der Seite anstaunst, sag ich dir jetzt noch meine Meinung zur Schönheit der Menschen: Sie ist vollkommen gleichgültig."

„Du bist Clarissa. Ich hab das Buch gelesen. So redest nur du."

„Natürlich bin ich Clarissa. Und du hast es schon viermal gelesen."

Hilke blieb stehen, schaute der anderen ins Gesicht, und obwohl ihr der Blick verschwamm und das seltsame Licht für ihre Augen alles so schwer erkennbar machte, sah sie doch genug und fühlte eine große Liebe zu dieser Frau, die jetzt auch noch die andere Hand in die ihre nahm und nickte und lächelte.

„Wer fährt mich?"

„Wer wohl?"

Es hatte zu schneien begonnen, ungewöhnlich für unsere Gegend, und ich lag nicht mehr auf diesen morschen Holzlatten, sondern in einem frisch bezogenen Himmelbett mit einem Baldachin, der im Fahrtwind Wellen schlug, denn das Bett stand auf einer Pritsche, ich hörte Pferdegetrappel, und während ich einschlief und erwachte und wieder einschlief, wurde ich durch einen Wald gezogen. Kopf und Schultern waren verbunden, ich lag so bequem wie nur möglich, das Kissen war überaus angenehm für Hals und Nacken, so dass ich kaum Schmerzen spürte, und die Decke lag schwer über mir, weder Wind noch Kälte konnten meinem Leib zusetzen. Immer wenn ich aufwachte, versuchte ich den Kutscher zu erkennen, doch so weit konnte ich mich noch nicht umwenden. Da rief ich nach oben, etwas in seine Richtung, was immer mir gerade einfiel, bevor ich wieder wegdämmerte.

„Es kann gar nicht sein ..."

„Was kann nicht sein?"

„Dass du der Konrad bist."

„Warum kann es nicht sein?"

„Tote reden nicht mit Lebenden."

„Wer hat dir diesen Stuss erzählt?"

„Alle sagen das."

„Tja, wenn sich so etwas einmal einbürgert ... Nicht lange her, da haben sich die Leute einreden lassen, die Welt wäre voller Hexen und Teufel. Wenn du verstanden hast, wie es geht, kannst du dir gar nicht mehr vorstellen, wie es vorher war. Es geht ganz leicht."

Wir ratterten einen Abhang hinunter, mein Bett rutschte aber nicht weg, ich hatte nichts zu fürchten und schlief wieder.

„Ist es das", fing ich nach einer Weile wieder an, „was Onkel Friedrich gemeint hat, als er sagte, ihr hättet den Tod hintergangen? Einen Weg gefunden zwischen den Ebenen?"

„Das sind doch alles nur Namen."

„Wie findet man den? Ich will das auch."

„Bis zu dem Augenblick, da du es begreifst, kannst du keine Vorstellung davon haben. Die meisten leben wie unter einer Glocke und verschwenden keinen Gedanken daran, wie es wäre, wenn man die Glocke ein wenig anhebt."

So redete mein Kutscher, aber ich war zu schwach, und die Wörter zerliefen ineinander.

„Du bist doch ein Dichter", begann Konrad erneut, als er bemerkte, dass ich mich unter meiner Decke rührte.

„Das wäre zu viel gesagt", antwortete ich bescheiden.

Er ging nicht darauf ein, sondern sagte mir ein Geheimnis: „Ungefähr alle hundert Jahre, früher einmal in jedem Jahr an Allerheiligen, zeigt es sich ganz von alleine. Es wäre einmal wieder an der Zeit! Der Letzte, der es gesehen hat, war Alfred Lichtenstein. Es war am 15. August 1910. Er hat es auch aufgeschrieben und genau überliefert, aber die Leute hielten es für Dichtung:

Der Friedhof liegt etwas im Abend,
Und schläfrig geigt sein Wind
Von Dingen, die lange vergessen
Und schwer zu sagen sind.

Die Blätter der Bäume verflüstern
Geheimnis von Grab zu Grab.
Und aus einer Ritze am Himmel
Fällt nächstens ein Goldstück hinab."

Das Zuhören, mehr noch das Gewicht der Bilder, die in mir entstanden, hatten mich so erschöpft, dass ich noch tiefer in Schlaf fiel als zuvor. Ich war mir sicher, dass ich die Träume behalten würde, aber ich merkte mir überhaupt nichts. Als ich wieder zu mir kam – wir rollten jetzt über eine verschneite Ebene, Eis hing an den Zweigen der Alleebäume hoch über mir, *Windmühlen wunderbar tanzten am Himmel* – wusste ich aber noch genau, an welcher Stelle wir aufgehört hatten zu reden.

„Durch so eine Ritze", begann ich sachte und mühte mich zu begreifen, „habe ich diese Nachrichten zugesteckt bekommen, richtig? Warst du es, der mir die Zettel aufs Kopfkissen gelegt hat?"

„Wer denn sonst?"

„Aber warum so verschlüsselt? Man versteht das nicht!", protestierte ich.

„Das gehört nun einmal dazu, zum Verkehr zwischen den Ebenen. Sprüche, Gebete, Anrufungen ... alles immer sehr formell. Vorschriften! Man darf da nur Andeutungen machen: weil du es selbst herausfinden musst."

„Kannst du mir sagen, was man tun kann, um die Glocke anzuheben?“

„Natürlich nicht. Nur so viel: Das geschieht dann von außen.“

Hier endete unser Gespräch. So oft ich später daran zurückdachte, es kam mir nicht mehr in den Sinn, was Konrad weiter mit mir gesprochen hatte; dass es viel mehr war, weiß ich genau, aber der Inhalt ist mir nicht mehr gegenwärtig. Ich nehme an, weil ich so ermattet war. Auf Schlagermusik kann ich das diesmal nicht schieben, denn bis auf das harsche Geräusch der Kufen über dem Schnee und gelegentliches Schnauben der Pferde, ab und an Fahrtwind, der sich im Baldachin verfing, war nicht das Geringste zu erlauschen.

Als ich einige Zeit später Olim davon berichtete, schüttelte er, wie so oft, nur den Kopf und murmelte: „Somit wäre die Transzendenzschranke ja wieder geöffnet.“

Vielleicht hat er recht.

Wie die Reise in meinem Himmelbett weiterging, das weiß ich gar nicht mehr zu sagen. Als ich wieder zu mir kam, lag ich auf einem Moosteppich am Waldrand. Neben mir kniete Hilke und verarztete meine Schulter. Sie kam mir durchaus verändert vor, aber ich hätte nicht sagen können, was an ihr so anders war. Nach und nach fiel mir auf, dass sie sich duldsamer verhielt, nicht mehr so leicht zu kränken und weniger reizbar. Ihre Augen blickten nicht mehr scheu oder zornig, sondern erwartungsvoll, ja milde. – Es war Vormittag, weder warm noch kalt, und es fiel kein Regen. Ringsum ließ sich keine Ortschaft erkennen. Hilke behauptete, Clarissa habe ihr die Richtung gezeigt, in die wir aufbrechen sollten, sobald ich reisefähig wäre.

Clarissa! – Ich schloss lieber die Augen.

Es dauerte bis zum nächsten Tag, dass wir anfingen, über die Ereignisse, die uns widerfahren waren, seit ich mich aus dem Heuschober geschlichen hatte, zu sprechen. Dann konnten wir tagelang über gar nichts anderes mehr reden; vor allem Hilke erzählte mit Leidenschaft und ohne Unterlass. Dabei bemerkte ich, dass jede neue Variante mit zusätzlichen Details versehen war – wie sollte das erst in Jahren werden, wenn wir uns an unsere wundersame Rettung erinnerten? – Lange bevor wir die Hochebene erreichten, wo sich die Freunde niedergelassen hatten, war das Tal hinter dem Walde ohne Weg von Hilkes Fabulierkunst bis zur Unkenntlichkeit ausgeschmückt, so dass wohl alle, denen sie je davon berichtete, ihr Erlebnis für eine Phantasmagorie halten müssten. Mit Überzeugungskraft beschrieb sie Zwerge, Elfen, Einhörner, mal näherte sich ihre Erzählung der nordischen Sagenwelt, mal den Deutschen Hausmärchen an, die, wie ich ihr besserwisserisch erklärte, ja größtenteils aus Frankreich stammen. Erst als sie anfing, von ihrer persönlichen Begegnung mit Schneewittchen mir vorzuschwärmen, ersuchte ich sie, ihre Einbildungskraft doch bitte ein wenig zu zügeln.

„Mach ich net."

Gleichgültig, was wirklich geschah und wie wir der Grausamkeit meiner Sippe entgangen sind: Wir behandelten einander nunmehr behutsamer, einfühlsamer, bei Weitem liebenswürdiger als je zuvor. Kaum etwas war übriggeblieben von diesem bis zur Grenze der Bewusstlosigkeit trüben Nebeneinanderher, wohinein die meisten Paare nach jener Phase der Begeisterung leider meistens versacken, von dieser sinnlosen Gereiztheit; stattdessen zogen wir unserem Ziel zu, bald schweigend, bald plaudernd, saßen einmütig unter Bäumen, ruhten uns aus. Wir waren gottfroh, dass wir einen Ort hatten, wo wir jetzt hinkonnten, denn nach F. wagten wir uns nicht zurück, solange wir keine Auskunft hatten, was in der Außenwelt vor sich gegangen war. Keine zwei Tage, meinte Hilke, seien wir mehr von der Sonne entfernt, und da meine Blessuren von Tag zu Tag verheilten, kamen wir trefflich voran.

Allmählich kehrten die Fragen zurück. Die Hilke konnte es kaum aushalten zu erfahren, ob ihre Mamma mit dem Willi noch glücklich sei; wie sie wohl lebten, und vor allem: wie sie sich eingerichtet hätten. – Ich hingegen versuchte mir vorzustellen, welchen Fortgang unsere Landwirtschaft inzwischen genommen habe, wie groß die Rinderherde geworden sei und ob die Aussaat des Winterweizens geglückt wäre. Da dachte ich an Gina-Lisa und hoffte inständig, dass sie nicht wieder als Wollschwein über die

Wiesen flitzte. Auch Mariechen und Laila fielen mir ein und ich wollte gern wissen, ob dieser Henk nun bei ihr war.

Hilke riss mich aus meinen Gedanken und patschte mir auf den Rücken, fast so kräftig wie sie es früher getan hatte, und das war mir sehr recht, denn allzu sanftmütig wollte ich sie auf Dauer auch nicht haben. Auch ihr war aufgefallen, wie lange wir von den Nachrichten abgeschnitten waren: Wir wussten nicht einmal Bescheid, ob und in welcher Weise der Fluch sich noch auswirke ... und was aus den Zahllosen geworden war, die noch bei unserer Abreise überall herumlagen. Waren sie erwacht? Hatte man sie mit Folien schön abgedeckt? Preisgegeben? In zweckmäßige neuerbaute Einrichtungen verbracht? Ich stimmte ihr zu: Seit Tagen hatte ich an die Verfluchten nicht mehr gedacht. So beschleunigten wir unsere Schritte, wissbegierig nach Neuigkeiten.

O welch ein Unterschied zu unserer Hinreise!

So riskant und ums Haar tödlich meine Wiederbegegnung mit der Heimat auch ausgefallen war, am Ende hatte sie vielleicht doch einen Doppelsinn gehabt. Wenn Hilke noch aufstampfte und schimpfte und schalt, so galt es den Männern von Milben, die sie zurecht grobschlächtig, unverständig und ohne jede Aussicht auf Besserung hieß – im Gegensatz zu den Frauen, in deren Gesellschaft sie sich wohl wie selten gefühlt hatte: diese Direktheit, dieser Metzgerhumor, dieses Talent, das Praktische mit dem Gebotenen zu vereinen, all dies erschien ihr vorbildlich und einprägsam, so dass sie darauf beharrte, ihre neugewonnenen Freundinnen einmal wiederzusehen.

„Wirklich, Ulf, tolle Tanten hast du da!"

Meine Zustimmung fiel zurückhaltend aus.

Doch auch für mich gab es einen Ertrag, wiewohl teuer erkauft und auf Dauer beschattet von der Erinnerung an die erduldeten Qualen. Hatte mir nicht über die Monate auf der Seele gelastet, ich sei untreu und im Kern ein so lieb- wie heimatloser Geselle? Immerzu hatte ich geargwöhnt, den Anforderungen nicht oder nur teilweise Genüge tun zu können. Jetzt sah ich klar, dass es im Grunde nur zwei Möglichkeiten gab und wie uns die Herkunft ins Weiterleben hineinspielt. – So beschreibt es ja auch mein guter Haßfurther in seinen zahlreichen, das Treiben der Wanderburschen preisenden Betrachtungen: entweder man kehrt zurück, in der Fremde erstarkt, den Geldsack auf dem Buckel, droben am Klippengrad blickt man ins Tal hinab, und die Jugendliebe erkennt einen sofort und winkt, und dann wird geheiratet … oder man bleibt für immer weg und sucht sich sein Glück möglichst auf der anderen Seite des Erdballs.

Dies schien mir für meinen Fall ratsam.

Meine Vorläufer hatten es nicht anders gehalten.

Von Stunde zu Stunde freute ich mich mehr auf Olims Mühle. Versonnen dachte ich an die Lesefreude zurück, als mich der Freund und Gelehrte mit Lektüre an die Zivilisation heranzuführen gedachte und wie mir oft die Titel fast noch besser gefallen hatten als die Inhalte … zumal ich selten ein Buch komplett durchlas. Mir kam in den Sinn, wie ich mich selber im Dichten versucht hatte und von meinem Mentor für den lyrischen Zyklus „Aus meiner Kehrmaschine" gelobt worden war. Seither hatte ich die Stifte in Ruhe gelassen. – Doch sollte sich am Vorabend unserer Ankunft eine neue, wer weiß letzte Gelegenheit ergeben, mich noch einmal in dieser Kunst zu üben. Denn, von Augenblick zu Augenblick fühlbar anhänglicher, fing Hilke, wir hatten uns nebeneinandergesetzt und ein mittelprächtiges Lagerfeuer entzündet, plötzlich an zu weinen. Ich konnte mir das nicht erklären.

Unter Tränen nannte sie den Grund: „Weil du doch mal sterbe musst."

Dem konnte ich nichts entgegensetzen, denn ob uns gelänge, was den alten Dragonern geglückt war: die Erkenntnis zu nutzen, wie schütter die Wände und leicht zu durchdringen sie sind; dass der Tod auch ein Narr ist und für das Scherflein eines Witzes manchmal wegschaut; *dass wir nicht sehr verlässlich zu Haus sind in der gedeuteten Welt*, und wie gleichgültig es ist, ob ein Wald einen Weg hat, man kommt auch ohne durch; daraus die richtigen Schlüsse zu ziehen und beizeiten für uns und die anderen anzuwenden, dies schien mir doch einigermaßen zweifelhaft.

So suchte ich denn, als sie eingeschlafen war, in meinem Rucksack herum, fand eine zerknitterte Rechnung, aus einem Bastelgeschäft, für Räder ... und schrieb mit dem Hölzchen, das ich aus der Asche zog, ein paar Verse auf der Rückseite nieder. Behutsam schob ich ihr das Papierchen in die Hand, damit sie beim Aufwachen vielleicht etwas hätte, wovon sie einmal getröstet wäre, vor allem, wenn sie dabei an ihre Großmutter dächte.

Take me home

Im Hof wird es nach Zwiebeln riechen,
Fast angebrannt. Das Fenster dampft.
Du hörst, wie sie Kartoffeln stampft.
Ein Schild im Hausflur: „Frisch gestrichen!“

Du stürmst hinauf, weil du das sehn musst –.
„Komm rein.“ Sie zieht den Topf vom Herd.
Der Apfelbrei glänzt wie verklärt.
So wird das sein, wenn du mal gehn musst.

* * *

Anhang

METT, HACK, GEHACKTES, NACKISCHE, HACKEPETER, FASCHIERTES …

gab es noch nach der Jahrtausendwende in Gastwirtschaften roh auf den Tisch, meistens in Begleitung von Bauernbrot. Der „Hessische Rohkostteller“ ging als besonders derbe Variante in die Lokal-Geschichte ein: Neben der Hauptzutat, gewolftem Schweinehackfleisch, wurden irdene Schüsseln mit rohen Zwiebeln, rohen Eiern, Salz, Pfeffer, Muskat und Paprika auf den Tisch geknallt. Wenn man Pech hatte, war die Köchin an diesem Tag kreativ und drapierte das Mett nicht als Klumpen oder in breiten Streifen, sondern in Herzchen-Form. Das Vermanschen wurde vom Gast selbst erledigt. Apfelwein, Bier, Schnaps oder auch Riesling sowie Riesling-Schorle halfen dabei, diese Speise widerstandslos in den Schlund zu schaufeln. Nur in Nordhessen, wo der Roman *mutatis mutandis* spielt, hat sich da und dort die Sitte gehalten, heißen Kakao dazu zu trinken, vor allem am Mittag des Heiligen Abends. (Kein Witz!)

Während die Lebensmittelgesetze das Servieren von rohem Mett im öffentlichen Raum nahezu zum Erliegen gebracht haben, wird in privaten Kreisen noch immer – regional höchst verschieden – dem Mett-Konsum gefrönt. Als wichtigste zusätzliche Zutat kommt Majoran zum Einsatz, auch Kümmel, mitunter gar Koriander. Das Mettbrötchen, kulinarisch oftmals auf der untersten Stufe angesiedelt, wird da und dort von traditionellen Metzgereien für die Mittagspause angeboten. Da und dort wird berichtet, dass außer den gehackten Zwiebeln auch Knoblauch Verwendung findet, was den Effekt, wenn, was zweifellos geschieht, im Gemeinschaftsbüro hinterher gemeinsam aufgestoßen wird, eindeutig verstärkt.

Findige Leute haben in jüngster Zeit sogar vegetarische Mett-Varianten entwickelt. Der Autor war selbst Zeuge und sogar Urheber, als Dutzenden überzeugten Karnivoren diese Seltsamkeit auf Brötchenhälften serviert wurde – bis heute hat den Unterschied noch niemand auf Anhieb bemerkt. Allerdings funktioniert diese Abgefeimtheit nur, wenn niemand vorher etwas ahnt: Reiswaffeln (ja, Reiswaffeln) werden in Wasser eingeweicht, ausgedrückt und mit Tomatenmark (ja, Tomatenmark) eingefärbt. Fürs Gelingen spielen Zwiebelwürfel eine entscheidende Rolle: Einige geben wir bereits am Anfang in den Matsch, weitere kommen ganz zum Schluss – und zwar in beträchtlicher Menge als „Topping" zum Einsatz ... alles mit dem Ziel, den perfiden Täuschungseffekt zu unterstützen. Aufpassen müssen wir, dass die Farbe Rot nicht allzu deutlich hervorsticht – wir imitieren ja kein Rindertatar, was geschmacklich durchaus unmöglich ist – zumal jetzt auch noch Paprikapulver, Salz, Pfeffer, Muskat, Majoran, Chili ... ja überhaupt alles hineingefummelt wird, was zum Übertünchen des ekelhaften Nicht-Geschmacks der Reiswaffeln angetan ist. Bitte möglichst dünn aufs Brötchen streichen, sonst fällt der Betrug doch noch auf. Dank fürs Rezept an Nina Christahl!

DEUTE

---

dürfte das nordhessischste aller Gerichte sein. Dabei handelt es sich im Wesentlichen um eine Speck- und Zwiebelsoße, die zu Pellkartoffeln serviert wird. Fetter geht's nicht: weißen Speck würfeln und mit Zwiebel auslassen, mit Mehl bestreuen und mit süßer Sahne (!) und etwas Fleischbrühe aufgießen – mancherorts kommt ein Schluck Korn hinein – und einkochen, bis eine zähe, heiße Masse entsteht. Es ist nicht übertrieben, dass „für den Geschmack" mancherorts mit Schmand (!!) und Butter (!!!) nachgeholfen wird. Über die Darreichungsform wird im Roman schon genug gesagt. Wer beim Genuss unmittelbar Sodbrennen verspürt, ist wahrscheinlich einfach nur gesund. Zumindest war er's bis zu diesem Augenblick. – Ein Ort namens Deute gehört heute zu der

Kleinstadt Gudensberg. Im Umkreis befinden sich Orte namens Metze, Lohre, Dissen, Grifte, Besse ...

BRAMBES

Brambes heißt überall anders, besteht, wie im Buch angedeutet, aus den gleichen Bestandteilen wie Deute, außerdem werden – sehr frei – Reste vom Schlachten und aus der Küche in den Brambes zu gegeben. Man muss sich bewusst machen, dass dieses ausgesprochen derbe Gericht, das aus tiefen Tellern mit Kartoffeln oder Brot gestippt wird, zwar sehr rustikal daherkommt, früher jedoch keineswegs eine Alltagsspeise war. Da gab's nur Getreidebrei, meist vegetarisch. Oder sogar vegan.

PLOATZ

kommt vor in süß und salzig, Hauptsache, es sind genug Zwiebeln dabei, stimmt's, Ulf? – Wir machen einen schönen Hefeteig, aber mit Roggenmehl, 500 g; 15 g Hefe mit etwas Zucker und lauwarmem Wasser verrühren, insgesamt 250 ml, dann den Teig kneten und 60 Min. gehen lassen. Für den Belag 1 kg Zwiebeln kleinschneiden (hei, das macht Spaß!), mit 200 g Dörrfleisch, Salz, Pfeffer, Kümmel in der Pfanne dünsten, abkühlen lassen. Zwei Eier und 200 ml Schmand unterheben. Den Teig auf ein Backblech ziehen und eine Viertelstunde gehen lassen. Ofen auf 200° vorheizen. Dann den Zwiebelmatsch auf dem Teig verteilen, etwa 40 Min. backen. Dazu Kaffee und reichlich Kornbrand reichen.

ZWIEBELSALAT

Das ist natürlich drastisch, aber der Kottmüller Ulf hat das gern so: Pro Person ungefähr 10 Zwiebeln vierteln und mit Salzwasser überbrühen. Nach dem Abtropfen in reichlich Butter mit etwas Zucker nicht zu lange braten. Mit Apfelwein oder Riesling ablöschen. Sind die Zwiebeln lauwarm, mit Salz, Pfeffer, Essig und Öl versehen, ein paar Löffel Schmand dran und – fette Limburger-Scheiben unterziehen. Ach so, ja, Kümmel kann nicht schaden. Und frisches Bauernbrot. Damit sprengt ihr jede Gartenparty!

KRÄUTERSUPPE

Die hat schon Goethes Mutter Frau Aja für den kleinen Johann geköchelt. Am besten eignet sich Kresse, aber auch alle anderen Kräuter, die in die Frankfurter Grüne Soße hineingehören, dürfen mitspielen. Sie werden kleingeschnitten und in Butter gedünstet, mit Paniermehl bestreut und aufgegossen mit Weißwein und Hühnerbrühe, am Ende kommt noch süße Sahne dran, Salz, Pfeffer, Muskat. Wie man ein Eigelb hineinlegiert, werdet ihr wohl noch wissen. Start zu einem Frühlingsmenü!

KOCHKÄSE UND BACKOFENKARTOFFELN

Zu Zeiten, als Ulf Mama noch nicht in die Drugg gepurzelt war, ging das ganz einfach: Man stellte Quark mit Natron versetzt hinten links auf den Herd. Geht heute alles nicht mehr, lebensmitteltechnischer Eingriffe wegen. Der hier ist zwar bedeutend fetter, gelingt aber wenigstens: Jeweils 200 ml süße Sahne, 200 g Handkäse und 200 g Schmelzkäse (geht nicht anders) mit 100 g Butter schmelzen und aufkochen. Gut rühren ... und von der Feuerstelle (...) nehmen. Jetzt ½ TL gutes Kaisernatron dran: Hui, wie das brodelt! Alles noch mal kurz aufkochen, abkühlen lassen, kaltstellen. Vor dem Servieren bitte noch mal im Backofen bei 50° in die richtige Kochkäsekonsistenz bringen. – Für die Backofenkartoffeln brauchen wir vor allem Kartoffeln, mittelgroß bis groß, gerne mehlig; waschen, in Salz wälzen und auf ein Backblech setzen. Etwa 45 Min. bei 180° sollten reichen. Dann der Trick: heiße Kartoffeln halb aufschneiden, 1 großzügigen Löffel Kochkäse drauf – ah, wie das verläuft, da kommt kein Fondue mit – und sehr viel Bergsträßer oder Rheingauer Riesling dazu trinken.

SPUNDEKÄS

kommt in Dutzenden Spielarten vor; aus Gründen der Faulheit nennen wir nur zwei. Die Grundmasse ist bei uns nicht so fett wie im Original (je 1/3 Butter, Quark, Frischkäse), denn die Butter lassen wir einfach weg und rühren den Rest mit süßer Sahne cremig. Dahinein wollen jetzt unbedingt noch geriebene Zwiebeln und Knoblauch verarbeitet werden, Salz und Pfeffer sowieso. Variante 1: mit gutem Paprikapulver schön rot färben, fertig! Für Nr. 2 pürieren wir Kräuter nach Wahl mit etwas Öl und Salz und verrühren das mit der Basis. Zu beidem passen Brezelchen, frisches Brot oder Pellkartoffeln oder alles zusammen. Jedenfalls gibt es kaum etwas Besseres zum artgemäßen Begleiten von Riesling, Bier oder natürlich einer guten Flasche Kornbrand.

GRAUER QUARK

wird im Manuskript nur einmal erwähnt. Das ist verständlich. Die Einfärbung geschieht nicht etwa durch – unsachgemäße, im Milbener Land also sachgemäße – Lagerung, sondern durch Beifügung von weicher Leberwurst. Das originale Mischungsverhältnis ist 1:1, wobei bedacht werden muss, dass sowohl der – häufige – Quark (auch: Matte) in Kottis Heimat eine etwas bröselige Konsistenz aufweist, dem Hüttenkäse vergleichbar, die – seltene – Leberwurst hingegen zu zirka 80 % aus Schweinefett besteht. Moderne Interpretationen sehen hier eine Reduzierung vor, allerdings darf und soll dann nachgewürzt werden, mit Zwiebel- und Knoblauchmatsch, wie beim Spundekäs. Es ist gesagt worden, der G. Q. stelle gewissermaßen die Rücknahme des Vegetarischen von der Speisetafel dar; schon der Vermengung (mit der Gabel!) von Milcherzeugnissen mit Fleischernem hafte etwas Sittenwidriges an. Um sich von solch quälenden Gedanken zu lösen, empfiehlt der Ulf, beträchtliche Mengen Kornbrand dazu zu stürzen. Außerdem passen Kartoffeln, Brot, Brezeln. Tante Onka frisst ihn pur.

LINDEMANNS

Johannes Hucke

Schöne Gedichte

Wer liest denn so was noch? Scheinbar unabhängig von historischen Tatsachen und künstlerischen Weiterentwicklungen bewirken vollkommene Gedichte immer noch das Gleiche wie einst: Erstaunen, Rührung, Freude, Trost ... und in manchen Fällen helfen sie uns sogar fürs Leben weiter. Schöne Worte verlangsamen für Momente den Lauf unserer Zeit. Nicht alles Schöne muss vergehen. Unsere menschliche Schönheit, Homer hat das schön gesagt, bedeutet zwar, nur für kurze Zeit geboren zu sein. In dieser Spanne aber kann es gelingen, Verse aufzuschreiben, wie sie in diesem Band versammelt sind: schöne Texte, die Bestand haben, die nicht vergehen, die Jahrhunderte und uns überdauern, so wir sie immer, immer wieder lesen, vorlesen und überliefern. Über Jahre haben Johannes Hucke und Thomas Lindemann einander Gedichte zugeschickt, die ihnen nahegingen. Die schönsten haben sie hier ausgewählt. Huckes Kommentare stellen bekannte und unbekannte Texte in einen verstehbaren Kontext.

Hardcover, Schutzumschlag, Lesezeichenband · 248 Seiten

ISBN 978-3-96308-173-6 · 35 Euro

lindemanns-web.de

Danke

Brigitte Stocker danke ich herzlich für die abschließende Durchsicht vor Drucklegung, ebenso Elsbeth Hucke und Kurt Fay für das Korrektorat. Julia Körner hat den Roman im Anfangsstadium begleitet, Dankeschön dafür. Und natürlich für die Unterstützung meiner Familie und die zahlreicher Freundinnen und Freunde mit all ihren ebenso ermutigenden wie kritischen Kommentaren.

Lindemanns Bibliothek, Band 373
herausgegeben von Thomas Lindemann

Titelbild: Michael Sowa,
fotografiert von Gunter Lekowski,
Lepkowski Studios, Berlin

Autorenfoto: Adi Bachinger

ISBN 978-3-96308-227-6

www.lindemanns-web.de